太阳月亮一条河

郭志晨 著

郭志晨影视剧作品集

长春出版社
全国百佳图书出版单位

图书在版编目(CIP)数据

太阳月亮一条河 / 韩志晨著. -- 长春：长春出版社, 2024.12. -- (韩志晨影视剧作品集). -- ISBN 978-7-5445-7706-9

Ⅰ.I235

中国国家版本馆CIP数据核字第2024QP7089号

太阳月亮一条河

著　　者　韩志晨
责任编辑　程秀梅
封面设计　清　风

出版发行　长春出版社
总 编 室　0431-88563443
市场营销　0431-88561180
网络营销　0431-88587345
地　　址　吉林省长春市南关区长春大街309号
邮　　编　130041
网　　址　www.cccbs.net

制　　版　长春市清风静盈文化有限公司
印　　刷　长春天行健印刷有限公司

开　　本　787mm×1092mm　1/16
字　　数　620千字
印　　张　23.25
版　　次　2024年12月第1版
印　　次　2024年12月第1次印刷
定　　价　80.00元

版权所有　盗版必究
如有图书质量问题，请联系印厂调换　联系电话：0431-84485611

心系蓬门写百姓　声出肺腑唱众生（代序）

我曾写过几句"我的人生与艺术感言"——

> 数十载风雨兼程，
> 行色匆匆。
> 久沐五更寒，
> 饱经八面风，
> 苦追寻，
> 非图觅芳撷翠，
> 只为星海一梦！
> 平民心，布衣情，
> 小径崎岖勤攀登。
> 心系蓬门写百姓，
> 声出肺腑唱众生。
> 无风送我上青云，
> 有朋助我树干城，
> 莫叹前路多坎坷，
> 人间原本道不平。
> 我自扬眉向天笑——
> 红叶经霜久，依旧火样红！

这，便是我的内心独白。当年，在我和胞弟韩志晨共同创作《篱笆、女人和狗》《辘轳、女人和井》《古船、女人和网》的那段时日里，有位北京的记者对我们进行专访，临告别时突然问："你们的座右铭是什么？"我答曰："柳青、李准、浩然！"该记者先是大惑继而大笑："别人的座右铭通常都是一句名言或几句警语，你们的座右铭竟然是三位作家？！"他当时以为我一定是口误或者是戏言，其实呢，我说的却是真话，也是我与志晨在一起研究创作时经常谈论的话题。

"以铜为镜，可以正衣冠；以古为镜，可以知兴替；以人为镜，可以明得失。"每当我秉笔状写当代农村生活或者作为导演用镜头语言去表现当代农民的时候，我确实是把柳青、李准和浩然当作镜子来照的。这三位，都是我非常崇敬的前辈作家。当我还在中学读书的时候，他们早已蜚声文坛，都堪称是驾驭农村题材的巨匠。他们的才气，他们的人品，特别是他们对生活的熟悉程度，都是无与伦比的。但有时我也想，作为一个创作上的后来者，我们不单应当努力学习他们成功的经验，还得认真汲取他们不成功的教训。我不时以此提醒、激励自己，同时也提醒和激励弟弟志晨。

当年，柳青的《创业史》曾被文学史家们誉为"划时代的作品"。梁生宝、徐改霞，特别是梁三老汉，写得真是呼之欲出。然而，十分不幸的是，由于时代和历史的局限，作家却把这部作品捆绑在了农业"合作化"的战车上，把是不是走合作化的道路当作区分农民先进与落后的分水岭和试金石。时过境迁，当今天我们较为清醒地回过头去审视过去那段历史的时候，这部作品的人文价值和美学价值便大大打了折扣。20世纪中期，李准的《李双双》曾是脍炙人口的佳作，直到今天我们依然认为，就人物的鲜活度而言，没有多少作品可以与它比肩。但是，就是在这部相当出色的作品中，作家却偏偏把"是否吃人民公社的大锅饭"当作李双双和喜旺矛盾冲突的中心点，整个作品都是围绕着这个"核"展开的。到了今天，人们才猛醒：咦，原来李双双错了，喜旺对了！这，并不是历史的恶作剧，而是社会发展的规律和内在的必然性使然。另外，《艳阳天》与《金光大道》这两部鸿篇巨制，曾使浩然令人瞩目地独步文坛。其中的弯弯绕、小算盘等人物，真是把中国社会变迁中的农民写活了，写透了，写绝了。然而，令人格外惋惜的是，还是由于时代和历史的局限，导致作家在作品的"含义层面"上陷入了迷津。那些鲜活的人物，一个个都成为"为富不仁"的标本并因此而遭到鞭挞！伴随着我们国家改革开放的深入，伴随着社会的发展和历史的变迁，当人们历经坎坷、饱受磨难，终于大梦初醒，当认识到"追求财富，是人类最原始也是最现实的冲动，是最世俗也是最崇高的理念，是最卑微也是最伟大的行为"时，这两部作品的光彩就难免变得有些黯淡了。

"时间"与"空间"这四个字，对于作家和艺术家来说是至为重要的。所谓"时间"，就是作品的生命力到底有多久，能不能够努力超越其所诞生的世纪；所谓"空间"，就是作品的影响力究竟有多远，可不可以超越其所诞生的国界。在"时间"和"空间"这两个最伟大的评论家面前，人类的一切精神产品和艺术成果都将经受最严格的检验。

我从不敢奢望自己可以清醒而自觉地摆脱时代和历史所给予我们的局限，那无异于用手揪着自己的头发试图飞离地球。我只是希望在进入艺术创作过程的时候，努力保持老黑格尔所说的那样一种"常醒的理解力"，努力表现最广大人民群众的愿望和情绪，反映回荡在他们心底的呼声，尽力做到"心系蓬门写百姓，声出肺腑唱众生"，而不让自己的作品成为马克思、恩格斯所强烈反对的那种"时代精神的单纯号筒"。这，也是我与志晨在创作《篱笆、女人和狗》《辘轳、女人和井》《古船、女人和网》系列作品时共同的遵循。

多年前，我曾在自己一本书的"后记"中写过这样的话："现代化，就是'现实的人'对'人的现实'所进行的挑战；而改革，就是我们全中华民族都齐心合力地冲破一张传统观念的大网，尤其是我们每个人都冲破自己的心灵之网。"这是我对生活一个很重要的认识，也几乎是我所有作品的母题。我试图从各种不同的视角，以各种不同的形式，通过多种多样的艺术形象来揭示这个母题。当志晨独立创作《瓮子、女人和海》《太阳月亮一条河》《八月高粱红》《红脸汉子金领带》《拉林河兄弟》《爱在槟榔花开时》《三请樊梨花》《山高高，路长长》《山爷》《小镇女部长》《风雪桅杆山》等影视剧作品时，我也总是这样叮嘱他、提醒他、鼓励他。

我们家是一个多子女的家庭。我有三个弟弟、三个妹妹，在七兄妹中我是老大。小时候，家里很穷，父亲母亲像一双劳燕，以微薄的薪金聊以家用，茹苦含辛地把我们七个人全都培养成大学生、研究生。我和二弟志晨从事文学艺术创作，三弟志国是著名经济学家，小弟志民和二妹晓华在美国从业，大妹妹雅琴是医学教授，小妹妹晓虹原在机械工业部从事外贸工作，后来自己创业。我们都是在改革开放的"狂飙突进年代"考入大学的青年学子，所以既是改革开放的受益者，又是改革开放最忠诚的拥趸。我们的血管里，奔腾着平民的血液，无论在理论上，还是在作品中，我们都坚定秉持"人类的共同价值"，是改革开放热情的歌者和鼓手。我们特别乐见祖国融入"人类命运共同体"，自立于世界民族之林。

志晨是军旅出身的作家，历任吉林省影视集团副总、艺术总监，系中国作家协会会员、中国电影家协会会员、中国电视艺术家协会会员、中国电影评论学会会员、中国电影文学学会常务理事、国家一级编剧，2010年晋升为国家二级教授，现任吉林省文化发展研究会影视编剧专业委员会主任、长春市电视艺术家协会主席。现在摆在我们面前的这部六卷本的《韩志晨影视剧作品集》，是他多年来辛勤笔耕的结果，是他心血与汗水的结晶。获悉作品集即将由长春出版社出版，作为父母的长子，作为弟弟妹妹们的长兄，我内心的喜悦是可以想见的。真诚地祝贺二弟志晨！

文学艺术创作，不是短池游泳，也不是百米跨栏，而是马拉松竞赛。在长长的竞赛途中，要踏踏实实地跑自己的路，弓下腰做自己的事，谁有韧性谁有后劲谁才能跑得最好！何况，生活本身是流动的，而流动的生活是不平静的。文学艺术是发展的，而发展中的文学艺术需要超越，更需要自我超越。真正的艺术家，当如大海的巨鲸，要打破一切习俗与传统表面的平静。一个由这样的艺术家组成的群落，当使一切僵化的、固定呆板的东西焕发崭新的生命力——我们要为此不懈进取！这，也是我对志晨由衷的期望。

韩志君
2024年8月

走出瀚海兮入长河

一、童年生活的磨砺

我出生在科尔沁草原东南部号称八百里瀚海的一个小镇上。我的家是一个多子女的家庭，小时候很穷、很苦。童年的生活遭际，使我心灵早熟，也使我在人生的道路上一直对社会底层民众充满同情和理解。我的作品恪守平民视角，"不仰视权贵，不欺世媚俗，崇尚真善美，鞭挞假恶丑"是我从事艺术创作的原则。

海明威说过："苦难的童年，是对作家最好的早期训练。"我挨过饿，吃过各式各样的野菜，也品尝过人间的冷暖和世态的炎凉，还曾经"死"过一次。我刚上中学那年，"文革"就开始了，两派武斗时有一颗子弹打穿了我家的窗棂，在墙壁上留下划痕，落在炕上时还很烫手，母亲怕我们出事，急忙拿出了家中仅有的几块钱，让我带着两个弟弟向八百里瀚海深处我的姑姑家逃难。这无疑给姑姑家增加了沉重的负担，虽然姑父姑母待我们如同己出，但我想：要出去找点儿活儿干，挣些钱在经济上接济一下姑姑。在我的一再坚持下，我到了一个苇厂，在当厂长的大舅和工人二舅的帮助下，工头留下了我。我每天站在苇垛上，把长长的苇子从捆子里抽出来，铺在地上，拉石磙子压软，以供打杠子的师傅们用其绑草捆。对于十几岁的我来说，这确是一份极为艰难的活计。苇絮花儿塞满了鼻子眼儿是小事儿，那个高高的石磙子在我看来真的像一座小山那样高，好沉好重。因为我每天要争取省下一元钱来，所以用于一整天的吃饭费用只有4角9分。吃不饱，饿的滋味儿很难受，拖起石磙子举步维艰，但我还是咬牙坚持。不到两个月，我给姑姑家寄去了50元人民币。姑姑接到这笔钱，没有喜形于色，反而泪如雨下，可我觉得付出还不够。我看大人们每个月都有一次装货车皮的机会，就是从草场上把草捆背到货车车厢，每背上去一捆，能赚到差不多3元钱。我要求也和大人们一起装货车皮。开始，大人们都不同意，谁会愿意和一个十几岁的孩子搭伴来装呢，弄不好就是累赘。我说："我不要你们帮助，220捆草捆一车厢，我负责装110捆！"他们勉强同意了。当我第一次背起沉重的草捆时，差点儿没被压趴下，晃了几晃，我才稳稳站住脚，走上高高的木质跳板，把草捆放到车厢里。我承认，我不完全是用体力把草捆背上去的，而是用一种意志，一种内心强大的赚钱的渴望！奇迹就这样发生在一个十几岁的穷孩子身上，经过两天一宿的努力，我把每捆都重于我本人体重的110捆草捆全部背上了车厢！我的体力严重透支。清晨时分，我刚刚走下跳板，脑袋一阵眩晕，就什么都不知道了。当我苏醒过来时，已是午后，秋阳暖暖地抚摸着我的脸。我的身边围着二舅和一群工友，他们正拿凉水往我的脸上喷。我缓缓睁开眼睛时，工友们欢呼了起来："活啦！活啦……"我的身体好像已完全融入了大地，我就是大地，大地就是我。我知道，自己死而复生！我一口气吞下了十几枚鸡蛋后，站了起来，这一站，站起了那时的我，还有今天的我！那一次，我挣到了300多元钱，姑姑坚决不同意我再往她那里寄钱，我就寄给了妈妈。许多年后，妈妈对我说："志晨啊，你当年寄回家中的300元钱，其实是救了家里人的命，你爸爸被批斗，工资一分钱不开，有了这笔钱，家里的人才活了下来。"妈妈说得很动情，可我却觉得只是做了应该做的事。

生活的艰难坎坷总是与美好和希望并存。苦难的童年教会我坚忍、顽强的同时，温暖并且充满亲情的大家庭也教会了我真诚与善良。人世沧桑使我懂得了：人，并不是荒岛上的鲁滨逊，需要彼此发生联系，需要互相关照和扶助。我的周围，是生活在社会底层的广大民众，他们不仅渴望物质生活的丰盈，也渴求精神生活的丰富。作为艺术创作者，我们必须以人民为中心进行创作。我们创作作品的真正价值在于用文学的手段关怀人，烛照多种多样的人生，或者擎起一支火把为人们照亮，让世间的每一个人都在人生道路上少一些迷茫与磕绊，多一些快乐与慰藉！

此后不久，我作为一个只念了七年书的孩子，与千千万万个同龄人一道上山下乡。我在科尔沁大草原上一个叫"靠勺山"的贫困小村落里日不出而作，月亮和星星出来了才息，这样生活和劳作了两年后，又到工厂当了两个月工人。满十八岁那年，我便走出了八百里瀚海，参军入伍了。这，是我生命新的启航。

二、部队大熔炉的冶炼

我所在的部队在大兴安岭的深山老林里，是逢山开路、遇水造桥的铁道兵。但我到了部队以后，凭着会画画和写美术字，很快就被抽调到了团文艺创作组，任务是写兵唱兵演兵。当兵之前，我只有七年的文化底子，比小学生强点儿，属于"麻袋片子绣花——底子孬"那伙儿的。让我创作快板书、数来宝、山东快书、相声、三句半、歌词、诗朗诵，哪里做得来？于是，我开始疯狂地读书，把可能找得到的书籍都拿来读，并把其中新鲜的词语、成语或者形容词分类抄在小本子上。在写作中，我会在诸多同类的词语中挑选相对准确和富有新意的使用。哥哥志君又给我寄来《诗韵词典》等一批书籍，对我来说真如"旱天及时雨，枯苗逢甘霖"。当兵第一年的九月，部队安排我到铁道兵东北指挥部参加文艺创作学习班，使我有机会结识了铁道兵文化部创作组、铁三师、铁九师以及东北铁指的许多从事文学艺术创作的战友。此后，我又被送到长沙铁道兵学院深造。在部队这个大熔炉中，经过多方面的冶炼，我在创作上也逐渐开始游刃有余，写出的很多作品都搬上了舞台，有不少还在部队的文艺会演中获奖。

我开始志得意满。有一次，到长春出差，皎洁的月光下，我与胞兄志君坐在人民广场的长椅上，兴致勃勃地向他报告我在创作上的丰硕成果。哥哥听后，给我讲了通俗文学与纯文学的区别，叮嘱我不能仅仅满足于写快板书、数来宝、山东快书、相声、三句半，要有向文学艺术圣殿挺进的志向和决心。他给了我一本巴乌斯托夫斯基的《金蔷薇》，对我说："在部队的生活中有许多鲜活的东西，你要像书中的那位约翰·沙梅一样，细心地从生活的泥土中筛选'金粉的微粒'，聚沙成塔，集腋成裘，努力打造出美丽的金蔷薇，献给自己钟爱的苏珊娜——你的读者和观众。"当时，我听得目瞪口呆，也如醍醐灌顶。在我的创作生涯中，那个皎洁的月夜是个转折点。在哥哥的启发和鼓励下，我开始走上了诗歌、散文以及小说的创作道路。经过不懈的努力，先后有不少作品发表在《吉林文艺》《黑龙江文艺》《青年诗人》《诗人》《作家》《铁道兵报》《志在四方》等刊物上。1983年以后，我又在《小说选刊》《参花》等文学杂志上发表了诸多短篇小说和《井倌》等中篇小说。我常对朋友说：我真正走上文学创作之路，导师是我的哥哥，是他手拉着我手，一脚高一脚低地把我领进了文学的大门口；而冶炼我的火热熔炉是部队，大兴安岭连绵的群山、无际的森林和战友们的生活与情怀给了我创作的灵感，让我积攒了无数"金粉的微粒"，并用它们打造出了属于自己的"金蔷薇"。这，是我艺术生涯的启航。

三、艺术创作实践的淬火

1986年，我结束了16年的军旅生涯，脱掉了熟悉的绿军装，到吉林省电视台电视剧部工作。如果说，童年的苦难生活磨砺了我，部队的大熔炉冶炼了我，那么，此后丰富多彩的创作实践则让我不断地淬火，渐渐地形成了自己的创作风格，丰富了自己的作品艺术长廊。

初进电视台，争强好胜的我，自己感觉对声画艺术缺少了解，就开始恶补电影语言的语法知识，熟悉镜头、画面语言、蒙太奇、声音元素以及声画关系等专业知识。我在主办文艺专栏的同时，也开始执导《生命树》《生命的秋天》等专题片，在全国和省内都获了不少奖。为了切实提高自己的文学素养和艺术素养，我在职进入吉林大学读书，系统地阅读中外文学名著。

从1987年到现在，我和大哥志君一起创作了电视剧《篱笆、女人和狗》《辘轳、女人和井》《古船、女人和网》"农村三部曲"和《大脚皇后》《大唐女巡按》等多部电影；还独立创作了《三请樊梨花》《小镇女部长》《风雪桄杆山》等百余集电视剧和十多部电影作品。每当听到大街上"星星还是那颗星星"的歌声，看到书房里国际、国内的各种奖杯和获奖证书，我都在想：自己作为一个出身于平民百姓家庭的苦孩子、穷孩子，能成为一个从事专业影视创作的文学艺术工作者，真应当感谢五彩斑斓的生活，感谢多种多样的创作实践。"不积跬步，无以至千里；不聚小流，无以成江海"。若没有在艺术创作实践中的不断淬火，就不可能有我的今天和我的那些作品。

在庆祝中华人民共和国成立60周年的时候，国家广电总局和中国电视艺术委员会表彰了60位有突出贡献的艺术家，我与哥哥名列其中。成就的光环，只属于过去，未来的道路遥远而漫长。契诃夫说："艺术家得永远工作，永远思考""要在一个很长的时期里天天训练自己""用尽气力鞭策自己""让自己的手和脑子习惯于纪律和急行军。"他还说："要尊重你自己，在脑子犯懒的时候别让两只手放肆！"我常把他的这些话铭记于心，提醒自己一定要在艺术创作的实践中不断经受淬火。如果我们把艺术家比作孙悟空，那么艺术创作的实践便是太上老君的炼丹炉，那里是可以炼出艺术创作"火眼金睛"的地方。在未来长长的创作途中，我当乐此不疲！

第一集

1. 朱圩村刘泥鳅家饭店

一挂鞭炮噼里啪啦作响，满地落红。

一块牌匾，赫然醒目：乐农家饭店。

周围是围观的村民们，孩子们用手指堵着耳朵，眯着眼睛看炸响的鞭炮。其中有孙顺水的儿子小石头。

鞭炮响尽了，孩子们拥上去捡地下未炸响的鞭炮。

一个梳着油光锃亮小分头的中年男人，吆喝着："去去去，别在这儿捡，看崩着眼睛！"他就是刘泥鳅。

孩子们一哄散了。唯独小石头不听刘泥鳅的话，仍在低头捡未炸响的鞭炮！

刘泥鳅上前扯住小石头的手，说："小石头！说不让你捡了，你怎么还捡呢！看崩着了你的眼睛和手！"

刘泥鳅的妻子"小广播"也在一旁说："小石头，你刘大爷说不让你捡，你就别捡了，真要崩着了你，到时候怨谁呀？"

刘泥鳅塞给小石头一把糖，说："小石头，听话啊，回去喊你妈去，让她快点儿过来啊！"

小石头向屋子里看看，抿了抿嘴唇，低着头，倔倔地说了一句："她不是我妈！"说完，转身跑了。

"小广播"对刘泥鳅说："哎，她爱来不来呗！屋子里来了这么多人，你快进屋去招呼客人去！"

"小广播"看着小石头的背影，脸上流露出同情的神色。

2. 五河家饭店

和刘泥鳅家饭店对门的是：农家乐饭店。

一些村民正从五河家饭店出来，往刘泥鳅家饭店里走。

屋里，朱六河衣兜里揣着张红色请柬，端着杯茶水，跟正往外走的人说："你们先过去啊！"

有的村民说："六河，你什么时候过去啊？"

六河说："我再等会儿！"

玉翠说："那边快开始了，你快过去吧！"

六河慢条斯理地说："忙什么？我再等我哥一会儿！"

珍珠从厨房里走出来说："六河，你五河哥上打井工地了，别等他了，你就先过去吧，要不好像咱家不热情似的！"

六河听了这话，才缓缓站起身说："嫂子，你别着急，刘泥鳅家的事，咱们太积极了也不好！"

3. 深井工程队工地

"活济公"家西边的塘地旁，有的人在卸车。

朱五河在场。

工程队员们正在架设帐篷。

一位工人冲着李水泉说："队长，村子里有什么喜事啦，鞭炮放得这么响啊？是不是看咱们来打井来了，欢迎我们呢？"

李水泉一边干着活儿一边说："你说是欢迎咱们，就算是欢迎咱们吧！我听是那边放的！"

朱五河说："啊，是我们家对门的刘泥鳅家饭店试营业，放的鞭炮！他们家饭店就在我们家饭店对门。"

李水泉说："以后我们想吃个饭，就更有地方去了！"

朱五河："你们开伙之前，就都在我们家饭店那吃吧，不会朝你们多要钱！"

李水泉说："那可就麻烦你们了！"

朱五河说："这是说哪的话呢，来到村子里打井，我们做点儿事，也是应该的！"

4. "活济公"墩子家

玉树拿件新衣服，从屋子里追出来："爹！爹！"

正往院外走的"活济公"墩子，站住说："干什么？"

玉树说："爹，今儿个老刘家那么多客人，你穿的得像回事儿！你看你这身衣裳，多长时间没洗了，把这件衣裳换上吧！"

"活济公"墩子："玉树，我去刘泥鳅家的饭店吃饭，是给他们家面子，也不是为了出头露脸去了，换什么新衣裳！"

玉树把那件衣裳塞到了他爹的手上，说："哎呀，你带着吧，不乐意换，把它套外头！"

"活济公"墩子一边把衣服扔回给玉树，一边说："玉树，你别远走啊，我一会儿回来，咱们俩还得去镇上！"说完，走了。

玉树看看他爹的背影，又看看手里的衣裳，自言自语地说："难怪别人管你叫'活济公'，衣服那么脏了都不肯换！"

5. 孙顺水家

小石头跑进院，他看见奶奶顺水妈正在灶前烧火。

他又跑到武二秀屋子的窗外，趴窗子一看，武二秀正在镜子前化妆。

他蹚身跑到顺水妈烧火的灶口前，拿起一根燃烧的柴火棍。

顺水妈说："哎，石头，你怎么回来了？你不是上老刘家看热闹去了吗？"

小石头说："我刘大爷叫我回来，叫我妈过到那边去呢！"

顺水妈说："那你就进屋去叫她啊！"

小石头拿着柴火棍跑了出去说："我才不叫她呢！"

顺水妈站起身说："这孩子！"拿水舀子往锅里添水。

院里响起一声鞭炮！

武二秀一脚踹开房门，手里拿着眉笔，只见她的眼眉只画完一道，喊道："小石头！干什么玩意儿，动静这么吓人，你要吓死我呀！"

顺水妈闻声赶了出来，打着圆场说："这孩子，看把你妈吓的！"又笑着对武二秀说："他刘大爷让小石头回来，叫你赶紧过去呢！"

武二秀："那怎么有话不说，放鞭炮呢！"

6. 刘泥鳅家饭店

三三两两的男人和女人开始往刘泥鳅的饭店走，只见饭店的门楣上，写着"开业大吉"的字样。

刘泥鳅和"小广播"在门口招呼着邻里乡亲。

刘泥鳅说："哎，大家伙快请进，今儿个是农历二月初一！我刘泥鳅家的饭店试营业，父老乡亲们都来赏光，饭菜一律五折，酒水免单，让大家管够地喝！请进啊。"

刘泥鳅一抬头，看见了"活济公"墩子。

"活济公"墩子涎着脸儿往屋里走，边走边说："刘泥鳅，你家饭店今儿个开业是不是你们请客招待，就不用大家伙儿花钱了？"

刘泥鳅说："不请客招待，但是开业酬宾，饭菜一律五折！"

"活济公"墩子说："怎么的？五折啊，不是请客招待啊，那你们给我送请柬干什么？我还寻思你们请客招待呢！行了，我回吧！"

刘泥鳅说："哎，来都来了，别走哇！"

"活济公"墩子说："不走怎么办？我兜里也没揣钱哪！"

刘泥鳅看看他说："行了行了，进屋吧，我请你！"

"活济公"墩子说："不好意思，上你这儿白吃白喝来了。"

刘泥鳅："哎呀，别大吵大嚷的了！你'活济公'是特殊人儿，十里八村的谁不知道你，今天这顿饭儿，我认着你可劲儿地吃了，只是你别在这儿给我喝酒喝得迷迷瞪瞪的，胡咵乱闹就行。"

"活济公"墩子："哎哎哎！光吃好了，喝好了，可还是不算待承好我啊。临走给哥再拿两瓶酒啊！"

刘泥鳅："哎呀！你这个'活济公'啊，给你一口杏子，你就想吞个桃，先进屋再说吧。"转身又去招呼其他客人了。

7. 五河家饭店门前

六河从那边走来。

五河和他走了个碰头。

六河说："五河哥，我一直等你呢！刘泥鳅家饭店今天试营业，叫他儿子刘喜子给我送了请柬，我过去看看。"

五河说："他们给我也送请柬了，你先过去吧，一会儿我也过去。"

8. 刘泥鳅家饭店门前

六河在往刘泥鳅家饭店门口走。

刘泥鳅看到了刚才五河和六河在一起说话的一幕，见六河走了过来就说："六河，不怪别人都管你叫'慢半拍'，鞭炮一响，你就应该过来，你怎么才过来呢！你哥五河怎么还不过来呢！"

六河说："好饭不怕晚哪，我五河哥那边有点儿事，他一会儿就过来！"说完，就进了饭店。

刘泥鳅抻着脖子还在往远处看，他的脸上有几分焦急的神色。

这时候，"小广播"出来扯住他说："屋子里那么多人呢，你老在这抻着脖子瞅什么呀！快进屋去！"

9. 孙顺水家

武二秀正在镜子前描口红。

窗子外突然又响起一声鞭炮声！

武二秀吓得一哆嗦，口红画歪了！

她愤怒地掷下口红，发狠地说："这个小死孩崽子，成心和我过不去！"

10. 五河家
饭店内空空无人，玉翠、彩虹、彩霞几个趴窗子往对面看。

一张饭桌前，坐着朱五河和珍珠。

珍珠说："咱们饭店开业两年了，今天头一回这么清静！我也是头一回落这么个清闲，可这一清闲还真清闲得心里没了底儿，以后，咱家这饭店，要是天天像今儿个这样，不是怕把人闲坏了，咱这饭店也只好关门了！"

五河："对门刘泥鳅家的饭店开业了，是好事。咱多了一个经营上的竞争对手，也给咱家饭店饭菜提高质量提供了一个机会。"

珍珠说："是，不然天天老是一个菜谱，几年一贯制，村里头人熟悉咱家的菜，快跟熟悉自己家锅里做出的差不多了。哎，一会儿你过到那边去，看看人家菜有什么新鲜样儿，回头也跟我说说。"

五河："人家饭店试营业，我这当村主任的，是过去庆贺，可不是给你去搜集情报去了，你想拿我当情报员啊！要去你自己去。"

珍珠说："我哪也不去了，一会儿我就关门了，今儿个就是彻底休息了！"

五河对珍珠说："哎，别！你可休息不着，一会儿打井队还要来这儿吃饭，今儿个他们刚进村，今天这顿饭就算咱们家招待他们了！"

11. 村中路上
武二秀穿着一身新衣裳，一副很美气的模样，扭扭搭搭地向刘泥鳅家的饭店方向走。

12. 刘泥鳅家饭店内
人们拿着菜单点着菜。有的人已经吃上喝上了。

刘泥鳅、"小广播"和女服务员们正往上端酒送菜。

后厨里，身着厨师服装的刘泥鳅的儿子刘喜子撩开门帘，端出一盘菜："妈！六号桌的鱼头做好了！"

"小广播"一边忙着，一边回身应道："好嘞！"她对身边的女服务员："快去把你喜子哥手里的菜接过来！"

女服务员应声："喜子哥，来嘞！"

刘喜子又端出一盘菜，对刘泥鳅说："爸，肝炒好了！"

刘泥鳅端着菜，喊道："哎，这是谁的肝儿？"

"活济公"墩子说："我的肝！"

武二秀已经进了屋，接着话茬儿道："哎呀，我说叔哇，你的肝怎么还叫他给炒了呢？"

"活济公"墩子解释道："不是他炒了我的肝，是我的肝叫他炒的！"

众人哄堂大笑！

"小广播"笑着迎上前去说："是二秀大妹子来了，快里边坐！"

武二秀偷睃了刘泥鳅一眼，往里边走。

"小广播"要安排武二秀坐下，这时候，"活济公"墩子叫住武二秀说："来，侄媳妇，到叔这边坐吧！"

武二秀在墩子那桌选个地方坐下了。

"活济公"墩子说："坐得离叔那么远干吗？"

武二秀："都坐一张桌了，说话方便就行了！我就坐这儿了！"

"活济公"墩子端起酒杯说："来，二秀，咱们爷俩喝点儿！"

武二秀也端起杯来说："我喝不了几口，少喝点儿还行。"

13. 五河家饭店内

珍珠："今儿个，咱家对门刺棱又蹿出来个新饭店来，咱叫'农家乐'，人家叫'乐农家'，这明摆着是和咱们撂上劲儿了，如果没这个对手哇，这饭店办得也还是真有点泄劲了！有了这个对手，我这心劲还真就又涨起来了，你知道我这人一辈子要强，没在谁手下服过输，我这回说什么也不能输在他刘泥鳅手下！"

五河站起身说："行了，我看咱们两家是各开各的饭店，各挣各的钱，饭店经营上较劲可以，可是要和谐共处！两家门对门住着，邻里关系上不能较劲，不管怎么说我是村主任，村里几百双眼睛盯着咱们，咱们说话做事，都得有个样儿！"

珍珠："你是你，我是我，别成天老拿你那村主任当事儿，我办的饭店，我和人家竞争，不关你的事，什么事别老把我和你扯在一起！你该到对门吃饭就去吃饭吧！"

五河一边往门外走，一边回头说："不是我要把你和我扯在一起，你要不是我媳妇，就没人会把你和我扯在一起。"

珍珠也站起身，冲着五河的背影说："有些事儿不用你跟着瞎操心，这些年我跟村里左邻右舍的谁家关系没搞好，去吃你的饭得了！"

玉翠一边收拾着桌椅，一边听着他们的说话。

五河推门出去了。

玉翠见五河走了，过来跟珍珠说："姐呀，你跟我姐夫怎么还生气了呢？咱们抓紧给打井队预备饭菜吧！"

14. 刘泥鳅家饭店内

五河走了进来。

那边，刘泥鳅抬眼看见了朱五河，急忙走了过来，递过来一支烟，又给五河点着了烟说："哎呀呀！村里四邻八舍的差不多都来了，您看您这是村子里头的贵人，您不到，我这心里总像惦记着什么事似的，你还讲两句不？"

五河吸了口烟说："讲什么讲，先参观参观你家饭店！"

刘泥鳅说："哎呀，有什么参观的，不如你家呀！"

五河推开厨房门："哎，喜子！"

正炒着菜的刘喜子说："哎哟，五河大爷来了！"

五河说："不错不错，这厨房弄得挺干净也挺敞亮，我看明白了！是儿子上灶，媳妇管账，你是老板呗？"

刘泥鳅说："什么老板哪？就是这么几个人的小饭店。哎，嫂夫人和老六媳妇怎么没来呢！用不用叫人过去喊他们一声！"

五河说："不用了，她们正忙着呢！"

刘泥鳅说："要不等一会儿让喜子炒几个菜端过去？"

五河："哎呀，都是开饭店的，麻烦那事干什么，她们还能没饭菜吃吗？不用！"

15. 五河家蔬菜大棚内外

珍珠和玉翠两个人挎着篮子，从那边走了过来。

她们进了大棚。

大棚里，她们一边摘着菜，一边说着话。

珍珠说："玉翠啊，你是我的亲妹妹，我肚子里有几根肠子，怎么想事怎么做事，你都是一清二楚，你说这饭店的事，用得着你姐夫跟着瞎掺和吗？"

玉翠说："姐，刚才你和我姐夫在那说话，我都听着了。我姐夫说的那话也没什么不对的！你别生他的气！"

珍珠说："玉翠，你记着你姐今天说的话，不管谁跟咱们较劲，你姐我要办不好这个饭店，我就不叫穆珍珠！他刘泥鳅心眼儿再活泛，搞经营花拳绣腿再多，我也不怕他！咱就扎扎实实地一步一个脚印地往前闯，有心人天不负，我就相信，咱这饭店能办好！"

玉翠："姐呀，从小到大没有事我不服你的，你比我有心劲，事到了叫真章的时候，你比我有钢条儿，别人不信你，我信你，你说咱家这饭店能办好，我说是肯定办不孬。"

16. 刘泥鳅家饭店

刘泥鳅给五河倒着酒："五河，你还是得讲两句，不讲不对劲儿啊！"

五河端起了酒杯，站起来说："行吧！泥鳅非得让我讲两句，那我就讲两句吧！大家伙都知道，村干部都改管理型为服务型了，我这个当村主任的，也就是你们的一个服务员，今后有什么事需要我朱五河服务的，大家伙就只管说话。来，干喽！"

很多人都站了起来，说："村主任敬咱们的酒，咱们得喝啊！来，干杯！"

这时候，刘泥鳅笑嘻嘻地说："五河讲完了，我再说几句！不好意思啊，我们家的饭店就办在了五河家饭店的对门，过去是村子里的人，都到他们一家饭店吃饭，现在呢，是一下子就劈成两家了！实话说，谁家都乐意自己家的饭店办火喽，可村子里头，每天出来吃饭的人也就那么多。这样，五河家嫂子珍珠办的那饭店，要是没有以前火了，就得多包涵我了！今后呢，就请大家多光顾我的饭店！来，大家伙再一起碰一杯！"说着，端起了酒杯，到各桌敬酒。

五河用平静的眼神，看着刘泥鳅的一举一动。

17. 五河家饭店内

彩虹和彩霞在地上择菜。

珍珠和玉翠在后厨忙着洗菜。

六河的儿子朱新堂推门走了进来，冲着彩虹、彩霞说："对门那边挺热闹哇。"又走到后厨门口说："妈，你叫我呀？"

玉翠说："新堂，快在你大姨这儿吃口饭，完了就上镇子吧。"

新堂："妈，让我上镇子，是不是又是说明天二月二了，图个吉利，让我去理发店剃个头哇？"

玉翠说："村子里头有这老例儿！再说你这头发也长了，也该理理了，咱这也不是迷信！"

新堂："妈，我正忙着呢，大棚里还有一堆活呢！"

玉翠："新堂，你说你这孩子，咱村子离镇子总共才二里地，骑车子十多分钟就到！你就去理个发呗，那费什么事了？！"

珍珠给新堂端上饭菜来，说："新堂，快趁热吃吧，你的头发真该理理了，顺便再给大姨从集市上捎点儿肉回来！"

新堂看看珍珠，操起筷子来说："大姨说了，我去吧！"说着，吃起饭来。

18. 深井队工地

工人们都在忙着。

李水泉抱过一个纸壳箱子，放在地上，给大家发放着面包、香肠和矿泉水："来，大家伙都饿了，先对付几口！等咱们把活都干完了，再好好吃顿饭，村主任五河大叔说了，今天哪，他家请我们吃饭！"

19. 刘泥鳅家饭店

已经有吃完饭的人往外走了。

刘泥鳅说："哎呀，也不知道大家吃好没吃好，常来啊！"

"小广播"说："哎，要走的人都等等！大家伙都静一静，我现在宣布个事啊，今儿个我们家的饭店，是试营业，明天，是二月二龙抬头的日子，我们家饭店就正式开业了。我们家为了庆贺饭店开业，晚上拉场子演'花鼓灯'，唱淮河民歌，欢迎大家伙都来看热闹啊！"

大家伙都给鼓了掌。

一位女人在那边的桌子上说："听听，'小广播'又开始广播了！"

刘泥鳅对"小广播"说："你真是个'小广播'，咱们这边能演'花鼓灯'的，不就是我和武二秀吗？哪有唱淮河民歌的？瞎广播什么呀你！"

"小广播"说："我说这话自有我说这话的原因！明晚上肯定有唱淮河民歌的人到场就是了！"

刘泥鳅瞪着眼睛问："谁呀？"

"小广播"说："谁你也不认识，我请来的人保证唱得好！我长这么大，还真没听过谁的淮河民歌唱得比她好呢！"

这句话，听得刘泥鳅愣愣的！

这时候，"活济公"墩子走了过来，带着几分醉态地对刘泥鳅说："哎，刘泥鳅，我可要走了。"

刘泥鳅："怎么着？要走哇，走就走吧，正好这席也都快散了。"

"活济公"墩子小声对刘泥鳅说："哎，不能说走就走吧，咱俩还有事儿没办呢。"

刘泥鳅问："有事没办？什么事啊？"

"活济公"墩子："什么事？你喝酒喝忘了？"

刘泥鳅问："什么事没办？没什么事啊。"

"活济公"墩子："你要真忘了，你就好好想想，我进门的时候，跟你说什么来着。"

刘泥鳅："你进门的时候，不就说要来白吃白喝嘛，我可没收你的钱哪。"

"活济公"墩子："不光说了这，还说了别的事呢！"

刘泥鳅："还有什么事呢？"

"活济公"墩子拿起桌上的酒瓶子指指说："就是说的这个事！"

刘泥鳅："哦！你是说喝酒的事，那酒你不是都喝了吗？"

"活济公"墩子："光喝了不行啊，刚才你媳妇在那儿广播什么了？不是说明天二月二你们家饭店正式开业嘛，这个日子不是我给你们算的吗？"

刘泥鳅说："二月二，谁不知道是个好日子，还用得着你算哪？"

"活济公"墩子说："我说刘泥鳅，你不能河还没过去，就要拆桥吧？那你都答应给我带两瓶酒了，你不给我带，那就太不讲究了吧，再说，我回家喝什么呀？"

刘泥鳅指着"活济公"墩子说："你说你这号人，像一个'贴树皮虫'似的，贴上你就没完，真是惹不起你，说吧，还要两瓶什么酒？"

"活济公"墩子："两瓶好白酒哇，当然是度数越高，价钱越贵的越好了！"

刘泥鳅回身喊服务员："哎，来，给他拿两瓶高粱烧过来！"

服务员应声，从吧台那边拿来两瓶白酒。

"活济公"墩子把两瓶酒揣在自己衣兜里说："刘泥鳅，你小子是不是太抠门了，酒的数量是对了，价钱可不够高，你拿这高粱烧对付我，行了，我也算是认识你了，哼！太不够意思了！"

刘泥鳅："我这饭店，是要天天开下去的，对你这号人，我太够意思了，那就是对我自己太不够意思了，我就得天天赔个底儿朝上，白吃白喝还送你两瓶高粱烧，你还想怎么的？"

"活济公"墩子："刘泥鳅，什么事，都别做太绝，都得留点儿余地，看着今天我'活济公'占你点儿便宜了是不，你心里不得劲儿了是不？可是你得想明白，今后，说不定在什么事上，就有用着我的地方！都是一个村住着，谁用不着谁呀！"

刘泥鳅说："我是用不着你什么，你少麻烦我点儿就行了。"

"活济公"墩子说："你看你那个小气样儿，吃你一顿饭，拿你两瓶酒，好像在你身上割块肉似的，我告诉你，你在乡亲们身上，舍不得往下割肉，老想把乡亲们身上的肉割下来，自己赚黑心钱，你这个小饭店哪，办不长也办不好！你把我得罪了，这村里的人我谁不认识，我就说你家饭菜不好吃，让大家伙都到对面饭店吃去！"

刘泥鳅站起来用手推着"活济公"墩子往外走说："行了，'活祖宗'！我可惹不起你，你吃饱了，喝得了，还是该干吗干吗去吧，赶紧走吧！"

"活济公"墩子："刘泥鳅，你这饭店，我不会天天来白吃白喝的，你不用那么担惊受怕的，我顶多隔三岔五地来一趟，在我身上你赔不多少钱，人情比钱重要！别两个眼睛长在脑瓜顶上，净往钱上盯，办饭店，还得靠德行，人家珍珠的德行比你可强多了！"

刘泥鳅把"活济公"墩子推送到门外说："行了，行了，你是我爹行不？快走吧！"

武二秀走了过来，对刘泥鳅说："你回去吧，我叔是喝多了，我送他回去！"说着，搀着"活济公"走了。

"活济公"墩子自言自语道："刘泥鳅，你跟别人玩滑头，跟我也想来这套，不灵！"说着，用手摸摸兜里的酒瓶，骂骂咧咧地走了。

20. 朱镇集市上
淮爷挑着个日用杂货担走在集市上，货担的两头有彩色风车和冰糖葫芦，他在叫卖！集市，路两边是各类摊贩摆的摊床。

武二秀的女儿胖丫在一个卖花生瓜子的摊床前，喊着："大瓜子啊大花生啊！"

21. 村子至镇子的路上
玉树骑着三轮车，车上坐着"活济公"墩子和武二秀。

武二秀说："叔哇，我就别去了，玉树上镇子拉饲料，去时候拉着咱俩人多累啊！"

"活济公"墩子说："别的别的！我这是要去给玉树上镇子做衣服，我一个大老爷们，对这玩意儿弄不太明白，你去了，正好给当个高级参谋，连着也看看你那闺女胖丫！"

武二秀说："你要这么说，我去一趟镇子也行，我还真有点想胖丫了！"

"活济公"墩子说："二秀，刚才人多我没说，你那妆是怎么画的呢？怎么把嘴唇儿造得魂儿画的呢！"

· 8 ·

武二秀说:"哎呀,我都擦了半天了,还能看出来呀,这都是顺水家那个小石头给我整的!我正画嘴唇,他放炮仗,手一哆嗦,就画成这样了!这个小死孩崽子,可真气死我了!从打我到了老孙家,这孩子就没管我叫过一声妈!"

"活济公"墩子:"二秀,顺水这个对象,还是叔我帮你介绍的,我看那个人挺好,常年在淮河上跑船,钱也不少挣,他对你不挺好吗?"

武二秀说:"好什么好啊,他不在家,我还真挺想他,可他一回来,心里不是他妈就是他儿子,根本就没有我!"

"活济公"墩子说:"哎呀,我是看你一个人挺门过日子,带个胖丫活得不容易,才给你介绍的孙顺水!女人哪,出一家进一家的,也实在不容易,差不多就行了,人哪,都得尽量往好处,时间长了就好了!"

武二秀:"我看哪,怎么处,也跟他们处不出个什么甜酸来,我和孙顺水过不长!"

玉树说:"你们可坐好了啊,下坡了!"

22. 淮河岸边

小石头等在码头上。

淮河上,行驶着货船和渔船。

孙顺水的船正在靠岸,顺水从货船上甩出一根缆绳套在岸边的铁桩上。

小石头往船的方向跑:"爸!"

孙顺水看见了小石头:"石头,你先别过来!"和工人们一起往码头上卸运东西。

一个工人:"顺水大哥,船上这些石料,就我们卸吧,孩子在岸上等你呢!你就早点儿回家吧!"

孙顺水直起腰来说:"不急,把这点石头都卸完了,再回吧。这都是政府为治理淮河,加固大堤用的石料,咱们卸的时候,轻点慢点儿,可别给损坏喽!"

那位工人说:"顺水哥,这点儿活,我们慢慢干吧!你回吧,我们知道你嘴说不急,可你心里急,这几天在船上,我们都看出你心里有事,你就快回吧!孩子在那儿眼巴眼望地等你呢!"

孙顺水:"你们几个小子,可真都快成了我的肚里的虫了,我心里想的什么事,你们全知道。"

他又叹了口气说:"都说是雨后的阳婆蝎子的针,最狠不过的是继母心!自打娶了这武二秀,老妈脸上的笑模样没有了,孩子整天看着我眼睛红红的,一肚子委屈话不敢说。原是想上有老妈,下有孩子,找个半路妻子挡热遮寒,帮我照顾照顾我这个家,可没想这女人,模样不赖,可品行不端,对我妈和孩子不好,咳!这个媳妇找的,不如不找呢!我成天在外头跑船啊,不省心呀。"

说完,顺水拍了拍手上的灰土说:"那么的吧!你们大家也知道我的事,我就先回了!"说完,往岸上走。

岸上,孙顺水抱起了小石头,亲了一口:"石头,想爸了?"

小石头没回话,却哭了。

顺水一脸猜疑,抱着小石头往前走。

那位工人与旁边的工人说:"别看那武二秀长得像朵花,人近四十,可那一身风流骨头没改,全身骨头加一块没有二两沉,这样的女人谁娶到家谁闹心!"

另外一位工人说:"丑妻近地家中宝,找了武二秀那风流娘儿们当媳妇,那就少不了犯折腾!"

23. 原野上

朱新亮骑着摩托车驮着鱼，飞快地从大堤上驶向镇子。

24. 镇子喜洋洋理发店

刘泥鳅的女儿洋洋，正在和几个女服务员忙着给客人理发洗头。

朱新堂手里拎着装肉的塑料袋，走了进来。

洋洋一边给别人洗着头，一边对新堂说："哟！这不是老同学朱新堂吗？今儿个你怎么有空过来？是不是也要赶在二月二之前，把发理了，图个吉利？！"

新堂："洋洋，你说的都是村里的老例儿了，这些老例儿对咱们年轻人不起作用，是我妈和我大姨让我过来买点肉，我的头发也是长了点，就势理理。"

洋洋："快坐快坐，我先给你洗洗头，完了再给你理发。"

新堂倚着门口的椅子坐下了，说："哎，洋洋，你们家饭店今天试营业，你怎么没回去看看？"

刘洋洋说："没看我们这儿都忙成什么样了？哪还有时间回去！"

新堂看看小屋说："小屋弄得不错啊，比原来敞亮了！"

洋洋说："前些日子不是过年了嘛，把屋里又重新弄了弄。新堂哥，你那大棚侍弄得怎么样了？"

新堂："你知道，我爹干什么事都比别人慢半拍，要依着我，这大棚头些年早干起来了，可我爹不是怕这就是怕那，生怕大棚给他赔了钱，这回看到别人家干大棚钱也挣了不少，眼红了，才让我干。现在，菜籽刚撒到地里，菜芽儿还没钻出来呢。所以我大姨那饭店只能吃他们自己家大棚的菜，你说我爹这个'老保守'，可怎么整？"

洋洋："你爹做事慢半拍，这在全村子都出名，那年村子上接电，全村人都接了，就你家不接，你爹说点个煤油灯挺好，又省电又省钱，不就是照个亮嘛，可后来看别人家的电灯亮亮堂堂的，又能看电视，你爹才急了，找到村里，这才又给你家接了电。"

新堂："我爹不像你爹，你爹做事'快半拍'，在我大姨家饭店对过新开了个饭店，两家在多种经营上搞上竞争了！"

洋洋擦了擦手上的泡沫走了过来，把新堂领到一椅子前坐下，给他围上围罩，一边给他洗头一边说："这个事弄的，也是有点不太好，选饭店房址的时候，我就说别和你大姨家的饭店正面对着，竞争不在表面上，饭店错开点，不也照样是搞竞争吗？大家都照顾个面子，可我爸就是不听，非得这么干！"

新堂弄得一头泡沫，看着镜子里的洋洋说："洋洋，你是做的这美容美发还是怎么的？怎么看着你比以前好看了，快成美女了，你看你，原来在高中上学的时候，还是小黑丫头一个，现在快成白天鹅了。"

洋洋笑了笑说："你可别夸我了，美女算不上，有时对着镜子，看看自己的模样：反正长得还算顺眼，不烦人。哎，那天我回村见着你妈，你妈跟我说，最近要领着你去相亲，那个女孩是谁呀？"

新堂："是有那么回事，那个女孩我也没见过，说是人挺好看，挺聪明的。"

洋洋给新堂洗着头，眼神里掠过一丝儿不易被他人察觉的荫翳说："没见过面，就夸上了？哎，你大姨家的新亮哥最近忙什么呢？不是说毕业回村了吗？"

新堂："你问新亮哥？你这么上心打听他，是什么意思？"

洋洋脸稍微有点微红地说："别瞎扯，打听打听就是有意思了，我能够上人家吗？我真地问你，新亮哥最近忙什么呢？"

新堂："你新亮哥，现在可是个大忙人啊，每天老早就骑摩托出去了，到仙女湖那边去倒腾鱼，说是等发达了，就要搞水面网箱养殖，他的野心大着哪！"

洋洋："我能看得出来，别看新亮哥回了村，那可是个有出息、有能耐的人，做事想事那股劲儿，随你大姨。"

25. 集市另一处

淮爷正挑着货担叫卖，迎面碰上了手里拎着一袋青菜的顺水妈。

顺水妈停住脚步，跟淮爷打着招呼说："他大哥，一天到晚，光开个小卖店就够你和甜菊忙活的了，有个集市，你也要到这儿来，卖点东西，这么大岁数了，不斤儿不厘儿的啊，也该多歇歇了，人老了，自己得照顾好自个儿。"

淮爷放下担子说："哦！大妹子，这里没外人，跟大哥说句心里话，我听说那武二秀待你和小石头不好？"

顺水妈看着淮爷，一副愁眉不展的模样，嘴上却说："咳！糊涂庙儿糊涂神儿，糊涂日子糊涂着过呗！"

淮爷问："大妹子，你跟我说点实话，我这心里惦记着你们！"

顺水妈眼里汪了泪，颤着声说："他大哥呀，有些话，叫我这当老人的怎么说呀？论理儿说，家丑不可外扬，可你真就不算是外人，有些话瞒天瞒地我不能瞒你，这个武二秀对小石头心狠着呢，有时候当着我的面，连打带骂，我要劝两句，她就指鸡骂狗地跟我来上了！"

淮爷对顺水妈说："顺水呀！这个媳妇是找错了，不如不找了，你们祖孙三代就这么过下去了，这回你和小石头可受罪了。"

顺水妈："以前我总想，人心都是肉长的，我给她十个好，总能换出她一个好来，可这个武二秀，她的心是冰冻雪筑的，我呀，拿心焐不热她。"

淮爷从担子上拿下两根冰糖葫芦说："大妹子呀，把这个拿给小石头，你和小石头在家有什么事，用到我的，就尽管说。"

顺水妈用手推挡了一下冰糖葫芦说："他大哥，你留着卖吧，这个就别给小石头往家拿了，弄不好，我拿回去还会惹了祸，那武二秀在钱上对我看得挺紧，我每花一分钱，她都想问个究竟。这冰糖葫芦拿回家，她还不得问我，是从哪儿弄钱买的？我怎么说？"

淮爷一瞪眼睛："你怎么说，你就实说，是我淮爷给小石头的，怎么的？还让这娘儿们翻了天了呢？"

这时候，朱新亮骑着一辆崭新的摩托，车的后边驮着两个鱼筐，停在了淮爷和顺水妈跟前，冲着淮爷说："姥爷！你怎么在这儿？"

淮爷看着新亮说："哦！是新亮呀，我在这儿和顺水妈说说话儿。"

顺水妈："哟！这不是五河的儿子新亮么，你不是在市里农业技术学院念书来着？"

淮爷："毕业了。"

顺水妈："现在在哪儿高就啊？"

新亮："没在哪儿高就，就回到咱们村了！"

顺水妈："啊！那都在学院毕业了，也没说在城里找份工作？"

新亮："大奶，我是大专毕业生，这个学校主要是培养农业技术人员的，我回到村里，不正好有用武之地嘛，干别的，那就瞎了我学的这专业了。"

淮爷："新亮要回村儿做点事，我赞成，今后，村子里的人，都得慢慢地成为有文化的人。"

新亮："姥爷，大奶，我这可走了。"说着，骑着摩托车走了。

26. 镇子胖丫摊床前

胖丫一边吆喝："大瓜子呀，大花生啊！"一边在给别人称秤。

武二秀带着酒气走了过来，见胖丫称东西的秤杆子挑得那么高，有些不高兴，上去摁住秤杆子说："我说胖丫，你是怎么做生意呢？谁称东西不是平秤啊！有你这么做买卖的吗？"

胖丫用眼睛抹搭了武二秀一眼说："呀，你怎么来了？！"把秤盘子里的瓜子倒给了来买瓜子的人。

武二秀："你这孩子是怎么跟你妈说话呢？还我怎么来了？我这大老远地来看你，我不该来呗？"

胖丫说："你身上怎么还一股子酒味儿呢？你喝酒了吧？"

武二秀："我喝了，怎么的？"

胖丫不再搭理武二秀，只是一个劲儿地喊："大瓜子啊，大花生啊！"

武二秀面带愠怒地看着胖丫，说："你卖吧，我走了！"

胖丫见武二秀真走了，就喊着"妈！"追了过去。

武二秀站住了。

胖丫扯住武二秀的衣袖说："妈，我跟你说句话行不？"

武二秀仰着脸说："说！"

胖丫说："妈，你能不能对顺水妈和小石头好一点儿！"

武二秀说："你听说什么了？我对他们哪儿不好了？"

胖丫说："妈呀，你进了老孙家的门，就是老孙家的人了，你得一心一意地跟人家过日子，跟人家家里人都得往好了处！"

武二秀说："卖你的瓜子吧，我的事儿不用你管！"说完，就走了。

胖丫说："妈，你等等！"转身回到摊床前，去捧瓜子，她捧起了满满一捧瓜子，可当她转回身时，武二秀已经走远了。

胖丫的脸上充满了失望，手中的瓜子轻轻向摊床上淌着……

27. 朱圩村孙顺水家

顺水用肩膀头驮着小石头，走进院子里。

顺水问小石头："我不在家的时候，她怎么对你的？"

小石头哭了："从早晨到现在我还没吃饭呢。"

顺水推开门看看，说："这娘儿们现在上哪儿去了？她天天早晨都不给你们做饭？"

小石头："她只管她自己吃，又是煮鸡蛋，又是吃大馍的，从来不管我和奶奶。"

顺水说："你奶呢？"

小石头："上镇集上买菜去了。"

顺水拉起小石头的手说："走，爹领你去小卖店，多买点方便面和挂面、鸡蛋回来，以后她再不给你和你奶奶做饭吃，你们就吃方便面或者煮面条、煮鸡蛋！"

小石头抹了一把眼泪，跟他爹走了。

28. 镇集市胖丫摊床前

苏南南正在找胖丫称瓜子。

胖丫问："这位姐，在镇子上我见过你，你和你妈在那边开了个服装店吧？你们好像不是本地人。"

南南笑着说："嗯，你说得对，我跟我妈是在那边开了个服装店，我们是从江苏那边过来的！"

胖丫："你看你长得多水灵，一看就是个大美人！我敢说，古代有个姓陈的叫陈鱼，姓洛的叫洛雁的肯定都没有你长得美！"

南南笑笑说："你说的是沉鱼落雁闭月羞花吧？"

胖丫："对对对，你说对了！"

南南："那是中国古代的四大美女，天下人都知道，沉鱼不姓陈，落雁也不姓洛，咱可不能和人家比！"

这时候，新亮骑着摩托车，停在了摊床前，冲胖丫说："胖丫！"

胖丫一惊："哎呀我的妈呀，这不是新亮哥吗？"

新亮说："胖丫，你成天在这摆摊卖瓜子花生，也不挣多少钱，我给你提个意见怎么样？"

胖丫："提什么意见哪？你说！"说着，对南南说："这可是我们村飞出去的金凤凰，朱新亮！在学院毕了业，又飞回来了！"又对着新亮说："新亮哥，你说！"

南南用惊喜的眼神看着新亮。

新亮也看到了南南，冲胖丫说："我现在每天从仙女湖那边往镇子里倒腾鱼，你这摊床要改成卖鱼的床子，那该多挣钱哪！"

胖丫笑着说："新亮哥，你说的真行，太行了！我以前只是愁没有进货渠道，要是有你天天给我送货，那我这鱼是卖定了！"

新亮："今天是没你的份了，明天吧，打明天起我给你送鱼！"

胖丫高兴地："哎呀，那可太好了，我就不说感谢的话了，就一言为定了！"

新亮冲胖丫扬扬手："好好，我走了啊！"顺便也向南南打了个手势。

南南冲朱新亮笑笑。

胖丫见新亮走了，对南南说："看见了吧，在我们朱圩村，这是我最崇拜的人！人家是大学生，给我送鱼卖，哎呀，都快乐死我了！"

南南看看胖丫，又引颈往新亮的背影方向望望。

新亮已消失在人流里。

（第一集完）

第二集

1. 镇子南南家服装店门前

"活济公"墩子推了玉树一把说："进去！"

玉树不想进去，说："人家不想做衣裳，你偏要让做，这是干什么呢？！"

"活济公"墩子喝道："进去！你进不进去？！"

南南妈听见了门外的争吵，从店里走了出来，说："哎哟，这是来客人了，想做衣服就进屋吧，别看我们店小，可做的衣服保证合身讲究，进屋吧。"

"活济公"墩子又推了玉树一把说："进屋去！"

玉树只好走了进去。

"活济公"墩子又问南南妈："你们店的价钱怎么样？"

南南妈："放心，保证实惠。"

这时候，南南拎着一袋瓜子，走了回来。

玉树看见了走进屋来的南南，被她的美貌惊呆了，愣愣地看了半天。

"活济公"墩子用手指捅了捅玉树说:"哎,不挑布不做衣服看什么呢?"

南南妈冲着南南说:"南南,你过来,你给这位客人量量身材!"

南南哎了一声,放下手里的瓜子,拿起皮尺,走到玉树身边。

南南给玉树量身材,玉树脸却涨红了,站在那里,神情有些紧张。

南南妈跟"活济公"墩子说:"你们准备做什么布料,什么样式的,你们选选吧!"

"活济公"墩子撩起一块布说:"不行,我看不明白这玩意儿,先等一会儿,我们有个明白人过来,让她帮着给看看!"

这时候,"小广播"走了进来。

南南妈说:"啊,你说的是她吧?前些天她还领儿子来做过衣服呢!"

"小广播"说:"什么说的是我呀?"

"活济公"墩子说:"哎,我说的可不是她,别弄串了!"他返身向门外看:"哎呀,她怎么还不来呢?"

2. 镇子街道上

各种摊床前,武二秀在漫无目的地闲逛。

3. 镇上南南家服装店里屋

这里只有"小广播"和南南妈。

南南妈说:"哎哟,你怎么想到要请我去呢?"

"小广播"说:"大姐,那天,你给我家喜子量衣服时,嘴里哼着淮河民歌,唱得太好听了,我今儿个从村子里赶来,就是特意来请你来了!"

南南妈说:"不行不行,我这么大岁数了,哪还能去上场唱什么淮河民歌!"

"小广播"说:"大姐,明儿个是二月二,春龙节!是龙抬头的日子,也是我们家的饭店正式开业的日子,我家男人说,要拉场子演'花鼓灯',唱淮河民歌,我就想到了你,不知道你能不能去帮大妹子我捧这个场?"

南南妈说:"哎呀!我自己哼上几句,那是自己图个乐呵,不是大姐不帮你的忙,而是这个忙实在帮不上。"

"小广播"说:"大姐呀!人家对面那家饭店,明晚上也拉场子耍龙灯,他们家祖孙几代人都会跳'花鼓灯',唱淮河民歌,你说这场子对场子,咱弄得不红火,叫人家给咱家压半头,咱脸面上不是过不去不是?大姐!我们家刘泥鳅也是个跳花鼓灯的好手,村子里头有个武二秀,也答应过来唱'小兰花',和他搭架子,可就是淮河民歌这一块缺人演唱,大姐,知道你身价高,是有身份的人,你就说个价,我拿钱请你。"

南南妈:"大妹子!话儿叫你说到哪儿去了,我真的不是差在钱上,真是我人老了,上不去场子了。"

"小广播"说:"大姐,你要是真去不了,这事我可就真做了难了!"

4. 南南服装店外屋

玉树着急地说:"这武二秀说来也没来呀,我看她是喝酒喝糊涂了,八成把咱这个事儿给忘了!"

"活济公"墩子说:"那么着急干什么?再等会儿呗!"

玉树说:"人家还要等着去拉饲料呢!"

南南翻着一个大本子说:"要我说,你们不用找谁帮忙,各种流行款式,这上面都有,你们看看,能定不能定?!"

玉树说："爹，我看今儿个就先别做了，先去拉饲料去吧！"

"活济公"墩子说："行吧行吧！我看你急得都像火燎屁股了！今儿个不做就不做吧，走吧，你拉饲料去吧！"

南南说："行，什么时候要做你们再来！"

玉树和他爹走出了服装店。

"小广播"和南南妈从里屋走出来："哎呀，大姐呀，你要是不能去，可叫我太扫兴了！我都当着大家伙说有淮河民歌这个节目了？"

南南："阿姨，你们说什么淮河民歌不民歌的？"

"小广播"说："哎！对了，南南！阿姨问你，你会不会唱淮河民歌呀？"

南南不假思索地说："不就是淮河民歌嘛，什么摘石榴、摘樱桃、打菜薹的，我全会啊。"

"小广播"一下子站了起来，拍手打掌地说："哟！真的呀！那这可是天上扑腾掉下个贵人来，南南这模样，这身段，要是上场子，一唱淮河民歌，那就得把全村子人镇了！你们家的服装店刚来镇子上，没多少人见过南南，忽然有这么一个水灵姑娘，站到人前边，都得把天底下的男人脖子看长了，眼睛看直了，腿脚都挪不动步啊！"

南南："我知道你是朱圩村的，和那个叫朱新亮的一个村的是不？"

"小广播"："哎呀，你怎么还认识朱新亮呢，他就是我们村的不假！今儿个你要是去啊，准能碰到他！我们两家饭店门对门！"

南南："阿姨，你是我们店旁边美发店刘洋洋姐的妈吧？！"

"小广播"："是啊，是啊，你越说越对了！"

南南："那就行了，我和洋洋姐有来往，咱们也都不算外人，村子里离镇子上也不远，明儿晚上我去了！"

"小广播"："哎呀！这可是太好了。南南，你可真是刘姨的大恩人，帮了刘姨的大忙了。这孩子说话声音这么好听，唱歌肯定好！"

南南妈："从小就愿意跟我学着唱，在省里民歌大赛上还得过奖呢！"

"小广播"瞪大了眼睛："哎哟！那这下我们明儿晚上的场子可火喽！南南，那刘姨得怎么谢你啊？"

南南："刘姨，话还别这么说，你们家洋洋的理发店，跟我离得这么近，今后不管大事小情，谁都兴有用着谁的时候，不管是看洋洋的面子，还是看你的面子，这个忙我都帮了。"

"小广播"："好，那咱就君子一言，快马一鞭了。我就回了，明儿晚上的时候，你不用自己去，我让洋洋来接你！"

说完，"小广播"走了。

南南妈望着"小广播"的背影说："南南哪，别看你模样长得俊俏，性子可真像个愣头青，你怎么能轻易答应她，去和村里的人唱对台戏呢？你知不知道，这会得罪村里的另外一拨人的！"

南南："我就是去唱淮河民歌，我也不掺和他们村里的事，怕什么？"

南南妈："咱们来镇子时间不长，只管做好自家的生意就行了，外边的闲事少掺和。"

南南："妈，依你说明儿晚上我就不去了？可我都答应人家了呀！"

南南妈说："明儿个你去就去吧，就只这一次，以后，这种抛头露面的事，你最好别干！"

南南吐了一下舌头说："听妈这话的意思，我今天答应洋洋妈这事，是有点儿冒失了！"

南南妈："我知道你嗓子好，淮河民歌唱得好，你到那儿一亮嗓子，肯定压别人一头，到那唱歌的时候，搂着点，唱一个就下来，别人家一叫好，就唱个没完，容易让对方场子上的人下不来台，听见没有？"

南南："行，记住了！"

5. 朱圩村淮爷小卖店

小石头正大口大口地吃着面包！

甜菊见了，回身说："孩子，你慢慢吃，姑姑给你倒杯水！"说着，甜菊接了一杯水，递给小石头。

孙顺水把不少方便面和挂面往塑料袋子里装，说："甜菊，再给我拿十斤鸡蛋！"

甜菊一边给他称着鸡蛋一边说："哟，顺水哥，你怎么买这么多东西呀？"

孙顺水："甜菊呀，别问了，你顺水哥这一肚子话没法跟别人说，我家那个娘儿们武二秀哇，对我妈和小石头都不好！你看把小石头饿得这个样！咳！我老在外边跑船，管不上家里的事啊！"

甜菊看看顺水说："那这回回来，能多待上几天吧？"

孙顺水说："多待什么呀，船上的活儿那么忙，回家看看，就得走。"

甜菊说："那你们今后的日子怎么过？老这么下去也不是个办法呀！"

孙顺水："我也知道不是个办法，可这也是没有办法的办法，只能走一步看一步了，到什么山唱什么歌了。"

6. 镇子集市上

朱新堂推着一辆自行车，车的后座上驮着一些青菜，走在熙熙攘攘的人流中。

当路过胖丫的摊床前时，胖丫看见了朱新堂，胖丫正在一边卖瓜子，一边嘴里嗑着瓜子，看见了新堂，忙吐掉嘴里的瓜子皮说："呀！真是少见，新堂哥也到镇子上赶集来了。你看，你这小头剃得真精神！"

朱新堂："胖丫！怎么的？你就在镇子上摆摊卖货了？不回村里去了？"

胖丫："我在镇里租了房子住了，你知道我不乐意和我妈住在一个村子里！"

朱新堂："你妈是你妈，你是你，村子里人对你胖丫可没说过什么闲话，还是夸你的人多，说你人实在，心眼儿好！"

胖丫听了这话，张大了嘴巴说："啊！村里还有人这么夸我？没听着过呀？这还是第一回听你说。新堂哥，你说的是真话呀？"

朱新堂："我什么时候跟你说过假话呢？说的是真话，真的是真的！你不用怀疑，村里的老百姓，对你看法好着呢！"

胖丫捧起一捧瓜子和花生说："新堂哥，来，给你装兜儿里点儿，你上镇赶集碰上我了，我也没什么好吃的给你，吃把瓜子花生吧，虽说不值多少钱，可是我的一点儿心意！"

朱新堂摆摆手说："可别往我这兜里装了，你知道，现在瓜子花生，咱们村里谁家都不缺。"

胖丫用手擎着瓜子花生说："新堂哥，你看你怎么这么说话呢？你家不缺这我知道，你没看得上眼儿我手里这把瓜子花生，我也知道，可咱们毕竟都是从一个村子里长大的，听了你刚才那句话，我这心里都乐坏了，这花生和瓜子，你说什么也得拿着！"说着，她把手里的瓜子花生装进了新堂的兜。

朱新堂："哎呀！你看非得装，把这衣兜都弄脏了！"

胖丫听新堂这么说，刚倒进一半的瓜子花生的手，停住了，把剩下的那一半顺手放回了摊床，说道："新堂哥，你不用冲我这样，我知道你心里有洋洋，没我。说实话，我也知道我配不上你，压根儿也没想攀你这个高枝儿！送你一把瓜子花生吃，也没别的意思，你别想得太多，兜里的瓜子和花生要吃你就吃，不吃，你就抓出来扔了，弄脏了你的衣服，我就没法给你洗了啊！"说完，赌着气似的转身回到了自己的摊床前，亮开嗓子喊："大瓜子哎，大花生啊！谁买大瓜子和花生啊！"

朱新堂听了胖丫这话，觉得有些不好意思，想向胖丫解释什么，就说："胖丫，我不是那意思，你可千万别误会。"

胖丫好像没有听见朱新堂的解释，继续扯着嗓子吆喝着："大瓜子啊！大花生啊！"

朱新堂见胖丫不理他，只好推着车子走了。

胖丫看着朱新堂的背影抓起瓜子边嗑边吐着边皮儿，自言自语地说："哼！你朱新堂就铁匠挑子一头热去吧！人家洋洋才不会看上你呢！"

7．淮爷小卖店里

淮爷把货郎担子放在那里。

甜菊呢，把货担上的东西往屋里拿。

淮爷戴着老花镜，正在漫无目的地噼里啪啦地打着算盘子，说："方便面，那能天天当饭吃吗？这个武二秀哇，表面看着挺好，背后怎么能干出这么不是人的事儿！刚才我在镇子上碰见了顺水妈，我让她给小石头拿两串糖葫芦，她都不敢拿！"

甜菊说："我现在就给他们送去！"

淮爷拿起了算盘，向空中一挥，算盘珠儿发出一声脆响："去！就说是我送的！我倒要看看她武二秀，能怎么的！"

甜菊拿了两串糖葫芦出门去了！

淮爷呢，又噼里啪啦地打起了算盘。

8．镇子胖丫摊床前

这时候，玉树走了过来，他骑着一个"倒骑驴"，车上装着一些饲料，坐着"活济公"墩子。

胖丫打老远就看见了玉树，就喊："玉树哥！"

"活济公"墩子对玉树说："这个胖丫怎么喊你哥呢？她妈管我叫叔，论辈分，她应该喊你叔哇？"

玉树说："村里亲戚套亲戚的，是一种叫法，我们之间有我们之间的叫法！"

胖丫说："玉树哥，又上镇子上来拉饲料来了？"

"活济公"墩子说："你这个胖丫，是怎么说话呢？他是光拉饲料吗？那车上还不有我呢吗？我不比饲料重要多了？！"

胖丫见是"活济公"，说："哎哟，这车上还坐着个大活人呢！"

"活济公"墩子说："你妈呢？"

胖丫说："我妈？早就走了！叔爷，你来得正好，我正要找你呢！"

"活济公"墩子问胖丫："找我有事儿啊？"

胖丫说："叔爷啊，我正想有时间到你家去，找你给掐算掐算呢，看看我今后的命相和运气能怎么样？"

玉树在一旁说："胖丫你真逗，都什么年月了，村子里哪还有人信他那套，你年纪轻轻的怎么还会信这？"

"活济公"墩子冲玉树一瞪眼睛："待着你的，这里头没有你的事儿！胖丫啊，这是你找我，咱们两家是亲戚里道的，我就不说什么了，那要是别人找我，不给我送点儿大礼，我还真不给他们掐算呢！"

胖丫说："哎呀，我明白你话里话外的意思，我找你掐算，也不能白求你，我也会给你带点儿什么，说吧，我什么时候去找你合适？"

"活济公"墩子说："我有时间啊，随时恭候，主要看你什么时候方便了。"

胖丫说："那好，有时间我就过去找你！"

玉树把头偏到一边说："胖丫啊，你可真是的，找他掐算，信他那套，真没意思！"

"活济公"墩子怒道："玉树！我说你小子是怎么回事儿？人家胖丫信着我了，找我掐算，有你什么事儿？你就不能把嘴闭上？"

玉树："掐算？你会掐算个什么呀？那么会掐算也没把自己的事掐算明白喽！"

"活济公"墩子说："你闭嘴不？是不是让我动鞋底子打你？！"

胖丫笑了，捧起一把瓜子，走到"活济公"墩子跟前，往他的衣兜里装着说："叔爷，别生气，我肯定回村去找你！"

"活济公"墩子说：'哎，胖丫这话我爱听，来，给叔爷多装点儿，我愿意嗑这玩意儿，还有花生，也装点儿！"

玉树说："爹，瓜子花生，咱家不也有吗？"

"活济公"墩子说："这话说的，那不得费事炒吗？再说了，你能炒得有胖丫炒得这么香吗？"

胖丫又捧了一把瓜子，往玉树的兜里装："都是我自己炒的，香着呢，你也装点儿！"

玉树说："你看你看，我这个衣服脏兮兮的，身上一股味，别熏着了你的鼻子，弄脏了你的手！"

胖丫抽了一下鼻子说："这是说哪的话呢？喂猪养鸭的，哪个人身上没这股子味道，我是从小在村子里长大的，我知道你玉树哥是个干净人儿，闻着你身上这股味啊，我就又想起村子里熟悉的味道了！我不是也帮我妈喂过家里的猪啊鸡啊鸭啊的，我不嫌乎这股味道。"

玉树笑了，说："好，瓜子花生我收了，那咱就回见了啊！"说完，对他爹说："爹，走吧。"

"活济公"墩子说："着什么急呢？这花生还没装呢！"说着就大把大把地往兜里装花生。

玉树说："行了，看一会儿把兜撑破了！"

"活济公"墩子瞪了玉树一眼说："我愿意！"

玉树故意骑着"倒骑驴"先走了。

"活济公"墩子一边往兜里装着花生，一边追赶玉树说："哎，这怎么还先走了呢？玉树！你给我站住！"说完，追了过去，他上了"倒骑驴"说："你小子怎么给我拉来的，得怎么给我拉回去！我是帮你办事来了！"

玉树等他爹上了车，就骑上车子走了。

他们，很快消失在集市的人流里。

9. 孙顺水家

武二秀走了进来。

孙顺水躺在床上假睡，小石头在吃糖葫芦。

武二秀进了厨房，见摆放着不少方便面、挂面和鸡蛋，就对正好从里屋出来的顺水妈说："这是怎么回事儿？怎么买了这么多这些东西？"

顺水妈说："顺水回来了，他买的！"

武二秀："他买这些东西干吗？谁家过日子能成天吃这东西！"

孙顺水从里屋里走到外屋，说："这些东西都是我买的，怎么了？"

武二秀说："你买了这么多这些东西，是什么意思？！"

孙顺水说："你说什么意思？我想你心里应该明白我是什么意思？！"

武二秀："你是不是又听你妈和小石头背后说我什么了？"

孙顺水："说又怎么了，没说又怎么了？我没在家，你自己做了些什么事，你心里明白！"

武二秀："我不明白！"

孙顺水："我看你是装糊涂！你说，你在家怎么对妈和小石头的？"

武二秀："怎么对待的？总不能让我打块板子，把他们供起来吧？"

孙顺水："你把着钱，不给妈和小石头做饭，是不是真的？！"

武二秀："啊，那哪顿饭都得我做啊？你妈年龄大了，牙口不好，我做硬了，她想吃软的，我做软了，小石头又想吃硬一点儿的，我怎么能伺候好他们？米面都在那放着，想吃软的硬的，自己做不就完了吗！"

孙顺水："他们自己要能做，我还找你这么个媳妇干吗？！当摆设呀？"

武二秀："啊，找我当媳妇，就是找我给他们做饭的呀？我可伺候不了他们，你赶紧想办法！我一进门，看见这些玩意儿堆了一堆，我心就堵得慌，我知道，这又是有人当你告状了！行，告状就告吧！反正我在这个家是没个好了，你们买的这些玩意儿，你们自己吃啊，我不吃！"说完，推门要走。

孙顺水喝道："你上哪儿去？"

武二秀说："我自己找地方吃饭去，这没碍着你们什么事儿吧？"

孙顺水还要说什么，顺水妈却用手堵住了他的嘴。

武二秀走出了院子。

顺水妈叹了口气说："你刚回来，她进了门，你们就吵，不但你们吵，把我和小石头也给牵连到里边了，真是叫人犯愁！"

顺水咬牙切齿地骂道："这个败家娘儿们，可真气死我了！"

顺水妈说："顺水啊，行了，你能不能别老和她这么别扭，你们这一吵一闹的，当妈的心里好受吗？你要是盼着妈能好活，妈求你，你别和她吵了啊！"

顺水："你看她刚才那个样子，要不是你在跟前，我早大巴掌抡过去了！"

顺水妈："这日子过的，我老了老了，不省心啊！"

顺水看看他妈，一脸无奈！

10. 淮爷小卖店里

甜菊说："淮爷，那阵儿新亮来了，说我哥和我嫂子叫咱们今儿个早点去饭店，明儿晚上饭店那儿要拉场子耍龙灯。"

淮爷说："那咱们就收拾收拾关门吧，明天又逢上二月二，是龙抬头的日子，耍龙灯也是图个喜庆，哎呀，明天还是你嫂子办的那饭店开业两周年呢吧！"

这时候，一阵摩托车响。

朱新亮来到了门前，说："姥爷，姑，我爸和我妈说叫你们快点儿过去呢！"

甜菊说："正好，你把你姥爷先驮过去，我收拾收拾就过去！"

新亮应声说:"好,姥爷,你快上车吧。"
淮爷兴致勃勃地上了新亮的摩托车。
摩托车一溜烟走了。

11. 镇子通往村子的路上
路两旁是油绿的冬小麦。
玉树骑着"倒骑驴"。
"活济公"墩子坐在饲料袋上面,吃着瓜子,瓜子皮子弄得哪儿都是。
玉树说:"爹,你以后在人前人后的,能不能少干点儿这丢人的事儿?"
"活济公"墩子说:"我什么事儿又给你丢人了?"
玉树说:"看着你左一把右一把地往兜里装瓜子花生,我就觉得脸直发烧!"
"活济公"墩子说:"我装瓜子花生,你脸发什么烧哇?这是人家胖丫让我装的,我这还是没吃着你挣的呢,要是吃着你挣的,你还不得把我嘴堵上?!行了,我算看明白了,我白把你养这么大,指望不上你!"
玉树说:"爹,你看我这是趁着没别人,就咱爷俩,说说体己话!你想哪儿去了?"
"活济公"墩子说:"这些话,你最好别跟我说,说了,我也不愿听,心里犯堵!"
玉树笑着说:"爹,你说指望不上我,说得也不对,你现在坐的车不就是你儿子我拉着你的吗?"
"活济公"墩子说:"我就借你这么点儿光,我还借不上啊?再说了,那不是上镇给你做衣裳去了吗?我就坐!"

12. 刘泥鳅家饭店里
客人都散尽了,身着厨师服装的刘喜子和服务员们在打扫卫生。
一处桌子前,坐着刘泥鳅和"小广播"。
刘泥鳅带有几分醉态地说:"谁?她会唱淮河民歌?你不是说去请她妈吗?"
"小广播":"哎呀,那闺女比她妈厉害呀!人家那姑娘长得可漂亮,不夸张地说,像朵水仙花似的!那淮河民歌唱得有多好呢?听说在她们省里还得过大奖呢,明儿晚上我是把南南这闺女,淮河民歌高手给请来了,你说我能耐不能耐?!"
刘泥鳅半信半疑地:"你说的这南南真长得有那么漂亮,歌子唱得真有那么好?"
"小广播":"夫妻之间无戏言,明儿晚上就要拉场子搞欢庆了,这时候,我怎么会跟你说假话呢?眼见为实耳听为虚,明儿晚上你瞧好吧!"
刘泥鳅:"论说,我和武二秀搭架子,跳花鼓灯,在这附近十里八村,也是有名的高手,我也常在人前露几手绝活,可是,我的绝活再绝,乡亲们看惯了也就觉得不绝不新鲜了,如果南南这闺女长得真像你说得那么漂亮,歌唱得那么好,明儿晚上我们都给她垫场子,让她好好地露一手,肯定把对面那场子给镇喽!"

13. 五河家饭店内
朱新亮、甜菊、彩虹、彩霞他们几个都在一条彩龙前收拾着这,忙着那。新亮身边是那个彩色的大龙头,甜菊一边和新亮擦拭着龙头上的灰尘,一边说着话。
淮爷呢,一个人在那边吃着菜,喝着酒。
珍珠从厨房里走出来:"爹,他们都吃完了,你慢慢吃,还想吃点儿什么菜不?"
淮爷指着桌子上的一碗白菜炖豆腐说:"别炒新菜了,把这个菜再给我加点儿!"

珍珠端起那只碗:"知道你乐意吃这口,炖了不少呢!"说着,进厨房去了。

甜菊:"新亮,原来都是你爸耍龙头,现在他说什么也不耍了,明儿晚上咱们这龙灯耍得好赖,可就看你了!"

朱新亮:"姑,你就瞧好吧!我从小到大,看我爸耍龙灯,也没少跟他学着耍,不敢说比我爸耍得好,可指定差不到哪儿去,我一定把这个龙头给它耍出花来!"

珍珠端着菜碗,从厨房里走出来。

淮爷冲朱新亮说:"新亮,你爹不耍龙灯,根本就不对!二月二吗?自古传下来的,就是耍龙灯的日子。你小子别着急,一会儿,我教你几手!"

新亮说:"姥爷要是上手教,那是太好了!"

14. 刘泥鳅家饭店内

"小广播"对刘泥鳅说:"今儿个白天,咱家饭店试营业,明天正式开业,晚上又唱起对台戏,这么整下去,你说咱两家关系能好吗?"

刘泥鳅:"好什么好啊,从打在这儿开饭店,我就没指望两家关系会有多好,要说好那也都是表面,面子上的事,好不好,谁的心里都有个小九九,咱们开饭店和人家竞争,一块肉两家分,那关系能好吗?所以,不能好,也就别指望好,这台戏明明就是对台戏,你也就别当着和气戏唱了。"

"小广播"说:"不管怎么说,今天朱五河可是来了,对咱们可是和和气气的!咱们不能整得太过喽!"

刘泥鳅说:"别看今天朱五河来咱家庆贺了,他心里怎么想的,我知道!那珍珠和玉翠不都是没来吗,知道不?这就是给咱们脸子看呢,和咱们较劲呢!咱们明天晚上搞开业庆贺,人家那边开业两周年二月二耍龙灯,这是干什么呢?还是想压咱一头!我告诉你,论心劲儿,你这老娘儿们就是刀子嘴豆腐心,头发长见识短!"

"小广播":"邻里邻居地住着,一个井里打水,一个河边洗衣服,两家的烟囱对着冒烟,谁家做的什么饭菜都能闻到味儿,抬头不见低头见,可别把关系弄得那么僵!"

刘泥鳅:"弄僵了怎么了,他朱五河不像过去了,那时候村干部对咱有管理权,有些事咱得听他的,现在他们由管理型改为服务型了,他就是咱们的一个大服务员,跟咱饭店里的这些服务员差不多,有什么事需要他为咱服务的,他就得伸手帮忙,平时,咱也用不上他什么,怕他什么?!"

"小广播":"别喝了几盅酒,就净冒大话虎话了,窗对窗地看着,门对门地敞着,邻里之间不能弄得太僵,我说要不,咱家明晚这场戏,就先别唱了,改到后天唱怎么样?"

刘泥鳅:"不行,要改,你去跟对门说去,让他家改到后天唱,明天这场戏,我刘泥鳅是唱定了。"

"小广播"听了这话,没再吭声。

15. 五河家饭店内

淮爷在教新亮耍龙灯。

新亮手里摆动着龙头。

淮爷说:"舞龙头,主要是要舞出个精神劲来,动势要好看!怎么能把龙舞得活灵活现,主要在龙头!步子迈出去要平稳带风!摆动自如!哎,好!再来!"

新亮舞着,额头上浸出了汗水。

彩虹过来给他擦汗!

新亮没有停，说："出这点儿汗，没什么，不用擦！"

16. 深井工程队工地
傍晚。

李水泉他们正在架设井架。

朱五河在一旁当帮手，对水泉说："今儿个我们对门饭店试营业，我过去庆贺一下，也没顾得上来叫你们吃饭，可这都什么时候了，你们还没吃饭，赶快停工吧！"

李水泉说："把井架子立完了再吃，午晚饭并作一顿吃了！"

朱五河说："哎呀，以前真不知道，你们打井队太辛苦了！"

17. 刘泥鳅饭店内
饭店的门开了，走进来了武二秀，她拿捏着身子，抬眼左看看右看看，上看看下看看，站在那里没说话。

"小广播"迎上前去说："大妹子，你大哥说明儿晚上我家拉场子，演'花鼓灯'，还要请你这'小兰花'来搭架子，这说着说着你就来了，你来得好，正好和你大哥在一起练练，复习复习那些老词！坐下吧。"又冲服务员喊道："来，给沏过一杯茶来！"

武二秀坐在了刘泥鳅的对面，手上把过茶来，右手拄着腮，定定地看着刘泥鳅，没说话。

刘泥鳅看看武二秀，却对"小广播"说："你和他们去忙吧，我和大妹子在这儿对对词。"

武二秀对"小广播"说："大姐，能不能给我们找个清静点儿的地方？"

"小广播"说："要找清静点儿的地方，那就上后屋吧！"

武二秀站起身来，冲着刘泥鳅使眼色，示意他快走。

刘泥鳅拿眼看看武二秀，又拿眼看看"小广播"，又看看武二秀，这才站起身跟着武二秀往后屋去了。

18. 朱五河家饭店内
朱五河从外面走了进来。

珍珠说："你怎么才回来？你不是说打井队要过来吃饭么。饭菜早准备好了！"

五河说："他们是头一天来，活多！那些小伙子们现在还没吃饭呢？马上就过来了。"他看到淮爷和新亮还在那里耍龙灯，就说："哎哎，新亮，赶紧收吧！别舞扎了！"

新亮要停下来。

淮爷说："别停！你接着练！"

新亮又舞起了龙头。

淮爷说："五河！这明天二月二，耍龙灯是老规矩了！年年咱们都耍，今年你怎么说不要就不要了呢！"

五河说："爹呀，刘泥鳅家饭店明天正式开业，要唱花鼓灯，咱们在这边耍龙灯，又赶上咱们家饭店开业两周年，这不好像故意跟人家唱对台戏吗。"

淮爷反驳道："唱对台戏就对了，自古以来，到了二月二，年年抵灯，我还要上呢！"

五河说："哎呀，爹，你可别上了！知道你那'钱杆子'舞跳得好，可今年你别跳了！"

淮爷说:"为什么不让我跳?"

五河说:"爹呀,你都多大年龄了,老胳膊老腿的了,可别把哪儿碰着!耍龙灯让他们耍吧,你就站在边上看个热闹就行了!"

淮爷:"行了,不用你小子糊弄我!你不就是考虑你是村主任,怕两家唱对台戏,影响邻里关系吗?我觉着你把事考虑窄了!二月二,龙抬头哇,就是要抵灯抵出个劲来,耍龙灯耍出个精神头来!我跟你说,明天晚上,这个老'钱杆子'舞,我是必跳无疑,谁也拦不住我!"

五河说:"爹,明儿晚上那这场戏,你实在要上,我也不能深拦你,不过,不管怎么唱,都别唱过分了,耍耍龙灯,咱见好就收,宁肯让对门压着咱们点,也没什么,邻里邻居的关系得长处下去,和谐和睦最重要!我得赶紧去开村委会了!"说完,就走了。

淮爷看了看五河的背影,说:"人不是还没来呢吗,新亮!练!"

19. 刘泥鳅家饭店后屋

武二秀和刘泥鳅走了进来。

刘泥鳅说:"咱俩倒是抓紧练哪!"

武二秀对刘泥鳅说:"谁愿意跟你练?你看你在'小广播'面前怕怕吓吓的那个样子,真够好人看半拉月的,生死不怕,就是胆小,你呀!我算看透你了,一身风流骨头,就是没一个男爷们的样儿,你说我武二秀以前怎么就和你这样的男人好过了?年轻那会儿,都怪我没长眼睛!"

刘泥鳅用食指竖在嘴前面:"嘘!你说话能不能小点声,这隔墙有耳的,那都是哪年哪月的事儿了?咱俩年轻谈对象时,有过那点儿馋巴事,老往外折腾什么呀?你还想让天下人都知道啊!"

武二秀拿眼看了一下刘泥鳅说:"就是你一天到晚不是怕这就是怕那,说个话也像做贼似的,谁听?没人听!我看你比一个女人的胆子都小。"

刘泥鳅说:"别说甩钢条的话,你们家那孙顺水要是也像'小广播'似的,天天在你身边,像盯我似的这么盯着你,你也害怕!我这媳妇,简直就像活'监视器'似的,成天盯着我,管着我,整得我是骨头不疼肉疼。"

武二秀说:"什么也别说了,你这样的男人哪!哼,心里谁都没有,就是有花心!吃着碗里的,占着盆里的!我以前跟过你,都后老悔了,多亏这辈子没给你当媳妇,不然真白瞎了我这身细皮嫩肉的了。"

刘泥鳅涎着脸说:"别老把自己看得那么高,什么细皮嫩肉啊!你都多大岁数了?你没听人说啊?!20岁的女人是刺梅,好吃却扎手,30岁的女人是苹果,好看也好吃,40岁的女人是西红柿,你以为你还是水果呢呀?"

武二秀说:"你恶心我哪?我也不说我是苹果,我也不说我是西红柿,反正这些年你一见着我就贴贴乎乎的!你心里装的什么小鬼你心里明白!"

刘泥鳅调笑地说:"哎呀!这些年谁和你有过什么事怎么的?!年轻时那点儿事还说一辈子呀?我看说你是西红柿,不是水果,是客气你了,你没听人说啊,你这样的女人到了40岁就是足球了,谁见谁都想踢一脚,你都40多岁的人了,别再把自己当黄花大闺女了,啊!没事的时候自己对着镜子照照,没那魅力了!"

武二秀说:"好!你还越说越来劲了,成心恶心我是不?好,这'花鼓灯'我不唱了,你爱找谁找谁吧!"

刘泥鳅说:"呀呀呀!这说上两句玩笑话,怎么还当真了呢,我刚才说的那是指其他人,不是指你,你是个特殊人,你就是到了60岁,你也年轻,在我心里,眼里,你也是和我谈对象那个大闺女，这回行了吧？"

武二秀说："哼！也不搬块镜子照照自己，长嘴就知道说别人！"

刘泥鳅说："我怎么了？我不挺好吗？！"

武二秀说"是啊，你看你多好，老有少心哪，一天到晚小分头梳得溜光锃亮，一肚子花花肠子！"

刘泥鳅："哎呀，这怎么还越说越来劲了呢？"

武二秀说："我告诉你刘泥鳅，明儿个你和朱五河家唱对台戏，我看在过去的情分上，说来帮你了，也就帮你了，以后再有这类的事，你就是用八抬大轿请我，我也不来！"

刘泥鳅说："行了行了，可别越说越来疯劲儿了，咱俩赶快对对词儿，走走场子，一会儿，我还得到村上去开村委会呢。"

武二秀说："就你刘泥鳅也配当个村委？人前一个样儿，人后一个样，心里老装着个小鬼心眼子！"

刘泥鳅小声说："行了行了，看我媳妇一会儿进来，咱俩赶快对词走场子。"

武二秀："不行。"

刘泥鳅问："那要什么才行？"

武二秀拿眼睛看着刘泥鳅，一副不高兴的样子："你说我那些难听话，说完就得了？"

刘泥鳅对武二秀一下说："行了，我的姑奶奶，我错了行了吧？"

武二秀脸上佯怒道："哼！你不给我说句赔礼道歉的话，你得行？"继而耸了一下身子，站到地上说："走场子对词儿！"

刘泥鳅笑了。

这时候，门开了，"小广播"端着一壶茶水进来："词儿对得怎么样了？别忘了一会儿去村委会开会。"

刘泥鳅一时脸上有些尴尬，继而说："正对呢，正对呢！"说着，偷瞄了武二秀一眼。

武二秀唱道："二月二啊龙抬头哇，小日子富得是直流油哇！"

刘泥鳅接唱："吃不愁，穿不愁哇，可小两口有时还犯愁哇！"

武二秀唱："犯的是什么愁哇？"

刘泥鳅："（数板）吃不愁穿不愁，可小两口有时还犯愁！想致富想快富，缺少文化科技知识，你说愁不愁？！"

"小广播"说："行了，你们练得挺好，我忙去了！"说完，转身走了！

刘泥鳅冲武二秀做了个鬼脸儿！

武二秀用手里的扇子指着刘泥鳅的脸颊说："你看你在你媳妇面前，吓得那个小样儿！你没做亏心事，怕的什么鬼叫门！"

刘泥鳅又用手指竖在嘴前："嘘！"

20. 朱五河家饭店内

门开了，进来了深井工程队的人。

彩虹忙上前打着招呼："哎！都来了，请坐请坐！怎么忙了一天才过来吃饭？"

李水泉说："头一天刚来，活不干完了，大家伙都静不下心吃饭！"

彩霞拿着暖瓶在往茶壶里续水。

彩虹开始往桌子上端菜。

工人们都说:"哎呀,菜这么丰盛啊!"
李水泉问彩虹:"村主任呢?"
彩虹说:"我爹去开村委会了!"

21. 村委会
正在开会。
五河正在讲话:"这年也过去了,正月也过去了,进城打工的农民工也都进城了,国家的政策是一年比一年好,咱们农民的心气是一年比一年高,明儿个就是二月二龙抬头的日子!在这个当口上,我想咱们得开个会!六河,你们家头些年种麦子不搞条播搞撒播,影响过收成,现在改了条播了,甜头也尝到了,可是这回我还得劝你改春稻的种子,把你们家的老稻种,换成新优杂交稻吧?"
六河说:"你知道我这个人,我不求大贵大富,就求个平安稳妥,换新稻种的事,我还得再想想,这老稻种,种了多少年了,我家年年收成也不错,说实话,换新稻种,我还有点儿舍不得呢。"
五河又说:"另外呀,政府还号召咱们推广经济作物,把种香葱和甜叶菊搞成两季种植。每亩补贴14块5,去年刘泥鳅家种得挺好,现在腰包里揣得鼓鼓的,现在又成长起市场竞争意识,就在我们家饭店对门又办起了个新饭店,这好么!这都是村子里经济发展的好势头啊,要鼓励。"
刘泥鳅说:"哎呀,五河!你就别拿我和六河两家的事说事了。我知道你今天着急开这个会,是什么意思了!"

22. 五河家饭店大厅
珍珠一边擦着手,一边从厨房里走了出来。
她一边给他们倒茶水,一边问道:"原来我们村子里不是有水井?怎么你们又来打井来了?"
李水泉说:"我们来到你们村,是根据上级指示搞安全水改造的。"
珍珠说:"搞什么安全水改造?我们多少辈儿都是吃这井水里的水,怎的?这井水里的水不安全?"
李水泉说:"你们村子井里的水,经过科学化验了,一是含砷,二是含氟,这两样东西,对人身体都不好,砷对人身体有害,容易使人得佝偻病,长花肚皮。氟呢?使人得黄牙病。你们这个井水其实都是地表水,才七八米深,我们这回打的深井,是25米到30米的地下水,老百姓吃上这水,也就是吃上安全水、幸福水了。"
珍珠说:"是啊?你这小伙子还真是有学问!我说村子里头的人,怎么有得黄牙病和花肚皮的呢,原来是这井水在作怪,那你们在这儿,得工作不少天呢吧?"
李水泉说:"今儿个才搭帐篷,这井打下来,连盖井房子,少说也得几个月的事儿!"
珍珠说:"听你小伙子说话,挺透亮的,也有文化,你叫什么名字呀?"
李水泉说:"李水泉。"
珍珠说:"哟,水泉,这名字好记,你们可真是给我们朱圩村村民引水泉来了,你在工程队是做什么的?"
李水泉笑着说:"职务不高,技术员。"
一位工人说:"是技术员,也是我们的队长。"
珍珠说:"技术员就不简单,别说还是队长呢,你们是县里来的干部,以后欢迎你们经常到我这小饭店里来光顾，把我这小饭店当成你们自己的家，想吃什么，就说话，菜单上没有的，我们也能给你们做，保证你们吃得实惠，吃得好！"

李水泉说："五河大叔说了，我们开伙前，就先在你们这儿吃了！"

这时候，彩虹、彩霞端着菜上来。

彩虹说："慢回身，上菜了啊！"

23. 村中路上

五河、六河和刘泥鳅走了过来。

五河对刘泥鳅说："泥鳅，现在我们家正请打井队吃饭呢，你也过去喝两盅吧？"

刘泥鳅："哎呀，今天我也累坏了，明天还有大事呢，我就不过去了！咱哥俩喝酒的日子长着呢！我回去了啊！"说完，走了。

24. 五河家饭店大厅

李水泉看着彩虹那张好看的脸，对珍珠说："阿姨，看你们家这饭菜做得很干净。"又用鼻子嗅了一下说："哦！这菜炒得还真香，有食欲，来呀，大家伙儿开吃开喝！"

工人们乐呵呵地吃起饭菜来。

珍珠说："你们就慢慢吃啊，菜咸了淡了，就说话，我还得进厨房给你们炒菜去！"

李水泉一边吃着菜，一边说："阿姨，你炒的菜真的好吃！"

这时候，五河和六河走了进来，说："哎呀，都来了，我回来晚了！来，我先敬大家一杯！"说着，端起酒杯，喝了一杯酒，又说："来，我给你们都介绍介绍！这位是我的老伴，叫珍珠！这位呢，是他的媳妇，叫玉翠！她们是亲姐俩！我们俩是堂兄弟。这位呢，是我女儿彩虹，这位呢，是我侄女也是我外甥女彩霞，就看从哪头论了！"

一位工人说："这怎么都有点把我给论糊涂了！"

五河说："论起来好像复杂，实际上也挺简单！处长了就明白了！来，六河，咱们再和大家伙干一杯！"

（第二集完）

第三集

1. 仙女湖边

早晨，美丽的仙女湖。

有人用渔捞子，捞了一下子活蹦乱跳的鱼，装进袋子。

大堤上，新亮驾着驮着鱼筐的摩托车驶过。

大堤两边有村落，炊烟袅袅。

雄鸡喔啼。

池塘里，鸭子白鹅在戏水。

2. 镇子胖丫摊床前

胖丫在吆喝着："大瓜子啊，大花生啊！"

朱新亮骑着摩托车从那边驶了过来："胖丫，给你送鱼来了！"

胖丫惊喜地："呀，新亮哥，这鱼说送来就给我送来了？你新亮哥真是吐个吐沫星子都是钉啊！好人！"

· 26 ·

新亮："胖丫，今儿个晚上，我们家和刘泥鳅家抵灯，你过去看不？"
胖丫说："对呀，今天是二月二呀，村里有热闹瞧哇，我肯定回去！"
新亮说："这鱼你就卖吧！我走了啊！"说着，骑着摩托车走了。
胖丫冲着他的背影喊："哎，新亮哥，这是多少斤呀？你看还没说说价钱呢！"
新亮说："回头再说吧啊！"说着，走了。
胖丫打开装鱼的袋子，活鱼猛地一蹦，吓得她一激灵："哎呀我的妈呀，这大鱼还都活蹦乱跳、鼓鳃嘎巴嘴的呢！真新鲜！"

3. 刘泥鳅家饭店门前

刘泥鳅把一张写有"今天是二月二，饭店正式开业"的红纸，贴在了试营业的红纸上头。

刘喜子、"小广播"和服务员们都在门外。

他们在往门上挂红灯笼！

往门窗上贴着对联。

这时候，有村民赶着羊群走过，说："泥鳅，今儿个饭店正式开张了？"

刘泥鳅说："嗯，有时间过来喝两盅啊！"

4. 孙顺水家中

顺水妈正在灶前做饭。

顺水从里屋里走出来说："妈，怎么又是你一个人做饭？武二秀呢？"

顺水妈："哎呀，她可能出去有什么事儿了，我一个人做饭能怎么的？这几人的饭，好做！"

顺水说："这娘儿们，也不好好过日子啊，我回来了，她都不着家，昨天晚上，我睡着了她才回来，今天早上我没睁眼睛，她又走了！一天到晚，她心像长草了似的！妈，我不想在家跟她生这个气了，明天我就走！这些钱，留给你，看你一旦有个用场，你们手里没点钱，钱都叫她控制着哪行？"

顺水妈说："顺水啊！你是个孝顺孩子我知道，你对妈的这份心思，妈都明白，可你给妈钱的事，还得再思量思量，这要叫武二秀知道了，还不闹翻了天啊？妈这么大岁数了，还能活多少天，我是真心不想给你们添乱。顺水，这钱还是你收起来吧！"

顺水仍把钱递给他妈说："没什么添乱不添乱的，能过好就过，过不好就散，我现在也想好了，老迁就她也不是个办法，必要时我也得给她点颜色看，这个家姓孙不姓武。妈！今天都过二月二了，谁家人不聚在一起过节，可她跟没这回事儿似的，人还没影儿，你知不知道她到哪儿去了？"

顺水妈说："不知道，人家去哪儿也不跟我说。"

小石头说："我知道，今儿晚上刘泥鳅家要演花鼓灯，听说有她上场，她肯定是上那儿去了。"

顺水说："我去找她。"说完，转身要往外走。

顺水妈叫住顺水说："顺水，你可不能跟她置气啊！"

顺水没回头，说："你别管了，我去找她，这娘儿们，扔下家里的事儿，跟人家去唱什么戏呢？！"

5. 五河家饭店门前

淮爷、甜菊、玉翠、彩虹、彩霞，在往门窗上贴对联，往门上挂红灯笼。

淮爷向上比画着说:"挂高点儿,再高点儿!"
珍珠从屋里走出来,手里拿着一副手套,对在梯子上的彩虹说:"彩虹!李水泉他们昨天走的时候,落到咱饭店里一副手套,还有打火机和半盒烟,人家落下的东西,不给人送去不好。彩虹,一会儿你过去一下,把这些东西,给他们还回去!"
彩虹说:"就这么点儿东西,也没什么重要的,等他们再来的时候,再拿吧,要不然一会儿让我哥送去吧。"
珍珠说:"你哥回来还早呢!这打火机和烟都不重要,可那手套重要,人家干活时,没了手套,多舍手,你这孩子懂事不懂事,妈叫你去你就去。"
彩虹说:"我一个闺女家,自己上那儿去好吗?要不我和彩霞俩一起去吧?"
珍珠说:"你没看见彩霞也正忙着呢吗?本来人手不多,去送副手套还得两人?"
彩虹说:"行了,那我就自己去吧。"

6. 刘泥鳅家饭店

刘泥鳅正和武二秀在饭店大厅里演唱。
孙顺水推门走了进来,喝道:"武二秀!你不在家给妈和孩子做饭,跑到这儿来干什么来了?"
刘泥鳅和武二秀一惊。
"小广播"匆忙赶了过来,递上一支烟说:"呀!是顺水大兄弟来了,快坐快坐,你媳妇武二秀到我家这儿来,是我给请来的,这不嘛,我们家饭店今天正式开业,今儿晚上要拉场子唱戏,你也知道,我男人和你女人原来就是一副演'花鼓灯'的架子,少了武二秀,我家这场戏就唱不成了。怎么的?你妈和小石头现在还没吃饭,这不怨武二秀,怨我!要不就把你妈和小石头请过来,到我们这儿吃饭吧?今儿个我和你大哥请你们一家三口吃饭。"
孙顺水说:"不行!大嫂,村里村邻地住着,不是我孙顺水不给你们这个面子。我不在家的时候,这娘儿们做得也太过分了,钱她把着,外面玩着,这是个过日子的娘儿们吗?今天就是把话说出花儿来,她也得给我回家去!"
刘泥鳅说:"哎呀!顺水大兄弟,你别生气,消消气儿,你听我说,你我兄弟在村里这么多年了,我刘泥鳅从来还没张嘴求过谁,但是今天,我在你面前得说软乎话了,我得求你,一张纸画个鼻子,好大个脸,你看着办吧!"
武二秀赌气似的坐在那里,脸儿拉拉着,不吭声。
孙顺水说:"不是我顺水驳你刘大哥面子,今天,武二秀她肯定不能在这儿,她必须立马跟我回家,如果说今天因为这事有什么对不住您家的事,您就多担待了,话我可是跟你说明白了。今天我叫她回去,不是冲你们,就是冲她武二秀!"
他对武二秀喝道:"还坐着干什么?你给我回去!"
武二秀洋洋不睬地说:"哼!我是嫁给你的女人,不是你家的老驴老马,你吆喝一声,让我回去我就回去呀?!"
孙顺水怒气冲冲地说:"我再说一遍!你给我回去,你听见没?"
武二秀仰起脸说:"我就是没听见,看你能把我怎么着?"
孙顺水抄起一把椅子,举起来说:"臭娘儿们!你还没了王法了呢,你再敢跟我犟嘴,我就废了你!"说着,举起椅子就砸。
刘泥鳅、"小广播"和服务员都上前来拉架。
那椅子砸在饭桌上,武二秀早闪身到一旁去了。
孙顺水扑上去,拽住武二秀的头发,用脚狠劲儿地踢了一脚。

武二秀像杀猪似的号叫着。

众人拉开了他们。

武二秀坐在地上哭道:"哎哟!我的妈呀!我可不想活了!死我也死在这儿了,那个家我是不能回了。"

孙顺水见状,用手指着武二秀骂道:"行!你不回去也行,你今儿晚上要敢在这唱戏,我就敢来砸场子!你看咱俩谁拗得过谁?!"

"小广播"拽住孙顺水说:"你看你们这是干吗呢?我家饭店今儿个刚开业,要打仗你们两口子也别在我家这儿打,你们回家去打,把天给捅个窟窿,与我们也没关系!"

刘泥鳅说:"这怎么还兴动手打人哪?打人是侵犯人权你知道不?不是我说你孙顺水,打人这事儿你做的就是不应该!"

孙顺水说:"我自家的媳妇我自己管,打出的媳妇揉出的面,不打不揉就不放软,这种娘儿们!就得揍她,什么时候揍服了她,我家的日子才能好过。"

刘泥鳅说:"行了行了!你们两个都走吧,可别在我这饭店里闹了,今儿晚上的戏,我也不请你们家的武二秀唱了,你们这出戏唱的,叫我闹心。孙顺水,以后咱们见面,你愿意认识我,就跟我说句话,装不认识我也行,咱们就两不相干,好不好?走吧走吧!"

孙顺水看看武二秀还在那里哭,就一推饭店门,自己先走了。

武二秀哭着对刘泥鳅说:"帮你们家来唱戏,他打我的时候你们一点儿都不帮我,这么多人还让他踢着了我,你们也是太不够意思了。"

"小广播"对武二秀说:"大妹子呀!能是不帮你吗?我们要不拉着,那椅子不是砸到你头上了?快起来吧!坐下说会儿话,一会儿该回家还是得回家。"

武二秀从地上起来,坐在椅子上说:"今儿个那个家我是不能回了。"

刘泥鳅说:"那孙顺水刚回来,你今天晚上不回家好吗?"

武二秀说:"都把我打成这样了,我还能回家吗?我到镇子上去,到我闺女胖丫那儿住去!"

7. 县水利局深井工程队工地

一顶新架起来的帐篷,立在一口老井旁边。

帐篷外,李水泉和工人们,在丈量着什么。

彩虹走了过来。

李水泉抬头看见了她说:"哟!这不是饭店里的彩虹嘛,你怎么到我们这儿来了?"

彩虹拿出手里的东西说:"你们把这些东西落我们饭店了,我妈怕着你们有用,就打发我,给你们送来了。"

李水泉说:"你看看你看看,我们这些工人,马马虎虎的,怎么还把手套这些东西,落在你们饭店里了,真不好意思,让你跑这趟冤枉道。"说完,接过了彩虹手里的东西。

彩虹看了一眼帐篷说:"这就是你们说的帐篷吧,我还没见过这东西呢,你们住在这里,不冷吗?"

李水泉说:"常年在外边打深井住惯了,也没觉出来冷,再说了,帐篷里也有取暖设备,要不,你进帐篷里看看?"

彩虹犹豫了一下说:"不进了!今天我就不进了,改天再说吧!"

李水泉说:"参观个帐篷,还什么今天哪天的?进去看看吧。"说着撩开了帐篷的门帘。

彩虹怯生生地走进帐篷。说:"呀!这立上几根木杆,外边苫块布,就住人了,你们工程队的人,生活也太艰苦了。"

李水泉笑笑说:"苦惯了!也就觉不出苦来了。每到打好了一口深井,把自来水送到了村里老百姓家,看着那自来水,哗哗地淌,我们心里都乐开了一朵花儿,苦啊累啊!也就全忘了。"

彩虹说:"哎呀!原来想你们县里的干部,一个个都是西装革履的,没想到你们的生活环境是这样,你们可真不易!"

李水泉给彩虹倒了杯水,说:"坐吧!"

彩虹接过了水杯,又放下了:"不了,家里饭店那边还有事,我就回了。"

李水泉把彩虹送出帐篷来,说:"跟你妈捎句话,说给我们还东西,我们谢谢她了,你妈那人一看就是个好人,心地善良,做的事叫人心里热乎。"

彩虹跟李水泉摆摆手说:"那我就回了。改天去饭店里吃饭吧!"

李水泉说:"好,慢走!"

彩虹向前走了几步,又停住脚,回头看那帐篷,见帐篷前还站着李水泉。

李水泉没招手,冲彩虹笑了。

彩虹也冲他笑笑。

8. 镇上南南家服装店

刘洋洋走了进来:"南南,走啊!我哥刘喜子骑摩托车来接你了。"

南南应声说:"走!我就在家里等着你们呢。"说着,和刘洋洋一起走出门来。

门外,站着刘喜子,他骑着一辆崭新的摩托车。

刘喜子见到了南南,被她的美貌惊住了,他呆呆地看着南南,半晌才说出话来:"上车吧。"

南南说:"洋洋,你不也会骑摩托车呀?我还以为是你来接我呢!"

洋洋说:"骑摩托车我也会,可是刚学,怕驮不好你,我哥哥比我骑得熟,是高手,他来接你,我放心。"

南南说:"这摩托车我会骑,要不我驮他吧。"

洋洋说:"哟!没想到你还会这一手。"

刘喜子说:"南南要骑,就让她骑,不行我走着回去。"

洋洋说:"那可不行,南南不认识去村子的路。"

刘喜子说:"出了镇子,一直往西走,不用拐弯的路,见到村子就是,有啥不认识的。"

洋洋说:"那也不行,南南是咱们请的客人,自己骑着摩托车去,不合适。"

刘喜子说:"那我一个大男人,坐在南南的身后,也不合适啊。"

南南笑着说:"别那么多说法,上来吧,我驮你,你当向导就行了。"

刘喜子上了摩托车。

南南骑着摩托车一溜烟似的走了。

9. "活济公"墩子家

刘泥鳅一阵风似的跑进院来,敲着窗户说:"墩子大哥,你在家没?"

"活济公"墩子从窗子隔着玻璃往外看:"哦,是刘泥鳅哇!"

刘泥鳅也看见了他,说:"出来,出来!墩子大哥,你快点儿出来!"

"活济公"墩子说:"什么事啊,这么急?"

刘泥鳅说:"我叫你出来,你就快点儿出来!我找你有事!"

待了一会儿,门开了,"活济公"背着手走了出来:"说吧,找我什么事?"

刘泥鳅说："墩子大哥呀，山不转水转哪，这回我可真有事求着你了！"

"活济公"墩子说："有事求我？不对吧！如果我没得健忘症的话，有人好像说过不会有事求我似的？"

刘泥鳅说："墩子大哥，大人不记小人过，到了这火烧眉毛的时候了，你就别再说这些话了，你得多想想你在我那连吃带喝带拿，你刘老弟对你也挺够意思这些事儿！"

"活济公"墩子说："虽然你给我拿的高粱烧不是什么好酒，但你刘老弟找到我的家来了，有什么事求我，你还得说说具体是什么事儿，看我能不能帮上你！"

刘泥鳅说："我左寻思右寻思，全村人都寻思遍了，这个事能帮上我的忙的，那就是老哥你了！"

"活济公"墩子说："你小子是不是又画什么圈儿要让我跳？村里人比我有能耐的人多去了！你这话一听就不着边际！接着说！"

刘泥鳅说："哎呀，我把事一说明白，你就知道了，我说的全是实话呀！是这么回事，刚才武二秀叫孙顺水给打了，就在我家呀，当着我的面打的，打得老惨了！"

"活济公"墩子说："是吗？他因为什么打她呀？"

刘泥鳅说："今儿个晚上，我们两家饭店不是要抵灯么，武二秀就来我这练'花鼓灯'来了，孙顺水嫌她没在家做饭，就跟她动了手了！"

"活济公"墩子说："豆芽菜炒两盘，两口子打仗闹着玩！他们两口子打仗，你跟着掺和什么？还要我帮你什么忙？我帮着你打那孙顺水去呀？"

刘泥鳅说："不是，武二秀不能来和我搭架子了，我家这场子戏还怎么唱啊？你是武二秀的堂叔，又是顺水和武二秀的媒人，就你出面，找顺水和武二秀做工作好使啊。你看你能不能帮大兄弟我这个忙！"

"活济公"墩子说："啊，这个事儿啊，我倒可以试着给你问问，但好使不好使，我可就说不准了！"

刘泥鳅说："只要你诚心帮我，这个忙，你肯定能帮上我！那就说准了，你一定给我问问！时间紧急，要问，还得赶快，抓紧时间，过了这村可就没有这个店了！"

"活济公"墩子说："高粱烧不是好酒但也是酒啊，你回去等着吧，我问完了，给你回信！"

刘泥鳅说："大哥要是帮了我这个忙，我肯定忘不了你，一定让你到我店里，想拿什么好酒，就拿什么好酒！"

"活济公"墩子说："好吧，有你这话，这事我就知道怎么办了！"

10. 刘泥鳅家饭店门前

南南和刘喜子骑着摩托车停了下来。

对面，新亮隔窗看见了他们。

南南和刘喜子从摩托车上下来。

刘喜子说："南南，没看出来，你人长得好，摩托车还骑得这么好，真了不起。"

南南说："骑个摩托车这算个什么？就这几个钮儿，谁都会摆，把住方向就走呗。"

这时候，新堂从那边走了过来，他看见刘喜子和一个漂亮女孩在一起，有些惊奇，用探询的目光往他们这边望。

南南抬头看见了朱新堂，问刘喜子："这个人是谁呀？不哪块儿长得有点像一个人。"

刘喜子说："像谁呀？"

南南说："你说他是不是多少有点像你们村那个朱新亮呀？"

刘喜子说:"像朱新亮?你怎么认识朱新亮呢?"
南南说:"也就是一面之识,还说不上怎么认识。"

11. 刘泥鳅家饭店

南南和刘喜子走了进来。

刘喜子对刘泥鳅说:"爸,这就是南南!"

刘泥鳅上前和南南握了一下手说:"哎呀,南南,你可来了,这下可救了我家大驾了!"他对几个服务员说:"还都愣着干嘛?快点儿给南南小姐倒茶!"又对南南说:"你先坐着啊,刘叔在后屋里有好茶,我去给你取点来!"

南南说:"不用了,我就喝白水!"

刘泥鳅说:"啊,那行,你坐啊。"说着就进了后屋。

12. 村口

武二秀气冲冲地往前走着。

"活济公"墩子从后边跑了上来,边跑边喊:"二秀!二秀!"

武二秀听见喊声就站住了。

"活济公"墩子赶了上来,气喘吁吁地问:"二秀哇,走得这么急,你这是要上哪儿啊?"

武二秀看了看"活济公",泪眼婆娑地说:"墩子叔!都是你给我介绍的好对象!那个孙顺水当着刘泥鳅和'小广播'的面,把我一顿打,在这个家,我可是待不了啦,我要上镇子到我闺女胖丫那儿住去。"

"活济公"墩子惊讶地说:"哎呀,二秀哇,家里过日子,哪家夫妻没打过仗吵过嘴呀?夫妻之间没有隔夜的仇!你不能说走就走哇!"

武二秀:"今儿个谁劝我也不行,我是非走不可!"

"活济公"墩子说:"那你走了,刘泥鳅家唱'花鼓灯'的忙,就不帮了?"

武二秀说:"拉倒吧,你不提他还好点,提他我更是气不打一处来!不是为了帮他家去唱'花鼓灯',今儿个孙顺水也不能去他家打我!那个忙,我是肯定不帮了!"

"活济公"墩子说:"如果是叔公我求你,你能不能给我这个面子?"

武二秀:'那要分什么事了!只要是帮刘泥鳅家的事,肯定不行!因为帮刘泥鳅家,我挨打挨得都冤!"说着,又低声啜泣起来。

"活济公"墩子说:"行了,天挺冷的,可就别哭了,看皴了脸!"

13. 刘泥鳅家饭店后屋

刘泥鳅正对着镜子,拿着小梳子仔仔细细地梳着头,一边梳头一边说:"他妈的!我这一肚子花花肠子还没怎么用,脸上怎么就出褶子了呢?看来,我是有点儿老喽。"

"小广播"进来了,说:"别一天到晚老梳你那个头了,人到了岁数,怎么梳也梳不年轻,照镜子,就能照年轻啊,人老了就得服老。"

刘泥鳅还在认真地照镜子梳头,说:"老娘儿们家家的,别管男人的事好不好?"

"小广播"说:"你呀!心眼就是不老实,一看人家南南长得漂亮了,你的心眼儿就活泛了,告诉你,人家南南可是正经的漂亮女孩,人家不会搁眼睛瞧上你,你也不用动那心思,赶快死了你那份心!"

刘泥鳅笑着说:"不用你说,我都这把年纪了,南南那种女孩哪会看上我呢!不过,我也是个老爷们儿,见到漂亮女人,动心也是正常的,只不过咱没有行动,那咱也就算个正经人吧。"

"小广播"说："我告诉你，武二秀今天来了，就要求和你到这后屋来了，那娘儿们臊气熏天的，是个什么样儿的人，我心里有数！今天，咱们饭店是有事儿求着她了，她要来后屋，我也没和她深计较，这不等于我傻，我不明白她那娘儿们心里的事？今儿个我是故意放她一马，不过我得警告你，你要注意了，不要被那个娘儿们拉下水，现在喜子、洋洋两个孩子都大了，在外边做事也都要个脸面，家里这一摊子家业，也越铺排越大，你要是还像年轻那会儿拈花惹草的，让我知道了，我可不能容你！"

刘泥鳅耸耸肩说："你这娘儿们，要不人家管你叫"小广播"，说起话来就是满嘴跑火车！我年轻那会有什么事？你抓住了？喷！"说着，仍然在用小梳子梳头。

"小广播"说："你自己年轻时有没有事，你是萤火虫飞进肚子里，自己心知肚明。"

刘泥鳅说："别胡扯了，晚上要上场，我这也得多少化化妆，先抹巴两下子，打打底色。"

14. 五河家饭店里

新亮在往外边看。

这时候，新堂走了进来，对新亮说："看什么西洋景呢？"

新亮掩饰地说："没看什么。"回身拽过一个椅子说："新堂！你坐。"

新堂说："没看什么？你真没看着什么？实话说，我可看着什么了。"

新亮说："你看着什么西洋景了？跟我说。"

新堂说："一个漂亮女孩，骑着刘泥鳅家的大摩托，驮着刘喜子，刚从镇子那边回来，两人有说有笑的，看来，这女孩和刘喜子的关系不一般。"

新亮听了这话，微微皱了一下眉头，说："关系不一般，就不一般去吧，和咱也没什么关系。"

新堂说："不过，那个女孩长得可真是漂亮，招人看，你说，那刘喜子也够有福气的了，高中毕业在自家饭店当个厨师，你说，他怎么就能找到这么好看的女孩。我看这女孩，人是长得漂亮，可也够没有眼光的了，哪能给刘喜子当对象呢？你瞅，他爸那副德行，真是白瞎了这么好的女孩子了。"

新亮说："别说了，跟咱家没有什么关系，说那么多闲话干吗？"

新堂说："说没关系，就没关系，说有关系就有关系，这么好看的女孩，我这辈子怕是攀不上这高枝儿了，可你新亮哥和我不同，你和那刘喜子比，绝对有优势，要我是你，绝不能允许这朵美丽的花，插在老刘家那个粪堆上，我非把她争过来不可。可惜，我不是你，你不是我。"

新亮说："想说话，说点儿别的话，不想说就别说了。扯这么多没用的干吗！"

15. 镇子的街道上

玉树骑着"倒骑驴"，拉着一些空鸡笼子，从那边走了过来。

胖丫手里拎着个小包裹，刚走到路边，她看见了玉树，就喊："玉树哥！"

玉树听见了胖丫的喊声，停下车，说："胖丫，你这是要干吗去呀？"

胖丫说："我听新亮哥说，今儿晚上村子里有热闹看，我也好长时间没回村了，想回去看看。"

玉树："哎呀！那正好咱俩同路。"

胖丫说："同路是同路，可咱俩也走不到一起去呀，我走道，你骑车。"

玉树说："那怎么走不到一起去？不嫌脏，你就上我的车子得了。"

胖丫说："那有什么嫌脏的，只不过是我一个大活人，坐在你车上，让你挨着累，有点不好意思。"

玉树说："哎呀！话叫你说哪儿去了？你知道我成天体力活做多了，没拿拉你个小闺女家当回事，上车吧。"

胖丫说："那我可就不客气了。"说着上了"倒骑驴"。

玉树蹬起了"倒骑驴"。

胖丫在车上问："玉树哥，你说我够沉的了吧？"

玉树说："今天我是空车，说实话，你还没有一袋猪饲料沉呢。"

胖丫说："这个比方不合适吧，你总不能把我当猪饲料拉吧？你停车，我下去。"

玉树说："别那么小心眼儿，我说话不是那意思，我要是那意思，就不让你上车了。不是我又夸你，你胖丫绝对是好人一个！"

胖丫笑笑说："听你说这话，还真让我高兴！"

玉树和胖丫说笑着，"倒骑驴"驶过镇子的街面。

16. 村子至镇子路上

一辆小公共汽车驶了过来。

路边的武二秀招了一下手。

车停了。

武二秀上了车。

车开走了。

17. 六河家

李水泉来到了六河家门口，他冲着院里喊："有人在家吗？"

六河应声走了出来："哟，是李队长，你是找五河吧？怎么知道在我这儿？"

李水泉说："鼻子下不是有个嘴么，一打听，还不知道吗？"

五河走过来说："哦，是水泉啊，你找我？"

李水泉说："嗯，明天我们就要开工打井了，突然发现了一个问题，在那块儿长着不少棵果树，挺碍事的，能不能找人挪走？不挪走太影响施工了！"

五河说："嗯，我知道了，这塘地上的树是'活济公'墩子家的，一会儿我去找'活济公'墩子，你放心，村子里头能解决的，就一定解决，保证你们工程队施工顺利。"

六河说："既然是县里给咱村里打深井的人员，那也不算是外人，就进屋坐会儿吧？"

李水泉说："不了，明天要开工，不少事儿都得先办好，我就回去了。"

六河说："真的不坐，就不勉强你了，改天再来啊。"

李水泉说："好，我们工程队在村子里待的日子长呢，以后，麻烦你们的事情肯定少不了，都回吧！"说着转身走了。

六河对五河说："你看人家这小伙子，比我家那新堂强，说话干干脆脆的，办起事来也利索。一看就是个精明人儿，这小伙子要是给咱俩谁当个姑爷，咱谁就是个有福的老泰山。"

五河说："蛤蟆蹲在稻田里，往天上看，不知天上能不能掉下块天鹅肉来。我告诉你，别做梦了，彩虹和彩霞都是高中文化，在村里的自家的饭店做个小服务员就不错了，别想那些心比天高的事儿，人家这小伙子，怎么会给咱当女婿，这是不可能的事，想都别想。"

六河说:"我虑事儿,总的来说是不如你,可是,不一定哪一件事都不如你。我是想事慢点儿,可也不一定回回错,步步错。有一些事儿,看着不可能,可以后就真可能成了,他李水泉是县里的干部不假,可也是个人,不比咱们多一个鼻子俩眼睛,咱们彩虹彩霞怎么了,那也叫正儿八经的黄花大闺女,长得多俊气啊!配不上他呀,我看未必!"

五河笑着说:"看看,来不来的,你又跟我抬上杠了,算了,别说这个话,没意思。"

18. 村中至镇子路上
胖丫坐在玉树的三轮车上,往村子里走。
武二秀坐着的小公共汽车,与他们擦肩而过!

19. 孙顺水家
顺水在灶台前烧着火,顺水妈在锅前煮着挂面,往锅里打着鸡蛋。
顺水妈说:"天这么晚了,那个武二秀还没回来,刚才小石头出去打听了,她从老刘家饭店出来有些时候了,没回家,你说她能上哪儿去呢?"
顺水一边扒拉着灶口的柴火,一边说:"她乐意上哪去上哪儿去,今儿个晚上她要是不回家,再想回来,我就把她撵出去。"
顺水妈说:"顺水啊!武二秀要是今天晚上真回来,你跟她就别打别闹了,过日子,不能老吵吵巴火的,让邻居听见了笑话咱。"
孙顺水说:"妈,你别说了,我刚跟她结婚那咱,是这么对待她的吗?我把她看成一朵花,搁手里捧着,不说把她捧上天了也差不多,可是,她不是那经捧的人,你看看她现在做的这些事,像个正经媳妇该做的事吗?对这种人不能太客气,你太客气了,她就拿你当软弱,反而欺负你,我不想给妈和小石头找家来个骑在头上拉屎撒尿的人!今儿个她要是回来,我也不打她,我也不骂她,可是,我得好好问问她,今后怎么对我妈和小石头,再像以前那样,不行!"
顺水妈说:"咳!家家有本难念的经,咱们家这本经啊,是真难念哪。"
这时候,院门口有人喊:"孙顺水在家吗?"
孙顺水往院门口一看,原来是"活济公"墩子。

20. 刘泥鳅家门口
驶过来一辆汽车。
有人抬着锣鼓家什,往下卸车。
刘泥鳅在门口招呼着:"哎,先别忙着卸车,大老远来的!先进屋喝口水!"

21. 五河家
珍珠和玉翠等人,在窗前看着刘泥鳅家的这一切。
珍珠说:"看来老刘今天晚上真是要搞得挺大扯,这家伙,把锣鼓队都请来了!"
玉翠说:"这家人家可真会造声势,饭店开业,赶上过大年那么热闹了!"
珍珠:"刘泥鳅这是造声势给村里人看呢,也是故意压我们一头!"
这时候,饭店门开了,进来了一个人,问道:"谁是饭店老板?"
珍珠说:"有事吗?"
那人说:"我们是县里'花鼓灯'锣鼓队的,你们对门那家饭店,请了我们的一队人马,今天晚上在你们家对面,摆锣鼓阵。我来问问你们家,要不要请我们?如果要请,我们就来一队人马到你们家助阵,我们的锣鼓,保证敲得让你们家高兴!"

珍珠说:"我们的对门,也是请的你们吗?"

那人说:"对呀,好几天前就定了。"

珍珠看看淮爷。

淮爷问道:"你们敲一场锣鼓,要多少钱?"

那人伸出两个手指头,说:"不贵,才这个价钱。"

珍珠说:"200块钱?"

那人说:"是了。可你这200块钱不白花,锣鼓阵对锣鼓阵,两家都闹个喜庆!"

珍珠又看看淮爷。

淮爷,想了想说:"花钱敲鼓,照实说也是天经地义的事,我看就定了吧。"

那人一听,高兴地说:"好嘞,看来在这个家里,你们都是秤砣,这老爷子才是定盘星!钱,先不忙着给,到时候再给也不迟。老爷子,我们肯定给你长脸,到时候你就瞧好吧。"

22. 刘泥鳅家饭店门口

晚上。

这里灯火通明。

场地上"花鼓灯"锣鼓队正在对阵,鼓乐声声。

围观的人流如潮,南南和刘喜子等人也在其中。

新堂看见了洋洋,说:"洋洋,你也回来了?"

洋洋说:"嗯!家里饭店开业这么大个事,赶回来热闹热闹。"

新堂问:"哎!我看见你哥刘喜子和那个女孩一起回来的,那个女孩子是谁?"

洋洋偏着头问:"你问她是谁,什么意思?"

新堂说:"随便问问,没什么意思。"

洋洋笑了笑说:"没什么意思?我看你挺有意思,是不是看到人家漂亮了,小眼珠就盯上人家了?"

新堂对洋洋说:"她是你哥对象吗?"

洋洋说:"现在还不能说是,以后也许是。"

新堂说:"这话说得有点儿糊涂,我没听明白。"

洋洋说:"有什么不明白的,我的话,说得是再明白不过了,事情都是发展的!今天是这样,明天就会变成那样!"

这时候,刘喜子、南南、刘泥鳅、"小广播"都站在场子边看戏,刘喜子主动跟南南说着话。

新堂伸着脖儿往南南那边看,洋洋看了看新堂,扯了他衣服一下说:"别把脖子伸折了,眼睛看直喽,往哪儿看呢?"

新堂有些不好意思,但还是说:"我自己的脖子和眼睛,我愿意往哪儿看往哪儿看,你管得着吗你?"

洋洋抽了一下鼻子说:"哼!"

新堂注意到洋洋的神情,说:"哼什么?我看别人,又不关你的事?!"

洋洋:"行了!你自己在这儿看吧,哎,不过我可告诉你,别把眼珠子看掉地下,叫看热闹的人踩着!我走了。"

新堂说:"哎呀!别走啊!咱们一起看看热闹多好。"

洋洋说："想跟我一起看热闹也行，不过你得站得离我远点！"

新堂说："那是为什么？"

洋洋说："站那么近干吗？叫村里人看见，好像我和你有什么关系似的。哼！"她把脸转向一边说："哼！不就是一个高中毕业生嘛，比谁高哪儿去了怎的？"说完这句话，她不再搭理新堂，扬着脸儿自顾自看热闹。

新堂看见洋洋这副样子，有些不解。

23. 五河家饭店门口

淮爷、珍珠、玉翠、新亮、彩虹、彩霞、甜菊也都站在场边上看热闹。

锣鼓铿锵，敲得热闹非凡。

新亮情不自禁地向对面的场子望去，正巧这时，南南也在向他的这边望，两个人的目光碰撞在了一起。

新亮装作若无其事的样子。

可是南南呢？却冲他嫣然一笑。

胖丫和玉树也挤在人群中看热闹。

新堂在那边注意着这一切。

人流里，"活济公"墩子碰见了胖丫，说："哎，你怎么在这儿，你碰见你妈了吗？"

胖丫说："我也正找我妈呢！她没在这儿呀！"

"活济公"墩子说："你妈怎么能在这儿呢！她上镇子找你去了，说是今儿晚上要住在你那儿！"

胖丫说："是吗？她怎么突然要到我那儿住了？"

"活济公"墩子说："那肯定是有原因的！"

胖丫："行了，我不看了，我回镇子！"说完，转身冲出人群，就连跑带颠地往镇子方向去了。

她的身后，是一声声急切的锣鼓……

24. 六河家

锣鼓声远远地传来。

六河对五河说："哥，我听着好像有两伙锣鼓队在敲，敲得这么热闹哇，你不过去看看啊！"

五河说："我不过去，我就是为了不参加这个事，才躲出来的！两家饭店抵灯，我在现场出现好吗？帮着哪边都不是！来，给哥再换壶好茶叶，咱们老哥俩今儿个是闹中取静，好好品茶！"

25. 深井工程队帐篷里

一个工人问李水泉："水泉，村里这么热闹哇，锣鼓声敲得惊天动地的！"

李水泉说："今儿是二月二，村子里上演'花鼓灯'锣鼓阵呢。"

那个工人说："哎！那咱们得去看看啊！"

李水泉放下手中的书本，从床上坐起来，趿上鞋说："咱们淮河一带的'花鼓灯'是很有名的！都上过春节晚会的舞台，很好看的，这个机会不能错过！赶得好不如赶得巧，这个机会叫咱们赶上了！走，去看看！"

李水泉和工人们出了帐篷。

26. 五河家饭店门前

五河家门前正在耍龙灯。

新亮舞动着龙头，龙头摆动得优美自如。

新亮一副得心应手的样子，那龙头被他耍得十分到位。

在新亮的身后是珍珠、玉翠、甜菊、彩虹、彩霞，还有新堂，他们都参加了耍龙灯的队伍。

在铿锵的锣鼓声中，淮爷手舞"钱杆子"，十分娴熟、身手老到地表演着。

场地上的表演唤起了周围的阵阵掌声。

27. 刘泥鳅家门前

场地上，刘泥鳅正在表演绝活，鼓乐声里，他时而做着慢动作舞姿，时而蹲在地上，表演"蛤蟆功"。围观的人照五河家门前的人少一些，也有鼓掌、喝彩声。

28. 镇上胖丫出租房

天上，是一弯很细的月牙儿！

武二秀，袖着两手，蹲在出租房的门前，脸上有泪痕和倦怠的神色。

胖丫跑着过来，看见了武二秀，叫了一声："妈！"

29. 五河家饭店和刘泥鳅家饭店门前

刘泥鳅家门前的场地上，刘泥鳅正和南南演唱"花鼓灯"。

刘泥鳅唱道："东家门口一棵枣，弯弯扭扭长得好，今年开花结枣子，明年开花结元宝。"

南南接唱："大的大，小的小，三间屋子装不了，大车载，小船装，年年岁岁用不了。"

众人掌声雷动。

五河家饭店那边场地上，已经没人了。

淮爷、珍珠、玉翠、新亮、甜菊、彩虹、彩霞，都在窗前向刘泥鳅家场地那边望着。

而新堂呢？早挤在了刘家场地的最前面，他的身边有刘喜子、玉树。

李水泉和工人们也在这里看热闹，他的目光，不停地在人群里巡视，好像在找什么人。

刘泥鳅和南南演完一曲，要谢幕时，观众长时间地鼓着掌，不让他们下场。

刘泥鳅比画着手说："乡亲们，我知道你们鼓掌是给谁鼓的，我这两下子，虽说是绝活，可大家早见识惯了，大家鼓掌，是给南南小姐鼓的，大家说南南唱好不好？"

众人齐声喊道："好！"

刘泥鳅说："那么咱们请南南小姐单独给我们表演一段淮河民歌好不好？"

众人又齐声喊道："好！"

刘泥鳅对南南说："南南，你看我们村的父老乡亲们，都这么热情，想听你唱，你就唱一段吧。"

南南红着脸说："大家想听我唱，那我就唱一段'摘石榴'吧。"

众人报以热烈的掌声。

场地上响起了南南那清脆优美的歌声："妹在南园摘石榴，哪一个讨债鬼隔墙砸砖头，刚刚巧巧砸在小奴家头哟！呀儿哟呀儿哟……"

（第三集完）

第四集

1. 镇子上胖丫的出租房里

屋子里很静。

武二秀在啜泣。

胖丫呢，也在陪着她掉眼泪。

2. 孙顺水家

远处有鼓乐声。

孙顺水躺在床上，没有脱衣服，他睁着眼睛想着心事。

顺水妈坐在床头，也在想着很沉很沉的心事。

屋子里很静！

小石头呢，和几个孩子从外边跑回院子来，他们点着小鞭炮！

窗外的天上，是一弯月牙。

有云彩花儿衬在天穹之上。

3. 村中路上

淮爷和甜菊往小卖店的方向走。

4. 五河家饭店和刘泥鳅家饭店门前

静静的，已经空无一人！

5. 镇子南南家服装店门前

南南骑着摩托车，驮着洋洋驶了过来。

南南妈正站在服装店门口，向街道上张望，见是南南回来了，一副高兴的样子，说："南南，天这么黑，你这么长时间没回来，妈还真有点惦记。"

南南一边下摩托车，一边跟她妈说："没事儿，我一直跟洋洋姐他们在一起了。"说着，把摩托车交到洋洋手里。

洋洋说："哎呀，阿姨！南南姐那歌唱得太好了，我们全村子人可算开了眼了！"

南南说："可对门那个朱新亮龙耍得也不错！"

洋洋说："不错是不错，可今儿晚上的节目，他家的可没有咱们这边出彩儿！"

南南："两家抵灯，就是给全村子人图个热闹！难说谁高谁低的！"

洋洋接过摩托车，没有骑上去，却对南南说："南南姐，我看今天，天还不算晚，刚闹腾一阵，都闹腾兴奋了，我一个人回到理发店，也睡不着，你到我的理发店坐会儿吧，我也正好有闲时间，给你整整头。"

南南说："洋洋，天都挺晚了，要不就改天吧？"

洋洋说："我是没事，就看你了，随你吧！"

南南妈说："左邻右舍地住着，离得这么近，要去你就去，你们姐俩也没什么说的。"

南南看看妈说："妈，那我就过去整整头，一会儿就回来啊。"说完，跟洋洋走了。

6. 五河家饭店内

透过窗子，能看见门外的场地上，已经空无一人。

五河和珍珠在这里说着话。

新亮呢，却站在那里，愣愣地望着窗外出神。

珍珠对新亮说："新亮啊！明天早晨你又要起早，还不快早点儿睡去，站那儿愣什么神儿？"

新亮说："没事，刚才热热闹闹的，红红火火的，转身的工夫人就都散尽了，想站这儿看会儿。"

五河对珍珠说："珍珠，我看今天这个事，你和淮爷俩铺排得挺好，咱们这边的戏场子收得早，没有和对方争个高低上下的意思，我听见村民们说了，对门老刘家请来个叫南南的闺女，歌儿唱得好！这样的事，全村的老百姓都乐乐呵呵的就行了，让对门在演戏上占点儿上风也好！"

珍珠说："咱们这边的龙灯，耍得老百姓也很叫好，场子收得早，可实力也显示了，尤其是新亮耍的龙头和淮爷那老'钱杆子舞'跳得更是让大家叫好，我看今儿个这事也算办得挺圆满！"

7. 刘泥鳅家饭店内

后屋里，刘泥鳅在和"小广播"说着话。

刘泥鳅兴高采烈地说："哎呀！我说老婆子，你今天把那个南南请过来，可真是给咱们家露了脸了，她的歌唱得也是出了大彩儿了，你看咱村里人那巴掌拍的，跟往常的动静都不一样。今天，咱们这个饭店开业，除了那个武二秀的事，其他事可真是说得上开业大吉！"

"小广播"说："今天南南一来，你就连抹带画的，我都不稀得说你，你这人啊，不怎么着！"

刘泥鳅说："这正高兴的时候，怎么尽往别人的脖颈子里倒凉水呢，我又怎么不怎么着了？别忘了，我是男主角！"

"小广播"说："刚才你是男主角，现在就是女配角了！瞅今天把你抖擞的！我给你看时间来着，你光梳头，就梳了有半个钟头，梳完了头，还往头发上抹油，你说你那头发，就是都搁油泡上，又能怎么样？能把你那张老脸上的褶子泡没了呀？我告诉你，今儿个也就是饭店开张，我图个喜庆，没深搭理你，要是往常，你这么抖擞，我早跟你急眼了。"

8. 五河家饭店内

五河说："珍珠啊！今儿个白天，没事的时候我就寻思，两家这么对着干下去，村子里的客源有限，今天我到对门看了，人家的就餐环境比咱家的强，我想和你商量一个事，不知道你能不能同意？"

珍珠说："什么事？"

五河说："我琢磨着，咱们离镇子这么近，到镇子上开办一家农民浴池怎么样？咱们农民过去穷的时候，一年洗不了几次澡，身上老是带股子土星子味儿，身上的泥驹驹儿，一搓都搓成泥球。你以前最烦我老用手搓身上的泥驹驹儿了，劳动了一天，要能洗个热水澡，那真是一种享受，咱们先在镇子上办一个农民浴池，门票也别收太高，让大家能都洗上热水澡，你说我这个主意好不好？"

珍珠说："按说你这个主意，也算是个好主意，既是搞经营，也是为大家谋福利，可我这个人你知道，一件事没干完，弄不出个甜酸来，我就放不下手，也拣不起第二件事来，浴池的事，要做你做，我不插手，饭店的事，我还得做下去，一做到底。"

五河抽口烟说："一个女人家，做什么事都得量力而行，别太过于要求自己了，咱们家现在不缺吃不缺穿，家用电器样样全，经营上开着小饭店，地里头还有五亩田，这日子，我不知道你怎么想的，我是够满足的！"

珍珠说："朱五河，我得跟你说，你别指望我们女人还像过去那样，只是'锅台转'，当你们的影子，那个时代过去了！女人也是人，也要活出自己的人生滋味来！我可不想把我的人生命运，拴在哪个人的人生车轮子上，你活你的，我活我的！咱们的人生还有那么几十年，也比比谁的活法更好！"

五河说："别看我是个村主任，我心里最服气的还是你珍珠，这些年家里外头的事，你都是拿得住准主意的人！你实在要做饭店，那就做吧，镇子上那个浴池，我就自己着手办。"

珍珠看看仍站在窗前的新亮，对五河说："这孩子，今天这是怎么了？"

新亮仍站在那里

五河一脸狐疑地看着他。

9. 刘泥鳅饭店后屋

刘泥鳅说："不管怎么说，今天咱们家饭店开张，用两个字便可概括，这就是：胜利！"

"小广播"说："场子上的戏，咱家就算是赢了，可你得知道，对门那珍珠，在经营上也是不好对付的手，那女人，可是有心劲儿的人，咱们今后，和她在一起，在经营上唱对台戏的日子，还长着呢，咱是不是她的对手，那可难说。"

刘泥鳅笑笑说："论脑瓜儿，我不是吹，在这个村子里，没谁能比上我脑瓜儿好使，我也就是没赶上好时代，要是现在，我轻松考大学，不说弄个头名状元，也得弄个三名以上，在饭店经营上，你就把心放在肚子里，我刘泥鳅绝不会输在她一个老娘儿们手。"

"小广播"说："你说不是吹，我觉得你还是吹，我告诉你，大山不是堆的，火车不是推的，罗锅不是撅的，牛皮不是吹的，一年后，两年后，你再能说出今天这话，我就服你。"

刘泥鳅说："好！走着瞧！今儿个折腾事太多了，我多少有点累了，也不想回那边家了，咱们就在这饭店的小后屋对付一宿吧。"

"小广播"脱着衣服说："原想这是我怕回家晚了，在店里临时住的地方，你也要来凑热闹！"

刘泥鳅："这不也挺好吗？俩人睡觉，还要多大个地方？"

说罢，拉灭了电灯。

10. 淮爷小卖店内

甜菊给淮爷打来洗脚的热水。

淮爷把脚伸进了盆子里，烫着脚。

甜菊说："淮爷，你说今儿个两家抵灯，是不是咱们这边输了？"

淮爷一边用一只脚洗着另一只脚，一边说："这话就看怎么说了，要我说，就是我们这边赢了，他们那边赢的是声势，可我们这边呢，赢得的是人心！人心比声势重要！"

11. 镇上胖丫出租房内

武二秀在和胖丫唠着嗑。

胖丫说："妈！你和我顺水叔这一仗打得可不小！"

武二秀说："别老你顺水叔顺水叔的，你就叫他孙顺水！"

胖丫："我叫他顺水叔，不是以前你让我这么叫的吗？怎么打了一仗，就让我改口了？"

武二秀说："我看我们两个过不长了！"

胖丫说："那过长过不长的，现在不是没离呢吗？你不还是孙顺水媳妇，我不还得管他叫叔吗？你要不是他媳妇那天，你不让我管他叫叔我就不叫了，让我管他叫什么都行！"

武二秀叹口气说："胖丫啊！你是不知道妈今天心里的滋味儿呀，是真难受哇，从小到这岁数，你妈什么时候挨过打啊！"

胖丫说："妈，不是我向着我顺水叔说话，他那人其实是个厚道实在人！今天这事，也怨你！"

武二秀说："行了，你可别诽谤我了！其实给孙顺水当个媳妇，倒也没什么难的，可他们家上有个老的，下有个小的，都是难伺候的主儿，从打我到他们家，这一老一小就在心里跟我横着暗劲儿，我告诉你，我这个后媳妇难当，后妈更难当！"

胖丫说："妈，我怕你们两个在一起过不好，不愿意给你们添累赘，我自己摆摊卖货维持我自己的生活，只盼妈你能有些好日子过，可是，你看你，不是今天这事，就是明天那事，跟你我一点儿也不省心！"

武二秀说："我和这老孙家的事，没个完！论力气我是打不过他孙顺水，可他就是只老虎，不也有打盹儿的时候？不行的话，哪天我就烧它一锅热水，趁他睡觉的时候，我就浇到他身上！"

胖丫一惊："妈！你这是把事想哪儿去了，这种事可是万万干不得！家里的事，宜和气不宜结冤仇啊，不能他给你一脚，你就还他一拳啊？那样夫妻间冤冤相报何时了啊？你要真那干，那就是犯法，你得蹲监坐狱！"

武二秀："是吗？那打碎的牙齿总不能让我往肚子里咽吧？"

12. 孙顺水家

顺水妈说："顺水，你脱了衣服睡吧！我看她不一定能回来了！"

顺水坐起来，脱着衣服说："这娘儿们野的！丈夫蹬她一脚，连家都不回了！全村子的女人里，她是头一个！"说完，躺下了！

顺水妈说："你睡吧，我再等等她！外头院子我给她留着门呢！"

顺水生气地说："别等她！把那个院门插上！"

顺水妈说："你睡吧！这些事不用你管！"说完，下了床。

屋外院子里，顺水妈披着棉袄，站在那里，向外张望！

她坐在了窗前的一条长凳子上。

她的眼里，汪着泪，也汪着期盼……

13. 镇子胖丫的出租房里

胖丫："妈，我是你的亲闺女，不是我说你，村里人说起你来，没人翘大拇哥，而是抠鼻子、撇嘴！你得好好想想，你自己身上有没有什么毛病？！"

武二秀说："胖丫，妈跟你说心里话，妈也知道自己有毛病，比如说我讲浪漫享受，不想干家里那些乱七八糟的活，挨累吃苦的事我就更不行了。你爹活着的时候，家里做饭刷碗洗衣服抱孩子，这些女人的活也都是他干，不用我啊！"

胖丫说："男人和男人不一样，我看你这些坏习惯，也都是我爹给你惯出来的！"

武二秀说："现在我都这么大岁数了，生就的骨头长就的肉了，毛病想改也难了，胖丫，妈向你讨个主意，你看妈的下一步该怎么办？"

胖丫说："人啊！也真是怪！没有男人的时候，想找男人，有了男人，又想离开男人，我看你啊，是生在福中不知福，这山望着那山高，你就不能改改自己身上的毛病，给顺水妈当个贤惠媳妇？给小石头当个贤惠后妈吗？"

武二秀说："这些话你就别说了，这些事我做不来！做来了也就不是我武二秀了。"

胖丫叹了口气，说："眼前的道有两条：一条是和，一条是散，你自己掂量办吧。"

武二秀叹了一口气，躺在了床上，两眼定定地望着房顶，半晌才说："我看哪，只有散！"

胖丫："散不散的，你可不能真往人家身上浇热水啊，那可犯法！"

武二秀："我是说气话，也不会真的那么干。"

胖丫长出了口气说："唉，你这个妈可真是个不让我省心的妈！"

14. 洋洋理发店内

洋洋在给南南剪着头。

洋洋说："南南，在这镇子上，我理发理了这么长时间了，从来没看见过你这么漂亮的女孩，你不但人长得漂亮，还有文化，心眼儿也好使，我问你，你和你妈不在江苏那边做生意，怎跑到我们安徽滁州来了呢？"

南南说："我是随我妈来的，我妈说她打小就是安徽人，是在淮河边上长大的，有一年淮河发大水，她们的村子被淹了，那年庄稼颗粒无收，我姥爷带她外出逃荒，在一个镇子上我姥爷出去给她找饭吃，她却被狗给撵跑了，不知跑了多远，就找不回原来等我姥爷的那地方了，怎么也没找到自己的爹！"

洋洋说："哎哟，你妈的命可真够苦的！后来呢？"

南南说："我妈过了一段流浪生活，后来被好心人家收留了，以后就接着念书，上到了中专，二十多岁上跟江苏的一个男子结了婚，又有了我，我爸没了以后，妈就一直惦记着想回到淮河这边来，打听打听她多年失散的爹的信儿。这回连着做服装生意，妈就带我又回到淮河边上来了。"

洋洋说："哟！你们家的事真可以编成小说和电视剧了，不过，在过去咱们淮河两岸贫困那些年，这样的事还真不少，也不知道你妈能不能找到当年她失散的爹，没去电视台做个广告？"

南南说："妈说先找找看，现在要找原来记忆中的村子也难了，想要找上了点儿年纪的老人，了解点儿当年的事，就更难了。"

洋洋："我们村里有些年龄比较大的人，像淮爷、顺水妈都是在淮河岸边长大的人，不行的话，有时间我给你们找他们打听打听？"

南南说："这么些年了，我妈想找她失散的爹，也就像大海里捞根针一样，没有那么容易的事，慢慢来吧。"

洋洋一边给南南剪着头，一边说："这边还是留着原来的缝儿吧？你留点刘海儿和头发分个缝儿好看。"

南南说："行，你是美发师，你看着怎么合适，就怎么弄。"

洋洋又问："南南，你是什么文化？"

南南说："高中毕业，又读了个大专，毕业了，也找到了一份工作，可总觉得自己的专长发挥不出来，挣的钱不够多，就扔下那工作，自己下海做生意了。"

洋洋说："我自己是下海的人，我最佩服能扔下一份工作，敢于下海的人，人生价值的一次再创造，能做到这点的人，不仅有胆识，也不寻常。"

南南说："你可别这么夸我，我就是这么很平常的一个人。"

洋洋说："你说你平常，我看你可不平常，平常的人能把淮河民歌唱得那么好，哎！南南，你有对象了吧？"

南南笑着说："在学校的时候，有不少男孩子追我，也谈过一个朋友，但那不叫对象，我下海以后，他觉得我没有正式工作，我们就分手了，到现在也是没找过对象。"

洋洋说："你注意到我哥刘喜子没？"

南南说："啊，我不是驮他回村了吗？"

洋洋说："你注没注意到，我哥跟你说话和看你的眼神儿都跟对别人不一样？"

南南心里明白，嘴上故作不知地说："那可没看出来，我看他对我和对别人没什么不一样的。"

洋洋说："南南，你真傻，我实话告诉你吧，我们家喜子哥，是喜欢上你了。"

南南故作惊讶地说："真的呀！我有什么好招他喜欢的地方呀？他肯定是喜欢错人了！"

15. 五河家饭店

天还未亮。

新亮从自己的屋里走了出来，来到院子里的摩托车前，刚要推车往外走，家里外屋的灯忽然亮了，珍珠推门走了出来。

珍珠对新亮说："新亮，你等妈一会儿，妈和你一起去仙女湖。"

新亮说："妈，你去湖那边干什么呀？我这驮鱼哪，哪能带你去呀？"

珍珠说："我的摩托车早准备好了，妈自己骑摩托车和你一起去。"

新亮说："你怎么想起来要去仙女湖呢？"

珍珠说："你没看见对门刘泥鳅家新饭店也开张了，咱家这饭菜要是没什么特色，怎么和人家竞争？妈想了，我也得到仙女湖边上去看看，看看仙女湖里的那些水产，哪些咱们饭店能用得着，把咱家的饭菜花样，好好变变样儿！"

新亮说："这一大早的，天还没亮，又挺冷的，你自己骑摩托车行吗？"

珍珠说："你可真小看了你妈了，你妈年轻时什么苦没吃过？这骑趟摩托车，跑趟仙女湖算个什么？"说着，推出另外一辆摩托车，发动着了摩托车说："走，走吧！"

这时候，朱五河披衣服推开屋门，睡眼惺忪地问："天这么黑，你们娘俩儿在这折腾什么？珍珠，你这是要上哪儿去？"

珍珠骑上摩托没回头，却扔下一句话："死老头子，别什么闲事都管，睡你的去吧！"

新亮和珍珠的两辆摩托驶出了小院，在黑暗中两束光亮渐渐远去了。

朱五河望着他们的背影，自言自语道："珍珠这老娘儿们，八成是疯了！"

16. 村庄

辽阔的田野，美丽的村庄。

炊烟袅袅。

池塘里鸭子白鹅在戏水！

阳光照耀在淮河上，水面是彩霞和波光。

17. 仙女湖边

新亮和妈妈珍珠两个人坐在湖边上，他们身后是大堤，堤上停着他们骑的那两台摩托车。

珍珠对新亮说："新亮，不来不知道，一来吓一跳，这湖虽说还是以前那汪子水，可仙女湖已经不是以前的仙女湖了。你看，现在水面上搞养殖的人家已经不少了，过去湖里只产黑鱼、青虾、甲鱼啥的，现在鲢鱼、鲤鱼、鳜鱼，还有大闸蟹，都有人家在养。我想了，咱们家的饭店，要增加大闸蟹这些新品种。另外啊，妈还想和你商量商量，咱家能不能也承包一块水面，养点鱼和大闸蟹什么的，这样，咱们家自己也就是产供销一条龙了。"

新亮一拍大腿，站了起来说："妈，你可真是我朱新亮的亲妈！你要和我商量的事，儿子心里早想了，我早就琢磨着，我第一步是搞贩鱼，第二步，我非在这湖面上，搞起来网箱养殖不可！这几天白天没事，我都到镇子上的网吧去，在那里上网，了解鱼苗和蟹苗的产地、种类和价钱。"

珍珠说："新亮啊，如果真搞起这水面养殖，那起早贪黑的，可辛苦啊。"

新亮说："妈，你看你儿子是那娇娇气气的人吗？年轻人应该多吃点苦挨点累！妈，你儿子在农业技术学院里，学了不少知识，有的也和水面养殖有关，这些知识要不找个用场，就白瞎了。"

珍珠说："我看这个事儿就可以这么定了，回头，咱们给村里、镇里写一个申请报告，把水面承包，划定下来，咱们就动手干，你在前面打前锋，妈在后面给你当后盾。"

新亮乐呵呵地说："好，无论是买鱼苗和蟹苗，还是架置网箱都需要启动资金，有老妈这句话，我心里就有底儿了。妈，你就看你儿子的吧，我指定在这片湖水里，给你淘出个金娃娃来。"

珍珠笑着说："你也别把事都想得那么顺，成功的道儿上也常有失败，如果你失败了，也不怕，妈和你一起顶着。"

新亮说："妈，时候不早了，咱俩抓紧回吧，我还得给胖丫和镇子上的几户人家送鱼呢！"

他们俩骑上了摩托。

珍珠在摩托车上说："原先我没听说，你给胖丫也送鱼呀？"

新亮说："我看那胖丫人挺好的，一天卖瓜子花生也挣不了几个钱儿，她妈那武二秀也不怎么管她，胖丫自己挣钱照顾自己也不易，给她倒点鱼过去，也是帮她。"

珍珠说："你这个事做得好，妈认可！"两辆摩托车向前驰去。

18. 村中路上

"活济公"墩子从那边走了过来，迎面撞上了刘泥鳅。

刘泥鳅说："哎，大清早起的，你这是去要干什么？"

"活济公"墩子说："朱五河找我有事。"

刘泥鳅问："哎，我求你那个事儿，你可没办明白啊！"

"活济公"墩子说："办得明白不明白不说，我可是认真给你办了！事没办成，酒还得喝吧？"

刘泥鳅说："你别把那眼珠只盯在酒瓶里头，我给你提示个事儿，比喝酒可重要多了！"

刘泥鳅用手拍拍"活济公"墩子的肩膀，用开玩笑的口吻说："老哥！这两天左眼皮跳没？"

"活济公"墩子说："好模样的我左眼皮跳什么？啊，你是说我有财运了？！"

刘泥鳅笑着："对！聪明！我看你要发财！"

"活济公"墩子说："发财？我发什么财？有什么财可发的！"

刘泥鳅说："我看你们家塘地上可有不少棵树呢，那可都是值钱的玩意儿！"

"活济公"墩子说："那是，要动那些树，就得把钱儿的事说明白！不给我赔钱我是不能干哪！不过，村里也不一定能给我赔多少钱吧！"

刘泥鳅："那话就看怎么说了，那不是你说值多少钱，就值多少钱么！现在井架都支上了，谁敢惹你啊！是不？你看是不是发财的机会来了？好了，我走了！"

"活济公"墩子看着刘泥鳅的背影，说："这小子，属木梳的，一划，肚子里净道！"

朱五河从那边走了过来。

"活济公"墩子一见，忙喊："哎，五河！"

19. 淮河边上

一群女人，正在河边上洗衣服，有人扬着捶板捶打着衣服。

一位女人对"小广播"说："哎呀，那天晚上你们两家抵灯，也是抵得太好看了！尤其是那个南南唱的，我们都没听够！"

"小广播"说："哎，你们作为旁观者，说句公道话，谁家的节目好看？"

那女人又说："哟，让我们当评判员哪？要我说，珍珠家的龙要得好，淮爷的'钱杆子'舞跳得好，你们家的歌唱得好，你男人的那些绝活也不错！不好分谁高谁低！"

"小广播"说："你的意思是不是说我家泥鳅的节目，给往下拉分了？"

那女人说："那倒也不是，我说实话，反正年年他都是这些节目，再好，也没什么新鲜感了！"

"小广播"说："那淮爷的'钱杆子'舞，不也是年年跳？"

另一位女人说："那可不一样！淮爷多大岁数了，要不说老要张狂少要稳呢！淮爷越张狂，村子人越高兴，你们家泥鳅可不能和淮爷比！"

"小广播"说："我们家那泥鳅，确实愿意嘚瑟！有点儿事就不够他嘚瑟的了！明年二月二呀，他再想上场，我就拦住他！"

一女人说："别的呀！演个节目，大家都图个乐呵，别那么认真啊！"

20. 深井工程队工地

李水泉和工人们都坐在工地上。

一位队员说："队长，这树什么时候能挪啊？不挪干不了活呀。"

李水泉坐在那里，一脸无奈地说："我跟村上说了，等等吧！"

21. 深井工程队工地附近

朱五河正在和"活济公"墩子边走边说着话。

朱五河说："你那几棵果树就得挪动一下子，不然太碍事了！"

"活济公"墩子说："我早就说了，打井我支持！可要挪动这些我经营了好多年的果树，那咱们是不是得说道说道哇。"

朱五河说："不管怎么说道，这些果树必须赶快挪。你没看，打井工程队都窝着工呢吗？"

"活济公"墩子说:"五河,我这些果树哇,从小到大,从长叶、开花、到结果,我是怎么侍弄的,你朱五河心里比谁都清楚。树挪死,人挪活,这是老话!这些事儿,村里总该给我个说法吧。"

朱五河说:"我知道,为这块塘地,你没少费力气,不清塘垫土你也种植不了这么多果树,没有这么多果树,那些年你们家也不会增加那么多收入。可是,当今果树品种改良得快,你这些果树都是老品种,果子再卖也卖不上几个钱了,我看村子里该补的还是要补给你一点儿,但你的要求也不能太过分,你知道村子里的财力也有限。"

"活济公"墩子说:"我相信村子里能把这个事给我处理好。"

朱五河说:"墩子,我看那些果树,我就得找人先挪了,你看行不行?"

"活济公"墩子说:"这事你不用征求我意见!只要能把赔偿的事给我弄明白,别的事我不管!"

五河说:"好吧,有句话你得听明白了,人家深井工程队来到咱村,可是给村里的老百姓造福来了。在你家的塘地里干活,你能照顾就照顾,不能照顾,也不能给人家制造麻烦啊。"

"活济公"墩子点点头说:"那是那是,牺牲我们一家的塘地,造福全村人么!就是我家的卫生条件不太好,家里又没个女人做饭,想给他们送水送饭的,那都是办不成的事。可是,要是有什么我能帮上忙的,他们只管说话就是了。"

22. 深井工程队工地

五河、李水泉和工人们在挪树。

他们把一棵棵树从土里挖出来。

有人在抬着树!

远处,"活济公"从自家的院子里往这边看,嘴角上漾出一丝笑意!

23. 淮河边

那女人又问"小广播":"哎呀!大姐,在你家场子上,唱淮河民歌那个女孩,那长得也是太漂亮了,怎么的,听说你家刘喜子和她有点儿什么关系?"

"小广播"笑呵呵地说:"那是年轻人的秘密,咱们上了年纪的人,不想多打听,就是知道了,也不方便往外面泄露。"

那女人说:"呀!刘喜子要是真能把这个女孩,给你娶到家,那可真是一个大好事,能有那么个漂亮儿媳妇,也真是你们老刘家的福分。"

"小广播"说:"你说什么呢?我可没跟你说那女孩和我们家刘喜子处上了,这事要是在村里传起来,也都是你传的,别赖我'小广播'。别人叫我'小广播'我其实真是有些冤,你们说,我都给你们广播过什么了?还不是你们瞎传的话儿,最后都栽在我一个人身上,你们都是好人,'小广播'这顶帽子戴到头上,我就是怎么谨慎说话,也摘不下去了。"

那个女人说:"大姐呀!人没外号不出名,叫你'小广播'怎么了?说明你眼界宽,知道的事情多,肚子里有真玩意儿,要是让别人广播,想广播还广播不出来呢!"

另一个女人说:"对呀,大姐,你别在意别人叫你'小广播',那没什么不好的,你广播的事,我们都爱听,今后该广播还是得照常广播。"

"小广播"假作愠怒地向那女人撩起一把水花说:"我告诉你,从今天起,你们谁也不许再叫我'小广播',我的'小广播'停播了。"

那个女人笑着说:"大姐,不是我说你,要是你那'小广播'停播了,那也兴许能停。不过，那太阳就打西边升上来了。"

"小广播"听了有些不高兴，埋头洗她的衣服了。

24. 镇子胖丫摊床前

新亮骑着摩托车驶了过来！

新亮从摩托车的鱼筐里，拎出来些鱼说："黑鱼、青虾、千头鱼、鲤鱼、鳜鱼我都给你送来了点儿！"

胖丫说："是吗？这可太好了！新亮哥，现在的顾客可识货了，鱼往这一摆，不用说，都认识！仙女湖的鱼，不用怎么吆喝，就都卖出去了！"

新亮说："胖丫，你妈是在你这住呢吧？"

胖丫说："是，那不是跟我顺水叔打起来了么！两头都顶着牛呢，谁也不肯让着谁，你说我妈就我这么个闺女，遇到事了，我不管她谁管她，我正跟她这事上火呢！"

新亮说："用不用我给孙顺水那边传个话，让他来接你妈？"

胖丫说："那是最好了，你知道，女人都好要个脸儿，不然我妈肯定不能回去！"

25. "活济公"墩子家

玉树正在拌饲料，在猪圈前边喂猪。

"活济公"墩子倒背着手，唱唱咧咧地从外面回来了。

玉树看看墩子："爹！什么事儿这么高兴啊？怎么还哼上小调了呢？"

"活济公"墩子走到玉树跟前说："你小子知道今天是个什么日子吗？好日子，来钱的日子！"

玉树用不解的目光看着"活济公"墩子，说："大白天说什么梦话啊！来钱，是从天上掉钱，还是从地里长钱呢？"

"活济公"墩子说："天上也掉钱，地里也长钱，你信不信？"

玉树说："爹，你今天没感冒发烧吧？没喝酒吧？昨天晚上没睡不好觉吧？怎么像没睡醒似的呢？你说的都是什么话呀。"

"活济公"墩子说："你小子就知道喂猪、养羊，伺候你那点儿家禽。你呀！也就是个出苦大力的命儿，挣不着大钱。你看看爹给你挣笔钱回来，风吹不着，雨淋不着，那钱就长着小腿跑到爹的挎兜里来了。咳！儿子啊！以前爹老因为你找媳妇、盖房子买家电的事，没少犯愁，这回你瞧好吧，一下子都解决了，满天的云彩都散了！你爹这心里能不敞亮吗？你说，我能不高兴吗？"

说着，抬抬手里的塑料袋对玉树说："爹刚从小卖店买回的火腿肠、小卤蛋和猪蹄，走，咱爷俩进屋喝点儿。"

玉树说："早晨的饭都吃完了，这早晨不早晨的，中午不中午的，吃喝什么啊。爹！你能不能跟我说说，你说天上掉下来，地里长出来的钱，是怎么回事？"

"活济公"墩子笑笑说："别低头老看你眼皮底下的猪槽子，你抬起头来，往咱家房子的西边看，你看，那儿在干什么呢？"

玉树说："那不就是深井队支了帐篷，要打深水井吗？"

"活济公"墩子说："你只看见帐篷了，你往帐篷根儿底下看，那是什么？"

玉树说："没什么呀？一片空地。"

"活济公"墩子郑重其事地扬起一个手指头说："对了，叫你小子说对了，出钱的就是这块塘地，这块塘地使用权归咱们家！还有塘地上那些果树，都要挪走，建井院子，你想一想，这挪一棵树他得赔咱们家多少钱，还有那塘地的清塘垫土钱呢？"

玉树说:"爹,以前村主任朱五河来找过你,跟你说起这事的时候,我看你是一个同意,八个同意的吧?"

"活济公"墩子笑笑说:"和爹比起来,你小子还太嫩!你懂什么?一开始朱五河来找我,我就说不同意,你想人家还能在咱家这块塘地上打井吗?人家还能来挪咱家这些果树吗?人家不来,咱们上哪儿挣钱去?我是跟他玩'太极拳',想往左打,先往右比画,这到了叫真章的时候,我跟他朱五河可得是寸土必争,寸利必得!"

玉树说:"爹!你这招儿也太损了点吧?"

"活济公"墩子说:"我的招儿才不损哩,不从村里套出点钱来,将来你说对象、结婚、盖房子、置办家具,钱从哪儿来?指望你从这猪槽子、羊圈里抠出钱来,那得是猴年马月的事!"

玉树说:"爹,我现在是没挣着大钱。可是,我不一定一辈子总干这个,我也想干点儿大事业,就怕有一天,你儿子挣的钱,你花不了地花,用不了地用了。"

"活济公"墩子说:"哎呀,你这小子,刚才还说我没睡醒说梦话呢?我看你才是得了夜游症了呢?说的这话,既不着边,也不靠谱儿,我可信不实。"

玉树说:"爹!你看着,我肯定要干出个样儿来给你看。"

"活济公"墩子说:"你干吧,我看着你,你能干好了还不好吗?我儿子成了富翁,我这当爹的不也脸上有光吗?可那还是只好看的小鸟,你能不能抓到手,就两说着了!"又拎拎手里的食品说:"你真的不吃不喝啊?我可是先进屋了。"

玉树说:"爹,屋里锅里的水我给你烧好了,我求求你,你能不能洗个热水澡,你闻闻你身上那股子气味儿,谁到了你跟前,不叫你熏一个倒仰!"

"活济公"墩子听了这话,骂道:"小兔崽子,来不来的你还开始诽谤起你爹我来了!我'活济公'从小到大就没洗过洗澡,身上的元气也从来没外泄过,从来不伤风感冒。我的事,今后你少管!"

说着,拎着手里的食品径自进屋去了。

屋里,锅里正氤氲着热气。

"活济公"墩子打开锅盖,见锅里是热腾腾的水,气不打一处来,操起一个饲料袋子,把饲料倒进了锅里,边用铲子搅拌着边说:"这一锅热水,可别浪费了,正好烀饲料!"

门外,隔着门玻璃,站着玉树。

他默默地注视着屋里的一切。

"活济公"墩子冲着门外说:"你小子,给我整了多少回这事儿了,我不洗澡,你烧多少回水也没用!"

26. 镇子胖丫出租房外

武二秀蹲在地上,用一个大洗衣盆,在给胖丫洗衣裳!

胖丫从外边拎着饭菜走了回来:"哎呀,妈!你怎么洗了这么老多东西呀?"

武二秀说:"你在外边摆摊卖货,妈在家也没什么事,平时呀,妈对你照顾得也不够,不正好帮着你洗洗涮涮,收拾收拾屋子么!"

胖丫说:"妈,快停手吧!进屋先吃饭!"

27. 淮河边

早晨的阳光,跳跃在淮河上,水面泛着粼粼的波光。

顺水正和工人们一起收拾船上的东西,准备起锚。

这时候，朱五河走了过来。
孙顺水说："哟！是五河哥。"
朱五河说："哦，你这就要走哇？"
顺水："嗯，船上活忙！"
五河把一个用毛巾包好的搪瓷盆递给顺水。
顺水说："这是什么呀？呀，还烫手呢！"
五河说："甜菊做的，淮爷让我给你带来的！"
顺水捧着这盆饭菜，心情有些激动。
五河说："顺水，你趁热吃吧！"
船头旁，顺水坐在地上吃着饭。
朱五河也坐在那里，说："顺水，我净忙着村里打井这些事了，本来想和你一起把武二秀从镇子上接回来，这个工作还没等做呢，你就要走了！"
孙顺水一边吃着饭，一边说："五河哥，我不会去接她！跟她已经是伤透了心！"
朱五河说："顺水啊！你虽然常年跑船在外，可你还是个村民，我也不能不说你！你说你这一脚蹬的，把满身的理儿蹬没了，把这个家快蹬个散花了，蹬得对吗？"
顺水没吭声。
朱五河问："知道自己错了没有？"
孙顺水说："五河哥，对错的话叫我怎么说呢？自打和武二秀结了婚，我人在外面跑船，可这几股肠子都挂着家里头，她对我妈和小石头怎么样，村子里人都知道，不用我说。"
朱五河说："顺水，你是个孝顺儿子！可对武二秀，你不能用武力解决问题！当今，都在建设和谐社会，每个家庭都和谐了，咱们一个村子才和谐！你家出了这事儿，我这当村主任的心里不好受，觉得还是我平时我的工作没做到，对你家的矛盾调解得少。顺水啊！要怪，你就先怪我，我也有错。"
孙顺水说："五河哥，话你可别这么说，要错还是我有错，你有什么错啊？！"
这时候，有工人喊："顺水哥，你们什么时候能说完话？马上要开船了！"
孙顺水说："等会儿！"又回头对五河说："五河哥，我这就急着走了！我走以后，那娘儿们肯定得回来，我怕她又在我妈和小石头身上撒气，你可帮我照看着点儿！"
朱五河说："行，船上的活儿这么忙，你就只管忙去，家里这边的事，还有我们呢，你不用太多地惦记着你妈和小石头，那武二秀要是回来，我再和她谈谈。"
顺水说："五河呀！这全村子人家的心都让你操到了！"说完，把空搪瓷盆用毛巾包好，递给五河说："一会儿，你把这儿带回去吧！"
这时候，小石头手里拿着纸包，跑了过来："爸！"
顺水："小石头，你怎么跑来了！"
小石头："奶奶让我给你送来的！"
顺水接过来，一看，是那沓钱！
他的眼睛里有很复杂的神色，他把钱递给五河说："大哥！你一定要把这钱交给我妈，要不就放淮爷那，我妈和小石头用点什么，就用它结账！"
五河接过了钱，说："你放心吧！"
顺水跳上船头，对工人们说："开船！"
船开动了。
五河抱起了小石头。
顺水立在船头，向五河和小石头摆着手。

五河站在那里，又叮嘱孙顺水说："顺水啊！出门在外，就别再惦记家里的事儿啊！"

小石头冲他喊："爸！早点儿回来！"

顺水点点头，眼里有泪水，冲五河摆着手。

五河、小石头也冲他摆摆手。

（第四集完）

第五集

1. 朱五河家饭店

珍珠在和玉翠、彩虹、彩霞拾掇着鱼。

玉翠说："姐呀！你这几天，天天一大早就出去，收获还真不小，天天弄回这么多新鲜鱼，有些鱼以前新亮都没趸回来过。"

彩霞说："要不说老将出马一个顶俩呢？！"

彩虹笑笑说："你们别光盯着盆里这些鱼，我妈的野心大着呢，跑了几趟仙女湖，做了几个大决定。"

玉翠睁大了眼睛问珍珠："姐！彩虹说的都是真的呀？"

珍珠说："彩虹说得没错，姐就是这么盘算的。一个是咱们守着淮河仙女湖，饭店里的菜就得办得有地方特色，要搞仙女湖鱼餐！二是咱们饭店烹饪技术这块水平不高，打今儿个起，玉翠、彩虹、彩霞你们几个，都不能光做给菜改刀和服务员的事了，你们得一专三会八能，学习烹饪技术！"

玉翠瞪大了眼睛问："我们都当厨师啊？"

珍珠说："对！我得拿着厨师的标准考核你们，这除了亲妹妹，就是亲闺女、亲外甥女，论亲属谁都是手心上的肉，可谁不够格，我就唱个黑脸的给你们看，真就先炒了谁的鱿鱼！"

彩霞说："呀，大姨！看来你是真下狠心了，我头一回听你对我们说这样的狠话！"

珍珠："我想好了，现在对门刘喜子去县里学过厨艺，也算是大兵压境，所以我也得慈不掌兵！你们都听好了，我可不是跟你说着玩的。"

彩霞说："我妈当厨师行，她有这个基础，老给菜改刀，在家也老炒菜，可我和彩虹姐学厨师就难了。"

珍珠说："不难，要你们学干什么？！我就是要赶鸭子上架！你们不但得学，还得快学，学好！谁学得好，谁干得赖，也有个竞争比较！咱们小饭店里，人虽不多，也来个竞争上岗。"

彩虹说："内部有个竞争好，我得买些有关烹饪的书，好好看看，老当服务员也没意思！"

珍珠说："炒菜上灶，你们成手了，真比我强了，这个老厨师也就可以下岗了，省着我做出的菜，你爸老说多少年来一贯制，一个滋味。要说改革，我看这也是改革，一天之内，小饭店里又多蹦出三个厨师来，也算是个新鲜事吧？"

玉翠说："这么小个饭店，我们都成厨师了，那你去干什么呀？"

珍珠说："这就涉及我的第三个打算了，我想到仙女湖边办个船上饭店！"

玉翠说："那村里的饭店就扔下不办了？虽说咱这饭店不大，可村里有不少人愿意到咱这儿来吃饭，扔下太可惜了！"

珍珠："这个饭店扔是不能扔，不但不能扔，还得越办越好！"
玉翠："姐，咱们就这几个人，摊子铺得太大了，行吗？"
珍珠："这话该问你自己！看你自己，是不是有一个人顶几个人的本事儿！"
玉翠说："那这饭店不是撒手扔给我们了吗？"
珍珠："不扔给你们我扔给谁？我和新亮还商量，在仙女湖搞水面网箱养殖呢！"

2. 刘泥鳅家

刘泥鳅对"小广播"说："两家饭店门对着门，我看要想打败对手，除了饭菜好吃，还得想点别的辙！"
"小广播"说："你又想出了什么花花点子？"
刘泥鳅说："我看可以让顾客边吃饭边看节目，保证吸引顾客！"
"小广播"："得了吧！你可别嘚瑟了，长得像狼似的，没多少人愿意看你！你再嘚瑟，客人都得让你吓走！"
刘泥鳅说："我说演节目，也没说一定是我演哪！"
"小广播"："那谁演？"
刘泥鳅说："谁叫座谁演呗！"
"小广播"："村子里哪有叫座的人？"
刘泥鳅："我看可以考虑请南南来！"
"小广播"说："不可能，人家开服装店呢，能上你这来吗？"
刘泥鳅："话可不能这么说，那就得给她开什么条件了，重赏之下必有勇夫！再说了，咱们可以晚上接她过来么，给她钱呗！"
"小广播"说："要是能把南南请来，那咱们的饭店可就火了！"
刘泥鳅："不是能不能来，是咱们得想办法让她来呀！你们哪都不明白我的良苦用心，她要是能来，和咱家喜子处长了，那不就处出感情来了吗？"
"小广播"："哎呀，你可真敢想，你原来是想让那南南给咱家当儿媳妇哇！"

3. 仙女湖

上午的阳光，在湖面上跳跃。
有人把欢蹦乱跳的鱼，用捞子装进新亮用手撑开的袋子。
湖堤上，新亮骑着摩托车，驮着鱼筐，飞快地驶来！

4. 刘泥鳅家饭店后屋

刘泥鳅说："洋洋，你得跟那南南说说，争取让她晚上来咱这边饭店唱歌，哎，对！就是这个意思！"
厨房里，刘喜子正在切菜。
"小广播"进来说："喜子，一会儿你炒几个菜，跑趟镇子，给南南家送去！"
刘喜子："妈，饭店一会儿就上人吃饭了，我脱不下身呀！"
"小广播"："再忙，也得把这大事办喽，你多和南南接触接触有好处！"
刘喜子一听这话，笑了："妈，你说我和南南有戏？"

5. 镇子洋洋理发店

洋洋在接电话："嗯，我知道，这事儿我还能不办吗？这都是咱们家的大事！我知道！爸，你放心！这个事儿有一分可能，我都会尽一百分的努力！"

6．六河家

新堂在翻箱倒柜地翻衣裳。

六河走进屋子里来说："哎呀，新堂，你这是翻什么呢？怎么翻得这么乱啊？"

新堂不吭声，还是一个劲地翻，终于翻出了一件衣裳，穿上到镜子前照着，又脱了下来。

六河用审视的目光看着他："这是要干什么呀，一会儿换一会儿脱的？要去相对象啊？"

新堂又翻起了衣裳，说："爹，你怎么什么事儿都想管呢？给别人点儿自由好不好？"

六河看着新堂没再吭声，耐人寻味地一笑。

7．顺水家

一包香肠面包放在那里。

淮爷说："那武二秀还没回来？"

顺水妈说："没呢！"

淮爷一脸沉重地说："我看，她和顺水早晚得离，也就是早一天晚一天的事！"

顺水妈长叹了一口气，没说话。

淮爷说："如果她回来，待你和小石头不好，你也别憋闷着，可千万说话，不行就还到我们那边住去！"

顺水妈眼睛湿润了，说："大哥，难为你这么惦记我们！"

8．六河家的大棚内

新堂和六河在这里。

六河对新堂说："我看你小子，从打过了二月二，这些天，心就像长了草似的，就没好好侍弄这地，一会儿找衣服，一会儿想出去的，你跟爹说句实在话，到底要上镇子上去干什么？"

朱新堂说："爹，我都跟你说了好几遍，不管怎么说，我朱新堂也是个高中毕业生，我就想着要到镇子上，去做身新衣服，可你就非看着我不让我去，村子离镇里这么近，我去去一会儿不就回来了。"

六河说："你要是想做新衣服，早说啊，我能不让你去吗？不过，爹得问你，这怎么好模样儿的，就要做起新衣服来了呢？我听你妈说，那天晚上看热闹的时候，那洋洋可是一直和你站在一起来着！"

朱新堂说："我妈怎么这样呢，净传递错误情报！什么我看上了洋洋了？根本不是那么回事。"

朱六河看看新堂说："你小子不用属鸭子的，嘴硬！"

新堂说："行了，我不跟你说了，你既然同意我去，我就走了。"说着出了大棚，扬长而去。

六河望着新堂的背影，自言自语地说："哼，你不说实话，我就在这儿看着你干活，憋着你！"

9. 村子至镇子的路上

路两旁，是早春疏朗的树木、麦子和刚长出来的油菜。

池塘里有鸭鹅在觅食戏水。

远处，有羊群！

新堂骑着自行车走过来，一副兴冲冲的模样。

10. 刘泥鳅饭店

刘喜子把热气腾腾的菜，拨进盘子里。

"小广播"在给菜打着包。

11. 镇上网吧里

朱新亮走了进来，吧台的一位服务员，给他一个小牌说："五号机位啊！"新亮拿起小牌，走向自己的座位，服务员给他打开了机器。他开始在那里上起网来，屏幕上显示出：他在水产养殖的网页上。

在四号机位上坐的竟然是南南，自打朱新亮进了网吧，南南就注意到了他。

朱新亮从外边刚进来，网吧里的光线有点暗，他开始没有注意到南南坐在自己相邻的位置上。

南南看新亮在上着网，又侧脸看了看他，嘴角上露出了一丝不为他人察觉的笑意。

突然，朱新亮的电脑死机了。朱新亮怎么动鼠标，网页上也没有变化。他招手找服务员，一个服务员来到他的跟前，重新给他热启动电脑，电脑屏幕上又出现了水产养殖的网址。

这时候，南南用甜甜的声音，对朱新亮说："还是大专毕业生呢？上个网还毛手毛脚的，没等到程序运作完，你就着急忙慌地操作，那还不死机？"

朱新亮侧头一看，这才注意到，是南南在跟他说话。朱新亮说："哎呀！我是不是坐错地方了？怎么挨着你坐下了，是不是一会儿你的男朋友刘喜子也来呀？那我该给他腾个地方吧？！"

南南看看朱新亮，说："你这个朱新亮，是不是姓'乔'呀！乔太守乱点鸳鸯谱儿！"

朱新亮说："我不姓'乔'，我姓'朱'，朱元璋的'朱'。我看你和老刘家走动得挺热乎，用摩托车驮刘喜子，跟他爹一起上场子唱戏，跟洋洋也走动得挺近，我想你差不多就快是他老刘家的人了吧？"

南南说："朱新亮！论说你是有文化的人，又是个大男人，别这么小心眼儿好不好？我心里面真藏着一句话，不知是该告诉你好？还是不该告诉你好？"

朱新亮说："你跟我有什么话说？那天老刘家饭店开张，有意和我家唱对台戏，你去帮了他们，行，我家和你前日无仇，今日无怨的，你做得也真够劲儿！"

南南笑了："也难怪你对我南南有些想法，也在情理之中。我今儿个跟你说句实话，那天我是帮着老刘家唱戏去了，可我心里头想的可不是去帮他家唱戏！"

朱新亮说："那你心里想的什么？"

南南嫣然一笑："想的什么啊，想知道？"

新亮说："你不用说，我也知道，你是为去讨那个刘喜子的好！"

南南说："你既然这么说，就随你说去吧！"

新亮："行，你有眼光，那个刘喜子人不错！"

南南说："行了行了，我一猜你就是个大醋瓶子！"她把自己的电脑关了机，站起来走到吧台去结账。

朱新亮愣愣地站起来说:"话没说完呢,怎么走了?"

南南结完账,又坐在了新亮的旁边说:"我要上网查的都查完了,现在我帮着你查那个水产养殖的事!"

12. 南南家服装店

南南妈正在熨服装,朱新堂走了进来。

南南妈问:"小伙子!要做衣服吗?"

朱新堂说:"哎呀!我是不是走错店门了,这家是那个会唱淮河民歌的南南家的服装店吗?"

南南妈说:"是啊!"

朱新堂说:"怎么没见她在呀?"

南南妈:"她有事出去了,你要做衣服,我在是一样的。"

朱新堂说:"她什么时候回来?"

南南妈说:"说不太好。"

新堂转身要走,说:"大婶,那我就等她在店里的时候再来吧!"

南南妈说:"你找她有事啊?"

朱新堂说:"没事。"

南南妈说:"你认识我们家南南。"

朱新堂说:"要说认识,也是单面认识,她在我们村子里唱淮河民歌来着,我就知道了,你们家在这儿开了个服装店,就想找她来给我量量身材,做身衣服。"

南南妈说:"你看你这孩子,你要是找她有事,我就和你说不着了,你要是为了做衣服,我就能做,保证做得让你满意。"

朱新堂说:"我就在这儿等她一会儿再说吧。"

13. 网吧内

新亮边走边说:"我知道扣蟹,就是把蟹苗养到纽扣那么大,才卖给网箱养殖户,不然蟹苗太小,网箱的网眼大,蟹苗放到水里,那不都跑净了!你们那边一只扣蟹大约多少钱?"

南南说:"我们家那边大约三毛钱。买来的蟹子要经过十多个月才能长成大蟹,中间要蜕十几次壳,蟹子有不少在蜕壳过程中,就自然死亡了,养十只蟹子,到捕捞的时候,也就是个六成收成。"

朱新亮说:"那收入也很可观,到了收蟹的时候,一只闸蟹可就不是几毛钱几块钱了,而是几十块钱了!"

南南说:"就是,所以水面养殖,养闸蟹是很合算的!"

新亮:"南南,刚才你要告诉我什么话来着?说吧!"

南南嘿嘿一笑说:"看你那样,真傻!那天我去村里唱歌演戏,就是想在朱圩村能再见到你!"

朱新亮一愣:"不会吧?为了再见到我,你驮着刘喜子来的?还帮着他家唱戏?"

南南点头:"反正我说的是真话,信不信由你!"

朱新亮说:"我们村子里的人都在传,说你将来是刘泥鳅家的儿媳妇了!"

南南说:"真的呀?"

朱新亮说:"不假!"

南南笑笑说:"你们村子里的人也真有意思,得了,什么也别说了,你的摩托车钥匙呢?给我!"

朱新亮把钥匙递给南南说:"你要去哪儿?"

南南:"你跟我走吧!"

14. 南南家服装店门外

朱新堂刚走出来,就见南南和朱新亮骑着摩托车到了,两个人正从摩托车上下来。

朱新亮问:"哟!这不是新堂吗?你怎么在这儿?"

新堂看见新亮和南南在一起,脸上的神情有些不自如,就说:"没什么事,就是想来这做套衣服。"

南南说:"做了没做呀?"

朱新堂说:"没做呢,我就是先来看看。"

南南说:"如果你真心想做,那就进屋吧。"

朱新堂又跫身跟新亮和南南回到了屋里。

南南妈用不解的目光看了朱新堂一眼,当把目光转向朱新亮时问南南说:"呀!这是哪儿来这么个帅小伙子?"

南南说:"妈!他叫朱新亮,是朱圩村的人。"

南南妈仔细看着朱新亮说:"你也是来要做身衣服?"

朱新亮笑了:"我不是,我是带南南回家,一起给你告诉信儿来了。"

南南一边给朱新堂量着身材,一边说:"妈!一会儿我要跟新亮出去一趟,到朱圩村去。"

南南说:"又去朱圩村,那天晚上不是去过了?"

南南说:"那天晚上是那天晚上,今天是另外有事了,我一会儿和新亮一起去。"

南南妈打量着朱新亮说:"哦!是和这小伙子一起去呀,那就去吧,不过!可不能回来太晚。"

南南给新堂量完了衣服,收起皮尺说:"不会的,到那边吃顿饭就回来。"

南南妈摊开布匹,对新堂说:"你看看这些布料喜欢哪种?"

朱新堂看了看,指着其中的一种说:"我看就来这个吧。"

朱新亮说:"新堂,我觉得你穿这个颜色有点重了,不如这个稍微浅一点的好。"

朱新堂瞅瞅朱新亮没吭声,说:"我喜欢这个颜色,就定我喜欢的这个颜色吧。"

朱新亮见朱新堂有些反常,感到有些莫名其妙,就看看新堂,问:"新堂!我刚才和你说话呢?你听见没?"

朱新堂说:"听见了。我做衣服又不是你做衣服,不关你的事啊。"说完,对南南妈说:"要交定金吗?"

新亮用眼睛锐利地看了新堂一眼,没吭声。

南南妈说:"先交一百块吧。"

新堂掏出一百块钱,说:"开个票吧。"

南南给朱新堂开了一张票。

新堂拿起票看看,也没再跟朱新亮说话,转身走出门去。

新亮一脸诧异。

15. 洋洋理发店内

新堂坐在那里,喝着水。

洋洋说："新堂哥，我刚才看见南南驮着你哥新亮走了，我以为是看花了眼了呢？细看看没错，真是他们。刚才你和他们在一起了？"

新堂怏怏不乐地点点头。

洋洋说："新堂哥，我看你的脸色可不太好看。"

新亮抹把脸说："没事儿，可能是外边冷风吹的。洋洋，给哥倒杯水。"

洋洋看着新堂说："我这两手都占着呢，你自己倒吧，那冷热水机下边有纸杯。"

朱新堂来到了冷热水机旁，打开下面的小门，取出一个纸杯，自己倒了一杯热水，端起来就要喝。

洋洋占着两只手，过来用胳膊肘顶了朱新堂一下说："哎呀！那是热水，你喝什么喝呀？看烫着你，放那儿凉会儿，怎么渴成这样？"

朱新堂说："不知怎么的，嗓子眼发干，就觉得里边火气一腾腾的。"

洋洋笑笑说："上那么大火干吗？没听人家说嘛，命里有的终须有，命里没有的莫强求。就像我洋洋吧，我也知道朱新亮人长得好，文化水平高，可是，人家是树尖上的枣子，咱就是踩着凳子，跷起脚来，抡根长竿子也够不着，咱也就不惦记这颗枣儿的事了。现在南南也是，长得漂亮招风，好些男人都往上盯，可是，高高的树上结槟榔，谁能耐，谁爬得快，谁就先得到了，没能耐的，爬得慢的，也就干脆别打那想吃槟榔的主意了。"

朱新堂喝了一口水，说："洋洋！你说这话什么意思，我怎么这么不愿意听呢，你不会是绕着圈说我呢吧？"

洋洋说："你看咱这不是闲唠嗑嘛，要不你说你来了，咱俩该说的，不就说这些话吗？"

朱新堂说："人有没有能耐，不能只凭今天能耐大小，就定型了。我朱新堂今天能耐是没有别人大，文化水平也没有别人高，可我不会总是这个样。"

洋洋说："新堂哥，人都说，无志者常立志，有志者立长志。我知道你朱新堂，是个有心劲儿的人，立长志的人。就像越王勾践那样，是一个卧薪尝胆的胸有大志的人，新堂哥以后指定有出息！"

朱新堂用手把那只空纸杯子捏皱了，攥在手里，又扔在废纸篓里说："以后要是没出息，就不是我朱新堂！"

这时候，刘喜子骑着摩托车，停在了理发店外。

刘喜子拎着饭菜，走了进来。

洋洋一边忙着手里的活，一边说："哥，你来了？"

刘喜子："洋洋，我给南南家送饭来了，一个人也不好意思过去，你陪我过去吧！"

洋洋："我倒是想陪你过去，可你看我能倒出手来？"

这时候，新堂一脸不快地站起来，硬倔倔地说了一句："我走了！"就往外走。

洋洋张着两手往外送朱新堂，说："哎呀！新堂哥，就走哇，我还寻思一会儿忙完了，出去请你吃顿饭呢。"

朱新堂已到了屋外，没回身说："不用了！"说着，蹬起了自行车走了。

刘喜子问："这朱新堂是怎么了？怎么看见我像没看见似的？一脸不高兴地走了呢？"

洋洋说："这要是有个好看的女孩儿呀，谁都往上盯！你快过去送饭去吧！"

16. 南南家服装店

刘喜子骑的摩托车，停在了服装店门前。

他从摩托车上拿下饭菜，冲着屋里喊："南南在家吗？"

南南和朱新亮从里面走了出来。
南南说:"哟,是喜子哥,你怎么来了?"
刘喜子神情复杂地看着南南说:"南南,我家今天新增了两道菜,我爸和我妈让我给你送来了,你现在就吃吧,饭菜还热乎着呢。"
南南说:"哎哟,这成什么事了?我怎么能收你们送来的饭菜呢!"
刘喜子说:"我爸和我妈说,那天你帮着我们家唱戏,给我们帮老大忙了,也没什么好感谢你的,咱家是开饭店的!这点饭菜你说什么也得收下!"
南南说:"你们家的心意我收下了,这饭菜呀,你还是拿回去吧!我是说什么也不能收!"
新亮说:"喜子,这大中午的,你们家的饭店正忙着,你这大厨师不在家里照顾客人,怎么跑到镇子上来了?"
刘喜子说:"个人有个人的自由,我什么时候愿意上镇子上来,就什么时候来,别人怕管不着吧!"
南南发动着摩托车说:"朱新亮,上车!"
朱新亮上了摩托车。
刘喜子说:"你们这是要上哪儿去?"
朱新亮笑着说:"你刚才不是说了嘛,个人有个人的自由嘛!"
南南骑着摩托车一溜烟走了。
这时候,南南妈走了出来:"哟,这不是洋洋的哥哥吗?"
刘喜子笑着说:"大婶,这是我从饭店刚做好的几个菜,给你们送来了,你也尝尝我的手艺。"
南南妈笑着推辞说:"这可不行,我要收下,那南南回来该说我了。"
刘喜子说:"哎呀!大婶,那天南南去我们家,帮着唱了淮河民歌,南南那一唱,可把这个场子给唱火了,都给我们家提老多气氛了,长了老大脸了,别看事儿过去了,可这个人情我们记着!我爸,我妈,都不知道怎么感谢南南才好呢?这点饭菜来,也是表示我家的一点心意,算不上什么,大婶,你就收下来吧!"
南南妈面有难色地看着刘喜子。
刘喜子说:"行了!饭菜我就放这儿了。大婶,我可走了。这饭菜你们要是吃好了,以后我再给你们来送,想吃什么,就告诉洋洋,让她给我往家打个电话,我做好,就骑摩托车给你们送来了,村子离镇子这么近,什么饭菜都凉不了!"
南南妈看着刘喜子,笑容可掬地说:"刘喜子,真难为了你家人有这片心了,你这小伙子也真是个好孩子。"
刘喜子乐不可支地说:"大婶,你说这话,可真快让我高兴成炮仗了,可惜我不是二踢脚,蹦不了那么高!我真得谢谢大婶你了。"
南南妈说:"要说谢,你是把话说反了,你给我们送来饭菜,我得谢谢你呢。"

17. 镇子回村的路上
新堂一脸不快地骑着自行车。
喜子骑着的摩托车,从后边赶了上来。
新堂看看刘喜子,没有说话。
刘喜子放慢了速度,也看看新堂,也没有说话。
俩人沉默地并行行走。
刘喜子突然加大油门,摩托车一溜烟开走了!

18. 镇子水果大棚里

南南驮着朱新亮，摩托车停在了一个水果摊前。

新亮说："南南，你要买什么？"

南南说："买点儿水果！"

新亮说："买水果干什么？"

南南说："第一次到你们家去，你还要请我吃饭，我空着手去多不好哇，得带点儿水果啊！"

新亮说："别带了，我妈我爸一般的水果都不吃！"

南南："他们喜欢吃什么？"

新亮不吭声。

南南说："你这人怎么这样呢！快点儿说！"

新亮说："我爸妈都愿意吃鸭梨，你实在要买，你就买点儿鸭梨吧！"

南南说："买什么水果都行，就是不能买梨！"

新亮说："为什么呀？"

南南说："不为什么！你看见谁看亲戚朋友买梨了？"她称着香蕉、苹果什么的！

南南把水果袋放在摩托车上。

新亮上了摩托车。

胖丫在那边看见了他们，着急地向新亮挥手说："哎！那不是新亮哥嘛，我正找你呢！"

南南把摩托车调过头来，来到胖丫的摊床前。

胖丫一见南南驮着朱新亮，就笑了，说："呀！你们两个怎么坐到了一辆车上了？"

南南笑着说："没什么事儿，就是开着他的摩托车兜兜风。"

胖丫从兜里掏出一沓钱递给朱新亮说："新亮哥！你今天送来的鱼，不大一会儿的工夫，就卖光了，这是还你的鱼钱！"

朱新亮笑笑说："这么点儿事，这么着急干什么？我还寻思你有什么事呢！"

胖丫说："哎呀！钱，还是天天早点儿还给你好！新亮哥，你数数！"新亮接过钱，顺手揣进了衣兜里："数什么数呀，我还信不着你胖丫啊？"

胖丫看着新亮说："那也还是数数好。"

朱新亮笑着说："不用了，少了算我的。"

胖丫说："那要是多了呢？"

朱新亮说："要是真多了，我会还给你。"

胖丫点点头，笑着说："我信！"

南南对胖丫说："哎呀！胖丫这一改卖鱼，就比以前挣钱了吧！"

胖丫说："哎呀，比以前挣得大去了！还是这个摊床，还是我胖丫，有贵人帮一把，这钱就像水似的，哗哗地往这儿淌。"

南南看着胖丫笑了。

胖丫说："南南姐！你这一笑就更漂亮了，不光是那些小伙子们喜欢你、追你，连我这个姑娘家都乐意看见你。"

南南笑着说："胖丫，人可爱不可爱不在脸上，而可爱在心里，我觉得你胖丫真是一个可爱的女孩。"

胖丫咧嘴笑笑："南南姐你真会说话，什么话一到了你的嘴里，说出来叫人听着就高兴。"

19. 朱五河家饭店内

厨房里弥漫着乱烟和火气。

玉翠、彩虹、彩霞三个人都在厨房里，练习着炒菜，珍珠在一旁观看。

珍珠说："菜刚下到锅里，要翻炒几下，让油把菜浸透了，这样炒出的菜才好吃。"又对彩虹说："你又是拿白酒，又是拿醋的，你在干什么？"

彩虹笑笑说："妈！我刚才看了会儿烹饪的书，上面说米醋和白酒在热油里能产生一股香味，我就想试试，说不定我炒出的菜能有特殊味道呢。"

玉翠说："这叫什么？这叫'临阵磨枪，不快也光'。"

彩虹笑着说："咱是几个新厨师，炒菜总得有点新做法，不能跟我妈做的那菜都一个味儿。"

珍珠说："对对对！彩虹说得对。你们几个能炒出新菜味儿来最好。"

玉翠说："来！彩虹、彩霞，咱们给你妈和你大姨鼓鼓掌！"

玉翠和彩虹、彩霞都用手里的铲刀敲打出一阵声响！

珍珠笑着说："行了，别敲了，一会儿看把锅敲漏了！"

玉翠她们都欢乐地笑着！

20. 五河家饭店大厅

饭店的门开了，李水泉和两个工人师傅走了进来。

珍珠忙迎出去说："哎呀！你们来了，快坐快坐，怎么好几天没来了？"

李水泉："我们工程队自己对付着先开了伙，不能老出来上饭店吃啊！"

珍珠说："都是些大老爷们，会做饭炒菜吗？"

李水泉说："反正都能做熟，菜的味道就说不上好了！反正我们都习惯了！"

珍珠说："现在可有好吃的，有从仙女湖那边买回来的鳜鱼、鲤鱼和鲢鱼，这几种鱼都是我们饭店这几天刚开始进的。"

李水泉说："阿姨，我们三个到你这来，是想在这儿给全队包顿饺子吃！怕弄不好，就带着面和肉到这来了！"

珍珠说："那行啊，一会儿我们就一起跟你们剁馅子包饺子，可也别光吃饺子呀，我再免费送你们几道菜！"

李水泉笑呵呵地说："阿姨，那多不好，你们饭店都是经营单位。"

珍珠笑笑说："这孩子，话叫你说到哪儿去了，饭店是经营单位不假。可咱乡下人经营饭店从来没把眼珠儿光盯在钱上，不还得有个人情不是？你们来我们村给老百姓打深水井，送你们几道菜算个什么，免单了。"

同来的一位工人师傅说："老板娘！这也太不好意思了，菜就别做了。"

珍珠说："哎呀！客气什么？来到我们家饭店，就应该像在自己家一样，别那么客气！"

21. 刘泥鳅家

刘泥鳅对"小广播"说："看看，打井队又上对门吃饭了！"

"小广播"："你心眼这么多，怎么不请请打井队呢？让他们尝尝喜子的手艺，他们以后不就上咱家吃饭来了？！"

22. 五河家饭店

彩虹从厨房走了出来。

李水泉看见了彩虹，说："哟！彩虹！我进屋就琢磨，这彩虹上哪儿去了呢？"

珍珠说："我们家彩虹不光当服务员，也正学着当厨师呢！"

李水泉说"哟，彩虹，你当着服务员，也学着当厨师了？"

彩虹说："我们家饭店改革了，服务员都学着厨师了，厨师呢，也都是服务员。今儿个我们几个新手，还是第一回上灶炒菜给你们吃，要是做得不好，水泉大哥，你可跟大家伙儿给我们打个圆场，解释解释。"

李水泉说："没事，总不能把菜炒成咸菜，给我们端上来吃吧？就是你们炒的菜真有那么咸，我们也认了。"

彩虹望着李水泉，眼神里流露出一丝感激的神色。

23. 刘泥鳅家饭店

后屋，刘泥鳅在给洋洋打电话："哎，洋洋，你哥给南南家把饭菜送去没有？"

听筒里洋洋的声音："好像送过去了吧！"

刘泥鳅说："你快点告诉你哥，让他从镇上捎回几样菜来！"

听筒里洋洋的声音："还快点告诉他什么呀，他早都回去了，八成都快到家了！"

刘泥鳅："那行吧，一会儿我去吧！"说完，放下电话。

24. 村头砖窑附近

朱五河从砖窑那边走来。

与骑着自行车的刘泥鳅走了碰面。

朱五河说："泥鳅，你这是要上哪儿去？"

刘泥鳅用两脚支住自行车说："毛蛋！我要上趟镇子，想去进点儿新鲜菜！"

朱五河说："我听说武二秀在胖丫那住呢，你呀，去看看她，要是真在那，就给我捎句话，说我找她要说点儿事，请她回来一趟啊！"

刘泥鳅说："是吗？她在胖丫家住呢吗？我真不知道，不过村主任有这委派，那我就过去看看！要真在那，你的话，我肯定带到！"

朱五河说："泥鳅，由于打井，村里占了'活济公'家的塘地，村里肯定得给他赔钱，你看，村里给他赔偿多少钱合适？"

刘泥鳅眼珠一转，反应机敏地说："赔多少？这哪能是咱们村上一厢情愿的事啊！我看还得先问问墩子，让他先提出个数来，是多是少咱们再合计。"

朱五河说："嗯，也是个办法，那咱们就让他先说出个价钱来？"

刘泥鳅说："那是啊，五河，没别的事我可先走了。"

朱五河说："你快去忙吧。"

25. 朱五河家饭店里

玉翠、彩虹、彩霞都在剁着肉馅儿。

李水泉和有的工人在和面、揉面。

26. 镇子去往村子的路上

南南驮着新亮，穿行在辽阔而美丽的田野上！

风撩起她美丽的长发，新亮说："停下，停下！你的头发一飘起来，迷我眼睛！"

南南笑着停下车。两人下车。

新亮坐到了前边。

27. 五河家饭店

厨房内，彩霞一边剁着肉馅，一边对彩虹说："姐呀！对门那刘喜子在县里烹饪学习班学习了挺长时间，他那肯定有烹饪方面的书，有时间我过去找他借本来看看。"

彩虹说："彩霞，你别犯傻了，别看咱们过去都是同学，可是现在两家开了饭店，互相竞争得这么厉害，他不一定能把烹饪书借给咱。"

彩霞说："没去借，怎么知道人家不一定能借？我看刘喜子和他爸不一样，不那么滑拉巴叽的。"

彩虹说："是！刘喜子跟他爹，确实不是一路人。不过，我看你找他借书，悬！他可是不一定能借给你。"

彩霞说："那我也想找他借借试试。"

28. 镇子胖丫出租房

武二秀正在院里给胖丫晾晒衣服。

刘泥鳅骑着自行车过来，见到武二秀，他跳下自行车，回头往来的路上看看，见没人，对武二秀小声说："你一个人在家吧？"

武二秀轻轻地点了一下头，问："你怎么来了？"

刘泥鳅用手扯扯她说："快进屋吧，我告诉你个事。"

武二秀抖着手里的衣服说："别拉拉扯扯的，有什么事就在这儿说吧，没看我这儿正忙着呢嘛？！"

刘泥鳅涎着脸说："胖丫不是没在家吗？你看我这大老远奔着你来的，给你送信儿来了，手上的活就不能放一放？这衣服什么时候晾不行啊！"

武二秀把一件衣服搭在晾衣绳上问："非要进屋说干吗呀？这儿说话不一样吗？"

刘泥鳅说："那不是不想让旁人听着么，越隐蔽越好么！"

武二秀："非得进屋说吗？"

刘泥鳅点点头说："不跟你说瞎话，真有重要的事情向你报告！"

武二秀抖抖手里的衣服说："不行，你不能进屋，愿意在这儿说就说，不说就算了！"说着往晾衣绳上搭衣服。

刘泥鳅说："二秀，你怎么对我这么大意见呢，大老远来的，连个屋都不让进。"

武二秀看看刘泥鳅说："你自己做什么事了，你自己知道！"

刘泥鳅瞪着眼睛问："我做什么对不起你的事了？"

武二秀说："我那天挨顺水打，你像个缩头乌龟似的，连个拉架的手都不敢伸，孙顺水把我打了，我憋了一肚气就走了，在你家连口热乎饭都没留我吃。当着'小广播'的面你都没敢出来送我，你想想，你做的是人事儿吗？"

刘泥鳅笑嘻嘻地说："哎哟，还真和我心里系上疙瘩了！二秀，你说实话，我乐意看那孙顺水他打你吗？那打在你身上，不也是疼在我心上嘛，再说了，我现在是有家有业的人了，心里疼你，表面上敢露出来吗？你得站在我的角度，为我想想！"

武二秀说："我知道你刘泥鳅鬼心眼子多，又嘴上抹了蜜糖来哄我，你刘泥鳅是个什么样儿的人，我是早看透了！"

刘泥鳅涎着脸说："话还不能那么说，你钻我心里看去了？"

武二秀说："哼，我虽然没有孙悟空那两下子真的能钻到你肚子里，可你肚子里那些花花肠子，我看得太明白了。"

刘泥鳅摊开两手说："是，就算你把我看透了。那你说让我怎么办？这么些年，我心里头一直想的是你，可我的婚姻父母非得包办哪，这户口本上登记的就是她呀！"

武二秀说:"快别跟我提这些事了,我烦听!"
刘泥鳅说:"二秀哇,这个包办婚姻啊,可把你哥我给坑苦了,这辈子都搭里了!现在呢,儿女都那么大了,我们家那口子也没什么事招我惹我的,对我还挺好,一心一意地跟我过日子,你说叫我怎么办?"
武二秀说:'我看你就是没个男爷们的样儿,对事情,拿得起来,就放不下!"
刘泥鳅说:"这说的是什么话呢?你说我还能一脚把人家蹬了哇,我有什么理由啊?那叫村子里头的人怎么看我啊?这个村我还能待不能待下去了啊?我得出多大名啊!"
武二秀说:"你这号男人哪,就是吃着碗里的,占着盆里的,又看着锅里的,等吃到了锅里的,眼睛又盯在了米袋子上,等把米袋子里的米倒出来了,又去盯着仓房里了,吃完仓房里的,又盯着地里长的,像你这号花心男人,就像只贪心老鼠!"
刘泥鳅听武二秀说这,拉下脸来说:"我说武二秀你这是怎么说话呢?我心里没有你,我大老远跑这儿来干什么来了?我这不给你送信儿来了嘛,你说我这给你送信儿还送不对了?还叫你扯出这么一大圈话,转着圈地骂我?行了!不进屋不进屋吧,这个信儿我也不送了,我回了,大晌午的,怪饿的,我还得去找个地方吃口饭呢。"说完,调转头自行车,要走。
武二秀上前拉住了他自行车后座。
刘泥鳅见武二秀拉住了自行车后座,心中暗喜,脸上却佯怒道:"松手,我还没见过你这号女人哪!"
武二秀以为刘泥鳅真生气了:"行了,别生气了,我答应你进屋坐会儿还不行吗?"
刘泥鳅一听这话,用眼睛横了武二秀一眼,把自行车立在地上,边锁自行车边说:"这不就结了嘛,你早说这句话呀!何必惹我生那么大气呢?"
武二秀说:"别大吵摆嚷的了,一说让你进屋,你就美起来了,我告诉你呀,进屋你也别想别的事儿,那是不可能的!"
刘泥鳅说:"行,你不让我进屋也行,你不想听我给你送的信儿,我走还不行吗?这是干什么呢?好像我上赶着巴结你什么事似的!"
武二秀推了刘泥鳅一把说:"死鬼,你进屋吧。"
刘泥鳅说:"这是进屋吗?这是请我进屋,不请我还不进呢。"说着,用手拍了武二秀的屁股一下,"我真想你。"
武二秀给了他一巴掌说:"你跟我动什么手脚?一肚子花心!"
刘泥鳅笑了笑,进了屋去。

29. 镇子某饭店内
胖丫正在叫服务员给饭菜打包!
她拎着打好包的饭菜,走出饭店。

30. 胖丫出租房里
刘泥鳅拉着窗帘。
武二秀一边拉开窗帘一边说:"大白天的,拉什么窗帘?有什么事就说什么事得了呗!"
刘泥鳅一边脱着鞋、袜子和上衣,一边说:"哎哎,怎么把窗帘还拉开了?二秀,别跟我装得那么正经好不?好像过去咱俩年轻时没过事似的!"
武二秀说:"你脱衣服干什么?把衣服穿上!我可告诉你呀,过去是过去,现在是现在,那时是和你谈对象呢!"

刘泥鳅光着膀子，还要解腰带："怎的？二秀，这些年，你真的不想呀？可说心里话，我是真想你呀，这都多少年了，在村子里也没这机会，我这头有媳妇看着，你那头原来有闺女胖丫，现在又有顺水妈小石头盯着，好不容易有这么个机会，你看你怎么还这样了呢？"

武二秀上前揪住刘泥鳅的腰带说："你快点给我系上！你别忘了，我现在是孙顺水的媳妇！"

刘泥鳅咧着嘴说："哎呀呀！你不说我还真忘了，你原来是孙顺水的媳妇哇，看来我得对你刮目相看了呗！"

武二秀把刘泥鳅的上衣扔给他说："快点儿穿上，正经点儿，有事儿说事儿！"

刘泥鳅仍赤着上身，把上衣扔在床上，一脸不高兴地坐在了床边："咳，真没意思！"

这时候，门"吱呀"一声开了，进来了手里提着饭菜的胖丫。

胖丫被眼前的一幕惊呆了，她放下手里的饭菜，怒气冲冲地对刘泥鳅说："刘泥鳅，你挺大个男人，还要不要个脸了，跑到我家光个膀子干什么来了？滚！快给我滚出去！"

刘泥鳅也吓慌了，他一边匆匆忙忙地往身上穿外衣，一边说："胖丫！你可别喊，我在这儿没什么事，我这就走。"

胖丫反身回到外屋，拎把菜刀又闯进屋来："刘泥鳅，你再要不走，我就砍了你！"

刘泥鳅穿好了衣服，站在床边上，看胖丫手里拿着菜刀，不敢向门口走，示意武二秀上前推开胖丫。

武二秀走上前去拽住胖丫拿菜刀的手说："胖丫，你这是干什么呢？你刘大爷到镇子上来办事，随便到咱家里来坐一会儿，换换衣服，快把手里的菜刀放下。"

胖丫大声吼道："你们别蒙人了，你们俩的事，我早就听见村子里有人风言风语说过，今天我是眼见为实了，叫他赶快给我滚！"说完，把菜刀扔在了地上。

刘泥鳅没穿鞋，光穿着袜子匆匆地跑出屋去。

武二秀从地上捡起刘泥鳅的鞋和落在床上的背心追了出去。

（第五集完）

第六集

1. 胖丫在镇子的出租房外

刘泥鳅慌里慌张地跑出来，打开自行车锁，推着自行车要走。

武二秀跑过来，把手里的东西扔给刘泥鳅说："说不让扯这些没用的，你非想扯这些没用的，怎么样？出事了吧！你看你还穿着袜子跑出来了！快点儿把鞋穿上！"

刘泥鳅惊魂未定地，一边穿鞋一边气喘吁吁地对武二秀说："你看这事整的，好不容易有这个机会，还叫这小死丫头给冲了，你说你也是的，在里边怎么不把门插上呢？"

武二秀说："插门干什么？让你干坏事儿呀？做梦哪！"

刘泥鳅说："行了，不说了，今天也算倒霉，我算栽到这小死丫头手里了，回去你得对你那闺女说，今天这事可不能对外人乱说啊。"

武二秀说："你干什么坏事了怎的，怕人家说，真是做贼心虚！"

刘泥鳅说："那没做什么坏事，可那不是光着膀子叫胖丫堵住了吗？好说不好听啊！"

武二秀说："别说没用的了，你走吧。"说着，把背心塞进了自行车前的一个塑料袋里。

· 64 ·

刘泥鳅推着车子，往前走了两步，又急忙回过头来说："走什么走啊！净扯闲篇了，差点没把正事给忘了，我来告诉你那个信儿啊！是孙顺水跑船走了，你该回家也就回家吧啊！五河啊，也正找你呢！"

武二秀应声道："行了，我知道了，回去慢点骑车子啊。"

刘泥鳅回身一笑，调侃地说："嘿嘿，还是你武二秀疼我！"说着，骑上自行车走了。

武二秀冲着他的背影说："你就胡咧咧吧！没事也得叫你咧咧出事来！"

刘泥鳅在车子上，又回头冲二秀招招手。

2. 田野里

新亮驾驶的摩托车，穿过一片片绿油油的麦田。

风，撩起南南美丽的长发。

3. 镇上胖丫的出租房里

胖丫已经哭成了个泪人。

武二秀递一块毛巾给她。

胖丫没接，继续哭诉道："我的命怎么这么苦啊！摊着你这样的妈啊，这是什么妈呀？叫村子里人知道了这事，我胖丫都没脸活了。"

武二秀看看胖丫说："我的小祖宗，你也别哭别闹了，我再给你说一遍，今天我和他没事，你看着妈解过一个衣服扣子了？你要再闹，我这就走了，也不在你这住了！"说着起身要走。

她对胖丫说："外边的衣服要是晾干了，注意收回来，我走了。"

当武二秀快走到门口时，胖丫哭喊道："妈，你别走，你回来。"

武二秀回身问道："你还有什么事？"

胖丫哭着说："不管你们做没做丢人的事儿，可你也是我妈呀，我给你拿饭菜回来了，要走，你吃完了饭菜再走。"

武二秀眼里闪出了泪花，回身又坐到了床上。

胖丫一边揩着眼泪，一边打开那个塑料袋，取出一盒盒饭菜，打开上面盒盖，把两双方便筷子递给武二秀一双："妈，你就吃口饭吧。"

武二秀伸过手，没接筷子，却把胖丫的手拽住了，搂过了胖丫说："胖丫！妈跟你说句心里话，我年轻没结婚的时候，是跟你这刘大爷处过对象，也好过。可自打跟了你爹以后，妈和他真的就没有过那事儿！今儿个他是想和妈要那个什么，可妈不会和他了！我有这么大个闺女了，妈得要脸面，再说了，孙顺水和我关系再不好，可我也还是他的媳妇，身为人妻，妈明白该怎么做！胖丫啊，今天这个事啊，妈都跟你照实说了，你可不能别对外边人乱说呀。"

胖丫说："我跟谁去说呀？我能拿屎盆子往自己脑袋上扣吗？！"

武二秀说："有了你这句话，妈比吃什么饭菜都高兴，妈这肚子里有火，饭菜也吃不下，妈这就走了。"

胖丫泪眼婆婆地问："妈，你不能不吃饭了就走哇，你就吃口吧。"说着用方便筷夹起一口米饭来，颤颤地送到妈嘴边，说："妈，你吃一口吧，算我胖丫求你了。"

武二秀看着胖丫慢慢地张开嘴，咀嚼着这口米饭，掉下了眼泪，对胖丫说："这样的米饭，妈吃多了，可这口米饭，妈觉得比什么米饭都香！"

4. "活济公"墩子家

玉树把锅里焯好的饲料用舀子摇出来,倒进猪食桶里,拎着桶往外面走。

"活济公"墩子坐在小凳子上,在窗户底下,用竹篾子编着"鱼须滤",嘴里唱唱咧咧地哼着小调。

玉树拎着猪食桶从他身边走过,说:"爹!你这又是出的什么新彩儿啊!"

"活济公"墩子说:"心情好啊,闲着没事编几个'鱼须滤',等到过些日子,鲤鱼肥的时候,好到淮河里边抓鲤鱼。"

玉树:"你可真有闲精神!"

5. 刘泥鳅饭店

"小广播"和服务员正在拾掇饭桌。

刘喜子走了进来,他一副无精打采的模样。

"小广播"拿眼睛看看刘喜子,问:"喜子!饭菜给南南家送去了?"刘喜子没说话,径直地向后屋走去。

"小广播"觉得喜子的神情有些不对,就从后边跟了上来。

刘喜子进了后屋,就无力地躺在了床上,瞪着两眼看着房顶,想着心事。

"小广播"看见刘喜子这副模样,就问:"喜子!你今儿个怎么的了,怎么走的时候乐颠颠的,回来变成这副样子了?那饭菜不是送去了嘛。"

刘喜子不耐烦地说:"送去了送去了!别老问这没意思的话了,让我歇会儿。"

"小广播"说:"我说你这孩子是怎么跟你妈说话呢?妈也没惹你,怎么无缘无故地,就跟妈急眼了?"

刘喜子没好气地说:"老磨唠叨叨地问什么?烦不烦啊!"

"小广播"一见说:"看来!这饭是没送明白,行了,你先躺着歇着吧,我可出去忙去了。"

6. "活济公"墩子家

朱五河出现在他家门口。

玉树忙跟朱五河说话:"五河叔!是您来了。"

五河跟玉树说:"玉树啊!你看这猪圈让你侍弄得干干净净的,一头头猪胖得滚瓜溜圆不说,身上的毛也让你给梳得直起亮。还有那些个羊,你家的羊群一过来,就像把一片白云赶过来了,那羊也叫你侍弄得好,村子里搞养殖业,你就是头把交椅了,没谁能搞得过你,现在存栏的猪啊羊啊比去年多了不少吧!"

玉树笑笑说:"翻了一番了!"

朱五河说:"好啊!看着你,能把手里的这摊事干成这个样,我是真高兴,你爸养了你这么个好儿子,你忙吧。我找你爸有事。"

这时候"活济公"看见朱五河来了,要是往常,他早就该站起来了。可这时他却故意低着头,编"鱼须滤",装作没看见,嘴里继续唱唱咧咧地哼着小调。

五河来到了"活济公"跟前,咳嗽了一声说:"墩子!跟我毛蛋装什么呢?是不是以为我因为塘地的事来求你,你小架子不大就端上了?"

"活济公"墩子这时屁股才离开板凳,缓缓站起身说:"哪能呢?哪能呢?你朱五河是村里的村主任,村里的大干部,我这不是手里有活儿,没看着你嘛。来吧,屋里坐!"

朱五河说:"就不进屋了,我来就是和你说果树和塘地的事,你看,村里大概得赔你多少钱?你先提个数字,村里也好做个依据,研究研究再定。"

"活济公"墩子笑着说:"啊!让我先提啊!不怕我提出个天价你们接受不了啊!"

朱五河说:"就这么一块塘地,还是非承包地,又是那么几棵品种过了时的果树,你再说天价,还能天到哪儿去?我想,你'活济公'墩子,不管怎么说,是朱圩村的村民,起码的觉悟还是有的。"

"活济公"墩子说:"这怎么还和觉悟扯到一起去了呢?要是你五河家对我墩子家的事,你让我点儿,我让你点儿,也就那么着了,可村子里占了我这块塘地,我是跟村子说话,不是冲着你朱五河个人!我相信你不会在这个事上亏待我们家!"

朱五河看看墩子说:"这么着吧,你想好了,先给村上提出个'赔款'意向,你看行不行?!"说完,要走。

"活济公"墩子忙说:"哦,让我提?你要着忙走,先别走,你先等会儿!"

说着急急跑回屋里去,从屋里拿出一盒香烟来。

他把烟塞进朱五河的衣兜说:"这盒烟是我到刘泥鳅家饭店吃饭时拿回来的,没舍得抽,送给你吧。"

五河把手插进衣兜里,掏出那盒烟说:"哎呀!你这是干什么呢?我怎么能要你这盒烟呢?"

"活济公"墩子用手摁住朱五河的手说:"瞧不起我是吧?!乡里乡邻地住了这么多年了,不就是一盒烟嘛,你还抽不着我的怎么着?我告诉你,管你叫朱五河也好,叫毛蛋也好,你给我听好了,你要是再把这盒烟往外掏,我可就真跟你生气了。"

7. 刘泥鳅饭店里

"小广播"在饭店大厅里忙着,透过饭店的玻璃窗,她看见了朱新亮正停下摩托车和南南一起往屋里进。

"小广播"惊讶地张大了嘴巴,瞪着眼睛看着眼前这令她吃惊的一幕。

8. "活济公"墩子家

朱五河说:"我说,你多长时间没洗手了?那指甲也该剪剪了。"

"活济公"墩子说:"我干的是农活,庄稼人手就这样!"

朱五河说:"行了!你可别埋汰庄稼人了,村子里头的庄稼人,伸出哪双手来像你了?远的不说,你就看你儿子玉树吧,人家成天干的活,又累又脏,可你看人家那双手,我说句不该说的话,人家玉树把那猪蹄子、羊蹄子侍弄得都白白的,都比你的手干净。"

"活济公"墩子愠怒道:"你这是怎么说话呢?还是村主任呢?你那意思就是说我手不如猪和羊蹄子干净呗,你这不是骂人嘛!你看我对你恭恭敬敬地,刚才把那成盒的烟都给你了,你还骂我,不够意思,不够意思!把烟还我!"

朱五河掏出那盒烟说:"这盒烟还是还你,我可不是有意骂你,对你,这个特殊人来说,我告诉你个好消息,我在镇子里快要开办一个浴池了,到时候,请你去洗热水澡,好好干净干净。"

"活济公"墩子说:"我才不去洗那玩意儿哪,光腚拉碴的难看死了,像秃噜猪似的。"

朱五河说:"你呀!这个脑瓜筋,可真得换换了,到时候你不去洗,也得请你去洗,让玉树带着你一起去,怕不好意思,就给你预备个单间!"

玉树在那边拎着空猪食桶走了过来,听见了这话,说:"五河叔!我爸那都是什么生活习惯啊,老也不洗澡,我没少给他烧热水,可他都给我烀了猪饲料了,真拿他没办法。"

"活济公"墩子冲着玉树骂道:"小孩伢子,大人在这儿说话,你少掺言,你懂个屁,我不洗澡,有我不洗澡的道理,你爹我身上这点儿老皮,是层'保护膜',哪回镇子里流行感冒,我赶上了?!喷!这是你爹的健康之道,我的一个秘诀,别人要想学,还学不上来呢。"

9. 镇街道旁某一招手停车站

胖丫推着摊床车,来送武二秀。

一辆小公共驶了过来。

武二秀眼睛红红地说:"胖丫,你回去吧!"

胖丫眼里仍有泪,说:"妈,你上车吧。"

武二秀上了车,她从车上往下望着胖丫。

胖丫也在望着她。

车开走了。

武二秀坐在车后边,回望了胖丫一眼,见胖丫已推着摊床车走了,边走边喊:"大瓜子啊,大花生啊!"她的眼里又涌起了泪水。

10. 五河家饭店内

新亮屋里。

南南看着新亮小时候的照片说:"这是你小时候的照片吧?真好玩!"

新亮说:"哈哈,那还穿着活裆裤呢,丑死了!快别看了!"

南南说:"这丑什么?人,谁不是打这个时候过来的?我小时候也穿过活裆裤。"

新亮说:"南南,我看吃晚饭的时间还早,我领着你在村子里多转转,参观参观我们村的蔬菜大棚和蘑菇养殖大棚怎么样?"

南南说:"好啊!"

新亮说:"那咱们现在就走!"

他们一起走出饭店的门。

11. 刘泥鳅家饭店里

刘泥鳅正在门口放自行车,见到新亮和南南从五河家饭店出来,一愣。

门开了,刘泥鳅走了进来。

"小广播"说:"死老头子,你出去这么长时间,干吗去了?"

刘泥鳅伸手指着塑料兜里的几捆青菜:"我这不出去买青菜去了嘛。哎,你看那南南怎么和朱新亮在一起呢?"

对门,新亮和南南正上摩托车。

"小广播"说:"是吗?"她赶忙走到窗前望望,说:"可不是怎么的,俩人上一个摩托车了!怪不得你那宝贝儿子送饭回来,就躺在床上瞪着眼睛直不愣登地看房顶呢,肯定是碰到什么事了,你去看看他吧。"

刘泥鳅伸着脖子,往朱五河家饭店看看,说:"母羊生出个骆驼,真是出了奇事了。这南南那天晚上还和喜子在一起有说有笑的呢,这怎么一眨眼的工夫,又和朱新亮好上了呢?我跟你说吧,南南这闺女,别看长得漂亮,可人品肯定不怎么着,这也太水性杨花了。行了,这样的女人不给咱喜子当媳妇也好!咱也不要!"

"小广播"说:"行了,别吃不着葡萄就说葡萄酸了!"

刘泥鳅:"我去看看喜子去。"说着,向后屋走去。

12. 淮爷小卖店

淮爷对甜菊说:"甜菊啊,你给顺水打个电话,告诉他武二秀回来了!"

甜菊说:"行,他的手机号是多少来着?"

淮爷找出个小本,翻到一页上,用手指着说:"照这个打!"

甜菊拨着电话。

13. 淮河上

顺水正和工人们在货船上忙着装船。

顺水边干着活,一副愁眉不展的样子。

一位工人师傅:"顺水哥!看你那样子,我们都可怜你!你说你也是的,怎么就偏找了武二秀那样的娘儿们,天底下的好女人不有的是?"

孙顺水没说话,眉头蹙得更紧了。

这时手机响了。

顺水接通了手机说:"喂,啊,我是!你是甜菊啊,啊,淮爷怎么说?哦,我知道了!我回不去啊!对!那娘儿们回来八成得找碴闹我妈和小石头,就拜托你们多照看了!嗯,好,有事再通电话!"

孙顺水紧蹙着眉头,望望天空。

淮河上空有水鸟在飞翔!

泪水,无声地从顺水脸上淌下来!

14. 孙顺水家

武二秀正在叱骂小石头:"你的寒假作业呢?都给我写哪儿去了?你瞅你这作业本上画的。语文作业、算术作业都成了图画作业了。"

她一边把那些作业本撕得粉碎,摔在小石头的脸上,一边说:"看你那死模样,随你那个爹,你站在这里跟我斗什么气,你爹踢了我一脚,我就还你两脚,外带一巴掌。"

说着连踢了小石头两脚,又打了一个耳光,小石头嘤嘤地哭了。

武二秀用两手掐着小石头的脸蛋子说:"不许哭,再哭我还打你。"

这时候,顺水妈走了出来:"武二秀,你凭什么打我孙子?"

武二秀说:"你看看他那些作业做的,那是人做的作业吗?我打他几下怎么了?你儿子打我,你怎么不说说你儿子,我打了你孙子几下,你就出来说话了,你别这么偏心眼儿好不好?!"

顺水妈拉过小石头的手,跟武二秀说:"你们夫妻闹意见,别把气往孩子身上和我这老婆子身上撒,好不好?有什么话你去找顺水说去。"

武二秀笑着说:"孙顺水走了,这个家就是我武二秀当家,我想跟谁说话,就冲谁说话!哼,你也用不着倚老卖老,动不动就想管个人。告诉你,有我武二秀在这个家里一天,就没有你说了算的事!"

顺水妈看着武二秀,眼里滚出了泪,声音颤颤地说:"二秀啊!人心都是肉长的,从打你过门到我家,你拍拍良心说,妈哪点对你不好?顺水回来,我这当妈的可是没说过你半个字不好,上回你犯了胃病,妈给你拿暖水袋焐身上,还打来热水给你洗脚,妈给你的这些好,你就都不记得了?我对你十个好,就换不来一个好吗?"

武二秀说:"别说了,你对我那些好都是假的。孙顺水对我这么不好,就是你和小石头在他面前告的状!"

顺水妈说："人啊！说话都得凭良心，我这辈子从来没说过对不起自己良心的话。二秀，妈是盼着你和顺水能好好过日子，咱们这家人家和和美美地像家人家。别成天吵吵闹闹地叫别人笑话！妈是老了，没什么能力了，我要是年轻，有能力，就自己带着小石头过，绝不给你们添这个累赘。"

武二秀说："你说这话干什么？我可没往外撑你，我可从来没说过你是累赘的话，那是你自己说的！你要真和小石头能离开这个家，备不住我和顺水俩还能过几天顺心日子。假模假式地跟我说这些话有什么用？"

顺水妈望着眼前的武二秀，神情有些呆滞，那双昏花的老眼里无声地滚下了两行清泪！喃喃地说："看来！我在这个家是个没用的人了！我得自己找个地方住了。"

15. 淮爷家小卖店

一个女人正在买东西，对淮爷说："哎哟，这个武二秀，真是人前一个样，人后一个样，在台上唱戏像个人似的，在老人孩子面前凶得像只母老虎！"

淮爷正在用算盘子算着账，停住问："她又打小石头了？"

那女人说："打了，打得还厉害呢！"

淮爷用手一扒拉算盘珠，发出一声脆响，说："这个武二秀哇，她怎么这样呢！"

16. 村中五河家蔬菜大棚

新亮骑着摩托车驮着南南，来到了一座蔬菜大棚前，说："这是我们家的大棚，平时都是由我爹侍弄着。"

南南进到里边说："哇，这么大啊？！不瞒你说，我还是第一次进到大棚里来呢！这菜，长得多好！一年也出不少钱吧？"

新亮说："主要供应我家的饭店了。"

南南说："哦，这可都是绿色食品！"

新亮操起一个喷壶，给蔬菜浇水。

南南忙抢过去说："来，让我也来试试！"说着，她给蔬菜浇起水来。

这时候，五河走了进来："哟，我说大棚的门怎么没关严实，有人在这啊！"

新亮对南南说："南南，这是我爹！"

南南说："大叔，你好！"

五河看了一眼南南说："哟，这闺女家是谁？我可是没见过你。"

南南："我是新亮的好朋友，叫苏南南，在镇子上开服装店的！"

五河："南南？这名怎么好像有点儿耳熟？是不是会唱'花鼓灯'和淮河民歌的那个南南哪？"

南南笑了："我这点儿事，怎么都知道哇？"

五河："真是你啊？我没看过你演的节目，可村子里的人都把你传神了！我能不知道么！"

新亮："爹，你愿意听南南唱，等会儿让她给你唱两嗓子！"

五河笑了："真的啊？那好！南南，大棚里的活儿，你就放下吧，用不着你们干。"

南南说："现在吃饭也早，待着也是待着，就不如在这儿找点儿活儿干了！"

新亮："爹，你该忙什么忙什么去吧，我们在这儿待会，吃饭之前就回去！"

17. 刘泥鳅饭店内

后屋里，刘喜子躺在那里，刘泥鳅走了进来，说："干什么呢？看什么房顶呢？上面有什么呀？我说你挺大个男人，老大不小的了，不要因为南南那个小女子，那么动心思。你有点出息，给我坐起来。"

刘喜子看看刘泥鳅，没动。

刘泥鳅喝道："我招呼你起来呢？你没听着啊，快点儿给我起来！"

这时候，刘喜子半倚半坐地把身子靠在了床头的被褥上。

刘泥鳅说："一个男人遇到事了，得能拿得起来，又能放得下，就为那个南南，你值吗？天下的好女人有的是！将来咱把事业做大了，有钱了，爹帮你盖楼房，买小轿车，娶个比她南南更漂亮、更贤惠的女人。"

刘喜子缓缓地说："爸！我知道你这是给我宽心丸吃呢，像南南那么漂亮的女孩，有几个呀？我心里是真喜欢她，我真不明白，她怎么和朱新亮好上了？"

刘泥鳅安慰刘喜子说："儿子！南南是不是和朱新亮好上了，还两说着呢？那要说坐趟摩托车就是好上了，那天你还坐了南南的摩托车了呢！要说好上了，你也是好在了她和朱新亮前边！"

刘喜子听了这话，完全坐起来说："爹！你就和我妈给打听打听吧，如果南南不是跟朱新亮真的好上了，往后我就还骑着摩托车往镇子上去给他们家送饭送菜。"

刘泥鳅说："儿子，你也得有另外一种思想准备，就是说人家真的好上了，那你也不要像这副活不起的样儿，要把腰板挺起来，把精气神提起来！好好地干活，成就事业！就怕有一天比南南漂亮的女孩成帮成群地追你，你眼花缭乱，想接待都接待不过来呢！"

刘喜子说："爹！你跟儿子说话办事就来点儿实的，别整这些悬话、虚嗑儿，我不喜欢听。"

刘泥鳅说："你看你这小子，眼光就看这么长，比老鼠的眼光还短，我可告诉你，我跟你说的每句话都是实话，不信，咱们就走着瞧！"

这时候，忽听门外一声怒吼："刘泥鳅！你给我出来！"

刘泥鳅吓了一跳，走出后屋，一看"小广播"站在门口，说："我正劝儿子，你喊什么玩意儿？"

"小广播"打开菜兜子，掏出刘泥鳅的背心，瞪着眼睛说："这玩意儿怎么跑到菜兜子里来了？"

刘泥鳅支吾地说："啊，早晨出去买菜的时候，这背心就在这塑料兜里了，我拎出去又拎回来了。"

"小广播"低声说："你别胡扯了！今天早起的时候，我明明看你穿着背心！"

刘泥鳅说："我是穿着来，可穿上又看着有些脏了，就脱下来了，想洗洗，没想和塑料袋一起带镇子上去了！"

"小广播"说："别编！你等着，现在人多，我忙，没工夫搭理你，等没人的时候，你不把这个事给我说出个子午卯酉来，我就和你没完。"

刘泥鳅大大咧咧地说："什么有完没完的呀！不就是这么个事嘛，跟我吹胡子瞪眼的，你还能给我吃喽哇？！"

18. 村中五河家大棚前

新亮和南南上了摩托车，往饭店方向走。

有两个从河边洗衣服回来的女人，正好与他们走了个对面。

摩托车驶过去了。

一个女人惊讶地说："呀，朱新亮驮的那个人，不就是那天演节目的那个南南吗？"

另一个女人说："呀，可不是怎么的？'小广播'怎么说是她家刘喜子对象呢？看来她说的话，有点儿不对劲儿啊！"

先前说话的那位女人撇撇嘴说："这个'小广播'，净是乱广播，这回八成又广播错了！"

19. 刘泥鳅家后屋

喜子闷头坐在那里。

这时候，门开了，"小广播"和彩霞走了进来。

"小广播"说："喜子，彩霞来找你有事。"

刘泥鳅一看彩霞进来了，忙站起身来说："你们年轻人的事，你们自己说吧！"说着，就和"小广播"出去了。

刘喜子问彩霞："彩霞！你怎么想起到我这儿来了？"

彩霞说："我现在是既当服务员又学厨师了。想找你借有关烹饪知识的书看看。"

刘喜子说："啊，书有啊！我现在就给你拿两本。"说着从窗台上的书堆里拿过两本书来，递在彩霞手上，说："你看这行不？"

彩霞翻翻说："真是太行了！你现在不用吧？"

刘喜子："不用啊！就是用的话，也不差这几天，老同学来了，得借你！"

彩霞说："那就谢谢你了，我就回了啊。"

刘喜子说："哎！彩霞你别走，喜子哥问你一句话。那南南到你家来干什么来了？"

彩霞说："他们刚进屋，我也不知道他们干什么来了！"

刘喜子有些失望地说："啊啊！那你就回吧！这两本书看完了，要再看别的书，我有的你再来拿啊。"

彩霞说："喜子哥！学厨师，我可是新手，有不懂的地方，我还得多问你呢！"说完，彩霞走了。

刘喜子趿上鞋，一边送彩霞走，一边在大厅往对面看，只看到彩霞进了饭店。

20. 孙顺水家

这时候，武二秀指着顺水妈说："去年夏天，正赶上家里忙着割麦子的时候，你不但不在家照顾小石头，还跑出去两天，给你闺女家看孩子，你能给你闺女看孩子，你就能到她那儿住去，让她养你的老，我们这儿不留你。"

顺水妈眼里汪着泪说："武二秀！你也四十来岁的人了，红口白牙的居然能说出这话来。去年夏天，我是帮顺水他妹妹带过两天孩子，可顺水的妹妹家里什么样儿，你是知道的呀！我那闺女的丈夫前年没了，孩子又小，地里的麦子虽说是用收割机收割，可不也得她到地里去照看不是，我帮她带了两天孩子，那就不应该吗？"

武二秀说："应该应该！应该的事多了，我看最应该的就是你搬到她家去住，那就长期给她照看孩子吧，不更好吗？"

顺水妈说："是顺水让我在这儿的！他是希望我老了，能在跟前对我有个孝顺。我没想到哇，去年夏天那么两天的事你还一直记到了今天，我就觉得你一直冲我有劲儿，可真不知道你是因为这点儿事。"

武二秀说："话说到这儿，该说的话我也没必要藏着掖着了，你就说吧！你到底是在这儿过，还是去你家闺女那儿过，你把话给我说明白。你要是打算在这儿过，你就去你闺女家，把去年夏天你给她看孩子那两天工钱给我要回来！"

顺水妈有些急了："二秀啊！当爹当妈的都有儿女，你也有胖丫那闺女，当妈的帮闺女做点事，能伸手讨工钱吗？你去要吧，我是不能去张这个嘴！"

武二秀说："不行！你要在这个家过下去，指望着我们养活你，你就得去要那工钱，不然的话，你愿意上哪儿去上哪儿去，这个家不留你！"
　　小石头满眼泪水，恨恨地说："你也太欺负人了！"说着，就冲上前去，抓起武二秀的手，狠劲咬住。
　　武二秀被咬得疼痛难忍，她使劲甩着小石头说："哎呀！可疼死我了，你这孩子是属狗的怎么呀！怎么还咬起人来了。"说着，用另外一只手掐住小石头的脸，狠狠地说："松开，松开，你赶快给我松嘴。"
　　顺水妈上前拉着小石头说："石头啊！快松嘴吧，不管怎么说，她也是你的妈啊！"
　　小石头这才松开嘴，嘴唇沾着血渍地说："她才不是我妈呢，我一辈子都不认她这个妈！"
　　武二秀的手上，被小石头咬得出了血，她有些急了，操起一个笤帚对着小石头的屁股就打，边打边说："打死你，看你还敢不敢再咬我了，你一个小兔崽子还反了天了呢！"
　　顺水妈拉住小石头，抓住武二秀的手说："二秀啊！不看僧面看佛面，看着顺水和我的面子，念着孩子还小，你就别打他了。"
　　武二秀狠命地揉了顺水妈一把说："看谁面子？谁的面子我都不看，看他把我这手咬的，你们一家老少三口，没有一个好东西，都是属狗的，老想张着嘴咬人！"她一屁股坐在床上，气喘吁吁地说："这日子没法过了，可真气死我了！"

21. 刘泥鳅家饭店内
　　刘喜子还躺在后屋里，刘泥鳅走了进来说："喜子！那阵子，对门饭店里的那彩霞过来干吗来了？"
　　刘喜子说："找我借两本书。"
　　刘泥鳅说："什么书啊？"
　　刘喜子说："彩霞说她学着当厨师呢，找我借两本关于烹饪的书。"
　　刘泥鳅睁大眼睛问："你借给她了？"
　　刘喜子说："借给她了。"
　　刘泥鳅说："我说你这小子，有没有个心眼儿啊？那种书哪能借给她呢！你懂不懂，猫不能教老虎上树！那彩霞要是学会了这些手艺，你记住我的话，他们家的饭店红火的时候，就是咱们家饭店黄摊的时候。你去，找她把那两本书给我要回来！"
　　刘喜子说："那能吗？这书我不借给她，人家到镇里的新华书店也能买到。再说，彩霞是我的高中同班同学，从来也没跟我张过嘴！"
　　刘泥鳅："反正你今天这事，干得有点犯虎！我可跟你说，以后她再找你借书，你就说没了，或者说都在你爹我这儿放着呢，让她找我借，我看她怎么好意思跟我张嘴，你看我怎么对付她。我肯定不得罪她，可让她从我这儿拿走一张书页，我就不是你爹！"
　　刘喜子说："想把饭店办好，得靠自己的本事，不能怕别人有本事！"
　　刘泥鳅说："喜子！你快点起来吧，你看没看见，你妈在外边都上灶了。刚才外边又来了几桌客人，你快起来吧！"
　　刘喜子坐了起来，说："哎呀，你别叫了，我马上去不就得了吗！"

22. 朱五河家饭店厨房内
　　彩虹炒着菜，彩霞看着，两人说着话。
　　彩虹说："彩霞，你找那刘喜子借书，真借回来了？看来那刘喜子还真给了你面子，我还寻思他不能借给你呢。"

彩霞说:"有什么呀?不就是两本书吗?不管怎么说,也是和他同学一回啊!别看两家饭店有竞争,我和他同学好几年,这点儿面子他还能不给我。"

彩虹说:"你找他借书,他爸和他妈看见了没有?"

彩霞说:"我出来的时候,刘泥鳅看着了,他不错眼珠地盯着我看,好像我从他家里拿走了什么金元宝似的。"

彩虹说:"我看啊,可别因为借书这事,给人家父子之间,再带来什么矛盾。以后咱需要这方面的书,就自己上镇子去买,别找人家借了。"

彩霞说:"这饭店天天营着业,收拾桌子,洗碗洗盘子择菜改刀,还要端饭送菜,成天忙得脚不沾地儿,这回又要学厨师,就更忙了。哪有时间上镇子买书去?"

彩虹说:"咱只顾这么忙也不行,明儿个得跟我妈说,放放咱们的假,上镇子买买书什么的,这也叫'磨刀不误砍柴工'啊!"

彩霞说:"上趟镇子这么近的路,连买书一两个小时就回来了,用不着给一天假,给半天就足够了。"

彩虹说:"行!你大姨肯定乐意让你去。"

23. 刘泥鳅家饭店后屋

"小广播"手里拿着一只鞋敲打着床帮儿,训斥着刘泥鳅,说:"你给我交代,今天你那个青菜袋里的背心,到底是怎么回事?"

刘泥鳅说:"什么怎么回事啊!我不都跟你说了嘛,就是在那个塑料袋里了,我到了镇子上才发现,就一起把它装菜里拎回来了。"

"小广播"说:"你别跟我撒谎了,今天早晨起床的时候,我明明看你穿在身上了。"

刘泥鳅说:"我不都说过了吗?早上起床的时候穿上了,那就不兴又脱下来想洗洗呀?!"

"小广播"说:"那你怎么没扔下来让我洗,倒跑到塑料袋里去了?"

刘泥鳅说:"我不是上镇子办事儿,着急走吗?!"

"小广播":"你还嘴硬是吧?!"

刘泥鳅说:"什么嘴硬嘴软的呀,本来就是这么回事么,你说你手里还拿着一只鞋拍桌子吓唬耗子呢,吹胡子瞪眼的,值得吗?"

"小广播"说:"你给我说实话,是不是跑到镇子上和那武二秀鬼混去了?那天你们两个在一起唱戏对词,我就看你们两个鬼鬼祟祟地,没个好样儿!刘泥鳅,你把话给我听明白,要想人不知,除非己莫为。你别拿我当傻子,你们俩年轻时处过对象我知道,我告诉你,你要是和她有了什么事,这个家你就别想回了,我的眼睛里可不容你往里揉沙子!"

刘泥鳅说:"你说我和那武二秀有什么事,那更是没边没沿儿的话!我说你啊!要是闲着没事儿,该干吗干吗去,可别拿个屎盆子往自己头上扣了,我说这话你要是不听,有一天后悔,你可别赖我。"

"小广播"说:"有什么事让我后悔的?"

刘泥鳅说:"不信你就满村子去广播,说我和武二秀好上了。等孙顺水和武二秀真的离了婚,那武二秀赖到咱家门上来,搅得咱家过不上安生日子,到那个时候看你这个'小广播'还到处乱广播不?!"

"小广播"一听,说:"你又想糊弄我!别老拿我当傻子!你以为我是那种把我装在麻袋里背出二里地,从麻袋里出来我还帮你数钱的主哇!我告诉你!对你和武二秀的一言一行，我早就盯上了！你和武二秀的事儿，你给我起个誓！要是和武二秀有过事，该怎么的！"

刘泥鳅说："我起誓！"

"小广播"说："起吧！"

刘泥鳅涎着脸说："这什么事儿都没有，非让我起什么誓呢？！"

"小广播"："起不起吧？不起你就是心虚，有事儿！"

刘泥鳅无奈地："那就起吧。"

"小广播"说："说，快点儿说！"

刘泥鳅说："你不怕起这个誓，不吉利啊？！"

"小广播"说："没有那事儿的话，你怕什么不吉利！"

刘泥鳅说："那我可就起了，起不好你可别怨我！如果我有那事……"

"小广播"说："光说那事不行，你得说是什么事！"

刘泥鳅说："如果我有什么事……"

"小广播"说："打什么糊涂语儿？直说是你和武二秀有没有那事！"

刘泥鳅说："如果我今天和武二秀有那事，我出门叫大汽车轧死，连老婆也一起死！"

"小广播"："让你起誓，谁让你咒我来？"说着扬起鞋底子要打！

刘泥鳅赶紧躲闪着说："别打啊，我说我不会起誓，你非让我起誓，起不好，你又要动手！"

"小广播"说："说！为什么要咒我？"

刘泥鳅说："什么叫咒你啊，那谁家两口子不是都愿意生不同时死同穴啊？！怎么的，我要死了，你还要活着啊？另外再找一个老公啊，我看你这娘儿们有外心哪！"

"小广播"说："行了，你别胡嘞嘞了！今天这事，咱们不算完，我要再发现你和那武二秀之间有什么蛛丝马迹，你看我怎么收拾你，你能经得住这顿鞋底子就行！"

刘泥鳅笑着说："你要真抓住我有这事儿了，那惩罚多轻啊，怎么说也得跪搓衣板儿啊！"

24. 五河家饭店里

饭厅里，五河和李水泉、全体工人们正在桌子前包饺子。

李水泉一边擀着皮儿，一边对站在桌旁包饺子的珍珠说："这是彩虹弄的馅子吧，你还别说，闻起来还真香。"

珍珠笑笑说："是吗？闻着香一会儿你就多吃点儿。"

五河捏着饺子说："哎，你们刚立伙，如果你们需要什么青菜，我们家大棚里有现成的。"

珍珠说："需要鱼啊、肉啊的，可以由我们代买了送过去。"

李水泉说："哎呀！知道你们家个个都是大忙人，成天忙得团团转，我们怎么好意思老麻烦你们呢？"

珍珠笑笑说："这孩子，你们进村子来工作，就是村里的人，可别老说外道话。"

李水泉说："哎呀！那可是方便我们，麻烦你们了。"

五河说："你们用什么菜、鱼和买多少肉，头一天晚上，来给我们送个信儿就行了。"

这时候，门口走进来新亮和南南。

南南手里拎着那袋水果。

李水泉和工人们都注视着门口。

李水泉放下擀面杖说:"呀呀!这不是那天晚上唱淮河民歌的南南嘛!她怎么来了?"

工人师傅们见是南南走进屋来,也都站了起来。

珍珠见新亮和南南走了进来,用平和的声调对新亮说:"你们回来了?参加包饺子吧!"

新亮对他妈说:"我领南南在村子里走了走,还上咱们家大棚去了!"

珍珠看看南南说:"你们坐吧,我看看锅里的水烧得怎么样了?"说完,走进厨房去了。

彩虹和彩霞端着几样小菜,从厨房里走了出来,彩虹看见工人们都站了起来,就说:"哎!怎么都站起来了,看什么西洋景呢?快坐快坐下,我们先上几样小菜!"

李水泉和工人们都坐下了。

李水泉说:"哎呀!没想到在这小饭店里又见到了苏南南,她那民歌唱的,可真是太好了。来,咱们给南南鼓个掌,欢迎她再给咱大家来一段好不好?"

众人鼓起掌来。

彩虹和彩霞放下手里的菜,回头看看新亮和南南,她们没有鼓掌。

新亮把南南领到另外一张桌子前,说:"南南,你先坐吧!我进厨房去再安排两个菜。"

南南说:"别去了,这不有饺子吃吗?弄那么复杂,以后我可不敢来了!"说着,就来到了李水泉和工人们的桌前,伸手开始包饺子。

新亮说:"我安排,你别管了!"

厨房里珍珠正在烧水,见新亮进来了,就说:"新亮,我还没来得及问你,你是怎么回事?怎么把那个苏南南给领咱们家来了呢?你没看见她那天晚上驮着刘喜子回来的呀?这要叫老刘家看见,这成什么事了?"

新亮说:"我们是在网吧里碰上的,她知道网箱养殖的事,能帮我,她也听说,村子里有人传她和刘喜子怎么怎么的了,她说根本没有那么回事,也是为了让村子里知道她和刘喜子没什么关系,她就非要来不可。"

珍珠对新亮说:"新亮啊!看着你挺精明的,你怎么净办这傻事呢?她和老刘家没关系,就没关系了?人家没关系能帮着他家到场子上去演戏唱歌呀,她怎么没说帮着咱家呢?我看她和洋洋还有喜子的关系都挺不一般的。"

新亮说:"行了,妈,你就别瞎猜了,她说和刘喜子没什么事,我信,刚才我驮着她都和刘喜子见着面了。"

珍珠说:"怎么的?你们还碰见面了,哎呀妈呀,没吵架呀?"

新亮说:"吵什么架呀?不过我就是闻到刘喜子身上有一股醋味,眼神酸溜溜的!"

珍珠说:"新亮啊!咱对这南南了解得不多,吃顿饭倒没什么,可你跟她相处可小心着点,小心无大错。"

新亮说:"妈!我都饿了,我请人家吃饭,光吃饺子哪好,你给掂掇两个菜吧,把那鱼呀、虾的做点儿。"

这时候,屋外苏南南对李水泉他们说:"不就是想听淮河民歌嘛,好说,我现在就唱给你们听,唱什么?唱个《打菜薹》怎么样?"

李水泉和工人们鼓着掌,齐声叫好。

南南唱道:"妹在南园打菜薹呀!打呀打菜薹呀!打呀打菜薹呀!抬头看见那哥哥来呀!"

工人们热烈地鼓起掌,起劲地喊着:"好!"

饭店的窗子外边，有围观的人们！

厨房里珍珠对新亮说："南南这姑娘真够大方的，怎么刚进门就跟着那帮人唱上了，你出去看看去。"

新亮走了出去。

25. 刘泥鳅家饭店内

刘泥鳅、"小广播"和饭店里吃饭的人，还有服务员都隔着窗子往朱五河家饭店这边看，有的人还要往外走。

刘泥鳅说："哎呀！都快吃饭吧，他家来了个卖唱的，没什么热闹好看的，快都回到自个儿的桌子上吃饭去，她那歌唱得再好听，也没咱家饭菜香啊！别看了别看了，都别看了。"

可有顾客说："那不是南南吗？你怎么说是卖唱的呢？她在唱歌呢！一顿饭吃不吃能怎么的？这歌可得去听！"说完，不少人往外走。

刘泥鳅想拦也拦不住。

刘喜子从厨房里出来，解下围裙，也要过去。

刘泥鳅拦住他说："谁过去，你也不能过去！"

刘喜子："我过去听听歌，怕什么？"

刘泥鳅说："知道不？堡垒是最容易从内部攻破的！如果咱们这边一个人不去，他朱五河家今天这场戏，就愿意演给谁看谁看了！咱家不理这个茬儿，就权当没这回事！你知道声音到了最大的时候是什么动静？没动静！咱们家人一个也不能过去！"

刘喜子气急败坏地哭了，一屁股坐在椅子上，说："看个节目也不让过去看哪！"

刘泥鳅："你就是把天哭塌了也不行，我说不能去，就是不能去！"

（第六集完）

第七集

1. 村庄

村庄在晨曦中醒来。

公鸡的啼鸣声，羊群的咩叫声，鸭鹅的鸣叫声，组成早晨自然舒展的田园诗和交响乐！

2. 镇子去往村子的路上

小公共汽车内，窗外是无垠的田野。

胖丫坐在车上。

3. 六河家的塑料大棚内

新堂在奋力地做着活。

塑料大棚的门开了，五河走了进来。

新堂以为是爹六河来了，既没抬头，也没吭声，仍埋头做着他自己的事。

五河走到了新堂跟前，咳嗽了一声说："呀！新堂！"

新堂这才注意到是五河，就说："大爷！您来了！你找我爹？"

五河说："找什么你爹，我是来找你！"

新堂说:"大爷,找我有事儿呀?"

五河说:"听说你们家今天晚上要开家庭会议?"

新堂说:"是,听我大姨跟你说的吧?"

五河说:"新堂,大爷觉得你们家这次会议老重要了,所以,我特意来找你说说!"

新堂:"大爷,你不来找我,我也想忙完手头这点儿活,就去找你,让你给我出出主意呢!"

五河:"新堂,有几个事,你得事先跟你妈和彩霞沟通好!"

新堂:"不用沟通,反对我爹的那套老保守思想,我妈我妹妹我们都是一个战壕里的战友!"

五河笑了:"是么?那么一致啊?那好!借着今天这个家庭会,你们一定要把你爹那个保守思想给他拿下!就像攻碉堡一样,是不?另外,你们家的春稻种子改良问题,种经济作物香葱和甜叶菊的问题,入合作医疗的问题,要能解决就全都争取解决!"

新堂说:"大爷!你就跟我说吧,你说的前几个事,我们家肯定得办!今年优先种春稻种子的事,我爹同意改,也得改,不同意改也得改!咱不能眼看着有抗倒伏、抗病性强、增收的新稻种不用,老用旧稻种啊!香葱和甜叶菊,我们家也肯定得种,在这些事上,我想好了,不能都听我爹的。就是不知道合作医疗的事,能不能拗过他!"

五河说:"新堂啊!你爹是个老庄稼把式了,我相信你们家通过开会,能把事定下来了,可是他思想不通,心里还是和你们犯别扭!所以,你爹的思想工作也得跟上!有时间,你们都多劝劝他!"

新堂说:"哎呀,大爷,能少劝吗?我爹那牛脾气,谁劝得了哇?原来他就认为他的那一套对,别人说什么都是错的!怎么劝,没法劝!不劝还好点,越劲他还越跟你较劲!"

五河拍拍新堂的肩膀说:"新堂!你是年轻人,思想观念比你爹新!晚上开会的时候,你们说事的时候,也都悠着点,像车要拐弯似的,得慢慢地,拐急了,路走对了,也容易翻车!你们可别太急了,容易把他惹生气了。"

新堂说:"我懂。大爷,干脆你也参加呗,你也不是外人。"

五河说:"你们全家开会,我参加哪好!我就不参加了!我等你们的好消息!"

4. "活济公"墩子家

玉树在喂着鸡鸭,"活济公"墩子在窗前坐着小凳仍在编"鱼须滤"。

他对玉树说:"哎呀!这要搁过去,别人一给你提对象,我就犯愁!可这回塘地上那笔钱可救了咱家大驾了。谁再给你介绍对象,咱都敢去看!不但去看,还得好好挑挑选选!"

玉树冷眼看着他,一声不吭。

"活济公"墩子说:"我说玉树,你在服装店做的那套衣服,取回来没呢?人是衣裳马是鞍,要是把那套新衣服穿到身上,我儿子论个头,论块儿,论长相,横瞅竖瞅都像个干部呢!"

玉树说:"我总上镇子拉饲料,那衣裳早都取回来了。爹呀!你没事就干你的活吧,你可别在这儿唠叨了,我可跟你说下呀,我自己对象的事将来我自己找,用不着你给瞎搭葛!"

"活济公"墩子停住手里的活计,抬起眼看着玉树说:"你说什么?不用我管,净扯!你小子那眼光行吗?'姜还是老的辣',你懂个屁?我可跟你说下,不经我看中,你可别把你相中的人往家领!我看和你联系比较多的,也就是那个胖丫,那还是咱家的亲戚！我要不帮着你找对象，还不打一辈子光棍啊？"

玉树拿眼睛看看他爹，说："我说不用你管，就不用你管，当今社会你看见谁家的男孩还打光棍儿了？净瞎说。"

这时候，门口进来了胖丫。胖丫说："呀！都在家呢？"

玉树说："胖丫！你来了。"

胖丫说："我找你爹！"

"活济公"墩子笑眉展眼地说："哎呀，是胖丫啊，你看，说来还真来了！"

玉树看看胖丫说："是不是要找他掐算什么事啊？我都跟你说了，他连自己的事都掐算不明白，还能给别人掐算明白，你可别信他那套。"

"活济公"墩子听了这话，一脸不高兴地说："玉树你说什么呢？你爹会的这手，在十里八村都出名，我给别人掐算事的时候，你还穿活裆裤呢，少在胖丫面前诽谤你爹。胖丫呀！你跟我进屋去，你的事，咱们爷俩进屋去说。"

胖丫回头看看玉树，又转头对"活济公"墩子说："行，那就进屋吧！"

5. 淮爷小卖店内

淮爷噼里啪啦地打着老算盘。

甜菊把一台"倒骑驴"停在了小卖店门口，从"倒骑驴"上往店里搬东西。她一边往柜台上放着各种商品，一边对淮爷说："淮爷呀！孙顺水家的事，弄得越来越大扯了，先前咱们光知道她打了小石头，现在又听说她连顺水妈也给骂了！"

淮爷说："这娘儿们，可是真是家里招来的'扫帚星'！"

淮爷一边把摆在柜子上的商品放在柜台下面，一边说："甜菊呀！顺水出门在外回不来，顺水妈又不愿意麻烦别人，咱们就得勤打探着点儿，可别让他们一老一小的太难心了啊。"

甜菊说："顺水妈那人多好啊！性格绵绵善善的，跟她处不来的人，天下都少，可偏偏就碰上了这么个武二秀。"

淮爷叹口气说："这叫什么？叫人好命不好，心刚命不随！"

6. "活济公"墩子家屋里

门开了，"活济公"带着胖丫走了进来。

胖丫用鼻子嗅嗅屋里的气味说："你家这屋里是一股什么味儿啊？

"活济公"墩子说："成天养猪养羊的，焊饲料什么的，屋里哪能没味儿，都是玉树那小子折腾出来的味儿，我闻长了，这鼻子都熏出毛病来了，也就闻不出什么味来了。"

玉树跟了进来，在后边说："饲料的味儿谁闻不出来？你问胖丫闻到的是饲料的味儿吗？"

"活济公"墩子往外推着玉树说："行行行，这儿没你的事，该干吗干吗去吧！"

玉树没走，他在往一个桶里舀猪食。

胖丫又用鼻子嗅嗅说："从小到大我这鼻子就好使，闻什么，闻得都比别人灵敏，同学们都说我这鼻子的嗅觉比狗鼻子都灵。"

"活济公"墩子说："哎呀！我还真没发现，你这胖丫长得不怎么出众，倒还有这特长呢！你有这特长其实可以不卖瓜子花生、不卖鱼了，和派出所联系联系，保证能帮着他们多破不少案哪。"

胖丫说："哎呀！我可闻着这股味是从哪儿出来的了，不是饲料的味儿，是你这衣服好长时间没洗了吧！"

"活济公"墩子说："你这孩子净瞎说,我衣服上有什么味儿啊?我怎么没闻着呢?"说着拿起自己的衣袖仔细闻闻："没味儿啊?反正我是没闻出有什么味儿来。"
　　玉树一边舀猪食,一边说："胖丫,你真要找他算命啊?!"
　　"活济公"墩子说："我再说一遍,这儿没你的事儿!"
　　玉树拎着猪食桶出去了!
　　"活济公"墩子说冲着玉树的背影说："这小子也是成天老让我换衣服洗澡的,你说,我都这么大岁数了,也不惦着再找媳妇什么的,一天一脱三换的干什么?像那个刘泥鳅呢,成天小分头梳得锃亮,衣服穿得干干净净的,我犯得着嘛,我穿这身衣服,不挺好吗?老洗不费事嘛,谁看着不得评价咱这两个字'朴素'!"
　　胖丫说："'朴素'不是脏!我看你还是把这身衣服换下来吧,一会儿我就给你洗洗。"
　　"活济公"墩子说："不用,别说我这衣服用不着洗,就是真用得着洗,也轮不着你来洗,我得给我儿子未来要进门的媳妇留着呢!"
　　胖丫说："那得留到猴年马月呀。"
　　外屋的门"哐当"一声,玉树又进屋了。
　　"活济公"墩子说："什么猴年马月呀!我告诉你个实话吧,玉树马上就要有对象了,后村的,听说那姑娘长得相当带劲了。"
　　玉树手里拎个猪食舀子,进来说："可别扯了,根本没那么回事!"
　　"活济公"墩子冲玉树喊道："玉树!我说你小子是不是成心捣我的乱哪你!"
　　玉树闪身出去了。

7. 南南家服装店门前
　　新亮骑着摩托车驶了过来。
　　南南走了出来。
　　新亮把一个塑料袋递给南南说："拿屋去,让婶子做着吃!"
　　南南打开塑料袋一看："哟,还有闸蟹呢!"
　　南南把塑料袋递给她妈说："妈,新亮送来的!"
　　南南妈小声地说："收人家东西好吗?"
　　南南说："哎呀,你就拿进去吧!"
　　南南妈看看新亮,又看看南南,一笑："你们这是要上哪儿去?"
　　南南说："我来到镇子这长时间了,还没到淮河边上转转呢!新亮说了,他和我一起去转转!"
　　南南妈说："转转是转转,你们一会儿回来吃饭不?"
　　南南说："再说吧!"
　　说完,南南从新亮手里要下来摩托车钥匙,发动着了车,对新亮说："你这车别老舍不得给我开,上来,让你再享受享受坐二等车的滋味儿!"
　　新亮坐到了后边："不过,你得慢点骑,不然你那头发扫我眼睛!"
　　南南说："没看见今天扎上了吗!"
　　新亮笑了："这一扎上,可比原来利索多了!"
　　他们骑着摩托车走了。
　　洋洋正走出自己的理发店,在拉绳上晾围裙和毛巾,她看见了他们,一脸惊讶的表情!
　　南南妈呢,还在门口望着他们的背影,一脸笑容!

8. "活济公"墩子家屋里

胖丫:"我今天来找你,是想求你,给我掐算掐算,你说我怎么回事,我这个妈,怎么总让我跟她多操心呢?"

"活济公"墩子说:"你来了,没说给我带点儿什么来呀!"

胖丫说:"哎呀!你不说我还忘了,我这兜里,还给你揣来一瓶子酒呢!"

"活济公"墩子说:"什么酒啊?"

胖丫说:"正儿八经的纯粮食酒!"

"活济公"墩子拿过酒瓶看了看,乐呵呵地说:"嗯!这酒不错,你这丫头还真会来事。行了!报报你的生日时辰吧,我给你批批八字。"

玉树进来说:"爹!你别老拿你那一套糊弄人了。胖丫,你怎么还给他拿酒呢?"

"活济公"墩子赶忙把胖丫递给他那瓶酒放到身后,对玉树说:"胖丫愿意,关你什么事儿?你要再插嘴,我就跟你动手了!你看来个人,不够你能的了,一会儿一句一会儿一句的,真是气死我了!"

9. 淮河大堤上

南南、朱新亮的摩托车驶上了淮河岸边的大堤。

摩托车停在那里,他们从车上下来。

新亮对南南说:"看吧,这就是你想见的淮河,美不美?"

南南说:"呀!真没想到,淮河这么宽这么大呀!这水流得平平静静的像镜子面一样,河面上这些船哪!网箱呀!好像画上的一样,真是太美了!"

朱新亮说:"没听老辈儿人说嘛:'走千走万,不如淮河两岸'!我们淮河两岸,是真真正正的鱼米之乡呢!"

南南指着河边上长得高大的芦荻说:"我知道这种东西叫'荻',我们家乡那边也有!"

新亮说:"对!是叫荻,河风一吹来,它们就在那里舞蹈,叶子在风中瑟瑟抖着,时俯时仰的,样子很美!尤其是在月光下看,那就更美了!"

南南说:"你观察得那么细呀?"

新亮:"从小在这儿长大的,体会最深了!"

10. "活济公"墩子家屋里

"活济公"墩子对胖丫说:"你妈这个女人哪!不是个一般人,她是天上的'白虎星'下凡了,天生的克男人,你的亲爹,命相主水,你妈呢?命相主火,他们两个水火不相容!你妈就把你亲爹给克死了。轮到这个孙顺水呢?是金命,命相还不合,火克金哪!你看吧!也是过不长,这都是命中注定的事,你想不让她这样,也不行。"

胖丫装出一副憨相说:"是吗?还那样呢啊?"

"活济公"又说:"所以啊!我说胖丫你就别跟着你妈那些事上火着急了,因为咱们是亲戚,你给我拿瓶酒来,我就把这个事给你掐算了,要是别人找我,拿十瓶酒来我也不能给他这个面子!你知道我'活济公'能掐会算,算得准,在这远近是出名的!"

玉树说:"胖丫,这些年,根本没人来找我爹算命,别说酒了,就是根柴火棍儿,也没人送来过!"

"活济公"墩子气得要下地打玉树:"我看你今天就是要找打,不打不行了!"

胖丫拦住他说:"哎哎,别耽误了正事,还没给我算完呢!"

"活济公"墩子一脸怒气地说:"不用你小子跟我较劲,你等着,一会儿胖丫走了的！"

胖丫说："哎呀，我知道你会算，我小时候还到灶口里去过，那儿不生火的时候，我妈就把我给放进去了！"

"活济公"墩子说："那叫什么你知道不？那叫过阴！你不那么弄一把，能活到现在吗？小命早没了！"

胖丫说："这么说，我给你买一瓶酒买少了呗？我活到现在还得感谢你呗？"

"活济公"墩子说："那是，买一箱酒可不多呀！行了，我给你算完了，你嘴严点儿，别跟别人说，我好些年都不算这玩意儿了，要叫别人知道了，传开了，又好像我搞封建迷信活动似的，过去因为这事，我受到过'帮助'，我可不想让他们再有人来就这个事上'帮助'我。"

胖丫点点头："你说的我都记下了。"

"活济公"墩子说："你看我给你算得好吧，玉树那小子他懂个什么？你给我送这瓶酒送得值了吧！"

胖丫笑笑说："其实我就是找你来算算，想听个新奇，你讲的这些，我也不全信！"

"活济公"墩子说："哎，你这是什么人呢！我都给你掐算完了，你才说不信，你既然不信，你找我来掐算什么呀，这又给我送酒，又来家的。"

胖丫说："现在呀，哪儿有人真信你这套了，我只是听村里的人说是你会掐算，不知你是怎么掐算的，就想过来想弄明白到底怎么回事。"

"活济公"墩子摆摆手说："得得得！我这好心算是被你当了驴肝肺了。你记住！你再给我搬一箱子酒来，我也不会给你掐算了，真是的，还亲戚里道的呢，一句话说得我这心里哇凉哇凉的，要不是看着你还给我拿瓶酒来，我现在就把你撵出去。"

玉树在外屋，一边舀着猪食，一边窃笑。

胖丫笑笑说："不用你撵，我这就自己走了。"说着，胖丫走出了屋。

11. 路上
南南开着摩托车，驮着新亮，风驰电掣般地向前奔去！

12. "活济公"家院子里
玉树拎着饲料桶和胖丫脚前脚后地从屋里出来了，他笑着对胖丫说："我知道了，你并不真信！"

胖丫笑着说："哈哈，我心里有数。"说完，走了。

这时候，"活济公"墩子走了出来，兜里揣着那瓶酒，冲着胖丫的背影说："以后再别上我这儿来了，我们家不再欢迎你！"

玉树一听笑了，埋头开始认真搅拌缸里的饲料。

"活济公"墩子气不打一处来，气哄哄地坐在那个小板凳上，把没编好的"鱼须滤"扔到一边说："真没见过胖丫这种人，可气死我了！"又冲玉树说："还有你！一点不知道孝敬你爹！"说完，又自我安慰地说："行了，大人不记小人过，不管怎么说我还得了一瓶酒呢！来，喝口酒是真的！"

他从兜里掏出那瓶酒，拧开酒瓶子盖，嘴对着瓶嘴儿猛劲儿地嘬了一口，继而，又噗地吐了出来，他奋力地把那一瓶子酒往地上一摔，酒瓶子被摔得粉碎！

"活济公"墩子骂道："这是什么他妈的酒哇，像是醋里又兑了水！我是被胖丫这闺女给耍了！"

胖丫走得不远，听见"活济公"墩子家那声脆响儿，也有些忍俊不禁，笑了！

玉树呢？一边搅着缸里的饲料，却一边高兴地哼起了流行歌曲。

"活济公"墩子指着玉树说："行了！别唱了，你们家里外头的拉帮结伙地气我，是愁我死得不快啊！"

玉树止住了歌声，说："看你以后还给别人算命不？这就是给别人算命的好处！"

"活济公"墩子觉得有些不好意思，自己给自己找台阶地说："哎呀！有个正事差点没叫你们给气忘了，我得先进屋去把那小账弄明白，之后好去找五河要钱去！我可没闲工夫搭理你们！"

玉树放下手里的活计，冲着胖丫喊："胖丫，等等我！"说着，骑着"倒骑驴"追了上去。

"活济公"墩子复又出门，冲着玉树的背影喊："玉树！你小子要还是你爹的儿子吗，就少搭理那个胖丫！你给我回来！"

可是，玉树已经走远了！

13. 仙女湖

新亮和南南摇着小船，在湖中行走。

新亮指着广阔的湖面说："南南，你看，在那圈网箱的那片空水面上，那就是我们家要承包的水面！"

南南说："嗯，不小！要是养鱼，养蟹，可就收获大了！"

14. 村里去镇子的路上。

玉树用"倒骑驴"驮着胖丫，说："胖丫，你可真能整，原先我还寻思你信他那套呢，你是怎么想出来这么个坏招来损他的？！"

胖丫说："我今儿个也不是专门来你家找他的，是惦记我妈，就回来看看。见她回了老孙家，又嘱咐她一些话，完了没啥事了，就顺脚到你家去了！"

玉树说："我说的呢，你找他掐算怎么这么积极呢？"

胖丫说："玉树哥。你是不知道，在封建迷信这套上，我吃过你爹大亏，我小时候，我妈就找你爹给我掐算过，说是我有血光之灾，要躲过这个灾，必须找个能过阴间的地方。你猜怎么着？我妈把我在灶口里头放了十多天，你知道灶口连着烟囱，你爹说那烟囱道是鬼道，灵！他这一句话不要紧，我可遭了大罪了，那里边烟气味儿大，熏得我落下个咳嗽病！现在一天到晚老咳嗽！所以我就想，你爹这个给别人算命的毛病，也真得治治他，都坑老人了！"

玉树笑着说："我说的呢，怎么你和他较上劲了！今天这个事儿，你做得对！在他身上，我还有一个事儿犯愁，胖丫，你能不能帮我想想主意？！"

胖丫说："什么事儿？"

玉树说："你没闻见他身上那股子味儿呀，我让他洗澡，他老也不洗！全村子没有他这样的！就他这一个特殊人儿！"

胖丫笑着说："要不大家怎么都叫他'活济公'呢，这个事儿我可想不出招来，多少年来他就是那毛病了！"

玉树说："不行，他这个毛病，还不是小毛病，早晚得想招给他改喽！"

15. 仙女湖

新亮和南南走在湖堤上。

南南说："新亮啊！你得跟你妈说好，你们家要养殖闸蟹，买扣蟹的事，现在就该动手了。"

新亮问："是啊，不先置办好船和网箱，扣蟹买来了，也没地方放呀。我和我妈也正合计，买船、买网箱和买扣蟹的事呢！"

南南说："现在去，买扣蟹就是先把货订上，订完了货，你什么时候提货都行。"

新亮说："你说这扣蟹，我们到哪儿去买好？"

南南说："依我说，你就到我们家乡那边去买吧，我们家乡那儿扣蟹质量蛮好的，人又熟悉，我帮你，肯定能买到好扣蟹。"

新亮说："你这服装店的生意也挺忙，怎么好让你跟我一起去搞这事？"

南南用拳头轻轻地捶打了朱新亮的肩膀一下说："说你精你就精，说你傻你也真是傻。我们家那个服装店，也正好要从家乡那边往这儿进衣服了，我正想着最近要回去一次呢，你要是打算到我们家哪儿去买扣蟹，咱们就一起走。"

新亮说："那敢情好，钱的事好说，我带张卡过去就是了，可我也犯愁，那订了十万只扣蟹，要往回运的时候，可怎么运呢？"

南南说："你可真有意思，人家生产扣蟹的厂家，都把运输包了，一辆卡货直接开到你们的湖边上，什么问题都解决了。"

新亮说："是啊！现在都市场经济了，物流真通畅，那去你家那边，买扣蟹的事就可以订了，咱们什么时候走？你说吧！"

南南说："我看是越早越好，事情宜早不宜迟。"

新亮说："行，只是有些不好意思，请你吃了一顿饭，却让你帮了我这么大个忙。"

南南说："记住我的人情就行，以后慢慢还吧！"

两人说着笑着，向摩托车那边走去。

16. 镇子胖丫出租房前

玉树停下了三轮车。

胖丫说："玉树哥，你给我送到家门口了，我就回了啊！"

玉树说："胖丫，有时间还得多给你妈打打电话，好好劝劝她，你知道，村子里没几个人向着你妈说话。"

胖丫说："玉树哥，你不用多说，我心里明白着呢。可是不管怎么说，她毕竟是我妈呀！女儿对妈只能劝，没别的招。"

玉树说："其实，顺水叔那人，挺好的，你妈跟顺水叔过日子，本来就是顺水叔将就她，论说，女人这辈子按说找着他那样的男人，也该知足了。可是，你妈就跟别人的想法不一样！"

胖丫说："行，玉树哥，有时间我就给她打打电话，再说镇子离村子这么近，有空回去我就回去再劝劝她。"

玉树说："你胖丫说的话，我信！"

17. 刘泥鳅家饭店内

刘喜子正在给洋洋挂电话。

刘喜子说："洋洋！你给哥问问，那南南到底和朱新亮是怎么回事？我觉着他们认识没几天，怎么今儿个就跑到他家，又是吃饭，又是唱歌的？！"

18. 洋洋理发店

洋洋说："哥呀！我告诉你，有新情况啊！"

19. 刘泥鳅家饭店内
刘喜子问："快跟哥说说，什么新情况？"

20. 洋洋理发店
洋洋说："哥，一个大男人遇事要沉住气，别那么耐不住性子！我看，你也别着急，兴许事情也会有转机！"

21. 刘泥鳅家饭菜店内
刘喜子说："能有转机啊？那可就全靠妹子你了，在这个事上多帮哥啊！哥一看见那南南和朱新亮在一起，不知怎的，就闹心！今儿个一中午，就没心思炒菜，实话告诉你，给一个客人炒菜，我就只放醋没放酱油，你说我这是怎么的了？是不是得了什么病了？刚才你说的有个新情况还没跟哥说呢！"

22. 洋洋理发店
洋洋说："哥呀！刚才我又看见南南和朱新亮两个人一起出去了！"

23. 刘泥鳅家饭店
刘喜子一听这话，啪的一声，撂下了电话！他一脸愁容！

24. 村中
五河打着手电向六河家走来

25. 六河家里
屋里亮着灯。
六河、玉树、新堂、彩霞四个人都在这里。全家在开家庭会议。彩霞手里拿本烹饪的书在那里看。
六河说："彩霞，家里开个会，认认真真地研究点儿事，你别老看那书了，把手里的书放下。"
彩霞说："这不还没开始呢嘛！还没有人说话呢嘛！我这不学点儿是点儿嘛。"
六河说："我这不说着话呢嘛，会议马上开始，把书放下。"
彩霞放下了手里的书。
六河说："今天这个家庭会议，是新堂和你妈倡导召开的，说是主要商量商量咱们家除塑料大棚之外，还怎么致富发展的问题。我本不想开这个会，可我要不开，你们又说我脑袋瓜陈旧，在家里不抓大事了，那我就同意开了。今天这个会，当然是我主持，大家自由发言。谁有事，什么话就说吧！"
玉翠说："让新堂说吧，他的意见也代表我了。"
六河说："各人说各人的，别一整就说谁代表谁，家里就这么几口人，开会都有发言权，都把自己的意见说说！用不着谁代表谁，弄那么麻烦干什么！"
新堂说："我妈让我说，那我就说了。我觉得咱们家在致富的路上和村里的别人家比，总的来说比较慢，来钱来得慢，有不少好的挣钱机会都失去了。"
六河说："你把话说明白点，这些年家里主事的主要是你爹我，你说这话就是批评我呢，你说吧，哪些挣钱机会失去了？"

26. 六河家院里

五河早关掉了手电，在屋外偷听着屋里人说的话。

27. "活济公"墩子家

"活济公"墩子趴在院墙后，注意到了六河院子里的黑影！他努力地看，还是看不清楚。

28. 六河家

六河梗着脖子说："新堂，你说的这是第一年种薄荷的话，村子里是有人赚了钱。你接着说，第二年呢？"

新堂说："第二年种薄荷有不少人家都遭了灾，薄荷是没种好，钱是没收着。"

六河说："还是的！这就证明，你爹我决定咱们家不种薄荷的事，是定对了。你光看见第一年挣钱了，你怎么没看见他们第二年赔本了呢？！"

新堂说："人想挣钱就不能怕冒风险哪！人家第一年挣了钱，第二年赔了本，可总体算起来还是挣了钱，咱们家怕这怕那等这等那，结果一分钱也没挣来，咱们和人家比不还是个落后户嘛。"

六河说："我做事，是比别人'慢半拍'，可我做事比别人稳当，看不准的事，挣不到手的钱，那事我不干。"

新堂说："爹，依我看，你这个'慢半拍'的习惯，不是什么好习惯，是落后保守的，你得改改。"

六河说："新堂，你给我提这意见，我不接受。你今儿个要种大棚，明儿个要整大棚的，没有我支持，你整得起来吗？在我的支持下，咱家的塑料大棚不也是建起来了吗？"

新堂说："大棚是建起来了，这不假！可咱们这塑料大棚建得比别人晚三秋了，别人家大棚产的蔬菜换了钱，钱都再生钱，把钱的孙子辈儿可能都生出来了，咱们家才刚开始干，地里的菜苗刚露头，这不还是你做事比别人'慢半拍'的结果嘛。"

六河说："钱早一天挣，晚一天挣都是挣，最起码他们给咱们当了开路先锋了，做了试验田了，咱们没承担风险。"

新堂说："你那想法根本就不对，要想富得快，就得有不怕担风险的精神。"

六河说："看来你小子是成心跟我较劲，那你就说吧。要承担风险该怎么个承担法，咱们家今后致富的步子要加快，怎么个加快法？是能坐飞机，还是能坐火箭，还是能坐宇宙飞船，你都给我上上课。"

屋里沉默了半天，谁也没说话。

29. 六河家院子里

"活济公"从院墙那边，突然打亮一支大手电，照着五河说："谁？！"

五河一听是墩子的声音，赶忙从院子里跑出来说："哎哎，是我！"

六河家的门开了，六河走了出来："谁呀？喊什么玩意儿？"

五河说："六河，是我，我找他有事儿！"

六河："啊，我当是谁呢？"说完，进屋去了！

30. "活济公"墩子家门口

"活济公"墩子站到朱五河面前："哎，五河，你刚才跑六河家听什么玩意儿去了？

— 86 —

他家不是开会呢吗？"

五河说："对，开会呢！我当旁听呢！哎，我让你写的那份赔偿意见，你写了没有？"

"活济公"墩子说："写了，那能不写吗？"说着，从兜里掏出一张纸，递给五河："给！"

朱五河眯着眼睛看看，说："你看我这个老花眼，一到了晚上更完，你想让村上赔你多少钱？"

"活济公"墩子把手里的这个纸单，递给朱五河，说："都在这上边写着呢。"

朱五河用手电光照亮了纸单，看了看说："这黑模糊儿的，我没戴花镜，看不大清啊。"

"活济公"墩子从兜里掏出个眼镜盒，拿出眼镜说："不就是老花镜嘛，我这儿有，你戴上看看。"

朱五河戴上老花镜，说："这回看清楚了，你写在这儿，啊，十二？是一千二？还是一万二？"

"活济公"墩子说："我那后边不还写着个万字呢嘛，那可不是一万二，那叫十二万。"

朱五河看看"活济公"墩子，说："我说'活济公'啊！你没发烧吧？"

31. 六河家

沉默，难挨的沉默。

过了一会儿，玉翠说："家里是说要开个会，就别光搞一言堂，要说就让别人把话都说完，别把气氛弄得这么紧张。"

彩霞插话说："我看也是，不管对错，也得让我哥把话说完。"

六河说："好好好！新堂你说你说，你把想说的，都说出来！我们洗耳恭听。"

新堂说："要我说现在政府倡导用春稻新品种，这是好事，我们今年就把春稻新品种种上。另外，在非承包地上，咱再种点香葱和甜叶菊，这个事，咱们村是第一年在做，可外地区有的农户去年就种了，经济效益很可观，这回咱们不能落在村里人后面。"

玉翠："我同意！"

彩霞说："我也同意！"

六河说："不行，春稻的新品种如果要种那就种吧。可非承包的塘地上，我还是得种我的地瓜和花生。"

玉翠说："既然是全家人在一起开会，那咱也得实行那民主，有些事，让大伙都有权力表态。"

新堂说："同意我妈的意见，关于塘地种不种香葱和甜叶菊的事，全家人一起举手表决，少数服从多数。"

六河说："别想那美事，我说不行，就是不行，你们三个人也别想联起手来，画个圈儿让我跳，我告诉你，咱们家四口人，你们虽然都有权投票，可我有一票否决权，我说不行的事，你们谁说行，也不行。村里第一年整香葱和甜叶菊这玩意儿，成功失败还不好说，咱们立马就跟着整这风险太大了，不行，说什么也得再等等，再看一年。"

新堂说："爹，要不然能不能这样，把这塘地咱俩一人一半，你那一半种你的花生地瓜，我这一半种我的香葱和甜叶菊，到秋天咱们算算账，看谁经济效益好，再定输赢。"

六河想想说"：一半不行，让给你四分之一吧。你乐意怎么种就怎么种，乐意种什么就种什么，到秋后，收不回钱来就当这块塘地今年白瞎了。"

新堂说:"那也行,不过我这四分之一这块塘地,不是咱家的试验田。爹!我要给你那四分之三的塘地办成示范田。"

六河瞪着眼睛说:"事还没干呢,你先别说这话,现在还不是你教训老子的时候,到秋后谁教训谁还不一定呢。"

32. "活济公"家门口

朱五河说:"'活济公'你是不是跟我耍心眼儿呢,工程队没来的时候,你不是一个行八个行的嘛,怎么轮到叫真章儿的时候,你变成这样了?你要十二万元!狮子大张嘴,村里上哪儿拿这么多钱给你,我看,你把这个纸单拿回去吧,重新再考虑考虑。"

"活济公"墩子用手推回那张纸说:"五河!就这样了!让我再提赔款意向那是绝对不可能的,我的这个意向,要是说不行,那就赶快通知工程队,别在我家的塘地上打井了,愿意上哪打就上哪儿去打,好吧?"

朱五河说:"你不能重新考虑考虑?"

"活济公"墩子摆摆手说:"不考虑了!我走了,就回家等着你们村里头给我回话了。"说完,倒背着手要走。

朱五河用手电照照"活济公"墩子的背影,又照照那张纸单,突然冲"活济公"墩子喊:"哎,你的老花镜还在我这儿呢!"

"活济公"墩子又跑了回来:"哎哟,老花镜可不能落你这儿!"

这时候,甜菊跑了过来,对五河说:"哥,孙顺水家出事了!"

五河说:"怎么的了?"

甜菊说:"武二秀把顺水妈和小石头给撵到院外,不让进屋!"

五河说:"是吗?这哪行?我得去看看!"

五河和甜菊在前面走,"活济公"墩子在后边跟着。

五河说:"你的事,咱们不都说完了吗?"

"活济公"墩子说:"咱俩的事是说完了,可那事关武二秀的事,我是她叔公,我不也得过去看看么?!"

33. 孙顺水家

入夜了,窗子里透着灯光。

院门紧锁着。

院门口坐着顺水妈和小石头。

武二秀推开屋门向外面望了望,眨了眨眼睛,转身又回屋去了。

院门口,小石头对奶奶说:"奶奶,天都这么晚了,她不让咱们俩进院回屋,今天晚上咱们上哪儿去住哇?"小石头一边说一边摇着奶奶的手。

顺水妈呢,神情木然,她沉默着,那一双老眼里都是泪水,静静地望着广袤的夜空。

夜空里月亮被一朵黑灰色的云彩花儿遮住了,哦,那是老人心里的那片愁云啊。

小石头又说:"奶奶你说话呀?你怎么不说话呀?"

顺水妈搂过了小石头,泪珠子噗啦啦地掉下来,敞开衣襟把小石头抱紧说:"你姑那儿咱不能去呀,要去了,这个武二秀就更有话说了。今儿个要冻死,也是奶奶先冻死,你别怕!石头儿啊!我没想到,我这么大岁数了,有了你这么个孙子,你还能跟着我在家遭这么大的罪!"

这时候,五河、甜菊,还有"活济公"墩子,打着手电走了过来,见到眼前的情况,他们一惊。

甜菊上去，忙搀扶起顺水妈问："大婶！你们还没吃饭呢吧，怎么还在这儿坐着呢？"

小石头说："武二秀把我们撵出来了，把院门锁上了，不让我和奶奶进屋。"

朱五河对顺水妈说："大婶，我是刚听说，甜菊，你把大婶和小石头先接到你们小卖店去吧，你们先走，我找武二秀说话。"

甜菊说："嗯！"说着，就扶起来顺水妈。

顺水妈在甜菊的搀扶下，带着小石头一边往前走，一边颤颤地说："哎呀！人到难时知亲朋，我们祖孙俩，要不是你们来把我们接走，今儿晚上我们真的就是睡露天地了。"

甜菊、顺水妈和小石头走了。

五河使劲地摇晃着顺水家的院门说："武二秀！我是朱五河！你出来，我和你有话说。"

隔了一会儿，屋里的灯亮了，武二秀披着衣服走了出来。

武二秀说："是五河大哥呀！这么晚了，你怎么来了？"

朱五河说："武二秀啊！你怎么能把顺水妈和小石头从家里给撵出去呢？这挺凉的天，让老人和孩子坐在院门口，你这么做合适吗？"

武二秀："怎么能说是我撵的呢？他们愿意出去的！"

"活济公"墩子说："我说的么，二秀不会把他们撵到院外去吗！"

五河说："武二秀，顺水不在家，你做儿媳妇的，应该贤贤惠惠的，善待老人，也应该当好后妈，多照顾好小石头，可我听村里人说，你不但打了小石头，还冲着顺水妈说了很多难听的话，这合适吗？"

武二秀隔着院门对朱五河说："我说村主任啊！你可别不能听一面之词，你看看我这手。"

朱五河说："你这手是怎么了？怎么有这么多血印子呢？"

武二秀说："叫狗咬的呗。"

"活济公"墩子说："哎呀，人要别扭喝凉水都塞牙，怎么还叫狗咬了呢！那得抓紧去打狂犬疫苗哇！"

朱五河说："村子里谁家的狗会咬着你呀？乱说！"

武二秀说："小石头那个小兔崽子，比狗还狠，咬住我的手就不撒嘴，可把我疼死了。"

"活济公"墩子拿起武二秀的手说："哎呀妈妈，怎么把手给咬这样呢！"

朱五河说："武二秀，你也别老说你这边的理！你这后妈当好了，小石头他一个孩子家，会咬你的手吗？你这儿媳妇当好了，顺水妈那么大年龄了，能眼泪泡心地那一副样子吗？我可告诉你：虐待老人和孩子是犯法的！"

武二秀喊道："就算我虐待他们了，可他们背后当孙顺水老告我的状，那小石头还把我手咬成这样，他们就对呀？"

朱五河说："我现在是找你谈话，是说你的毛病，你别老强调别人的错，我今儿个是代表村委来的，如果你不听我的话，还按照你那条道走，有一天，你脚上走起多少大泡，苦头你自己吃！"

武二秀对朱五河说："清官难断家务事，我看你这个村官还是少管我家里的事吧！"

朱五河说："清官难断家务事，可我这村官就能断了你们的家务事，你只要虐待顺水妈和小石头，我就一直要管，一管到底，如果管不明白你家这点事，我就不当这个村主任了，把这个位置让给你！"

武二秀："哎呀，你就是把这个官真让给我，我也干不了！"

五河说:"你知道就行!顺水妈和小石头今儿个晚上就不一定回来住了,什么时候回来,得你去接!让老人和孩子总在外面住不行,这里是他们的家!"

说着,朱五河转身走了。

34. 淮河岸边

那里泊着顺水他们的货船。

孙顺水一脸愁容,像雕塑一样地坐在船头上。

他的脚下,是悠悠流水,浅浅地拍打着船身,他掐着手机在沉思。

(第七集完)

第八集

1. 村庄

又是一个美丽的清晨。

村庄仿佛在一幅画卷之中。

2. 朱五河家饭店里

珍珠、新亮、彩虹坐在一起,边吃早餐,边说事。

五河披着衣服从屋里走出来。

新亮说:"爸,我马上就要出门订扣蟹去了,来回少说也得个把星期。镇里给咱家批水面的事,你得再去问问。"

五河说:"不用问了,水面已经批下来了!文件在村委会呢!村里去送申请的时候,镇里领导都说了,仙女湖的水面大得很,鼓励村民们承包,说批给咱们两百来亩水面,没问题。就是年年交笔承包费,就行了!"

新亮说:"那就太好了,要搞水面养殖,买网箱也需要一笔钱,我呢?一天到晚就得住在仙女湖那边了,咱家还得买条船,这都是用钱的地方!"

五河要往外走,珍珠说:"你要上哪去?吃口饭再走呗?"

五河说:"你们吃吧,我得到打井队和小卖店那边看看去!"说完,就走了。

新亮说:"爹,你别走哇,事还没说完呢!"

五河站住了,看着珍珠。

珍珠说:"哎呀,你让他走吧,一天到晚,家里的事,能指望上他什么?网箱和船的事你就不用管了,都由妈张罗了,等你回来的时候,都会置办好的。"

五河走出门去。

新亮说:"妈,你也快到五十岁的人了,别老一天骑着个摩托车往仙女湖那边跑了,天天起这么早,又睡那么晚,时间长了,身体也受不了。"

彩虹说:"我就是不会骑摩托,我要会骑的话,说什么也不能让妈去,我就天天跑了。"

新亮说:"这玩意儿没什么难的,一学就会。"

彩虹说:"我也试着骑了几回,别人把着后座我都骑不好,一上去就头晕,心怦怦跳,看来,我这辈子是没有骑摩托车的命了。"

新亮说:"妈,你不能一头顾着饭店,一头又跑着仙女湖,那太累了。"

珍珠说:"哎呀,你不用惦记妈,出门把自己照顾好就行了。再累,也就是这么几天的事，忙完了这阵子就好了！"

珍珠又对彩虹说："咱家给工程队送青菜代买鱼肉什么的，这些天做得挺好，现在人少事多，彩虹呢，你就多想着点儿，送还得你去送。"

彩虹说："妈，别老让我去送青菜什么的了，我一个闺女家，天天老往那儿跑，好吗？"

珍珠说："看你说的，有什么不好的？我们是做光明正大的事去了，给他们送青菜鱼肉什么的，这也不是什么偷鸡摸狗的事！"

彩虹说："我知道是好事！可是李水泉他们都是青年小伙子，我老往那里跑，是怕村子里有人说闲话，好像我彩虹怎么回事似的。"

珍珠说："青菜、鱼肉你该送还是送，如果有人说闲话那就让他们去说，瞎话说不坏人，身正不怕影子歪！再说了，李水泉这个年轻人多好，你要真追到手，妈能有这么一个姑爷，还真满足呢！"

彩虹脸红了："妈呀！瞅你净乱说什么呀，谁追那李水泉了？！"

珍珠说："我早看出来了，你心里有他，在妈跟前别装相了。"

新亮说："彩虹啊！我看那个李水泉也不错，你要不好意思跟他说，哪天我找他给你说说？"

彩虹一撇嘴，说："管好你们自己的事得了，我的事，用不着你们多管。"

3. 六河家院子里

六河在用镐头刨粪肥。

玉翠从屋里走出来抱柴火："这么早，你怎么就起来了！"

六河一边干着活，一边说："睡不着哇！"

玉翠说："嗨呀，别刨了，快回屋再躺一会儿去吧！"

六河说："睁眼睛在那儿躺着，还不如起来干点活呢！老婆子！我担心啊！今年咱们地里更换了新稻种，粮食产量不知能怎么样。另外，新堂那小子，要在那一块塘地上种香葱和甜叶菊，你说种那玩意儿能行吗？那要是不挣钱，那块地不白瞎了嘛，手拿把掐应该收到手的花生地瓜就都没收回来。"

玉翠说："你别老想这些事，家里的事，定了就是定了，你再想还有什么用？也不能把你的个人意见，重新返回来，按照你说的做，我看你啊，就回屋吧，不愿意躺着就歇会儿，一会儿我做好了饭，就叫你们吃饭！"

六河说："不行，在这干点活，心里还敞亮敞亮，咱们家开那个家庭会，你们赢了，我输了，可是打心里往外说话，我没想通，也不服你们，我仍然认为我的想法对。"

玉翠说："谁的想法对，都得通过今年这一年到秋的收成来看，做一个比较就知道了，你现在想那么多干什么。"

六河说："玉翠，你不是不知道，我这个人，就是爱认死理儿，我也知道，事都这么定了，我再想也没用了，可一到晚上，我还是睡不着，我真是怕这地，叫新堂这小子给祸害了，我是怕收不回钱来。"

玉翠说："我不跟你说了，你要刨粪就刨吧，我得做饭去了！"

这时候，彩霞走出屋来，从她妈手里接过了柴火，进屋去了。

六河对玉翠说："我看哪，新堂这小子敢跟我这样，都与你在暗中支持有关，我可跟你说下，今年秋天，他种的那地要是收成不好，你也脱离不了关系。"

玉翠说："行！我承认和我有关系，但是你得听着，赔了和我有关系，赚了钱呢？也和我有关系吧？"

六河说:"你敢承认这点就好!我看你们的钱可赚不到哪儿去。"

4. 孙顺水家

武二秀坐在床边上,想心事。

这时家里的电话铃响了。

武二秀接过电话:"啊!是胖丫呀!这一大早的你打什么电话?你不用惦记我,这边没事,那个老太太和小石头还都睡着呢,你不用老劝我了,我们家里的事,我自己处理吧,撂了吧!你还得支摆摊卖货呢。"说完,就把电话撂了。

武二秀刚撂下电话,电话铃声又响了,武二秀操起电话不耐烦地说:"我说你这孩子是怎么回事?我说不让你说了,不让你说了,你还非说。"

听筒那边传来的是孙顺水的声音:"武二秀,你给我找我妈,我要说话。"

武二秀说:"你找你妈,她不在家。"

孙顺水的声音:"不可能,我妈从来没这么早出去过,你给我找她。"

武二秀说:"我说没在就是没在,你不信我也没办法。"说着,把电话挂上了。

电话铃又在响起,武二秀把电话听筒拿开,不再接电话了。

电话里,顺水喂喂了好长时间,终于不响了。

5. 五河家饭店门前

新亮帮珍珠推着摩托车从里边走出来。

珍珠一边戴手套和头盔,一边说:"新亮,妈问你,你和那南南到底是怎么回事?你是相中她了还是怎的?你给妈说个明白话!"

新亮说:"哎呀!你瞅瞅,你都把事想哪儿去了,是那么回事吗?那男青年和女青年在一起走个路,一起骑个摩托车,那就是非得有什么事啊!"

珍珠:"啊,这农村哪像城里?谁家的事儿都有人盯着!一会儿她驮着你,一会儿你驮着她的!村里人会怎么看?要是想处对象那是另外一码事,要是没那层关系,别走得那么近乎!"

新亮说:"我不都跟你说了嘛,就是人家知道养蟹的事,我觉得她在这方面能帮我,就骑摩托车把她驮家来了,在咱家饭店请她吃个饭,这有什么呀?"

珍珠说:"这回你出差,她不又是和你一起去吗?!我得跟你说下,咱们家的家风和别人家不一样,有的那小伙子找对象都一大把一大把地找,今儿这个,明儿那个,挑别人都挑花了眼!新亮,你要么就是别处对象,要真处了,你就了解好,真行,咱就一处到底!"

新亮说:"妈,你放心走你的吧,哎,妈,你可千万想着别忘了给胖丫捎鱼啊。"

珍珠说:"忘不了啊!我走了啊!"

珍珠发动摩托车,径自走了。

晨光中,是珍珠那张成熟而充满坚毅神情的脸。

新亮看着他妈走远了,踅身走回屋去。

6. 仙女湖边

早晨的阳光,照耀着湖水。

停在湖边的船上,有人在往岸上搬运水产品,一位手里拎着秤杆子的,正在称鱼的人对珍珠说:"你就是朱新亮的妈吧!"

珍珠问:"是啊!你怎么知道的?"

那人说:"这么早来我这儿取鱼的人,就这么几户,今天新亮没来,你来了,母子连相，看着不知哪块长得还真有点像呢！"

珍珠说："从今儿开始，就是我来取鱼了，新亮主要忙水面养殖上的事。"

那人说："大姐，这筐鱼就是给你们家的，你往摩托车上装吧，你都快五十岁的人了，还这么能吃辛苦，真叫我佩服！"

珍珠说："我没觉得我自己岁数大，我觉得我正当年哪，要从干事业的角度讲，我那饭店才办了两年，事业刚开始。"说着，把那筐鱼，搬到了摩托车边，往摩托车后面的鱼箱里装着鱼……

7. 村子至镇子的路上

新亮骑着摩托车上镇。

摩托车后，用绳子绑着个旅行兜。

8. 淮爷小卖店里

早晨。

淮爷、顺水妈、小石头和甜菊都在这里。

甜菊从外屋端进来两碗热腾腾的面条，面条碗里盛着荷包鸡蛋。

甜菊把面条放在顺水妈和小石头面前，回身又取过一碟咸菜和两双筷子说："大婶、小石头！快趁热吃吧！"说着把筷子分别递给顺水妈和小石头。

顺水妈用感激的眼神儿看着甜菊："哎呀，一个早饭，怎么还下上荷包蛋了？我们在你们这住，就是添了大麻烦，吃随意点儿就行了！"

甜菊说："也没特意做什么，这不都是家常便饭么！"

小石头接过筷子使劲地挑起一筷子面条要吃。

甜菊忙说："小点口吃，太热，别烫着你了。"

淮爷在饭桌旁一口一口地抽着闷烟，咳嗽了两声，说："武二秀这个败家娘儿们不是人，赶顺水跑船回来，跟她离了算了。"

这时候五河走了进来，看着顺水妈和小石头正在吃饭，就自己搬过凳子来坐下了。

甜菊问："哥，你吃没吃早饭呢？"

五河说："没呢，村子里的事，弄得我团团转，刚去了趟打井工地，不着急，我一会儿回家再吃。"

甜菊说："正好我面条煮多了，只是卧的荷包鸡蛋没有了，你对付吃一口吧？！"

淮爷看着五河说："你就在这吃一口吧。"

甜菊去外屋，给五河端过一碗面条来。

五河接过面条碗要吃。

顺水妈夹起自己碗里的一个荷包鸡蛋说："五河，大婶心里有火吃不下它，你把它吃了吧！"说着，就把那个荷包鸡蛋放进了五河的碗里。

五河说："大婶，别呀，你吃！你吃！"

顺水妈说："别推了，我真的是吃不下这。"

五河用筷子把鸡蛋夹开，取出鸡蛋黄说："这么着吧，这个鸡蛋黄我来吃，可这个鸡蛋清又软又滑的适合老人吃，大婶，你把它吃了吧！"说着，用筷子把鸡蛋清拨到了顺水妈碗里。

顺水妈有推辞的意思。

五河又说："大婶，你就吃了吧！现在鸡蛋对于各家农户来说，也算不上什么太好的东西了，我天天吃，你就别推了，你要不吃，那我也不吃了。"

顺水妈用筷子轻轻地敲了敲桌面说:"甜菊呀!五河呀!还有你们淮爷,你们都是好人。我和我孙子,是遇到好人了!"

五河一边吃着面条,一边说:"看那武二秀来不来把你们接回去。她要是长期这么下去,村上就到镇派出所告她,至少也得问她个虐待老人、虐待孩子的罪。"

顺水妈说:"五河呀!你们可千万别到镇派出所去告她去,不管怎么说,她现在还是我儿媳妇,你们不知道当老人的心哪,当老人的,就是遭多大的罪,受多大的苦,也不愿意给儿女添一点麻烦,要是我真影响了顺水和那武二秀两人的关系,那个家我不回去也行,不行就去镇敬老院。"

淮爷说:"那行吗?你有儿有女的,去敬老院,顺水和你后村那闺女能同意吗?"

顺水妈叹了口气说:"人活到我这把年纪,碰到这么个媳妇,弄得我左也不是右也不是,我太难了,我想我不如狠心死了,落个清爽静心,可这心里呀,又惦记着顺水和小石头,又死不起!"

淮爷说:"大妹子,你不用想那么多,今儿个你不是在我这儿住下了嘛,那武二秀什么时候来接你,你就什么时候回去,不来接你,你就在我这个小卖店住下去,有甜菊跟着你说话唠嗑,你和小石头也不愁住的地方和吃饭的事,上那闲火干什么?"

顺水妈叹了口气说:"只是要给你们添麻烦了。"

五河说:"我看,淮爷说得对,就依淮爷说的那样办吧!这个武二秀毛病是真多,指望她一天两天的就改好了也难,只能慢慢做工作。"

9. 镇上南南家服装店

早晨,南南在地上洗脸刷牙,南南妈给南南盛着饭菜。

南南妈问南南:"南南,这几天,有好几个小伙子,都上了咱家的门,我看,对你都有心思!"

南南说:"妈!我的事,你跟着乱掺和什么呀。"

南南妈:"你看你这孩子说的,你要不是我闺女,又是找对象这终身大事,妈不是怕你看走了眼么!"

南南一边洗着脸,一边笑着说:"妈呀,你可真有意思,你看见你闺女跟谁处了?什么走眼不走眼的!"

南南妈一边给她端来饭菜,一边说:"洗完了就吃饭吧,还要急着赶车呢。这次回江苏,是和朱新亮一起走?"

南南说:"嗯!"

南南妈笑了,说:"那妈就明白了,我看我闺女,和这朱新亮有戏了!"

南南说:"妈,你别这么想事,我们年轻人在一起,为了做事业,一起干点什么,这是正常的。"

南南妈看看南南,笑了笑没再吭声。

屋外摩托车响。

朱新亮走了进来。

南南妈笑着说:"哎哟,你来得正好,正好一起吃个饭吧!"

新亮说:"你们吃吧,我已经吃过了!"

10. "活济公"墩子家

玉树对在窗台下边编着"鱼须滤"的"活济公"墩子说:"爹,我看见你写的那个纸条了,你真把那个纸条给村上送上去了?"

"活济公"墩子瞅瞅玉树说:"啊!我送去了,不送去搁家干什么呀?"
玉树说:"爹!我看你送去也是白送。"
"活济公"墩子说:"谁说的?怎么会白送呢!"
玉树说:"挪那几棵果树和垫塘地出的那点力气,能值那么多钱吗?你也不想想,你提出向人家要十二万元,人家就给你了?"
"活济公"墩子说:"你小子懂个什么,他敢不给我?"
玉树说:"村上怕你什么?"
"活济公"墩子说:"不是怕我什么,是离了我,他就打不成这口深井,各家各户的自来水也引不出去,他不给我钱行吗?"
玉树说:"那你也不能讹人家呀!"
"活济公"墩子说:"我这合情合理地提赔偿要求,怎么是讹他们呢?你说,我的那些棵果树,我又浇水、又施肥的,剪枝、打杈了我费了多少工夫,这树给我挪了,把我今后的财路就断了,我这树多了不敢说,要不再给我结几十年果子没问题,你算算,几十年的果子能卖多少钱?我朝他们要十二万元还多吗?不多!"
玉树说:"我看不是多,而是太多了,你都要到天价了,我看你这不是找村里提赔偿要求,而是开玩笑呢!"
"活济公"墩子说:"开什么玩笑?跟谁开玩笑呢?"
玉树说:"你都不是跟村子上开玩笑,你是自个跟自个开玩笑呢!"
"活济公"墩子摆了一下手里的"鱼须滤"说:"你小子说这话是什么意思?"
玉树说:"明明不可能的事,你偏要那么做,这不等于把自己的手伸进自己的胳肢窝咯吱自己,逗自己乐嘛!"
"活济公"墩子说:"你不用跟我说这个,也不用打消我跟村子里要钱的积极性。你小子,把眼睛瞪得大大的、圆圆的,你看着你爹怎么把钱从村子里要回来。"
玉树说:"要是要不回来呢?"
"活济公"墩子说:"他勘测好的水线,已经开工定点打的水井,能白费嘛,他支好的帐篷,能搬迁吗?你小子,净冒虎话,胳膊肘往外拐!"
玉树说:"我要是村主任,我就宁可不在你家的塘地打井了,这个钱我也不能让你得了。"
"活济公"墩子说:"可惜你不是村主任,用不着你拿话来诽谤你爹。"

11. 镇子的街道上
上午。
胖丫在摆摊卖瓜子和花生。
珍珠骑着摩托车驶了过来,说:"胖丫!"
胖丫说:"呀!这不是珍珠婶子嘛,你怎么来了?"
珍珠说:"你新亮哥要出差,我就来送鱼了,先给你家送过来了,还有好几家没送呢!"
胖丫说:"呀,我没想到,是珍珠婶子你来给我送鱼。"
珍珠从鱼筐里拎出一大袋鱼说:"不管先送后送,鱼都是事先分好的,这是你这份。"说完,把那袋子鱼摆在了胖丫的摊床上。
胖丫打开塑料袋一看那鱼,高兴地咧嘴笑了:"哎呀,和新亮哥送的鱼一模一样!真得谢谢婶子你呢!"
珍珠说:"你看你这胖丫,跟我怎么还客气起来了?忘了你小时候,到我家闹着让我给你烙糖饼吃，不给烙还不行呢，这人一大了，又到了镇子上做生意，还学会客气了。胖丫，我怎么看你都是个孩子，婶子没拿你当外人。"

胖丫说："珍珠婶子，我也不是跟你客气，你看你们家人，都这么热心地帮我，我又没什么好回报给你们的，如果我连句谢话都不说，那也太不懂事了。"

珍珠说："放心吧胖丫，这一阶段，珍珠婶子天天给你送鱼。"

胖丫说："大恩不言谢！那我就不说谢话了。"

珍珠说："你要没事，我就走了，我还得到那边去给别人家送鱼呢。"

胖丫说："哎！婶子，我可看见新亮哥和南南在一起了，我说句公道话，俩字：般配！"

珍珠淡淡地一笑说："他们就是一般认识，没什么太深的关系，说不上什么般配不般配的呢。"说完，骑着摩托车走了。

12. 公共汽车上

车上坐满了人，新亮和南南并肩坐在一排座位上。

南南说："你从农业技术学院毕业，就回村搞起了水产品贩运，你是怎么想的？"

新亮笑笑说："也没怎么想，我学的是农业技术，不回到农村，所学的知识，就没有用武之地了，我妈办了饭店，我爸种地家里也挣了一些钱，可那都是父母积攒的钱，不是咱个人能力的体现，我就想先从小事做起，吃点苦受点累没什么，通过贩卖鱼什么的，赚点钱，再逐步地搞水面网箱养殖，一点一点地干起来。"

南南说："你这个想法好，现在有一些年轻人，不自立，老依靠爸爸妈妈，在这方面我和你想法一样，事业都是人干出来的，靠闯劲闯出来的，人只要敢想敢干，又会干，那就没有干不成的事。"

新亮说："我现在还是做着不少梦，我的眼光还没有完全放在这个水面网箱养殖上，我想一旦网箱里的鱼呀蟹呀养成功了，我还要办一个饭店，在岸上开一个水产品批发公司，如果我妈愿意到镇子上办饭店，我就把我的水产品批发公司和她的饭店搞在一起。当然，这都是以后的事，现在还是个梦。"

南南说："我们年轻人，都应该是有梦的，有梦的人生才更美丽！"

车窗外，掠过无尽的原野。

13. 五河家蔬菜大棚内

玉翠、彩虹和彩霞，正在这里择菜。

彩虹一边摘着菜一边说："我看哪，咱们三个新上灶的，二姨进步最快！"

玉翠说："现在是，我比你们两个做饭有点经验，可过一阶段就不好说了，你们俩比我有文化，老拿着书看，干什么都怕学呀，一学，就会了！我文化没你们高，看书，费劲！"

彩霞："妈，我们可以给你念给你听啊，你要做哪道菜，我们在书上找着，给你念！"

彩虹说："那二姨就得进步得更快了！一年以后，就是大厨师了！"

玉翠："彩虹！你这鬼丫头，连你二姨我也嫉妒哇？"

彩虹笑着说："你看你把话听哪儿去了，不是嫉妒你，是祝福你！"

玉翠："要祝福，就都祝福！我也祝福你们都成为大厨师！比对门那刘喜子都强那才好呢！"

14. 刘泥鳅家饭店门前

有服务员在擦玻璃。

15. 五河家饭店内

珍珠从门外走了进来，拎着肉，还有一包鱼。

彩虹对珍珠说："妈，你回来了！我二姨和彩霞今天过来得也早，我们正在学炒菜呢！"

珍珠对彩霞说："彩霞，你不是要张罗去镇子上买书吗？什么时候去？正好我回来了，店里的人手也还够用。"

彩霞听了这话说："大姨，那我就请半天假了。"

珍珠说："这怎么能是请假呢？你到镇子上去买书，也是饭店里的正常工作，这是为了提高员工的素质，半天一天都行，你就去吧。"

珍珠又对彩虹说："彩虹！你骑不了摩托车，还能骑自行车，你就推着自行车，把这些东西，还有你们摘的菜，给工程队送去吧。"

彩虹说："妈，你一大早就跑出去了，也累了，你先歇会吧。这些东西，我一会儿去送。"

16. 田野里

六河在自家荒着的稻田里平整土地。

旁边有油绿的麦田。

一位农民从田埂旁经过，说："六河，春稻插秧还得一段时间呢，现在就准备上了？"

六河："早动手比晚动手强啊！"

那人说："不愧是干庄稼活的老把式啊，这地平整得好啊！"

六河："不行啊，地里的活还是没干好啊，把地平整成这样，在家里还经常挨批评哩！"

那人笑着说："净说笑话，家里还有人敢批评你啊！"

六河有几分认真地说："哎，可不全是和你说笑谈，新堂他们都说我是老落后呢！"

那人笑着说："哈哈，有时候挨点儿批评也好啊，不然在家里头，天老大，地老二，咱就是老三的，就自个儿说了算，也难进步哇！我在家里也挨过批评啊！"

六河说："我不像你啊，心大，我挨了他们挤对，心里犯堵哇！"

17. 工程队工地上

工人们都在干着活。

彩虹推着自行车走了过来。

李水泉一见说："彩虹来了！又给咱们送东西来了。"说着，上前拎过了彩虹自行车上驮着的东西，他打开那袋鱼一看，说："呀！这鱼天天这么新鲜！还直鼓鳃嘎巴嘴呢！菜也新鲜！娇绿娇绿的！"

彩虹说："菜是刚摘下来的，鱼也是刚驮回来的。"

李水泉把东西递给一个工人师傅，转身又对彩虹说："彩虹啊！我看你给我们的单子上，怎么光有鱼肉的价钱，没有青菜的价钱呢？"

彩虹："这些天，你们吃的青菜，都是我家大棚里的，我妈我爸都说不算钱了！"

李水泉说："彩虹，那不好吧？我们该给钱得给钱啊！"

彩虹说："哎呀，你们城里人别瞧不起我们农村人啊，那能值几个钱？"
一位工人说："哎呀，原来真没想到乡下的农民，现今也这么大方！"
彩虹说："不就是给你们送点儿青菜吗？你们来村子里打井，也不容易，我们做这点儿事，不算什么！"说完，笑了。
李水泉认真地看着彩虹说："彩虹！我发现你身上有一种美，是一种朴实的美，你看你这一笑，真好看！"
李水泉的一句话，把彩虹给夸红了脸，故意努着嘴说："谁要你夸啊，再夸，我明天可就不敢到这儿来给你们送东西了。"
李水泉小声问："为什么不敢来啊？"
彩虹说："你们是城里人，我是乡下人！"
李水泉说："什么城里人乡下人啊？现今生活节奏变化这么快，在中国大地上，有多少乡下人都变成了城里人了！乡下人过的日子，也快和城里人一样了！"
彩虹："李队长，你真这么瞧得起我们乡下人啊？"
李水泉回头看看身边没人，就小声说："彩虹，你不来可不行，真的！"
彩虹说："为什么呢？"
李水泉说："我们这儿有人想你。"
彩虹脸红了，说："你真能胡扯，我才不信呢。"
李水泉说："信不信由你，反正我告诉你了。"
彩虹说："那你说谁想我了？是那帐篷想了，还是那口刚打上的水井想我了？"
李水泉说："都不是，是人！"
彩虹说："谁呀？"
李水泉说："也可能远在天边，近在眼前！"
彩虹的脸更红了。
彩虹说："是你？"
李水泉笑着说："彩虹，你先回吧，有些话，现在不说了，有时间我去找你。"
彩虹羞涩地看了李水泉一眼，推着自行车走了。
李水泉望着彩虹的背影，笑了。
这时候一个工人师傅一边干着活，一边跟李水泉说："水泉呀！是不是你看上人家彩虹了？行，你小子有眼光，那天我们一见到彩虹，我就看出来了，这是一汪没经过任何污染的、纯净透明的清泉水！"
李水泉笑笑说："光我一厢情愿不行，还不知道人家能不能看上我呢！"

18. 村里去镇子上的路上

村口，彩霞穿着比较新的衣服，骑着自行车走了过来。
玉树骑着"倒骑驴"从那边走了过来。
他们走了个碰头。
玉树看见彩霞就打着招呼："呀！这不是彩霞嘛，你这是要去干吗？"
彩霞说："我要上镇子，去书店买几本有关烹饪知识的书。"
玉树说："正好我也去镇子，往回运饲料，咱们一起搭伴走吧！"
彩霞说："好啊！虽然没多远，可还是有人一起说说话好！"
玉树和彩霞骑着车，一起往前走。
玉树说："彩霞，从打高中毕业后，我就没怎么见过你，我觉得你比上学那阵子长得好看了！"

彩霞说:"是吗?我倒没觉得,我觉得我还是先前那个样儿,不过玉树哥,你倒是瘦了,人也显得老成了,你喂的那些鸡呀鸭呀鹅呀猪呀羊呀,一天到晚也够你操劳的。"

玉树说:"累是真累,苦也是真苦,脏也是真脏!可我还真挺高兴的!人哪,都是干着今天的,想着明天以后的希望,希望的小鸟就在咱们的前面飞,谁都想抓住它,可是有人能抓住,有人抓不住,我总相信我这么干下去,希望的小鸟也可能就不用我去抓它了,有一天,它自己就蹦到我手上来了!"

路边的地里,六河注视着他们。

他看见玉树和彩霞骑着车子,走过去了,就眯起眼睛看了好半天,自言自语地说:"那个小子是谁呀?是不是'活济公'墩子家的玉树呀?!"

彩霞说:"玉树,你为人好,又能吃苦,不怕挨累,不像你爹,不干什么实际事,总想挣巧儿钱,我看你将来一定能成大事。"

玉树说:"能不能成大事,现在还不敢说大话。哎,彩霞,你在饭店里,不是当服务员嘛,怎么又买上烹饪的书了?"

彩霞说:"正在学厨师呢。"

玉树惊讶地说:"是吗?!等你哪天把菜炒好了,独自上灶了,告诉我一声,我到你们饭店,去品尝品尝你做的菜。"

彩霞说:"你真能去怎么的?那你就去吧,我不会让你太失望!到时候真露一手给你,尝尝我炒的菜。"

玉树说:"我最愿意吃的菜,其实就是'拔丝地瓜',热乎乎地蘸凉水,又甜又脆一夹还直起丝儿,做那个菜,得要真功夫,一般的厨师做不了。"

彩霞说:"好!你等着,现在我还不会做这个菜,等我学会了,就做给你尝。"

玉树说:"那太好了,以前只是在县里的饭店吃过,镇子上的饭店里现在都没有这道菜,你要会做在村子里就能吃上,那是最好不过了。"

两个人说着一起向前骑去。

19. 五河家饭店内

珍珠、玉翠、彩虹都在忙。

门开了,六河走了进来。

他进来以后,见玉翠、彩虹正在厨房里洗菜,就冲她摆摆手。

玉翠看看他说:"六河,你找我有事啊?"

六河神神秘秘地:"你出来一下。"

玉翠说:"什么事啊?这么神经兮兮的?有话就说呗,这里也没外人!"说完,还在忙着手里的活儿。

六河对玉翠说:"我说老婆子,你知道不知道,咱家那彩霞什么时候跟'活济公'墩子的儿子玉树好上了呢?"

玉翠惊讶地张大了嘴巴说:"你可别瞎说了!他们俩好上了?哪有这事,我压根儿不知道啊!彩虹,你听说有这事吗?"

彩虹说:"没有哇,彩霞没跟我说过呀!"

玉翠说:"彩虹都说没有,那指定就是没有,要有那事,她不跟咱俩说,也不能瞒她姐!"

六河说:"我说你真是个傻老娘儿们,我的话你都不信,人家两个好上了!你成天老觉着和彩霞在一起,对你那姑娘,了解得像自己的手指头上的细纹儿似的,可是没看住吧?人家和玉树好上了你都不知道!啧!还得我告诉你!"

玉翠说:"真的假的?"

六河说:"这还能假吗?我亲眼看见的。她和玉树俩成双成对地骑着车子,进城去了。你说?这不是事先约好的,怎么能赶那么巧呢?这些年我也没少上镇子,我怎么就没遇到哪个女的上镇子,和我碰到一起走呢?"

彩虹说:"叔,碰巧的事也兴有,你说的也不一定对,等彩霞回来,我问问她!要有这事,她肯定不会瞒着我!"

六河说:"不信我,你就问吧!"

玉翠说:"要是真有这事,也没什么不好的!依我看,玉树那孩子挺好!"

六河说:"可他爸'活济公'墩子那人,又懒又馋,脏了吧唧地不务正业,把姑娘嫁给他家,我觉着心里可不太得劲儿。"

玉翠说:"你看这八字没一撇的事,你在这瞎说什么呢?彩霞一回来,事就问明白了,你该干吗干吗去吧,就因为这点事,也值得你来找我一趟。"

六河说:"这还叫这点事啊,那什么是大事啊?新堂和彩霞处对象的事,那就是咱家最大的事!"

玉翠说:"我看刘泥鳅家那洋洋,那天看花鼓灯的时候,一个劲儿往新堂跟前挤,那闺女八成是对新堂有意思。"

六河说:"你说的不就是刘泥鳅家那个洋洋嘛,不行,你看她爸那个样,一天嘚嘚瑟瑟的,洋洋现在在镇子上开美发店,你瞅那脸抹巴得油光锃亮的,都快成镜子面了,能反光照见人了,可是没有一点肉色儿,咱是庄稼人,我不稀看她那个样儿,她追新堂也白追!"

彩虹说:"叔,新堂和彩霞找对象,主要还是得看对象本人,你怎么老看不上人家爹呢?!那不是主要的!"

六河:"那怎么不主要啊?那很主要哇!新堂的对象不着急,镇子上有一个熟人跟我说了,说镇子上有一个副镇长的闺女,过去跟新堂是同学,'人往高处走,水往低处流',副镇长家这个闺女,要是能跟新堂成了,那挺好!"

玉翠说:"你光说挺好不行啊,人家新堂干不干哪?那闺女你见过呀?"

六河说:"没见过,但是一提名字,新堂就能认识,现在这小子,凡事都跟我较劲,我要一跟他说这事,他保证反对,那就把这事给整黄了,我看哪,还是你把这事跟新堂透透话,看行不行,要行的话,我就给那边回个话,等哪天就去镇子上那女方家看看。"

玉翠说:"那个女孩叫什么名?"

六河说:"说是姓王,叫什么名我还真没记住,说是长得还挺好看的。"

玉翠说:"你看你,什么记性!连名都没记住,我怎么跟新亮说啊?行了,我这正忙着呢,菜得抓紧洗出来,一会儿就要上客人了。"

六河转身走了。

玉翠继续忙着。

20. 刘泥鳅家饭店里

刘泥鳅正坐在小板凳上,在饭厅里择菜。

"小广播"又拿过几棵葱来,扔在他面前说:"把这几棵葱也扒了,扒完这些葱,就去扒蒜,那边有几十头蒜没扒呢,等扒完了蒜,就去搅肉馅,今天你一天的活我都给你排满了,你也得干点儿了,让你太闲了,就容易闲出事来。"

刘泥鳅一边择着菜,一边对"小广播"说:"在自己家里干点活,这是正常的事,可话一到了你的嘴里就变味了。我哪天闲了?闲出什么事来了?"

"小广播"说："我没说你闲出什么事来了，我不是说容易闲出事来吗？"

刘泥鳅指指饭堂里的服务员说："以后你当着这些人的面，跟我说话，措辞都注意点，容易影响我声誉和威望的话，你都不能说，不管怎么说，在这个店里，大小我还是个老板，你可不能当着大家伙的面，惹急眼我，你要是给我好看的话，可别说我哪天给你个下不来台。"

"小广播"用眼睛盯了刘泥鳅一眼，说："行啊！脾气见长，看来我还是没修理好你！"

刘泥鳅还要跟"小广播"说什么。

这时候"活济公"墩子走了进来。

刘泥鳅抬眼看看"活济公"墩子，没吱声，等着"活济公"墩子说话。

"活济公"墩子来到刘泥鳅面前，说："哎呀，这是怎么了？我的大兄弟！瞅你这脸色怎么像有点不太高兴似的呢？看着我进来了，怎么就没跟我吱个声呢？

刘泥鳅说："找谁？找我啊？什么事儿，说吧！"

"活济公"墩子一拍大腿，说："要不说刘泥鳅你这老弟，说话痛快呢？我一来，你就猜到我有事了！我还是真有事求你！"

刘泥鳅说："有事求我？我能帮你什么事啊？"

"活济公"墩子说："话别这么说呀，一个村子住着，谁求不着谁呀，你不是村主任，可你却是村委会成员。"

刘泥鳅一边择着菜，一边不耐烦地说："你就不用绕弯了，找我什么事？你就直说吧！"

"活济公"墩子说："朱五河说让我对那赔偿问题，先提个数，我就提了一个单子递给他了，可是他没怎么看，就说我提高了，我跟他说了半天，他才答应，等村委会研究研究。我一寻思，那一到研究这步，那许多事儿不就没门了吗？你们村委会就那几个人，每个人的意见都挺主要的，那也不能就朱五河一个人说了算是吧？"

刘泥鳅："啊，这时候，你又想起我来了？"

"活济公"墩子说："我找谁去？那朱六河是朱五河的堂兄弟，我能找他吗，找不好还不得说我串通村委会成员，看把事弄砸锅了，想来想去，我就找你来了，我就寻思大兄弟你肯定能帮我这个忙，在村委会上帮我说句话。"

刘泥鳅："让我帮你办事，你可没请我喝酒哇！"

"活济公"墩子说："那是，这么的还不行么，上次你答应我的那顿酒我不喝了，咱俩就算互相抵消了！行吧？这不也就算怪合适的！"

刘泥鳅笑了："你呀，真是个老油条，我真斗不过你！"

21. 淮爷家的小卖店内

淮爷正在里屋扎着彩色风车。屋子的墙上插着一些风车。

甜菊在外屋，在灶台旁蘸糖葫芦。

小石头站在一旁看。

甜菊把一串蘸好的糖葫芦递在小石头手上说："想吃吗？那就先给你一串吃！"

小石头接过糖葫芦，嘻嘻一笑，咬了一口说："甜菊姑，好吃！"

里屋，顺水妈在和淮爷说着话。

顺水妈说："甜菊这闺女，真是太好了。昨天晚上睡觉前她不但给我打了洗脚水，还给我洗脚，一点也不嫌乎我这上了岁数的老婆子，人啊！都得认命，我这辈子是没这好命了，要是能摊上甜菊这么个好儿媳妇，我就是死也就闭上眼睛了。"

淮爷说："顺水要是回来，真跟武二秀离了婚，以后再找媳妇，可得睁着眼睛找，再不能找个武二秀那样的。"

顺水妈说："甜菊好不好？是真好。可惜跟我们家顺水配不上，顺水都已经先后找过两房媳妇了，可人家甜菊还是个黄花大闺女呢！"

淮爷说："天下的女人多的是，顺水肯定能找到好的，像武二秀那样的女人，天底下有几个？"

顺水妈说："可就她这一个，就偏偏让我摊上了。"

淮爷说："大妹子，武二秀她不来接你们，你们就安心在我们这住下去，上了岁数的人，想事，都得多往宽的地方想，不然成天老想这点愁事，慢慢就会把你愁出病来。"

这时候，小石头手里拿着糖葫芦，跑进来，递到他奶奶嘴上说："奶奶，你咬一口，甜菊姑姑蘸的糖葫芦，可好吃了。"

顺水妈咬了一口，说："嗯！好吃好吃！"

淮爷看着顺水妈和小石头那副高兴样儿，笑得很灿烂。

顺水妈嘴里嚼着小石头送来的那口糖葫芦，嚼着嚼着，她的眼里却汪了泪……

22. 刘泥鳅家饭店

刘泥鳅问："什么？！你想让村上赔你十二万元？"

"活济公"墩子说："啊，这还多么？我没要几十万元，好像要讹村里似的，咱村里，不还有个村办企业砖窑嘛，一年有几百万元的进项，给我家赔偿这点钱，村上是有这个能力的。"

刘泥鳅说："你说村里办的那个砖窑，每年有几百万元进项那不假！可村里要拿这个钱，加强基础设施。你朝村委会要这么多钱，我看啊，通不过。"

"活济公"墩子说："刘泥鳅，你真不够意思，你看你大哥我，舍皮无脸地来求你，你不但不帮忙，还给我上课，你比朱五河还朱五河！行了，我不求你行了吧！就这么着吧！"说完，气冲冲地往外走。

刘泥鳅也没站起来："走哇，不送啊！"

"活济公"墩子走出门外，又拉开门，对刘泥鳅说："你跟那朱五河说啊，在我家塘地上，工程队的深井要打不成，那可别怨我呀！"说完就走了。

刘泥鳅一边择着菜，一边说："哼！你'活济公'肚子里的几股弯弯肠子，我还不知道，想你装枪让我去放，我刘某人得你什么好处了？我才不给你搂那个火呢！"

23. 镇子上的新华书店内

彩霞在书架前翻着书，她手里已经挑好了几本书了。

这时候，玉树走了进来，说："彩霞，书还没挑完呢？"

彩霞说："你看，我真没想到，咱们镇的新华书店里，还有这么多有关烹饪知识的书，各种菜系的都有，我这正看呢，有用的就得多买回几本。"

玉树说："你挑吧，我也买几本书。"

彩霞说："你不是来买饲料吗？"

玉树说："买完了，在外边车上装着呢，没不了。"

彩霞说："你想买几本什么书？"

玉树说："我想买几本小说看看。"

彩霞一边看着书一边说："哦！你想买小说呀？真不知道，你还喜欢看小说，挺浪漫的呀！"

玉树说："喜欢看小说就浪漫了？你这话说得可不对，我看的都是现实主义的小说！"

24. 刘泥鳅家饭店内

"小广播"跟刘泥鳅说："你说咱家这喜子是怎么的了？这两天怎么就像走火入魔了似的呢？自从见到朱新亮用摩托车驮了南南，回来就茶不思、饭不想的了，上灶炒菜也没心思了，刚才又炒了菜上镇子去了，你说喜子老照这样下去，拿着热脸贴人家凉屁股么？这也不行啊。"

刘泥鳅说："你不是有能耐吗？这事跟我说什么？对我都能拿着鞋底子训斥，你还管不好你那个儿子的事？！"

"小广播"说："你说什么呢？告诉你，我这可跟你说正经话呢，你别不拿我跟你说的这话不当回事，要是有一天，咱家刘喜子，因为这事受了刺激，精神不正常了，我可拿你是问。"

刘泥鳅说："拿谁是问哪？现在这家里事不都明摆着呢嘛，你是家里一把手，什么事都你说了算嘛，一会儿指挥我扒葱，一会儿指挥我扒蒜的。我也想好了，我就是磨磨的驴，听喝！家里的事由你管吧。"

"小广播"赌气地转过身去，声音不大给他扔下一句话："你等着的，现在人多，'你破草帽子晒脸'，我给你留面子！你等着没人的！"说完，走进厨房。

刘泥鳅笑笑，自言自语地说："'驴驾辕，马拉套，老娘儿们当家瞎胡闹'，你不是乐意当家嘛，乐意管个人嘛，让你也尝尝这难受的滋味！"

25. 镇子去往村里的路上

这里离村子已经不远了！

玉树和彩霞各自骑着车子，走在这里。

玉树的三轮车上装着满满的饲料，遇到一个坡路，玉树蹬起来有些费力，彩霞见状就停住自行车，下来在后面帮他往坡上推，玉树在前边拉着三轮车，边拉边说："往常上这坡都没这么费劲，今天是赶上多拉了两袋。"

彩霞说："没事，就这么个坡，咱两个一起使劲，就上去了。"

"倒骑驴"在玉树和彩霞的共同推拉下，慢慢地驶上了坡顶。

彩霞回身又去取自己坡下的自行车，推着自行车向坡上跑。

玉树站在坡上说："彩霞！你慢点，我等你！"

彩霞把自行车推到了坡顶，脸上有了汗水，撩起围巾擦了一把，见玉树的脸上也是汗水，就用自己的围巾给他擦了擦。

玉树说："哎呀！可别用你的围巾擦了，看把你的围巾弄脏了。"

彩霞说："这是什么话呢？脏了，回家洗洗不就完了。"

玉树用鼻子嗅嗅说："呀！哪儿来的这股香味？"

彩霞说："哪有什么香味啊？我怎么没闻着。"

玉树又嗅嗅说："哟！我以为是风刮过来的呢，不是，是你刚才围巾上的香味。"

彩霞一听这话，看着玉树笑了。

玉树看见彩霞冲他笑，也冲彩霞笑了。

就在这时候，刘喜子的摩托车和他们走了个碰头，从他们身边经过，刘喜子看看他们俩，招招手就过去了。

玉树问彩霞："刘喜子这是上他妹妹洋洋那去了？"

彩霞说："他呀，这两天，老往镇上跑，是盯上那天来村子里唱民歌的那个南南了。"

玉树说："那南南不是跟新亮哥去江苏了吗？"

彩霞说："什么叫当事者迷？刘喜子就是。"

玉树又问："新亮哥和南南的事能成不？"

彩霞说："我哪知道。哎！玉树，我听说你爹托人给你介绍对象了，你去看没？"

玉树看看彩霞说："你问这干什么？"

彩霞笑笑说："问问，还不行啊。"

玉树说："那是他的想法，不是我的想法，你要想问，就问他去吧！"

彩霞听了这话，似有所悟，没再说什么。

两个人骑着车子，向村子走去……

在路旁的一棵树后边，六河露出头来……

（第八集完）

第九集

1. 镇子的街道上

刘喜子骑着摩托车，从胖丫的摊床前经过，胖丫见是刘喜子，就招了招手喊："喜子哥！是不是又来给南南家送饭来了？"

刘喜子点点头，没说话也没停车。

摩托车就从摊床前驶过去了。

胖丫望着刘喜子背影说："人啊！该把心思用在有用的地方，眼瞅着是不行的事，怎么下功夫不也是白搭吗？"

2. 洋洋理发店

刘喜子的摩托车停在了这里。

洋洋见是刘喜子来了，就停下手里的活计，迎出门来，把刘喜子拽到一边说："哥，你干什么来了？你又来给南南家送饭来了？"

刘喜子说："怎么的了？不能送吗？"

洋洋说："我看你今天还是别去了。"

刘喜子执拗地说："怎的呀？我给她家送点饭，还送出什么错来了？那朱新亮和南南的关系不是没确定呢吗？那我就还得往上冲啊！只要我和南南的事，还有一线可能，我就不会放弃！这个饭，我就一直给她家送下去，一直送到南南她妈管我叫姑爷的时候为止！"

洋洋一听这话笑了，说："是，功夫不负有心人！可是今天南南没在家，就她妈自己在家呢！"

刘喜子问："那南南呢？"

洋洋说："说是回江苏老家那边进服装去了。"

刘喜子说："那这饭就更得送了！人家不都说嘛，姑爷是老丈母娘的！南南没在家，这不正好给我提供一个表现的机会嘛。"

洋洋笑着说："你非要去送啊！那你就去送吧！"

3. 南南服装店

南南妈正在屋里裁剪服装。

刘喜子走了进来，他说："大婶，您忙呢？"

南南妈抬头一看，见是刘喜子，客气地说："呀！这不是刘喜子嘛，那天你给我们送的饭，我都吃了，你这孩子手艺不错，菜炒得好吃！"

刘喜子一听南南妈夸奖自己，脸上漾出笑容，就说："大婶！你要喜欢吃我做的菜，这好办，我可以天天给你送，随时给你送，今儿个我到洋洋那儿说点事，顺便又给您把饭菜带过来了，南南不在家，我就更得照顾你了。"

南南妈一听，就说："喜子！我看得出来，你是个好孩子，可是大婶吃饭简单，没那么复杂，打这往后，你可不能再给往这儿送饭送菜的了。"

刘喜子一听这话："大婶啊！看来你是没和我刘喜子处长，我这人实在，你怎么还跟我客气上了？！"

南南妈说："不是客气，我们南南就去帮你们家演过一次小节目，那不算是个什么了不起的事，你这么上心回报我们，我觉得人情有点太重了，大婶这心里有点搁置不下。"

刘喜子说："大婶，饭菜就给你放这儿了，一会儿忙完了，你就抓紧吃吧，家里那边饭店还忙着呢，我就抓紧回去了。明天中午你要吃什么饭菜，往我们家饭店打个电话就行，我就给你送来。"

南南妈拎起饭菜说："别的了，不但你明天和往后不能再给我往这儿送饭送菜，今天你送来的饭菜你也拿回去吧。"说着，就把饭菜就往刘喜子的手上递。

刘喜子转身就往门外走，边走边回头说："大婶，我说不让你客气，你就别客气，你说咱娘俩这点饭菜的事，算什么呀，你客气个什么劲儿呢？！"

4. 南南家服装店外

南南妈一直追到了外边。

5. 洋洋理发店门前

可刘喜子已经走到洋洋的理发店门前了。

南南妈拎着饭菜追了过去。

刘喜子一边发动摩托车，一边说："大婶啊！你看你怎好这样呢？当大侄儿的一点心意，你要真不想吃，那就扔了得了，这么老远我给您送来了，也不能再带回去呀！"

这时候，洋洋从理发店走了出来，用手接着南南妈手里的饭菜，说："哟！大婶，我哥都给你送来了，你吃了就得了，南南不在家，你一个人就省着再做饭了。"

南南妈说："别了别了，洋洋，还是你拿回屋去吃吧，大婶我有现成的饭菜，南南不在家我一个人好对付。"

洋洋只好接过饭菜。

刘喜子不满地看了洋洋一眼说："洋洋，你懂不懂个事？我给大婶送的饭菜，你接过来干什么？"

洋洋说："大婶都给送过来了，我不接过来怎么办？"这时候，洋洋看见南南妈已经转身往回走了，就小声对喜子说："人家不要，你还非给人家，你有病啊你？"

刘喜子横了洋洋一眼说："谁有病？我看你才有病呢！你要是想吃这饭菜，我给你做，别搅了我的事！"

洋洋又对喜子说："哥呀！你别傻了，南南妈把你这饭菜退回来了，你还不明白什么意思？我看呢，你明天可不能再送了！"

刘喜子说："你这个妹妹呀，什么事儿也指不上你！晚上没什么事的时候，你过到那边，去给哥摸摸情报，说说好话，不行吗？明天我还往不往这送饭，晚上我等你个信儿不

105

就得了。"

洋洋说:"行吧!"她用手拎起那饭菜说:"那这饭这菜我可就吃了,我就省了做饭了。"

"听你这话,还行吧,一点儿都不积极!不像你哥我,答应事儿干脆,这饭菜你吃吧!"说完,刘喜子不高兴地骑着摩托车走了。

6. 刘泥鳅家饭店内

刘泥鳅从玻璃窗上往外看了一会儿,回身对正在忙着的"小广播"说:"不对劲,我瞅着对门彩虹那闺女,这些天借着由头老往工程队的工地跑,我想啊!这里头肯定有点事,我仔细琢磨来琢磨去,我琢磨明白了。"

"小广播"问:"什么事啊?我知道,他家就是给工程队送青菜,代买鱼和肉什么的。"

刘泥鳅说:"不完全是,我看哪!工程队那个叫李水泉的人,小伙儿真的不错,人也挺好的,我看彩虹八成对他是有意思了。"

"小广播"说:"你可别扯了,人就往那儿送点菜什么的,那就是对李水泉有意思了,就算她对李水泉有意思,人家那小伙子可是县水利局的干部,会相中她一个农村闺女家呀?!别扯了!"

刘泥鳅说:"有些事,看着不可能的事啊!有不少到最后都变成可能了。所以,你想事不能就是一根直肠子,我看,咱不能眼瞅着彩虹这么追李水泉,咱们坐视不管。"

"小广播"说:"人家两个人的事,你掺和什么呀?"

刘泥鳅梗着脖子说:"什么叫掺和?那这事不是和咱家有关系嘛,咱家不还有一个洋洋呢嘛。"

"小广播"说:"你什么意思?你是说想把洋洋介绍给那个李水泉?"

刘泥鳅说:"我看哪,刘喜子和南南的事肯定是要泡汤,咱家喜子比不过那朱新亮,可是,洋洋要是和彩虹争这个李水泉的话,彩虹就不是咱们洋洋的对手了,洋洋不管怎么说,那也叫在镇子上开个美容美发店,是个小老板,目前事业干得比彩虹强,我看呢,就着彩虹和李水泉这事,还没怎么样呢?咱们家该下手就得下手了。"

"小广播"说:"那两家饭店竞争,那两家孩子感情上的事,那也竞争啊?"

刘泥鳅说:"这话说的,眼下就是竞争的年代,你不竞争那好事你能争来呀!"

"小广播"说:"李水泉那孩子我是见着了,小伙子真不错,要是真跟咱家洋洋成了,别说,他俩还真般配,那咱是不是得找个人,给咱去说说这事啊!"

刘泥鳅说:"本来有个最合适的人,就是武二秀,可是这娘儿们这两天,因为家里打仗的事正闹心呢,咱们找她去说这事,她肯定不能给办,那这事啊!只求'活济公'墩子了,可千万不能去找六河,人家和五河家都连着亲呢。"

"小广播"说:"那'活济公'墩子不是来过了,说是要有什么事要求你,我看你也没给他面子啊。"

刘泥鳅说:"你知道什么?这叫欲擒故纵!正因为他有事求咱们,我现在找他去说这个事,他才肯定积极。"

"小广播"说:"那你就找个适当的机会,叫他去跟李水泉说说吧!"

7. 镇子街道上

刘喜子骑着摩托车经过胖丫的摊床。

胖丫喊住了刘喜子。胖丫说:"喜子哥,你站住!"

106

刘喜子用两脚支住摩托车说："你找我有事啊？"

胖丫说："有事没事的，过来跟你说句话就不行啊？你过来。"

刘喜子不怎么太情愿地来到摊床前说："有话快说，没看我这正忙着呢嘛？"

胖丫拿眼睛看着刘喜子说："给南南家的饭菜又送去了？一天到晚骑个小摩托车悠悠儿地，饭菜送得可挺勤哪！那南南妈把你送的饭菜收下了？"

刘喜子说："别问没用的，你到底要跟我说什么事吧！"

胖丫说："哎呀！我看见朱新亮和南南一起去江苏了，他们两个人在一起说说笑笑，亲亲密密地好像关系可不一般，你说？这南南姐的民歌唱得这么好，人长得也漂亮，要是真跟新亮哥成了，那这个事可是真不错呀！你说呢？"

刘喜子看看胖丫说："你跟我说这话是什么意思？你别在这儿乱说好不好，你以为我不知道哪？那南南和朱新亮也就是一般认识，没什么太深的关系。"

胖丫看看喜子，嘿嘿一笑说："喜子哥呀！我是看你人挺实在的，在这个事上，我可不是给你打破头楔儿，我看你和南南没戏。既然没戏，就别没完没了的，老上赶着追人家了，送那么多饭菜也是白送！你看见了没有？有时候苍蝇要是飞进了玻璃瓶子里头，觉得四面都光明锃亮的，可是出路还是很小啊。喜子哥！你可千万别当这飞进玻璃瓶子的苍蝇。"

刘喜子说："你有事没事？你才是苍蝇呢！这个事没你事，你跟着像只苍蝇似的嗡嗡什么？行了，不知道朱新亮给了你什么好处了，你这么向着朱新亮说话。"

胖丫说："你要不信我的话，那你就追吧，追得费了不少劲，到最后还是'竹篮子打水一场空'！"

刘喜子说："行了，我可没工夫搭理你。"说着，骑着摩托要走。

胖丫又说："你们家那饭店，用不用买鱼啊！要买鱼的话，你就吱一声，我每天给你们留几条。"

刘喜子骑着摩托车说："鱼是得买，可是，说什么也不会买你的鱼，你该卖给谁卖给谁吧！"说着走了。

胖丫从摊床上抓起一把瓜子，拿起一个嗑在嘴里，吐着皮儿说："哼！就你刘喜子那小样儿，根本就不是我新亮哥的对手！"

8. 五河家饭店厨房里

彩霞从外边走了进来。

玉翠一边炒着菜，一边问彩霞："彩霞，你爸来过了，他说，看见你和玉树两个一起上镇子了，你跟妈说说，你跟那玉树是怎么回事，是不是好上了？这事妈怎么不知道？"

彩霞脸微微红了，用眼睛看看她妈，说："今天是偶尔碰上了，以前我们俩真的没什么事。"

玉翠说："我没问你以前，我就问现在？"

彩霞犹豫了一下，想了想说："现在呀！我感觉好像刚刚有点那意思。"

玉翠说："玉树那孩子是不错，可他爹那人不怎么着，你爹说了，你要真和玉树好上了，他的心里也不是太得劲儿，他嫌'活济公'墩子不会过日子，家里经济状况也不算太好。"

彩霞说："妈呀！现在说这些事都有点太早，事情还没到那步呢。"

玉翠说："彩霞，男婚女嫁的事可是大事，你要真和玉树成了，你可得早点告诉妈，在这个事上，你可不能瞒我。"

9. 五河家饭店大厅

珍珠在和彩虹说着话。

珍珠对彩虹说："你哥走了几天了，我正得抓紧买网箱和渔船呢，再过几天，你新亮哥一回来，还得组织人架设网箱。"

彩虹说："妈，你该在外面忙的，就在外面忙吧，饭店里的事，你不用多操心，二姨、我和彩霞都在这呢！我看这个仙女湖的鱼餐是把咱们家这饭店给整火了，咱就像现在这么干下去没错！彩霞回来了，我过去看看她！"

10. 五河家饭店厨房

玉翠把锅里的菜盛到一个盘子上，递给彩霞。

彩霞用鼻子闻闻她妈炒的菜说："呀，妈，我看你上灶炒的菜，味道上又有新进步哇，是怎么回事？"

玉翠说："妈文化没你高，可心劲儿不照你差，你大姨炒菜的时候，我没少在旁边看，她放什么调料、放多少，我早都搁心记下了。"

彩霞说："妈，这回我可买回来不少书，有时间我就念给你听！你照葫芦画瓢地跟着我大姨学，也不是办法，只有这样，你炒出的菜，才和我大姨炒的不是一个味道！"说着端着菜，走出了厨房。

11. 五河家饭店大厅

彩虹刚走到厨房门口，就碰到彩霞从里边出来："彩霞，书买回来没？"

彩霞说："买回来了，这回可够咱们看的了！"她把菜端到了一张有客人的桌子上。

彩虹呢，却进了厨房。

客人对彩霞说："你们家的饭店，开了两年了，但是最近这个仙女湖的鱼做得是真好吃，这个菜，应该成为你们家的招牌菜了，你没看见了吗？我们都来吃了。"

彩霞说："你们喜欢吃仙女湖的鱼，就多来，我们这儿天天有鱼这道菜，而且一定一天比一天做得好吃！"

12. "活济公"墩子家

一群鹅、鸭、鸡在院子里觅食。

玉树扎着围裙在给它们撒食。

"活济公"墩子从外边跑了进来，说："玉树，快进屋，把那身新衣裳换上，跟爹去后村相亲去！人家托人捎信儿来了，说是让咱们过去呢！"

玉树说："相什么亲哪？没看我这正忙着呢吗？"

"活济公"墩子说："再忙，那忙的不都是小事儿吗？相亲是大事！"说着，上前拉着玉树说："快点儿换衣裳去！"

玉树说："我不去！"

"活济公"墩子说："什么？你不去？！你傻呀？！相亲能不去吗？快点儿的！"说完，就往屋子里推玉树。

玉树说："哎呀！爹！人家不去，你推什么呀？"

"活济公"墩子说："说说，为什么不去？"

玉树："人家不去就是不去，没有什么为什么不为什么的！"

"活济公"墩子说："你要是不去，你早说呀，我都答应人家了，人家女方那边在家等着咱们呢！你不去，这不等于打我的脸吗？"

玉树说:"实在要去,你就去吧!"

"活济公"墩子说:"浑话!给儿子相亲,儿子不来就他爹来了,相亲有这么相的吗?"

玉树:"那谁让你没跟我商量,你就答应人家来着!"

"活济公"墩子说:"那我既然答应人家了,后村也不远,你跟我去一趟,行也好不行也好,那不就完了么,这场戏不就唱下来了么!"

玉树继续回身撒着饲料说:"爹,我说了,我肯定不去!"

"活济公"墩子说:"你肯定不去?!"

玉树说:"肯定!"

"活济公"墩子气得蹲在地上,打着自己的耳光,流着泪说:"叫你这个老贱种发洋贱!看你还发不发洋贱!"

玉树上前劝爹道:"爹,你看你这是干什么呢?"

"活济公"墩子一把鼻涕一把泪地:"我不用你管我!"

玉树说:"爹,你听我说,我不去相亲,是有原因的!"

"活济公"墩子说:"你说!什么原因!"

玉树有些不好意思地说:"那人家自己就不兴正准备处个对象啊!"

"活济公"墩子一听这话,抹了一把眼泪,站起来说:"什么?你说你自己处对象了?"

玉树说:"现在刚有点儿眉目!"

"活济公"墩子说:"这么大的好事儿,爹怎么一点儿不知道呢!是谁?咱村的?"

玉树说:"爹,你看彩霞她怎么样?"

"活济公"墩子泪迹未干,却破涕为笑,说:"彩霞?那闺女好哇!不就是六河家的彩霞么?"

玉树说:"嗯!"

"活济公"墩子说:"哎呀,那要是和她成喽,那可太好了!你和她真处上了?"

玉树说:"我要是和她正处着呢,你还让不让我去后村相亲了吧?"

"活济公"墩子说:"那还去什么了?谁有彩霞好哇!"

玉树说:"那咱就别去了!"

"活济公"墩子说:"哎呀我说儿子,你小子行啊,背着你爹,整出这么大个事儿呢!你这句话,比在爹跟前放个炮仗都响!崩开了你爹心里的两扇门啊!"

13. 刘泥鳅家饭店内

刘泥鳅家饭店里,没有几个人在吃饭。

刘泥鳅对"小广播"说:"这都快中午了,怎么饭店还不见上人呢?人怎么都跑到对面去了呢?"

"小广播"说:"是啊,我这搁心里也正纳闷儿呢!"

刘泥鳅说:"我看珍珠那老娘儿们,这两天老骑个摩托车往外跑,驮回来不少鱼什么的,现在人都到他们家饭店去了,肯定是有什么好吃的菜了,不然不能这么招人!"

"小广播"说:"嗯,像!"

刘泥鳅说:"我看你抽空过去一趟,就说找他们家借桶豆油什么的,看看他们家到底是怎么回事。"

"小广播"说:"这种事我干不了,要去,还是你去吧!"

刘泥鳅说:"你不是家里一把手嘛,还有你干不了的事啊?老觉得自己挺能耐的,轮到事上，知道自己不行了吧？"

"小广播"说："什么事我都能干，还要你干什么？"

刘泥鳅说："行！一会儿我过去看看，到他们饭厅一转悠，他们家的饭菜有什么花花样儿，就看明白了。"

这时候，刘喜子推门走了进来。

"小广播"说："喜子，你可回来了，快进厨房吧，有几个菜，那几个客人点了，我们做不了，就等你回来上灶呢。"

喜子没吭声，径直往后屋走去，进了后屋，他就躺在了床上，两眼定定地看着房顶。

"小广播"说："哎呀！喜子呀！你可不能再躺了，抓紧起来吧，赶紧去厨房炒菜吧，不然的话，时间长了菜上不去，那客人不跟咱们急眼嘛。"

刘喜子坐起来说："炒菜炒菜，你们一天到晚就知道炒菜，好像我除了炒菜没别的事似的。"

这时候，刘泥鳅也走了进来，说："喜子，你这是跟你妈怎么说话呢？你妈叫你到厨房去炒菜，这不是说的都是正事嘛，咱家开了个饭店，你做厨师，你不炒菜那谁炒啊？你要是老这么今个耽误一会儿，明儿个耽误一会儿的，咱们家饭店还办不办了？真是的，没见过你这个样的！"

刘喜子还是不吭声。

"小广播"说："喜子心里不痛快，你就少说两句吧！"

刘泥鳅说："喜子！我告诉你，女人喜欢什么样的男人？有志气、要强、能做成大事的男人！你要是再这样下去，咱家饭店就得黄摊，鸡飞了蛋打了，钱没挣到手，没钱给你盖房子，别说是漂亮媳妇，丑媳妇你也娶不来，快起来吧，上厨房干活去。"

刘喜子虽然有些不高兴，但还是起来了，晃晃荡荡地出了后屋。

14. 淮爷小卖店外屋

甜菊在用小磨磨着香油。

15. 淮爷小卖店里屋

淮爷在和顺水妈一边扎着彩色风车，一边说着话。

淮爷说："大妹子呀！岁月不饶人哪，咱们都老了，当年村子里演'花鼓灯'的时候，咱们俩还搭过架，那时候我是场上的'伞把子'，你在场上演'小兰花'，那个时候我的身手腿脚好，打个'响腿'，玩个'喜鹊登枝''白鹤亮翅''燕子探海''兔子蹬鹰''顽猴摘桃'和'黑狗钻裆'什么的，玩得随心得意，你呢？不但唱口好，手里那把小扇子都叫你耍出花儿来了。"

顺水妈说："是的，摇扇、揉扇、别扇、贴扇、甩扇、扛扇、颠扇啥的，玩得花样多了。"

淮爷说："《王小楼卖线》《游春》《四老爷观花》《小货郎》《卖饺子皮》咱们都演过，我记得你还唱过《拾棉花》《野花谣》《田头乐》什么的，也不知道你这些词现在忘了没有。"

顺水妈说："词倒是记得呢，可是现在呀！没心思唱它了，这个武二秀就把我的心思一天弄得满满的，心里乐不起来，也就不想找那些乐事了。"

淮爷说："人哪！这辈子活着不容易，不能用别人的错误惩罚咱们自己，你生气了，气出病来了，谁看着乐了？是她武二秀，所以你不能生气，你得高高兴兴地活着，活得乐乐呵呵的、健健康康的，让那个败家娘儿们生气去。"

顺水妈说:"武二秀没进我家门的时候,我们一家三口人,还真没大愁事儿,从打她进了我们家的门,这个家真就没快乐过。"

16. 淮爷小卖店外屋
电话响了,甜菊接起电话。
甜菊说:"哦!是顺水哥呀!"
孙顺水的声音:"对!"
甜菊说:"你家大婶和小石头是在我们这儿呢,没事,都挺好的,你就放心吧!"

17. 淮爷小卖店里屋
甜菊进到屋来说:"大婶,顺水要你接电话。"
顺水妈颤颤巍巍地下了地。

18. 淮爷小卖店外屋
顺水妈接起了电话,说:"顺水啊!妈和小石头在这儿挺好的!啊,在淮爷和甜菊这呢!你就忙活自己的事吧,不用惦记我们,有些话就等回来再说吧,啊。"说完,放下了电话。

19. 淮爷小卖店里屋
顺水妈回到了里屋。
淮爷嘴里正哼唱着"花鼓灯"调:"送郎送到清水河,照着清水跺三脚,红缤子绣鞋跺断了线,跺断了三尺白裹脚,舍不得情郎干哥哥。"
顺水妈坐在床上说:"大哥呀!你看你的日子过的,比我好,珍珠和玉翠对你都孝顺,五河和六河两个姑爷对你也都好,甜菊在小卖店里给你当帮手,有不少事都能照顾你,你呀!日子过得比我舒心多了。"
淮爷说:"人活在世上,别人是能带给你快乐的,可要快乐心情,还得靠自己,自己多给自己找乐子,别心里装下个愁事,就没完没了地寻思,那自己还不把自己折腾出病来呀!"
顺水妈听了淮爷这话说:"我这心里一直犯憋屈,到了你这里以后,又接了个顺水电话,这心里好像敞亮多了。"

20. 朱五河家饭店内
屋子里有很多客人。
珍珠、玉翠、彩虹、彩霞正里里外外忙着。
这时候,刘泥鳅推门走了进来。
珍珠一见就问:"呀!你怎么来了?有事吗?"
刘泥鳅说:"没事,没什么大事,你瞅瞅你们这屋客人还真不少呢,你说村里人是犯什么病了,是怎么的,怎么都上咱两家饭店来吃饭了呢,我家那边人也是多,喜子炒菜把豆油都给使光了,还有好几桌客人,等着吃菜呢,我就跑你这儿借豆油来了。"
珍珠说:"淮爷的小卖店离这儿也不远,你怎么没去那里买桶豆油呢?"
刘泥鳅说:"哎呀!这不是急着用嘛。你们家有豆油先借我一桶,一会儿我到淮爷那小卖店买回来就还你们。"
珍珠说:"彩虹,快去厨房柜子下边拎桶豆油出来。"又对刘泥鳅说:"你坐吧!"

刘泥鳅伸长脖子往饭桌上看，边看边说："坐就不坐了，你这儿坐着这么多熟人，我来了，不能不打个招呼说句话呀！"说着，他眼睛盯着饭桌上的菜，就围着各个桌子转开了。

有的客人用手捅着刘泥鳅说："哎，刘泥鳅，你不错眼珠儿地往桌子上看什么呢？"

刘泥鳅说："看看我们家的菜和他们家的菜有没有重样的，要是有重样的，我们那边就不做了，我们两家开饭店，菜，做成了一样的，那就没什么意思了。"

刘泥鳅对一个客人说："这个千头鱼卷饼我们家也有，我觉着喜子做得比他们家的强，哪天你到我那边去尝尝？"

没等刘泥鳅话说完，彩虹过来了，说："你要借的豆油给你拿出来了。"

刘泥鳅说："别着急，我在这儿说两句话。"

珍珠说："刘泥鳅，你到底是要干什么呀？刚才那么着急来借豆油，好像火要上房了似的，现在又不着急了，你是怎么回事呀你？"

刘泥鳅笑笑说："哎呀！着急着急，我马上就走。"说着，拎着那桶豆油就往门口走。

珍珠说："两家对门住着，你们家饭店有什么用着我们家的，就过来拿啊！"

刘泥鳅拎着豆油走出门去，又回过头说："好说好说！我们那边也是一样！"说完，就走了。

21. 村委会

五河正在忙着。

新堂走了进来，新堂说："大爷！我来找你打听个事，春稻新品种的种子在哪儿买合适？还有种香葱和甜叶菊的事我也想找人咨询咨询。"

五河说："你到镇上去吧，镇里农业技术推广站有专门的种子供应点，香葱和甜叶菊的事，你也找他们咨询咨询，他们说得比我说得明白多了。"

新堂说："好！大爷，我们家的地今年就种新稻种了，香葱和甜叶菊也种。"

五河说："我听说了，你们家那个家庭会议开得也真有成效，把你爹那个老八板给扳倒了，也真不易。"

新堂说："主要有你和我妈支持！"

五河说："新堂啊！你们家把那塑料大棚扣上了，这地里的种子也改了，经济作物也在塘地上种上了，我看，你们家今年的收成肯定好。别看这些事都不算太大，但是对咱们农村的家庭来说，这也都是大事，你们能努力到今天这步不容易。"

22. 刘泥鳅家饭店内

刘泥鳅从门外进到屋里来，"小广播"忙迎上去问："你到那儿看得怎样儿？"

刘泥鳅故作神秘地说："我到那儿搁眼睛一瞅，什么都明白了，正如我先前所判断的，他们家玩的就是仙女湖鱼餐，靠这个把客人都拉他们那边去了。打明儿个开始，咱们也搞仙女湖鱼餐，就凭咱家刘喜子的手艺，我不信做鱼做不过他们。明天，再弄张大红纸把"仙女湖鱼餐"五个字，往饭店门口一贴，你就瞧好吧，吃饭的人，又呼呼地过到咱们这边来了。"

"小广播"说："仙女湖的鱼那么好进呢？仙女湖离这儿可不近，谁去买鱼啊？我可没有珍珠那精神头，能起得那么早往仙女湖跑，再说我也不会骑摩托车。"

刘泥鳅说："行了，你别说了，你真是个傻老娘儿们，那淮河里的鱼，仙女湖的鱼，它不都是鱼嘛，咱们只要把鱼买回来，就说它是仙女湖的鱼，它不就是仙女湖的鱼了嘛。"

"小广播"说:"人家都说仙女湖里的鱼和塘里养的鱼味道都不一样,就怕人家吃出来呀!"

刘泥鳅说:"胆小不得将军做,鱼下了锅,又是酱油又是醋,又是各种调料的,他是神嘴啊!能吃出这鱼上有什么差味啊,买鱼的事你别管了,由我来。反正,咱们明儿中午就正式推出仙女湖鱼餐。"

"小广播"说:"你刚才到那边转了一圈,看着人那边推出仙女湖鱼餐,第二天马上就推出这个,对门不能有什么想法啊?"

刘泥鳅说:"有想法又怎么了,现在办饭店不就是搞竞争嘛,他火了咱不就黄了嘛,咱火了,他就完蛋了。这关系到咱们饭店,能不能开好的问题,在这个问题上,我刘泥鳅是谁也不让。能使的招都使上,把自己饭店搞火了是正经事,别人谁愿意说什么就说什么去,根本别当回事!"

他拎过那桶豆油,对"小广播"说:"你去,把这豆油给对门还回去,就说咱从小卖店买回来了。"

"小广播"说:"你借的,你去还呗,叫我去送干什么?我不去!"

刘泥鳅拎起豆油说:"让我过去刺探情报的是你,可这豆油还得我还去。你这个老娘儿们啊!凡事都不愿意出头!"说着,拎起豆油出门去了。

23. 镇子的集市上

珍珠骑着一辆摩托车,穿行在人流之中,她来到一家渔具商店门口,停下了。

24. 渔具店

她走进渔具商店,问:"你们这里有卖网箱的吧?"

店主人说:"有!"

珍珠又问:"网眼是多大公分的?"

店主人说:"你想要多大公分的,就有多大公分的。"

珍珠说:"行!我们家要在仙女湖上搞水面养殖了,既养鱼又养蟹。围二百来亩水面的网箱就打算在你们家进了,价钱能不能给便宜点?"

店主人说:"论说我家的网箱是一分钱一分货的,质量好着呢,从来没给顾客杀过价,不过你用这么大的量,我们还是得适当照顾你,我们给你个底价。"

珍珠说:"那好。质量有没有问题?"

店主人说:"没问题,我们保证货源。"

珍珠又问店主人:"你知不知道附近哪儿有卖船的?"

店主人说:"现在镇子上没有造船的厂家,要买新船那就得上县里去了。不过,你要买旧船的话,我倒是可以给你打听打听。"

珍珠说:"就在水面上搞网箱养殖,里面临时住个人,弄条新船也没必要,有条旧船也行,那就麻烦你给打听打听,我给你留个电话。要是找到卖旧船的人,你就和我联系一下。"

店主人说:"我经营渔具买卖,来我家买东西的船家也多,我就给你问问,有消息了,就通知你!"

25. 仙女湖边上

一群女人在洗衣服。她们一边扬着捶板砸洗着衣服,一边说着话。一个女人说:"你们听说没有,武二秀把顺水妈和小石头给撵出去了,现在顺水妈和小石头在淮爷的小卖店里住呢，你说淮爷那么大岁数了，怎么还老有少心呢？还打上顺水妈的主意呢？平时还真没看出来，淮爷还春心不老呢！"

另一个女人说："你可别这么说，顺水妈和小石头到淮爷的小卖店去住，是和甜菊一起住的。那武二秀把那一老一小给撵出门外，不让进院，人家淮爷和甜菊是做了件好事。"

一个女人又说："你说的这话，我也就信一半，没有三分利谁起大清早啊！淮爷为什么能收留了顺水妈？这里头还是有事，我听说，他们俩年轻的时候，就在一起唱过'花鼓灯'，你说那都是一起唱过戏的人，能说没有点其他关系吗？"

另一个女人又说："话你也别那么说，别人家做了好事，咱们嘴一歪歪，把事儿全给说拧了，那可不好。"

先前说的那个女人又说："反正信不信由你，我是跟你说了。不信你就等着瞧，淮爷和顺水妈之间肯定有好戏唱。"

26. 镇子集市上

刘泥鳅骑着自行车，在鱼摊跟前转。

刘泥鳅问一位卖鱼的："你这是仙女湖里的鱼吗？"

卖鱼的说："不是。"

刘泥鳅问："那这又是哪儿的鱼？"

卖鱼的说："自家水塘里养的鱼。"

刘泥鳅："价钱上怎么样？"

卖鱼的说："比淮河和仙女湖里面的鱼，价钱上肯定是要便宜。"

刘泥鳅说："哎，那咱们哥们儿可得认识认识，我家是开饭店的，天天得需要进鱼，你看，咱们俩能不能长期定点挂钩，你给我饭店每天都进鱼。"

卖鱼的说："那没问题呀！你要这样做，那价钱就更便宜了。"

刘泥鳅说："那好，每天我就到你这儿取鱼行吗？"

卖鱼的说："今儿个有集，我就在这儿卖鱼了，没集的时候，我在家里，你就到我家去取鱼怎么样？"

刘泥鳅说："没问题。"

27. 村中路上

"活济公"墩子和六河碰到了一起。

六河见是"活济公"墩子，就停下脚步，说："'活济公'你在村子里瞎转悠什么呢？"

"活济公"墩子说："我是转悠转悠，但不是瞎转悠。我是给县里的深井工程队，找打深水井的地方呢，看看除了我家，还有谁家能贡献出塘地来，把井打在他家。"

六河说："别看咱两家，院对院，可是我们家的塘地上，早被调查过了，那里没有水线，打了井水也不旺，所以，我们家那块塘地是不行。"

"活济公"墩子说："全村子我都看了一圈了，真就没看到哪家比我家更合适的，可是我家合适不行啊？村子里头不让深井工作队在我家打井呀！"

六河说："谁说不让了，我可没听说这回事！"

"活济公"墩子说："五河让我提个赔款意向，我就提了，结果吧，他嫌我提多了，说什么也不同意。你说他不同意我提这个赔款意向，我就不能让深井工作队在我家塘地里打井，这不就等于说村子不让深井工作队在我那儿打深水井嘛。"

六河说："我都听说了，你朝村子里要钱要的太多了。你那几棵破果树，是金树呀，结的果子都是玛瑙珍珠呀，不是吧，你提出这个条件来，是想讹村里的钱，'活济公'我看你是聪明一世，糊涂一时？依我看这个钱你要不到手。"

"活济公"墩子说："什么叫要不到手啊，好像我怎么想要似的，我宁可不要这钱，我也要我那块塘地。我听说，你们村委会还要开会研究，那就研究吧，要是再不给我信儿，钱我也不要，我就到深井工程队的工地上去，告诉他们赶快停工搬家吧。"

六河看看"活济公"墩子，说："你有什么意见，对着村上提，你可不能到工地去闹去。"

"活济公"墩子说："那就看村上惹没惹急眼我，你知道我墩子，惹急眼的时候，我什么事都能干得出来。把我家塘地占了，打深井的工程都开工了，到现在还定不下来给我家赔偿的事，这行吗？这事要放在你六河身上，你也不行。我朝村里要钱，是天经地义的事，你们不赔我的钱，我不到工地闹，到哪儿闹去？"

六河说："我看你这个事，赔钱肯定是赔给你一部分，井呢？都开工开始干上了，再挪到别人家也不大可能了，这事慢慢能解决，总能找到一个，村里和你家都能接受的方案，你也别太着急。"

"活济公"墩子："嗯！六河，说了半天话，就你最后这句话，我愿意听，我看这井也就得在我家塘地里打了，钱也就是村里给我赔了，就这么一宗子事，谁说也是这么回事。"

28. 镇子上洋洋理发店

洋洋正在忙着手里的活计，刘泥鳅出现在门口，冲洋洋摆摆手说："洋洋，你出来一下。"

洋洋走出门外问刘泥鳅："什么事啊？"

刘泥鳅小声说："洋洋，这两天你什么时候有时间？"

洋洋说："干什么呀？"

刘泥鳅说："能不能抽空回家一趟？"

洋洋说："有事啊？"

刘泥鳅说："我和你妈相中了一个人，是县水利工程队里有个叫李水泉的小伙子，想给你介绍对象，你呀，找时间就回去一趟，我托人把他找来，跟你见个面。"

洋洋说："就这事啊？我寻思什么事呢？你看你弄得神神秘秘地。"

刘泥鳅说："洋洋，原先我看你对朱新堂好像有点什么意思，是吧？我跟你说，不行啊，现在咱们两家饭店竞争，老朱家和咱们家人整得冰火不通炉的，你可不能再往新堂那边凑合，再说，咱找个县里的干部，那在村子人面前多提气呀！"

洋洋说："爸呀！你没看我这儿正忙着呢嘛，客人正等着我给洗头呢，我先进屋去了。"

刘泥鳅说："你忙什么呢，我这跟你说正事呢，你看我大老远跑来了，你怎么拿我跟你说事不当回事呢？"

洋洋说："我知道了，我进屋干活去了。"说完，转身进屋了。

刘泥鳅自言自语地说："现在这些年轻人，跟他们操不了那心，帮她找对象，好像是给我找对象似的。"说完，骑着自行车走了。

29. 村中路上

六河又说："哎！'活济公'，给你问个事呗，你们家那玉树有对象没呢？"

"活济公"墩子看看六河，反问道："怎的？你看有合适的了，想给我们家玉树介绍一个？"

六河说："保媒拉纤的事我不会干，我就是打听打听。"

"活济公"墩子笑了笑说："不用你说，你问我这话是什么意思？我心里知道。"

六河说："那你说我是什么意思？"

"活济公"墩子说："哎呀！不就那么点事嘛，绕什么弯儿，不就是今儿个上午，你看见我们家玉树和你们家彩霞一起上镇子了吗？"

六河问："你怎么知道的？"

"活济公"墩子说："这还用问吗？这种事我能不知道吗？"

六河说："是彩霞到你们家找玉树去了？"

"活济公"墩子打着糊涂语说："他们谁找谁怎的了？找不找的也是一起走了，你问那么详细干吗呀？现在年轻人的事你管得了啊！"

六河晃晃脑袋说："彩霞这闺女，看来我真得好好管管她了。"

"活济公"墩子说："你可别当着我的面说大话，咱们院挨院住着，新堂和彩霞是我看着长大的，这俩孩子哪个能听你的？你嘴上说管，可你实际上管得了吗？不光你没想到，我也没想到，玉树和彩霞都一起上镇子了，关系都这么公开了，我也纳闷啊，他们是什么时候好上的呢？你说玉树这个小兔崽子，我成天像个地下工作者似的，那么看着他，结果他和彩霞好的这事，我都不知道。我看呢？咱们老哥俩呀，都属于粗心大意的那种人，等人家两个人好差不多了，生米煮成熟饭了，咱们也知道了，但是，那也就什么也管不上了。"

六河说："现在虽说是婚姻自由了，可是当父母的还有个发言权吧，这事她没征求我的意见！"

"活济公"墩子说："别老把你的意见摆在前边，你们家的事我也听说了，也不都是你说了算了。我看啊！彩霞的事你也管不了，再说了，六河啊！彩霞要真是和我们家玉树成了，我倒挺愿意的，咱们两家本来就是邻居，住得还近，那可真就成了对门亲家了，没什么事的时候，咱哥俩想喝个茶喝个酒什么的，隔着院墙一喊就过来了，多方便呀！"

六河说："你话说多了吧，你和谁家是亲家呀！我可不想有你这么个亲家，还一喊就过来了，那我们家还不得让你给吃穷喝穷了呀！行了，'活济公'你把话听明白了，你也跟你们家玉树说，让他彻底断了和我们家彩霞好这份心思，我们家彩霞要敢不听我的，我就打折她的腿，宁可下半辈子，我养她个残废。"说完，气冲冲地要走。

"活济公"墩子拽住他的胳膊说："哎！别走啊！我还有事没跟你说完呢，村上要开村委会了，肯定研究给我赔款的事，老邻居住这么多年了，到时候你可得帮我说句公道话啊。"

六河看看"活济公"墩子说："行了，我知道你那点事。"说完，走了。

"活济公"墩子冲着六河的背影喊："六河，赔款的事，你可把事说明白点儿，不然有一天咱们两家要是真的成了亲家，后悔你可就来不及了。给我家多要点钱，那不也是对你姑娘有好处嘛。我家的钱，那不也都是给玉树他们小两口了嘛。"

六河回身说："你可别瞎说了，我家闺女才不会嫁给你们家呢。"说完走了。

30．武二秀家门口

刘泥鳅骑着自行车，驮着一些鱼，从那边走来，武二秀在远处看到了他，就冲他摆摆手。

刘泥鳅停下车，把车子支住，走到院门口，故意高声大嗓地："武二秀，你找我有事啊？"

　　武二秀走到跟前来，压低了声音说："你那么高声大嗓地喊什么？你吃了壮阳药了？！"

　　刘泥鳅回头回脑地瞅完，回过头来对武二秀说："找我有事啊？"

　　武二秀说："你不用回头回脑地，没人看你！你看，你这个人，怎么这个样呢？老回头回脑地看什么呀？你就站这儿跟我说会儿话，正正常常的事儿。"

　　刘泥鳅说："可别说了，那天咱俩的事，让胖丫给冲了一下子，着急忙慌的，我也没注意你把那背心给我放塑料袋里了。我呀，那天也是太着急，脑子里一片空白啊，就把那背心和青菜放一起了，就那么拎家去了，还让'小广播'给发现了，这家伙抓住这个背心的事就不放了，半夜三更非得让我跪搓衣板不可呀！拿着鞋底子把我好一顿打呀！就差没上老虎凳和辣椒水啊！要是有的话，那她也早使用上了。"

　　武二秀说："怎的？！你还把光膀子的事跟她招了？"

　　刘泥鳅说："那能招吗？打死也不能招呀！招出光膀子的事那还了得？！哎呀，我在家里是受了冤屈了。可我得告诉你，你哥我还是男子汉哪，不管她怎么审问，我咬紧牙关就硬是没说呀！就说那件背心是早晨我装到塑料兜里的，拎出去又拎回去了。"

　　武二秀说："那她就信了啊？"

　　刘泥鳅说："信什么呀？现在起疑心了，成天在家老管着我，把我看得紧啊，一会儿让我扒葱，葱没等扒完呢又让扒蒜，说是让我身上染上点儿葱蒜味，好让别人都烦我！好不容易今天中午我出去买趟鱼，这才出来解放一会儿。"

　　武二秀说："我看你呀，要是和'小广播'实在过不一块去，那就离了算了。"

　　刘泥鳅说："哎呀！说是离呀，那么容易离呢，再说，就是离了，我长得这副老模样儿，脸上都有双眼皮了，哪还会有女人看上我呀！我也不能老了老了，再打光棍呀！"

　　武二秀说："在这村子里，你也还算是我武二秀的一个近人儿，我不瞒你，我和孙顺水看来是过不长了，我得跟他离了。"

　　刘泥鳅听了这话，说："那你说这话什么意思呀？是不是你离也让我离呀？我说武二秀，年轻时谈对象咱俩是好过，可是，现在我有儿有女的，都成人了，我能离起这个婚么，如果我真离了婚，再和你了，那不证明村子里这些年的传言都传对了吗？"

　　武二秀说："你别说那么多废话，我看你就是怕你那个老婆'小广播'，你看人家有的男人，和女人过不好，就一脚把她踹了，就像脚上的袜子，穿脏了就换一双新的。"

　　刘泥鳅说："嗨呀，别说得那么轻快！没那么容易呢！再说了，要是真的换双新的还是行了，可要再换双旧的，比这双也干净不了多少，那还真就是不值得了呢！"

　　武二秀有些不高兴，骂道："你说谁是旧袜子？"

　　刘泥鳅嘿嘿一笑说："行了，别扯没用的了，你现在和孙顺水还没离呢，咱们扯这么远干什么呀？再说了，我和你不一样，你想离婚人家孙顺水就真能跟你离。我呢？我真想离，那'小广播'能干吗？她都敢拿菜刀把我杀了，到时候你离了婚后，孤单单的一个人，你就是想再看我一眼都看不着了，我早做了黄泉之鬼了。"

　　武二秀叹口气道："哼，我早知道，指望不上你。"说着，眼里还淌下了几滴眼泪。

　　刘泥鳅一见忙说："行了行了，我可走了，我得快点回去了，不然回去晚了，今天晚上还得挨鞋底子，跪搓衣板。"说完，骑着自行车走了。

　　武二秀冲着刘泥鳅走的方向，使劲"啐"了一口唾沫。

　　这时候，"活济公"墩子从那边走了过来，隔着院门对武二秀说："我说大侄媳妇，这是谁惹了你？你怎么还哭上了呢？"

　　武二秀说："是叔公啊！屋里坐不？"

"活济公"墩子问:"都谁在家呢?"

武二秀说:"就我自己。"

"活济公"墩子摆摆手说:"不进了不进了,就你一个女人在家,我一个男人进去有点不方便,尽管你是我侄媳妇,可还是别进了,别让人看见了说闲话,那顺水妈和小石头呢?"

武二秀说:"没在家,和我过不到一起,到淮爷那小卖部和甜菊一起住去了。"

"活济公"墩子皱皱着眉头,想想说:"你们这日子怎么过的?怎过成这样了,这人心一散,日子不过散花了嘛,二秀啊!要论长相,你年轻那时长得就好看,水水灵灵得像一朵花似的,就是叔公现在看你,你长得也不丑,有怜人肉。可是,你说你,一天东家走西家串的,家里弄得清锅冷灶的,你也没个过日子心呀,你这样下去,家里能不出毛病吗?"

武二秀说:"叔公你说得对不对?也对,可是不知道怎么回事,我就是和他们一家人过不一块去,人不合心,小裂痕越来越大,这日子没法过了。"

"活济公"墩子:"怎的,你跟孙顺水正闹离婚哪?叔公可跟你说,那婚可不能离呀!当年叔公看着你一个人过日子可怜巴巴的,才给你介绍了这个孙顺水,这两天我又给你们俩掐算了一下,你们俩命相不合是不合,可那也得对付着过!离了婚了,你要再想找人家那就不是二锅头了,那就是三锅头了,谁还能要你?"

武二秀说:"棍棒不成夫妻,我宁可后半辈子一个人过了,不再找人了,我也不想过了。"

"活济公"墩子说:"反正呢,要说的话我也都跟你说了,今天的路你怎么走,还得你自己定。行了,我走了啊!有事用着你叔公的就说话。"

武二秀看着"活济公"墩子走了就说:"叔公,有时间再来啊!"

(第九集完)

第十集

1. 五河家的麦田里

地头,堆着几袋子化肥。

五河提着个筐,在给麦地施肥。

远处,有一些农民在田间劳动。

2. 朱五河家饭店内

厨房内。

彩霞正在给玉翠读烹饪方面的书,说:"妈,这个酱焖鸡胗是这样做的,先把鸡胗用白酒洗一下,用手抓匀,腌上3—5分钟,再用清水冲一遍,切成滚刀块,放入锅内,倒入冷水,没过鸡胗,用大火煮开,把大葱、姜、花椒、大料、香叶、桂皮、陈皮、茴香的料包放入锅内,改小火,炖一两个小时,加入糖和酱油、酱汁,再把煸好的青红椒丝放在鸡胗上,这道菜就做成了。"

这时候,吧台旁的电话铃响了。

珍珠接起了电话:"喂!哪里?哦!我听出来了!"

3. 镇渔具店

那位老板："你是说船的事啊，我给你说好了，什么时候过来？"

4. 五河家饭店内

珍珠在接电话："到哪儿？好，我吃过中午饭就过去。"说完，放下了电话。

珍珠对彩虹说："彩虹，你给妈抓紧弄口饭，我吃一口，马上就要到仙女湖那边去了，我要去看船。"

5. 六河家院里

六河拉进院来一车土，卸到一个粪堆旁边，他把土扬在粪堆上，用锹拌和着。

"活济公"墩子没话找话地说："六河，不愧是老庄稼把式啊，我看这堆粪肥，你可没少鼓捣！不怕脏不怕累的，真能干哪！"

六河往粪堆上扬着土说："人哪，不能给驴弹琴哪！"

"活济公"墩子说："骂我哪？"

六河笑着说："你听说有人捡这捡那，有愿意捡骂的吗？"

墩子一脸不高兴。

6. 五河家饭店

这时候，玉树推门走了进来，和要出门的珍珠打了个照面。

珍珠看着扎着洗得很白净的围腰、戴着干净套袖的玉树说："哎呀！这不是玉树嘛，你怎么有空儿过来？"

玉树说："珍珠婶子，你们家一直开饭店，我不知道你们把剩余的泔水都倒哪儿去了？"

珍珠说："我们自家也喂了两口猪，可剩余的泔水多，用不了的也就倒掉了。"

玉树说："我拿了两只泔水桶来，放到您这儿了，有用不着的泔水，就给我装到这里，我那边能用上，一桶泔水多少钱？您说句话。"

珍珠说："瞧你这孩子说的，那多余的泔水倒也是倒了，你来挑走了，回去喂猪，还省得我们处理了，不要钱，白送给你。"

玉树说："那就有点儿不好意思了。"

这时候，彩霞和玉翠闻声从厨房里走了过来，玉树也看见彩霞了。

珍珠对玉翠说："你看人家玉树出息的，我听他五河叔回来跟我说了，说玉树养的那猪啊、羊啊、鸡呀、鸭呀的呀，养得可好了。"

玉翠说："我也听说了，玉树这孩子是真见出息。玉树啊！我都老长时间没看见你了。"

玉树说："家里的活儿太多，除了上镇子拉饲料，哪儿也去不成。"

珍珠说："这孩子有正事。"

彩霞上前跟玉树说："怎的？到我们饭店来要泔水来了？"

玉树说："原来是想买，可现在变成了珍珠婶子给了。"

彩霞走上前去，小声对玉树说："以前怎不来呢？今儿个怎想起来了？"

玉树搓着手说："不知道咋回事，以前真没想起来，今儿个就想来了。"

彩霞说："那好，你就天天来挑泔水吧，多余的泔水我们都给你留着。"

珍珠在那边扯扯玉翠的衣袖，小声说："看见没，人家两个唠上了。"

玉翠说："她要真和玉树处上了，我倒没什么意见，就是她爸有点想法。"

119

珍珠说："回去跟六河说说，现在孩子们都是自由恋爱，别管那么多了。"
玉翠说："你知道六河那个人，拗得很，要把他说动了，那可就费了劲了。"
玉树冲珍珠喊道："珍珠婶子，那我就先回了，晚上再来取泔水。"
珍珠说："好吧，你晚上来吧。"
玉翠冲着玉树说："玉树，你这就走了？"
玉树又冲玉翠打着招呼，说："婶子，我走了。"
说着，走出饭店门外，彩霞送了出来，说："你这就走了？"
玉树说："你回去吧！晚上我还得来取泔水来呢。"
彩霞看着玉树，冲他笑了。
玉树高兴地冲彩霞笑了笑，转回身乐颠颠，连走带跑，嘴里唱着流行歌曲："妹妹你坐船头，哥哥我在岸上走……"。
彩霞看着玉树的背影笑得很开心。
屋内，彩虹在一张桌子上，摆上饭菜，招呼珍珠："妈，你快吃饭吧！"

7. 南南家服装店内
南南妈正在忙着，洋洋走了进来，说："大婶，忙着呢？"
南南妈热情地说："哎哟，是洋洋，你来了？快坐吧！大婶给你沏点茶。"
洋洋说："别的别的，我刚在那边喝过水过来。南南不在家，我和南南又处得像姐妹似的，就过来看看家里有啥事需要我帮忙的，您就说话。"
南南妈说："没什么事，我一个人在家，轻手利脚地挺好。"
洋洋说："南南姐还得等几天回来吧？"
南南妈说："那是，这次她回去，不光是购买服装，还要帮朱新亮订些个扣蟹。"
洋洋说："怎的？朱新亮搞水面养殖，买扣蟹还要南南姐帮忙啊？"
南南妈说："都是年轻人，都想干点事儿，谁能帮上忙就互相帮吧，我看也挺好！"
洋洋问南南妈："大婶，你看，南南姐不在家，喜子哥骑着摩托车，跑了二里多地，给你把饭菜送来了，你却退回去了，我哥心里可不得劲儿了。"
南南妈说："你哥那孩子实在，人也不错，菜也炒得好吃。可是，我怎能让他天天给我们家送饭送菜呢，从村里到镇上老跑哪行？"
洋洋："现在南南姐对象的事不是还没定下来吗？"
南南妈说："南南心里怎么想的，我也不知道。南南要是和你喜子哥处不成对象，那天天给我家送饭送菜的多不好，我想的是这个理儿。"
洋洋说："大婶，我知道，你跟我说的都是真心话。"
南南妈说："那是，咱们娘俩谁跟谁？你可跟你哥说说，别让他有什么别的想法。"
洋洋说："我哥那人是喜欢上你们家南南姐了，一家女百家求，这也正常，这说明你们家南南姐太优秀了。别说男人喜欢她，我一看见她都高兴。"
南南妈说："你就别夸她了，我可不想成天有多少个男的追她，我只想让她定下来一个，不然我总觉得麻烦事太多。"
洋洋说："大婶，我不是夸我喜子哥，要是南南姐真能跟我哥成了，那我南南姐可就享福了，我哥对南南姐那得老好了，一天饭呀菜呀得换着样儿地给南南姐做着吃，南南姐就得享大福了。"
南南妈看看洋洋说："洋洋，南南心里有谁，看上了谁，都是她自己的事，大婶我说不上多少话，南南也不能听我的。"
洋洋看看南南妈说："大婶，她嘴上不听，可心里还是听你的，有空你也跟她叨念叨念我哥的好处。"

南南妈说："你来说这话的意思，我听明白了。"

8. 镇子农业技术推广站

朱新堂走了进来，年轻的女技术员晓梅看见朱新堂进来说："哎，你来了，有事儿？"

朱新堂说："我是朱圩村的朱新堂，来这里想咨询咨询新稻种和种香葱、甜叶菊的事。"

晓梅笑着说："你坐，你问的这两件事，都好办。我们早就印好了'明白纸'。"

说着，递过两张纸来，说："你看吧！都在这上边写着呢。"

朱新堂接过"明白纸"，看了一会儿说："哦！我明白了，那这些种子从哪儿买？"

晓梅说："你需要多少？什么时候需要？来个电话，我们就给你送到田间地头去。"

朱新堂说："哎呀！这可方便咱老农民了。"

晓梅笑笑说："你怎么是老农民呢？顶多是个刚出学校门的新农民。"

朱新堂说："高中刚毕业一年多了，在家种田呢，不是老农民吗？我就是老农民。"

晓梅说："不用介绍，我知道你。"

朱新堂拿起"明白纸"说："你知道我什么？"

晓梅笑了，说："知道你是个有文化的农民！"

朱新堂："哦。"转身走出门去。

另一位同事对女技术员说："晓梅，你认识这个人啊？"

晓梅看了看他的背影，说："这个朱新堂是不认识我了，我们都是镇里高中毕业的，只是不是一个班的，他没认出我来，我早认出他来了。"

那位同事说："真是的，连你这个副镇长的女儿都不认识啊！"

晓梅说："话可别那么说，我爸原来不一直在咱们这儿当站长吗？！"

9. 村里的砖窑

这里，堆着很多砖坯子，五河、六河、刘泥鳅等村委会的人都在这里。

五河和他们站在那里说："今儿个，村委会的成员都来了，咱们就在这儿窑场开个会。这些年这个窑场给咱们村里赚了不少钱，你们大家看看，这每一块砖坯子，由机械做出来，摆在这里晾干，再运到窑里去烘烧，一块砖从取土到做成，工序不少，也就是说别看只赚几毛钱，烧成一块砖不容易。大家伙说是不是？"

刘泥鳅："那可不？这烧一块砖可费老多事了！"

五河说："我盘算着，咱们生产的砖，也不能老往外供应，村里已经开始搞新农村建设规划了，要不了多久，就得要集资建楼房，把村子建成一个新的居住小区。"

六河："建新农村小区，这不都规划了么，问题是什么时候动手？"

五河："很快！村里已经开始招标工程队了！到那时，砖就派上用场了！所以，从现在咱们就得留点后手，不能把砖都卖光，看大家伙意见怎么样？"

刘泥鳅说："没意见，这是应该的！"

六河说："对，不能低价往外卖砖，再高价从外边往回买砖吧？"

五河说："这是要商量的一件事。还有，现在墩子盯住咱这砖场这条来钱道了，他家的那块塘地，向村里索要12万元，赔他一些钱是应该的，可是到底赔多少？今儿个咱们也得有个说法。"

沉默了一会儿，谁都没说话。

五河对刘泥鳅说："刘泥鳅，你说说。"

刘泥鳅说："这么多人哪，我先说不好吧。"

五河说："有什么不好的？一起研究事，先说后说都得有个态度。"

刘泥鳅咳嗽了一声说："还有没有别的事了？"

五河说："还有，这深井已经是打上了，将来，自来水的主干道都由政府和村里掏钱，可从主干道接到各家的管道还得村民自家掏点，这个群众工作，从现在也该开始做了。"

刘泥鳅说："关于往各家各户引自来水要提钱的事，我看一是通过村里的广播，向大家广播广播。二是派人到各家各户收就行了，我看这个事不能有什么阻力，因为这是好事，我要说的话也说完了。关于给'活济公'墩子家赔款的事，这我就说不好了，就让六河说吧，六河想事情想得周到。"

六河说："别给我戴高帽啊！你说不好的事，我就能说好了？"

10．淮爷小卖店

甜菊在外边用小磨磨着香油。

淮爷站在屋地上，顺水妈坐在床上，淮爷拿着那个大算盘子，说："大妹子！人都说老要张狂，少要稳。我今儿个就张狂一把，我小的时候，我哥和我都跟我爹学'钱杆子舞'，我哥手里拿着'钱杆子'跳，我没有'钱杆子'就拿这个算盘子跳。结果，我这算盘子比他的'钱杆子'还响，逗得我哥后来也不用那'钱杆子'跳了，老想抢我手里的算盘子，我们哥俩都会拿算盘子跳舞，今儿个我就给你表演表演。"

顺水妈说："大哥呀！我知道你跳舞跳得好，可这老胳膊老腿的你可轻着点，别把哪儿抻巴坏了。"

淮爷冲着外屋喊："甜菊，别磨了，过来给淮爷捧个场，我要跳舞了。"

甜菊和小石头应声走进屋来，淮爷拿着算盘子，在屋里跳了起来，他的舞姿既很灵敏，又很沉稳老到，手中的算盘子上下翻飞，弄得哗哗作响，顺水妈、甜菊不由得鼓起掌来，淮爷越跳越来劲，舞步跳得更快了，算盘珠儿发出声声脆响，顺水妈看着淮爷，嘴角浮现了笑意。

淮爷见顺水妈笑了，汗涔涔地停住脚步，开着玩笑说："古代有千金买一笑，烽火戏诸侯的故事。今儿个我淮爷用这老算盘子，把大妹子给逗乐了，也算值。"

顺水妈拍拍床面说："大哥！看把你累的，快坐下歇会儿吧！"淮爷坐在床边上，小石头上去，拿过算盘子，学着舞了几下，也把那算盘子弄得哗哗响。

甜菊递给淮爷一块毛巾说："快擦擦汗！"

淮爷说："用这老算盘子跳舞，比用'钱杆子'跳还舒畅痛快。"

11．淮爷小卖店外

武二秀从那边走了过来，要进门时，她停住了脚步。

12．村里的砖窑

五河说："一提到这个事，就谁也不吱声了，你不说他不说的，总得有个人说说吧！"

六河说："实在没人说，那就还是我说吧！我看！我先说出个底价来吧，上边不封顶，谁有意见再说。我看给他赔两万块钱，总是可以了。"

有一村委会成员说："我看这个数行，不算少！"

五河："'活济公'家在村子里，也不算富裕户，把这钱给了他，既有赔款的意思，也是村里对他家在致富路上的一点儿支持。大家伙看行不？"

那两名村委会委员都说："行！"

这时候，刘泥鳅说话了，说："刚才六河说了，这两万元是底价，上边还不封顶呢！我说先把这个数说给'活济公'试试，他要是不同意呢，那咱们再研究。"

五河说："试试可是试试，但今天咱们定下是两万元，那就是两万元了，可不能把上不封顶的事透给他！"

一村委会成员说："'活济公'那人你给他让半尺，他就想得一尺，你给他让一尺，他就想得一丈。在塘地赔偿这个事上，他是个抱着个太阳都嫌凉的人！"

五河说："今天这几个事，定得都挺好，我看就这么的吧，散会吧！"

众人都走了。

13. 窑场至村中的路上

五河和六河走在最后。

五河说："六河，关于你家入合作医疗的事，你想好了没有？到底入不入？由于你家没加入，本来我想在这个会上说这个事来着，可我都没好意思说！"

六河说："我不都跟你说了嘛，你老追什么呀？容我个空儿，让我再想想不行吗？"

五河说："你们家最近变化不小。我听说了，新稻种也换了，种香葱和甜叶菊的事也定了。行，六河，你现在有点儿赶上来的意思了。"

六河对五河说："这都是你老给我家烧火烧的，烧得我们家那锅直冒烟。最先坐不住炕的，就是新堂，还有玉翠。"

五河笑笑说："别把事情都推到我身上，我知道你们家的事归根结底还是你六河说了算。"

六河尴尬地一笑，说："那是过去了，现在也不全都是我说了算了！玉翠和新堂两个人联手对付我呀！"

五河："彩霞的意见倾向谁？"

六河："那还用问吗？意见上都是穿一条连裆裤的人！哎！五河哥，说起这彩霞来了，我看，'活济公'那儿子玉树和我们家彩霞最近有来往，整不好，就要处成对象！"

五河："是吗？"

六河："对这个事我是这么想的，玉树那孩子还不错，可我实在看不惯那'活济公'墩子，我不想把彩霞嫁到那样一家人家去！"

五河："可这姑娘大了，做事也不见得由着你呀！"

六河："所以我就想，看你手里有没有合适的小伙子，帮着给她快点找个对象，就等于是帮我了。"

五河说："人家玉树那小伙子不是挺好嘛，姑娘找对象主要是看小伙子怎样，未来能不能有个发展，也不是看他爹，他爹再不好，又能怎样？"

六河说："五河哥，你要是看上玉树那小子了，不嫌'活济公'，就把你们彩虹说给他吧，我们家彩霞是不能嫁给他家，你要是同意彩虹和玉树的事，我就去给你找'活济公'说说。"

五河说："哈哈，你倒挺会安排的！六河弟，你这个老脑筋呀，也真该洗洗了，现在年轻人都自由恋爱，咱看合适的，人家看不一定合适，咱看不合适的，人家可能觉得合适，这叫什么？这叫'情人眼里出西施'，我看你呀，还是少管他们的闲事吧。"

六河说："我和你想法不一样，彩霞的事我得管，她跟玉树绝对不行。"说完，背着

123

手往前走了。

14. 仙女湖边

珍珠、渔具店老板和几个人坐着小艇，来到一条船旁。

珍珠和他们走上船去，各处都看了看，珍珠对其中一个人说："船的上半部我都看着了，水下面的地方我可没看见。"

那个人说："一个镇的乡亲，我不会骗你，两座山到不了一起，两个人总还有碰面的时候，你放心，这船底儿，我们都是用混凝土做的，梆梆结实！听说要把船卖给你们家，我们刚检查完，什么问题也没有，你放心就是了。"

珍珠说："行，就按照商定的那个价钱吧！这条船什么时候交给我们呢？"

那个人说："一手钱一手货，钱到了，船就交。"

珍珠说："好吧，我们明天就把钱给你们送过去！"

15. 刘泥鳅家饭店门前

饭店门口，已经贴上了"仙女湖鱼餐"的大红告示。

刘泥鳅站在自家门口扯着嗓喊："仙女湖的虾、仙女湖的鱼，谁吃不着谁着急呀！吃饭的客人请到我家这边来呀！"真有客人向他家的饭店走过去了。

16. 五河家饭店内

彩虹在门口往刘泥鳅家饭店门口望了望，对玉翠说："二姨，你看见对门那刘泥鳅正在那儿喊了吧？"

玉翠说："看见了，人家要喊，咱管不着！卖瓜的都说自己家瓜甜，可吃瓜的人心里明白，谁家的瓜真甜还是假甜！"

17. 江苏某扣蟹养殖基地

南南和新亮在扣蟹池前，看扣蟹！

新亮从池子里抓起几只扣蟹，放在手上，问："买你们这儿的扣蟹，有合同担保吗？"

一个工作人员说："有，当然有！"

南南一边看着一边说："新亮哥，这家养殖基地信誉好，很多地方的养殖户都到这来订扣蟹。"

新亮说："到这里看看，可开了眼界啦！我看扣蟹就在这家订吧，其他鱼苗，咱再跑跑！"

南南说："随你！"

新亮问："你的服装什么时候发货？"

南南说："先把你这边的事办利索再说。"

18. 镇子街道上

朱新堂推着自行车从胖丫的摊床前走过。

胖丫喊住了朱新堂："哟！新堂哥，你这是要去哪儿啊？"

朱新堂说："胖丫，我这是要到镇上的农业技术推广站去。怎么着，我听说你现在又卖瓜子花生，又卖仙女湖鱼的，挣着钱了，是吧？"

胖丫说："没挣着太大的钱，但还是挣着了。新堂哥，你看没看出来，新亮哥和南南好上了？"

朱新堂淡淡地说："没看出来，我不关心他们的事。"

胖丫看看新堂，说："说不关心，怕是口不对心吧！如果我没说错，你新堂大哥心里也有过一个人。"

朱新堂看着胖丫说："有过谁？"

胖丫说："我看哪，你心里的那个人就在那边。"

朱新堂问："那边是哪边？"

胖丫文南南家服装店那边努努嘴说："你自己往那边看。"

朱新堂看了看，笑了笑说："你是说刘泥鳅的洋洋？"

胖丫说："不是。"

朱新堂问："那你是说谁？"

胖丫说："你心上那个人，和淮河民歌和服装店有关。"

朱新堂的脸腾一下红了，明知故问道："你说的谁呀？你把我全说糊涂了。"

胖丫说："新堂哥呀！瞒天瞒地你瞒不住我胖丫，别看我胖丫表面上粗得拉的，可心里心细如丝，横草不过，你新堂哥肚子那点儿事都在我心里呢。"

朱新堂说："胖丫，我真没想到，你这么能瞎扯。把没有的事说得像有真事似的。"

胖丫说："哎呀！你别跟我装，咱俩谁不知道谁啊？我把话给你挑明了说，你心里就是有过南南姐，可我得告诉你，南南姐心里没你，人家和新亮哥好上了，新亮哥和你那是正儿八经的本家呀！我知道，新堂大哥，是最懂事理的，肯定不能跟新亮哥去争那个南南。"

新堂有些不耐烦，说："我说胖丫，你别跟我说这些没用的行不行，咱能不能在一起说点儿别的事。"

胖丫说："我告诉你新堂哥，在新亮哥和南南姐这个事上，我倒是没担心你会怎么样？可我担心着另外一个人，那是新亮哥的潜在对手。"

朱新堂说："谁？"

胖丫说："就是刘泥鳅家那个刘喜子，骑着小摩托车悠悠地，老来给南南妈送饭，原来没看出来，这刘喜子也太会打溜须了，我是怕南南妈吃了人家的嘴短，拿了人家的手短，经不住刘喜子这顿'糖衣炮弹'。那可就把新亮哥和南南姐这事，给整出岔子来了。"

朱新堂说："还有这事儿吗？那个刘喜子也看上了南南？"

胖丫说："绝对不假，所以新堂哥，在这种情况下，你就不能对南南再有什么想法了，咱们就得联起手来，共同对付那个刘喜子，坚决不能让刘喜子钻新亮哥和南南姐的空子。"

朱新堂说："别老把我扯里头！还别说，你这个胖丫呀！还真有点心眼儿，做事能分清里外拐来。"

胖丫又说："我告诉你个事，原来洋洋姐对你挺好的，可是最近有新变化，她爹今天来找她来了，说是想把她介绍给一个县里的干部了。"

朱新堂睁大了眼睛问："有这事？"

胖丫说："新堂哥，如果你心里放下南南，能捡起来的是谁？我看就真得是洋洋，你和洋洋还真挺般配，我告诉你，你要对洋洋有心思，你也别在那儿老端着个架子放不下了，人家洋洋一旦找了人，你后悔就来不及了。"

朱新堂说："你这个胖丫呀！年龄不大，可心眼子还不少，谁的事你都能掺和进来。"

胖丫说:"新堂哥,上回我给你捧把瓜子花生,你说把你的衣服弄脏了,这回我更不敢给你了,这卖鱼的手,一天弄得腥味挺大,更不能给你捧瓜子花生了,你吃不吃?你要吃就自己抓点。"

朱新堂说:"吃什么瓜子花生啊!你这一顿话,把我这肚子弄得饱饱的,还不知道到哪儿去消化呢!行了,我走了。"

说完,骑着自行车走了。

胖丫冲着他的背影喊,嘿嘿一笑:"新堂哥,没事,你可来呀!"

19. 江苏某扣蟹养殖基地

新亮在和一工作人员签合同。

南南在一旁看着。

20. 洋洋理发店

晚上。

李水泉走了进来。

洋洋说:"这位先生,你要理发吗?"

李水泉挠挠头发说:"先洗个头,再理个发。一天到晚在工地上灰土多,这头发都粘在一起了。"

洋洋看看李水泉,说:"快坐吧!你用哪种洗发剂?"

李水泉说:"随便吧,我也不懂那些。把头发洗干净了就行。"

洋洋拿起一瓶洗发剂挤在李水泉的头发上说:"就用这个吧!大家伙儿都喜欢用这个。"

李水泉说:"行,随便吧。"

洋洋用手抓住李水泉的头发,轻轻地揉搓,头发上泛起许多白色的泡沫。

李水泉看着镜子中的自己,说:"哎哟!你把我的头发洗成这样,我看着都不像自己了。"

洋洋笑着问:"那像谁?"

李水泉:"有点儿像外国电影里的律师了,戴着银白色的假发,还有不少卷。"

洋洋一听笑了,说:"这位先生,听你说话唠嗑,好像不是我们镇子上的人啊!"

李水泉说:"你怎么猜到了?"

洋洋说:"我们做这行工作的,跟别人说上个一两句话,就能感觉到一些事情,你是哪儿的?"

李水泉说:"县水利工程局深井工程队的。"

洋洋一听,瞪大了眼睛,说:"啊?你是深井工作队的,就是朱圩村那个工程队的吧!"

李水泉说:"你说得对呀!我就是那个工程队的。这两天一直忙,头发都好长时间没理了,也没时间理,今天好不容易有了个空闲时间,我就跑到镇子上理发来了。"

洋洋说:"哦!你们工程队多少人呢?"

李水泉说:"十来个呢。"

洋洋又问:"哦!没结婚的小伙子,有几个?"

李水泉惊异地问:"你问这干什么?"

洋洋笑了,说:"没什么!我就是想打听打听。"

说着继续给李水泉洗着头。

李水泉说:"哎呀!这位小姐,你可真会洗头,洗得我真舒服。"
洋洋说:"是吗?来,到里边冲冲头。"
说着,李水泉跟洋洋走到了另外一边,躺在了一个躺椅上,洋洋用水喷头,轻轻地给李水泉冲着头,说:"水温还可以吧?不烫吧!"
李水泉说:"不烫!"冲完了头,李水泉从躺椅上站起来,用手摸摸头发说:"这个头洗得好,就觉得这头上立刻清凉多了。"
洋洋把李水泉领回到自己的座位上,拿起一条毛巾,轻轻地给他打干着头发,问:"这位先生,你贵姓啊?"
李水泉说:"姓李。"
洋洋睁大了眼睛说:"你不会是李水泉吧!"
李水泉听了这话,一愣,从椅子上站了起来,回身问洋洋:"你怎么认识我?"
洋洋脸红了,说:"哎呀妈呀!你真是李水泉哪?"

21. 江苏某招待所内
某房间内,亮着灯光。
南南洗完脸后,在用毛巾擦手。
敲门声。
南南:"进来!"
新亮手里拿着两盒方便面和几根香肠走了进来。
南南说:"呀,这么快就买回来了!"说完,她从新亮手里接过方便面,打开,往里冲热水!
新亮说:"委屈你了,帮着我跑事,还吃方便面!"
南南:"吃方便面怎么了?好吃还方便!"

22. 镇子洋洋理发店
李水泉说:"什么叫我真是李水泉呢?是李水泉就是李水泉。这还能有假呀?!哎,你怎么认识我的?我怎么一点印象没有呢?"
洋洋对李水泉招着手说:"你快坐下,我这正给你打干头发呢,我也不是认识你,只是听说过你。"
李水泉纳闷地问:"听说过我,听说我什么了?"
洋洋说:"也没听说什么,就听说深井工作队有个叫李水泉的,没想到就是你。"
李水泉说:"啊!你没想到,我也没想到,我这么个普通人,怎么还把名字传到你这儿来呢。"
洋洋说:"你说你是普通人,我看你可不普通,你是县里水利局的干部吧?!"
李水泉:"干部干部,就是先干一步,我是工程队第一线的工程技术员,要说干部我就是这么个干部。"
洋洋说:"那就够了不起的了。"
李水泉说:"我可没觉得我自己有什么了不起的。不都是一样的人嘛,一个鼻子俩眼睛。"
洋洋没说话,眼睛亮闪闪的,反复打量着对面镜子里李水泉那张英俊的脸,手上的活计干得更细心了。
李水泉说:"这位小姐,真没想到,你这理发的手艺比县里有些理发师的手艺都高。"

洋洋一听这话，脸上笑得像一朵花，说："你要是喜欢让我给你理发、洗头，那你就常来。"

李水泉说："我倒是想常来，可是常来不了，工地上的事都快把人忙死了。"

洋洋说："我们可没你们那么忙，如果需要我们还可以上门服务，镇子离村子里很近，我们骑着摩托车就过去了。你们工人师傅谁需要理发洗头就来个电话，我们去也行。"

李水泉说："那敢情好，就省得我们老往镇上跑了。"

头发理好了，洋洋从李水泉的身上解下围裙，李水泉整整衣领对着镜子照照说："好！这头洗得好，理得也好。"说着要掏钱："多少钱？"

洋洋笑着说："别给钱了，就当我拉个回头客了。"

李水泉说："那可不行，多少钱？"

洋洋说："我说不要钱，你就走吧！这么认真干啥。"

李水泉看墙上贴着一张价格表，就说："哦，这儿写着呢，连洗头带理发一共15块钱，我给你放这儿了。"说着，掏出15元钱，放在了镜子旁边的小台上，转身就往外走。

洋洋拿起那15元钱，追到门外说："哎呀！你看你这是干啥呢？钱说不要就不要了。"

李水泉已走远了。

李水泉回头对洋洋摆摆手说："这位小姐，你回去吧，谢谢了！"说着，大步流星地走了。

洋洋望着他的背影，情不自禁地笑了。

23．江苏某招待所
南南房间里，新亮和南南正在吃方便面！
南南把一根扒好的香肠，递到新亮嘴边。
新亮看看南南，笑着咬了一口。
南南呢，也笑着咬了一口。

24．街头
胖丫正在收摊，她推起摊床车子往住的方向走。

25．洋洋理发店
理发室屋内，洋洋在拨电话，电话很快通了。

26．刘泥鳅饭店
刘泥鳅接起电话："喂，谁呀！"

27．洋洋理发店
洋洋对着话筒说："爸呀！你说的那个李水泉我见着了。"

28．刘泥鳅家饭店
刘泥鳅对着话筒说："你说你这孩子怎么这么开放呢？我正琢磨找个人给你介绍介绍呢，你说你挺大个闺女，怎就这么沉不住气呢，刚跟你说完，你就跑那儿自己找人去了？真是的。"

29. 洋洋理发店

洋洋对着话筒说:"爸呀!你瞎说什么呀?谁跑去找他去了,我在镇子理发店呢,刚才那个李水泉来我这儿了。"

30. 刘泥鳅饭店

刘泥鳅:"啊!那我还没找人跟他说这事呢?他怎么就跑你那儿去呢,他是听谁说的。这小子性格也够急性的了!"

31. 洋洋理发店

洋洋说:"爸呀!你可别说了,都说两岔去了,人家不是来看我来了,人家是到我这儿洗头理发来了。"

32. 刘泥鳅家饭店

刘泥鳅说:"哦!我说的嘛,那你看着这人了?"
洋洋在电话里的声音:"看着了。"
刘泥鳅电话里的声音:"你觉得怎样?"
洋洋在电话里的声音:"看着李水泉以后,我就想在这天底下,最有正事的,也最疼你闺女的,那就是我老爸你了。"

33. 洋洋理发店

刘泥鳅电话里的声音:"行了,有你这句话,你爸就听明白了,你是同意了,行了,下一步该怎办我们就怎办了?你等信儿吧。"

34. 朱五河家饭店

晚上。

饭厅里亮着灯,有客人在吃饭。

门开了,玉树换了身挺干净的衣服、扎着白围裙,挑着一对空泔水桶走了进来。

彩霞见玉树来了,忙把一桶泔水从厨房提了出来,拿起空桶,又从厨房里拎出另外一桶泔水来,她放下手里的泔水,对着扛着空扁担的玉树说:"你晚上吃饭没呢?"

玉树说:"吃了。"

彩霞说:"你吃了?"

玉树说:"你知道我爸不会做饭,我们家都是我做,晚上因为忙就啃了几口面包,吃了半根香肠。"

彩霞关切地看着玉树说:"那也叫吃饭哪?别成天就知道干活,不知道照顾自己,大冷的天,老吃这些凉的东西,还不把肚子吃坏喽。"

玉树弯下腰挑起泔水说:"没事,我的身体好着呢!"说完要走。

彩霞摁住他的扁担说:"你放下!"

玉树只好放下扁担。

彩霞冲那边的空桌子努努嘴说:"你先在那儿坐一会儿!"

玉树说:"有事儿呀?"

彩霞说:"什么有事儿没事儿的,叫你坐那,你就坐那儿得了。"

玉树带着不解的神情,坐在了那张空饭桌边上。

彩霞回身走进厨房,盛了一碗热腾腾的米饭,又把玉翠刚炒好的一盘菜,端到了手

129

上，对玉翠说："妈，这个菜你再炒一盘吧！另外能不能做个拔丝地瓜？"
玉翠说："谁吃呀？你不吃完饭了嘛，这盘菜你要给谁呀？"
彩霞笑着说："我又饿了，还是我吃。"说完，端着那盘菜走了出去，把饭菜放到了玉树的面前。
玉翠从厨房里跟出来，看到眼前的情景，微微一笑，又回厨房炒菜去了。
饭厅里，彩霞把一双筷子递到玉树手上，说："玉树哥，人是铁，饭是钢，你每天干活这么累，吃饭老对付可不行，来，快吃点吧，以后，你要是因为忙吃不上饭，就到我们这儿来吃。"
玉树拿起了筷子，一边吃着饭菜，一边看着彩霞。
彩霞也看着玉树。
玉树说："你给我端来的饭菜，真香！"
彩霞笑着说："傻样儿！"
这时候，玉翠端着两盘菜，把其中一盘"拔丝地瓜"送到了玉树面前，没有对玉树说话，却嗔怪彩霞："这孩子，怎么跟你玉树哥说话呢？你玉树哥才不傻呢，我看要傻，是你自己傻，还说人家呢。"
彩霞看着玉翠端来的那盘菜，笑了，又撒娇似的对玉翠说："哎呀！妈，你别偷听人家说话，好不好！"
玉树说："婶子，这可太麻烦了，我白挑你们饭店的泔水，还在这儿吃饭，真是的！"
彩霞对玉树说："快吃你的得了！哪来那么多废话？"
玉树吃着拔丝地瓜，说："我最爱吃这个菜了！"
玉翠笑了，对玉树说："你多吃点儿啊。"端着另外一盘菜送到了另外一张桌子上。
彩霞说："我妈做的，就顶算是我给你做的了！"
玉树笑了。

35．"活济公"墩子家

夜晚，刘泥鳅出现在"活济公"墩子家窗前，敲着玻璃窗说："哎！'活济公'你出来一下。"
"活济公"墩子隔着窗子见是刘泥鳅，就招招手说："是你呀！有话就进屋来说吧。"
刘泥鳅说："我就不进去了，你出来吧。"
"活济公"墩子推门走了出来，说："今儿个村里开会了，是不是研究给我赔偿的事了？你刘泥鳅给我送好信儿来了？"
刘泥鳅卖着关子说："五河没找你谈呢吧？"
"活济公"墩子说："没呢。刘泥鳅你肯定知道，你先给我透个信儿呗！"
刘泥鳅说："我今天来找你，是真有个事求你。"
"活济公"墩子眨着眼说："有事求我？"
刘泥鳅说："我们家那洋洋，你也认识，在镇子上办美容美发店，这闺女一天天大了，也该给他说个对象了。"
"活济公"墩子说："你们家看上谁了？"
刘泥鳅问："你觉得我们家洋洋找谁合适？"
"活济公"墩子问："是不是相中我们家玉树了？"
刘泥鳅说："我实话跟你说吧，我们家相中了深井工程队那个叫李水泉的小伙子了。"

"活济公"墩子说："啊！你的意思是说让我找他，给你们说说？"

刘泥鳅说："对。"

"活济公"墩子说："行，成不成我不知道，但这个话我能跟李水泉说。但是，你这么求我不行！"

刘泥鳅说："那还怎么的？"

"活济公"墩子说："你得把今天村委会怎么赔偿我的事说明白。"

刘泥鳅说："你这个忙我还真帮不上，村委会开会的内容不让说。"

"活济公"墩子说："那你看，跟我还玩什么包袱呢？"

刘泥鳅说："那我就告诉你吧，不过你可不能说是我说的，村里定了，给你那块塘地的赔偿两万块钱。"

"活济公"墩子说："才给我赔那么点钱？那也叫我太失望了。"

刘泥鳅说："当然了，这是先说个底数，往上不往下，你要觉得不合适，就再跟村里说，兴许还能给你往上调调。"

"活济公"墩子说："这个数我肯定不能同意。"

刘泥鳅说："这么大的秘密，我都透露给你了，那么求你的那个事呢？"

"活济公"墩子说："放心吧，给李水泉的话我肯定捎过去。"

刘泥鳅说："你既然想帮我！我也就再给你留句话，我看，你现在不能等五河来找你谈话，要想涨点钱，你就得想个招，先给五河施加点压力。"

"活济公"墩子说："你有什么招？说给我听听。"

刘泥鳅说："也就是你，太老实，要是换了别人，早到工地去闹了！"

"活济公"墩子："可村上跟我说了，不让我闹啊！"

刘泥鳅说："哎，你说闹人的孩子怎么就多吃奶呢！我怎么就想不明白这话是什么意思呢？行了，你自己琢磨吧，我走了。"

"活济公"墩子指着刘泥鳅说："刘泥鳅，你小子是比鬼都精灵，你说话的意思我听明白了，你是既想让我去闹，又不想叫旁人知道这个招是你帮我出的！鬼道！"

36. 五河家饭店内

珍珠和玉翠收拾完了饭店里的一些东西。

珍珠对玉翠说："玉翠呀！咱们今儿个晚上得去看看爹去，听甜菊说顺水妈、小石头也在那儿呢。"

玉翠说："嗯！是得过去看看。我听村子里的人，就顺水妈住在咱爹那儿开始说闲话了。"

珍珠说："说闲话的人都是闲的，要是像咱们每天这么忙，想说闲话都没时间了。玉翠呀！那冰箱里还有新鲜猪肉，我还特意留了两条鱼，咱们都给爹拎去。"

玉翠打开冰箱，取出那块肉和两条鱼，放进一个塑料袋，用手拎着说："好，咱们走吧！"

两个人一起出了饭店门。

37. 五河家饭店外面

珍珠和玉翠刚出来，就碰见刘泥鳅正往外送客人。

她们俩边走边说话。

玉翠说："姐呀！这刚收拾完，彩虹和彩霞这俩闺女怎么都没有影了呢？"

珍珠笑笑说："我看呢？十有八九一个是和李水泉，一个是和玉树在一起呢，咱们别管她们的事了。"

玉翠说："姐，这两天可把你忙坏了，那船也买到手了？"

珍珠说："都办妥了，今儿个接到新亮从江苏打来的电话了，说快回来了，扣蟹也订好了。"

玉翠说："姐呀，为了和咱们搞竞争，可是把这个刘泥鳅忙活坏了！今天也推出仙女湖鱼餐了，那刘泥鳅说是来借豆油，哪是来借豆油呀，刘泥鳅进了饭厅，两个眼睛就往饭桌上撒莫，来侦察咱们来了。"

珍珠说："咱搞咱的，他搞他的，饭店是开放的，他不来咱饭店看，咱饭店有什么菜，也能传到他们那边去。饭店搞竞争，菜的样式是一方面，我看质量最关键，咱们把鱼餐做得精精的，谁来看咱菜谱我都不怕。"

玉翠说："姐呀，别看你是个女人，我看你呀，想事、做事，比有些男人都强，在这些事上，我真服你。"

珍珠说："我都听说了，你们家最近也有变化。六河也叫你们联手治得够呛，我看你们呀！做得挺对，家里致富的事，不能老拖拖拉拉的，就得拿出股劲儿来往前闯。退两步进一步的，那种方法可不行。"

玉翠说："五河姐夫也跟我说了好几回了，说让我劝六河赶快把合作医疗的事办了，可是六河脑袋摇得像拨浪鼓似的，就是不同意，说还要看看。我一时半会儿也劝不通他，也就撂下了。"

珍珠说："玉翠，这个事你们家赶快办了，六河还是村委会委员呢，这么办事哪行？这不是给他节甘蔗，他当苦瓜吃嘛，太不明白事了。"

玉翠叹口气道："不提他还好点儿，一提他我心里直犯堵。"

38. 深井工作队帐篷内

"活济公"墩子撩开了帐篷门，走了进来。

帐篷里有几个工人师傅在，没有李水泉。

"活济公"墩子问："李水泉呢？！你们这里他是领头的吧？"

一个工人师傅说："他出去了，你找他公事私事？要是有公事，跟我说就行了！"

"活济公"墩子说："跟你说？你是谁？我怎么不认识你？"

那位工人师傅说："我是刚来的，这个工程队的副队长，姓魏，叫魏大景。"

"活济公"墩子说："我知道，你们不为了打井到我们村干什么来了？"

魏大景说："我姓魏，叫大景！我不是井水的井，是风景的景！"

"活济公"墩子说："我不管你是什么井，反正从明天起你们是不能再在这块塘地上打井了。打明儿个开始，你们这些人，就自己给自己放假吧，这个井是不能再打下去了啊！我今儿个来就是来通知你们的，如果你们明天不听，还继续打，那我就找你们工程队要钱。"

魏大景和几个工人师傅愣愣地看着"活济公"墩子。

（第十集完）

第十一集

1. 工程队帐篷内

魏大景对"活济公"墩子说："我们工程队来村子里这个地方打深水井，是和村子里商定好的，不直接对具体农户说话，你有什么事去找村子里，最好别直接找我们。"

"活济公"墩子说："找什么村上？我就找你们！我就是来告诉你们，你们不能在这块地上再干下去了。马上得把工程给我停下来，你们明天要是再打井，我就找人把井给你们填了！你看我能不能干出来！"

魏大景说："我说你这个人，怎么这么不讲理啊，这为全村老百姓打深水井的事，你怎么这么较劲呀？！"

"活济公"墩子说："你这个人怎么这么说话呢？这事要是轮到你头上，你也不让，不把钱给赔偿明白了，你让啊？！"

魏大景说："你要不去找村上，我们就得去找村上，不管怎么说，这井还得接着打，工程不能停。"

"活济公"墩子说："我说，你是没听明白我刚才给你说的话是怎的，我不告诉你了吗？你们打井这块地是归我使用的，我说不能打了，就是不能打了，我说的话你没听明白？"

魏大景说："咱们停一天工程，村里老百姓就得晚吃上一天深水井里的水。"

"活济公"墩子说："早吃晚吃和我没关系，我要的是钱，如果村子上不给我钱，你们能拿出钱来给我也行，你们现在要能给我拿出钱来，我就让你们打井。"

魏大景说："行了，你也别着急，这事我们跟村子里商量商量再说吧！来，抽根烟吧！"说着，掏出一根香烟递给"活济公"墩子。

"活济公"墩子用手一挡，说："不抽，戒了！我还忙着呢，明天我要再看见你们打井，我就找你们来要钱，话说完了，我走了啊。"说完，"活济公"墩子转身走了。

魏大景把他送到门外，说："你可慢走啊！"

"活济公"墩子没回头，说："你送不送我都没用，你回去吧！你就把我送出二里地去，明天的井还是不能打。"

魏大景看着"活济公"墩子的背影，掏出打火机点燃了一支烟，他抽着烟，脸上有些许愁云。

2. 淮河岸边

明朗的月光，洒在淮河的大堤和河面上，泛着闪闪波光，在大堤上坐着李水泉和彩虹。

彩虹仰起脸来，看看天上的月亮，对李水泉说："今儿个晚上的月亮真好。"

李水泉说："没听歌中唱嘛，十五的月亮升上了天空哟，哥哥就等着心上的人跑过来哟！"

彩虹说："你等着谁跑过来呀？我告诉你，我可不会跑过来追你。"

李水泉说："其实，只要两个人感情好，谁向谁跑过来能怎么的，不都一样的事嘛。"

彩虹说："那可不一样，我是一个农村闺女，你是一个县里干部，我要是主动追你，你不真心喜欢我，就是将来咱们走到了一起，那日子过得，也没什么意思。"

李水泉说："彩虹，在城里，我妈也给我介绍过几个对象，可我不知是在乡下干活干的还是怎的，总觉得农村的女孩纯洁朴实，感情真挚，不像有的城里女孩，一天到晚就注重打扮，弄得浮花柳浪的，我还真看不上眼。"

彩虹说："那不对吧，城里女孩都比咱乡下女孩白净文气！"

水泉说："我找对象，是要找一个将来能真心爱我、关心我，和我一起正经过日子的人，不是要找一个花瓶，表面上溜光水滑，肚子里空空的。所以，我见了你，就喜欢上了你。"

彩虹指指天上的云彩说："你看见那片云彩没？现在还在月亮的旁边守着呢，可是，来了一阵风就会把它吹走的，它就不在月亮边上了，跑到哪儿去？月亮就不知道了。"

李水泉看看彩虹，说："你这是借着云彩说我呢吧？意思就是说，我的心就会像这块云彩呗！有个风吹草动的，我就离开你这个月亮了呗。彩虹，我要跟你处对象，可不是想跟你玩青春游戏，我是很认真的，我告诉你，我不是月亮旁边那块云彩，我是日日夜夜都给月亮以光以热以温暖的太阳，太阳也叫银河系里的恒星嘛，你就放心吧，我对你的爱，永恒！"

3. "活济公"墩子家

彩霞和玉树正在灶前忙碌。

彩霞在烧着火，玉树在用一把铲子搅拌着锅里的饲料。两个人边干活边说着话。火光映照着彩霞那张充满青春气息的好看的脸。

玉树说："我爹不知又出去干什么去了？一会儿回来看见你在我家，肯定得吓一跳。"

彩霞说："早吓一跳，晚吓一跳，他总得有吓着一跳的时候，我看今儿个让他吓一跳也没什么不好的。"

玉树说："那是，咱俩处对象的事，他只是影影绰绰地摸着点儿须子，没见实，今儿个见你这么晚来我家，还在这里干活，那他一看就什么都明白了。"

彩霞说："咱们处对象，是早晚得公开的事，也用不着偷偷摸摸的，你爹知道了也没什么坏处，这样，我以后就能经常到你们家来了，你看看你们这两个男人的日子过得，家也不像个家样儿，好多地方都得收拾收拾，归弄归弄，我有时间就来帮你们，做做这些活计。"

玉树说："彩霞呀！我早看出来了，你是把过日子的好手，我们家今后有了你，小日子保证过得挺红火，家就肯定像个家样儿了。"

正说着，门"吱呀"一声开了，"活济公"墩子走了进来，由于屋里有些水汽，他没有马上看到彩霞，就对玉树说："天都这么晚了，这又犯什么疯？又烀饲料呢？"

玉树搅着饲料说："今儿晚上烀好了，明天早上就省着再起大早烀了。爹，你这是上哪儿去了？"

"活济公"墩子凑近玉树说："小子，爹到咱们房西边工程队的帐篷里去了。"

玉树说："你上人家那里去干什么去了？"

"活济公"墩子说："这话说的，还干什么去了？我去找他们闹了一场，告诉他们明天停工，并不能在这块地上再打下去了。"

玉树停住手里的活计，对"活济公"墩子说："爹呀！你这不是胡闹吗？你有什么事，对村子上说，你也不能到工程队去闹啊。"

"活济公"墩子说："我就是故意到工程队去闹他们了，我不闹那村子里能给咱们家加钱吗？我听说了，村里才打算赔偿咱们两万块钱，那够干什么的呀？够你将来结婚盖房子用的吗？不盖个新房，哪个女孩子愿意嫁给你呀？"

玉树看看"活济公"墩子说："那你也不应该去闹呀，你看看，咱家谁来了？"

"活济公"墩子说:"谁呀!这么晚还有谁能上咱家来呀!"他往里面一走,透过锅里蒸腾的热气,看到了在灶前烧火的彩霞,一惊:"哎呀妈呀!可不是怎的,这里还真蹲个人哪,谁呀这是?"他走到跟前,待看清了,一拍大腿说:"妈呀妈呀!原来是彩霞呀,彩霞呀!你真的来了?"

彩霞笑着说:"我来了,你不欢迎啊?"

4. 淮河大堤上

彩虹说:"泉子哥,我还得问你一句话?你妈你爸能同意你找一个农村的对象吗?"

李水泉说:"现在农村和城里与过去可不一样了,农村也在城市化,户籍制度也在改革。再说我爸妈都是很善良开明的人,你放心,我喜欢你,他们肯定就会更喜欢你。"

彩虹睁大了眼睛问:"真的呀!我长得不俊,也不算太丑,我是真怕见公婆啊。"

李水泉说:"这个你不用怕,等哪天有时间的时候,我和你一起去趟县城,和我爸我妈一见上面,你就不怕了,他们俩对人可好了。"

彩虹说:"你说这话我信,从你身上也能看出你父母人品不错来。"

李水泉说:"彩虹,你冷不冷?"

彩虹说:"冷倒是没觉得冷,心里总觉得有点热似的,你呢?"

李水泉说:"我不冷,我是怕你冷。"

彩虹说:"哎呀,经你这一说,我才感觉到,这天也是真有点儿冷啊!"

李水泉脱下他的工作大衣,披在他和彩虹的肩上,就势也把自己的胳膊搂在了彩虹的肩膀上。

彩虹眼睛亮亮地看着李水泉,用手捏了李水泉的鼻子一下说:"泉子哥,你真好!"李水泉抱住了彩虹,深情地看着她。

两个人有了甜蜜的吻。

5. "活济公"墩子家

"活济公"墩子说:"哎呀,我是太欢迎,是太高兴了,彩霞,你还是第一回到我家来呢吧,快别干活了,进屋坐吧,我给你沏茶去。"

彩霞站起来用脚把灶口前的柴火往里踢踢说:"我不喝茶水,喝了茶水晚上睡不着觉。"

"活济公"墩子说:"那我就给你倒碗白开水去。"

彩霞又说:"大叔,你别倒了,我不渴。"

"活济公"墩子看着彩霞,笑咧咧地说:"茶不让沏,水也不喝,那你说大叔我能给你干点什么呢?"

彩霞说:"什么也不用。"

"活济公"墩子说:"彩霞呀!大叔在这儿不碍你们的事吧,我再问你一句话,你来我们家,你爹知道不?"

彩霞说:"他知不知道能怎的?"

"活济公"墩子说:"哎,那可不是能怎的不能怎的事儿,你爹那个犟脾气我知道,他认准的事,多少头牛都拉不回来,我告诉你,闺女,你这到我们家来了,也就是说你基本就是玉树的对象了,那也就不外人了。大叔也得跟你说句实话,你爹可不见得同意你和玉树的事。"

彩霞说:"我有心理准备。"

"活济公"墩子说:"这就对了,你爹要是知道了这件事,说是不同意,你也别和他硬碰硬地斗，咱们就和他玩四两拨千斤，以柔克刚的招儿，你看那石头硬不硬，那水滴老滴答滴答，多硬的石头也得让它给滴穿了，你要是硬碰硬地和你爹斗，把他火气惹起来，那对你和玉树的事反而不好。"

彩霞说："我知道，我不会惹我爸生气的，他要是不同意。我们就慢慢做工作，我们该处我们的，处我们的。"

"活济公"墩子指着彩霞说："这闺女脑袋瓜好使，大叔我拿话一点你就透。"

6. 六河家

新堂在灯下看书，他的面前摆了许多关于农业种植方面的书。

六河进来了，说："新堂啊！没睡呢？爹跟你说个事，我先前说的那个要给你找对象的事，你得倒出空来，上镇子去看看呀，人家副镇长家还等着咱们回话呢？"

新堂有些不耐烦地对他爹说："哎呀！你老唠叨这个事干什么呀，没看我在这儿看书呢嘛，你就干脆回个话，说不去，那从来没见过面，也不了解，往一起一坐，大眼瞪小眼的说什么呀！"

六河说："新堂，别看我在新稻种和塘地种植上的事，我给你让了一步，但在这个事上，我不能给你让步，你不去看不行，明天就把手里的活撂下，跟我一起上镇子去。"

新堂说："要去你去吧，我不去。"

六河说："你是不是看你长大以后，我没动手打过你呀！这孩子怎么这么不听话呢？"

新堂说："那对象是看出来的呀？那不都是先心里有感觉，才能处出来吗？都什么年代了，怎么还老整这事呢？"

六河说："不看你能认识呀！人不见面就有感情，那有的人，是先谈恋爱后结婚，那有的人是先结婚后谈恋爱，我看后谈恋爱的那日子过得也不挺好吗，像我和你妈那辈人，从相对象到结婚，直到生了你和彩霞，我们都没想过什么叫爱情，想的就是怎么一心一意地过日子，到了你们这辈了，说头越来越多，这么也不对了，那么也不对了，就你们那套对。"

新堂说："爹呀，现在男女婚姻都是自由恋爱，在这方面，你给我点自由行不，找对象的事，我不急，你那么着急呢？"

六河说："这话叫你说的，我着急还着急出错了，你要不是我儿子，我能跟着你着这份急呀？你跟我说句话，你到底能不能上镇子看去？"

新堂说："我不说了嘛，我不去。"

六河说："好小子，你说不去了，我可告诉你，你小子可别后悔，我就给那边回话了，说是咱们不去了，过后你要是再想去，那可没门！"说罢，转身气呼呼地走了出去。

7. "活济公"墩子家院里

这时候，有人敲门，是五河的声音："墩子在家吗？"

"活济公"墩子听出是五河的声音，忙推门走了出去，说："是五河呀！你找我有事？"

五河说："墩子，刚才你是不是到工程队帐篷里去闹了，我不是跟你说过了吗？你有什么事，跟村上说，不能直接去找工程队，不就是因为那赔偿费的事吗？村委会已经研究了，决定赔给你两万块钱。"

"活济公"墩子一听说："什么？两万块钱，那也太少了。那不行，我看我明天还得到工地上去闹，你们要不把钱给我涨起来，我就找人把那井给填了。"

五河说："'活济公'，你这说什么话呢？我代表村委会来找你谈话来了，你还说要去工地闹，还说要去找人把井给填了，你不觉得你这样做，有些太过分了吗？连点起码的觉悟都没有了吗？"

　　"活济公"墩子说："那钱没给我够，那还讲觉悟呀！"

　　五河说："两万块钱不少呀，你还想要多少呀，也不能老把眼睛盯在钱上，还得想想，这深水井也是保证全村老百姓能吃上安全水的问题。"

　　"活济公"墩子说："你说的那些事，我都不管，我就是要钱，村子上不给我，就找工程队要，反正你们总得把钱给够我，不然，井是不能再往下打了。"

　　五河说："你觉得两万块钱还不够吗？"

　　"活济公"墩子说："够什么啊，你没看着彩霞都来我们家了吗？"

　　五河问："彩霞？她来你们家干吗？"

　　"活济公"墩子说："这话还用问吗？这不和我们家玉树处上对象了吗？五河呀！彩霞都和我们家玉树处对象了，那咱们日后也就是亲戚了，是亲总得三分向吧，我那些果树，还有这块塘地，都贡献给村里用来打井了，你们就多给我补偿点呗！"

　　五河说："彩霞和玉树真谈对象了？"

　　"活济公"墩子说："还真的假的什么啊？"说着拉开门，冲屋里摆摆手说："玉树、彩霞呀，你们俩都出来。"

　　玉树和彩霞从屋里走了出来，"活济公"墩子说："让你们五河叔叔看看，不然好像是我在这儿编瞎话似的。"

　　玉树说："五河叔，您来了？"

　　五河盯着彩霞看了看，说："玉树、彩霞呀，你们俩得做他的工作，刚才他到工程队去闹了，这不好。另外，村上决定给这块地赔偿两万元，我看也不少了。"

　　"活济公"墩子接过话茬说："这事你跟他们俩说什么？！他们俩管不着这个事，要说你就冲我说，我不同意，谁说也不好使。"

　　五河说："天也不早了，有时间你到村委会来一趟，咱们继续说说这个事。但是，你不能再到工地去闹了。"

　　"活济公"墩子说："那看你把问题怎么给我解决了，不加钱我还得去闹。"

　　五河说："有时间你去村委会吧！我走了。"说完，又问彩霞："你什么时候回家？"

　　彩霞说："你先走吧，我一会儿就回去。"

　　五河没再说什么，走了。

　　墩子冲着他的背影说："五河，你可想明白，咱们都亲戚里道的了，能加钱就给我加两个，不就你一句话的事嘛。"

　　五河已经走到了院门口，听了这话，又回身说道："怎么是我一句话的事呢，给你加钱就得从群众的饭碗里，往你碗里拨饭。你咬的是全村老百姓的手指头，你要咬疼了，村里的老百姓能让你？"说完，走了。

　　"活济公"墩子对着玉树和彩霞说："你看，这个朱五河就是这个样儿，咱们都快成亲戚了，他对我说话还这么有原则，真没意思。"

　　玉树说："爹呀！我看五河叔说得在理，你不能再去工地闹了，就那几棵果树，你一小块塘地的事，你的要求不能太多，村子里给咱们的钱，我看对咱们就够照顾了，你明天到村委会去，就别提什么过分要求了。"

　　"活济公"墩子说："你跟你爹我说什么呢？能要到手里的钱不要，你以为你爹是傻子，我不多要点钱来，你和彩霞对象处成了，不得盖房子结婚吗？钱都哪儿来，能从天上啪嚓掉下来呀？！"

玉树说："爸，你别老把我要结婚盖房子的事挂在嘴上，在这个事上，我早想好了，依靠我自己的能力办，我绝不花你手里的一分钱，你这又闹村子，又闹工程队的，就是闹来了钱，那钱也不是好钱，我就更不能花。"

"活济公"墩子指着玉树，说："你说你这小子你不是虎嘛，当着彩霞的面让爹我说你什么好呢？你爹诚心诚意地为你们，你还跟你爹说这话，可真气死我了，我不跟你们说了。"

说着，他拉开门就往屋里走。

他走到门口，又回身语气柔和地对彩霞说："彩霞呀！早晚你都得是我儿媳妇，你也别见笑，玉树这小子想什么事就是一条道跑到天黑，脑袋不转弯，有点傻，你呀，脑袋瓜比他灵活，打今儿往后，你得多帮帮他，让他开开窍。"说完进屋去了。

8. "活济公"墩子家院门口

玉树送彩霞往院外走。

彩霞看着玉树说："玉树哥，我看你啊，说你爹说得挺对的。"

这时候，屋门突然开了，"活济公"墩子露出脸来说："彩霞呀！你怎么向着他说话呢？他说的对什么呀？你说他说得对，那就是说我说错了呗。"

玉树转身对"活济公"墩子说："爹，你不进屋了么，怎么还偷听我们说话呢？"

"活济公"墩子说："我就是想听听你们说的什么，你以为你爹像你小子似的，那么没心眼儿！"

彩霞对"活济公"墩子说："行了，大叔，你快回屋吧，我和玉树也不说了，你也别偷听了，我走了。"

说着，彩霞走了。

玉树说："明儿还来不？"

彩霞说："来呀！我得帮你们归置东西呢。"

9. 六河家院子里

六河刚刚从屋里走出来，碰见彩霞从外边回来了，他更是气不打一处来，说："彩霞，你跟'活济公'墩子他那儿子玉树，到底是怎么回事？"

彩霞说："什么怎么回事啊！不就是那么回事嘛。"

六河一听，瞪大了眼睛说："什么叫不就是那么一回事，到底是怎么回事，你给我说清楚。"

彩霞看看六河说："那你不都知道了嘛，不就那么回事嘛。"

六河一听，火冒三丈地说："什么？看来你是真跟玉树好上了？这么大的事，你也不问问我的意见，那'活济公'家像个人家样吗？我看不惯他，你甘心让他当你老公公啊？"

彩霞说："我找对象，是找玉树，行不行也不是冲着玉树他爹呀！"

六河说："你这闺女，怎么这么不明白呢？你不知道，那'活济公'墩子是亲爷俩嘛，他们不都是一家人嘛，你要是和玉树结了婚，那不就得和他们在一起过嘛，你成天看着'活济公'那个样子，你好受啊？不是爹说你，你是鬼迷了心窍还是怎的？怎么能跟玉树好呢？天下的好小伙子不是有的是吗？我告诉你，从打明天开始，你不兴再和那玉树接触，你对象的事，包在爹身上，将来我托人给你找个好的。"

彩霞说："爹，我自己处对象的事，你非得管什么呀？"

六河说："怎的，你和你哥两个小崽子，在家里要反天哪，怎么都是这套话对付我呢？我不是你爹嘛，你要不是我闺女，我愿意管你的事啊？说，明天能不能跟玉树把关系给我掰开？"

彩霞噘着嘴说："我们处得好好的，为什么非要掰开呀？你是天上的王母娘娘呀，拿着银簪子一划就是一道银河，把人就给隔开了。爹呀！你怎么非干这事呢？"

六河说："我看你们翅膀还没硬呢，来不来就要不服管了，这不行，我吃过的咸盐要是铺在路上，都够你们走个十年八年的了，小孩子你们懂啥？你哥，新堂不听我的。你彩霞也跟我犟嘴，不用你们犟，有一天你们吃了亏就知道了，还是你爹我给你们出的道对，彩霞，你信爹的话，听爹的没错！"

彩霞说："今天挺晚的了，别说这事了，我忙了一天了，我要回屋睡觉了。"说着，就进屋了，啪的把门关上了。

六河站在彩霞的屋门口，气恼说："这孩子一点不懂事，白瞎了我的这份心思了！"

10. 六河家和"活济公"墩子家之间

"活济公"墩子从那院露出头来："哎，六河，刚才跟彩霞吵吵什么呢？"

六河气不打一处来地说："我们家里的事，不用你管！"说完，关门进屋了。

"活济公"墩子呢，若有所思！

11. 淮爷小卖店内

夜晚，淮爷、顺水妈、小石头、珍珠、玉翠都在这里，他们坐在床上说着话。

甜菊给淮爷和顺水妈各端了一盆洗脚水，当淮爷和顺水妈把脚伸进各自的盆里以后，甜菊开始分别给他们洗脚，一边洗一边说："你们都上了岁数了，弯个腰费劲，晚上睡觉前用热水烫烫脚，浑身都清爽舒服。"

这时候，顺水妈说："我觉得顺水的头一个媳妇对我就够好的了，可也从来没说帮我洗过脚，天底下，像甜菊这么好的闺女，也真是不多，真招人喜欢。"

淮爷说："天底下的好女人，有的是，可好女人不一定都能做到这一点儿，在孝顺老人这方面，甜菊确实做得一般人赶不上。"

珍珠说："别看我们俩人是你闺女，可你没借上我们多少力！"

淮爷说："这话是真的，你看人家甜菊，一天到晚也挺忙的，可是天天晚上给我烧热水洗脚，跟亲闺女一样！"

珍珠说："爹，你挑我们的理对不对？爹，我们不是对你没有孝心，而是忙得够呛，倒不出时间来孝顺你，反正甜菊也不是外人，她就算代我们尽孝了。"

甜菊边给顺水妈擦脚，边笑着说："嫂子说得对，她们忙，就让她们忙去，这些小事，都由我来做。"

顺水妈说道："我这辈子，算没有这种好命了，要是能摊上甜菊这么个好儿媳妇，我可就心满意足了，一天到晚就得高兴坏了！"

12. "活济公"墩子家

"活济公"墩子在屋里和玉树说着话。

"活济公"墩子说："我说你这小子，挺有能耐呀！彩霞那孩子我看挺好，不过，我听说，他爹六河，不太同意她嫁给你，所以你小子不斤不厘地还得多往六河家那边跑跑，给他买点烟酒糖茶什么的，换句话说，也就是给你未来的老丈人打打进步，让他同意一下你和彩霞的事，只要你把媳妇娶到家，下一步那咱就什么也不怕了。"

玉树说:"我的事你就别跟着瞎操心了,我找对象,找的是彩霞,只要我们俩对心思,比什么都重要,我才不在乎她爹是同意还是反对呢?我也没有时间去给他打那个进步,有时间我也不去,要去你去吧。"

"活济公"墩子从床上由坐着变成站了起来,指着玉树说:"你这小子,是怎么跟你爹说话呢?是你找彩霞处对象,也不是你爹我找彩霞处对象,我去跟他六河说什么?你小子,把事情全都给整反了,爹跟你说的这不都是好话嘛,真是的,玉树我看你大了,反而越来越不懂事了,你说你今天当着彩霞的面,还向着朱五河说话,你说你分不分里外呀!怎么净干胳膊肘往外拐的傻事呢?"

玉树说:"人做事,都得讲个分寸,什么事不能做过了,把事情做过了头,对人对己都不好。爹,我看你快点睡觉吧,睡好觉了,清醒清醒脑子,到村委会才能把事办明白。"

"活济公"墩子指着玉树说:"我知道你小子说这话是什么意思,你就是说我糊涂了呗,我告诉你,你爹我一点也不糊涂,要糊涂是你糊涂,你懂不?"

玉树说:"行了,天这么晚了,咱爷俩之间就别闹了,谁糊涂谁知道就得了!"

13. 淮爷小卖店

众人都在,五河走了进来。

五河说:"这怎么都在这儿呢?"

珍珠说:"这些天一直忙,也没过来看看爹,寻思今天有时间我和玉翠就多坐一会儿。"

五河看见甜菊刚刚给顺水妈和淮爷洗完脚,端着洗脚水往门外走,就说:"镇子里我也兑下了一处房子,准备用它做浴池,将来,浴池开了张,就别在家里洗脚了,就到那全身上下洗个遍,弄个浑身轻松多好。"

淮爷一边把两脚拿上床,一边对五河说:"你那个浴池什么时候开业呀,开业以后,我们都去洗,我愿意洗热水澡。"

五河说:"爹,咱自己家开的浴池,镇子离村里又不远,你要去洗,就叫他们用摩托车驮你去。一天洗一次,也不费事!"

淮爷笑着说:"还洗八遍呢,用得着吗?隔三岔五地去洗一次就行。五河啊,看着你们年轻人都在做大事,最近几天我也琢磨,这小卖店我也不想办了。"

五河惊异地:"嗯?要办小卖店那时候,我们就说,你闺女姑爷一大帮,用不着你再操办小卖店了,可你却谁的话都不听,非要办这个小卖店不可,现在怎么说不办就要不办了?不办了也好,有这么多孩子孝顺你,我看你就颐养天年算了!"

淮爷说:"五河,这话可不是你应该说的!老有所养,不还得老有所为吗?我说不办也不是完全不办,而是另外一种办法了。"

五河说:"你想怎么个办法?"

淮爷说:"我想把小卖店改成大一些的超市,这得租一个大一点的房子,一半用于卖日常用品,一半用于卖农机具、生产饲料。"

五河说:"你想租多大的房子,村子里的你看上哪户人家的了?"

淮爷说:"村子里的房子,各人家都在住着,不好租用,实打实地说,我是看上你们村委会旁边那栋房子了,就靠东边那几间。我看那屋子,也空着呢。"

五河说:"哦,那原来就是村委会的房子,那房子空着是空着,要真租给您,还得村委会开会商量才行。"

淮爷说:"是得要大伙儿一起商量,你和六河都少说话,让别人说,租金要多少,我就给多少，我不想在这个事上省了一点钱，让你和六河两个人面子上太难看。"

五河说："你这个想法好！"

淮爷又说："听说'活济公'那儿子玉树和咱们彩霞有处对象的意思？"

五河说："我知道，看来是有这个事。"

淮爷说："玉翠，我听说六河有点不大同意，哪天你把六河给我叫来，我给他说说，当长辈的想事情做事情都开明点，多给儿女留点余地，让他们自己施展去，不能什么事都管，管过了头，就把对儿女的爱变成了一根绳子，把别人捆住了，自己还以为是对儿女的爱呢。"

五河说："珍珠，你看，爹都七老八十的人了，思想比我都开明。"

玉翠说："爹，你刚才说的话，我回去就跟六河说，说你找他有事。"

淮爷说："行，六河这个人，也是得到了我说说他的时候了。"

14. 街灯明亮

江苏县城的一个小酒屋里，新亮和南南在这里喝酒。

新亮擎起半杯红酒，说："南南，这几天尽帮着我跑事来着，来，碰一杯！"

南南也擎起酒杯，幸福地笑着："长这么大了，我还第一次喝酒！"

两只酒杯碰在了一起，他们都干了！

南南看着窗外的月亮说："今天晚上，这天上的月亮真好！"

新亮往南南的酒杯和自己的酒杯里斟着酒说："不只是天上有月亮，这酒杯里还有两月亮呢！南南，真没想到，你会这么喜欢我。"

南南笑着说："我都后悔了，喜欢错了，你这个人心眼太小！"

新亮说："不是心眼小，哪个男人是看到自己喜欢的人跟别人好，不来气呀！"

南南笑着说："嗯，这话，我爱听！"

新亮说："南南，你到底喜欢我什么？"

南南抿嘴一笑："反正你这个人啊，身上有股子傲劲儿，干什么都不服输，我喜欢！"

新亮："我对你南南，真是一见钟情，自打在胖丫摊前碰到过你，我就没少寻思你！那天你帮着我们对门饭店唱完戏，我一宿都没睡好觉！"

南南："是啊？"

新亮："满脑袋，都是你唱歌的影子，一直晃到天亮！"

南南举起酒杯说："唱歌那个事，我就对你说声对不起了！"

15. 公共汽车站

新亮和南南从公共汽车上走下来。

所不同的是，他们两个人都换了一套新衣服，南南从车上下来，就用手挎着新亮的胳膊，一副亲亲密密的样子。

新亮说："到家了，这一趟江苏没白去，不但把扣蟹和鱼苗的事订了，还带回一个女朋友来。"

南南说："什么叫带回一个女朋友来，我本来就是你带过去又带回来的女朋友。"

新亮说："去的时候，还不能说女朋友，回来的时候，就可以这么说了。南南，咱俩处朋友的事，还没跟你妈和我爹我妈说呢，他们要是知道了，肯定都会很高兴。"

南南说："谁家老人，看着自己家的孩子处了朋友不高兴啊？哎，也不知道，你家的船和网箱什么的买好了没有？"

新亮说:"昨天我和我妈通电话了,说是船和网箱都弄好了,船都停在湖边上了。"

南南说:"我看,咱们就先回我家,简单吃口饭,上午咱们就到仙女湖去,去看看那船,也把支网箱的事商量商量。"

新亮说:"我看行!不过,我的摩托车还在家呢。"

南南说:"不要紧,我在镇上找别人借一辆来不就行了。"

新亮说:"那行,那就先到你家吧!"

16. 村委会

上午,朱五河刚刚走进村委会的院子,"活济公"墩子就从里面迎了出来,说:"五河呀!我在这儿等你半天了。"

五河说:"就这么点事,来这么早干吗?"

"活济公"墩子说:"什么叫起这么大早干吗呀?我一晚上都没睡好觉,我是越想越觉得委屈,越想越觉得吃亏,想着想着,眼泪把枕头都给湿透了。你说,村委会就给我家赔两万块钱,你们怎么寻思来着,太不够意思了吧,我这么支持村里打深水井的事,反过来你们这么对不起我,这不等于给我这好心人,当头一棒子嘛,五河,这个事到底怎么办,今天我得跟你讨个说法,不然再拖下去,那井都打成了,井房子也建立起来了,主干道也从这里接到各家了,我再找你们说这事,那不什么事儿都晚了吗?所以,今天你必须给我个准话。"

五河说:"进屋说吧!"说着两人走进村委会去。

17. 工程队帐篷外

李水泉、魏大景他们走出帐篷。

魏大景对李水泉说:"队长,咱们的工程倒是停不停?"

李水泉说:"不能停,外甥打灯笼,照旧!"

工人们又开始打井了。

李水泉说:"一会儿,我去找村委会和他们再沟通沟通!"

18. 村委会屋里

五河开门见山地说:"'活济公',给你赔偿两万元,是村委会决定的,我觉得给你赔得不算少了。"

"活济公"墩子说:"两万元钱还多呀?现在咱们村办企业这么兴旺,后边那砖场那么挣钱,一年都几百万几百万地来钱,多给我几万块钱算个什么呀?不等于老牛身上拔根毛吗?"

五河说:"咱们砖场是没少赚钱,可这些钱都用在有关群众利益的刀刃上,不能乱花,假如谁都想到这儿来拔根毛的话,你拔一根,我拔一根,村里这点钱就成了没有毛的牛了。"

19. 淮河大堤上

新亮和南南骑着摩托车,向仙女湖方向驶去。

20. 村委会屋子里

"活济公"墩子说:"五河,能不能再给我提高点儿?你就说句痛快话,我也不坚持原来的十二万了,你也别非得坚持现在的两万,咱们另外再定个数,你我都能接受的,你高兴我高兴，工程队高兴，全村子的老百姓也高兴。这样，满天云彩就都散了。"

五河说："钱的事，就不想再给你增加了，但是，还有另外一个方案，你可以考虑，你拿这钱不是要给玉树盖房子吗？咱们砖窑现在生产砖，卖给你的砖可以打个折，你是村里的村民嘛，自家盖房也是农村建设的一部分，你看行不行？"

"活济公"墩子想想说："砖我是得买，不过，你能给我打多少折？"

五河说："我想提议给你打个七点五折，这样你花两万元，就能卖到将近三万块钱的砖，你看行不行？"

"活济公"墩子说："砖的事给打七点五折行，可钱的事我还是嫌赔偿的少。"

五河说："'活济公'，村里对你这么照顾，你别老跟村里耍心眼儿了，如果是这样还不行，村里就实在没办法了，如果你要到工地去闹，那就只好让你去闹了，你是一个懂法的人，影响了施工，你不但要承担法律责任，还要承担经济责任，你知不知道？他们停一天施工，那么多机械在那儿闲着，那么多人在那儿待着，一天得浪费多少钱？如果你能承担起这两个责任，你就去闹。我看你能闹出个什么样儿来。最后，你吃了苦果子，可别怨我事先没给你把话说明白。"

"活济公"墩子一听这话，就说："你这是做我工作呢？还是吓唬我呢？我告诉你，我'活济公'墩子可不是好糊弄的。"

五河站起身说："没谁糊弄你，事情就这样了，你再想想吧！"

21．仙女湖边

新亮停下摩托车，向一位渔民问着什么。

他们向湖的这边驶来。

一条小船泊在那里。

新亮和南南下了摩托车，走上船去。

22．村委会院里

五河和"活济公"墩子从里面走出来，五河对墩子说："对了，我在镇子上要办起个浴池来，开业那天，我请你去洗澡。"

"活济公"墩子说："别扯了，我才不去呢。我身上这点儿好东西，可不想往你们家水池子里洗。"

五河笑笑说："你这人怎么这样，我白请你洗澡，你还这么多说道。"

"活济公"墩子说："哪是白请我白洗澡，我要是去洗了，搓下那些泥来，不还都是掉在你们家水池子里嘛。"

五河说："你这人是怎么算账的，谁稀罕你那些脏东西！哎，我得再提示你一句：你可不要再到工地去闹了，影响施工进度，后果自负。"

"活济公"墩子涎着脸说："行，你是村主任，你说不让我去闹了，我就不去闹了，还不行吗？"

李水泉进了院子。

五河说："哦，李队长！"

"活济公"墩子从李水泉身边走过。

水泉小声问："怎么样？"

五河："工作还没完全做通，正做着呢！你们的井不是正打着呢吗？"

水泉说："打井是没停！"

五河说："那就好，走，我去工地看看！"

五河和水泉走了。

23. 仙女湖岸边

珍珠听见湖边摩托车响，从船舱里走了出来，见是新亮和南南就说："哎呀，新亮，你们回来了！你看，这条船已经买好了，船上有风力发电设备，妈把家里的电冰箱、电视机都搬来了，你的床、被子，妈也都给你准备好了，在湖上住，天冷风大，妈特意给你拿了床厚被子，你上船来看看，还缺什么不的？"

南南说："阿姨，你好！"

珍珠应酬道："好，好，你也进去看看吧！"

新亮和南南走进船舱里。

新亮说："这船不错，我看也不缺什么，以后，这船也就是我水上的家了。妈，网箱什么时候开始架设？"

珍珠说："就等着你回来呢！人手我都给你准备齐了。"

新亮说："我看马上就开始干吧！"

珍珠说："你回来先歇歇吧！"

新亮说："来回就是坐车，也不累。"

珍珠说："新亮，你们这趟去，还都顺利吧？"

新亮说："有南南呢，事办得不仅是顺利，是太顺利了。妈，扣蟹、鱼苗还没运过来呢，我先给你领回来一个大活人来。"

珍珠："什么意思？"

新亮说："妈，南南是我女朋友了！"

南南脸有些红了，说："阿姨！"

新亮说："妈，南南从江苏那边特意给你捎回来两件衣服，还有江苏的特产空心挂面，都在南南家呢，有时间给你拿过去。"

珍珠看了看南南，又看了看新亮，神情非常慎重地说："衣服和挂面都别给我了，我这一天风里来雨里去的，在家还操办个饭店，好衣服也穿不到好处。挂面，饭店里虽然没有空心的，可实心的挂面有的是，就留给南南妈吃吧，别往咱家拿了。"

新亮看看他妈说："人家南南大老远给你拿回来的，多少是点心意，你不能说不要就不要啊！"

珍珠说："行了，衣服就算我穿了，挂面就算我吃着了，这个心意我领了。"

南南默默地看着珍珠。

珍珠又对新亮说："新亮啊，我看，你们在一起做事，我不反对。"

新亮说："妈，我怎么跟你说呢？南南真是我女朋友了。"

珍珠说："你和南南才刚认识，出去才这么几天，别张口女朋友闭口女朋友的。"

南南听了这话一脸忧郁。

珍珠说："南南帮你出去跑了好几天，也该回家歇歇了，新亮你就抓紧回家去，一会儿我也回去，吃过饭咱们就抓紧支网箱。"

新亮看看珍珠，说："妈，你先走吧，一会儿我们就走！"

珍珠拎起件外衣，穿在身上："行，我先走了！"说完，回身往岸上走，她在大堤上发动着了摩托车，走了。

新亮望着珍珠的背影，若有所思。

南南看着珍珠的背影："我看出来了，阿姨好像对我有什么意见。"

新亮说："你别想太多，我妈这人说话就这样，直来直去的，不会拐弯！"

南南对新亮说:"咱们刚回来,你冒冒失失地跟阿姨乱说什么呀?"
新亮看了一眼他妈的背影,说:"咳,都怨我嘴快!我寻思这是好事,早点告诉她,让她高兴高兴,没想到我妈是这态度。"说着,转身走进船舱,南南也跟着走进船舱。

24. 深井工地
五河和李水泉都在这里。
工地上有人在浇筑混凝土井盖儿。
五河和李水泉用锹给工人们往小推车里装着混凝土。
魏大景在和工人们一起做井盖儿!

25. 仙女湖边
船舱里。
南南弯下身子帮新亮收拾船里的东西,说:"今天晚上你就在这儿住了?湖上风大水湿,也没有暖气。哎哟,不过你妈给你拿的这床被子可够厚的。"又掀了掀铺着的褥子说:"铺的也够厚的。"
新亮说:"妈疼儿子,那是真心实意的。"
南南抽下床单说:"这是你在家铺的床单吧,多少有点脏了,我洗完给你拿过来再铺上。"
新亮说:"哎呀,不用了,你快歇会儿吧。"
但南南还是把床单取了下来。南南看到了发电用的风力叶片说:"这就是风力发电机呀?把电发完了,都存到哪儿去了?"
新亮说:"看着新鲜物了吧?发的电都存在了电瓶里,电视机、电冰箱和电瓶一接,就能直接用电了。"
南南说:"真没想到,现在科技也真发达,都发展到渔民的船上来了。"
新亮说:"咱们先回你家,把你给我妈买的衣服和空心挂面给她带回去。"
南南说:"拿着也行,但还是你给你妈吧,我要是给她,她不要就又给我弄个大红脸。"说着,把床单拿在了手上。
新亮说:"没事,她不见得有什么想法,你别想太多,咱们还是一起去,走吧!"
两个人说着上了岸。
新亮发动着了摩托车。
南南蹙着眉头,上了摩托车。
他们的摩托车,驶走了。

26. 淮爷小卖店里
淮爷在磨着小磨香油。
顺水妈在帮淮爷他们往货架上摆放着商品。小石头在给顺水妈手里递东西。
甜菊对淮爷说:"淮爷,一会儿,我想出去一趟。"
淮爷问:"有事啊?"
甜菊说:"嗯!"
淮爷又问:"你要干什么去?"
甜菊说:"我想去找那武二秀去。"
淮爷说:"那不是人的东西,你理她干什么?"
甜菊说:"好几天了,大婶和小石头在这儿,她像没事似的。这几天我就琢磨,我得找她去。"

淮爷说:"那是个泼妇,蛮横不讲理,你找她能说出个什么理儿来?整不好,就是跟她吵一架,生一肚子气回来了。"

甜菊笑笑说:"生气?我才不会跟她生气呢,我不去找她,那就太便宜她了,把大婶和小石头撵出家门,她倒闹个清闲快乐。我得去折腾折腾她!"

淮爷说:"要去,你也别自己去,叫你哥五河或者六河跟着去,不然,可别吃了她亏。"

甜菊说:"不用,人善有人欺,马善有人骑。对武二秀这种娘儿们,我有办法对付她。淮爷,你别看我平时老老实实地,可我是只眯着眼睛睡觉的老虎,要是有人真把我惹着了,我还真饶不了她。只不过我不是直接咬人的老虎,是只笑面虎!"

淮爷用眼睛看看甜菊说:"你自己去行啊?"

甜菊说:"你就放心吧!"说完,甜菊从柜子里拿出两本小册子,就走了。

(第十一集完)

第十二集

1. 镇子街道上

新亮和南南的摩托车驶了过来,正巧路过胖丫的摊床。

胖丫看见了他们,惊喜地喊道:"哎呀!新亮哥、南南姐,你们回来了?"

新亮和南南的摩托车,停在了胖丫的摊床前。

胖丫打量着两人说:"呀!出去这么几天,这俩人怎么都像变了样似的呢?新亮哥的衣服也换了,南南姐和新亮哥形影不离了,我看这是有情况。"

新亮笑着说:"有什么情况?不就是这么个情况嘛,你南南姐是我女朋友了。"

胖丫笑着说:"呀!真的呀!好梦成真了!那可得好好祝贺祝贺你们!我早就看出来,你们俩是天生的一对!新亮哥你没在家这些天,你家珍珠婶子天天来给我送鱼,我都老感谢你们了,你说我胖丫有什么能耐,也为你们做不了什么事,不过话又说回来了,我也能为你们做点事,你和南南姐俩就放心好吧,在你们爱情的道路上,我胖丫给你们当个清扫工。"

新亮说:"清扫工?你说这话,我怎么没听明白呢?"

胖丫说:"我给你们当清扫工,你还听不明白呀?就是拿个扫帚给你们扫清道路,有那个硌脚的石头子,绊脚的土块子,我都给它们一并扫除!"

胖丫的话把新亮和南南说笑了。

胖丫又说:"新亮哥、南南姐,通过卖仙女湖的鱼,你妹子我挣着钱了,你们俩处成朋友了,这对我胖丫来说,也是个大喜事,咱得够哥们意思是不?等哪天你俩有时间了,我请你俩好好撮一顿,意思意思,行不?"

新亮说:"心意领了,我们刚回来,有不少事还要忙,再说吧!"

胖丫说:"别再说呀,别人的饭你不吃,我胖丫这顿饭你俩应该吃,不管吃好吃赖,这顿饭能吃出四个字来,'情义无价'!"

新亮说:"哈哈!胖丫还真有词儿!我们答应你了,行,这话就先说到这吧,我们什么时候有时间再说吧!"

胖丫说:"那可太好了。"

南南说:"胖丫,我们走了啊。"

胖丫说:"别走,我先给你们俩捧点瓜子花生,也算我先对你们俩先行祝贺了!"

说着，把一捧花生瓜子，装进了南南的衣兜里，南南很幸福地看着胖丫。

胖丫又捧了一捧，装进了新亮的衣兜。

新亮笑着说："什么是情义无价？这就是！"

胖丫看着他们一脸甜甜的笑。

2. 五河家饭店的厨房里

彩虹和彩霞说着话。

彩虹说："彩霞呀，你说玉树他爹，那人是怎么回事，那么一块塘地，那么几棵老果树，村子里要赔他两万块钱他还嫌少，你知道不？他都到工程队的工地去闹了，说是要让李水泉他们停工。"

彩霞问："我早知道了！"

彩虹说："你说，他认为村上赔偿钱不够，应该跟村上说呀，跑李水泉他们工地上去闹啥呀？！可丢死人了！"

彩霞说："这事儿，他做得肯定是过分了！"

彩虹说："彩霞，依姐看啊，要想能把他管住的，全村子就一个人能。"

彩霞说："谁呀？"

彩虹说："你想想呀！玉树他爹，没完没了地向村里要钱，是要干什么？是要给玉树结婚的时候盖房子，如果他未来的儿媳妇在这个时候，要能出现在他面前，横刀立马地说句话，我看准管用。"

彩霞说："姐呀！你这意思就是说，让我去找他说说？可我现在和玉树才处对象，我去说这事儿好吗？"

彩虹说："我想来想去，就你出头说这个事儿好！你呀，就和玉树俩一起跟他说，就说如果他再闹下去，你就跟玉树黄，墩子就害怕了。"

彩霞说："如果这么说行，那我就去说，我这就去。"说完，彩霞放下手里的东西走了。

3. 淮爷小卖店里

淮爷在用算盘子算着什么。

顺水妈在磨着小磨香油。

淮爷对顺水妈说："大妹子，你好不容易到我们这住几天，你可就别干活了。"

顺水妈说："磨这点儿香油，算个什么活，也当着锻炼锻炼了。"

淮爷又说："小石头快开学了吧？"

顺水妈说："是。他甜菊姑昨天把他的书包都给洗了洗，本啊笔啊，也都给准备了。"又问淮爷："甜菊干什么去了？"

淮爷说："她去找那武二秀说事儿去了。"

顺水妈说："那武二秀是只母老虎，属绣花枕头的，表面上漂漂亮亮的，可是肚子里装的都是荞麦皮！甜菊跟她可不一样，说话办事是两路人。甜菊找她去说事，我看也说不到一起去。"

淮爷说："甜菊这孩子，从小到大是我看着长大的，她办事稳当，不会出什么大错。再说武二秀这个不是人的东西，有些事不跟她说道说道也不行。"

这时候，六河走了进来。

顺水妈说："哟，你姑爷来了。"

淮爷见是六河，就说："你来了，是玉翠告诉你来的吧？"

六河说："爹，玉翠跟我说了，让我来一趟。"

淮爷说："知道我找你说什么事吗？"
六河说："爹，我先跟你说点儿事行不？"
淮爷说："什么事？你说吧！"
六河说："我听玉翠回去跟我说了，我也碰到过五河哥，都说你要租村委会旁边的房子，要办超市，我看呢，你都这么大岁数了，我们也都对你挺孝顺的，你就别折腾了。"
淮爷看看六河说："我要办超市是正事，怎么是折腾呢？我又不用你们拿钱，你是不是看我老了，就不能干点儿什么事了？什么思想！我告诉你，六河，你要敢挡我办超市的事，在我租村委会旁边房子的问题上，给我打破头楔儿，我可饶不了你！"
六河说："你看你把这话都听哪儿去了？我这不是说，你有吃有喝的，又有这么多人孝顺你，你不用干什么也行了嘛。"
淮爷说："你意思是说，我就像那老豆角子似的，干闲子了是吧？我跟你说，那不是你岳父我的脾气，我活一天，就得干一天，别看我岁数大了，干事业，我还真不服你们！尤其是你六河，你那套思想，我看不惯，干什么都比别人慢！"
六河："你看看，我说这话是好心！"
淮爷："你支持我办超市，就算是你孝顺我了，听明白没有！"
六河："行，我支持你还不行吗？！"
淮爷说："哎，六河，是不是彩霞和玉树处对象的事你又管上了？我可告诉你，彩霞和玉树的事，要是叫你给搅黄了，将来彩霞找不着好对象，我看你吃不了怎么兜着走，玉树那孩子不是挺好嘛，你还想让彩霞找个什么样儿的？乱弹琴！"
六河说："爹，彩霞和玉树这事，你说怨我管吗？玉树他爹'活济公'名声什么样你也知道，咱把彩霞嫁给他家，我总觉得我这脸上无光似的。"
淮爷说："都什么年代了，儿女婚姻的事，你老插手那么多干什么？人家自由恋爱，你不管不行啊？还有那个新堂，你今儿个找人给他保媒，明儿个给他保媒的，你看人家新堂搭你的茬吗？现在的年轻人，和你们想的不一样，你别老拿你们的想法强加给他们，别看我老了，在这件事上，我比你小子想得明白。"
六河说："是自由恋爱了，可我还是他们的爹呀，这事我也不能不管不问吧？"
淮爷说："我看啊！对于你这种管法来说，你不管，倒比管好。"
六河说："爹，你的意思说我管不对了呗，我管的哪儿不对？我还没觉得。"
淮爷说："你回去慢慢想想，不该管的事，管了，自己生气不说，搅得孩子们心情也不好。"
六河不服气，自言自语地说："彩霞这闺女，真是翅膀硬了，因为这事，我是骂了她，可就这么点事，怎么还传到您这儿来了呢？！这闺女，是越来越不听话了，看来，我还得收拾她！"
淮爷说："你收拾她行，反正你别怕我收拾你就行！"

4. 刘泥鳅家饭店内

"小广播"在打点着饭厅里的客人。
刘喜子从厨房里探出头来，招呼服务员，说："鱼做好了，上菜！"
有服务员应声走了过去。
刘泥鳅隔着玻璃窗，往对面的朱五河他们家饭店看，边看边说："对门的饭店，这家人家这两天挺奇怪呀！那珍珠老像忙得脚不沾地似的，整天往外边跑，不知又想什么新鲜招儿对付我们呢！看来有时间，还得过去摸摸情况。"
"小广播"说："哎哎哎！你别老站那窗前往那边看风景了，过来干活，那一堆葱和蒜还没扒呢！"

刘泥鳅说："这怎么扒葱扒蒜的活儿天天都给我留着呢？这种味儿辣眼睛刺鼻子不说，整得我走到哪儿，身上都带着股大蒜味儿。"

"小广播"说："带着蒜味儿好啊，大蒜味比香水味强。"

刘泥鳅说："什么意思？照你那话说，城里的男人女人都别往身上揎香水了，就往身上挤大蒜汁呗！"

"小广播"说："我没说别人，我说的就是你。你身上带点蒜味，省得出去拈花惹草的。"

刘泥鳅看看厅里的服务员，又对"小广播"说："你又瞎说什么呢？我告诉你，我跟你说了好几回了，你要是再当大伙儿的面埋汰我，我可跟你急眼，什么拈花惹草啊？我跟谁拈花惹草叫你抓住了？成天老当话把儿说啊！"

"小广播"说："那不是没事防备有事吗？不怕一万就怕万一嘛！"

刘泥鳅说："得了，你也不用防我了，这葱和蒜我也不扒了，我就上后屋躺着去了，成天'三个饱一个倒'，我也不出门，风吹不着，雨淋不着的，这回你就省心了吧！"说着，扔下手里的一根大葱，转身走进了后屋。

"小广播"："哎呀，还来脾气了，怎么还扔下活走了呢？"

后屋内，刘泥鳅躺在了床上。

"小广播"走了进来，说："你说你们这爷俩，一老一小的，这成天都闹什么呀？一会儿你躺床上了，一会儿他躺床上了，你们老那么躺着，那咱这饭店还办不办了？饭店里头抬面扛米的，什么重活累活用着你干了？就扒个葱皮蒜皮的，那不是清闲活嘛，你抱什么委屈？你给我起来。"

刘泥鳅坐起来说："你以后当大家伙儿的面，还埋不埋汰我了吧？！"

"小广播"说："就是那么几个服务员，都是村里的人，熟人熟面的，谁不知道谁啊？我说你深点浅点的，能怎么的？！"

刘泥鳅说："不行！在他们面前，我必须要个脸面！你埋汰我不行。"

"小广播"说："行了行了，以后没谁说你了，以后我不会当着大伙儿的面再说你了，快出去扒葱扒蒜去吧啊。"

刘泥鳅捋了一下小分头，从床上下来，站到了地上，说："你说，你错没错？"

"小广播"说："行了，就算我错了还不行吗？！"

刘泥鳅说："光说错了，不行，你得说说，以后怎么改？"

"小广播"往门外推着刘泥鳅说："怎的，我承认一句错误你还来劲儿了？我不都说了吗？我以后不当大伙儿的面说你了。"

刘泥鳅说："你看着的，你以后要再当大伙儿的面说我，我就像孙顺水打武二秀似的，操起椅子来砸你。"

"小广播"说："看把你能耐的，你就是说说大话而已。"

刘泥鳅对"小广播"说："你等着，你要再犯错，看我怎么治你，你这老娘儿们，不治你也真不行了，把我管得越来越严了，这些日子我心里就憋屈，谁整天身边有个人管你，像活监视器似的，你高兴呀？我知道咱们俩就是从结婚开始，底儿就打得不好，我就是对你太迁就了，你呀，把我对你的迁就，当成了软弱，今天蹬鼻子上脸，明天就想上房揭瓦，你这号人，没别的招治你，就是找打。"

"小广播"说："哎呀！来能耐劲了哈？"说着，用手揪住刘泥鳅的耳朵，说："刚才说了不少有钢条的话，是吧？觉得你挺老爷们儿的是吧？！"

刘泥鳅被"小广播"揪耳朵揪得生疼，说："哎呀！可疼死我了，能不能放手啊！"

"小广播"说:"出外头扒葱去!"

刘泥鳅连声说:"行行行,你快松手吧!"

"小广播"这才松开手,刘泥鳅揉揉耳朵说:"哎呀!疼死啊!怎么这么使劲拧呢!"

"小广播"说:"怎的?"

刘泥鳅说:"我也没说怎么的啊,我揉揉耳朵还不行啊!不过,我得跟你说,你以后就是在背后再怎么揪我耳朵,或者踢我两脚,都比当着那几个服务员的面埋汰我强。"

"小广播"说:"别废话了,赶快出去扒葱去。"

刘泥鳅说:"行,我扒葱去,看来这点活儿是粘我身上了。"说着,走了出去。

5. 武二秀家院门口

甜菊站在武二秀家院门口,拍打着院门说:"有人在家吗?"

武二秀闻声走了出来。

甜菊说:"哟,二秀嫂子在家啊?"

武二秀看看甜菊,狐疑地说:"是甜菊啊!你怎么有空儿到我家来了?"

甜菊说:"顺水妈和小石头不是在我们那边呢嘛,我来给他们取个东西。"

武二秀说:"取东西?取什么东西?"

甜菊说:"顺水妈让我来给她取个手戳,说是就在你们家大立柜底下的那个第一个抽屉里呢。"

武二秀说:"她要手戳干什么?"

甜菊说:"我也不知道干什么,只是我看见镇子里的法官老王来了,在屋里,和顺水妈说话来着,说挺晚的才走。"

武二秀看看甜菊,说:"这老太太找镇上的法官了,她是不是想要告我?"

甜菊说:"这我可不知道,他们唠的是什么?不方便听,我也没听着。你快点儿回屋,帮我把那个手戳找出来,我那边正忙着,还得抓紧回去呢。"

武二秀说:"甜菊,她要这手戳,我知道她有什么用了!肯定是她找那个王法官告我了,好往材料上盖章用,这手戳平时我就没看着在哪儿,你回去告诉她,就说我给她找了,没找着。"

甜菊说:"你们婆媳之间的事,我不掺和,你说没找着,我回去就告诉她说没找着,虽然说我没有听到王法官和顺水妈说什么,但我在屋里收拾东西时,发现王法官扔我家两本小册子。"

武二秀说:"什么小册子?"

甜菊说:"其实都是咱们村里办普法学习班的时候,给咱们都发过的,你看,就这两本,我觉着咱们各家原来都有似的。"

武二秀接过那两本小册子,看了看说:"甜菊,你看看,真让我说对了,这一本是《中华人民共和国未成年人保护法》,一本是《老年人权益保障法》,这老太太,是真的把我给告了,这不就是说我对她和小石头虐待了嘛!"

甜菊说:"现在咱们农村随着经济发展,不赡养老人的,虐待老人的,真不多了。我听说,后村有一家人家,那儿媳妇对老婆婆不好,后来公安机关和司法部门,都来找她了。"

武二秀说:"谁家啊?我怎么没听说呢?"

甜菊说:"就是后村那个老李家李长海的那个媳妇。"

武二秀说:"有这事儿吗?到后来怎么办了?"

甜菊说："我听说把那儿媳妇给拘留了。二秀嫂子，你说那个媳妇也够差劲的，放着好好的日子不好好过，非得把自己送到拘留所里去，你说那里头的日子能有外边自由吗？！这两本小册子，我今天早上也是翻了翻，里边确实有禁止歧视、侮辱、虐待和遗弃老年人和孩子的条款。我看这也许就是顺水妈妈要告你的理由。"

　　武二秀说："我把他们两个人撵到院门外了，可走，是他们自己走的，这也不能说是我遗弃他们吧？"

　　甜菊说："天那么冷，他们待在院门口，你一直不让进屋，这事你是做过了，另外，你平时就对顺水妈不好，还打小石头，我看哪，顺水妈要告你，肯定能告成，你也得有个思想准备，备不住有一天你就成为后村李长海媳妇第二，你不怕去尝尝被拘留的滋味？"

　　武二秀有些心虚，但嘴上依然装硬说："这两本小册子你拿回去吧，我就等着她告我了，真要把我告到拘留所里去，我认了。"

　　甜菊说："我知道，二秀嫂子是有钢条的人，在事情来了的时候，能顶住，在这方面我甜菊真挺佩服你的，你就是那种倒驴不倒架的人！"

　　二秀拿眼睛看看甜菊没吭声，但脸上有些不高兴。

　　甜菊说："说，二秀嫂子，既然你不怕顺水妈告，那你就进屋给我找找手戳吧，不然我白跑一趟，手戳还没拿回去。"

　　武二秀说："别扯了，那手戳就是能找着，我也不能给她找，我武二秀再傻，也不能大拇手指头卷煎饼，自己往自己身上咬啊！"

　　甜菊笑笑，说："二秀嫂子，你要不给找那就算了吧，我就回去跟顺水妈说你找了半天没找着，行了吧？我走了。"说完，甜菊走了

　　武二秀看着甜菊走远了，就匆忙回到屋里，拨通了胖丫的电话，她一边抹着眼泪，一边对胖丫说："胖丫呀，我是你妈，你正好在家啊？！那老太太把我给告了，整不好你妈就进拘留所了。"

　　话筒里传来胖丫的声音："妈呀，我早就说你，让你对顺水妈和小石头好点，你就不听。我看哪，你别在家里撑着了，赶紧去小卖店把他们接回来吧，家里的矛盾一缓和，村上再一调解，这事兴许就大事化小，小事化了啦。"

　　武二秀抹着眼泪说："事到如今，你就帮妈再想想招吧，看看还有没有别的招，对付那老太太。"

　　胖丫说："妈，别老想着对付别人，我看你还是得想怎么对别人好才行，对别人好，也是对自己好。"

　　说完，胖丫把电话撂了。

6. "活济公"墩子家

　　村外，一片草地上，是雪白的羊群，玉树圪蹴在一个避风处，头下枕着牧羊鞭，在翻看一本书。

　　彩霞匆匆地走了过来，说："玉树哥！"

　　玉树听见是彩霞，放下书，坐了起来，说："你怎么找到这儿了？"

　　彩霞说："我刚才到你们家去了，一看你们家羊圈里没羊，我就知道你是出来放羊了。有人看见你赶着羊往这边来了，我就找来了。"

　　玉树说："在这个地方你还能找着我，你也真挺神的。彩霞，有事吗？"

　　彩霞说："有，玉树哥，我五河大爷跟你爹谈了两次赔偿款的事了，还是谈不下来，你爹这事有点做得太过头了吧？"

玉树说："他那人不就那样嘛，我管不了他。"

彩霞说："我看呢？你这个羊先别放了，赶着羊回家吧，咱们两个一起跟他当面锣对面鼓地谈谈，再闹下去太不合适了。"

玉树说："行啊！那可就看你的了，你要说句话，我看他也许能当回事。"

玉树赶上羊群和彩霞一起往家里走。

7. 镇子的街道上

洋洋骑着摩托车，从胖丫的摊床前经过，胖丫喊住了洋洋："哎！洋洋姐，你这是要去哪儿啊？"

洋洋停下摩托车，说："回村子里去，给深井工作队的人去理发和洗头去。"

胖丫说："哎哟！这生意是叫你洋洋姐越做越精了，都上门服务了。"

洋洋笑容可掬地说："那是，有挣钱的机会谁不挣啊？"

胖丫又对洋洋说："洋洋姐，不知你听说没，新亮和南南处成对象了，俩人亲亲热热的，搂着胳膊抱着腰的，关系可好了。"

洋洋听了，有些吃惊，表面上故作镇静地说："是吗？他们要是真处成了对象，这处得也够快的了！也是个'闪电式'是吧？"

胖丫说："快也不是什么坏事啊，洋洋姐，你真会形容，你说那个'闪电式'就是天上下雨的时候，阴电和阳电一碰撞，呲啦就撞出一道火花来，你说的就是这个'闪电式'吧？"

洋洋说："我是觉得他们动作有点太快了，怎么去了一趟江苏，才几天，关系就变成这样了，好像有点儿不大正常！"

胖丫说："我看没什么不正常的，什么叫正常啊？爱情，男人女人的爱情，就像阴电和阳电似的，一碰能划出闪电来就好，你看那闪电多快，咔嚓一下子，把整个天地都照亮了。"

洋洋说："胖丫，听说你卖仙女湖的鱼挺挣钱的，是吧？"

胖丫说："钱是挣着了点儿。对了，洋洋姐我还得跟你说个事，这几天晚上有空儿，等你们都下了班，我得找你去。"

洋洋说："有事啊？"

胖丫说："你们店不还搞美容嘛，我这手头有俩钱了，也得去消费消费。我胖丫是属那种青白皮儿萝卜的，'心里美'，可光这样不行，有条件了，咱也得收拾收拾，弄得漂儿亮的，不是我胖丫跟你说。"

胖丫说着，撸起衣服袖子，拍拍胳膊，对洋洋说："你看看你妹子这皮肤，白不白？细腻不细腻？一般的女孩能不能赶上我？你仔细看看我，好好减减肥，收拾收拾，肯定也是个大美人！"

洋洋说："胖丫，你本来长得就不丑，只不过是你妈不在你跟前照顾你，你饥一顿，饱一顿的，反倒把自己给弄胖了，你也挣着钱了，到我那儿做美容行，有时间你就到我那儿去吧，晚上我就在店里住，我好好给你做做。"

胖丫说："我知道洋洋姐做什么都精细，那就这么说定了。"

洋洋说："好吧！再见啊。"

说完，洋洋骑着摩托车走了。

8. 五河家饭店

新亮骑着一辆摩托车，驮着南南。

南南抱着个包从摩托车上下来。

新亮停好摩托车，和南南一起往饭店里走。

南南挎着新亮的胳膊。

9. 刘泥鳅家的饭店里

刘泥鳅手里扒着葱，听见对门有摩托响，就站起来往那边看。

他见是南南和新亮一起往饭店里走，就对"小广播"说："哎，老婆子，你快过来，那边真是出了西洋景了！你看，那南南和新亮一起回来了，怎么还挎上胳膊进屋的呢！完！南南挎上了新亮的胳膊，就等于咱们家喜子追南南的事宣布失败，完！"

"小广播"说："我说你别大吵摆嚷的，喜子不知道这事，正在厨房炒菜呢，你让他知道了，他心情又不好了，我说呀！你要是有正事，抓紧托人给喜子找个对象吧，喜子有了对象，心也就踏实了，不然，他一天到晚老想着南南，再得了什么病，那就麻烦了。"

刘泥鳅说："我看这事也是得抓紧了，不抓紧给这小子说个人，把他的心拴住，也真不行，这小子想南南都快想疯了。"

"小广播"说："不行，咱就给洋洋打个电话，她在镇子上认识的人比咱多，让她帮着介绍介绍。"

刘泥鳅说："这也是个办法，不过，在南南这个事上，咱们家就这么输给了老朱家，我真是有点不甘心！我得赶快和洋洋说，让她快点回来，不光说她哥的事，还有她跟李水泉的事，咱们也得抓紧下手了！南南的事喜子败了，可李水泉的事，洋洋不能败。"

洋洋在门前停下摩托车，推门走了进来。

刘泥鳅说："呀！说曹操，曹操就到，洋洋这不是回来了嘛。"

10. 朱六河家的塑料大棚里

菜苗已经长得挺高了，大棚里一片油绿，新堂用喷壶在给菜浇着水。

大棚的门开了，晓梅走了进来。

新堂一愣，打量着晓梅说："这位同志，你是不是走错地方了，你找谁呀？"

晓梅笑着说："我没走错地方，你不是朱新堂吗？我就来找你，你不认识我了。前些天你还到我那儿去过呢，真是贵人多忘事！"

新堂看看晓梅，想了一会儿说："呀！我想起来了，你是镇农业技术推广站的是吧？"

晓梅笑了，说："你不认识我，我早认识你，咱们都在镇子的高中里读书，只是不是一个班的，我叫王晓梅！"

新堂说："王晓梅？我真的没有什么印象，你怎么早就认识我呢？"

晓梅说："那时候各班之间常打篮球，你的篮球打得挺好，投篮也投得挺准，我就知道你叫朱新堂。"

朱新堂挠挠后脑勺说："哎呀！还是老同学呢，我却不认识你，不好意思了。这大棚里也没个地方坐，找我有事吗？"

晓梅拿张报纸一铺，坐下说："我们农业技术推广站就是走村串户，帮助各家各户普及农业技术知识。同时，也常下来走访，了解了解农民在致富的道路上，还需要我们在技术上帮助解决些什么问题。你家种了大棚，又要种新稻种和新的经济作物，我今儿个就是走访来了。"

新堂说："欢迎。我一个是要把这个大棚侍弄好，还要把香葱抓紧种到地里，过些日子还得种春稻。你先帮我看看，这些菜这么种行不行，有什么问题没有？"

晓梅站起来，走到田畔前，蹲下身子看着菜叶说："长得还行，没什么大问题。给菜浇水尽量赶到晚上浇，白天浇多了，阳光一晒容易板结土地，影响蔬菜生长。"

新堂说："哎呀，我只注意了松土施肥打农药，以为把水给菜苗浇上就行，没想到在浇水的时间上，也有这么多说道。"

晓梅笑着说："搞种植可不像你打篮球那么简单，抓住球跑几步就把篮球投进筐儿里了，种粮食、种菜可不那么简单，环节多了，哪一个环节上出了问题，都影响收成。"

新堂说："都是一个高中毕业的同学，刚毕业才一年多，怎么你在这方面懂得这么多？"

小梅说："在县里参加了大半年农业技术知识培训班，听不少老师和有经验的农民讲课，这半年多，又老往下跑，也就懂得了一些知识。"

新堂说："哎呀，你成专家了，打今儿往后，我还得常向你讨教呢。"

晓梅笑着说："别说什么讨教不讨教的，我们能帮上你的地方，肯定帮你。"

这时候，六河走了进来，他看见新堂和晓梅在一起说话，有些愣住了，他问新堂，说："这闺女是谁啊？"

新堂说："爹，这是我高中的同学晓梅！"

六河仔细打量了一下晓梅，笑笑说："你们唠着，我还有事。"说着，急急推门走了。

晓梅看着六河走出去了，对新堂说："新堂，一看你爸这样，就是个好庄稼把式。"

新堂说："那是，说别的，他也说不上怎么行，可要论种庄稼我爹在这十里八村都出名。但是，人光能干一手好活不行。"他指指自己的脑子说："这儿得开窍，不然，还是不能很快地富起来。"

晓梅说："你们家现在种着大棚，种就种了，你们种的这些菜，没有能卖上大价钱的，等换季再种的时候，要种点新鲜样儿的菜，收入就会翻好几番。"

新堂说："知道这些，我早到你们那里问问好了。"

晓梅说："别着急，咱们大棚里，一年出个几茬菜没问题，等这一茬菜收完了，种下一茬的时候我来帮你。"

新堂说："那可太好了！"

11. 朱五河家饭店内

新亮和南南走了进来，饭店里只有玉翠和彩虹在。

新亮问玉翠："二姨，我妈呢？"

玉翠说："她忙三火四地回来了，吃了一口饭就出去了，说是还要忙什么网箱方面的事。"

新亮说："那她是上镇了，可我和南南回来的路上也没见着她呀！"

玉翠说："她走了可有好一会儿了，八成早就到镇子上了。"

新亮对彩虹说："彩虹，给我们两个弄点儿饭，我们吃完了也走。"

新亮和南南坐到了一张空桌子上，玉翠进了厨房，彩虹走过来问新亮："哥，二姨问你们都想吃点什么？"

新亮说："随便吧！"

彩虹说："别，二姨在厨房叫你呢，你们想吃点什么，你就过去跟她说吧。"

新亮把手里的包递给彩虹，说："把这些东西，拿到妈的房间里去吧，这是你南南姐给咱妈买的衣服什么的。"

彩虹听了这话，眼睛亮亮地看着南南，心里似乎明白了什么。

新亮站起身向厨房走去。

厨房里，新亮走了进来，说："二姨，问我要吃什么干什么？你就随便给我们做点儿吧。"

玉翠压低了声音说："我不是问你们要吃什么菜！二姨把你叫过来，是想问问你，是不是你和南南的关系有新的发展了？"

新亮说："二姨，你那眼睛可真尖，叫你给看出来了，南南是我的女朋友了。"

玉翠说："是啊！那可怪好的，你爸你妈都知道没呢？"

新亮说："光看到我妈了，还没看着我爸呢？我妈对我和南南的事好像还有点什么想法。"

玉翠说："哎呀，南南这孩子多好啊，她能有什么想法啊！新亮，你听二姨的，就跟这南南好好处吧，你妈那边的工作，我给你做。"

新亮笑了，说："那可就多谢二姨了。"

这个时候，六河趴着厨房的窗户往里看，敲着窗户玻璃说："哎，玉翠，你出来一下。"

玉翠见是六河，就对新亮说："是你叔来了，不知又有什么事了，我出去一趟。"

新亮说："我也挺长时间没看见六河叔了，我也出去和他见个面。"说完，就跟着玉翠一起走到了门外。

彩虹进了厨房里，忙着炒菜。

玉翠在门外对六河说："你又来了，又有什么事？"

六河看看新亮,没跟玉翠说话，对新亮说："新亮，你回来了？这身衣服穿得可挺精神哪！我来找你二姨，想单独跟她说两句话。"

玉翠说："有什么事就说呗，新亮也不是外人。整得神神秘秘地干什么？"

六河说："新亮不是外人，可我要跟你说的话，让新亮听那不是浪费新亮的时间吗？"

新亮听了这话，忙说："六河叔，你们俩唠吧，我先进屋了。"

六河跟新亮打着招呼说："好好好！"

玉翠对六河说："你说你还是当叔叔的，怎么这么不会说话呢？人家新亮听说你来了，特意出来看你来了，你又拿话把人家给撑回去了。你有什么事啊？非得背着新亮。"

六河小声说："老婆子，你别大声喊了，你这个大嗓门子，什么时候能改改呢？自打你到这饭店来，我总共来了几回，家里没什么大事、急事，我什么时候来找过你？"

玉翠说："别说别的了，我这也正忙着呢，有什么话你就快说吧！"

六河说："你知不知道新堂那小子，处上对象了？"

玉翠说："你胡扯什么呀？哪有的事啊？有这事新堂能不跟我说吗？"

六河对玉翠说："我说呀，老婆子，你可真是个傻老婆子，现在新堂和彩霞这俩孩子，什么事不背着咱俩呀，处对象都偷摸地啊，跟咱们牙缝儿不欠哪，我说我要给他托人介绍对象，他左也不看，右也不看的，原来这小子是偷摸处上了。"

玉翠说："你说的这都是真的假的呀，什么时候的事啊？"

六河说："还什么时候的事什么呀？就现在的事！新堂正和那个他高中的同学，一个叫晓梅的人在咱们家大棚里，谈恋爱呢。"

玉翠一听，忙问六河："是吗？你见着了？"

六河说："我没见着，我能跟你说这事吗？我能急着来找你吗？这大太阳在脑瓜顶上照着，我也没梦游！"

玉翠说："那个姑娘长得什么样啊？"

六河说："文质彬彬的，还挺秀气的！"

玉翠说："是吗？咱村也没这么个人啊？"

六河说："镇子上的，看那样还像个有身份的人呢。"

玉翠说："我真想现在过去看看去，但是现在也不方便去呀。你说我现在要进到大棚里头，人家女孩那家还不得寻思啊，这家人是怎么回事啊？怎么爹刚走，妈又来了呢？好像监视人家似的。我要是趴着塑料大棚外头，往里看，再叫人发现了，那就更不好了。"

六河说："那你今儿个就别去看了，我看着了，不就顶算你看着了吗？你快回去炒菜去吧。这个人你早晚能见着。"

玉翠说："你说，这好事怎么都让你们先赶上呢？上回玉树和彩霞的事，也是让你先看着的。"

六河说："新堂跟这个女孩对象，我看行，彩霞和玉树那事到现在我也不赞成，我看不是什么好事！"说完，六河背着手走了。

玉翠看了看六河的背影，转身进了饭店。

12. "活济公"墩子家

彩霞和玉树赶着一群羊，走进院子，"活济公"墩子坐在小板凳上，在窗户下编"鱼须滤"，他见玉树和彩霞一起回来了，就高兴地冲着彩霞打着招呼："哎呀！彩霞来了？你这是和玉树一起出去放羊了？"

玉树说："爹，我和彩霞找你有话说，就提前把羊群赶回来了。"

"活济公"墩子说："你们俩找我有话说，说什么？"

玉树说："爹，你没完没了地找村上要钱，又到工地上去闹，到底为什么啊？"

"活济公"墩子说："为什么？这秃顶上的虱子明摆着嘛，我就是为的你们俩，我找村上要钱，我能花着吗？我这一把年纪了，现在这个房子我住得也挺好。可是，你们将来要结婚，不盖个新房子行吗？现在村子里不少人家都盖楼了，你们不盖个新房跟我住在这旧房子里，人家不笑话咱吗？"

彩霞说："大叔，你听我跟你说句话，要是为了我们，这个钱就可以不要了。"

"活济公"墩子一听，愣了一下神，说："不要了，为什么呀？"

彩霞说："我已经和玉树说了，先成就事业后成家，现在玉树养这些猪啊、羊啊、鸡啊、鸭啊，还是小打小闹。将来，我们两人要合在一起，干点大事，我们将来结婚盖房子的钱，不用你准备，我们靠自己解决。"

"活济公"墩子听了彩霞的话，说："话说得是轻巧，可实际做起来就难了，靠你们两个人自己解决，那得等到猴年马月呀？你们不着急结婚，我还着急见孙子呢。"

彩霞又说："大叔，为了这个钱的事，你就不要再到村里和工地里去闹了。你说，总共就那么点儿东西，村里赔这些钱已经不算少了，如果你再闹下去，你可能把钱能再多要来点。可是，我和玉树都不再认你这个爹，你的钱愿意给谁给谁去吧。"

"活济公"墩子听了这话，一时没了主意，他看看玉树。

玉树说："爹，彩霞跟我说了，如果你要再去闹，她不但将来不认你这个爹，跟我的事也就拉倒了。你就是再闹来俩钱，可把我跟彩霞的事闹黄了，你掰着手指头算算，哪头大哪头小？"

"活济公"墩子看看彩霞，说："彩霞呀！你大叔我，活这么大岁数了，在村子里头真没上心听过别人的话，今天是你说话了，你是我未来的儿媳妇，真叫我犯难！"

彩霞说："叔，你不听我的，行，我和玉树就拉倒了啊！我走了！"

"活济公"墩子说："哎哎，彩霞！你不能走哇，你叫再我想想！"

彩霞说:"那你就想吧!我可是想好了,我跟玉树的事,就是一个字:黄!"说完,又要走!

"活济公"墩子说:"哎呀妈呀,这不是逼命呢吗?行了行了,彩霞,我可惹不起你!你是我的小祖宗,哎,话就说到这儿吧,我也不到村上工地上闹了,赔偿的事就按村上说的办吧,这总行了吧?"说完,又坐下编那"鱼须滤"。

彩霞说:"叔,是不是你嘴上顺着我,心里还是不痛快?"

"活济公"墩子说:"眼瞅着快要煮熟的鸭子又飞了,谁心里痛快呀?不痛快怎么整?我自己慢慢慢消化呗!"

彩霞说:"叔,我想晚上从饭店带点饭菜来,咱们爷仨,在一起吃顿饭。"

"活济公"墩子说:"一起吃顿饭?那好哇!我们这个家多少年都没仨人在一起吃过饭了,这么大个事,那饭菜你就别带了,叫玉树去买吧!你大姨家的饭菜也不是白来的!"

彩霞说:"没事,我大姨不是那小肚鸡肠的人,一顿饭两顿饭的,算个什么?再说,这都是我们家里的事。"

"活济公"墩子说:"那也行吧!你什么时候过来?"

彩霞说:"我这就回去,傍晚饭的时候过来,好不?"

"活济公"墩子说:"你不用拎酒来,我这有酒!"

彩霞笑笑说:"知道。"又冲玉树看了看。

玉树笑了。

彩霞返身走了。

"活济公"墩子坐在小板凳上,手里编着鱼须滤,看着彩霞的背影说:"行啊!儿子说话了,未来的儿媳妇也说话了,我这当老公公的,得懂事呀,我不能舍儿子儿媳妇不舍财呀!行了,那钱我不要了。"

13. 仙女湖边

珍珠站在堤坝上,指挥一些人从一个手扶拖拉机上往下卸网箱。朱新亮和一些人在水面上,往湖里来抬送着网箱,他们把网箱架在先埋好的木桩上。

新亮冲干活的工人们说:"大家伙弄得都严实点,尤其是把网根底下用石头子好好压住,不然,我家养的扣蟹可就都从网底下挖洞跑了。"

南南站在船上,对朱新亮说:"新亮,那根杆子钉得有点儿不正,应该扳正了,重新钉钉。"

朱新亮和另外一个工人在水中走到那个偏歪着的木杆跟前扶正了,用一把木锤,往下砸着那个木杆。

14. 镇子街道上

胖丫正在吆喝:"大瓜子啊!大花生啊!谁买瓜子花生啊?!"

这时候,武二秀急急地走了过来,说:"胖丫!"

胖丫说:"妈,你怎么来了?!"

武二秀说:"妈那阵儿不是给你打了电话了嘛!妈左想右想还是没有想出好主意,越想心里越发毛,你说我对那老太太和那孩子,也真是不太好,人家把我告了,就得把我弄去拘留。你说你妈这儿细皮嫩肉的,长这么大,也没干过什么正经活儿,吃不了什么苦,再说了,也丢不起那个人,要是被拘留了,出来了,在村子人面前一走,我都觉得比别人矮半截。"

胖丫说："我早就说，对老太太和孩子好点儿，可你就是不听，走到了今天这步，你自己上火着急了吧？行了，正好你来了，我就收摊了，咱们回家唠去吧！"

武二秀说："怎么又卖上瓜子花生了？朱新亮家不是给你送鱼了吗？"

胖丫说："人家能不送吗？你都不知道仙女湖的鱼有多抢手啊！没等这个鱼送到我摊床上呢，就有好几个人在这儿排队了，鱼往摊床上一放，用不了一会儿工夫，呼啦就没了，他们送的鱼，我早卖完了，卖这个瓜子和花生主要就是在街道上靠时间，看风景！"

胖丫一边说着，一边推着摊床车跟武二秀一起往回家的方向走。

15. 工程队工地

洋洋骑着摩托车过来。李水泉、魏大景等人，正在工地上忙着。

洋洋停住摩托车，一边走向李水泉，一边说："水泉哥，我来了！"

李水泉一见是洋洋，就说："呀，是洋洋！说是要上门来洗头理发，你还真来了？"

洋洋说："说过的话，哪能不兑现呢？"

这时候，魏大景目不转睛地看着洋洋，小声问："哎，水泉，这是谁呀？"

李水泉大声地说："来，我给大家介绍介绍，这是镇子上喜洋洋理发店的理发师刘洋洋！"

魏大景走上前去和洋洋握手。

李水泉给他们介绍说："洋洋，这是我们工程队副队长，魏大景。"

洋洋笑了，说："怎么在你们工程队，不是叫水泉的，就是叫大井的呢？"

魏大景说："我不是那个井水的井，我是风景的景。"

这时候，李水泉说："洋洋来了，上门来为咱们工程队服务来了，看谁想理发，谁想洗头，就到帐篷里去吧。"

魏大景说："我这个头发可够长的了，我就先理理吧，早晚都得理。"说着，他就和洋洋进了帐篷。

李水泉："那行，一个一个地理，其他人先干活吧！"

在帐篷外，李水泉继续和工人们干着活。

帐篷里，洋洋给魏大景围好了围裙，又在他的面前放了一个小镜子，就开始给他洗起头来。

魏大景说："哎呀！洋洋小姐，我真没想到，在我们这顶帐篷里，也能得到你这种和星级差不多的服务。"

洋洋一边给他洗着头一边说："你可真能夸我，哎，我问你，哪张床是水泉哥的？"

魏大景指指两张床说："靠窗户那边是他的，挨着他的是我的，我们俩床挨床。"

洋洋又问："哎呀，你瞅瞅水泉哥的床单，有点脏了，挺大个男人也真不会照顾自己！一会儿我给他撤下来洗洗！"

魏大景说："怎的？上门服务还给洗床单啊？那一会儿连我的也给洗了呗！"

洋洋说："行！哎，你和水泉哥关系怎样？"

魏大景说："那还用问吗？好啊，跟亲哥们似的。"

洋洋笑着说："是吗？那看来，咱们都不是外人了。"

魏大景瞅瞅洋洋说："是啊是啊，我看你和李水泉挺熟的，那咱们就真不是外人了。"

在李水泉床头的皮箱上放着李水泉的几张照片。洋洋把这几张照片的相框，摆到冲着自己的方向，一边给大景洗头，一边看着那些照片，说："这水泉哥，照片照得还真挺精神的啊！"

魏大景说："不但照片照得精神，人也长得够帅的呀！我告诉你洋洋，你大景哥也是一个帅小伙,只是成天在外边打井,头发叫风给吹得土豁豁的,不信,一会儿你给我洗完了头,理完了发,你再看,你大景哥这小伙,也是帅哥一个,虽说,咱比不上阎维文、刘德华,可也不照一般的影视明星差多少。"

洋洋转到魏大景的前边,细细看看他说:"哟,没有大镜子,在后面看不到你,你长得真的不错哎。"

魏大景说:"我这不是自个夸吧,收拾收拾,到大街上一走,多少女孩都得回头看我。"

洋洋笑了,说:"真的呀!那么自信呢?有那么大魅力呢?"

16. "活济公"墩子家

"活济公"墩子还在窗前编着"鱼须滤",五河走了进来。

"活济公"墩子站起身来,说:"是五河来了!"

五河说:"彩霞回去都跟我说了,说你在赔偿款的问题上想通了,我就来了。"

"活济公"墩子说:"五河呀!彩霞是我未来的儿媳妇,不给别人面子,她的这个面子我得给,我再不同意,要是把她和玉树的关系给整黄了,这个责任我可负不起。要说我想通,我还是真没想通,只不过是被逼的,只好让步了。"

五河说:"不管怎么说,你是同意了,那你看,现在这个事怎么办?是都给你现金,还是给你一部分现金,再给你一部分打折的砖呢?"

"活济公"墩子想想,用手指头算着,说:"那就给我五千块钱现金,另外那一万五千块钱,你就给我买打折的砖吧,我算了算,这些钱买的打折的砖,给他们盖房子也就差不多够了。"

五河说:"那好,钱,你什么时候到村里会计那里去取都行,砖什么时候要,就可以给你拉过来,卸到哪里你说话!"

"活济公"墩子说:"要拉的时候再说吧!得卸到宅基地上,今儿个我就得好好地看看这块地的风水,掐算掐算,砖卸到哪儿合适!"

五河说:"你这个'活济公',到什么时候,也忘不了翻你的那本老皇历,净整那套没用的事!"

"活济公"墩子说:"别人不信,那是别人的事,我自己家盖房子,我自己信,我自己算算这没什么大错吧!"

(第十二集完)

第十三集

1. 胖丫在镇上的出租房内

胖丫推着装着瓜子和花生的摊床车,与武二秀一起走进院来。

胖丫一边向屋里搬着装瓜子和花生的笸箩,一边对武二秀说:"你别动手了,这东西我来搬吧,你先进屋吧。"

武二秀看看胖丫,没吭声,也搬起一个笸箩,和胖丫一起走进屋去。

屋内,胖丫放下手里的笸箩对武二秀说:"妈,那天你走以后,晚上我躺在床上,怎么都睡不着觉,我就想人这辈子有些事真是说不清道不明的,妈,你说你已经嫁给了顺水叔,那人不错!"

武二秀说:"那个孙顺水人是不是个好人?老实巴交的没有什么坏心眼子,也算是个好人。"

胖丫说："既然也知道他是个好人，你怎么不好好跟他们家人一起过日子呢？"

武二秀说："人这一辈子，有好多事情，能想明白，可做不明白！"

胖丫说："妈，你今儿个是怎么了？"

武二秀说："妈今儿个闹心，我听说了，那老太太正往镇上告我呢。"

胖丫说："你把人家一老一小的撵出去，老不让人家回家哪行？"

武二秀说："胖丫啊，你说让妈去把他们接回来吧，我打心眼里往外不愿意，我不去接他们吧，这就等于给他们告我提供了口实，说心里话，妈是真怕被拘留啊。"

胖丫说："上回我跟你说了，你两条道里选一条，你不是不打算和孙顺水过了吗？"

武二秀说："我是不打算和他过了，可也不能说分手就分手吧，他要跟我离婚，我得提出些条件来，得让他先提离的事，我才主动，不能让他离得那么太顺利，这还得挺长时间的事呢，可是现在摊上的事儿，顶到眼皮底下了，好汉不能吃眼前亏啊！"

胖丫说："如果你们不离婚不行，那就离吧！在这个事上，妈你也别跟顺水叔家玩那么多心眼，好说好散就算了，你不想吃眼前亏，那就只有一招，赶快把老人孩子接回来。"

武二秀想想说："去接他们，我是满心不愿意。"

胖丫说："事情到了这关口上，你不低个头，就得吃大亏，我看你该接就去接吧！"

2. 工程队帐篷内外

洋洋拧着手里的床单，把它搭在帐篷外的一根晾衣绳上。

魏大景过来说："哎，洋洋怎么光给你水泉哥洗床单，还没给我洗床单呢？"

洋洋笑着说："你这人怎么这么能攀比呀？吃蚂蚱也落不下你一条大腿啊。"

魏大景嘻嘻地笑着说："我粗手笨脚的，不会洗衣服，在工程队里我的衣服和床单被罩，都是大家伙儿帮我洗。"

洋洋抖落着手里的另外一条床单，对魏大景说："行了，你也别吃醋了，这条床单就是你的，我也给你洗完了，晾在这儿！"一边说着，一边往晾衣绳上搭那条床单。

魏大景走到床单前，撩起床单说："哎呀妈呀！这床单经你手一洗，可是真不一样，透亮多了，看来，洗洗涮涮这些活男人怎么会干，也不如你们女人。"

这时候，李水泉走了过来："洋洋，给大伙儿理发洗头的，就挺累的了，怎么还帮我们洗上床单了？"

洋洋说："举手之劳的事，不用费太多力气。"

李水泉说："我们这儿开着伙呢，今儿晚上在这儿吃完饭再走吧！"

洋洋说："饭就不吃了，理发店里也忙着，有时间我再过来。水泉哥，我这就走了。"说着，进到帐篷里拿起了自己的东西，走到外边，骑上摩托车要走。

魏大景送着洋洋说："洋洋，你也不够意思呀，要走了也不说跟我打声招呼，光跟你水泉哥打招呼啊？"

洋洋笑笑说："你可真能挑理儿，好，大景哥，我走了。"

魏大景说："好，你走吧！赶明儿个有时间我上镇子理发店去看你。"

洋洋骑上摩托走了。迎面彩虹推着自行车，上面挂着青菜、鱼和肉什么的，与洋洋走了个碰面。

洋洋停下摩托车，说："呀！这不是彩虹嘛，你这是干什么去呀？"

彩虹说："哟！是洋洋，我这是给工程队送点东西，你什么时候回来的？"

洋洋笑笑说："刚回来，到这儿给他们上门服务去了。"

彩虹点头说:"哦!"

洋洋说:"我知道你忙得够呛,如果有时间到镇子上别忘了到我那儿去坐坐啊。"

彩虹说:"好嘞!"

洋洋骑着摩托车走了。

彩虹推着自行车来到帐篷前,她看到了搭在晾衣绳上的两个床单,仔细看了看,心里好像明白了什么。

这时候,李水泉和魏大景走了过来。

彩虹说:"泉子哥,把给你们的菜什么的,赶快拎屋去,另外把你要洗的衣服都找出来,你那个被罩也得洗洗了,我一会儿拿回家去洗。"

李水泉说:"哎呀,行了,我们成天在外边施工,土豁豁的,衣服也穿不出个干净劲儿来,洗不洗都行。"

彩虹瞪了李水泉一眼,说:"别废那么多话了,我说让你拿,你就拿。你拿不拿呀?!"

李水泉说:"我都说了,挺冷的天,你拿着这些衣服,还得用冷水洗,水那么凉,我就不想让你洗了。"

彩虹听了这话,说:"我们家里不是你们工程队,家里有洗衣机,用不着我动手洗。"

水泉说:"有洗衣机是有洗衣机,可自来水不还没接上呢么,还得用盆子往里倒水!太费事了!"

彩虹没再说话,径自走进帐篷去。

帐篷内,彩虹把李水泉的衣服和被罩,都装进了一个塑料口袋里,正要往外走,魏大景进来说:"彩虹啊!你别光照顾你泉子哥呀!我这儿还有几件衣服呢,一起拿去给洗洗呗,你看人家洋洋,把你泉子哥和我的床单都给洗了。"

彩虹看看魏大景,撑开手里的塑料袋说:"行,也给你洗,把衣服都放这里吧!"

魏大景乐了,一边把衣服放在塑料袋里,一边说:"这个光借得好,以后来给你泉子哥洗衣服,可千万别忘了把我的衣服带走。"

彩虹说:"别老想占人家便宜,以后,你再想洗就去找那刘洋洋洗吧!"

魏大景一笑说:"哎,彩虹,我未来的水泉嫂子,你的意思是说我和那刘洋洋有戏?"

彩虹说:"有没有戏,我就不知道了,就看你魏大景的了!"

魏大景嘿嘿一乐。

彩虹看着魏大景的样子也笑了,抱着一包衣服,走出帐篷,把那包东西挂在自行车上,推着走了。

李水泉跟在后边小声说:"彩虹,今儿晚上你有时间吗?"

彩虹口气硬硬地说:"怎的?"

李水泉说:"你要没事,咱们再一起出去走走。"

彩虹说:"不行。今天晚上没时间,忙!"

李水泉说:"你对我说话口气好像有些变了,我听起来心里不得劲儿。彩虹你是怎么了?"

彩虹说:"没怎么的,你以后要天天让洋洋给你洗床单,就别计较我对你说话的态度了。"

李水泉解释说:"我说的呢,原来你是因为这事,你看,我说不让她给我洗,可她非要给我洗,我也没好深拦她,再说人家不光给我洗了,也给魏大景洗了,就洗一条床单能怎的,彩虹,你别那么小心眼儿。"

彩虹推着自行车走着，说："对，你说得对，洗一条床单不能怎的，你以后就天天找她洗啊！"说完，走了。

李水泉看着彩虹的背影，一脸无奈。

3. 南南家服装店

门前，南南在往一根晾衣绳子上搭床单，南南妈跟了出来，一边和南南一起抻扯着那个床单，一边跟南南说："南南，这是新亮的床单吧？"

南南说："妈，你打听这事干什么？"

南南妈说："我不是惦记你们俩的事嘛。"

南南说："怎么你们当老人的都这么愿意操心呢，我们的事，你操那么多心干吗呀？"

南南妈说："南南我看你呀！是不养儿不知父母恩，将来你要是有了儿女，当了妈，你就知道了，儿女的事，在当妈的心里有多重！"

南南笑着说："我现在还没结婚呢，说当妈的事那就太远了。不过，我知道妈是真心对我好。"

南南妈说："这个新亮呀，我是真喜欢。南南，你就好好跟他处吧，别老以为结婚生孩子那是有多远的事，两个人真处好了，结婚那不也快呀！结了婚，也就快有孩子了，从当姑娘、当媳妇到当妈也都是一晃的事，你们将来有了孩子，妈还能帮着你们照管照管。"

南南说："哎呀妈，你越说越跑题了，都说到哪儿去了。"

这时候，洋洋骑着摩托车，从街道那边走了过来。老远地她看见南南和南南妈在晾床单，就骑着摩托车，故意在她们身边兜了一个小圈，停下说："南南姐，晾床单呢？"

南南说："你这是出去了？"

洋洋说："这是给谁洗床单呢？瞅这床单是一个男人铺的床单哪，是不是给新亮洗的呀？"

南南笑着说："你眼睛真尖，你说是，那就是吧。"

4. 刘泥鳅家饭店的后屋里

刘喜子在那里鼻涕一把泪一把地在哭，刘泥鳅和"小广播"坐在他的身边。刘喜子哭着说："我说的呢，洋洋老说有信儿了，就给我打电话，结果她一个电话也没来，她倒是把自己的事弄得挺明白，可把我的事给耽误了，本来我和南南也是有可能的，没成，就耽误在洋洋身上。"

刘泥鳅看着刘喜子那副样子，抽着烟说："我说喜子，你别哭了行不，这挺大个人，因为一个对象的事，把你哭成这样，你不嫌丢人我还嫌丢人呢，那没成就没成呗！天底下好看的女人多的是，不就是她一个南南，哭什么呀？把眼泪擦干了，把胸脯挺起来，拿起小锅铲来，把你的菜炒好了，把你那马勺颠好了，你不用愁将来找不着好媳妇。"

"小广播"也劝慰着刘喜子说："喜子，别哭了，你爹不是说了嘛，你好好当厨师，将来肯定能找着好对象，就凭我儿子，长相也不照别人差，个头也不照别人矮，还有一把好手艺，能没有女孩追吗？"

刘喜子躺在床上说："行了，你们都别安慰我了，我这心里老憋屈了，我得哭一会儿，哭哭心里就痛快了。"

刘泥鳅对"小广播"说："行了，咱俩出去吧，别在这儿了，让喜子静静地在这儿躺一会儿就好了。"说着，刘泥鳅和"小广播"走出屋去。

刘喜子则哭得更伤心了。

门外，刘泥鳅和"小广播"偷听了一会儿，刘泥鳅推推"小广播"说："走吧！"又叹了口气说："咳！这孩子大了，这种事也得跟他操心。"

"小广播"说："刚才洋洋回镇子前，在门口碰上我了，刚从李水泉那边回来。我看着她乐呵呵地就问她，怎么样？你猜她说什么？"

刘泥鳅伸着脖子问："她咋说？"

"小广播"说："就凭你姑娘洋洋我，想追哪个男人哪个跑得了啊？再说，像李水泉那种男人，都不用我追他，他得主动，上赶子追我。"

刘泥鳅说："她真是这么说的？"

"小广播"说："我像你呀，一天到晚没个准话，我跟你说的话，跟背下来的差不多，语气，一个字都没错。"

刘泥鳅笑了，搓着手说："那可太好了，这李水泉要成了我姑爷，我脸上也够有光的了，人家是县里的干部，那南南是个什么？不就是镇上一个卖服装的个体户吗？"

"小广播"说："行了，别瞎说了，你这是没吃着葡萄就说葡萄酸，南南那闺女，长得挺好，人也不错，要是她给我当儿媳妇，我还真高兴。"

刘泥鳅说："别说那没用的了。"

这时候，一个顾客冲刘泥鳅喊道："哎，刘泥鳅，你过来一下。"

刘泥鳅走了过去，问："什么事？"

那位顾客指着桌子上的菜说："你说你们家搞的是仙女湖鱼餐，我是村里搞水产养殖的，你们家鱼的味道不对，根本不是仙女湖里的，我尝了一口，就尝出来了。"

刘泥鳅忙给那顾客递过一支烟，点上说："这位老弟，你说的这个事，是不是仙女湖里的鱼，咱们没经验，也弄不明白，到市场去买鱼，人家说是仙女湖的，咱就当成是仙女湖的了，你这一提醒，我得谢谢你，再到市场买鱼的时候，我得好好问问，那不是仙女湖的鱼，糊弄咱可不行。"

那位顾客抽着了烟，说："你好好去问问吧？！你肯定是被别人骗了，这鱼像塘里的鱼！"

刘泥鳅点头哈腰地说："鱼和人不一样，人都有名有姓的，都能分出谁是谁来？可这鱼不同，外表上看也看不出什么差别来。不是你这养水产的，谁能分出来这鱼是哪儿的？这位老弟，今天你告诉大哥我这话，我就不想说别的了，一会儿给你加个菜。"

那位顾客摆摆手说："不用了，不用了。"

刘泥鳅笑笑说："不用了，真不用了？那我可就以实为实了，你们慢慢吃！"转身走了。

吧台那边，"小广播"低声问刘泥鳅："那边怎么回事？"

刘泥鳅说："吃鱼就吃鱼得了，那小子想捣蛋，说咱家鱼不是仙女湖里的鱼，我给他糊弄过去了。"

"小广播"说："不是仙女湖的鱼？你不是说你买的就是仙女湖的鱼吗？"

刘泥鳅说："你知道什么？那仙女湖的鱼比这鱼贵，不用理他，咱们该怎办怎办。"

"小广播"说："那咱买的鱼要真不是仙女湖里的鱼，又叫仙女湖鱼餐，那不是弄虚作假吗？"

刘泥鳅说："行了，别瞎嘞嘞了，不弄虚作假能赚到钱吗？真花钱去买仙女湖的鱼，那得多花多少钱？！"

5. 村委会

五河正在忙着什么，淮爷走了进来。五河抬头一看是淮爷就说："爹，你来了？"

淮爷说："我来了。"

五河说："有事啊？"

淮爷说："有事，没事我能来这儿找你啊？我一寻思你小子就是把我跟你说的事给忘了。"

五河说："什么事啊？不就是要租那几间房子的事嘛，我们几个村干部通了气了。一年租金三万块钱，把那房子租给你。"

淮爷说："行，你领我去看看，那几间房吧，我觉得也得刮刮大白，重新收拾收拾。"

五河说："好，我一会儿就领你去。"

6. 五河家饭店内

珍珠从里边拎出南南送来的东西，问彩虹："谁把这东西放到我房间的？"

彩虹说："妈，是我新亮哥拿回来的，说是南南姐给你买的。我就放到你的房间里了。"

珍珠说："你新亮哥跟人家刚处这么几天，我哪能就收人家的东西呢？这东西我不要。你从谁手里拿过来的，就把它送回谁手里去吧。"

彩虹说："妈，你看人家南南姐，好心好意地从大老远给你带回来了，你不要人家会怎想？"

这时候，玉翠走了过来，对珍珠说："姐呀！人家给你买的东西，你就收下吧，是她自己愿意买的，也不是咱让她买的，就是将来她和新亮这事不成了，也没什么！顶多，找机会咱还她个人情就行了。"

珍珠说："玉翠，我不是说我们家新亮，在谈恋爱这个事上，怎能毛手毛脚的呢？这上江苏去了一趟，回来俩人就好上了，我就觉得他们好得有点太快了。"

玉翠说："姐呀，人合适，快慢能怎的？！南南这孩子，我看挺好，多懂事呀，出趟门还知道给你这未来的老婆婆买点衣服什么的。我们家新堂，说是也有对象了，可长什么模样？我还没见着呢！将来对我怎么样也不好说，能像南南对你这样，那我还就真满足了。"

珍珠说："新堂有对象了，我怎么没听说呢？谁呀？"

玉翠说："那会儿六河来了，说得有鼻子有眼睛的，说是新堂正和一个女孩在我们家塑料大棚里谈恋爱呢，叫他给碰上了。"

珍珠说："那六河是见着了，得找他好好问问，就知道那女孩子长得怎样了，现在这年轻人做什么事都瞒着咱们，不到火候不揭锅，一揭锅把咱们吓一跳。"

玉翠说："可不是怎的。"

彩霞在厨房里炒着菜，珍珠进来说："哟，这说学厨师学得也快，彩霞的菜做得也不错了。"

彩霞说："说做得不错，还早了点，我就是照书本说的，照葫芦画瓢，还得多摸索点实践经验。"

珍珠说："我闻着你这鱼做得就挺香。"说着，拿起筷子想要尝尝。

彩虹红着脸说："大姨，这菜你可不能动。"

珍珠说："你做的菜我都不能尝尝？"

彩霞说："大姨，我做的这菜，一会儿是要拎走的，你给吃了一口，我怎往外拎呢？"

　　珍珠看看彩霞，有些诧异地问："你跟大姨说实话，这鱼要拎哪儿去？"

　　彩霞看着珍珠，有些羞涩地说："大姨，人家不是有对象了嘛，今儿晚上我要去玉树家，和他们吃第一顿饭。"

　　珍珠一听这话，放下手里的筷子，说："啊！是这么回事啊，那看来你跟玉树的事也就是定下来了，那这条鱼是不能动！来，这么好的事，大姨不能不做点贡献，你给大姨打下手，大姨多给你们做几个菜带过去。"

　　彩霞说："不用了，有这俩菜就够了。"

　　珍珠说："别废话了，大姨怎么说就怎么办，快点地给大姨打下手！"说着，珍珠就在锅里倒上了油，开始忙活起来。

7. 淮河边

　　一群女人正在洗衣服，一位女人说："这些日子，咱们村可是出了老多新鲜事了，都新鲜出花儿来了。武二秀和孙顺水打仗，结果把顺水妈给闹到淮爷那儿去了，淮爷那么大岁数了，倒捡了个便宜。"

　　另一位女人说："你可别瞎说了，淮爷那么大岁数了，早没有那股子花花肠子了，老爷子，是心眼好使，可怜顺水妈和小石头，才把他们接过去的。"

　　先前说话那位女人噘着嘴说："我说的话你不信就算了，你就往后看，淮爷和顺水妈的身上保准有好戏唱。"

　　这时候，"小广播"挎着个筐儿，里面装着衣服，也到岸边来洗衣服了。

　　一位女人说："哟，是大姐来了？你可有日子没过来了？我们都想你了。一起唠嗑说话，没了你，冷清多了。"

　　"小广播"把手里的筐放在岸边，一边洗着衣服，一边说："是吗？"

　　一位女人说："大姐，上回你在这儿洗衣服的时候不是说，那个唱淮河民歌的南南，基本上是你们家刘喜子的对象了吗？我们都当真了，可现在我们一看，不是那么回事啊，那南南怎跟朱五河的儿子朱新亮挎着胳膊走道呢？"

　　"小广播"说："现在年轻人的事，一天一个变化。我们家刘喜子不又看上谁家的女孩子了，不想和那南南好了。"

　　那位女人又说："大姐，听说，老朱家的那个闺女彩虹和工程队的一个姓李的小伙子谈对象呢。彩霞也跟'活济公'的儿子玉树谈上对象了！"

　　"小广播"说："别瞎扯了，你说那个工程队姓李的，我知道，叫李水泉，是队长兼技术员，人家是县里的干部，就彩虹那个样子，人家能相中她？可别瞎传了，话一到你们嘴里，全给传走样了。"

　　那位女人又说："都有人看着了，晚上的时候，他们在一起溜溜达达的，一副挺亲密的样儿。"

　　"小广播"说："我说不让你瞎说，你还说，我说你说得不对，你还以为你说得对，非得我把话给你说透吗？你要想听，我就实话告诉你，那个李水泉根本不是彩虹的对象，人家是和我们洋洋正好着呢，你这么乱说，还不得说出事来呀。"

　　那个女人一愣，说："啊！是你们家洋洋的对象？哎呀，这可真不知道，这听你广播了，才知道，大姐，这么大的事你怎么不早当我们广播广播呢。"

　　"小广播"说："上回我跟你们说了喜子的事，你们至今还拿着当话把儿呢，洋洋跟李水泉的事，我真的不想跟你们说，可是我不跟你们说，你们就瞎说乱传，我也就只好说了。"

8. 五河家饭店

五河和淮爷走了进来，五河对珍珠说："我和爹在村委会看要租的房子了，爹还没吃饭，你们抓紧给他做点饭菜。"

玉翠说："爹，你想吃点什么？"

淮爷说："我想吃点什么，你会做呀？还不得是你珍珠姐做。"

五河笑着说："爹，话你可别这么说，士别三日，就得刮目相看了。你也有些日子没到饭店来了。像雨后长蘑菇似的，这几天咱们饭店一下子就冒出三个厨师来，玉翠的菜也炒得相当不错了。"

淮爷说："是吗？那好，今儿晚上，我就尝尝玉翠炒的菜。"

五河对珍珠说："新亮就住在船上了？不回来吃饭了？"

珍珠说："咱们先吃，一会儿我给他送饭去。"

五河说："你们又是买船，又是支网箱的，我还没个时间过去看看呢，吃了饭我也跟你一起过去看看。"

9. 六河家

六河在和新堂说着话。

六河对新堂说："新堂，在大棚里和你说话那个晓梅姓什么？"

新堂说："问那么细干吗？和你也没什么关系？"

六河说："怎能说和我没关系呢？她和你有关系，就等于说和我有关系，你不是我儿子吗？你和她是对象的关系，我和你是父子的关系，你们的对象要是谈成了，我和她就是老公公和儿媳妇的关系，原先是没什么关系？那现在不就是有关系了吗？怎能说和我没关系呢？"

新堂说："别来了个女孩就往对象上扯，老往那方面想。"

六河说："谁往那方面想啊？你把事都做到了，我都看着了，我想想还不对呀？新堂，我看你小子是长大了，什么事都开始背着你爹了，你和这个晓梅谈恋爱，我没说反对的话吧？原先我是打算给你介绍一个对象来着，现在看了这闺女，觉得也不错，你有了对象，比什么都强，爹这一块心病就去了。你对象的事我也不给你张罗了，还落个省心。"

新堂说："人家晓梅就是到我这儿来看看，过去都是同学，随便唠几句嗑，根本说不上是不是对象的事。"

六河说："行了，是不是对象的事我也不管了，你小子就瞒着你爹吧，我看你能瞒到什么时候？我不信，瞒到要登记结婚那天，还不让你爹我知道，你小子要是到了那时候，还能瞒着我，我就算你小子有能耐！对象的事不光你瞒着我，彩霞也瞒着我，和'活济公'的儿子好上了，不像你跟晓梅我还愿意，这彩霞跟玉树我压根就不同意，你等着看吧，我非得想办法把他们搅黄了不行。"

新堂说："爹呀，人家谈对象，你凭什么给人家搅黄了呀？"

六河说："'我刚才没说吗？我是你们的爹，在这个家我是当家的，就像天上飞那个大雁，我是领头往前飞的，你们不听我的行吗？"

新堂笑着说："对了，我想起来了，你在家里有一票否决权哪！"

六河说："你们知道这个就行。"

10. 洋洋理发店内

洋洋边脱下外套，边对一位顾客说："您坐在椅子上吧！"那位顾客坐在了椅子上，从镜子里我们看到，她是王晓梅。

洋洋走过来说："是弄头发吧，你想怎么弄弄？"

晓梅说："不用怎么大弄，我原来拉直的头发有的分叉了，重新拉拉直就行。"

洋洋说："好的！"说着就开始给晓梅弄起头发来。

她看着镜子里的晓梅说："你是第一次到我们店里吧？"

晓梅说："嗯！"

洋洋说："你长得可真好看！我把头发给你好好弄弄，就更漂亮了。"

晓梅说："我长得好看吗？没觉得。"

洋洋说："你不但长得好看，一看还有点像知识分子，在哪儿工作呀？"

晓梅笑着说："就在镇里。"

洋洋说："瞅这打扮是在镇里当干部吧？"

晓梅说："不算什么干部，农业技术推广站的技术员。"

洋洋说："技术员哪？那还不是干部？那就是干部！"

晓梅说："我看你弄头弄得挺好的，你这次要是给我弄好了，我以后就常来找你。"

洋洋说："你就放心，别看我们店小，可我们手艺不低，有人说我们都快赶上星级服务水平了。"

晓梅笑着说："是吗？！"

洋洋说："看你挺年轻，参加工作时间不长吧？"

晓梅说："嗯！"

洋洋说："有对象了吗？"

晓梅说："还没呢？"

洋洋说："真的？"

晓梅说："这哪能诓你。"

洋洋说："好，你条件不错，可别着急忙慌地找对象，要找就找个合适的。我们理发店，来往的人多，如果看见有合适的，我就给你介绍。"

晓梅说："那多不好意思呀！我想找对象，还是自己找，能知根知底。靠别人介绍：一是不摸实底儿，二是觉得不好意思。"

洋洋说："看来你是和我没处长，我这人实在，处姐妹、交朋友靠得住。处长了，你就相信我了，我给你找一个对象，肯定能不错。"

晓梅说："第一回见面，你就跟我把话说到了这儿，我觉得更不好意思了。"

洋洋说："有什么不好意思的，男大当婚女大当嫁，这是天经地义的事。"

这时候，胖丫推门走了进来。

胖丫说："呀！洋洋姐，你还做着活呢，我来找你做美容来了。"

洋洋说："那你就坐那儿先等会儿吧，那儿有画报，自己翻着看看，我一会儿忙完了，就给你做。"

11. 仙发湖边上

天已经黑下来了，新亮的渔船上亮着灯光，电视机开着，南南在往新亮的床上铺床单。

新亮说："今天刚上船，洗衣机没用上，往后，你要帮我洗衣服，就在这儿用洗衣机洗吧，不用来来回回的，拿了洗，洗了拿的，太麻烦。"

南南说："在船上洗衣服，一个是用湖里的水，二个是把带有洗衣粉的脏水又排到湖里去了，我怕把湖水给弄污染了，就这几件衣服，我还是拿回家去洗吧，这都是该我管的事，不用你操心。"

这时候，珍珠骑车驮着五河在大堤上停了下来。五河和珍珠趁着夜色走上船来。

五河对新亮和南南说："你们俩都在这儿呢？"

南南说："叔，阿姨，你们来了？"

珍珠见南南正在给新亮拾掇床上的东西，有些高兴起来。

新亮和五河走到船舱外，站在船头上，用手向湖上一比画，说："爹，你看吧，今天的网箱已经架上快一半了，这一大片水面，都是咱们承包下来的，不小吧？不但可以养鱼养虾，还可以养闸蟹。养好了，这一湖水不就是金水银水吗？是正经能出些好钱的地方。"

五河说："这片水面是不小，你就好好干吧，不过也别把事情想得都那么顺溜喽，一把能干成那最好，中间要是有个坑儿洼儿的过不去，你也别着急，你在这搞水面养殖，爹高兴，不是说光为了你能挣着钱了高兴，而是看见你在这里能接受磨炼，增长能力，爹高兴。"

新亮说："再过两天网箱围好了，检查检查，没大问题的话，就让江苏那边把扣蟹和鱼苗发过来，咱的水面养殖也就正式开始了，我和我妈合计，等咱们的事业搞大了，再买条大船，在这湖边办个水上餐厅，这样产供销就实现一条龙了。"

五河说："这些想法都对，你妈主要忙饭店的事，水面养殖的事就靠你了，爹呢，管不了家里太多的事，村子里的事情不少。可我也在镇子上正筹办一个浴池，把这个办起来，不光是能挣到钱，也给农民洗澡提供个方便。"

新亮说："我听我妈说了，这是好事。"

南南在洗脸盆里用香皂给新亮洗着毛巾，珍珠看了看说："南南，烧点热水再洗吧，那水太凉了，看把你的手都冰红了。"

南南把洗好的毛巾搭在毛巾架上说："没事，我没那么娇气。阿姨，我给你买回的衣服，穿没穿上试试？要是哪儿不合适，你拿过来我在服装店里可以帮你改改。"

珍珠说："你看你这孩子，花那么多钱，给我买衣服干什么？我还没试呢，不过我估摸着能合适，你们搞服装的，眼睛尖，一看我这个头身材，我穿什么样的衣服，也差不了太多。"

南南说："那也还是试试吧，一旦要不合适，咱们也好改。"

珍珠说："行，有时间我就试试，有不合适的地方，我再跟你说。"

南南听了这话，笑得很开心。

五河说："南南，你跟你阿姨说话，怎笑成了这样？"

南南不好意思地说："听了阿姨的话，不知为什么？我就是高兴。"

12. 淮爷小卖部内

夜晚，武二秀走了进来。

甜菊见是武二秀，说："哟！这不是二秀嫂子吗？你怎么来了？"

武二秀说："我来接顺水妈和小石头回家。"

甜菊说："二秀嫂子，你怎么又改主意了，你不是说不想接他们回家，怎告你都不怕吗？"

武二秀说："人哪！到什么山就得唱什么歌，好汉不吃眼前亏，你以为我是真心愿意接他们哪，我这也是没办法，迫不得已，才来接的。"

甜菊说："你心里不愿意接他们回去，把他们接回去了，你们不是还得闹起来吗？"

武二秀说："闹什么闹啊？你二秀嫂子还没傻到那份上，我再和他们闹，就不是闹他们了，而是把自己闹到拘留所里去了。所以，我得走一步看两步，这些天我是不能跟他们闹了，就是装相也得装几天了。"

甜菊说："顺水妈和小石头都在里屋呢，我去叫他们。"说完，甜菊进到了里屋。

淮爷正坐在床上和顺水妈说着什么话，小石头在屋里的桌子上写着作业。

淮爷见甜菊进来了，就问："你在外屋跟谁说话呢？"

甜菊小声说："是武二秀来了，她来接顺水妈和小石头回家。"

淮爷看看甜菊说："她是真心还是假意？"

甜菊说："真心假意，我说不好。可我知道，我找她说过话，把她给吓着了。"

淮爷抽着烟说："她既然来接，就让顺水妈和小石头回去吧！"

这时候，小石头放下手里的作业，说："她不是我妈，她老打我，我不跟她回家！"说着就哭开了！"

13. 五河家饭店门前

彩霞手里拎着个塑料袋，打亮手电筒，走出门来。

玉翠跟出来，说："吃完饭就抓紧回来，一个女孩子家，别在人家家里待太晚，省着妈惦记你。"

彩霞"嗯"了一声，把饭菜挂在自行车上，骑起自行车走了。

14. 镇子上的洋洋理发店里

胖丫躺在那里，洋洋在给她做面膜。

胖丫说："洋洋姐，你就瞧好吧！用不了几个月，站在街头上卖鱼卖瓜子卖花生的就不再是那个丑小鸭了，而是只白天鹅了。"

洋洋说："我信。"

胖丫问："刚才来拉直头发的那个女孩，是哪儿的？"

洋洋说："是镇子农业技术推广站的，你看她长得怎样？"

胖丫说："不错呀！"

洋洋说："胖丫，你说我要是把她介绍给我们家喜子哥，行不行？"

胖丫说："这我可说不好，处对象这事我没经验，就看俩人见面以后的感觉了，能不能'嚓'的一下碰出火花来。"

洋洋说："你就看喜子哥和她像不像天生一对吧？般配不般配，就行了，别老说那能不能碰出火花来的事。"

胖丫说："冷不丁一看，喜子哥和这个女孩比起来，有点土。"

洋洋问："那是冷丁看，你要细看呢？"

胖丫说："细看哪！细看哪，还是觉得喜子哥有点土，可能还土大发了，不一定赶上冷丁看了。"

洋洋嗔怪地说："你看叫你说的呢？我哥刘喜子有那么土吗？不管怎的，那也是我们家饭店里的上灶师傅啊！"

胖丫说："谁知道了，一个人一个眼光，那女孩怎看你哥我就不知道了，反正我看你喜子哥是一看就土，越看越土。洋洋，咱姐俩关系一直不错，我这么实话实说，你不会对我有意见吧！"

洋洋说："你这个胖丫呀，这张嘴，是真不饶人。我喜子哥是土点，可也没土到你说的那个份上，看你胖丫未来找对象能找个什么样的？是不一个土得掉渣的人。"

胖丫说："我是地上蹲着的蛤蟆，从来没想过扬脖儿吃天鹅肉的事，别看我来做美容，想把自己打扮得漂亮点，可对未来找对象，我的要求并不高，只要他能对我好，人品好，干活勤快，那就行了。"

洋洋说："就这标准？现在有没有心目中的白马王子呢？"

胖丫说："别说是白马王子了，连黑马王子也没有。洋洋姐，你对象的事怎样了？"

洋洋说："说来也巧了，我爸托别人，想让我认识咱们村打井队的一个人，手里的活忙，我没来得及回去，可那个人就自己找上门来了，我一看这个人，还不错，现在正跟他处着呢，成不成还是两说着的事，我想就是先处着看看。"

胖丫说："那个人叫什么名啊？"

洋洋笑着说："叫什么名？现在还不能告诉你，等我们的事定下来了，我肯定不会瞒你。"

胖丫说："洋洋姐，别光顾着给自己找对象，也想着点老妹我，你瞅见了，真有合适的，也不用你帮我介绍，你给我递个信息，我胖丫自己就能冲上去，洋洋姐你信不信？你妹子有这公关能力。"

洋洋笑着说："我信，行了，你的美容做完了。明天晚上还来吗？"

胖丫说："看吧，有时间就来。"

说着胖丫就要往外走，走到门口又回身对洋洋说："洋洋姐，你别以为我刚才是跟你开玩笑，这都是半真半假的话，如果有合适的，你可想着帮帮我。"

洋洋拍拍胖丫的肩膀说："行啊，回去偷着乐吧，明年的今天可别忘了，是你的又一个生日。"

胖丫愣住了，说："净扯，我才不是今天过生日呢，我过生日还早呢。"

洋洋说："你没理解我说话的意思，你说的那个生日是你妈生你的日子，我说的这个生日，是一个新的美女诞生的日子。"

胖丫一拍大腿，乐呵呵地说："洋洋姐，你说的是这意思啊，你说得对，我还真得记住这个日子，明年这时候要还没找着对象呢，就自己对着镜子庆祝庆祝，行了，我走了！"

洋洋说："天有点黑，你可慢点走。"

胖丫说："没事，咱们镇子上社会治安好，再说我这手里还有手电呢。"说着，打着了手电筒，走了。

15. 仙女湖边上

五河和珍珠走下船来。新亮和南南都站在船头上来送他们。

珍珠看看新亮和南南说："你们也别忙得太晚了，一会儿忙完了，新亮你骑摩托车负责把南南送回去。"

新亮说："妈，我都多大了，这点事我还不知道吗？你别唠叨了。"

五河对珍珠说："怎么样？嫌你唠叨了吧，快点走吧！"

说着，珍珠上了摩托车，五河坐在了后边。

珍珠说："你们俩抓紧吃饭吧，不然湖风一吹，饭菜就凉了，妈明天早晨三四点钟就过来了。"

新亮摆摆手说："知道了，妈，你们慢点骑。"

珍珠和五河骑着摩托车，走了。

新亮和南南回到了船上，两个人吃起饭来。

南南夹了一筷子鱼放在新亮的碗里，新亮笑了，也夹了一筷子鱼放到了南南的碗里。

说："南南，刚才你和我妈说话的时候，怎么那么高兴，脸笑得像一朵花似的。"

南南睐了新亮一眼没说话，嘴角浮起了笑意。
新亮说："我知道了，准是你看到了我妈收到你送的东西，就高兴了。"
南南说："其实最高兴的还不是我。"
新亮说："那是谁？"
南南说："我知道，我知道你心里比我还高兴。"
新亮说："你说得不对，我知道你说的这个人是谁，你过来，我告诉你！"
南南往新亮跟前凑了凑，说："说，你说的是谁？"
新亮突然吻了南南的脸颊一下，说："亲你脸蛋的这个人。"
南南脸红了，一副娇嗔的模样，说："你坏！"
新亮搂过南南又亲了脸蛋一下。南南没有拒绝，反而把自己的脸朝向了新亮，她深情地看着新亮，新亮吻了南南的嘴唇一下，说："还说不说我坏？"
南南说："坏！谁要你亲？"
新亮笑了，又吻了南南一下，南南并没有躲闪，反而把新亮搂抱得紧紧的，喃喃地说："新亮哥，你真好！"

16. 大坝上
新亮发动了摩托车，驮着南南疾驶。

17. "活济公"墩子家
炕上有一张桌子，彩霞把从饭店里拿来的饭菜，摆在桌子上。
"活济公"墩子看到那些饭菜说："彩霞，就咱们三口人吃饭，你怎带这么多菜来呢？我看你有点弄复杂了。"
彩霞笑着说："别看三口人，人不多，可这一顿饭的意义大，一是叔叔你，有了重大进步，不再因为那塘地和树的事到村上和工地去闹了。另外，也是我在这儿吃的第一顿饭。这几个菜，酱焖鸡胗、千头鱼是我做的，其他的菜都是我大姨炒的。"
"活济公"墩子问："你说你大姨，不就是珍珠嘛，她知道你和玉树的事了？"
彩霞说："我妈知道了，我大姨能不知道吗？她听说我和玉树处对象的事，可高兴了，非要亲手炒几个菜不可，你尝尝，这条鳜鱼就是她做的。"
"活济公"用手捋了捋手中的筷子说："妈呀！带一条鳜鱼来呢，早就听说过鳜鱼这道菜，就是没吃过。今儿个可得好好尝尝。"
玉树给"活济公"墩子递上一块毛巾说："爹，你别老拿手捋那筷子了，用这毛巾，把筷子擦擦吧。"
"活济公"墩子看看玉树，脸上有些不高兴地说："我用手捋捋筷子怎了，我这手也不埋汰。以前，我不都是这么吃的吗？"
玉树说："爹，那不好，你用手捋的筷子夹了菜，那别人还吃不吃了。"说着，拿眼睛往彩霞那边看看。
墩子听了这话，有些生气，但把气忍住了。
彩霞从墩子手里拿过筷子，又从玉树手里接过毛巾，给墩子擦着筷子说："叔，用手捋，总没有用毛巾擦得干净，你看，这回用着多好。"
"活济公"墩子从彩霞手里拿过筷子，一顿，说："你看人家彩霞，就知道给我把筷子用毛巾擦擦，不像你小子，光知道站那儿挑毛病，手里拿着个毛巾，没个眉眼。"
彩霞给"活济公"墩子倒上酒说："叔，你家的东西，我还得收拾，该洗的得洗，该归拢的得归拢，打今儿往后这个家也得有点过日子的样了，不能弄得哪儿都乱乱乎乎的。"

"活济公"墩子对玉树说："你看人家彩霞，一看就是个干净利索的人，我虽然没看好你小子，但是你给我找回这个好儿媳妇来，还真叫爹高兴。"说着，喝了一口酒，吃了一口鱼说："这鳜鱼确实不一般。"说着他又夹起一大块鱼，放在嘴里吃着。

玉树说："爹，你看，也没有人跟你争着，也没谁跟您抢的，你慢点吃不行吗？"

"活济公"墩子嘴里嚼着鱼说："我没吃着你小子的鱼，这是彩霞拿过来的，我乐意怎吃就怎吃。"

这时候，屋门开了，六河走了进来，他站在那里厉声喝道："彩霞，你在这干什么呢？赶快给我回家去！"

（第十三集完）

第十四集

1. 淮爷小卖店内

小石头还在哭着，说："我不回去，我不回去，回去她又该打我了。"

顺水妈泪涟涟地看着小石头，说："石头，别哭了，小孩子得懂事，咱也不能老在你爷爷和甜菊姑姑这儿住下去，能回家咱还是得回家。"

淮爷叹了口气，说："大妹子，不是我不留你和小石头，也不是怕村里有人说我闲话，这武二秀来接你们来了，我再留你们不好，要不你们就先回去。能在一起过，还得先对付着过，要是过不下去了，她还虐待你们两个人，你带着小石头，再过到我们这边来。"

顺水妈揩了一把眼泪，说："大哥，这些天可把你和甜菊麻烦够呛了。"

淮爷又说："别说那话，过些天我们到村委会的一楼去开超市了，你要在家里待着没意思，就到我的超市里来，当个帮手，怎么说也能让手头宽绰宽绰，多几个零花钱。"

顺水妈说："大哥，我年龄大了，不像甜菊做事轻手利脚，我脑袋瓜也不像年轻那时，那么好使了，我怕到了你的超市里，干不了什么，还给你们添麻烦。"

淮爷说："人老了，最怕的就是没什么事干，越待越没意思，老得也越快，你看我成天有个事情做，我活得不挺滋润吗？！"

顺水妈下了床，用手拉着小石头的手说："大哥，我们就先回了，超市那边有什么事，需要我去当帮手，我就过去。可别提什么给不给我钱的事，我都这么大岁数了，不图钱，只图个心里痛快。"

淮爷说："心里要痛快，钱也是要挣的，你回去等着吧，到时候我叫甜菊去找你。"

顺水妈用手牵着小石头的手，小石头还在揩眼泪。

甜菊给小石头装好了书包，帮他背在身上。

两个人和甜菊一起走到了外屋。

武二秀愣愣地看了他们两人一眼，说道："回家！"转身径自走了。

顺水妈和小石头在后面踽踽前行，甜菊在后面目送着他们。

待他们走远了，甜菊踅身回到里屋，对淮爷说："淮爷，他们走了！"

淮爷往窗外望望，沉思了一会儿说："看来，是得给顺水妈找点事情做，不然，成天守着那武二秀，气都得被她气死。"

甜菊说："让他们先回去吧，有时间我再过去看看，要是那武二秀对他们两个再不好，我可真要替他们打抱不平了，那我就真要到镇子上找法官去告那武二秀了。"

淮爷说:"顺水和武二秀过不长,一看就不像一家人,你看着吧!过几天顺水回来,他们就得闹离婚。"

2."活济公"墩子家

彩霞站起来说:"爹,你怎么还找到这儿来了?"

六河气愤地说:"这么大个村子,你能跑到哪儿去?我一寻思你就在这儿呢,你赶快给我回家去。"

"活济公"墩子见是六河来了,满脸赔着笑,说:"哎呀!六河,孩子来了,在我家随便吃口饭,你也坐下吧,一起吃点。今天,菜还不错,咱哥俩正好喝两盅。"

六河说:"喝什么喝?!我今儿个就是来找彩霞回家的!"

"活济公"墩子说:"六河呀,你看,我们家这好好的一顿饭,你这么一来,不给搅了吗?"

玉树看着六河的样子,一脸无奈。

六河冲彩霞吼道:"我叫你回家呢,你听见没?!"

彩霞站在那里一动不动。

六河火冒三丈,抓起地上的一把笤帚,冲着彩霞抡起来打将过去,彩霞一躲,没打着,六河更火了。

这时候,"活济公"墩子有些不高兴了,他说:"六河,要打孩子,你回家去打,别到我家来打,这是我家!"

六河听了这话,对"活济公"墩子说:"这是你家不假,可彩霞是我闺女,她不到你家来,我能到你家来打她吗?"说着,抡起笤帚又要打。

"活济公"墩子冲了上去,拽住了六河的胳膊:"她是你闺女,可笤帚是我家的!你拿我家的笤帚打,把笤帚给打坏了呢?!""活济公"墩子抢下笤帚,对玉树说:"你让彩霞走吧!"

六河用手颤颤地指着彩霞,说:"彩霞,你还站在那儿干什么?还不快点给我回家!"

彩霞看看六河,没再说话,一扭身走了。

六河看见彩霞走了,说:"不给我回家你得行,一个小黄毛丫头,还反了天了呢?!"说着,背着手走了出去。

"活济公"墩子看着六河的背影,说:"六河,你走啊?不送。"

六河走了。

屋里只剩下"活济公"墩子和玉树。

"活济公"墩子坐在了饭桌上,说:"这么好的饭菜,原想好好地吃喝一顿,没想到叫六河给搅了。行了,不管咋说,他们都走了,这些饭菜不能白瞎了。玉树,你坐下,咱们爷俩,自己吃,自己喝。"

玉树说:"还吃什么呀?这菜我没法往下咽!"

"活济公"墩子坐在那里,大口吃着饭,吃着菜,说:"儿子,你别犯堵,眼光放长远点,别在乎那六河对咱家的态度。你娶的是彩霞,不是娶她爸,彩霞愿意,时间长了,六河也没招,我告诉你,你只要和彩霞的关系整得好好的,咱就不怕他朱六河。"

玉树叹了口气,坐在了床上。

"活济公"墩子咽下一口鱼,说:"你小子倒是吃还是不吃?你不吃点,大长的夜,一会儿不饿吗?"

玉树没吱声。

这时候，有鱼刺扎在了"活济公"墩子的嗓子眼上，咳了半天还是不行，"活济公"墩子对玉树说："哎哟，这鱼刺怎么还扎在嗓子眼上了，这酒我也不能喝了，都是六河这小子整的，玉树，赶快送爹去卫生所吧。"

玉树听了，连忙上前扶起了爹，说："扎得挺厉害吧？"

"活济公"墩子说："这话说的，那要是扎根小软刺，用口饭不就噎下去了嘛，我噎了几口，都没噎下去，这根刺还挺大。"

玉树说："那就真得去卫生所了。"

"活济公"墩子一边咳着，一边说："他六河今儿个不是来我这儿耍横嘛，跟我过不去嘛，你瞅着，我不能轻易饶了他。"

3. 刘泥鳅家饭店内

"小广播"对刘泥鳅说："今儿个晚上咱们家饭店里，客人也太少了，不像往天，来的人那么多。"

刘泥鳅说："饭店的生意就是这样，一天人多，一天人少，这都正常。"

"小广播"说："不对，我感觉好像和咱们买的那鱼，不是仙女湖的鱼有关。"

刘泥鳅说："行了，你可别瞎扯了，中午那个人就是有意来挑刺的，那仙女湖的鱼和农民家塘里的鱼，长的模样不都一样嘛，就是仙女湖的鱼，也没成精，不会张嘴说话，能告诉别人说'你吃的是我，我是仙女湖里的鱼啊'。"

"小广播"说："那就明天再接着看看，做生意还是要讲究信誉，我怕是在这个事上出问题。"

刘泥鳅说："别说不能出什么问题，就是出了点问题，也不是什么问题，顶多咱再去买仙女湖里的鱼就是了。"

"小广播"说："今天我听洋洋的话头，那工程队的李水泉也快成咱家的姑爷了，你说，咱用不用照顾着他点儿？"

刘泥鳅说："你想怎么照顾他呀？"

"小广播"说："我看着彩虹他们家，老去给工程队送青菜，代买鱼和肉什么的。彩虹一天脚上像蹬着个风火轮似的，往工地上去跑，咱们家也是开饭店的，一点也不表示，不好。"

刘泥鳅说："洋洋没说叫送，咱们冒冒失失去给人家送饭送菜不太好。"

"小广播"说："这话洋洋能跟咱俩说吗？就得看咱俩想怎么做了，我看，要不就是叫喜子明天到工地去给李水泉送点饭菜，要不就是请到家里来吃顿饭，不然，都在一个村里住着，显得咱老两口子好像不懂人情似的。"

刘泥鳅说："也是，我看先别让喜子去送饭了，把他找过来吃顿饭，他要能来咱就请他，这样做既把人情做了，也不失咱们的身份。"

"小广播"说："那也行，我明天跟喜子说。"

4. 孙顺水家里

武二秀、顺水妈、小石头脚前脚后地进了屋。

武二秀对顺水妈和小石头说："你们都回来了，咱们也别打也别闹，等着顺水回来，我就跟他说离婚的事，现在全村子人都说我在虐待你们，我也不想和你们再闹什么别扭了，你们回屋睡吧！"

顺水妈带着小石头进了屋，关上门。

武二秀看看那紧关着的门，没说什么，脱下衣服就躺下了。

里屋，小石头已经睡着了，顺水妈却睡不着。

外屋，武二秀躺在那里，也没有睡。

这时候，里屋的门开了，顺水妈走了出来，她拿起了暖瓶倒水。

武二秀欠起身来问："你要干什么？"

顺水妈说："心口犯堵，吃片药。"

武二秀看看她，又躺下了。

顺水妈吃下一片药，又回到里屋去了。

武二秀像说给自己，也像说给顺水妈听似的，说："别想拿吃药、有病吓唬我，我才不怕呢！"

里屋顺水妈听到了这话，没有吭声，她躺在了炕上，眼睛定定地看着房顶，没有睡意。

5. 仙女湖岸边

天亮了，新亮在水里折着网箱上边的网。

珍珠站在船头，说："新亮，那网箱的上边你都又折回来干吗？"

新亮说："妈，你不懂，养蟹子，一个是怕它们从网底下盗洞跑了，一个是怕它们从网的上边跑。"

珍珠说："净瞎说，那么高的网它能爬出去吗？"

新亮说："妈，你是真不懂，我打听了好多养蟹的渔民，蟹子会叠罗汉，一层一层地叠，顶上的蟹子顺着这网箱，就能爬到外边去，一旦爬出去了，就成了螃蟹道，蟹子就都从这条道上跑了。要想不让它们爬出去，一个是把这网箱的顶上，折回来，形成这个小斜坡，蟹子爬到这儿就害怕了，或者掉回了水里，再不就是在这网箱上边，缝上塑料布，塑料布滑，蟹子爬不出去。"

珍珠说："哟！这里还有这么多门道呢，如果往上缝塑料布，妈可以帮你。"

新亮说："那可不行，湖水这么凉，你可不能下水。"

这时，南南骑着摩托车，驮着一桶纯净水来到船边，她停好摩托，扛着那桶纯净水走上船来。

珍珠说："放那儿吧，这么沉的东西，一会儿让新亮弄吧！"

南南一直把那桶纯净水扛进船舱，转身出来和珍珠说话。

南南说："阿姨，我昨天看见，新亮船上用的水都是湖水，往里面放了明矾，这还不是安全水，就从镇子上买了这桶纯净水，这水喝着安全。"说着，她往身上套下水的衣服。

珍珠说："你要干什么？你可不能下去，这水凉啊！"

南南笑笑说："阿姨，我没事，我年轻。"她穿好了下水的衣服，下到了湖水里，和新亮一起折网箱上边的网。

珍珠看着他们，脸上浮现一丝喜色。

6. 六河家

六河、玉翠、新堂、彩霞都在。

玉翠对六河说："怎么着，你昨天晚上还跑到'活济公'墩子家打彩霞去了？闺女一天天大了，人前人后的，当长辈的都得给他们多留面子，你哪能到人家去打自家的姑娘呢？"

新堂也说："爹，你这事可做过了，要是教育彩霞，你回家来教育，别当别人面，操起笤帚就打，那不好。"

六河对新堂说："你少说话，我跟你妈说话呢，这里没有你插嘴的地方，我到'活济公'家打彩霞怎么了，他儿子不把我们家彩霞勾到他家去，我能去他家吗？这能怨着我吗？"

新堂说："爹，你想想，你说的在不在理儿上，彩霞要是哪儿做得不对了，你在家里说说她，怎么说她，我们都没意见。现在她不在这儿呢嘛，你就说吧，动手打两下，我们也不拦。"

六河说："不用你小子叫我的板，打不打她，看看她惹没惹着我，昨天我打她，是因为我让她回家，她不回家，我当然打她了。昨天她回了家，今天又没惹我，我能打她吗？"

玉翠说："不管惹没惹到你，你要再敢打彩霞，我就不能让你，这么大的姑娘了，哪能说打就打呢。"

彩霞在那边一直没吭声，这时说道："我爹愿意打，那他就打吧，我也不怕打，打死我，他也就没有闺女了。"

六河看看彩霞，说："你要再敢上那'活济公'墩子家去，和那玉树来来往往的，你看我打不打你？"

彩霞没吭声。

玉翠说："孩子大了，处对象的事，由她自己做主吧，咱们当老人的，应该参与不干预，管那么多干什么？"

新堂说："爹，你看我妈多开明，说得真对。"

六河说："对你和那个晓梅的事，我也开明，但对彩霞跟玉树的事，别指望我开明，我就是不同意。"

7. 镇子的街道上

珍珠和五河在这里。

五河指着一座三层楼房说："珍珠，你看看吧，就是这栋楼我已经把它给租下来了，里面正在重新装修，咱们就用这个地方办浴池，二楼三楼还能当客房，来到镇子办事的人，洗澡、住宿都方便。"

珍珠说："这个楼的地方倒挺好，正对着街道，看着挺眼亮的。"

五河说："咱先把这浴池办起来，让来镇子上赶集的农民，都能洗上热水澡，等浴池开张了，我想咱们村里那个小饭店就关了吧，把饭店搬到镇子上来办，一是经济效益能比村里好，二是村里的客源就那么些，咱们也就别跟刘泥鳅家再争客源了。"

珍珠说："不是说好了嘛，饭店的事归我管嘛。我看，村上那个饭店不能关，一个是不少乡亲，都喜欢到咱家吃饭，咱撤了饭店，他们到哪儿吃饭去？到对门去吃，有的人家还不一定乐意去。再说，咱把饭店关了，好像是叫对门给挤倒了，这不行，我和新亮已经商量好了，过些日子，咱再买条大船，就在船上，办水上渔家饭店。"

五河说："办个船上饭店行，你们就看着办吧。"

8. 刘泥鳅饭店内

"小广播"走到后屋，对躺在那里的刘喜子说："喜子，妈跟你说点事，你爸跟我商量了，说是让你今天到工程队工地去一趟。"

刘喜子说："什么事？"

"小广播"说："工程队工地那个叫李水泉的人，不是和洋洋处着对象呢嘛，想让你过去找他过来，到咱家饭店吃顿饭。"

刘喜子说："我不去，洋洋把我的事给耽误了，她的事，我才不管呢。"

"小广播"说："我说你这孩子是怎么回事？都是家里的事，我和你爸爸没法去，这事就你去最合适。"

刘喜子说："我才不去呢，你让她自己去吧！"

这时候，屋里的电话响了起来。

"小广播"接过电话，说："喂！哟，是洋洋呀，什么事，找你哥，好，你等着，我让他听电话。"又对喜子说："洋洋找你呢！"

刘喜子接过电话说："找我？"

洋洋说："哥，我给你看上了一个人，长得不照南南差多少，人也挺好的，你有时间过到我这边来，和她见个面。"

刘喜子说："你说的是真事啊？看来，我妹妹心里还真把哥的这事给当回事了。"

洋洋说："这话说的，不帮着别人找对象，也得帮着你呀！你是我亲哥呀。"

刘喜子说："那行，我什么时候过去？"

洋洋说："不着急，有时间你过来就行。"

刘喜子说："好，有时间我一定去。"

洋洋说："好，我等着你。"

刘喜子放下电话，满脸喜色地对"小广播"说："妈，我这个妹妹，还真是有正事，心里有我这个哥。行了，我现在就去工程队工地，去找李水泉，看他能不能来家里吃顿饭。"

"小广播"说："好，你去吧！"

9. 工程队工地帐篷外

彩虹来给工程队送菜。

李水泉站在她的自行车边上，彩虹从车架子上拿下一个装着衣服和被罩的大塑料袋，对李水泉说："泉子哥，这是给你洗好的衣服和被罩，你拿到屋里去吧。"

李水泉打开塑料袋一看，说："哟！洗得这么干净呀！那我得谢谢你呗？"

彩虹说："不用谢，你少和那洋洋来往点儿，就算是谢我了。"

李水泉说："别那么小心眼儿，我不都跟你说了嘛，我不是月亮边上的那块云彩，我是恒星太阳。"

彩虹说："我不怕云彩变成太阳，可就怕太阳变成云彩。"

李水泉说："太阳就是太阳，不是云彩变的，肯定也变不成云彩。"

彩虹笑笑，没吭声。

这时候，刘喜子骑着摩托车，来到了帐篷前，他问："谁叫李水泉？"

李水泉说："你找他有什么事？"

刘喜子说："这不彩虹也在这儿呢嘛，她认识我，我是刘洋洋的哥哥刘喜子。我爸和我妈打发我来的，说是让李水泉到我们家去吃顿饭。谁是李水泉？"

李水泉说："我就是。你爸你妈怎么要找我到你家去吃饭呢？"

刘喜子说："这还不明白吗？不就是因为你和我妹妹洋洋的关系嘛。"

李水泉说："你这话可把我给说糊涂了，我和你们家洋洋没什么关系呀？"

刘喜子说："这不对呀！你不就是李水泉嘛，你们工程队没有第二个李水泉吧？我不会找错人吧？"

李水泉说："我们工程队没有第二个李水泉，就是我。可是你指定是找错人了！"

这时候，彩虹插话说："水泉哥，人家请你呢，你想去吃饭就去吃吧，我走了。"说完，转身要走。

李水泉说："哎，彩虹，你别走啊！"

可彩虹还是走了。

刘喜子打量打量李水泉，向前拍拍他的胸脯说："行啊，哥们儿，是不是搞三角恋爱呢？"

李水泉说："别胡说了，我和彩虹正处对象呢，和你妹妹洋洋根本没关系。"

刘喜子说："你小子是属鸭子的，嘴硬是不？行了，我明白你是什么人了，我也不跟你说了，我妹妹洋洋会找你的。"说完，要走。

李水泉拽着刘喜子说："哎，你不能走，你肯定找错人了，你是不是来找魏大景呀？"

这时候，魏大景走上来说："这是洋洋的哥呀，是不是来找我呀？"

刘喜子说："我才不是来找你呢，我就是来找李水泉，哎，你别老拽着我呀。"说完，使劲甩开了李水泉的手。

刘喜子又说："真有意思，我还没见过这样的人呢，一脚踩着两只船，哪只也不想让给别人。"说完，骑着摩托车走了。

魏大景看看刘喜子的背影，转脸对李水泉说："水泉哪，没看透啊！怎么这边跟彩虹谈着，那边又跟洋洋谈上了，你得让出来一个给我呀！"

李水泉说："他跟我胡扯，你也跟我胡扯，我不都跟你说了嘛，我和那洋洋没关系，你愿意怎么追就怎么追！"

魏大景说："真的呀，那人家来找你是怎么回事？"

李水泉说："你问我，我问谁去？这都怨你。"

魏大景摸摸后脑勺说："啊，怎么又怨在我头上来呢？"

李水泉说："都怨你和洋洋的关系，没早点儿明确下来，那要早点儿明确下来了，能有今天这事吗？彩虹都误会我了。"

魏大景说："要这么说，还真是有点怨我，那看来，我也得加快点步伐了。没事，有时间我去给你跟彩虹解释解释。"

李水泉说："显不着你，你早点儿把自己的事弄明白得了。"

10. 镇子上南南家的服装店

南南妈和南南说着话。

南南妈说："南南，你给新亮妈买的衣服，她穿了没有，合不合适？"

南南说："她收下了，但还没穿呢！"

南南妈说："人都有双重父母，将来你和新亮结了婚，对两边的老人都得要好，我听说新亮还有个姥爷，也挺大岁数了，你再过去的时候，别忘了给他也买点东西，看看他。"

南南说："新亮姥爷那人，身体可好了，开着个小卖店，最近又要办超市，还会演'花鼓灯'、跳'钱杆子舞'呢？"

南南妈一听，有些惊异，就说："那人有多大年龄了，姓什么？"

南南说："村里的人都叫他准爷，姓什么我还没问过人家呢？看着有七十多岁了。"

南南妈说："你姥爷要是活着，应该快八十岁了，他也会演'花鼓灯'、跳'钱杆子舞'。"

南南说："不对，新亮的姥爷肯定不到八十岁，这个人不能是我姥爷。"

南南妈说："有时间你再打听打听，他姓什么？叫什么？到底多大岁数了？"

南南说："行！"

11. 淮河边上
孙顺水下了货船，走在回村的路上。

12. "活济公"墩子家
院子前面的空地上，"活济公"墩子在这片地上，走来走去。

玉树赶着一群羊从这里走过，问"活济公"墩子："爹，你在这干什么呢？"

"活济公"墩子说："给你和彩霞看宅基地呢，村子里给咱家的砖，将来就卸在这儿。"

玉树说："爹呀！你把砖卸在这儿，不就把六河叔家的道给挡上了。"

"活济公"墩子说："他现在跟我较劲儿呢，本来咱家的房子，不想盖在这儿，应该再往东一点，可他既然跟我较劲，我就跟他较劲，就把砖卸在这儿。这些年两家邻居关系不错，他们家在这儿走就在这儿走了，我也没拦，现在不行，这地是咱家的，想不让他走，他们就不能走。"

玉树说："爹，我看这么较劲也不好，砖还是往那边卸卸吧！"

"活济公"墩子说："你小子懂什么，他在彩霞的事上不让步，我就在这些事上叫他的板，行了，这些事不用你管，你该放羊，放羊去吧。"

13. 刘泥鳅家饭店内
刘喜子走了进来。

"小广播"问："喜子，你回来了，李水泉来不来？"

刘泥鳅也走了过来，说："儿子，事办得怎样？"

刘喜子说："就别提了，那李水泉亲口跟我说的，跟我妹妹洋洋根本就没有任何关系。"

"小广播"说："这李水泉怎么能这么说呢？"

刘喜子说："还说他正跟彩虹处对象呢。我看，八成是这小子玩三角恋爱呢。"

刘泥鳅说："这李水泉怎么这样呢，如果他这样，我得找他算账去。"

刘喜子说："洋洋的事，还得洋洋去说，你去说能说明白吗？"

"小广播"说："洋洋这不都跟是我说得好好的嘛，她和李水泉处对象呢，这怎么又蹦出个李水泉和彩虹好的事呢？这事怎么整的呢，真叫人上火。"

这时候，门开了，魏大景走了进来，说："这是洋洋家的饭店吧？"

"小广播"说："是啊，你是谁啊？"

魏大景指着刘喜子说："他不是洋洋的哥嘛，刚才到工地找人去了嘛，说是要请人到你们家吃饭嘛！我就来了！"

"小广播"说："那这事与你有什么关系？"

魏大景说："阿姨，这事怎么能与我没有关系呢，要说洋洋与李水泉没关系，那是真没关系，要说与我有点关系，那备不住还真是有点关系。"

刘泥鳅一下楞住了，说："与你有关系，你在工程队是干什么的呀？？"

魏大景说："我是工程队的副队长，魏大景呀！昨天洋洋到工地给我们理了发，还给我洗了床单。"

"小广播"说："是吗？那是不是我把人名给听差了，把魏大景给听成李水泉了？不会啊！"

刘泥鳅说:"你瞅瞅你弄的这些事,干点什么事一点也不把握,没听准就瞎说,要不然村里人都管你叫'小广播'呢?家里外头老乱广播。行了,这孩子既然来了,就先坐下,给洋洋打个电话去,问问到底怎么回事?"

里屋,"小广播"在和洋洋通电话,说:"是啊!你看妈说得对吧,你说的是李水泉吧,不是魏大景吧。"

这时候,她看了一眼刘泥鳅说:"等着,你跟你爹说。"

说着把电话递给刘泥鳅,刘泥鳅接过话筒,听了听说:"那个事是怎么弄的?你喜子哥都去了,人家李水泉说了,和你没关系,倒是冲上来个魏大景,现在正在外边坐着呢,你说怎么办吧?这顿饭是请他吃好,还是不请他吃好。行了,我知道了。"

刘泥鳅对"小广播"说:"洋洋说了,这个魏大景是李水泉的好哥们,这顿饭就招待他吃吧!"说完,把电话撂了。

14. 村委会

"活济公"墩子找到朱五河。

"活济公"墩子说:"五河呀!村上赔我的钱,我刚才都领了,你们要给我拉砖就拉吧!地方我已经看好了。"

五河说:"行,我安排一下。砖都给你拉过去。"

"活济公"墩子又说:"我家房东头那片地属于村上批给我家的一块宅基地,没变化吧?这回我该占可得占了。"

五河说:"那都是经过镇上批的,不能有变化。"

"活济公"墩子说:"那就好,我走了!"

15. 六河家的塑料大棚里

新堂正在忙着,晓梅走了进来。

王晓梅说:"新堂!"

新堂一看是晓梅,就站了起来说:"晓梅,你怎么又来村里了?"

王晓梅说:"走村串户是我们的工作,今天,又到你们村子里来了,就过到你这儿看看。"

新堂说:"上回你来了一趟,可给我惹了祸了。"

王晓梅不解地说:"惹祸?我能给惹什么祸?"

新堂说:"你来的时候,不是叫我爹给看到了嘛,他就以为咱们两个处对象了,跟我妈也说了,我家大姨也知道了,弄得我很不好意思。"

王晓梅笑笑说:"愿意说就说呗,我不怕这些事。"

新堂说:"那是,没有的事,别人怎么说咱也不怕。"

王晓梅说:"我和你的想法,还不完全一样。没有的事我不怕,就是有什么事了,我也不怕。"

新堂不解地问:"晓梅,你说这话是什么意思?"

王晓梅说:"没什么意思,就这意思。"

这时候,六河又推门走了进来。

六河说:"呀!怎么又碰到了你们?行了,你们唠吧,我走了。"

新堂说:"爹,你别走,我给你正式介绍介绍,这是镇农业技术推广站的技术员王晓梅,来帮助我们指导科学种田的。"

六河说:"王晓梅,怎么听这名字这么耳熟啊?你爹是不是镇子上的副镇长啊?"

王晓梅说："是啊，你怎么知道？"

六河笑着说："是听说，那就对了。行了，你们唠吧！我正忙着呢，老忙了，我走了。"说着，推开大棚门走了出去。

新堂问王晓梅："我爹跟你说的都是些什么呀？什么玩意儿对了对了的，怎么把我听糊涂了呢。"

王晓梅说："新堂哥，现在要让你完全听明白，你也听不明白。我想，慢慢有你能听明白的那天。"

新堂说："来吧，咱们还说这菜的事吧，种菜的事吧。"

16. 五河家饭店内

玉翠、彩虹和彩霞正看着珍珠试衣服，珍珠穿着南南给她的新衣服，对着镜子看着，问玉翠："好看吗？"

玉翠说："你看看南南给你买的这身衣服，这也太合身了，好像给你定做的一样。"

彩虹说："妈！你穿上这身衣服就别脱了，看着老年轻了。"

珍珠说："瞅你说的呢，这么好的衣服，不是逢年过节有个什么大事，我能舍得穿吗？"

彩霞说："大姨，别老那么会过了，现在生活水平都提高了。该换身新衣服，就换身新衣服吧，我妈和你一样，什么新衣服都舍不得穿，都放旧了！"

17. 刘泥鳅家饭店内

刘泥鳅和魏大景一起吃着饭。

刘泥鳅说："我们家洋洋，到底是和你有关系？还是和李水泉有关系？"

魏大景说："跟李水泉不可能有关系，人家李水泉和彩虹那事都是板上钉钉的事了。要说有关系，只能是和我有关系，你们好好看看我小伙，不照李水泉差。大叔，你跟你们家洋洋说，别老盯着李水泉了，她找我，她不亏，你看我这样，帅不？配你们家洋洋那不得配好几个来回嘛。"

刘泥鳅说："现在这事把我弄得有点糊涂了，等洋洋回来，什么事就都弄明白了，要真是弄错人了，也没什么，我看你小子也挺好，要是给我当姑爷，也错不了。来，咱爷俩别管以后什么关系，能坐在一起喝酒吃饭就是缘分，干了！"

18. 孙顺水家

孙顺水走进屋来，看见了武二秀。

武二秀从床上站到地上说："你回来了。"

孙顺水没吭声，进到了里屋，看到了顺水妈和正在写作业的小石头，就问："妈，我没在家这些天，她对你们怎么样？"

顺水妈说："还行，前几天和我们闹了一场，我们就到淮爷和甜菊的小卖店去住了，昨天她把我们接回来了。顺水啊！你刚回来，别和她再闹，老生气，身体受不了。"

孙顺水说："我也不和她打，我也不和她闹，我就和她说说离婚的事。"

顺水妈说："你和她能不能过下去了，妈不插言，妈不能鼓捣你和武二秀离婚，离不离婚是你们两个人的事，你们自己看着办，你们能过下去，妈就能够迁就下去，妈都这么大岁数了，你别因为妈和武二秀离婚，那不值得。"

孙顺水说："我和她要离婚，也不是一天两天的事，这次回来，我看能不能把手续办了，要能办，我就办了。"说完，他走到了外屋。

对武二秀说:"武二秀,我这回回来,就是想和你把离婚手续办了,你看咱们什么时候办?"

武二秀说:"你刚进家还没吃饭呢,怎么说我也得给你去做点饭呢,就是离了婚,一日夫妻还百日恩哪!"

孙顺水说:"饭吃不吃都行,再说我也不饿,咱俩现在就去村上开信,到镇子上去办手续怎么样?"

武二秀说:"捆绑不成夫妻,你要离婚,我也没意见,只是别弄得这么急,有些事,咱们还得在一起好好说说,等都定下来,再去办手续也不迟。"

19. 淮爷小卖店里

淮爷正磨着小磨香油,六河走了进来。

六河说:"爹,我来买两盒烟!"

淮爷说:"你来了,什么买不买的,想抽什么烟,就自己拿吧!"

六河从柜台上自己拿下两盒烟来,扔下几块钱说:"爹,钱给你放这儿了!"

淮爷说:"别扔钱了,就那两盒烟。"

六河说:"别了,你这也是在搞经营的,今天几盒明天几盒的,老到这里拿不合适。"

淮爷说:"六河,是不是我给你说的话,你权当了耳旁风?我让你不要管彩霞和玉树的事,你不但管,还跑到'活济公'家打了彩霞,你今儿个给我把话说明白,在这个事上,你到底想怎么着。我跟你说的话,作不作数?"

六河说:"爹呀,这是我们家里的事,彩霞和我这当爹的之间的事,你就别管了。"

淮爷说:"不管不行,你是彩霞的爹,你老想让她听你的,不听就动手,可我也是你老岳父,你也管我叫声爹,我说的话,你要是不听,是不是我也可以跟你动手?"

六河说:"爹,我都这么大岁数了,让你打我,你也不会打我。"

淮爷说:"你还知道这?彩霞早出息成大人了,我告诉你,你要敢再跟彩霞动手,我就饶不了你。"

六河点着了一支烟,抽着说:"爹,虽说我和她动手不对,可她和玉树处对象,是真不对我心思。"

淮爷说:"对不对你心思有什么用?人家玉树也不是和你谈对象,你在这个事上,老是想不明白。"

这时候,甜菊过来,对六河说:"六河哥,我看玉树和彩霞在一起也挺好的。你别老干预了。"

六河说:"怎么的?甜菊,你也这么说?哎哟!那看来,我真得好好想想了。甜菊,你说那玉树将来能有出息吗?"

甜菊说:"我看是个人才!"

六河说:"你不蒙你六河哥吧?"

甜菊说:"你是谁?你是我的堂兄,我会蒙你吗?"

六河说:"要是玉树这小子,日后能出息个人,我也就认了,可是现在真看不出来呀!"

淮爷说:"人都在变,玉树那么年轻,将来变成什么样?谁也说不准。"

六河说:"我不同意他们俩在一起相处,不完全是冲玉树,我主要是嫌那'活济公'墩子,一身臭毛病,在村里名声也不太好。"

淮爷说:"玉树那孩子,跟他爹不一样。再说'活济公'墩子也会变,你也不能老拿老眼光看他。"

六河说："让他变可难了，对他我是从小看到大，也没看他有什么大变化！"

淮爷说："过去是过去，现在是现在，现在的时代和过去能一样吗？就是他墩子不想变，这个时代推着他，他也得变！"

20. "活济公"墩子家

"活济公"墩子坐着小板凳，在窗户底下编"鱼须滤"。

新堂赶着一群羊进了院。

这时候，彩霞拎着一兜饭菜，从外边走了进来。

"活济公"墩子一见忙站起身说："呀！是彩霞，你来了。"

彩霞说："叔，昨晚上那事弄得我有点儿不好意思，你和玉树都没吃好饭，我今儿个又带饭带菜来了，咱们在一起好好吃顿饭。"

"活济公"墩子笑着说："你看这孩子，多懂事，知道玉树和我没吃好饭，这又拿来饭菜来，行，快进屋吧！"

彩霞拎着饭菜走进了屋。

"活济公"墩子对着玉树说："玉树，把羊关到圈里，就赶快进屋，咱们一起吃饭。"说完，乐颠颠地进了屋。

彩霞把兜子里的饭菜摆在桌子上。

"活济公"墩子说："呀！这怎么又弄鱼来了，今天的鱼我可不吃了。"

彩霞说："怎么了，这鱼好吃，是正儿八经的仙女湖鲤鱼。"

"活济公"墩子说："什么鱼我也不吃了，昨天跟你爸生气，一根鱼刺扎在嗓子眼儿上，没把我疼死。要不去卫生所还拔不出来呢。"

彩霞笑着说："今天没人和你治气了，我爸不知道我来，你就放心吃鱼吧！"

"活济公"墩子说："看这鱼炖得这么好，闻着又这么香，不吃还真馋得慌。"

这时候，玉树也走进屋来，他们三个人坐在桌前吃饭。

"活济公"墩子操起筷子，刚要用手去捋，忽然停下，对玉树说："玉树，给爹擦擦筷子。"

玉树笑了，从"活济公"墩子手里接过筷子，用干净毛巾使劲给他擦着。

"活济公"墩子说："别那么使劲，一会儿把筷子都给撸掉皮了。"

玉树说："爹，这一回你也知道，不用手捋筷子好了。"

"活济公"墩子说："真把你爹看扁了，你爹也在进步！"

彩霞对"活济公"墩子说："叔，吃鱼的时候，你慢点，把那些刺都摘出来再吃，鱼刺就扎不着嗓子眼儿了。"

"活济公"墩子说："是，我昨天吃那鳜鱼，也是有点嘴急了。"

21. 刘泥鳅饭店内

"小广播"对正在和魏大景一起吃饭的刘泥鳅说："你看看吧，今儿个中午咱们饭店根本没上人，可对门人都满满的。"

刘泥鳅说："是吗？一会儿我过去看看去。"

"小广播"说："我看还是咱们家的鱼出了问题，不然人家不能都到那边去吃仙女湖鱼餐不到咱们家这边来了。"

刘泥鳅说："我在这儿陪着大景吃饭呢，你先别唠叨这事了，我一会儿我再过去侦察侦察，看看他们那边是不是又上了什么新菜了。"

这时候，洋洋骑着摩托车，在门口停下了。

"小广播"一见，忙走出屋去，拉住洋洋的手，说："洋洋，你可回来了，家里这边的事，都弄乱套了。你跟我说你跟李水泉处了对象，我和你爸就惦着找他吃顿饭，没承想李水泉没来，说是和彩虹早处了对象，倒来了这个魏大景，正在那儿和你爸吃饭呢。到底是怎么回事啊？你快点跟妈说个明白！"

洋洋说："到底是怎么回事，我这不回来了嘛，我得去问呢，你们这么着急干吗？"

"小广播"说："快点进屋吧！"

刘泥鳅和魏大景见洋洋走了进来，就都站了起来。

魏大景说："洋洋，你回来了！"

刘喜子听见洋洋回来了，就从厨房里走了出来，说："洋洋，一会儿你回镇子，哥和你一起去啊，上午你给哥打电话说的那事，哥还惦记着呢！"说完，又回到厨房里去了。

洋洋对魏大景说："大景哥，你别吃了，你跟我出来。"说完，洋洋和魏大景走出门外。

屋内，刘泥鳅对"小广播"说："我到对面的饭店去看看。"

"小广播"说："上回说去借豆油，这回去了，你说什么？"

刘泥鳅说："活人还叫尿憋死了，我去找那彩霞要书，就说上回她找咱家喜子借的书，喜子要看，我去要回来。"说完，就走出门外，

22. 六河家的塑料大棚里

新堂对晓梅说："这都赶到中午了，你就在村子里吃顿饭吧，给我个面子，行不行？"

王晓梅说："不过，可得是我花钱请你。"

新堂说："不用，那个饭店就是我大姨开的，咱们到那儿去吃饭，用不着花钱。"

王晓梅说："行，你爸爸我见着了，可还没见着你妈呢，去吃饭能看到她吧？"

新堂说："不是能看到，是准能看到，而且你还能吃着她亲手炒的菜。"

王晓梅说："是吗？那就更得去了。"

说着，两个人一前一后地走出大棚。

23. 五河家饭店内

刘泥鳅走了进来，彩虹见了他就问："您来了，有事吗？"

刘泥鳅："这次你刘叔我，可不是来借豆油了，是彩霞上回从我们家喜子那儿拿了两本书，喜子着急要看，让我来取。"

彩虹说："哦！我知道，这书就在厨房里，我去给你取来。"说着，彩虹进了厨房，刘泥鳅围着坐满客人的饭桌，转着圈地看，跟客人说："你们怎么都跑到这边来吃饭了，怎么不到我家那边去呢？一样的仙女湖鱼餐。"

这时候，有人说："都是叫仙女湖鱼餐，可是鱼的味道不一样，人家做的这个仙女湖鱼餐，可是货真价实，不像你们家不知从哪儿弄来的鱼，也叫仙女湖鱼餐。"

刘泥鳅一听这话，说："我以前是叫一个卖鱼的给糊弄了，不是仙女湖的鱼，他骗我是仙女湖的鱼，现在我们已经不在他手里买鱼了，我们专门到仙女湖去买鱼，明儿欢迎你们到我们那边去品尝，如果不是仙女湖的鱼，我的刘字就倒着写。"

这时候，彩虹拿着两本书，从厨房里走了出来，把书递到了刘泥鳅手，说："你看是这两本吧！"

刘泥鳅看了看，说："应该是这两本，行了，那我就回了。"

彩虹说："跟喜子哥说说，彩霞我们都谢谢他了。"

刘泥鳅说："你们要再想看，再找他借去啊！"说完，出了门。

（第十四集完）

第十五集

1. 刘泥鳅家往工程队的工地上

魏大景在和洋洋说着话。

魏大景说："洋洋，我怎么说你才相信呢？打一开始，李水泉心里根本就没有你，他早就和彩虹好上了，你去工地，非要给人家洗床单，结果怎么样？彩虹跟李水泉生气了，我说的话是千真万确，你不要不信。"

洋洋的眼里涌起了泪水，说："你说的话都是真的？"

魏大景说："我要骗你，我就不是人。"

洋洋脸上流下了泪水，站在那里说："你回去吧，既然是这样，工地我也没有必要去了。"脸上的泪水流得更欢了。

魏大景一见，忙从兜里掏出一张餐巾纸，说："洋洋啊，你可别哭了，看风大皴了脸，李水泉不喜欢你，不是还有大景哥我呢嘛，我喜欢你啊。"

洋洋说："你们这些男人啊！都靠不住。"

魏大景说："话怎么能这样说呢？你也没和我处过啊，你要是答应和我处，你就知道了，我是最靠得住的人。"

洋洋看看大景，突然笑了，说："看你那傻样儿！我才不会理你呢！"

魏大景赔着笑说："我傻吗？我没觉着自己傻啊！"

2. "活济公"墩子家

彩霞在收拾着屋子，屋子里的东西，开始被摆得整整齐齐起来。

"活济公"墩子站在地下，拿着笤帚扫着地，说："你说你爸，这该用来扫地的玩意儿，他怎么拿着它打人呢？"

玉树说："行了，过去的事了，别老提了。"

"活济公"墩子对玉树说："我愿意说，我跟我未来的儿媳妇彩霞说话呢，和你没关系。"

3. 五河家饭店内

六河走了进来，他到了厨房里，说："老婆子，那个叫王晓梅的又来了，今天我可知道她是谁了。"

玉翠说："是谁呀？"

六河说："上回不是有人找我，说是要把副镇长的闺女介绍给咱家新堂吗？这个闺女就是王晓梅！我没想到，新堂这小子，嘴上一个不去看，八个不去看的，可是背后他已经跟这闺女好上了。"

玉翠说："哦！闹了半天，和你原先说的那个人，是一个人呀！"

六河说："那可不。"

这时候，新堂和王晓梅走进饭店来。"

彩虹迎了过去，说："哟！你们来了，快坐吧！新堂哥，这是谁呀？"
新堂说："这是镇农业推广站的王晓梅。晓梅，这是我的堂姐彩虹，也是我大姨家的孩子。"
王晓梅冲着彩虹笑着说："彩虹姐，你好！"
彩虹给他们两个人倒着茶水说："你们两个人还没吃饭吧，想吃点什么？"
新堂说："我妈上灶呢吧？叫她随便炒两个菜就行！"
厨房里，六河对玉翠说："你看，说着说着，他们就来了，新堂这小子，把那闺女给领到这儿来了。"
玉翠说："是吗？那我可得出去看看。"说完，玉翠走出厨房来。
她走到了新堂和晓梅面前，说："哟，是你们来吃饭呀！"
新堂说："妈，这是王晓梅。"
王晓梅冲着玉翠笑笑，说："阿姨！"
玉翠笑了，说："哟，来了？新堂，你们想吃点什么菜？妈给你们做。"
新堂说："随便吧！"
玉翠踅身走回厨房，见六河躲在那里，就说："你站在这儿干什么？像个贼似的，怎么不出去呢？"
六河说："我能出去吗？叫人家闺女看着，那成什么事了？好像我特意跑来，给你送信儿来了似的。"
玉翠说："在自家闺女面前，怎么老吹胡子瞪眼的，看见儿子的对象倒像'老鼠见了猫'了。"
六河说："看这话叫你说的，我怕什么？我不是怕让人那闺女感觉，新堂的爹妈没文化，把人家给影响了吗？我这不是为了新堂好嘛。"
玉翠笑了笑，说："看来，你对他们的事是同意了。"
六河说："我看，人家那闺女，工作和长相都不错，和新堂往块堆一站，像一对。"

4. 刘泥鳅家饭店内

刘泥鳅走进屋来，"小广播"说："洋洋回镇子上了，走的时候我瞅着眼睛哭得红红的，八成是和李水泉的事，真的出了岔头。"
刘泥鳅说："喜子不是要和她一起去嘛，去没去？"
"小广播"说："洋洋也没跟她哥打招呼，自己骑着摩托车就走了。"
刘泥鳅叹了口气说："这人要是不顺哪，喝口凉水都塞牙！刘喜子和南南的事不成，洋洋和李水泉的事也出了岔子，咱们这饭店又没来人吃饭，事都挤到一起了，可愁死我了。"
"小广播"说："愁也没用，就得走到哪步，说哪步的事了。"

5. 五河家饭店内

新堂和晓梅在吃饭。
新堂把菜往王晓梅那边推推，说："跑一上午了，你饿了吧，多吃点儿！"
王晓梅把菜盘子又往新堂这边推推说："别推了，我够得着。"
厨房内，六河和玉翠还在这里，玉翠炒着菜，彩虹进来了。
六河就问彩虹："那俩人吃上了？"
彩虹说："嗯！"
六河说："看着那俩人乐呵不？"

彩虹说:"挺乐呵的。"
六河说:"行,新堂这小子,虽然是没听我的话。可是,还是跟我要给他介绍的这个人成了对象,我也算没白忙活。"
玉翠说:"没看着我们这儿正忙着呢嘛,你该干吗干吗去吧!"
六河说:"人家那闺女都知道我不在这饭店工作,是个种地的,这么半天我都没出去,现在出去能好吗?我是说什么也不能出去了。"

6. 仙女湖边上
新亮在和一些人继续支着网箱。

7. "活济公"墩子家院外
院东边空地上,有一辆手扶拖拉机停在那里,工人们正要往下卸砖,一位工人问"活济公"墩子说:"砖卸在这里好吗?这不把东边那家的路给堵上了吗?"
"活济公"墩子说:"这是我家的宅基地,我要在这儿盖房子,没盖房子前,他们在这儿走,就走了。可我要盖房子了,他们从哪儿走,我就管不着了。"
那位工人师傅说:"那我们可就往这儿卸了。"
"活济公"墩子说:"卸吧,我叫你们卸,你们就卸吧。"
工人师傅们往那里卸着砖。
"活济公"墩子家的屋里。
彩霞正在洗衣服,一个塑料大盆里泡着很多衣服,她对玉树说:"玉树,你们家少台洗衣机,现在谁家还用手洗衣服了,赶明儿个咱俩上镇子,去买台洗衣机回来吧!"
玉树:"彩霞,你知道以前我爹不洗衣服,我洗衣服都是自己用手洗。这回你常过来了,那看来还真得买台洗衣机。"
彩霞说:"今儿个忙着洗这些东西,没时间,有时间的话,你去镇子上拉饲料,我就和你一起去。"

8. 孙顺水家
孙顺水对武二秀说:"武二秀,既然你也同意和我离婚了,你就说吧,咱们什么时候去办手续?"
武二秀说:"我嫁到你家来了,咱们俩也是正式登记结婚的夫妻,要离婚了,也得把财产的事分割明白。"
孙顺水说:"你没到我们家前,这房子、东西就都置办下了,墙上没有你一块砖,房顶没有你一片瓦,这是我的婚前财产。"
武二秀说:"不管怎么说,我进了你孙家门,就是孙家人,你总不能让我空着两手出去吧。"
孙顺水说:"那你想怎么办?"
武二秀说:"我也不想要你这个房子,要了,你们也没地方去住,让乡亲邻里看了,好像我武二秀不近人情似的。我想,你就给我折合点钱算了。"
孙顺水说:"你想要多少钱?"
武二秀说:"你看着给吧。"
孙顺水说:"我现在手里总共就两万多块钱,给你两万块钱怎么样?"
武二秀说:"也行,钱在哪儿呢?"
孙顺水扔给武二秀一个存折说:"在这存折里呢,是以你的名义存的。"

武二秀接过存折看了看，揣在兜里说："这个存折上到底有没有这两万块钱，我得到镇上银行去查查实。"

孙顺水说："我看咱们就一起到村上开介绍信，之后一起上镇子，你到银行查完了，咱们就到镇上办手续。"

武二秀说："事情别弄得这么急，我今天到银行去查钱，晚上就住在我女儿那儿不回来了，明天上午你拿着村里的介绍信，再上镇政府找我吧，我在那儿等你。"

孙顺水说："行，你可不能蒙我。"

武二秀说："你去吧，我肯定在那儿等你。"

9. 工程队帐篷里

魏大景和李水泉说："水泉哥，我去洋洋家吃了饭，也见到洋洋了，看来，我和洋洋的事有戏了。"

李水泉说："是吗？你小子动作还真挺麻利。"

魏大景说："明天给我半天假，我去看看洋洋，行不行？"

李水泉说："要去，你最好还是工作之外的时间去，人家洋洋在理发店也挺忙的，白天你去了，在那儿傻坐着，也不好。还把这边的工作耽误了。"

魏大景说："村子到镇上，虽说只有二里地，但走着去也挺耽误时间的。"

李水泉说："你想快呀！我告诉你个办法。"

魏大景说："什么办法？"

李水泉说："把天上老鹰的翅膀拧下来，插到你自己的胳肢窝，上天去飞！那就快了。"

魏大景说："你也真能跟我开玩笑。"

李水泉说："大景，谈对象这事你得听我一句话，也别太急了，心急吃不了热豆腐。"

10. 村中路上

新堂和王晓梅走在这里。

晓梅对新堂说："新堂哥，你回去吧！过几天我还来。你大棚里的菜，有点儿起虫子了，我给你带打虫子的药来。"

新堂说："好，我们这些种地种菜的人，真离不开你们农业技术推广站的帮助，你们多往这儿跑跑，我就觉着自己心里更有底了。"

王晓梅说："你回去吧！"

新堂说："今天也没有什么太多事了，再往前送送你。"

王晓梅看看新堂，也没推辞。

两个人继续往前走。

王晓梅说："新堂哥，我都打听了，你还没处对象呢。"

新堂说："家里的事刚刚有个起色，真没有工夫琢磨那事。"

王晓梅说："也不知道你将来要找个什么样儿的，你说说看，我能不能帮上你的忙？"

新堂说："说心里话，我整天到晚就寻思着种地种菜的事，根本就没往这一方面去想。"

王晓梅说："处对象的事，想早了，想多了都不对，到该想的时候不想也不对。"

新堂说："你问我想找个什么样的？真把我问住了，想找个你这样的，我怕高攀不起，想找个别人那样的，我也没见过别人什么样，更说不好。"

王晓梅一听这话，笑着说："我也没什么了不起的，不就是个农业技术推广站的技术员嘛，你别把我看太高了。"

新堂说："不是我把你看太高了，是你本身就比我条件好，你是镇上的干部，你爸爸又是副镇长，未来找对象肯定不会找到我头上，镇子上比我强的小伙子那就多了。"

王晓梅说："新堂哥，你也别净说这气馁的话，现在农村，新一代农民，也很了不起，咱们镇子上，就出了不少致富状元，我相信你，也能干出个名堂来。像你打篮球那样，打得那么出色、带劲儿。"

新堂说："但愿是这样。"

11. 仙女湖岸边

新亮的渔船上，新亮在灯下看着书，南南在船上帮他忙这忙那。

南南说："新亮，我看网箱架得都差不多了，差不多该给江苏那边打电话，让人家往这边送蟹苗、鱼苗了。"

新亮说："是，你帮我想着点儿，明天咱们就给那边打电话。"

12. 村中路上

六河走了过来，他走到"活济公"墩子家东边，通往自己家的路上，就自言自语地说："呀，这是谁家堆的这么多砖，把我家的路给挡了。"

他冲着周围没有目标地喊："这是谁家堆的砖，把我家的道给挡了。"

"活济公"墩子听到六河的声音，从自己的院子里，露出头来，对六河说："那是我家的砖！"

六河说："这也太不像话了，怎么把我家的道给堵了？"

"活济公"墩子说："你大概不知道吧，这块地是我家的宅基地，以前我没要盖房子前，左邻右舍地住着，你们踩出一条道说走就走了，现在不行了，我要给我儿子盖结婚用的房子，这条道你们不能再走了。"

六河说："'活济公'，有你这么干的吗？你这是明摆着和我过不去嘛，不就是因为我不同意彩霞和你们家玉树处对象嘛，你这是故意找碴！你把这路给堵了，我们家有个大车小辆的，拉点儿什么东西，都进不来出不去。"

"活济公"墩子说："这是镇里和村里批给我家的宅基地，我把砖卸到这儿，谁也管不着，我想卸在这儿，就卸在这儿，有意见，你别跟我说，你去找村上、镇上去。"

六河用手颤颤地指着"活济公"墩子，说："你不用跟我较劲，你怎么较劲，我也不会同意彩霞和你们家玉树处对象的事。我看你，咱们左邻右舍地住着，你今后就没有事用到我六河家？！你就干这些灶坑打井，房顶扒门的事吧，看你能损到哪一天？！"

"活济公"墩子说："有话好好说，别骂人啊！"

六河说："我不骂你怎么着，你瞅瞅你做的这缺德事。"

"活济公"墩子说："你去村子上问问，就知道是怎么回事了。"说完，"活济公"墩子走了。

13. 五河家饭店内

五河正坐在那里跟珍珠说话。

珍珠对五河说："爹的那个超市，马上就要开业了，我天天往仙女湖跑，也腾不出手来，超市就在你们村委会旁边，有时间的话，你多帮着忙活忙活。"

五河说:"除了甜菊,爹还想把顺水妈也聘过来,在超市里当帮手。"

珍珠说:"不知爹是怎么想的,顺水妈那么大年龄了,要找帮手不如找个年轻点儿的,轻手利脚的多好。"

五河说:"爹有爹的想法,老年人老有所为,也是该提倡的,他要聘顺水妈过去,咱们就别拦了。"

这时候,六河风风火火地走了进来。

六河说:"五河哥!"

五河一见六河那副模样,就说:"这么晚了,你怎么来了?"

六河说:"你去看看吧,'活济公'墩子因为我不同意彩霞和他们家玉树处对象,拉了砖,把我家的路给堵上了。这条路我家走了多少年了,往地里运肥,往家里拉东西,都是走的这条道,这给我们家堵上了怎么行呢?"

五河说:"'活济公'家卸砖要盖房子的事,我知道。镇上也确实给他批过那块宅基地,给他批这块地的时候,也考虑到你们家走的这条路了。那时候你们两家的关系挺好的,'活济公'墩子也说盖房子的时候,往东边串出几米来,把你们家这条路给留下,可现在你们两家闹起别扭来了,他盖房子不往东串了,房子盖好了,再围个院套儿,你家这条道那就非占上不可了。"

六河说:"五河哥,你是村主任,在这个事上,你得主持个公道,不管怎么说他把我家的这条路堵死了不行,村上要能解决的了,就村上解决,村上不能解决,我就去找镇上。"

五河说:"你和'活济公'现在都在火头上,这个事先放一放,村子里肯定想办法帮你们解决。实在解决不了,你再去找镇上也不迟。"

六河说:"那行吧,我今天晚上来你这儿,就是来说说这个事,向村上讨个说法。"

五河说:"邻里邻居住着,冤家宜解不宜结,遇到了事大家在一起都平心静气地有个商量,就能把事情办得好一些,不能火冒三丈地发脾气。有时间我去找找'活济公'做做工作,看能怎么样。"

14. 孙顺水家

孙顺水和顺水妈在灯下说着话。

顺水妈说:"顺水呀!你和武二秀离婚的事定下来了?"

孙顺水点点头,说:"明天就去办手续。"

顺水妈叹了一口气,说:"不管怎么说,你们夫妻一场,这说散就要散了,你和她就别打别闹了,好说好散吧!"

孙顺水说:"妈,你放心,这些事我会处理明白。"

顺水妈说:"你和她离了婚以后,出去跑船别再惦记家里的事了,小石头,妈能照顾好。"

孙顺水说:"甜菊跟我说了,说淮爷的超市快开业了,想聘你去给他们当个帮手。"

顺水妈说:"为了小石头,妈就不能去了。"

孙顺水说:"妈,过些日子小石头开了学,你一个人在家里,一天到晚地也孤单,要是手上有个事干,身边有人跟你说话聊天,那心情可就好多了。妈,儿子找了这个武二秀给你添了不少堵,我不想让小石头的事再拴住你。淮爷的超市有这么个机会,妈你就去吧,妈你要是一天到晚乐呵呵地,儿子我就高兴。"

顺水妈说:"顺水,你孝顺妈,妈知道。可是妈这么大岁数了,不能光顾自己,你和小石头在妈的心里头,比妈的命都重要。"

孙顺水说:"妈,小石头就是上个学的事,不行的话,我就带他到船上去,我们跑船的沿路也有不少小学,不行的话,我就把他带上,小石头还愿意跟我在一起。"

顺水妈说:"那也太不方便了。"

孙顺水说:"方便不方便,不试试也不知道,我先带着小石头走一趟,如果方便的话,就这么着了,不方便的话,再另外想辙。"

15. 刘泥鳅家饭店

后屋内,刘泥鳅和"小广播"在说话。

"小广播"说:"今天一天,咱们家的饭店里都冷冷清清的,这么办下去,咱们饭店非得办黄不可。"

刘泥鳅说:"你是饭店的一把手,你想辙吧!"

"小广播"说:"这时候把我这个一把手,给推出来了?让我想辙了?咱这饭店办成这样,与你没进仙女湖的鱼有直接关系,饭店要是办黄了,责任就在你。"

刘泥鳅说:"这说的是什么话呢?我为饭店省钱,忙忙活活地,进鱼进虾的,还忙出错来了。再说了,没有功劳我还有苦劳呢。"

"小广播"说:"没有功劳,苦劳算什么?饭店办黄了,你就是把腰累折,也不能说你有一点功劳。"

刘泥鳅说:"别净说这晦气话,老说这饭店要办黄了办黄了的。咱这饭店不是没黄嘛,以前进的不是仙女湖的鱼,打明儿起咱们进仙女湖的鱼不就完了。"

"小广播"说:"对门饭店为了搞仙女湖鱼餐,那珍珠早上三四点钟就出去,到仙女湖那边去驮鱼,咱家谁能吃得了这个辛苦。"

刘泥鳅说:"吃不了那辛苦,咱也不一定到仙女湖那边去,在镇子的摊床上买个二手价的仙女湖鱼,价钱稍微贵点,就把仙女湖鱼买回来了,等把仙女湖鱼做好了,端上饭桌,咱们饭店保证又能火起来,你就把心放在肚子里,安心睡觉吧。"

"小广播"说:"进鱼的价钱高,咱们的利润就少了。"

刘泥鳅说:"甘蔗没有两头甜,舍不出孩子就套不住狼。在进仙女湖鱼的这个事上,咱不认花钱,想和对门饭店搞鱼餐竞争,就没法赢,等咱们在竞争中把他们打败了,咱再抬高仙女湖鱼餐的价格,也不迟。"

16. 镇上胖丫的出租房内

武二秀和胖丫躺在了床上。

胖丫说:"妈,你和我顺水叔离了婚,以后的日子想怎么过?"

武二秀说:"胖丫,自打妈嫁给孙顺水你就和妈分开住了,妈也没怎么照顾着你,你吃饭,也是冷一顿、热一顿、饥一顿、饱一顿的,一个漂漂亮亮的小姑娘,才胖成了现在这样。打今儿往后,妈就和你住在一起了,多照顾照顾你。"

胖丫说:"妈,我这一个大活人,有什么用你照顾的呀?!"

武二秀说:"你跟妈说这话是什么意思,是不是不想留我在这儿?"

胖丫说:"这是说哪儿的话呢?妈,我是想你以后老这么干待着不行,也得做点事。"

武二秀说:"这么多年了,地里的庄稼活,我没动手摸过,家里过日子的重活,我也没动手干过,你妈除了能演个'花鼓灯',真的也干不了什么别的事。"

胖丫说:"我看你和顺水叔离婚后,就和我一起上街卖鱼、卖瓜子、卖花生吧,你嗓子好,吆喝起来肯定好听。"

武二秀说:"论说去做这生意,这也不费多大力气,妈也不是干不来,可妈就是想,我往街头一站,扯着嗓门在那儿喊,要是碰上了熟人,你说妈这脸往哪儿搁。"

胖丫说:"妈你真有意思,你和刘泥鳅做了那么丢人的事,你都没怕丢脸,卖鱼和卖瓜子、卖花生这是正经生意有什么可丢脸的?"

胖丫说:"你闺女我干这个活,不是干得挺好吗,我看,有时间你就到街上和我一起到街上去,你要怕丢面子,我在那儿卖,吆喝,你坐在旁边,陪我说话,就行了,省得你一个人在家里太孤单寂寞。"

武二秀说:"谁疼我,还是我闺女疼我,行,赶明儿个和那孙顺水离了婚,我就跟着你上街去,在那摊床边坐几天试试。"

17. 淮河岸边

彩虹和李水泉在月光下的大堤上散着步。

彩虹说:"泉子哥,你可能不知道,刘泥鳅家因为你今天可闹出大笑话来了。"

李水泉说:"不会吧,我和他家也没什么来往,怎么会闹出笑话来呢。"

彩虹说:"你去洋洋理发店理过发吧?"

李水泉说:"啊!"

彩虹说:"那洋洋看上你了,就来工地上门服务,还给你洗了床单,那刘喜子上工地来请你去吃饭,也是洋洋爹妈的意思,没想到你没给人家这个面子,人家洋洋眼睛哭得像大红桃似的,你也太不够意思了,你应该去洋洋那儿看看,安慰安慰她。"

李水泉说:"行了,彩虹,我知道你在说反话呢,我看这事也不是什么坏事,他们家早一天晚一天,都得知道咱们两个是正儿八经地在处对象。你说去安慰洋洋,我想会有人去的,刚才出门的时候,我就看魏大景走了。"

彩虹说:"那魏大景在追洋洋呢?"

李水泉说:"谁追谁我倒说不好,反正他和洋洋的关系,开始由一般化逐渐向着不一般化过渡呢。"

彩虹说:"别老整那么多文辞,魏大景和洋洋真要成了,你还别说,还真像一对。"

18. 镇上洋洋理发店

魏大景和洋洋在这里,洋洋给魏大景洗着头。

洋洋说:"你们工地的灰土也是太大了,这刚洗过没长时间的头,一洗又是这么脏。"

魏大景说:"可不是怎的,我这头一天洗个一次两次的,保准每次至少能洗下二两土来。"

洋洋说:"大景哥,你要是不怕走这二里多地,你就天天过来吧,每天我都给你洗洗头,睡觉的时候,就会觉得脑袋清亮多了。"

魏大景看着镜子里的洋洋,嘿嘿一笑,说:"那敢情好!洋洋你看你的两只眼睛还红着呢,听说和李水泉没戏了,你哭成那样,现在我来看你了,你能不能给我大景哥笑一个?"

洋洋看着镜子里的魏大景,不好意思地笑了。

魏大景说:"好,笑得好,你这一笑,都笑到我心里去了,笑得我心里可得劲儿了,以后我来洗头,你天天都冲我这么笑笑,那你这个理发店也就名副其实了。"

洋洋说:"什么意思?"

魏大景说:"喜洋洋理发店嘛!"

洋洋说:"哎呀,我成天忙忙活活地,连自己的店名一时都没想起来!"

19. 淮爷超市门前

村委会院里，鞭炮噼里啪啦地作响，淮爷、甜菊、五河、珍珠、玉翠、六河、新堂、彩虹、彩霞、新亮、南南、"小广播"、刘喜子、玉树、"活济公"墩子等人都在这儿呢。

淮爷说："今儿个我淮爷的小卖店也是鸟枪换炮了，小卖店改超市了，咱们村办起个超市来，货比以前多了，都是超市配货站统一配的货，大家用个什么东西，就更方便了，今天开业，商品打折，要买什么，大家就进超市去吧。"

众人都走进超市。

五河问"小广播"说："大妹子，你来了，泥鳅怎么没来？"

"小广播"说："他上镇子进鱼去了。"

超市里。

刘喜子对"小广播"说："妈，这超市办得可真不小呀，一进到这里边觉得老眼亮了，商品这么多，看得我眼花缭乱的。"

"小广播"说："这超市过去都是城里有，我没想到在咱村子的自家门口，也有超市了。"

"活济公"墩子从货架上拿下几样东西，对甜菊说："甜菊，这东西摆在货架上，大伙儿进来都随便拿，你们就那么两个人也看不住啊，我看弄不好你们要丢东西。"

甜菊笑着说："不会的，这每个商品上都有条形码，你要是把这东西揣在了怀里，要出超市时你没付钱，机器就吱吱响，不信你试试？"

"活济公"墩子笑着说："是吗？那我可把这东西揣怀里了，到了那儿不吱吱响，我可就揣走了。"

甜菊笑笑说："你跟我来，到这边试试。"

"活济公"墩子从超市的门口往外走，结果，机器真的响了起来。

"活济公"墩子笑着把怀里的东西掏出来，又走了一遍，机器不响了，他说："这玩意儿可是真有点儿神，看这商品上，也没什么玩意儿，谁要拿了，它机器怎么能发现呢？真神。"

不少老百姓都在买东西，顺水妈和小石头走了进来。

淮爷见是顺水妈，就说："顺水不是回来了吗？他怎么没过来看看。"

顺水妈说："一大早就先到了村上，又去镇子上了。"

淮爷说："忙什么呢？"

顺水妈说："和那武二秀办离婚手续呢。"

淮爷说："真离了？"

顺水妈说："看来，是要离了。"

淮爷说："我跟你说的那个事，你跟顺水商量了没有，你就到我这儿来当帮手，把小石头也带过来，甜菊和你都能照顾他。"

顺水妈说："顺水说了，想带着小石头出去些日子。"

淮爷说："那哪行，孩子快开学了，念书的事可耽误不得。"

顺水妈说："顺水说跑船的沿途有不少小学，他负责接送。"

淮爷说："肯定不行，今儿个在这儿念书，明儿个在那儿念书，课程根本接不上，可不能把孩子念书的事给耽误了。"

小石头说："爷，我真愿意到你们这儿来，可是，我爸说领我先出去试试，要是不耽误学习，就在船上住，想你们的时候，我再回来。"

甜菊说："大婶，小石头出去几天，倒也是行，等顺水觉得这样办不行，就还得把小石头送回来，小石头什么时候回来，我们什么时候接着。"

顺水妈说："你看看，因为我家的事，难为淮爷和甜菊你们的这片心了。一时我都不知道怎么说好了。"说着，声音有些发颤了，她撩起衣襟揩眼泪。

淮爷见了，说："咱们超市开业的日子，也算是个喜日子，你就别哭了，一会儿咱给大伙唱段'花鼓灯'行不？"

顺水妈说："你可真想得出来，你实在要唱，我就跟你唱，唱不好，大家别笑话我就行。"

20. 镇政府门前

武二秀等在那里，孙顺水走了过来。

孙顺水说："那存折里的钱查实了？"

武二秀说："我到银行去查实了，你说的那个钱确实在存折里头。"

孙顺水说："那就行了。咱们就去办手续吧。村上的介绍信我带过来了。"

武二秀说："我昨天临走前也是跟村里打了招呼，说是咱们要离婚的。可是，我觉得咱们现在还是不能进去办手续。"

孙顺水说："为什么？"

武二秀说："有一件事情，咱们还得在这儿说道说道。"

孙顺水说："什么事？"

武二秀说："那天你在老刘家饭店打了我，这个事你还没给我个说法呢。"

孙顺水说："那都过去的事了，你还要什么说法？"

武二秀说："你打了我，我总不能白挨打。今天要是离了婚，咱们就不再是一家人了，这个事你不给我个说法不行。"

孙顺水说："你要钱，我昨天已经给你了，你也说给了钱就同意办离婚手续，可钱到了你的手里，你又提出来这个事。我回来一趟不容易，你说吧，到底是什么意思？到底想离不想离？"

武二秀说："我没说不想离，不想离婚我在这儿等你干什么？"

孙顺水说："那你想怎么办？我没钱给你了。"

武二秀说："我也没再想朝你要钱，只是想让你给我个说法，你打了我也侵犯了人权，我不能就这样拉倒吧？！"

孙顺水说："你说吧，你想怎么办？"

武二秀说："在这镇政府门前，咱们离婚前，你给我赔个不是，鞠个躬就行。"

孙顺水说："武二秀，咱们快散伙了，要说给你赔个不是，这行。那天打你，是我不对，我对不起你，可是，在这个地方人来人往的，让我给你鞠躬，我哈不下这个腰。"

武二秀说："你不想今天办离婚手续，你就别哈这个腰。"

孙顺水说："你这要求有点太过分了吧。"

武二秀说："你打我的时候，不也是有别人在场嘛。你踢得我生疼，你不疼不痒的，冲我哈个腰算什么，这要求过分吗？"

孙顺水看看武二秀说："你是知道的，男人不会轻易向别人低头的，男人的头比什么都金贵。"

武二秀说："行，你不愿意冲我低这个头，那咱们就先各自回吧，以后再来这儿办手续。"说着，武二秀转身要走。

孙顺水说："武二秀！你站住！我没时间跟你磨这些事，还得出去跑船，我就冲你低头了。"说着，给武二秀鞠了一个躬。

武二秀看着孙顺水，脸上的神情有些复杂起来。她没再说话，转身向镇政府的大门里走去。

孙顺水跟在了后边。

走在前面的武二秀的眼里有莹莹的泪花。

21．淮爷超市门前

淮爷和顺水妈在用淮河民歌调演唱《梁祝》。淮爷手拿老算盘子，边唱边舞。顺水妈呢？手里拿着一个彩扇子也在边唱边舞。

他们唱道："一层窗棂未戳破，英台有话口难说。梁兄不识其中意，也只好借山借水来点拨，你我好比一对鹅，一雄一雌划清波。"

围观的众人不断地给他们喝彩！

旁边有女人说："这么大岁数的人了，还唱这词，也真是的！"

另一女人说："谁说不是呢！"

22．镇政府门前

孙顺水和武二秀拿着离婚证书，从里面走了出来，走到门口，两个人都站住了，你看着我，我看着你，都没有说话，沉吟了一会儿。

孙顺水说："武二秀，人将离散，其言也善，想想咱俩在一起的日子，你对我妈和小石头是不好，可你对我也有过有疼有热的时候，咱们过不到一起去，今儿个就算离了，我的心里也不好受，不管怎么说，一日夫妻还百日恩呢！打今往后，你在镇子上和胖丫一起过了，有个为难遭窄的事情，需要我帮忙，我该伸手还是能伸手的。今后，你就把我当作大哥吧！"

武二秀看看顺水说："拿到了这个离婚证，人确实和平时想得不一样了，我也想起平时你对我的不少好来，说心里一点不后悔，那也是假话，可已经离了，就是离了，我武二秀这辈子，是没有再做你孙顺水媳妇的命了，我对你、你妈，还有小石头关心得都不够，媳妇、儿媳妇、妈都当得不够格。"说着眼圈红了："顺水哥，我武二秀给你鞠躬了。"说着，武二秀颤着声，给孙顺水鞠了一躬，转身就抹着眼泪跑开了。

孙顺水看着武二秀的背影，眼里也落下泪来。

23．镇子的街道上

刘泥鳅在鱼摊前买鱼。

他在跟卖鱼的人说："你跟我说个实话，你们卖的到底是不是仙女湖鱼？"

卖鱼的人说："这指定是仙女湖的鱼，不然怎么能是这个价位呢？"

刘泥鳅说："你卖得太贵了，能不能把价格降下来点？"

卖鱼的人说："你到处走走问问，在这一溜摊床上问问，我这个价是最低的，你要是不买就算了。"

刘泥鳅说："买是想买，就是价钱太贵了。"

卖鱼的人说："你再到别人家的摊床上看看吧。"

刘泥鳅走出了人流，他骑上了自行车。

来到了胖丫的摊床前，说："胖丫，你的仙女湖鱼卖完没呢？"

胖丫说："珍珠婶子刚给我送来，还没打开袋子呢！"

刘泥鳅说："那可太好了，你把这鱼都卖给我吧！"

胖丫说："卖给你点是行，可都卖给你不行，我这儿有些老主顾天天来买我的鱼，我还得给人家也留着呢。"

刘泥鳅说:"你这鱼都多少钱一斤?"

胖丫递给刘泥鳅一个纸卡,说:"看吧,都打印在这上面了。"

刘泥鳅拿起那个纸卡一看,说:"嗯,你这个价钱也不算低,这么的吧,从今往后,我天天到你这儿来买鱼,能不能在现在这个价格上,再往下压低点儿。"

胖丫说:"不行,你刘泥鳅来我这儿买鱼,我能卖给你就不错了,价钱上少了一分钱也不行。"

刘泥鳅说:"行吧,以后你就天天给我留些鱼,我就到你这儿来买了。"

胖丫说:"天天给你留,我可说不好,咱们之间也没那份交情,反正我这儿做买卖,就是谁先来买,就卖给谁,我不能给你留了鱼,你再不来,我这鱼留坏了,卖给谁去?"

刘泥鳅说:"我说不能就是不能,我天天肯定到你这儿来买鱼。"

胖丫说:"哼,要是别人说这话,我信,可你刘泥鳅,我是太知道你了,一个屁仨谎的,我才信不着你呢。"

刘泥鳅说:"行了行了,别说这些了,我天天早点来就是了。"说完,他拿起鱼放在胖丫的秤上。说:"快点称吧,我给你钱。"

胖丫说:"五十二块零五毛,零头给你抹了,你就给五十二块钱吧!"

刘泥鳅递给胖丫一百块钱,说:"剩下那钱就压你这儿吧,我明天还来买鱼。"

胖丫找给刘泥鳅四十八块钱说:"拿着,点点。咱们之间就是有买有卖,一把一利索,谁也不欠谁的钱最好。"

刘泥鳅只好接过钱,驮着那些鱼,骑着自行车走了。

24. 淮爷的超市外

五河和"活济公"墩子在说着话。

五河说:"'活济公',你和六河家是老邻旧居的了,现在彩霞和玉树也正处着对象呢,你卸的那砖,怎么非堵在六河家出门的道儿上,不能往东边挪挪吗?"

"活济公"墩子说:"说实话那砖垛往东挪挪也不是不行,可你知道,那六河因为彩霞和玉树的事,跟我家较着劲儿呢。他那天到我们家去打彩霞,把一顿好饭给我们搅了不说,我气得鱼刺还扎在了嗓子眼儿上。六河这种人,不给他个教训也不行,他跟我较劲,我就跟他较劲,我不怕他,我卸砖的地方,是镇里给我家批的宅基地,我怕什么?!"

五河说:"依我看,不管六河怎么反对,彩霞和玉树的事黄不了,不管六河现在和你怎么较劲,你们两家在老邻旧居的基础上,将来还得是对门亲家,所以我说,关系别整得那么僵,你把砖卸在人家出门的路上,也不一定合适,我看,在这个事上,他和你较劲不对,你和他较劲也不对。你'活济公'家是男方家,在这个事上,我看你就让点步,先把那砖垛往东边挪挪,把道让出来,这条道让出来了,你们两家今后往前的路也就好走了。"

"活济公"墩子说:"看你五河的面子,我就信你的话,把这砖垛先往东边挪挪,可你得做那六河的工作,如果彩霞再到我家去,他再来闹,那我这砖垛还得挪回去。"

五河说:"行,我也找六河去说说。两家两个好才能处出一个好来。"

"活济公"墩子说:"挪砖垛的事,我就算同意挪了,可还得那些卸砖的工人帮我挪,我干不了这个活。"

五河说:"行,我跟他们说一声,叫他们挪吧。"

玉树和彩霞抬着一个洗衣机,洗衣机上放着一塑料袋东西,从超市里走了出来。

"活济公"墩子看玉树和彩霞抬上了'倒骑驴',就走上跟前说:"这个洗衣机买得好，原先你们不是要到镇上去买嘛，这回在家门口就买了，有了这超市真方便了不少。"

他看看那个塑料袋的东西，问玉树："你还买什么了？"

玉树说："洗脸的毛巾、香皂、洗手液，还有牙膏、牙刷！"

"活济公"墩子说："你怎么买两套牙膏牙刷呢？"

玉树说："那不正好嘛，你一套，我一套。"

"活济公"墩子说："净白瞎那钱，你看你爹我什么时候刷过牙了？我可不用那玩意儿，你退回去一套吧。"

玉树说："这都给你买了，怎么能退回去呢？"

"活济公"墩子说："玉树，别觉着那砖都卸到房东头了，心里就好像有底气了似的，咱们家现在是有了点钱，但富日子得当穷日子过，不该花的，还是不能花。一天到晚你看你爹我，花什么钱了？把这退回去一套吧。"

玉树说："爹，你怎能这样呢？给你买了，你就用呗，每天都刷刷牙，就清爽多了。"

"活济公"墩子说："你爹我从来没刷过那玩意儿，也从小活到了现在，没什么大毛病！"

五河听了笑笑说："'活济公'，玉树给你买了，你就用用试试，不能老是一个活法，有时候换换活法，说不定有新感觉呢，你看淮爷年龄比你大多了，不办小卖店了，又办了这超市，刚才还在这儿和顺水妈一起演节目，人的一生总得不断往上走，向前边看，老是以前的活法，不行。"

彩霞说："叔，是我让玉树给你买的！"

"活济公"墩子说："哎呀，原来是你让他买的呀？那行了，就别退了！玉树，牙膏牙刷你就拿回去吧，留着你以后用吧，我是不用。"说完，转身走了。

玉树自己骑着'倒骑驴'也跟着走了，彩霞在后边喊道："玉树，别磕着碰着，你可慢着点骑。"

玉树回头冲彩霞笑笑，说："放心吧。"

25. 五河家饭店内

珍珠、玉翠、六河、新堂、新亮、南南、彩虹、彩霞、五河都在这里，珍珠、玉翠、彩虹、彩霞往饭桌上端着饭菜。

五河说："今儿个爹办的超市开业，咱们人也都聚在一起了，咱们就在一起吃个饭，热闹热闹。一会儿，给爹和甜菊、顺水妈他们把饭菜也送过去。"

六河说："没想到，爹的这个超市办得这么好，一进去，觉得满眼亮亮堂堂的，商品还真不少。"

五河说："什么叫老有所养？就是咱们当儿做女的对老人有一份孝心。什么叫老有所为？咱爹干的这些事就是。"

五河和六河一边喝着酒，一边说着话。

新亮和南南端着酒杯，走到六河身边说："六河叔，我们两个敬你一杯！"

六河站起身来说："你们俩处上对象，我还是第一回和你们在一起吃饭，看见你们两个这么好，我高兴，这杯酒，我喝了。"说着，仰脖儿干了下去。

新堂看看新亮和南南，端起酒杯说："来，当弟弟的也敬你们一杯。"新亮和南南又和新堂碰了杯。

（第十五集完）

第十六集

1. 刘泥鳅家饭店门前

刘泥鳅站在饭店门前吆喝:"仙女湖鱼餐哪!仙女湖鱼餐!味道鲜美真解馋,我家今天进的是仙女湖鱼,谁吃出假来,不要钱啊。"经他这一喊,果然有些客人,向他家走去。

刘泥鳅忙应酬着,说:"菜的味道好不好,全在厨师巧不巧啊!尝尝咱们家喜子做的鱼,香得很。"

2. 五河家饭店内

五河对六河说:"哥得跟你说一件事,别因为'活济公'把砖卸在你家道上的事,再说什么了,人家已经同意把那条路先给你清理出来。你呢?也不要因为彩霞和玉树的事,再到人家院子里去连打带闹的了,容易把两家的关系搞僵了,你这么闹下去,要是真把彩霞和玉树的关系闹黄了,那我也就不说什么了。可是你要闹不黄呢?彩霞要是和玉树真成了呢?你别忘了,你和'活济公'还是对门亲家呢?关系闹得那么僵合适吗?"

六河说:"他把堆在路上的砖清出来了,我就不说什么了,我也不再到他家去闹了。但是彩霞这闺女我得管,不能让她和玉树的事成了。'活济公'这么和我较劲儿,我还把我家的闺女许配给他儿子,那我也太没面子了。"

五河说:"我知道你,六河,你不愿意彩霞和玉树的事,主要也不是因为看不上玉树,是看不上'活济公'墩子,嫌他那个举止做派和那个脏兮兮的模样。我看这个事你也别着急,过几天,我在镇上办的浴池就开业了,我让他隔三岔五地就去洗个澡。人就会干净多了,精神面貌慢慢也就不一样了。"

六河说:"说别人能变干净我信,说他'活济公'能变干净,打死我也不信。"

五河笑着说:"你呀!就是拗,什么事都认死理儿,人都在变,你得信。"

3. 淮爷超市内

顺水妈和甜菊在日用品超市那边忙着。

淮爷在农机具这边忙着。

王晓梅走了进来,王晓梅用手从货架上拿起种子,还看看地上的化肥,对淮爷说:"你们这个超市里面的种子、化肥、农药什么的还真挺全,在村子里办起了这个超市,村里头的农民种田什么的,就更方便了。"

淮爷说:"那是,看你这闺女挺面善的,你从哪儿来的?"

王晓梅说:"我是镇农业技术推广站的。"

淮爷说:"哎哟,那你可是一个懂技术的人,你帮我看看,超市配送站给我配送的这些种子、化肥、农药什么的,有什么问题没有?不然要是出了问题,那可就是天大的事了。"

王晓梅笑笑,说:"这些商品我都看了,配送站配送的都是经过检验合格的商品,没问题。"

淮爷说:"有空儿来村上,你还得经常来看看,如果发现有什么问题,你可千万告诉我一声。"

王晓梅说:"没问题。"

这个时候，孙顺水领着背着书包的小石头走进超市。
　　顺水妈和甜菊见了，都过来和他们说话。
　　甜菊说："顺水哥，你们这是要走啊？"
　　孙顺水说："政府正在组织人加固淮河大堤，用石料的任务紧，家里的事也都安排完了。小石头要来看看奶奶，我就领他出来了。"
　　顺水妈用手抚摸着小石头的头，说："石头，跟你爸上了船，千万别淘气，要听你爸的话，想奶奶了就回来。"
　　小石头说："奶奶，我就跟我爸走了。"
　　甜菊说："顺水哥，在船上带着孩子，又要送他到岸上去念书，这可不是件容易的事，你实在要领他去，那就先去吧，如果不行就赶快把孩子送回来。淮爷说了，可不能耽误了孩子的学习。"
　　孙顺水说："石头从小到大，还没怎么出去过呢，领他出去也是让他见识见识外面的事儿。"
　　这时候，淮爷也走了过来。
　　孙顺水对淮爷说："淮爷，这个超市开得真不错，我上镇子去和武二秀办了手续，没时间过来给你们祝贺，我现在来告个别，也就把祝贺的意思包含在里边了。"
　　淮爷说："哎呀！咱们两家都不是外人，你跟我客气什么，你要带石头走我不拦你。但是，你要照顾不好小石头，我可得找你说话。"
　　孙顺水对淮爷和甜菊说："我妈和小石头，在你们这儿住，给你们也添了不少麻烦，你们这么忙，我也不多打扰了，我们就走了。"说着，拉起小石头的手，向着河边的方向走了。
　　顺水妈看着他们的背影，对甜菊说："顺水这孩子，太知道疼我了，我知道他为什么非要领走小石头，他是心疼我呀！"
　　甜菊对顺水妈说："顺水哥是个好人，又是个孝子，这是全村人都公认的。"

　　4. 淮河边的码头上
　　孙顺水领着小石头上了船，小石头上了船后很兴奋，东跑跑西看看。
　　小石头说："爸，你们的船可真大！爸，我可不可以跳到河里洗个澡啊？"
　　孙顺水说："傻小子，现在的水凉着呢，你要洗澡的话，一会儿爸给你烧好热水，在船舱里洗。"

　　5. 六河家的塑料大棚里
　　王晓梅和新堂在一起说着话。
　　王晓梅说："新堂哥，这是用来灭虫子的农药，按一比一千比例用水勾兑量，把这药勾兑好了，掸在菜叶上就行。来，我和你一起弄！"
　　新堂接过那瓶农药说："你别动手了，我来吧。"
　　王晓梅没有把手里的农药递给新堂，说："弄这农药的时候，得戴手套。"说着，她从兜里掏出一副皮手套来，戴在手上，帮新堂勾兑农药。
　　新堂站在一边看。
　　王晓梅一边往桶里倒着水，一边说："新堂哥，我看村子里也办起超市了，先优新稻种、香葱和甜叶菊的种子，那里都有。过些天，你们家要在大田里稻子和香葱，在那儿买种子就行。"
　　新堂说："我也看见了，正想问问你，在这里买行不行呢，你说行，那指定就是行了。"

王晓梅说:"你们家种麦子的时候,我过来,虽然是用机械播种,可是我帮你看看,条播的尺码既能保持麦田的通风,又不浪费土地。"

新堂说:"晓梅,你快成我们家的种田顾问了。"

王晓梅说:"是吗?当个顾问我可不满足。"

新堂说:"那你还想怎的?顾问这个称呼不是谁都能得到的。"

王晓梅笑笑说:"新堂哥,本来我今天,不想到你们村来的,可是不知怎么得,还是神使鬼差地给你送农药来了。"

新堂说:"我看你啊,到我这儿来也是有些走顺脚了。"

王晓梅说:"你说走顺脚就算走顺脚吧!反正人家挺愿意到你这儿来的,你呢?却从来不到镇子上去看我。"

新堂说:"有事我去,没事我去干什么?怕影响你工作!"

王晓梅说:"除了种田,咱俩之间,就不能谈点别的事啊?"

新堂说:"想谈什么?咱在这儿谈不就完了。"

王晓梅说:"行了,不和你说了,你把喷壶拿过来。"

新堂递过喷壶。

晓梅把兑好的药水,倒进喷壶。

新堂拎起喷壶,浇菜。

王晓梅说:"浇水要浇在菜根上,掸农药掸在叶子上就行了。离远点儿,看崩到你身上!"

6. 南南家服装店

新亮骑着摩托车,驮着南南从街道上驶过来,停在了服装店门前,他们下了摩托车,一起走进屋去。

南南妈看见他们两个进来了,就说:"哦,新亮来了。"又对南南说:"南南,上午来了一个人找你。"

南南说:"找我,什么事?"

南南妈说:"他说是咱们家做的一款服装,他们看中了,说如果咱们能够批量生产的话,他们就来订购。"

南南说:"是吗?"一边跟她妈说着话,一边拨着电话,她对着电话里边说:"喂,是水产育苗基地吗?我们是安徽的,前些天朱新亮在你们那儿订购的蟹苗、鱼苗,你们可以送过来了。哎,是,哦,好!"说着,撂下电话,对妈说:"妈,那人给咱留电话了?"

南南妈拿出个小纸条,说:"留了个电话!"

南南接过那个小纸条,看看说:"有时间我和他联系!"

新亮说:"南南,你这边也有事,我就自己去仙女湖了,再把那架好的网箱好好检查检查,要出了一点事,那可了不得。"

南南说:"你先过去,我在这边忙完了,就过到你那边去。"

7. 镇子街道上

胖丫和武二秀在摊床前。

胖丫跟武二秀说:"妈,你吆喝吆喝!"

武二秀说:"我从来没吆喝过,这人来人往的,冷丁让我喊,我还真有些张不开嘴呢。"

胖丫说:"一回生、二回熟,喊长了你就不觉得有什么了。"
武二秀说:"该怎么喊呢?"
胖丫说:"我喊一个你听听。"说着,就扯开嗓门喊开了:"谁买大瓜子?谁买花生啊?"
武二秀想试着喊,干张嘴,还是没喊出来。武二秀说:"不行,胖丫呀,妈还是喊不出来。"
胖丫说:"你喊不出来,也别着急,听着我喊,你慢慢学,慢慢就喊出来了。"

8. 六河家和"活济公"墩子家中间的那条路上

砖被清理到了一旁,那条被堵死的路又通开了。
六河在这条路上,走过来,走过去。
"活济公"墩子从自家的院墙上,探出头来看。
六河笑着说:"你这个'活济公'啊!也真会处事,我找你说就不行,非找到五河去说不可,五河一说你就让了步,砖还是挪到那边去了,路还是让出来了,你也不梗着脖子跟我犟了。"
"活济公"墩子听了这话,说:"六河,你在那儿说什么呢?把这砖挪到那边去了,主要是考虑咱两家老邻旧居地住了这么些年,你闺女彩霞和我儿子玉树,还正谈那个对象呢,弄太僵了,不好意思!我主要是冲着这,才同意挪了砖垛。"
六河说:"你别以为挪了砖垛,我就会同意彩霞和玉树谈对象,你看见墙上挂着一个花花溜溜的小门帘子没有,那是没门的事儿。"
"活济公"墩子说:"六河,你又跟我叫板是不?好,你等着。砖怎么挪过去了,我还叫它怎么挪回来,我要办不到这点儿,就不是我'活济公'。"
六河说:"有能耐你就挪,我看你能把我家的道,挡到什么时候?"

9. 洋洋理发店

刘喜子骑着摩托车,停在了门口,站在门口没进屋,用手招呼着洋洋。
洋洋会意,就出去了。
洋洋说:"哥,你来了?"
刘喜子说:"妹子,你对象的事,真把哥给弄糊涂了,你到底是和李水泉还是跟魏大景呀?你说你跟李水泉吧!他不承认,你说你跟魏大景吧,你又说你是跟李水泉不是跟魏大景,哥想问问你,你到底是怎么回事?"
洋洋说:"行了,我的事你就别问了。"
刘喜子说:"不问不行啊!没有关系的人,咱能找他到家吃饭吗?魏大景就在咱家吃了一顿饭了,爸妈都想知道这件事。"
洋洋叹口气,说:"处对象的事,不是一厢情愿的事,一方谁想成,也不一定能成得了,得两方都愿意才行。李水泉是叫彩虹先下了手,给抢走了,现在魏大景正追我呢,行不行我还没定下来。"
刘喜子说:"这老朱家人也太不讲究了,两家饭店竞争,怎么竞争都行,这找对象的事,他们也跟咱哥俩比抢先呢?南南、李水泉都叫他们抢走了。咱哥俩眼瞅那鸭子都在锅里煮得快熟了,可又长膀噢的一下子飞了,我真想不明白。"
洋洋说:"哥,你今儿个来,是不是不完全是为我的事来的?"
刘喜子说:"那是,爸和妈让我到镇子服装店来做身衣服,连着我也想到你这儿看看,你不是跟哥说,要给哥那个什么吗?"

洋洋说:"是,我是说着要给你介绍对象,可是,我找人打听了,我要给你介绍那个王晓梅,就这么几天的工夫,已经和朱新堂好上了。"

刘喜子急切地问:"就是你说的那个,长得和南南差不多漂亮的那个女孩?"

洋洋说:"是!"

刘喜子一拍大腿,说:"妈呀,那不是又叫老朱家的人给撬走了嘛,你说你也是的,怎不早点下手呢!这老朱家人哪,也真是太不讲究了。有一个好的他们就抢走!"

洋洋说:"那哥,你就先去做衣服吧,找对象的事,你也别着急,我看到要是再有合适的,我再给你介绍。"

刘喜子说:"行,急能怎么的?急也没招!你帮哥找个好点的吧。这回朱新亮和朱新堂都有了对象了,我要再找着合适的,我看他们还怎么来和我竞争。"

洋洋说:"哥,我这也是正忙着呢,话就说到这儿吧!"

刘喜子说:"行,我走了。

这时候,魏大景手里拎着一小桶机油走了过来。

魏大景说:"哎呀,喜子哥!洋洋!"

洋洋说:"这大白天的,你们正上班的时间,你怎么跑过来了。"

魏大景嘿嘿一笑,举举手里的机油,说:"打井的机器需要机油了,李水泉就让我到镇子上来买,我就想顺路到这看看你。"

洋洋说:"有事吗?"

魏大景说:"没事,我也不进屋了,看你一眼我就走。"

洋洋说:"你要是忙,我就不留你了,有时间再来。"

魏大景说:"那什么,那个什么,我晚上有时间来行不?"

洋洋看看刘喜子,对魏大景说:"不就是来洗个头嘛,有什么不行的。"

魏大景冲着洋洋一笑,说:"那好,那就说定了。"说完,冲刘喜子说:"喜子哥,我走了。"

刘喜子冲魏大景点了一下头。见魏大景走了,就对要进屋的洋洋说:"洋洋,这事也就真怪了,我看魏大景这小子,是把你给盯上了。"

洋洋说:"就看有没有那缘分了,有缘分棒打不散,没缘分想成也成不了。"

刘喜子说:"你说这意思,我听明白了,你是说哥找对象也得凭缘分呗!行了,我等着,看哪个有缘分的美女,突然哪一天扑棱从天上掉下来,站到我跟前。"

10. 淮河船上

孙顺水给小石头刚洗完澡,端起了大盆把水倒在河岸上。

小石头穿着他爸爸的工作服甩着袖子在船舱里,走来走去。

孙顺水回到船舱里,对小石头说:"刚洗完澡,河上的风大,船上叔叔们都在干活,你先别出去。打明儿个开始,我就送你到岸上的小学去念书,你把书包、文具都准备好。"

小石头突然眼里汪了泪,说:"爸,我的作业本没有了,都叫武二秀她给撕了。"

孙顺水说:"过去的事,就像一页书似的,翻过去了,爸给你买新的作业本。"

小石头笑着说:"爸,你对我真好,像奶奶和甜菊姑姑对我一样好!"

11. "活济公"墩子家和六河家之间

一辆拉砖的三轮车,停在那里,有工人在卸砖。

"活济公"墩子跺着脚下的那条路说,这车砖都给我卸到这道上。

那位工人说:"卸这砖的时候,我们就不想卸在道上,你非要卸,可后来村主任又让我们给挪到那边去了。今儿个来卸砖,你又说要卸到这儿,今儿个卸这儿,明天挪那儿的,到底是怎么回事儿?"

"活济公"墩子说:"你们给谁干活呢?不是给我家干活呢嘛,干活不由东累死也无功,我让你们卸在这儿,你就卸在这儿。"

那几位工人说:"行,你说卸哪儿就卸哪儿。"

说着,他们又往道上卸着砖。

这时候,朱六河走了过来,说:"'活济公'!你不要欺人太甚了,你要是再挡我家出门的这条路,我就找人把你这些砖全砸碎了,用车推走,看你将来盖房子还用什么盖?"

"活济公"墩子说:"好,欢迎你来砸,我就怕你不来砸,你砸碎我一块砖,挪动我一块砖,你看我怎么跟你六河算账,有能耐,你现在就来砸。"

六河看了看'活济公'墩子,用手去扒那砖垛,被几位工人拦住了,说:"哎,这砖可都是好砖,烧出一块来不容易,有什么事,你们两家去说,可别拿这砖出气!"工人们把六河拽开了。

六河气得直喘,说:"'活济公'!你等着,我这就去找村上。"

"活济公"墩子说:"你去找吧,别说去找村上,这回就是去找镇上,来了人我也不会给你挪这个地方的砖。"

六河被工人推走了。

"活济公"墩子背着手,走回自家的院里,边走边说:"我就不挪,我看他六河能怎么的,看你能不能吃了我!"

12. 镇子南南家的服装店

南南和南南妈说着话。

南南说:"我和你说的那人通了电话了,他是相中了咱们家做的一款服装,可是要批量生产,咱们人手就太不够了。依我看,咱们家这个小作坊式的服装店,借着这个机会,也应该变个样儿了。"

南南妈说:"咱们这个小服装店,从江苏开到这里,也挣了一些钱,家里的生活也过得挺宽裕的。我看,这日子过得就算挺好,不用再折腾了。"

南南说:"妈,你是心疼你闺女,怕我累着了,我明白,可我还年轻,人这一辈子,不干点大事哪行。我想了,咱们从今天起,就把咱们的服装厂筹办起来。租房子、买缝纫机的钱,我算了算,凭咱们手头的积蓄,也够用,等服装厂办了起来,妈,您就当服装设计师。"

南南妈说:"哎呀,可妈的文化水平不够用。"

南南说:"世上无难事,只要有心人。凭着你的经验,我再多找些资料来,和你一起学,保证没问题。"

南南妈说:"你说行,那就行吧!哎,南南,妈让你打听新亮他姥爷的事,你打听了没有?"

南南说:"哎哟,忙得差点儿忘了,打听了,他姓穆,还会跳算盘子舞呢!"

南南妈有些吃惊地说:"真的呀?!"

南南说:"你别那么大惊小怪的好不好?人家肯定不是我姥爷,人家才七十二岁!"

南南妈说:"哦,那岁数上是差得太多了,不过,如果有时间,再有这事儿的时候,你让妈也去一趟,妈想看看你们说的淮爷这个人到底是怎么一个人?!"

南南说:"别听人家说姓穆,和你一个姓,你就动心了,天底下姓穆的人多了,会拿算盘子跳舞的人也多了!"

南南妈说:"南南,妈心里一直惦记着这事儿,一方面是想今生今世要能找见你那失散多年的姥爷,那是妈心里的一个梦;另外,看你和新亮两个人这么好,妈也怕那个淮爷真的是你姥爷!"

南南说:"妈,你别多想了,根本就不是!天下哪有那么巧的事啊!"

南南妈说:"不是也好,要真是的话,你和新亮就是一个姥爷的外孙儿,那就有血缘关系了!不能在一起处对象了!"

南南:"哎呀,妈,我都在这忙成什么样了,别再想那些没用的了啊!"

这时候,刘喜子走了进来。

南南说:"哎呀,是喜子哥来了,可好长时间没见你了。"

刘喜子说:"我今儿个来,是想做身衣服。"

南南笑着说:"要做新衣服,是不是要穿着相对象呀?"

刘喜子说:"说是就是,说不是就不是。就凭你喜子哥我会厨师这门手艺,十里八村的女孩子,想巴结我还巴结不上呢,找对象不在穿什么衣服,得在咱这小伙儿有能耐。"

南南妈说:"人有能耐是一方面,可人是衣服,马是鞍,小伙子又有能耐,又帅气,再穿身好衣服,那就更带劲儿了。"

南南拿过皮尺要给刘喜子量服装。

刘喜子说:"还是叫你家大婶量吧,你给我量,我怕劳驾不起你。"

南南停住手说:"喜子哥,这话是从哪儿说起呢?"

刘喜子说:"没什么,你自己琢磨吧!叫你家大婶给我量吧!"

南南妈接过南南手中的皮尺,说:"来,你要我量,我就给你量。"说着,给刘喜子量起服装来。

13. 农田里

五河正在一片油菜地里忙着,六河急匆匆地走了进来,说:"五河哥,那'活济公'那工作,村上也没做明白呀!前脚儿他是把那砖垛往东挪了,路也给闪开了,可这会儿又往那道上卸砖,砖又把那道给堵上了。"

五河看看六河说:"我跟那'活济公'已经说好了,他怎么又能堵上呢?是不是你又跟人家说什么了?"

六河说:"我说什么了?!我没说什么呀。"

五河说:"那就怪了呀!你这个六河呀!两家之间就这么点事,你就弄不明白了。我一天忙得脚朝天,头朝地儿了。眼瞅着要春耕了,我自家的地,村民各家的田我都得照看到,可你们的事还老让我操心,操了一遍心还不行,还得操第二遍。一个卸砖占道的事,你就不能把它处理好,两家商量商量,解决了不就得了。"

六河说:"五河哥,事儿不像你说得那么简单,这不是有我不同意彩霞和他们家玉树处对象这个底火在烧着嘛,'活济公'看我只要一天不同意彩霞和玉树的事,他就不能和我让步,就得变着法儿折腾我。"

五河说:"六河,别看你是我的堂兄弟,可我这个当村主任的,说话办事得公道,在这个事上,'活济公'还是同意让了你的,肯定是你又跟人家去说什么了,把人家说火了。"

六河说:"我是说了几句话,可也不至于惹得他把砖又卸在道上呀!五河哥,你还得去说说那'活济公',把砖给我挪开。"

五河说:"不管怎么忙,'活济公'那里我肯定去。可是,六河,我得先说说你,我要是再去说,人家把砖再挪开了,你可就不能再说什么了,你要再说什么,惹出事来,我可就管不了那么多了。"

六河说:"你去说吧,他只要把砖垛给我挪开了,我们来回能走路就行。"

五河说:"你们家的地什么时候开始种?"

六河说:"我看新堂已经开始张罗买种子的事儿了。"

五河说:"放手让新堂干吧!有王晓梅那个技术员在旁边当帮手,你们家的田肯定种得好。"

六河说:"我这个人做事,不看过程看结果。你知道我是个庄稼老把式了,新堂和那个王晓梅两个人,就是绑在一块,我也不会把他们放在眼里,你别忘了,我和新堂在那块塘地的种植上,也是有竞争的。"

五河说:"自家在种田问题上,有个竞争也不是坏事,等收了粮食,问题就都弄明白了。"

六河说:"庄稼一枝花,全靠粪当家啊,我早把粪肥准备足了,我不信,我比不过他们两个小孩子。"

14. "活济公"墩子家

彩霞端过一盆水来,往洗衣机里倒,一按按钮,洗衣机旋转起来。

"活济公"墩子用手抚摸着洗衣机,说:"村子里的人家,早就用上这洗衣机了,可我从来就没想过这玩意儿有多好,今天用上了,我这一看这玩意儿是真省事,既不用手搓,也不用手拧的,把洗好的衣服从里边拿出来,都半干不湿的了,这玩意儿好使。"

彩霞说:"叔,你们家早就应该买台洗衣机,如果前些年就有洗衣机,那样的话,你穿的衣服就会干净多了。玉树也就少挨了不少累。"

"活济公"墩子说:"可不是怎么的,村里人都说你爹做事比别人'慢半拍',在用洗衣机这个事上,你叔我可不是比别人'慢半拍',而是慢好几拍了。"

这时候,玉树把挤好牙膏的牙刷和一杯清水,端到了'活济公'的面前。

玉树说:"爹,你那些脏衣服,也都洗了。再刷个牙吧,晚上睡觉前刷个牙,嘴里就清爽多了。"

"活济公"墩子一见,用手一挡,生气地说:"我不用那玩意儿,像拿个刷子刷墙似的,还不把墙皮刷掉了,要使你使,我还得留着这口好牙呢!"

玉树说:"爹呀,你那个牙上,滞住了不少脏东西,你还是把它刷下去好。"

"活济公"墩子说:"别胡扯了,你说不让我用手抓筷子,怕我手埋汰,我听你的了,你说我这身衣服脏,爹寻思你也是有了对象的人了,要个脸面,要洗我也就同意彩霞洗了。可是,我嘴里这口牙的事,是我自己的事,不影响你们什么,你有点管多了吧!"

彩霞说:"叔呀!在刷牙这事上,你讲卫生不是要给别人看的,而是对你自己好,口腔里有很多细菌,刷干净了,对你身体健康有好处,我们不是管你,而是关心你。"

"活济公"墩子说:"你听听,一样的话,到了彩霞嘴里,说出来就好听,行了,尽管我不能同意刷这个牙,但是我知道,你们这是在关心我了,这个心情我领了。"

彩霞又说:"叔啊!那砖垛都挪开了,怎又把道堵上了呢?"

"活济公"墩子说:"彩霞,你不用问我,这话回去问你爹去,都是他整的!"

彩霞看看"活济公"墩子,没再吭声。

把洗衣机里洗好的衣服,拿出来装在一个盆子里,她和玉树走到了屋的外边,在月光下,往晾衣绳上晾着床单。

这时候，五河走了进来。

彩霞说：" 大爷，你来了！"

玉树说：" 是五河叔，你找我爹？"

"活济公"墩子闻声，从屋里走了出来说："哟，是五河又来了。"

五河说："我说'活济公'，这玉树和彩霞都在这儿，两家之间就这么点事，怎么就解决不了呢？这砖都挪过去了，怎么又挪过来呢？"

"活济公"墩子说："五河，你都看着了，你跟我说完，我们家让步没让步？那砖是不是挪过去了？可这砖怎么又挪过来了，这你就怪不着我家了，你得去问彩霞的爹，你堂弟朱六河，他净给我说些个横竖不顺茬的玉米瓢子话，好像他多有理似的，好像我们家让他家是应该应分的似的，他把我惹得又生了气。我就又把这砖堵道上了。"

五河说："话我都跟你说过了，不看别的面子，看是老邻旧居多少年的老感情了，再看玉树和彩霞这俩孩子的面子，你们两家别闹了，再闹下去，在村子里传开了，别人笑话也不会笑话哪一家，就得说你们两家是一个巴掌拍不响，那样对谁也不好。"

"活济公"墩子说："五河你说的在不在理儿，在理儿，可是六河说话也太气人了，我真受不了他那个样儿。"

五河说："不看大人，还得看孩子吧，你就看彩霞的面子，这个砖垛你应不应该挪？"

"活济公"墩子看看彩霞，对五河说："那看来我还得再让一步呗！可是这回我要是再让了，他六河还找我来说不好听的怎么办？你得跟那个六河说说。"

五河说："行，他那边的工作，我去做！"

这时候，从院墙外传来朱六河用力地咳嗽声。

"活济公"墩子说："五河，你听着没，这又是给我使声，这不是跟我叫板这是干吗呢？"

五河说："行了，你只要同意，把这砖垛往那边挪，其余的事就不用你管了，你就回屋去吧！"说着，他把"活济公"墩子推进了屋。

他对玉树和彩霞说："你们两个就辛苦辛苦，为两家关系的和睦做点事吧！走，跟我一起过去，搬砖去。"

说完，五河带着玉树和彩霞走出院门去。

15. "活济公"墩子家与六河家之间的路上

五河、玉树、彩霞在搬着砖。

六河走了过来，看着他们搬着砖，背着手说："彩霞，这儿没有你的事，你给我回去。"

彩霞看看六河，没吭声，继续搬着砖。

六河又说："我叫你回去呢，你没听见吗？"

五河说："六河，我们都在这儿干着活，你不上手也就算了，你把彩霞叫回去，剩下的活就得是我和玉树多挨累了，你觉得合适吗？！"

六河听了这话，指着彩霞说："你等着，今儿晚上回到家，我再和你算账。"说完，背着手走了。

五河、玉树、彩霞继续搬着砖。路又被重新清理出来了。

16. 六河家

彩霞走进院子，六河正等在院子里，见彩霞进来了，就说："彩霞，你这个不要脸的东西，把你爹我的脸都给丢尽了，八辈子找不着对象了，非得盯住玉树那小子。我越不让你去，你越去，还跑到人家帮着洗衣服去了，你要不要个脸？"

彩霞站在那里，说"爹，我和玉树处对象怎么了？有什么不对的，你成天横挑鼻子，竖挑眼的，总是看我这也不对，那也不对，我哪儿错了？"

六河说："小兔崽子，你翅膀还没硬呢，就敢跟我犟嘴了，看我今天非打扁了你不可。"说着，抄起一把扫院子的扫帚，轮起来要打彩霞。

这时候，玉翠从屋里走了出来，和六河厮扭在一起。

玉翠一边撕扭，一边说："这么晚了，你这是发什么疯啊？"

六河气哄哄地说："这个彩霞可真是气死我了，我宁可打死她，也不能让她气死我。"

17. 在"活济公"墩子的东院墙边

"活济公"墩子伸着脖，在向六河家院里看着，他对站在身边的玉树说："你看见没，那六河又在打彩霞呢，我看这是'张三不吃死孩子肉，活人惯的'，把这条路给他让出来了，问题不还是没解决吗？！得了，这条路我也不让了，今儿个晚上你爹我就是豁上老命，我也要把刚倒腾过去的砖，再倒腾回来。"

玉树说："爹呀！你们可别闹了，就这点砖的事，五河叔都来了两次了，你们还想怎么着？"

"活济公"墩子说："人活一口气，佛争一炉香，我不能让他朱六河给吓住。"说完，"活济公"墩子走出院外，来到砖垛旁，开始往路上倒腾砖。

玉树上去拦，可怎么也拦不住。

"活济公"墩子说："玉树！你小子不要没等娶媳妇呢，就忘了爹！媳妇没进门呢，你就嫌你爹脏了？拿个小牙刷老往我跟前比画什么？再比画，我把那玩意儿给你掰折了扔了！闪开！你怕你那未来的老丈人，我不怕他！"说着，继续倒腾着砖。

玉树看着他爹的模样："爹！你非要干，你就别干了！我干吧！"

"活济公"墩子拍拍手说："嗯，这话还像是我儿子说的！你干吧！让他朱六河抻脖往这边瞅，我们家人不怕他！"

玉树说："爹，你可别吵吵了！我这不是心疼你吗！"

18. 六河家

院子里，六河真的在向这边张望，他看到了眼前的一切。

新堂从屋里走出来说："爹呀，该骂也骂完了，该打也打完了，就别在这儿生气了，气大伤身，回屋睡觉去吧！"

六河气愤地说："新堂，你往那边看看，玉树那小子也来帮他爹搬砖堵道呢！"

新堂说："行了，你别生气了，我过去看看！"说着，走出院去。

屋里，彩霞在床上掉眼泪。

玉翠劝她说："彩霞，别哭了，你爹那个臭脾气，你不是不知道，他不同意你和玉树好，是想让你再找个比他家好的人家，你别跟你爹生气！"

彩霞说："妈，我觉得玉树哥那人挺好的呀！"

这时候，六河走了进来说："你玉树哥那人好，你去看看吧！正和他爹一起搬砖堵道呢！"

彩霞听了，一愣，继而下地向外面跑去。

玉翠忙说："孩子，你这是要干什么去？"

彩霞说："我去看看，一会儿就回来！"

19. "活济公"墩子家到朱六河家的路上

玉树往地上搬着砖,他的眼里浸着泪水。

"活济公"墩子说:"你要不愿意干,你就别干了,在这儿眼泪泡心的,让我闹心!"

玉树没吭声,继续往道儿上挪动着砖。

这时候,新堂走了过来,他对玉树说:"玉树,你们这是干吗呢?两家老人之间的事,咱们当小的该劝的劝,不能跟着往里掺和事啊?!你怎么还跟着搬上砖了?"

玉树含着眼泪说:"新堂哥,你别怪我,我爹把我从小拉扯大不容易,我不能有了对象,就忘了爹呀!"

这时候,彩霞从那边跑了过来,他见玉树也在往道上挪着砖,抹把眼泪说:"玉树,你这是干什么呢?你把搬到道上的砖,给我搬回去。"

玉树听了,眼里的眼泪流了下来,他看了看他爹。

"活济公"墩子一看,说:"行了,不愿意搬别搬了,回去吧,明天再来给我卸砖,我再卸到道上一车不就得了。"说完,背着手往自己家的院子里走了。"

彩霞见状,扑到了玉树跟前,一头扎在玉树的怀里,哭得更欢了。

新堂见了,叹了口气,转身走了。

玉树紧紧地搂着彩霞,眼泪也流了下来。

"活济公"墩子从院子里,往这边看,脸上露出复杂的神情,推门进屋去了。

20. 淮爷家的超市门前

淮爷、顺水妈、甜菊从里边走了出来。

顺水妈要走,甜菊叫住了她,说:"大婶,顺水和小石头都没在家,你一个人回家住也没啥意思,还是跟我到家里去住吧,我在你身边,什么事也有个照应。"

顺水妈说:"别了,我到那儿去住,也是给你们添麻烦。"

淮爷说:"要去住就去住,和甜菊也正好是个伴,说那么多客气话干吗?"

顺水妈看了看淮爷,又看了看甜菊,说:"行吧,那我就去住了,我和甜菊这闺女,还真是处出感情了,还舍不得离开呢。"说完,他们关好超市的门,三个人往原淮爷小卖店的方向走了。

21. 原淮爷小卖店里屋

小卖店已经停办了。

甜菊在往里屋给两位老人打着洗脚水。

她给顺水妈脱下袜子,洗脚。

顺水妈说:"甜菊,你别动手了,婶子自己洗吧!"

甜菊说:"我来吧,你们老年人哈腰困难!"

22. 淮河边上

孙顺水的货船上。

顺水和小石头睡在船舱里,小石头突然坐起来,喊着说:"爸!"可是,孙顺水鼾声如雷。小石头又喊了一声"爸!"孙顺水仍然没有醒。小石头使劲地推了顺水一把,说:"爸!"

顺水醒了,说:"谁呀!谁推我?我这正睡着觉呢。"

小石头说:"爸,我要尿尿,外边天太黑了,我不敢出去。"

孙顺水听了,揉揉眼睛,坐了起来,叹了口气,说:"哎哟,睡糊涂了,忘了我儿子还睡在我身边呢。"说着,抱起小石头,来到船边,走过甲板,来到岸上,说:"尿吧!"

小石头就在那儿尿完了尿,走到甲板边。

顺水又抱起了他,把他抱回了船舱。船舱内,顺水给小石头盖上被子说:"石头,冷不冷?!"

小石头说:"冷倒是不冷,就是半夜要起来尿尿,叫你半天都叫不醒,要是在家,我奶奶觉轻,我一坐起来,她就知道了。"

孙顺水说:"爸爸白天也是太累了,不光是忙照看你的事,还得忙船上的事儿,睡实了,以后,爸知道了!你要是叫不醒爸,你就掐爸爸的脸一下,爸爸就醒了。"

小石头说:"那可不行,哪有儿子掐爸爸的?我就是尿在被窝里也不掐!"

孙顺水听了这话,摸摸小石头的头和脸蛋说:"儿子,你真是个好儿子,睡吧!"

父子俩,又睡下了。

23. 镇子洋洋理发店

洋洋正在给胖丫做着美容。

胖丫说:"洋洋姐,通过你做美容,我发现我都变得老带劲儿了,往大街上一站,有不少人都看我!有的时候,我自己拿个小镜儿,照照我自己,越看越带劲,都舍不得放下。嘿,镜子里那小模样,我自己都想亲自己两口!你说,我咋变得这么带劲儿了呢?我这是不是有了自恋倾向?"

洋洋说:"自恋也不是啥坏事,好看,谁都想多看两眼,姐把你的脸蛋给做得这么漂亮,冷眼一瞅都看不出是你了,像换了个人似的。"

胖丫嘿嘿一笑说:"洋洋姐,塑造我这个大美女,你功不可没,如果哪个男人,有一天真看上了我,你放心,我肯定给你送喜糖来。"

这时候,魏大景走了进来。

洋洋说:"这么晚了,你怎么来了?"

魏大景说:"工作忙晚了点,可是我说来,那就得来。"

洋洋说:"我这儿正忙着呢,一会儿才能给你洗头。"

魏大景说:"等一会儿算啥啊!我到你这儿,也不是单为这洗头来的,我就是在你这儿坐会儿,跟你唠几句嗑,就行。"

胖丫躺在那里,看看魏大景,对洋洋说:"洋洋姐,这人是谁呀?看来,他是看上你了。"

洋洋给胖丫揭下脸上的面膜,拍拍胖丫的脸,说:"这小脸儿,粉的噜的白,做得美死了!"

胖丫坐了起来,对着镜子,左照右照,冲自己做了个鬼脸,笑着说:"嘿,真是个漂亮闺女!连我自己都快不认识自己了。"说着拍打一下自己的脸,对着镜子问:"喂,漂亮妞儿,你是谁?"

魏大景看见了胖丫,问洋洋:"这小闺女这么漂亮,她是谁呀?"

洋洋说:"到这边上坐着去!别见着个女孩就往跟前凑合!"

魏大景被洋洋扯到一把椅子上坐下,说:"我没别的意思,问问还不行啊?!"

洋洋说:"不行!"

这时候,刘喜子把摩托车停在了理发店门前,走进屋来。

洋洋说："哥，你怎么来了？"

刘喜子说："到隔壁那服装店取完衣服。顺便，到你这儿来看看。"他拎着衣服袋子进了屋。看见了，坐在那里的魏大景。

洋洋正给魏大景洗头。

刘喜子看见胖丫，小声问洋洋："那个人是谁呀？"

洋洋说："你不认识了，那不是胖丫吗？"

刘喜子一愣，细细地打量着胖丫说："妈呀！这几天不见，胖丫怎么变成这样了呢，又白又漂亮的，这也不是人了，这不成了下凡的仙女了么！"

（第十六集完）

第十七集

1. 镇子洋洋理发店

胖丫说："你现在见到的我，还没漂亮到极点呢，过些天你再看看，胖丫我这张脸，又白又漂亮，要是在太阳地儿上一站，你一看，都得被晃得睁不开眼睛。"

刘喜子说："哎哟！能不能睁开眼睛，我不知道，反正这胖丫现在是真比以前漂亮了，好像丑小鸭呼啦一下子变成了白天鹅。"

胖丫洋洋自得地一笑。

洋洋一边给魏大景洗着头，一边："这么晚了，我以为你不能来了呢？！"

魏大景说："什么叫滴水穿石，你知道不？"

洋洋说："不懂。"

魏大景说："那我就告诉你，好比你的心，对我来说吧，就好像块石头似的，我就是那一点一点往下直滴答的水，天天滴答，慢慢就把这石头滴穿了。"

洋洋说："你这话是什么意思？你用水滴答我哪？那意思就是说我是块石头呗！"

魏大景说："还没怎么听明白是不？我看，有一些话，该说也得说了，你哥和胖丫都在这儿呢，他们都听着了，我也不怕，我就是盯上你了，你想跟别人好还不行了呢！"

洋洋扑哧一声乐了，打了魏大景一下说："挺大个人，你怎么这么能冒这虎话呢。"

魏大景说："这可不是虎话，这是真话，我都跟你起誓，我说的都是真话，我要说的是假话，这灯都灭！天打五雷轰！"没等说完，洋洋就用带着泡沫的手，捂住魏大景的嘴，两个人都笑了。

胖丫对刘喜子说："喜子哥，我走了。"

喜子把胖丫送到门外说："胖丫呀！原来喜子哥从来没有正眼看过你，今天在这儿看着你了，才看着你的真模样。胖丫妹子，你是真漂亮！带劲儿！"

胖丫看了刘喜子一眼说："做新衣服了，没穿上试试？"

刘喜子说："别说，还真没试呢！"

胖丫说："来，试试！"

刘喜子穿上了新衣服。

洋洋看了一眼说："合适！"

胖丫说："岂止是合适，喜子哥一穿上新衣服，都老带劲了！帅死了！也是风靡全镇的帅哥一个啊！"

刘喜子对着镜子左照右照，说："是吗？"

胖丫说："我看就穿着吧，别脱了！"

刘喜子说："那哪行！"

胖丫说："喜子哥，一个村里的人，又是一起长大的，我可对你有意见，来镇子上，从来不过来看我！"

喜子一边脱衣服一边说："那不都是忙吗？"

胖丫说："再来镇子上的时候，常来看看我，你看人家魏大景喜欢我洋洋姐，就知道老来，洗个头什么的。人不常走动，关系能近吗？"

刘喜子笑着，小声说："胖丫，你喜子哥要是真喜欢上了你，我就老去你那摊床嗑瓜子吃花生去哦？"

胖丫看看洋洋和魏大景，小声说："话没有这么说的吧！人和人的关系都得处着看，光你感觉我好不行啊。"

刘喜子小声说："胖丫，你要是觉得喜子哥和你还能处，你就答应喜子哥，哪天我请你吃顿饭行不？"

胖丫笑着，说："两个人的关系怎么发展，那是另外一回事，你请我吃顿饭那肯定是行，不过，最好是把我请到你家去吃，你亲自上灶给我炒几个菜，我也好知道知道，你这个大厨师手艺到底怎么样？！"

刘喜子乐了，说："胖丫，那就说定了，有时间我骑着摩托车来接你。"

胖丫说："赶我摆摊卖货的时候可不行啊，得是我闲着的时候。"

刘喜子发动着摩托车，说："胖丫，你上车，哥送你回家吧。"

胖丫说："别的了，我家离这儿挺近的，我自己走吧。"

刘喜子说："自己走干什么呢？哪有坐摩托车方便哪？'嗖'的一下就到了！哥说送你就送你，上来吧。"

胖丫就上了刘喜子的摩托车。

刘喜子驮着胖丫走了。

洋洋在屋里看到了，趴着门，往外看了一眼。

回身对魏大景说："妈呀！这俩人是什么时候有的事呢？！这怎么说坐一个摩托车走，就走了呢。"

魏大景说："人家什么时候有的事，还能告诉你啊！就像咱俩的事似的，原来没有事，可不知不觉这不就有了事了嘛，你告诉谁了？"

洋洋嗔怪地打了魏大景一巴掌说："别瞎说，谁和你有事了，瞅你长得这副德行，我才不喜欢你呢。"

魏大景说："洋洋，你说的这要是真话，那我魏大景就死了心了，我就不追你了，我可追别人了。"

洋洋说："追别人？谁会相中你。"

魏大景说："真怎么的？就凭我这小伙，还怎么的？鼻子是鼻子，眼睛是眼睛的，个头也不矮，又是工程队的干部。"

洋洋说："别越说你越来劲，除了我没谁喜欢你。"

魏大景笑了，说："看看看，说走嘴了吧，你心里还是有我。"

洋洋用手掐着魏大景的脸颊，说："别说了！"

魏大景这时候站了起来，用沾着泡沫的脸蛋贴一下洋洋的脸蛋说："我就知道洋洋心里有我！"

洋洋用蘸着泡沫的手，摸着魏大景的脸颊说："没掐疼你吧？"

魏大景笑着说："没疼，喜欢让你掐！"

洋洋又用手轻轻地掐着他的脸颊，用自己的额头顶在了魏大景的额头上。

魏大景轻轻地吻了洋洋一下。

这时候，刘喜子出现在门口说："魏大景，你什么时候回村？用不用我驮你回去？"

魏大景一脸不好意思，把粘着泡沫的脸转向刘喜子说："啊啊啊！你想驮我回去呀！我这一会儿就好。"

洋洋说："哥，你进来坐。"

刘喜子说："不了，我就在外边站会儿吧！看我进屋影响你们。"

洋洋拿眼睛假瞪了魏大景一眼，说："都是你！"

魏大景做了个鬼脸。

洋洋说："来，冲头吧！"

两个人走到里间，洋洋给魏大景冲头，魏大景却跟洋洋说："洋洋，刚才亲的那下都没亲好，实实在在亲我一下！"

洋洋说："别美了，我哥在外边呢。"

魏大景说："你看你这人，怕什么，来，咱们是正经谈恋爱，也不是干偷鸡摸狗的事，怕什么呢！"

洋洋往外屋那个方向看看，听听动静，俯下身亲了魏大景一下。

魏大景高兴地说："你嘴里味儿真甜！跟我说句心里话，心里还有李水泉吗？"

洋洋说："别胡扯了，我心里什么时候有过他？"

魏大景说："啊，好！情人眼里出西施！我看，你对我，喜子哥对胖丫都是这么回事！"

2. 镇里胖丫出租房里

胖丫走了进来。

武二秀问："胖丫，刚才我听见外面摩托车响，是谁来送你？是洋洋吗？"

胖丫说："妈，你耳朵可真尖，有人骑着摩托车来送我，你都知道啊？这么晚了怎么还不睡？"

武二秀说："妈在这儿等你呢，心里有事睡不着，刚才到底是谁来送你？"

胖丫说："打听那么细干吗？都是一般的朋友。"

武二秀说："这闺女呀！不能大了，一大了，就跟妈分心眼儿了。"

胖丫说："谁跟你分心眼儿了，来送我的人，现在和我也没啥太深的关系，你知道了也没用，非得知道吗？"

武二秀说："妈，就是想问问，你愿意跟我说，就跟我说，不愿意说就算了，反正当妈的对闺女就是贱！"

胖丫说："行了，别贱了贵了的了，刚才是刘泥鳅的儿子刘喜子来送的我。"

武二秀一听这话，惊讶地张大了嘴巴，说："啊！怎么是他来送的你，你不会和他对上象了吧？"

胖丫说："你看吧，不告诉你，你就想问，真告诉了你，你就大惊小怪地，在那儿瞎猜乱猜的，我不跟你说了吗？我和他没什么关系。"

武二秀说："胖丫，过去我跟他爹刘泥鳅的事，你也都知道，按照我本来的心思，这辈子都不想跟老刘家来往，你要是真和喜子处了对象，那我跟刘泥鳅又成了对门亲家了，咳！人和人的关系真是呀！用剪子剪不断，像一把乱头发似的，想理出个头绪来也真难！"

胖丫说："妈，你别想那么多了，我现在和刘喜子还没什么太深关系，就是将来我们俩真的处了对象，和你们上辈儿人的恩恩怨怨也没啥关系，喜子哥跟他爸不一样，是个实

212

在人。"

武二秀说："那刘喜子确实是跟他爹不一样，这个孩子，也是从小到大在我身边、眼皮底下长起来的，得说是个好孩子，你们俩要真处对象，妈也不提反对意见，只是跟你说说心里的话，你知道就行了。"

胖丫说："我知道了，你快睡吧！"说完，自己也脱掉衣服，钻进了被窝。

武二秀躺在那里，睁着眼睛想着心事。

胖丫说："妈，你怎么还不睡呢？"

武二秀说："胖丫呀！你也看着妈了，在大街上吆喝总有点张不开嘴。"

胖丫说："说起你这人，也是怪了，你演'花鼓灯'唱淮河民歌什么的，面对着那么些人，你又是舞又是唱的，怎么就张开嘴了。"

武二秀说："在大伙儿面前表演节目，我觉得是展示自己的能力，可是在街头上吆喝卖货，我觉得在别人眼里有些低气。"

胖丫说："妈，你要真是这么想的，明天就别跟我上街去了，那个摊床我一个人也忙得过来。"

武二秀说："妈想来想去，也不是这些活儿低气，是妈本来做什么事都做不实，是扎虚根，开谎花的那种女人。所以，妈为什么在这儿左思右想的，睡不着啊！想想自己以前的活法，也真是觉得挺恨自己的。"

胖丫说："妈，我看出来了，你呀！是想换个活法了。行了，别想了，快点睡吧！"

武二秀却坐了起来说："明儿个我还和你上街去，在街面上我就扯着嗓子，使劲地喊，把妈的那个死要面子、活受罪的心情给它喊破了。把想活得实实在在的那个武二秀，给她喊醒了。你看着吧，妈明天上街怎么喊！"

3. 五河家饭店

清晨，天还没有亮起来，珍珠从屋里走了出来，推起院子里的摩托车，打亮了车灯，骑上走了。

摩托车的灯光消失在夜色中。

4. 沱湖边

新亮的渔船旁，天刚蒙蒙亮，一辆卡车驶了过来。是苏BXXX，车上有人下来。

冲着在船上洗漱的朱新亮喊："这是朱新亮的船吗？"

新亮正刷着牙，牙刷还含在嘴里，就急忙地跑过来，说："是啊是啊！你们是来送蟹苗、鱼苗的吧？"

那人回答说："正是的，你说吧，把蟹苗和鱼苗卸到哪儿？"

新亮说："就卸在这岸上吧。"

车上人说："不行啊，我们公司还着急要用这些空箱子呢，这么吧，我们帮你卸下来，直接就放到水里网箱得了。"

新亮说："那敢情好！"

工人们说着，已经打开了卡车，把装有蟹苗、鱼苗的箱子，搬上船来。在晨光熹微中，他们往网箱里放养着蟹苗和鱼苗。

那个帮着放蟹苗和鱼苗的二人说："你们家的这片水面，这么大呀！到明年这个时候，你就瞧好吧，蟹肥，鱼肥，这片水面，得出好多钱了。"

5. 淮河岸边

孙顺水的船停在那里，顺水背着小石头，小石头背着书包，走出船舱，他们走上甲板，走上岸去，有工人师傅在船上干活。

一位工人师傅说："顺水哥，附近最近的小学，离这也有四五里地呢，到那去念书，孩子在那不能住宿，咱们的船，今天这明天那儿的，孩子这么念书能行吗？"

孙顺水说："道远不远不怕！这个辛苦我能吃得起，就是不知道孩子的课程能不能接上，试试看吧！"

说着背着小石头走了。

孙顺水对小石头说："石头，爹背你上学高兴不高兴？"

小石头说："高兴，你别背我了，我自己走吧，在家里上学，奶奶都是领着我的手走！"

孙顺水说："在家里，是离学校近，在这儿可不行，河岸离学校远，我领着你走，你走得太慢，到那儿去还得和学校联系事呢！"说着，背着小石头大步流星地走了。

小石头说："爸！你别走得太累了，我背首歌谣给你听好不好？"

孙顺水说："好啊！你会背个啥？"

小石头说："爸，你听，我给你背：'淮河水，长又弯，流在黄河长江间，桐柏流来进六安，两岸都是米粮川'。"

孙顺水说："这歌谣唱得好，可对淮河的美，说得还不够，应该再加上点儿，水里的船呀鱼呀的，就好了。"

小石头说："这都是老师教的，让我自己加，我可不会加。"

孙顺水说："爸的文化水平也不高，要高的话我就给你加上两句了。小石头，你好好念书，长大了，成为一个有文化的人，说不定还能成为一个诗人呢。"

小石头笑了，说："爸，我要是会作诗，就天天给你写诗听，让你高兴！"

孙顺水说："只要你有出息，爸苦点累点都高兴！"

6. 六河家院里

六河正在粪堆前，挥锹用力地搅拌着粪肥。

玉翠走了出来，说："你怎么这么早就起来了，在院子里折腾什么呢？"

六河说："看着没，我弄的这都是正儿八经的农家肥，这肥要是上到地里，有劲，不伤地，庄稼都得长疯了，现在新堂那小子和我这老庄稼把式叫上板了，我看，镇上那个农业推广站的晓梅也老来帮他，我得把我种的那些塘地，好好侍弄侍弄，到了秋后，我不能输在新堂那小子手里。"

玉翠："你这个人哪，真说不好你，跟新堂较劲，跟彩霞较劲，跟我暗着也较劲，家里人较完了，又跟外边人较劲。你看，你跟'活济公'家整的那都是什么事啊，邻居住了这么多年了，能说没有点舌头碰着牙的时候嘛，可遇到了事，咱都得往后退半步，人家都说远亲不如近邻，近邻还不如对门呢。眼瞅着要春耕了，你把粪沤得再好，你从哪里往外运？粪肥运不到地方，家里的拖拉机使不上，你能一筐一筐地往地里挑呀？！那得累死你。"

六河说："活人还叫尿憋死了，我就不信他'活济公'有天大的胆子，敢把这条道给我一直堵下去。"

7. "活济公"墩子家

玉树已经起来了，他正扎着围裙，在猪舍前喂猪，五河走了进来，说："玉树，你爹呢？"

玉树说:"他说有点不舒服,还没起来呢!"

五河说:"是吗,我进屋去看看他。"说着,五河走进屋去。

"活济公"墩子躺在自家的床上,在想着心思,见五河走了进来,忙光着膀子,坐了起来。

五河进来说:"哟!这屋子,经彩霞的手一拾掇,怎么像换了一家人家似的呢?我还以为我进错门了呢?!"

"活济公"墩子扬扬手,说:"家里叫彩霞拾掇得确实是干净多了,你快坐吧。"

五河说:"'活济公',你知道我是因为什么来找你吧?"

"活济公"墩子说:"知道,不还是因为那砖垛堵道的事吗?!"

五河说:"那点事我不都跟你们两家说完了嘛,你们不都解决了嘛,我今天来,是来告诉你,今天上午我在镇子上开的浴池就要开业了,想请你去。"

"活济公"墩子说:"请我去干什么?"

五河说:"请你去洗澡。"

"活济公"墩子说:"浴池开业,管饭不,有没有酒喝?"

五河说:"你就知道蹭饭蹭酒,你看看你那身上都脏成什么样了。到我那里,好好洗洗澡,不然,彩霞收拾得再干净,这被罩洗得再白,你几天又给盖脏了。"

"活济公"墩子说:"你那浴池开业,是个喜事,我过去看看,去庆贺庆贺行,让我去洗澡,我可不去洗。"

五河说:"行,只要你去,到那儿再说吧!"

"活济公"墩子说:"你别走啊!我这儿还有事儿没跟你说完呢!"

五河说:"还有啥事?"

"活济公"墩子说:"五河呀!为了我们家那砖垛堵道儿的事,你也来找过我了,我也不是没给你面子,光是那砖,我就往东边清过了两回!可是,你那个堂弟六河,有点太不像话了,要不就是说些苞米瓢子话给我听,要么就是在自家院子里对彩霞连打带骂,给我施加压力,你说,我'活济公'这种人,本来就是一个吃软不吃硬的人,他给我来这套,我能服他吗?现在,我把砖又挪到道上一些,村上要是再来送砖,我还让他往道上卸,我看他六河家今后的道怎么走。他六河不是有能耐吗?浑身是刺吗?最好他能耐到胳肢窝底下,"嗖"的一下,再长出两个翅膀来,从那砖垛顶上飞过去。他要有那本事,我'活济公'就算服了他。"

五河笑着说:"你看看你和六河两个人,芝麻粒大的小事,越弄越大扯,两个人都像小孩子,在耍小脾气,行了,这事我该说的话,都跟你们说过了,怎么办你们自己琢磨吧,反正你们都是老邻旧居的,我再说多了,也不合适,我走了!"

"活济公"墩子说:"哎,我再问你一句,到你那儿参加完开业庆典,到底管饭管酒不?"

五河说:"你看你去了,那吃顿饭,喝点酒那算个事吗?肯定请你了!"

"活济公"墩子说:"那就行了,告诉你,我可肯定去了。"

8. 镇子街道上

武二秀和胖丫正站在摊床前卖瓜子和花生。

武二秀扯着嗓门喊:"大瓜子啊!大花生啊!"

胖丫说:"妈,你的嗓子天生就比我好,你这一吆喝,好像唱歌似的,比你唱淮河民歌还好听。"

武二秀说:"你觉得好听,妈也觉得痛快。"说着,又吆喝起来。

街上有不少人，都朝这边看。
有人走到摊床前说："本来不想过来买花生，听你这一吆喝，就想过来买点！"
武二秀给那人称着花生说："愿意听我吆喝，你就常来买瓜子花生啊！"

9. 淮河岸边

某村落的小学里，一位女老师对孙顺水说："刚才校长和我说了，这孩子在这儿念书，在这儿上课行，可是，我们这儿没有住宿的地方。"
孙顺水说："这就够感谢的了。你说吧，你们几点下课，我来接他！"
这位女老师说："上午的课，十一点半就结束了。"
孙顺水说："下午呢？"
这位女老师说："刚开学，下午还没排课呢。"
孙顺水一脸愁容地说："哎哟，那可不行，我们的船还得去装货，回到这个地方，怎么说也得下午三四点钟了。"
女老师说："你也别着急，不行就让孩子在学校里等着，我在学校里备课，到时候你再来接他也行。"
孙顺水拿出一个饭盒，递给老师说："这是我给孩子准备的午饭。太麻烦你了！"
这位女老师说："孩子念书的事，是大事，你就别客气了！"
孙顺水冲小石头摆摆手，说："在学校听老师的话啊！"说完，走了。

10. 镇子的街道上

胖丫和武二秀正在摊床前。
武二秀还在大声吆喝着："瓜子啊！花生啊！谁买大瓜子大花生啊？"
胖丫笑着说："妈，你这一大声喊，把街上的人都给镇住了，都朝你这边看，来买瓜子花生的人，都比以前多了。"
武二秀说："昨天，我还是有些喊不出，今天，妈已经比昨天强了，可还没放开嗓子喊呢，你得给妈个适应过程。"说着，她又喊："瓜子啊！花生啊！谁买大瓜子花生啊？"
胖丫说："我听出来了，你吆喝卖瓜子花生，还是有点像唱'花鼓灯'的调儿。"
有人到摊床前买瓜子花生。
这时候，珍珠骑着摩托车停在了摊床前，她拿起一塑料袋鱼，放在胖丫的摊床上，说："呀！胖丫，你妈怎么也在这儿啊？"
没等武二秀说话，胖丫就说："我妈跟我在这儿卖瓜子花生呢！"
武二秀见胖丫这么说，就说："和孙顺水分手了，就到镇上我闺女这儿住了，在家待着也没什么事情，就帮着胖丫照看照看。连着，看看风景。"
珍珠说："卖瓜子花生这也是个营生，人没事情做不行，总得找点事干，大妹子，我问你呀！南南家要办个服装厂马上要招聘人了，你会缝纫的手艺不？"
武二秀说："哪会啊！裁衣服做衣服的，我压根就没做过。小时候，我妈还教我拿花撑子绣花，可我怎么绣都绣不好，我看到那招聘广告了，我觉得我岁数大了，不像年轻人，到哪儿学什么东西都快，缝纫这个活，我干不了。"
珍珠说："我们家五河办的那个浴池，今天就要开业了，你再到那边看一看，看看有没有适合你的活，要有的话，到那边去做也行。"
武二秀说："珍珠大姐，咱们一个村里住着，我从来没帮你们家做过什么事，可是你总是帮我们家胖丫，现在还心里想着帮我，真是不知道该怎么谢谢你。"

珍珠说:"哎呀!不用谢,这不都是一个村里的姐妹嘛!"说完,珍珠骑着摩托车走了。

胖丫看着珍珠的背影说:"妈,你看我珍珠婶子,快五十岁的人了,活得像团火似的,我一看见她,心里就热乎。"

武二秀说:"那是个好人!"

这时候,刘泥鳅骑着自行车与珍珠走了个对过,珍珠问他:"泥鳅,上镇来了?"

刘泥鳅假笑着说:"是珍珠嫂子,我来买鱼。"

刘泥鳅骑着自行车来到了胖丫的摊床前。

珍珠停下摩托车,回头朝这个方向看。

刘泥鳅在摊床前对武二秀说:"哎呀!你怎么在这儿呢?"

武二秀看看他,说:"你来干什么?"

刘泥鳅:"找胖丫买鱼。"

胖丫说:"妈,我去解个小手,一会儿就回来。"

武二秀答应胖丫说:"哎!"之后对刘泥鳅说:"你给我听好了,我们这儿鱼是有,但是不想卖给你。"

刘泥鳅说:"你别这样对我,我跟胖丫早定好了,天天都到你家这儿来买鱼。"

武二秀说:"什么叫我这样对你呀!我是胖丫她妈,我说不卖你,就是不卖你。"

刘泥鳅笑着说:"那是,你要说真不卖我,那这鱼我看真就买不成了,但是我想,咱俩远日无仇,近日无冤的,怎么说,那也是在一个被窝里睡过觉的人,你对我不至于这样吧?!"

武二秀说:"我和顺水离婚了,我走到今天这步,也不能说没有你的关系,想想这些事,我就恨你。"

刘泥鳅说:"你看咱俩相好,是两相情愿的事,我不是强迫你吧,这回跟顺水离婚了,咱俩的事就更方便了,以后你有时间就给我打个电话,我来这儿买鱼,找个地方约会,可别再到家去了,上回没把我吓死。"

武二秀说:"你就别再想那美事了,我武二秀以前跟了你,就算是瞎了眼睛,你想以后再和我有这事,那得是有条件的。"

刘泥鳅:"什么条件?你说。"

武二秀说:"你伸着脖往西边看看,什么时候在西边上忽隆升起个大太阳来,你再来找我。要说条件,就是这个条件。"

刘泥鳅:"以前,你和顺水没离婚,那咱俩没条件还创造条件,在一起相好,你这跟顺水离了婚,怎么跟我还反而离远了呢?"

武二秀说:"刘泥鳅,我是彻底把你看透了,你压根就不是什么好鸟,我武二秀就是毁在了你的手里。"

刘泥鳅说:"这是两相情愿的事,怎么把责任都推给我一个人了。你是不是心里太孤单了,要不一会儿等胖丫回来,我买完鱼,咱俩去开个小旅馆,一起唠唠!"

武二秀说:"你想美事去吧,那种事今后是不会有了,我告诉你,刘泥鳅,从今往后,我就和你一刀两断了,今后的武二秀,我得换个活法了。"

刘泥鳅说:"哟!没看出来,这说得还挺正式的呢!"

武二秀说:"没看出来,你就睁着眼睛看,看我武二秀今后怎么活。"

这时候,胖丫走了回来。

她拎起摊床上的鱼,放在秤上说:"来,我给你称鱼。"

11. 淮爷超市内

有几个女人，正在超市里买东西。

顺水妈往货架上摆着什么东西，听见货架那边的两个女人在窃窃私语。

一位女人说："你看见顺水妈了吧？"

另外一位女人说："看见了。"

一位女人又说："淮爷办小卖店的时候，她就跟儿媳妇吵架，到小卖店去住了，这淮爷办了超市，她又跟到超市来了。"

另一位女人说："我听说是淮爷聘的她吧！"

一位女人说："超市开业的时候，你也看到了，这么大岁数，还浪不溜丢地和淮爷在那儿唱淮河民歌呢，我看呢，整不好，这老太太就得和淮爷整到一个被窝去。"

另一位女人说："你可别瞎说，看叫顺水妈听见多不好！"

顺水妈在另外一边，听到了这番话，她想对货架的那边人说什么，张了张嘴，可又忍住了，眼里，涌起泪花。

这时候，淮爷走了过来，说："大妹子！五河，在镇子上办的那个浴池，今儿个开业，甜菊过去了，这边的事，你就多照看着点啊。"

顺水妈说："大哥，我看，你这儿的活我不能干了，等甜菊回来，我就走。"

淮爷看见顺水妈的眼里，满眼是泪，就问："为什么？"

顺水妈看着淮爷没有说话。

12. 南南家服装店门前

南南把一张写有"招聘"广告字样的红纸，贴在了自家的窗子上。

新亮骑着摩托车，停在了门口。他对南南说："哎呀，你这服装厂说办就要办起来了，都开始招聘人了。"

南南说："什么叫商机你知道不？人家有人想订货，咱们就得抓住这个机会办厂，这就叫商机。哎！那蟹苗鱼苗运来没？"

新亮说："蟹苗和鱼苗都撒到网箱里去了。"

南南说："是吗？！动作那么快呀！"

新亮说："南南，咱们一起到浴池那边去吧，一会儿我爸开的浴池就要开业了。"

13. 深井工程队工地

魏大景在和李水泉说着话："水泉哥！告诉你个喜事，我和那洋洋的事。"

李水泉说："进展得怎么样了？"

魏大景说："告诉你，成了！"

李水泉拍拍魏大景的肩膀，说："行啊！哥们儿，兵贵神速啊，她真的答应你了。"

魏大景说："还答应什么，我和她那个什么了！"

李水泉说："啊？我可跟你说，谈恋爱是谈恋爱，可不能谈过了头，才认识这么几天，就那个什么了？不能越界！"

魏大景："你看你这个人，想哪儿去了，我说的那个什么，是嘴对嘴的那个，不是别的什么，你别往别的地方想。咱哥们儿是正经人，不会干出别的事来。"

李水泉笑着说："行，哎呀！我没想到，咱们哥俩把爱情都播种到了这块土地上。"

魏大景说："水泉哥，你还得答应我个事。"

李水泉说："什么事？"

魏大景说："你说咱哥俩关系那么好，你和彩虹成了，我和洋洋成了，今后，咱们要是各自成了家，那也不能不走动是吧，所以，咱们四个人的关系，还得在一起多密切密切，我想啊！有时间的时候，你能不能把彩虹也拽上，咱们一起到镇子上去，跟洋洋一起热闹热闹。"

李水泉说："我去倒是行，可不知道彩虹能不能愿意去。"

魏大景说："水泉哥，平时你老说我笨，我看到了关键时候，你的脑袋瓜也不比我灵多少，以前彩虹姐，不喜欢你和洋洋接触，那是因为洋洋是她的情敌，现在呢？不同了，洋洋成了我的对象了，咱俩是哥们儿，她俩就是姐妹了，你只要把我魏大景和洋洋的事给她说明白了，彩虹姐保证能去。"

李水泉说："我跟她说说，但愿你说得对！"

14. 镇上五河家浴池门前

鞭炮噼里啪啦地响过，人们都站在那里看热闹。

五河、六河、珍珠、玉翠、新亮、南南、彩虹、彩霞、玉树、"活济公"墩子、武二秀、胖丫、新堂、晓梅、甜菊等人都在。

五河对着大家伙说："今天，我们家办的农民浴池，正式开业，免费开放一天，想洗澡的人，都可以进去洗个澡，以后，欢迎大家常来！"

"活济公"墩子说："哎哎哎，我说两句，我是朱圩村的村民，叫墩子，我今儿个不是来洗澡的，我是来看热闹的，我看五河的儿子朱新亮和会唱淮河民歌的南南都在，赶上这个开业的喜日子，给咱们来一段好不好？！"

众人都喊"好！"鼓起掌来。

新亮和南南互相看了一眼，新亮说："哎呀！没准备，演个什么呢？"问南南。

南南说："我看，咱们就唱一段《五只小船》吧！"

新亮说："行！"说着，两个人就边唱边舞起来。

南南、新亮唱道："一只呀的那个小船，过江东呀！又装的萝卜又个装的葱，我就又装个女花容呀！哎哎嗨哟，我就又装个女花容呀……"

众人不断地叫好，鼓掌。

15. 淮爷超市内

淮爷在和顺水妈说话。

淮爷说："大妹子，你这么伤心，要走，到底为什么？"

顺水妈说："没事，真的没事！"

淮爷说："是我和甜菊对你哪儿不好？"

顺水妈说："你们对我还不好，还要怎么对我？你们这么对我，我这心里都老感动了。"

淮爷说："那就怪了，到底差在哪儿呢？来超市的时候，你还乐颠颠的，顺水也把小石头带走了，你却突然掉了眼泪要走，你得把话跟我说明白。你不说明白，你大哥我心里不得劲。"

顺水妈说："刚才我在货架子那儿摆货，听见有两个女人在说话，你知道他们说的什么吗？"

淮爷说："说什么来着？"

顺水妈说："嚼咱们两个人的舌头根子呢。"

淮爷惊异地问："说咱俩？！咱们两个这么大年纪的人了，有什么好说的？"

顺水妈说："说，咱们两个在一起唱《梁祝》，还说咱们两个一些闲话，你也听明白了，我就不想对你多说了。所以，我是不能在这儿干下去了，我不能影响了你。"

淮爷说："嘴长在人家脸上，人家要说，你也没办法，我们这么大岁数的人了，在一起做点事情，他们还要扯闲话，这些人也太没意思了，我说大妹子，你听大哥的话，不要走。就在这儿干下去，时间长了，他们说累了，也就不说了，如果，有一天我听到了这话，谁敢当着我的面说，你看我怎么治他。"

顺水妈说："大哥，你和甜菊对我这么好，我在你这儿，再给你们引出一些闲话来，那就不好了。"

淮爷说："我不是说了嘛，对这种话，一是不要听，二是不要想，权当狗放屁了。"

顺水妈说："大哥，你看你这么说，那我就先不走了。先在这儿干着试试。"

淮爷说："不能走，因为他们扯几句闲话就走了，那不值。"

顺水妈说："我晚上就不在甜菊一边住了，我自己有家。"

淮爷看看顺水妈，叹口长气，没再吭声。

16. 淮河岸边。

一群女人在洗衣服，"小广播"也在里面，一个女人说："哎，大姐，上回你不是说，你们家洋洋和工程队那个姓李的在谈对象吗？可我们经过了解，你广播的那条消息，还是不准确，那李水泉还真的是跟朱五河的闺女朱彩虹好上了。"

"小广播"说："我们家洋洋的对象，也是在工程队里面，长得比李水泉还帅，我上回说是李水泉，是故意逗着你们玩呢，给我们家洋洋对象的事保密呢。"

一个女人说："哟！没想到，大姐，你跟我们姐妹，还留着这心眼儿，那洋洋的对象，到底叫什么名啊？"

"小广播"卖着关子说："不想说。"

一个女人说："大姐，我看呢，你不是不想说，是洋洋追李水泉没追到手，你说的和另外一个人好，根本就没那么回事，想说，你也说不出来。"

"小广播"说："这是怎么说话呢，看来我不把真实情况，给你们广播广播，你们老拿你大姐我跟你们说假话，我正式告诉你们，洋洋那个对象就是这个工程队的副队长叫魏大景，小伙子长得甭提多帅了。"

一个女人说："哦！魏大景，好像是有这么个人，他跟李水泉比怎么样啊？"

"小广播"说："怎么样儿？我不想说，未来的老丈母娘夸未来的姑爷子夸不出口，你们自己看吧！我看可是比那李水泉强百套！"

一个女人又说："大姐，你知道了吧，顺水妈这老太太，可真不要个脸面，淮爷办起了超市，她又跟到超市那边去了，那么大岁数了，也不知道自尊自爱，让村里人对她怎么想。"

"小广播"说："别看我们家和五河家在开饭店上有竞争，可人说话得凭良心，淮爷那老爷子，可是个实实在在的好人，顺水妈呢？性格绵绵善善的，打年轻时候就守寡，把顺水一手带大，谁听说过她有什么花花事儿。所以呀！咱们说话说事可不能有的说，没的也说。别把这河边洗衣服的地方，变成一个传瞎话的地方。"

一个女人说："大姐，你这么说话可不好，好像我们都来这儿传瞎话似的，那以后我们谁也不敢到这边来洗衣服了。"

"小广播"说："我可没反对你们到河边来洗衣服，我是说洗衣服时候，唠点正经嗑。唠唠谁家怎么致的富，唠唠淮爷家的超市里有什么新东西。村子里又有谁家盖了楼，有什么新变化了，别传闲话就行。"

一个女人看看"小广播"说："哟，我是听出来了，大姐你身份变了，今儿个你说这话像是我们的领导，来教育我们来了。"

"小广播"说："我可没那么想，那是你自己说的，我的意思是说，都得不断进步，不能老是以前那个活法，别看河边这个地方小，也一样。"

17. 镇子浴池门前

五河和"活济公"墩子在说着话。

玉树、彩霞站在一边。

五河说："走吧，进去啊！"

"活济公"墩子说："澡就不洗了，你就说吧，中午的饭局设在哪儿？等吃完了饭，喝完了酒，我就往回走，回家了。"

五河说："'活济公'，你今天要是不进去洗个澡，把你身上那些脏东西洗洗，中午你就别想我会请你吃饭喝酒。"

"活济公"墩子说："五河，你怎么说话呢？来之前你不都跟我说得好好的了嘛，说是管饭管酒的，这我大老远地来了，累得够呛，到这儿来给你庆祝来了，你怎么还变卦了呢？那我不愿意洗澡，那非得让我洗呀！"

五河说："你想好了，要想中午吃好喝好，现在就去洗澡。"

玉树说："爹，既然来了，你就进去洗洗呗，洗完了，你就知道身上有多爽快了，我和你一起进去。"

"活济公"墩子说："这孩子，你是怎么跟你爹说话呢？爹不愿意做的事情，你非得摽着我干吗？你要进去洗，你就去洗，我不用你陪。"

五河说："'活济公'，你身上那点泥，到底有什么珍贵的，怎么就那么舍不得洗？"

"活济公"墩子说："五河，你知道个屁！我身上这层老皮，是健康保护膜，护着我身上的真元真气。你看看我什么时候感冒发烧过？有过病吗？这些东西不能洗，是好玩意儿，给我多少钱，我都舍不出去。"

五河说："你可别瞎扯了，是科学高明，还是你高明呢？你身上那些泥，把毛细孔都堵死了，不利于你的健康。我家办了这个浴池，主要就是冲咱农民开放的，我说你就进去洗一回试试。"

"活济公"墩子说："不洗了，你们进屋吧，我就在这外边坐会儿，等着喝酒吃饭了。"

彩霞说："叔，大伙儿这么劝你，让你进去洗，你就进去洗洗呗！"

"活济公"墩子说："彩霞，不是叔驳你面子，我看见你爸也来了，他在里边洗呢，有他在里边洗，我就更不能进去了。"

五河说："我以前都跟你说了，你来洗澡，我给你预备个单间，你自己洗自己的，和别人有什么关系，走吧！"说着，拽着"活济公"墩子要往里边走，玉树也在后边推着他。

"活济公"墩子一脸无奈地说："这是干什么呢？人家不愿意洗，还非得让人家洗。"

五河说："你进屋洗洗，就好吃饭喝酒了，不洗，你在这儿等着也没有用，没人请你。"

"活济公"墩子听了这话，说："行了行了，别连拽带扯的了，为了中午这顿好酒好饭，我就认可扒一回皮了。五河，你说中午你请我吃啥？"

五河说："镇子上的饭店随你选。"

"活济公"墩子说:"请我喝什么好酒?"

五河说:"也随你选。"

"活济公"墩子说:"咳,多少年攒的这点好东西,看来今天都得抖搂到你这儿了,太亏了。"

五河和玉树把他推进了一个单间浴室里。

玉树打开了水龙头,和"活济公"墩子一起洗着淋浴。

(第十七集完)

第十八集

1. 五河家浴池门口

浴室门口,有洗完澡的农民走了出来。

五河在门口,跟那人搭着话说:"哎,洗得怎么样?"

那个人说:"爽!这个浴池办的,可真是给咱们农民办了一件好事。一天劳动完了,到这儿洗个澡,那身上可就轻快多了。五河,我得问你一句,你这个浴池,晚上开到啥时候?"

五河说:"为了方便大家,24小时连轴转营业。"

那个人说:"嘿呀,想到我心里去了!干了一天活儿,到这儿洗个澡,那可太好了!"

武二秀和胖丫也从里边洗完澡走了出来。

五河看着胖丫说:"哎呀!这是谁呀?武二秀,这是你那闺女胖丫吗?一洗澡出来,都变水灵了。"

武二秀站在朱五河面前说:"大哥,不好意思,我想问问你,你这个浴池里头,有没有我能做的事?"

五河想了想说:"现在也正在招工,缺搓澡、按脚、拔火罐、会刮痧的人。"

武二秀说:"你说的这几样儿,我就只会拔罐子,搓澡、按脚、刮痧我都不会。"

五河说:"在我眼里,你武二秀不是能干这路活计的人,所以,招工的时候,我也没往你身上想。"

武二秀说:"人都在变,我现在的想法和以前不一样,我得换个活法了,再像以前那样游手好闲的,靠着男人过日子的时候过去了。我得自立了!"

五河说:"你把话说到这儿,我也就实打实地跟你说,如果你真想来我这儿,按脚、刮痧都可以学,有老师教你,凭你这个心灵手巧劲儿,你准能学会。"

武二秀说:"工资怎么算?"

五河说:"给你底薪,主要的部分是计件工资,你干一个活,咱们五五分成。"

武二秀说:"我回去考虑考虑,如果行,我再来找你。"

五河说:"你考虑好吧!我这边任何时候大门都冲你敞开的。"

武二秀说:"五河大哥,珍珠嫂子和新亮对我们家胖丫没少关照,不管我能不能来,你又这么照顾我,我真不知道,该对你说什么好了。"

五河说:"都是一个村的人,互相有点照顾,这都是正常的事,你别想太多。"

胖丫说:"五河叔,今儿个澡洗得可真痛快,以后有时间,我就经常来。"

五河说:"好,欢迎你常来。"

浴室里边的一个单间里。

"活济公"墩子已经洗完了澡,正往身上穿衣服。

玉树边穿着衣服,边说:"爹,澡也洗完了,你身上的泥,我也给你搓下去了,你觉着身上咋样?轻快不轻快?"

"活济公"墩子说:"轻快个啥啊!老觉着这身上的衣裳,变单薄了,有点冷似的。"说着,故意打了个喷嚏,说:"你看看吧,我不愿意来洗,你们非把我推进来,我这回要是感冒了,我就跟朱五河和你说话。"

玉树说:"爹,你别老说感冒的事,你就说身上得不得劲儿?"

"活济公"墩子说:"得不得劲儿,我还得慢慢品品,你别老着急问我。"

浴池门口,玉树和"活济公"墩子走了出来。

珍珠、玉翠、彩霞、彩虹、甜菊也刚刚洗完了澡,来到门口。

五河问"活济公"墩子,说:"洗得咋样?你看,这一洗完澡,人变得精神多了。"

"活济公"墩子走到五河跟前,故意使劲地打了一个喷嚏,鼻涕沫儿溅了五河一脸。"活济公"墩子说:"五河,我不洗,你非得让我洗,把我身上的这层健康保护膜给扒下去了,扔到你家浴池里了,今后我的健康没保证了。你听着了,我打喷嚏了吧,要感冒吧!我告诉你,我要是感了冒,可得找你要钱买药吃。"

五河笑着说:"行,可要是不感冒呢?"

"活济公"墩子说:"还啥不感冒呀!现在就觉得身上凉飕飕的,就有点儿不得劲了。"

五河说:"又跟我演戏是不?行了,我知道,你肚子里有什么小九九,还是想叫我请你吃饭喝酒,为了庆祝你'活济公'墩子洗去身上那层老皮,我今天请你了,走,玉树,咱们跟你爹吃饭去。"

珍珠说:"哎,五河,要吃饭,把我们几个也带上吧,今儿洗澡左右也是免费,不用人照看。"

五河说:"好,人多热闹,镇子那边,正好有一家火锅店,开得挺好的,咱们就去那里吧!"

2. 镇子的街道上

五河、甜菊、珍珠、玉翠、彩虹、彩霞、"活济公"墩子、玉树一行人往前走。

路过胖丫的摊床,刚洗完澡,头上还围着围巾的胖丫和武二秀正推车子过来,刚要开始摆摊。

武二秀看见了"活济公"墩子说:"哟哟哟,这不是叔公嘛,这一洗了澡,怎么变得这么精神了,真的是换了一个人一样,叫我都不敢认了。"

"活济公"墩子一听这话,笑着说:"二秀,你是真心在夸我,还是在说俏皮话啊?!"

武二秀说:"叔公,这些年,我啥时候跟你说过假话?洗洗澡觉得身上爽快多了吧?"

"活济公"墩子把武二秀拉到一边,小声说:"开始我是不愿意洗,他们非得让我洗,可这不洗不知道,一洗吓一跳,哎呀!这澡洗的,还是真得劲儿,身上舒爽多了,可是这话不能叫朱五河知道。"

武二秀说:"这有啥可保密的呢?"

"活济公"墩子说:"我不愿意洗,他想让我洗,那他就得请我洗,还得请我吃饭喝酒!我要说我愿意洗了,那人家还会白让我洗吗?还会请我吃饭喝酒吗?你咋不会算这个账呢?"

武二秀笑着说:"叔公,说不定,我还要去浴池里打工呢。那样,你要是常来洗澡,我就能见到你了,咱爷俩有啥话,也就经常能在一起说了。"

"活济公"墩子说:"真的呀!那看来,我还得时不时地来洗个澡呢,不管咋说,我在这儿能看到你呀!侄媳妇哇,时间长了,叔公见不到你,想你!"

珍珠说:"二秀、胖丫,都没吃饭呢吧,走吧,一起去吧!"

胖丫说:"珍珠婶子,不行啊!货床子在这儿呢!"

珍珠说:"没事,婶子帮你推着,就放到饭店门口,啥也没不了。"说着,珍珠推起了车子,对彩虹说:"你新亮哥,是不是到南南家去了?你去,把南南和南南妈也叫上,这么长时间了,我和南南妈还没见过面呢。"

彩虹说:"好,你们先走吧,我去找他们,一会儿我们一起过去。"

3. 镇子回村子上的路上

六河背着手,在路上走着。

路的两边,是绿色的冬小麦和美丽的油菜花。

朱新堂和晓梅骑着自行车,从后边赶了上来,他们见是六河,停下车子。新堂说:"爹,你坐在我车子后边吧!我驮你。"

六河说:"驮什么驮,这么点儿路,我愿意走走,你们走你们的吧!"

新堂说:"爹,你怎么没跟我妈他们一起去吃饭?"

六河说:"他们和'活济公'在一起呢,我能去吗?你们怎么没去吃饭也回来了?"

新堂说:"晓梅下午有时间,要跟我一起到村里的超市,去选选麦种什么的,我们就提前回来了。爹,今儿早起,我就看你在院子里折腾那点粪肥,我知道,地里的庄稼,还有香葱和甜叶菊,还是上农家肥好。"

六河说:"你说这话是啥意思?不会朝我要粪肥吧?!"

新堂说:"爹,都是自家的地,粪肥也是自家的,别分得那么清,我的地,种好了,也有你的一份功劳,你沤好的那粪肥,咱爷俩就一起用吧!"

六河想说什么,可看了看晓梅,又把话咽了回去,说:"行吧!在种地上,老跟我较劲,可掉过头来,又来求我帮忙,粪肥的事,我答应你,不过你小子得明白,你爹我在这些事上,比你强就行。"

新堂说:"爹,好的粪肥我该使还是使,地里的事,咱们互相之间,该比赛还是得比赛,家里头父子俩在种田上打个擂,也不是啥坏事,家里就能富得更快点儿。"

六河说:"行了,你和晓梅快走吧,我不跟你说这些事了。"

王晓梅说:"叔,那我们就先走了。"说完,新堂和晓梅骑上自行车走了。

六河在后面自言自语地:"别看种地不如我,这小子,找对象还真挺会找!"

新堂和晓梅骑着自行车。

新堂说:"晓梅,你别看咱俩到现在,没啥特殊关系,可在我爹眼里,咱俩早就是对象了。"

王晓梅说:"是对象又咋了?我看你爹想得也没错。"

朱新堂有些惊讶地说:"晓梅,你怎么说出这话来了?"

王晓梅说:"都处这么长时间了,说这话咋了?不是对象,我老往你这跑啥呀?"

朱新堂说:"你不就是帮我科学种田嘛,找你当对象,我可没敢想!"

王晓梅说:"没敢想的事,有时候想想也对。"说完,骑着自行车向前跑了。

新堂听了这话,一边骑着自行车,一边追着晓梅说:"晓梅!你的话,我朱新堂这回可听明白了!你说你是我的对象了是吧?!"

晓梅在前边骑着自行车，脸儿笑得像一朵花。
两个年轻人，一前一后飞奔在村路上，两边是无边无尽的油菜花海啊！

4. 镇子一家饭店内

五河等人已经坐在了桌子旁。

"活济公"墩子说："进来都坐下半天了，咋还不上菜呢？"

五河说："人还没到齐呢，好饭不怕晚啊！"

"活济公"墩子说："那也得抓点紧上菜啊！大老远来的，又洗了个澡，老觉得身上空落落的，得抓紧补充点营养呀！不然我真要感冒了，阿嚏！你五河还不得给我掏药钱哪。"

五河说："你别着急，人到齐了，咱们马上就开餐！"

这时候，彩虹、新亮、南南、南南妈走了进来。

五河、珍珠、玉翠等人见了，忙站起来，迎了过去。

新亮给他们介绍说："爸、妈、二姨，这是南南妈！"

珍珠上前抓住南南妈的手，说："大姐！老早就想见你，也是忙，一直没见上面，今儿个正好赶上浴池开业，大伙儿就在镇子上一起聚聚，你能来可太好了。"

南南妈说："我也早想见你们了，可一直没有机会到村子里去，这回是都见着了，你看新亮爸、新亮妈，这是新亮的二姨吧，你们长得都面善。"

珍珠说："大姐，坐吧！"说着，南南妈就坐在了珍珠的旁边。

五河说："都坐吧！"告诉服务员说："把火锅里的炭上来，该上的菜就往上上吧。"

服务员把火锅里的炭倒进里面，往火锅里倒着水。

"活济公"墩子抄起筷子，说："这锅里的水还凉着呢，啥时候能开？这菜吃到嘴里，得时候了。五河，先把酒拿上来吧，再上盘花生米吧，咱们得先把酒喝上，暖和暖和身子。"

五河看看他说，："好，酒已经烫好了！"说着，从服务员手里接过烫好的酒，一边给"活济公"墩子倒着，一边又对服务员说："抓紧上两个小凉菜，来点花生米啥的。"

服务员："好！"

"活济公"墩子把刚倒好的酒杯，端起来放在嘴里品品说："这酒还不错！花生米和凉菜咋还没上来呢？"

五河说："你咋这么急呢，不跟人家说了嘛，马上就给你端上来。"

这时候，服务员端着花生米和凉菜上来了。

五河对服务员说："都放在这儿。"

"活济公"墩子一见，把菜放在了自己的跟前，就说："这还差不多，早饿了！"

玉树在旁边抻抻"活济公"墩子的衣服说："爸，这么多人哪，吃饭你别太急了！"

"活济公"墩子说："有啥事就说呗，在下边拽我衣服干啥？就这么两句话，也没啥背人的。"

玉树听了，慢慢缩回手，看着"活济公"墩子不再吭声了。

"活济公"墩子就在那儿自酌自饮起来，说："今儿个是五河家请我吃饭，我既然来了，就得实的惠地吃喝，不能假模假式的，我要是装假，他们能高兴吗？都是一个村里住了多少年的人，也不是外人，跟谁装假啊？"

玉树又拽拽"活济公"墩子的衣服，说："爹，你没看见南南妈他们都来了吗？！"

"活济公"墩子说："她来了关我啥事儿？她们是女人之间的事，我吃我自个儿的！"

那边，珍珠对南南妈说："大姐，你贵姓？今年多大年纪了？"
南南妈说："姓穆，五十多岁了，比你和新亮他二姨岁数都大！"
珍珠吃惊地，说："你也姓穆？是穆桂英的穆？"
南南妈说："是啊！我听南南回家说了，咱们姓的是一个穆！"
珍珠笑着说："哎哟，天底下还有这么巧的事，咱们可是太有缘分了。"这时候，火锅里的菜、肉什么的，已经煮好了。
珍珠用南南妈的筷子，给她夹过来一些菜，放在盘子里说："大姐，你多吃点，有空的时候到村子去，咱家自己还办了个小饭店，想吃啥菜，都方便。"
玉翠说："大姐，你多吃点！"
南南妈说："一起吃！一起吃！"
"活济公"墩子见火锅好了，站起来一手拿着勺子，一手拿着筷子，往外捞肉，一边捞一边说："哎哟，这羊肉煮得可真嫩，好长时间没吃了，今儿个可得多吃点儿。"说着，他把一勺子羊肉放在了自己的盘子里。
那边南南和胖丫挨着坐。
南南说："胖丫，你是做美容做的吧，真漂亮！"
胖丫说："也不完全是做美容做的，你妹子天生就是底版好，洗出的照片能错吗？！但是，我咋漂亮，也没有南南姐你漂亮，南南姐在这方面，是我崇拜的偶像。"
南南说："胖丫，我看崇拜谁也不如崇拜自己，你现在就够漂亮的了。"
胖丫说："南南姐，你那个服装加工厂，啥时候开业，开业的时候，可别忘了告诉我一声，得过去庆贺庆贺。"
南南说："我正要找你呢，胖丫，你想不想到我们的服装加工厂里去做工？"
胖丫说："南南姐，你是高看我了，又做衣服又裁剪的，我哪会干那些事啊！"
南南说："这回咱们招聘的工人，都是各村的年轻人，真正会裁剪手艺的，没有几个，我们准备把人员招聘齐了，请老师来给大家讲课，不会没关系，学学就会了。"
胖丫说："哎哟！你要这么说，我还真得好好想想，到加工厂去做工，不管咋说，是个正儿八经的工作，风淋不着，雨淋不着的，那么多姐妹都在一起，也热闹。南南姐，我考虑考虑再给你回个话，用不用到你家再去报名了？"
南南说："不用了，你要是想好了，就直接来找我。"
胖丫对边上的新亮，说："新亮哥，你看你们家人还有南南姐，对我们家真是太好了，今天免费请我们洗澡，还安排我们吃饭，又张罗着给我妈和我安排工作，我和我妈也都是有福的人，遇上了你们这些好人。"
新亮说："一个村里住着，人与人之间不该帮帮吗？正该帮！"

5. 刘泥鳅家饭店内

刘泥鳅拎着一兜鱼，从门外走了进来。
"小广播"说："你回来了，我看对门饭店，今天停业了，一个人也没有，你知道不知道这是咋回事？"
刘泥鳅说："我知道，那朱五河跟我说了，今天是他家在镇上办的浴池开业的日子，人八成都到镇子上去了，我告诉你，他们家在镇子上的浴池开业了，是个天大好的事。"
"小广播"说："你说这话是啥意思？"
刘泥鳅说："这不明摆着呢么，现在是两家饭店都在村里竞争。他们镇子上的浴池总得有人管理吧，我看，他们家的营业重点慢慢就得向镇子上转移，村子这一块地方早晚得给咱们倒回来，两家竞争就变成咱们独家营业了，那时候，村子里所有的客源不都是咱们家来了嘛，你说，这不是好事吗？"

"小广播"说："可我看他们家的饭店，没有要关的意思。"

刘泥鳅说："你急啥呀！慢慢来。"

这时候，刘喜子唱唱咧咧地从厨房里走出来，说："服务员，往桌子上菜。"说完，把菜放在外面的吧台上，就又回到厨房里去了。

刘泥鳅一见，问"小广播"说："这小子是有什么高兴的事了，咋了？怎么乐成了这样。"

"小广播"说："是啊！我也正纳闷呢！打今儿个早起，就乐得像换了一个人似的，是不是昨天做的那身新衣服，做高兴了？"

刘泥鳅说："不像！你细打听打听吧，这小子，八成是处对象的事儿有啥眉目了。"

"小广播"说："别扯了，他成天在饭店里转悠，很少出去，哪能有这事情？"

刘泥鳅说："我那儿子啥样，我不了解？除非是这方面的事，不然，他不会乐成那样！"

"小广播"说："能是这么回事吗？一会儿我找他刨根问底地问问！"

6. 淮爷超市里

晓梅和新堂在这里。

王晓梅说："新堂，你要买的新麦种和香葱的种子都在这里，这两种就行。另外，你看见这里了吧？这种肥料是有机肥，你们家地里的土质我看了，地里上这种肥就行。不一定非得用你爹沤的农家肥，这种肥料是经过科学配制的，肥力比农家肥还好，也不伤地。"

新堂说："是吗？那我就不用我爹那粪肥了，没见我刚才跟他说要用他沤的肥料，他好像还不太高兴似的呢。晓梅，我爹现在也没吃饭呢，一会儿他进了村，咱们就一起跟他到刘泥鳅家的饭店吃个饭吧？"

王晓梅说："好啊！这些种子肥料，你看好就行了，等到用的时候，咱就来提货。"

这时候淮爷走了过来。

新堂说："姥爷，这两种种子和这种肥料，你可给我留着点，我有用。"

淮爷说："哎呀，不用留，这货随时都摆在那儿，用的时候你来提货就是了。"

新堂对淮爷说："姥爷，这是晓梅。"

淮爷打量着王晓梅说："哦！这闺女家长得蛮好！"

新堂说："姥爷，跟我爹我妈都没正式说呢，她就是我的对象。"

淮爷点点头，说："好，晓梅这闺女好！在姥爷这儿，先得一张赞成票！"

新堂说："姥爷，我爹和我妈对我和晓梅的事，不会反对的吧？我爹因为彩霞和玉树的事闹得可凶了。有时间你还得说说他。"

淮爷说："是吗？我都跟他说过了，他怎么还这样闹呢？看来，你们家得召开一个家庭会议了，我也去参加，重点商量商量彩霞和玉树的事。"

新堂说："你去参加，那就再好不过了，我爹就能收敛点儿！姥爷，我们要去吃饭了，用不用给你带回来点？"

淮爷说："不用，我这有吃的，你们去吃你们的吧！"

新堂和晓梅走了。"

淮爷对顺水妈说："你看看，新堂找的这个对象多好，我一看就称心，这闺女原来就到超市来过，我没想到她原来是新堂的对象。"

顺水妈看着他们两个年轻人走出去了，对淮爷说："这俩孩子，往一起一站，让人看见就高兴！"

7. 南南家服装店门前
很多女青年，都在这里排着队。
里屋，朱新亮和南南都在这里，他们对一个又一个女青年进行面试，看着他们递过来的招聘表。
南南妈在一旁忙着。

8. 镇子回村的路上
玉树蹬着三轮车，驮着"活济公"墩子。
彩霞骑着自行车驮着玉翠。
彩虹自己骑着自行车。
珍珠骑摩托车驮着五河。
他们，一起在路上走。
"活济公"墩子躺在车上，醉麻哈眼地说："儿子，你慢着点骑，爹就在车上躺着了，想眯一会儿。"
玉树说："爹，你躺一会儿倒是行，可是不能睡，睡着了就真容易感冒了。"
"活济公"墩子躺在那里，说："你小子别说傻话，说是感冒，那是吓唬朱五河呢，就凭你爹的身体，小火锅吃得这么饱，又喝了酒，浑身又热热乎乎的，不可能感冒。"说完，竟躺在那里，打起了鼾声！
玉树一见，把自己外边穿着的大衣，脱下来，给他盖在了身上，骑着车子，向前走。
彩霞见玉树把衣服脱下来，就把自己的围巾从脖子上解下来，扔给玉树，说："哎，你围上点，千万别感冒了！"
珍珠和五河骑着摩托车走在最前边。
珍珠说："五河，我还真得跟你说个事，今天，我看到刘泥鳅到胖丫那摊床上去买鱼了，你知道胖丫那鱼也都是咱们家给送过去的。"
五河说："咱们该给胖丫送鱼送鱼，他愿意到胖丫那儿买鱼就买鱼。你跟我说这事干吗？"
珍珠说："你没理解我的意思，我的意思是说，刘泥鳅家的饭店和咱们家饭店对门，我左右也是从沱湖往回带鱼，我看，你去跟他们说说，就用不着刘泥鳅天天再往镇子上跑了，他要多少鱼，我就给他送过去。"
五河说："哎，你这个主意好，你不说我还真没想起来，这么做对。"
珍珠说："我想，两家饭店是有竞争，可是，谁能竞争得赢，并不在于把资源都控制在自己手里的这一方。现在物流这么通畅，想买沱湖的鱼，怎么买都能买到。两家饭店竞争，主要是靠饭菜质量，服务质量和厨师手艺的高低。咱们把鱼给对门送过去，咱们做的鱼餐好坏，跟对门就更有个比较了。"
五河说："我原来是想慢慢地，你就和村子的饭店脱钩，到镇子上去办饭店，可我又想你不去也对，现在竞争的结果，也不一定都是你输我赢，还有另外的结果，那就是双赢。"
珍珠说："五河，其实，我最希望看到的，也是这个结果。我真不想，咱们家的饭店火得一塌糊涂，而对门冷冷清清的，那也不好。"
五河说："行，一会儿进了村，我就去刘泥鳅家说这个事。"

9. 刘泥鳅家饭店

六河、新堂、晓梅走了进来，

刘泥鳅一见是他们走了进来，急忙站起身说："哎哟哟！这是哪阵风，把你们给吹来了。"

六河说："刚从镇子上回来，还没吃饭呢，就到你家吃个饭，有什么好菜？"

刘泥鳅说："要说好菜，那就是沱湖鱼餐了。"

六河说："好吧，那就给我们上沱湖鱼餐。"

刘泥鳅说："好嘞！"转身，走进厨房去。

"小广播"和服务员走了过来，给六河他们倒茶。

新堂对六河说："爹，我看，刘泥鳅家这饭店办得真不错，今儿个中午吃饭的人还不少呢。"

六河说："你大姨那边的饭店今天没开门儿，想吃饭的人，这不都跑到这边来了，我们不也来了嘛！"

这时候，服务员从后厨端上了鱼，放在桌子上。

六河说："哟！这么快呀？！"

刘泥鳅过来说："鱼早就是炖好的，在锅里热着呢，尝尝我们家喜子的手艺咋样！"

这时候，透过饭店的窗子，能看见珍珠把摩托车停在了自家饭店门口，她和五河从摩托车下来。

珍珠回自家的饭店去了。

五河却朝刘泥鳅家的饭店来。

五河推门进来说："哟！在镇子吃饭之前，就找你们，你们原来跑到这儿吃饭来了。"

六河说："自家人没说的，在哪儿吃一口都一样。"

新堂对五河说："大爷，这是王晓梅，镇农业技术推广站的。"

六河说："跟你大爷说话，就别绕弯子了。啥农业技术推广站的，就说是你对象得了。"

五河听了这话，说："是吗？！"笑着对新堂说："新堂，你真是个好小子，给你大爷找这么好一个侄媳妇，晓梅，你多吃点儿啊！"

六河说："五河哥，你再吃点儿不了？"

五河说："我在镇子上吃得饱饱的了。我过到这边来，是和泥鳅说两句话。"说完，他把刘泥鳅扯到了一边。

刘泥鳅说："毛蛋，你找我有事？"

五河说："我们家那珍珠，让我过来跟你说，打明儿起你就不用天天往镇子上跑，去买沱湖的鱼了。"

刘泥鳅说："为啥呢？我去买鱼，碍着你们家啥了？"

五河说："不是碍着我们家啥了，珍珠是说她把鱼从沱湖直接给你们带过来，省着你再往镇子上跑了。"

刘泥鳅愣了一下神说："哎呀，是这样啊！那珍珠嫂子想得也太周到了，我听明白了，她是要把鱼给我送过来，不用我跑了，这哪好意思呢？"

五河说："对门住着，那么客气干啥？她从沱湖那边也得往这边驮鱼，顺路就捎回来了。"

刘泥鳅说："那你得跟珍珠嫂子说，从镇子里到村里，鱼得加点脚钱。"

五河说："净瞎说，我们给你的价钱，是珍珠在沱湖上鱼的价钱，肯定比你在胖丫那儿买鱼还便宜。"

刘泥鳅说:"哎呀,那可就麻烦你家珍珠嫂子了,我知道她天天大清早地就出去,来回买鱼驮鱼的,也不容易,就说泥鳅我谢她了。"

五河说:"你要看行,就这么定了,以后她就天天给你送鱼了。"

刘泥鳅说:"我看事这么定行,只是方便了我家,麻烦了你们家,快坐吧!"说着,给五河让座。

刘泥鳅又冲"小广播"说:"看五河大哥来了,咋没说给倒杯好茶呢?快点去倒茶去。"

五河推辞说:"不喝了,别倒茶了,我回家还有事儿呢!"

10. "活济公"墩子家

"活济公"墩子躺在自家床上,嘴里不知哼唱着什么小调,二郎腿翘着,一副舒适得意的模样。

玉树和彩霞走了进来。

玉树说:"爹,今天洗的那个澡,觉得浑身舒爽多了吧?!"

"活济公"墩子没睁眼睛,说:"不都跟你说了吗?舒服!可是我不让你瞎说,你还老说啥呀?这话要是让五河听见了,以后人家还能来请我免费洗澡啊!"

彩霞乐了,说:"叔,我看这个澡,你是真洗舒服了。"

"活济公"墩子一听是彩霞的声音,忙从床上坐了起来,说:"哎呀!彩霞也在啊。彩霞呀!今天上午,你叔洗这个澡,可真是遭老多罪了,玉树这小子拿着水龙头,用热水往我身上使劲儿滋,烫得我够呛,还拿块小搓布使劲儿给我搓,搓得我浑身上下肉皮子疼,比扒层皮都难受。彩霞,你别以为你叔我到镇子上去洗这个澡,是为了吃那顿饭,喝那顿酒,我都不是,实话说,叔就是为了你呀!"

玉树笑呵呵地说:"怎么又为了彩霞了!"

"活济公"墩子说:"我一看这床单被罩,还有我穿的衣服,从里到外的都让彩霞给我洗了,我不洗洗澡,把这些东西弄脏了,挨累的还是彩霞。冲着少让彩霞挨点累,我才洗的这个澡。彩霞,叔在澡堂子里遭的那个罪都是为了这,你信不?"

彩霞说:"我看,叔你说的是真话,我信,以后为了不弄脏这些被褥衣服啥的,你就常洗洗澡吧!"

"活济公"墩子说:"那就看你们大家伙怎么帮我下决心了,洗了一回澡,我都不知道这决心是咋下的呢。"

彩霞说:"叔,那道上的砖,你们家别再往道上堵了。砖堵得越多,你和我爹心里系的疙瘩也就越大,往后咱两家还咋处啊!"

"活济公"墩子说:"彩霞,你刚从我家回去,进了院子,他就对你连打带骂的,咱两家离得这么近,啥事看不着?啥声音听不着?他这是明摆着打骂你给我们家看,给我施加压力呢。可你叔我能吃他那一套吗,要不然我能让玉树又往道上挪砖吗?这事怨不着我家,事都是你爹整的。"

彩霞说:"为了这条道的事,我五河大爷,两头都劝了好几回了,他一天那么忙,也不能因为咱两家的事老跟着操心,我说叔啊,你就看我的面子,别再往那儿堆砖了。"

"活济公"墩子说:"行行行,有你彩霞这句话,叔就是看你的面子,也不会再往那道上堆砖了。"

彩霞问:"挪到道上那些砖怎么办?"

"活济公"墩子说:"你爸这么对我,还没来认个错呢,那些砖不能都动,就先堆在那儿，啥时候他找我认错了，啥时候再说。"

玉树说："爹呀！我看就把那些砖搬开算了，就咱们两家人的事，有什么可较劲的呀？"

"活济公"墩子说："你上一边待着去，这里没有你说话的地方。"

玉树看了看"活济公"墩子，有些不高兴，拎起猪食桶，走出了门外。

彩霞见状也跟了出去。

两个人在院子里，一个人喂猪，一个人喂鸡鸭。

11. 刘泥鳅家饭店的后屋

刘喜子躺在那里，"小广播"和他在那儿说着话。

"小广播"说："喜子，你爹和我都看出来了，你心里一定是藏着啥喜事了，今儿个才乐成了这个样，连颠马勺的时候，嘴里都哼着小曲儿。"

刘喜子掩饰地说："我心里没啥喜事啊！天天不都这样嘛。"

"小广播"说："那可不对，你指定是心里有喜事，瞒着你妈我呢。"

刘喜子说："现在还是个说不太准的事，跟你说了也没用。"

"小广播"一听，说："你看看，我和你爹猜对了吧？你心里肯定是有喜事了，快点儿跟妈说说。"

刘喜子说："妈，纸里包不住火，这事，早晚你也得知道，妈，你不是也知道，武二秀有个闺女嘛。"

"小广播"说："对呀，你说的是胖丫吧？"

刘喜子说："是啊，是胖丫。"

"小广播"说："胖丫咋的了？她找人帮你介绍对象了？"

刘喜子说："啥她找人帮我介绍对象了，是胖丫可能成为我的对象了。"

"小广播"脸色一沉："哎呀妈呀，这是真的呀？"

刘喜子说："妈，你是没看着胖丫现在长得啥样，那胖丫变化老大了，现在长得又水灵，又漂亮，真像朵花似的。"

"小广播"半信半疑地说："喜子，你是不是蒙你妈呢？那胖丫长啥样我心里还没数吗？我也不是没见过？"

刘喜子说："以前那个胖丫我也见过，和现在的胖丫简直不像一个人似的，妈，我不蒙你，你要是见着胖丫，你也得吓一跳。她长得老带劲了。"

"小广播"说："也可能，女大十八变，越变越好看。是你妹妹洋洋给你介绍的？"

刘喜子说："不是，我和胖丫刚有这点意思，还没正式定下来处对象呢！妈，哪天我把胖丫请过来，请她吃顿饭你说行不行啊？"

"小广播"说："那要是到家里吃顿饭，你们这事就等于是定下来了，村里的人谁对胖丫都熟，咱们请她到家来吃饭，那不就等于是把事情向全村子人挑明了吗？我看这事你还不能太急，得问问你爸再说。"

这时候，刘泥鳅推门走了进来说："啥事又要问我呀？！"

喜子没吭声。

"小广播"说："喜子，你爸也不是外人，有啥话你就跟你爸说呗。"

刘喜子还是没吭声。

"小广播"说："这孩子还抹不开了，我跟你说吧，咱们家喜子说和胖丫要处对象了，想请胖丫来家吃顿饭，你看行不？"

刘泥鳅说："胖丫？"

刘喜子说："我看她现在长得也蛮漂亮的，再说，对她也知根知底。"

刘泥鳅说："胖丫漂亮，我倒没觉得她漂亮到哪儿去，说知根知底，村里谁家的姑娘，咱不知根知底。喜子，我真不明白，你到底看好她哪儿了？"

刘喜子说："反正现在我看她跟以前看她的感觉不一样，挺来电的！"

刘泥鳅说："喜子，我也真是拿不准你，你今天想找个漂亮女孩，明天想找个漂亮女孩，找了半天，原来是想找个像胖丫那样的，你想找这样的，你早说呀！比她强的，不有的是？！"

刘喜子说："爸，我把胖丫请家来吃顿饭，你看行不行吧？！"

刘泥鳅说："慢着，你请她来家吃饭可以，但那是你们两个的事有点眉目了以后才行，别现在还没等怎么着呢，就请，这不合适。"

刘喜子说："人家都跟胖丫说了，要请她，她也答应要来了。"

刘泥鳅说："说我看你小子，是想对象想疯了，看着别人都成双成对的你着急了？那再着急，也不能剜到筐里的都是菜吧？找对象的水平，降到胖丫这档次上了。"

刘喜子说："这怎么是降低档次呢？这是抬高了档次。胖丫可不像她妈妈似的，又馋又懒的，她将来也肯定能有出息。"

刘泥鳅说："喜子，你跟胖丫的事，我今天就在这儿才听说。你给爸个时间，让我好好想想，我和你妈，也再帮你合计合计。"

刘喜子说："是我找对象，又不是你们找对象，你们管那么多干吗？"

刘泥鳅说："喜子，你跟你爹你妈这是咋说话呢？这还没把对象找到手呢，要是对象找到了手，你心里还能有你爸你妈吗？这孩子，这么大了，还是不懂事。让我生气，行了，我不跟你说了。"他冲着"小广播"说："说完了，我走了！"刘泥鳅走了出去。

12. 五河家饭店内

珍珠对玉翠和彩虹说："打明儿个起，我就开始给对门那家饭店天天送鱼了，咱们两家饭店用的都是沱湖的鱼，在竞争的起跑线上，是平等的，那余下来咱就是跟人家比服务质量和烧菜的手艺了，你们几个就得抓紧学了，把饭菜做得更精才行。"

彩虹说："妈，为了做好这个沱湖鱼餐，我二姨、彩霞我们几个在一起没少犯琢磨，你放心，咱们家的沱湖鱼餐错不了。"

玉翠说："姐，我还是没闹明白，那刘泥鳅家给咱家办过啥事儿啊？咱凭什么白帮他啊？"

珍珠说："人家没帮过咱，咱就不能帮帮人家啊？玉翠，这个饭店，有一天姐说不定交给你，你得练习着当老板，心胸啊，做事啊，都得宽绰点儿！"

玉翠说："我这个样的，能当了老板？我可干不了！"

珍珠说："人没有天生啥都会的，都是干中学出来的！"

13. 南南家服装店里

来招聘的人，都已经走了。

新亮蹾着一沓招聘表，对南南说："来应聘的，基本上都是十里八村的年轻人，人员也差不多够了。"

南南说："我通知她们了，明天都去镇的卫生院体检，等体检合格了，差不多能定下来了。缝纫机我也得订货了，等厂址定下来，就提货。"

14. 淮河

天已经要黑下来了。

孙顺水焦急地站在船头，对身边的工人师傅说："这下可坏了，孩子第一天上学，我就接晚了，赶紧把船靠岸吧！"

船缓缓地靠了岸，孙顺水没等甲板搭起来，就从船头跳到了岸边上，他一路奔跑着。

15. 淮爷家的超市门前

顺水妈对甜菊说："打今儿开始，大婶就不在你这儿住了，我回去了。"说完，径自走了。

甜菊愣愣地看着顺水妈的背影，问淮爷："怎么在这儿住得好好的，说不住就不住了呢？这是咋回事？"

淮爷说："咳，这话叫我怎么跟你说呢？说起这话真没意思，可我又不能瞒着你。今天顺水妈是听到了有人在背后嚼她和我的舌头根子，都气哭了。"

甜菊说："哦！我说她怎么非要回去住呢。她要回去，就让她先回去吧，一会儿我过去看看她。"

16. 淮河岸边的小学校里

教室里还亮着灯，那位女老师，在那坐着，小石头背着个书包也在那里坐着。

这时候，孙顺水风风火火地跑了进来。

那位女教师看见孙顺水进来了，就站起来说："你可来了，快把孩子接走吧！"

顺水拉住了小石头的手，对那女教师说："实在是对不起了。船上的活太多太忙，这船就怎么也没赶回来，太麻烦你了！"

那女老师笑笑，说："没什么，你快把孩子接走吧，今天就这么样了，以后再这样可不行。我也好回家了。"说着，她和孙顺水、小石头一起往外走，顺手拉灭了教室的灯，关好了教室的门。

孙顺水背起了小石头，走了。

父子俩走在小学校通往淮河岸边的船上。

小石头哭着说："爸，我不想在这念书了，我要回家，我想奶奶，还有甜菊姑姑，还有爷爷和同学，我不想在这儿念书了。"

孙顺水背着小石头，一边走，一边说："小石头今天是爸对不起你，船回来得晚了。以后，这种事情爸不会让它再发生了。"

小石头哭着说："我就是不在这儿念书了，我要回家。"

孙顺水说："好儿子，别哭了，你实在要回家，爸就送你回家！"

17. 沱湖岸边

新亮和南南乘着一只小船，在查看网箱，见有松动的网箱就把绳扣往杆子上紧着。

这时候，珍珠骑着摩托车，驮着五河来到了大堤上。他们停下摩托车，走上大船来。

新亮见他们来了，远远地就喊："爸、妈，是你们来了，这儿有几个网扣松了，我们紧一紧就回去。"

大船边上，新亮和南南坐着的小船，靠了过来。

五河伸手把新亮拽了上来，新亮又回身把南南拽了上来，他们都进了船舱。

五河说："新亮，我和你妈来看看，这些天蟹苗鱼苗长得咋样？"

新亮说："一切都正常，你们就放心吧！"

五河又说："南南不是要办一个服装厂，你们的厂址选在哪儿了？"

南南说："还没定下来了呢。"

五河说："南南，我和你阿姨商量了，我们那个浴池的上边两层楼，原来准备做客房的，现在都闲着呢，我看，你就不用再租房子了，先在那儿干起来吧，大小房间也都有，地方也够用。"
　　南南说："我跑了好几个地方，还是真没往浴池那个地方想。要是这个地方我们能用，可是真方便。"
　　新亮说："南南，我爸我妈都说了，那就这么着吧，赶明儿缝纫机一到，就直接搬到浴池楼上去吧。"
　　五河说："南南，你们办加工厂，工商执照什么的，都办齐全了吗？"
　　南南说："这些天我就跑这个事呢。工商营业执照已经跑到手了。"
　　珍珠说："你们加工厂办在那个浴池上边，有好处，你叔经常也来这边，有点什么事也互相间有个照应。"
　　（第十八集完）

第十九集

1. 深井工程队帐篷外

　　彩虹帮李水泉洗着什么。
　　李水泉说："彩虹，我跟你商量个事行不？"
　　彩虹说："什么事吧？"
　　李水泉说："看见我那哥们儿魏大景和洋洋好上了，你高兴不高兴？"
　　彩虹说："高兴啊！有什么不高兴的呀？"
　　李水泉说："魏大景想求你一件事，让我们两个跟他一起到洋洋那儿去一趟，他不好意思跟你说，让我跟你说。"
　　彩虹说："要去也行啊！我也正想找时间，到洋洋那儿整整头发呢。"
　　李水泉说："那可太好了，我原来想你还不一定愿意去呢？"
　　彩虹说："怎会不愿意去呢？我和洋洋原来都是同学，处得也都是挺好的。"
　　李水泉说："那就好，魏大景正在帐篷里等着呢，他连自行车都借好了。"
　　彩虹说："是吗？！"她把手里的自行车推到李水泉手里，说："那你驮着我吧！"
　　李水泉接过自行车，冲帐篷喊着："魏大景，你小子赶快给我出来。"
　　魏大景听到喊声，从帐篷里一下子冲了出来，乐呵呵地说："怎着，彩虹姐真的同意了？！"
　　李水泉说："赶快骑上车子吧！"
　　魏大景乐得蹦上了车子，和李水泉、彩虹他们奔镇子上去了。

2. 孙顺水家

　　甜菊在外屋烧好了一锅热水，用水舀子往盆里舀着水说："大婶，你洗个脚吧！"说着帮她脱下袜子，给她洗脚。
　　顺水妈眼里噙着泪水说："甜菊呀，你真是个好人，天底下的大好人哪！"

3. 淮河岸边

　　孙顺水货船的船舱里。
　　顺水给小石头洗着澡的，洗完了，他从一个大盆里，把小石头拖出来，给他披上自己的工作大衣说："儿子，钻被窝睡觉吧！"

小石头倔强地说："不睡。"

孙顺水说："快睡觉吧，明天爸还得送你去上学呢。"

小石头哭着说："爸，明天不用你再去送我上学了，我要回家，回家去上学。"

孙顺水看着小石头说："行，你睡吧！别闹了，明天天一亮，爸就送你回家。"

小石头说："撒谎的孩子被狼吃，明天天亮你一定送我回家。"

4. 刘泥鳅家后屋

刘泥鳅在那里想着心事。

"小广播"问："你怎么还不睡觉，又琢磨事呢？"

刘泥鳅说："我越琢磨，就越觉得对门要给咱们家送鱼的事越蹊跷，这五河家跟我玩的是哪路拳脚呢？两家饭店门对门地竞争，怎么会好心好意地给我送鱼呢？这是天上掉下来的馅饼，这个馅饼能吃不能吃？我不得好好琢磨琢磨？"

"小广播"说："哎呀！我看对门住着，别把人家往歪地方想，人家给咱们送鱼，肯定是好意。"

刘泥鳅说："你懂个屁，你看事情能看出几步？这种事不好好琢磨琢磨哪行？整不好就是他家下的一个套子，咱要是叫他套住了，咱们这饭店还办吗？"

"小广播"说："就是送个鱼，人家给你下什么套子，套你什么了？"

刘泥鳅说："我得好好看看，他家送来的鱼是不是新鲜的好鱼，鱼的品种全不全，是不是他家把好的挑走了，剩下不要的给我家拿来了。"

"小广播"说："行了，你睡觉吧！别琢磨了，明天人家把鱼一送来，你就啥都明白了。"

这时候，刘喜子推开门说："爸，妈，我出去一趟啊！"

刘泥鳅说："这么晚了你还出去干吗？"

刘喜子说："人家有点事。"

刘泥鳅说："不行，有事明天再出去。"

刘喜子说："你看，我都这么大人了，晚上出去办点事你还不让。"

刘泥鳅说："我一看你小子就是要上镇子，去找那胖丫去，你和胖丫的事我和你妈还没商量呢，你老往那儿跑什么？"

刘喜子说："你们商量你们的，那我还不兴去看看她呀！"

刘泥鳅说："今儿别去了。"

刘喜子生气地嘟囔一句，说："这怎么管得这么宽哪！"

刘泥鳅对"小广播"说："你瞅着你这儿子没有？没出息！这就是把胖丫给盯上了，天都这么晚了，他还惦记着想往胖丫那儿跑，你说这小子，是犯了什么病呢？"

"小广播"说："论说他和胖丫处对象，我也是没太想好。可是，喜子看来是相中她了。乐成什么样，你也都看着了。他自己相中的人，咱不同意，咱看中的将来他不一定随心，就得埋怨咱们一辈子。喜子对象这个事，也真是愁人。"

刘泥鳅说："那胖丫就是个站在街道上卖瓜子花生、卖鱼的，一天到晚风吹日头晒的，也没个正经工作，可王八瞅绿豆，他就对上眼了。"

"小广播"说："你骂谁是王八呢？你骂咱家喜子是王八，那你是什么？你就是王八他爸，我就成王八他妈了，也都成了王八，你骂他把咱两个都捎上骂了，这到底是骂谁呢？"

刘泥鳅说："我跟你说话，就说不到一起去，一说话就挑三拣四地，跟我拧个劲儿，我不就是随便打个比方嘛，能是实心实意地骂他嘛。"

"小广播"说："对喜子和胖丫的事，咱们还得抓紧做个决断，到底喜子能不能跟胖丫处？要是觉着不行，那咱就得抓紧想辙。"

刘泥鳅说："想辙，怎么想辙？只能是想办法再给他介绍一个对象。要能找到比胖丫好的，他说不定才能从心里把胖丫的事放下。"

"小广播"说："喜子这孩子犟，你就是给他找到好的了，一个是人家能不能看上他，二是喜子能不能看上人家，我看呢？他跟胖丫的事，整不好，就得叫他鼓捣成了。"

刘泥鳅说："这几天我再托人多打听打听，要是有合适的赶紧在他和胖丫中间，插上一杠子，没有别的办法，只有这一条办法了。"

"小广播"说："那你就抓紧点吧！"说完，"小广播"拉灭了电灯。

可刘泥鳅瞪着眼睛躺在那里，还是没有睡。

5. 六河家

六河、玉翠、彩霞都在这里。

六河对玉翠说："我听说五河哥家打今儿往后，要天天给对门刘泥鳅家从仙女湖那边代买鱼，还给刘泥鳅送到饭店来，我真想不明白，这五河哥和珍珠嫂子是吃错了药怎么的，两家饭店明打明地竞争着，是有你无我，有我没你，可还给人家去送鱼，这是图什么呢？这不等于壮大了对方，让对方更有条件挤对我们吗？"

玉翠说："五河哥和珍珠嫂子做事想得比我们宽，看得也比我们远，一开始，我也想不明白，后来想想，他们这么做也对，就像电视上那个打拳击的对手，级别都得是一样的，这样的拳击比赛打起来才好看，不然，有的强有的弱，那样的比赛没意思。"

六河说："也就是五河哥和珍珠嫂子，要是放在我六河身上，我才不会去给他们送鱼呢，别说是给他们送鱼，连一根虾尾巴也不会丢给他们。"

这时候，门开了，新亮和淮爷走了进来。

淮爷说："哦！人都齐了，就开会吧！"

玉翠忙给淮爷倒了一杯水。

六河坐下了，看看淮爷说："爹，你先说吧！"

淮爷说："你们家开家庭会，重点是说'活济公'家砖垛占道，还有彩霞跟玉树谈对象的事吧。照理说应该你六河先说，可是，我来了，那我就先说两句，我要说的是'康熙年间，文华殿大学士兼礼部尚书张英的老家人和邻居吴家，在宅基地问题上，发生了争执，家人飞书京城，让张英跟地方官打个招呼，'摆平'吴家，可是，张英没有跟地方官打招呼，而是回给家人一首诗，这首诗说：'千里捎书只为墙，让他三尺又何妨。长城万里今犹在，不见当年秦始皇。'家人见到这封书信，就主动在争执现场退让了三尺，垒下了院墙，邻居吴家，为此深受感动，也退让了三尺，于是两家的院墙之间，就有了一条宽六尺的巷子，这就是古今闻名的六尺巷的来历。邻居家住着，得互相包容忍让，不能因为一条道儿的事，弄得两家关系紧紧张张的。"

六河说："爹，多少年了，咱们走的都是这条道，他给咱们堵上了，咱们车行人走的，走哪条道儿，咱们怎么忍让？"

淮爷说："活人不能叫尿憋死，'活济公'墩子说那是他们的宅基地，也不是一点没道理，我看你们就别再走这条路了，道是人修出来的，咱就重新再修一条路，以后也照样走，省着两家在这条路上再伤和气了。"

六河说："爹，人家都说劝人劝吃饱饭，在道的这个事上，我就听你的劝了，我就重新再修一条道儿，也不跟'活济公'墩子置气了，不过，'活济公'在占道这个事上，确实是伤着了我们家，我也得记着他。"

淮爷说："你要是记着人家，你还不是真正地宽容忍让，我刚才跟你说的话，就都白说了，两家离得这么近，今后抬头不见低头见的，别再弄得太僵了。再说，彩霞也正跟玉树处着对象呢，将来孩子要是有结婚那天，两家的老人还是得站到一起。"

六河说："我才不会和他站到一起呢，我嫌他身上那股味道。"

新堂说："爹，你别拿老眼光看人，今天玉树他爹，也到镇子上去洗澡了，我妈也看到了，他洗完澡以后，听说还真挺精神的。"

玉翠说："是，'活济公'可精神了，我们和他一起吃的饭，他比以前可干净多了。"

六河说："别看他今天去洗了个澡，他那身毛病要改了，那不是一天两天的事。这些年都埋汰惯了，我看他今天之所以能去洗这个澡，主要是奔着中午那顿酒饭去的。"

淮爷说："六河，你也别那么想人，'活济公'能去洗个澡，这个变化就不得了。"

六河说："咱们大家都睁着眼睛看着，他'活济公'不请他吃饭喝酒，还能不能再去洗澡，我看，他还得像以前那样，埋汰下去。"

新堂说："姥爷，我爹对彩霞和玉树的事，也不是完全不同意，主要是看不上'活济公'，总觉得让彩霞嫁到他家，咱家亏了。"

淮爷说："我知道'活济公'不讲卫生的事，是六河心里的一块心病，谁也不愿意把自己家的闺女，嫁到一个埋了巴汰的人家去。可是，现在'活济公'确实在变，咱们得等等看，也给人家一个进步的时间！"

六河说："爹，我和你打个赌，不是我把他'活济公'一碗凉水看到底儿，他那个脏毛病，改不了。"

淮爷说："如果人家改了呢？"

六河说："如果他真改了，在我家道上堆不堆砖的事，我都不计较了，就同意彩霞嫁过去。"

淮爷说："好，这是你说的。你们大家都听到了，我也记住了。"

新堂说："爹，那今天这个会，咱还往下开不开了？我看要说的事基本也都说完了。"

六河说："我还觉得这会没开上呢，可要说的事真都说完了。"就对淮爷说："爹，你看这会就不用往下开了吧！"

淮爷说："不开就不开了，让新堂把我送回去。"

新堂说："姥爷这一来，没几句话，不少问题都解决了，看来以后我家再开家庭会，姥爷必须得来。"

六河瞪了新堂一眼，说："你姥爷那么大岁数了，也不一定老折腾他。家里的事情有我呢。"说着，他们往外面送淮爷。

6. 洋洋理发店

理发店里洋洋正给彩虹整着头。

洋洋说："彩虹姐，你看这样好看吗？"

彩虹说："挺好的，就是把脑门儿上的刘海儿再弄得自然点，我不喜欢剪得太齐，弄得好像是个小门帘似的。"

洋洋说："好，我这就给你弄！"说着，给彩虹把额头上的刘海儿弄成了很自然的模样。

彩虹对着镜子说："好，这回就好多了。"

洋洋说:"彩虹姐,你看你多漂亮。"
彩虹说:"我可不漂亮!哪有洋洋你漂亮啊!你看你长得多好看!乌眉亮眼的!"这时候,在旁边看着画报的李水泉和魏大景都在往她们这边看着。
李水泉说:"要我说啊,你们两个都漂亮!"
魏大景说:"是,是一对漂亮的好姐妹。你们的漂亮样儿,有些不一样,彩虹姐,是纯美的那种漂亮。洋洋呢?漂亮得稍微洋气了一点。"
洋洋说:"去,不用你评价。"
魏大景说:"弄完了吧?我和水泉哥在旁边都等急了,弄完了,咱们几个好在一起打会儿牌。"
洋洋说:"马上完了。"说着,她摘下了彩虹围着的围裙,向旁边抖了抖说:"彩虹姐,你起来吧!"
魏大景和李水泉搬过来一张小桌和几个凳子。
魏大景打开一副新扑克牌哗哗地洗着,说:"咱们打什么好呢?打两副牌升级的吧,带'拖拉机'的!谁和谁对主?"
李水泉说:"我看,咱们还是打个交叉吧,我和洋洋一伙,你和你彩虹姐一伙。"
魏大景说:"好!"他们四个人坐下,乐乐呵呵地摸起牌来。
洋洋打着牌说:"调主。"其他三个人都跟着出牌。
洋洋却捡起魏大景的一张牌,说:"是黑桃主,你为什么给梅花啊?你手里没主了?"
魏大景说:"哎呀,是黑桃主啊!我没看清。"说完,把桌子上的梅花牌收了回去。
洋洋一见,放下手里的牌,上去假装打着魏大景说:"你耍赖,不想和你玩了。"
魏大景一边躲闪着,一边用手指捅洋洋的胳肢窝。
洋洋痒得不行了,蹲在了地上求饶。
魏大景:"你还打我不了?你看,我不用打你,不用骂你,就用手胳肢你,你就受不了,快起来,打牌!"
四个人又乐乐呵呵地打起牌来。

7. 淮河岸边
天刚蒙蒙亮,孙顺水背着小石头从货船上下来,沿着淮河大堤,大步流星地走着。
小石头说:"爸,你这是要背我去哪儿?"
孙顺水说:"石头儿,爸跟你商量,你说你是上学,还是送你回家,要上学就还去昨天那个村子里,要回家,爸就得背着你走好远的路,再坐公共汽车,才能回得去。"
小石头哭着说:"爸,昨天说好了的,你送我回家,撒谎的孩子被狼吃。"
孙顺水说:"石头,你别哭,爸送你回家。"说完,他背着小石头走得更快了。

8. 刘泥鳅家饭店
珍珠骑着摩托车,停在了刘泥鳅家饭店门前。
她从车上拿下一袋鱼,进到了饭店里面去。
刘泥鳅和"小广播"一见是珍珠进来了。
"小广播"说:"哎呀!是珍珠嫂子来了,快进来坐!"
珍珠把手里的鱼放在地上说:"你们称称吧,这是20斤鱼,保证秤高高的。"
刘泥鳅打开那个袋子,看了看那鱼说:"哟!全是鼓鳃嘎巴嘴的,这鱼又好又新鲜。"说完,他对珍珠说:"真是难为你了,我知道每天你三四点钟就出去了,从仙女湖往回驮鱼，天挺冷的，也真不容易，还给我们家送鱼，叫我真不知道说什么感谢话好了！"

珍珠说："不用说那客气话，给你们送鱼，我是顺路捎回来的，小事一桩！"

刘泥鳅点着钱，递给珍珠说："这是20斤鱼的钱，你快拿着！"

珍珠说："钱的事不用急，这是天长日久的事，你就记个账，以后有时间一起算吧。"

刘泥鳅说："别了别了，你给我们送鱼，我就够感谢的了，鱼和钱还是当天的事情当天清吧！"说着，把钱递给了"小广播"，"小广播"把钱塞进了珍珠的兜里。

珍珠说："你们家的饭店，从打开业我还没过来呢，今天中午我和玉翠都过来，在你们这儿花钱吃饭，品尝品尝喜子做的仙女湖鱼餐，就知道我们家的鱼餐做得哪儿不如你们了。"

刘泥鳅说："行，欢迎欢迎！中午的时候你们就过来吧！"

珍珠转身往门外走，对"小广播"说："有时间你们两口子也到我们那边去坐坐啊！"说完走了。

刘泥鳅和"小广播"送走了珍珠。

刘泥鳅说："你看，这珍珠也真是个有心眼儿的人，她给咱们送鱼，也不是白送，给她来到咱们家品尝鱼餐，搭了个台阶，我就知道她给咱们送鱼的事，不这么简单。"

"小广播"说："挺大个男人，别那么小心眼儿，人家把鱼都给咱送来了，又大又新鲜的，咱就该感谢人家。一会儿，中午人家来吃饭，也是说花钱的，这都是很正常的，你别再往那小肚鸡肠的地方想。"

刘泥鳅说："俗话说，害人之心不可有，防人之心不可无。我防着她珍珠点，总没大错吧？"

9. 六河家院外

六河、新堂两个人在修路，"活济公"墩子隔着院墙往这边看，他招呼着玉树说："儿子，你快过来，你看，那六河和新堂在干什么呢？"

玉树往那边看看："哦！我看明白了，爹，准是咱家用砖把这条道给堵上了，他们家重新修路呢！"

"活济公"墩子听了这话，又伸脖向那边看了看，说："嗯！像是修路呢！"

他背着手在院里转着圈，想着事情。

忽然，他对站在那里对玉树说："玉树，你赶快过去，去告诉那六河和新堂，他们家那条路不要修了，咱们把道上的砖给他挪开！"

玉树说："爹，你看你这是怎么回事啊？一会儿风，一会儿雨的，人家让你把砖挪开，你不挪，可人家要重新修路了，你又想起来把砖挪开了。"

"活济公"墩子说："你小子懂个屁，他六河家重新开了一条路，不走这条路了，那咱们两家今后的关系也就堵死了，你爹我倒是不怕那朱六河，可主要是考虑你和彩霞的事，两家今后要是真不来往了，那六河真就是不同意彩霞和你的事了，那咱们不是因为小事，把大事给耽误了吗？不行，你赶快过去，告诉他们那条路别修了，还走这条路，一会儿你回来，咱爷俩就过去挪砖去。"

玉树说："爹，要去还是你去吧，没看我这儿正忙着呢嘛！"

"活济公"墩子说："我说你小子是怎么回事？我刚跟那六河撕破了脸，怎么好意思，马上就过去跟他说软乎话呢！我告诉你，爹这么办这个事，都是为了你，你赶快去。"

玉树放下手里的猪食桶和舀子，解下围裙出院儿去了，往六河和新堂修路的那个地方走。

"活济公"墩子呢？一直站在院墙根前往那个方向偷看。

玉树来到六河和新堂修路的地方，说："六河叔，新堂哥，你们这是干吗呢？"

六河说："修路！"

玉树说："六河叔，这不是有路嘛，怎么又想起重新修路来了？"

六河倔倔地说："这话你别问我，回去问你爹，我们走了多少年的路，他都给堵上了，我们不重新修条路怎么办？马上要到春耕了，家里的粪肥什么的，都得通过小手扶拖拉机，往地里运，没有条路怎么行？"

玉树说："六河叔，你们的路别修了，我爹说了，一会儿我们就把这条道上堆的砖挪开。"

六河说："可别扯了，回去告诉你爹，少跟我来这套，他今天挪明天堵的，我可受不了。赶到我运粪肥的时候，他再把道堵上，到时候我想修路也晚了。"

玉树说："六河叔，你放心吧，今后这条道上的砖挪开了，就不能再堵了。"说着，往下抢六河手里的铁锹说："六河叔，我说别修你就别修了。"

六河说："不行，我知道我们走的这条道，也是占了镇里给你们批的宅基地，不重新修条路，走这条道儿，说不定哪天还兴出新说道，那条路我们不走了，我们就是重新修条路了。"

玉树一见，又对新堂说："新堂哥，你跟你爹说说，我爹特意让我过来，这路就别修了。"

新堂说："玉树，你知道我爹的脾气，他说要干的事，十头牛也拉不回，你就先回吧。"

玉树只好走了回去。

10. 淮爷超市门口

孙顺水背着小石头，从公共汽车上下来，走到淮爷的超市门口。

顺水妈、淮爷、甜菊都看见了他们。

小石头从顺水的背上爬下来，扑到顺水妈、甜菊跟前，喊道："奶奶、姑姑！"

甜菊抱起了小石头。

小石头脸笑得像一朵花。

顺水妈说："顺水啊！你们回来了，小石头在外边念书不行吧？"

孙顺水说："妈，我一个大男人，这回可尝到带孩子的滋味了，船上的活忙，小石头在船上，我有些照顾不过来，送他到岸上小学去念书更不行，小石头又想家，又哭又闹的，我只好把他送回来了。"

淮爷说："顺水呀！你把小石头送回来，就对了。不然，你船上的活干不好，孩子的学也上不好，两耽误，这回你就把小石头放在家吧，可以一心无挂地上船干活去了。"

孙顺水说："我妈和小石头在家，有你们照看着，我就放心多了，可是我也想，我这么常年老在外面跑船。我妈年龄一天天大了，有个头疼脑热的，大病小情的，我这当儿子的，老不在身边也不行，我想，过些天，我就把那货船，让我的手下人管理起来，我时不时地过去看看，就行了。我回到村里这边想办法干点事，这样船上的事和照顾家里的事，也就两不耽误了。"

淮爷说："顺水，你小子说这话，我听了高兴，你是个孝子，是个好儿子。你和武二秀离了，也就是离了，对那娘儿们，没什么值得可惜的，我看你将来肯定能找着个好媳妇。"

顺水妈接过话茬说:"顺水再找媳妇,就照着甜菊这样的找,能找到甜菊这样的闺女家当媳妇,妈到死那天眼睛也闭上了,不惦记你和小石头了。"

顺水看看甜菊。

甜菊正冲着顺水,脸腾一下红了。

11. 五河家饭店里

玉翠拿着一本书,对珍珠说:"姐呀,咱们家的仙女湖鱼餐,老是酱焖鱼、红烧鱼、葱油鱼、浇汁鱼什么的,基本是整条鱼下锅。彩虹、彩霞我们几个,把这本书翻了个遍,你看人家这书上有鱼冻、鱼片、鱼排、鱼串、鱼丝、鱼卷、鱼段,还有鱼丸子什么的,咱们家今后做的仙女湖鱼餐也得经常换换样儿。"

珍珠说:"看来,你们几个还是真钻进去了,今儿个中午,我请你出去吃饭。"

玉翠说:"自己家有饭店,随便吃口不就得了,出去吃干什么?"

珍珠说:"咱们也不走远,就到对门去,看看人家那鱼餐,是怎么做的,村里有不少人都说刘喜子的手艺不错,咱们不去尝尝怎能知道人家的鱼餐比咱们好在哪儿?"

玉翠说:"姐,你去就行了,我和彩虹彩霞还得在这边打点客人呢。"

珍珠说:"不行,你得和我一块过去,这边有彩虹、彩霞就行了,我再说一遍,我打算将来把这个饭店交给你,到时候你就是这个饭店的老板了,什么事,你都得心里有个数。"

玉翠说:"姐,我从来没想拉出单干过,能跟在你后边,干点事也就行了。"

珍珠说:"那不行,新亮在仙女湖那边,平时没人照应他也不行,我马上也要在仙女湖那边船上开餐馆了,两头跑我也照顾不过来,这边的饭店,主要就得靠你来做了。"

玉翠说:"姐呀,我哪有你那么多主意,现在咱们办的仙女湖鱼餐都是你大清早起,就出去,骑着摩托车,到仙湖那边驮来,你要是真到仙女湖那边去了,不说别的,光说这驮鱼的事,就是个难事,你知道我不会骑摩托车。"

珍珠说:"摩托车这玩意儿,没什么难学的,学两天就会,打今儿起你闲着时候,就拿着我的摩托车先练练,我教你,用不了三天,你就能驮着我到处跑,你信不?"

玉翠说:"能吗?我能学得那么快吗?"

珍珠说:"你别着急,我说行,肯定就是行。"

12. 六河家与"活济公"墩子家

玉树从院外走了过来。

"活济公"墩子走过来,对玉树说:"我看你小子也没劝住他们呀,那爷俩那不该干还干呢吗?"

玉树说:"爹,我把你让我跟人家说的话,都说了。可是六河叔说了,他家走的这条道,也是占了咱家的宅基地,就打算重新修条新路,不走这条路了,我劝了半天,说什么他们都不听。"

"活济公"墩子说:"儿子,看来光说是不行了,咱们爷俩赶快到外边去吧,把道给他们清出来,再去说说,八成他们也就不修了。"

说着,他拉着玉树两个人,走到堆砖的路上,父子两人开始把堆在道上的砖往一边挪动。

那边,新堂对六河说:"爹,你往那边看看,看'活济公'和玉树干什么呢?"

六河说:"我看着了,他们是搬砖清道呢,可是,我也想好了,他就是把道清出来了,那条路咱也不走了,自己修条路,走着,心里踏实。"

新堂说："爹，依我说，咱们两家是老邻旧居的，就是彩霞和玉树的事将来不成，也有个老邻居的面子放在这儿，人家真要把道给咱清出来了，这就是给咱家的一个大面子。那'活济公'也就是往后让了步。你不走这条道儿，那就是不给人家面子了，我觉得不太好。"

六河说："让我再走这条道儿，也不是不行，他'活济公'得亲自过来跟我说，说他以前堵道堵错了，不然的话，等我的路修成了，他再来说也就不好使了。"

"活济公"在那边一边和玉树搬着砖，一边拿眼睛往六河那边偷看，说："这咱们都把道上的砖往外清了，他们爷俩，怎么还在那儿修道呢，这是不给我面子啊。"

玉树说："爹，我看这事啊！真是弄得越来越复杂了，他们家的路要是修成了，六河叔心里的劲儿，跟咱们家就得较到底，到那时候恐怕就真的会影响我和彩霞的关系了。"

"活济公"墩子说："嗯，我也看出这里边有这苗头了，儿子，爹从小把你拉帮大的不容易，盼着你将来能有彩霞这么个好媳妇，如果要是因为爹做的这事对不起你，那爹肠子可都悔青了。"

玉树说："爹，你儿子不是那有了对象就忘了爹的人，只要爹对我满意，和彩霞那对象黄了也没什么，就当儿子孝顺你了。"

"活济公"墩子说："这是什么话呢？你和彩霞处得好好的，要是黄了，那不是爹给搅黄的吗？因为这条道，因为这点破砖，把你的婚事给耽误了吗？再说占了这道，盖了这房子，给谁住？不是想着给你和彩霞住吗？你要和彩霞黄了，那占了这道，盖了这房子，还有用吗？"

玉树说："和彩霞黄了，那这房子也就不用盖了，这些砖就永远堆在这儿吧。"

"活济公"墩子说："这是什么话呢？要是人家就是不同意了，彩霞就是跟你黄了，咱们怎么努力也没用了，那这个房子也得盖呀，不然这砖搁这儿风吹雨淋的，不都坏了嘛，再说了，你也不能一辈子打光棍，不再找个对象了啊。"

玉树说："爹，你记着，要是我跟彩霞的事黄了，我这一辈子都不再找对象了！"

"活济公"墩子说："哎呀妈呀！那你爹我还等着抱孙子呢，那不泡汤了吗？得了，玉树，你就是我的小祖宗，你说吧，让爹怎么办吧，只要爹能做到的，你就说，只要是你和彩霞的事，我不落埋怨，爹怎么的都行啊。"

玉树说："爹，我看解铃还须系铃人，你不亲自去找六河叔，说几句软乎话，道个歉，这事肯定就完不了。"

"活济公"墩子皱皱头说："玉树啊，爹什么时候给别人说过软乎话，低三下四的？这今天爹是为了你呀，行啊！什么也不说了，一会儿我过去，我去说点软乎话，看看他六河还怎么样？总不能让我给他跪下磕头吧！"

13. 镇子的街道上
胖丫的摊床前

武二秀亮开嗓子在那里吆喝着："谁买大瓜子啊！谁买大花生啊！"

胖丫笑着说："妈，你今天这声音是完全放开了，喊得真透亮。"

武二秀说："我也想好了，咱在这儿卖瓜子花生、卖鱼是靠劳动挣钱，也不是什么丢人的事，想到这儿，我就敢大声喊了！"

胖丫说："妈，你说南南姐找我的那个事，我去不去？你说去吧，我舍不得卖瓜子卖花生、卖鱼这份生意，不去吧，我又觉得失去了一个工作机会。"

武二秀说："我看你该去还是得去，工厂的工作都是有时间的，下了班想卖瓜子花生、卖鱼就卖，这也叫第二职业，两不耽误。"

胖丫又说:"妈,依你说我就去找南南姐报个名?"

武二秀说:"我看行,另外,妈也想了,你要是到加工厂里去上了班,妈自己在街头卖瓜子花生也没意思,我就去五河家那浴池里,按脚、拔罐子什么的。"

胖丫惊讶地问:"妈,你说的是真的呀!这话要不是你亲口对我说的,我真不信。我妈能去干给别人按臭脚丫子的活?"

武二秀说:"胖丫,你别那么想。妈不是说了嘛,这都是靠劳动挣钱,没什么丢人的。"

胖丫说:"妈,我看你呀!真是变了。"

武二秀说:"这才哪到哪儿啊?!你妈变的日子在后面呢。我想,明天一早我就过到浴池那边去,人家请来了师傅,教上岗的人学按脚什么的,去晚了,看再学不着。"

胖丫说:"你先过去干着试试,如果觉得不合适,就别干了,再回来卖瓜子花生,这个摊车我还给你留着。"

14. 六河家和五河家

"活济公"墩子往这边走。

新堂说:"爹!玉树他爹过来了。"六河看了看,装作没看见,仍埋头干他的活。

这时候,"活济公"墩子来到了他们的身边,高声大嗓地说:"六河啊,你们这是挖什么呢?"

六河看看他,没吱声,仍然干他的活。

"活济公"墩子说:"六河啊,老邻旧居地住了多少年了,我问你话呢,你没听着啊,怎么这两天没见着我,你是上火了,还是怎么的,耳朵咋还聋了呢?"

六河听了这话说:"你才上火呢,你才聋了呢!我在我家的地上挖什么,你管得着吗?"

"活济公"墩子走到六河跟前,说:"哦!我看出来了,你们这是在挑水沟呢,是怕春天雨大,冲了地,在这挑一条水沟,来,你歇会儿。我帮着你干!"说着,就夺六河手里的铁锹。

六河一闪身说:"我家自己的活自己干,可劳驾不起你!"说着继续挖他的土。

"活济公"墩子从新堂手里拿过来铁锹,到六河跟前,一起干着活,说:"六河,这水沟要挖就得挖深点!"说着,他把土都扔到了另外一边。

六河说:"你把锹放下去,谁让你到我这儿干的活,你把那土往哪儿扬呢?"

"活济公"墩子说:"这不是挖水沟嘛,土扬在两边不就完了。"

五河说:"你们家才挖水沟呢,我这是在修路。"

"活济公"墩子一听这话,忙按住六河手里的铁锹说:"六河呀!我过来就是看看你们在干什么?要是挖水沟我帮着你挖,要是修路,你就赶快住手吧,我怕的就是你修的这条路啊!"

六河说:"我家修路,你怕什么?"

"活济公"墩子说:"还我怕什么?你家走了多少年的路不走了,你家新修一条路,咱两家的关系,今后还有处吗?"

六河说:"能处就处,不能处就算了,我可没想强和你处。"

"活济公"墩子说:"六河呀!你就住手吧,你听我说,在堆砖占道这个事上,就是我错了,我真的错了,一千一万个错了,我给你赔不是了,这条路,你不修了行不?"

六河说:"这回你知道有错了,可是有点儿晚了,我已经决定修路了。"说着,拿着铁锹继续干活。

"活济公"墩子上去死死抓住六河手中的锹把，说："六河，我都给你赔了不是了，你还想怎么的？难道让我给你跪下磕头不行？你非要那样做，我这就给你跪下了。"说着，一条腿跪在了地上。
　　六河见了，忙架住他说："别跪别跪！我可没让你跪，你快点儿起来，你弄得这么大扯，我可受不了！"
　　"活济公"墩子说："你看，咱们两家院儿挨院儿的不远，住了这么些年。因为不大点儿的事，就较起真来了，还没完没了啦，这怎么好呢？你看我的面子，你这儿的路就别修了，我家的砖也不往那条道上堆了，那条道你们该走还走吧。"
　　六河说："真的呀，不能哪天心血来潮，又给我堵上啊？"
　　"活济公"墩子说："那堵什么呀，这回这路通开了，就再也不能堵了！"
　　六河看着"活济公"墩子说："'活济公'，你要这么说话，我也得跟你说，我家也有我家的错，你知道，我六河就是个老牛脾气，认死理儿，在道上堆砖的事上，也没少跟你较劲。"
　　"活济公"墩子说："得了，得了，别说这个话了，咱老哥俩儿，找个地方喝两盅酒去，好好唠唠。"
　　"活济公"墩子没等六河答应，就把两只铁锹递给新堂说："新堂！把这铁锹扛回去吧！我和你爹出去喝酒了。"说着，连扯带拽的，把六河拽到原来走的道上。
　　六河推着"活济公"墩子说："你别拽了，我去还不行吗？这叫别人看见，好像咱们之间怎么回事似的。"
　　"活济公"墩子一听这话，乐了："走吧！你看，咱们老哥俩儿，走在这条道上，心情多舒畅！你也不用费劲修路了，我也不用和你生气较劲了，咱老哥俩高高兴兴地，一会儿喝酒喝高兴了，要是非得想干活，那就拿锹往这条路上添土。"
　　六河看看"活济公"墩子，没再吭声。
　　新堂扛着铁锹往回里走，回头看看他们笑了。
　　那边玉树，把道上的砖，全部清理完了，看着爹跟六河向这边走来，他也高兴地笑了。

15. 镇子五河家的浴池门前
　　有人正把一块很大的广告牌往墙上挂。广告牌上写着："朱镇服装加工厂"，南南和新亮站在下边，指挥着人们往墙上吊装着牌匾。
　　南南说："左边低了点，左边再升高一点，哎，这样就行了！"
　　这时候，胖丫走了过来说："南南姐，我去你家的服装店找你了，你妈说你在这儿呢，我就来了。"
　　南南说："胖丫，你想好了，来不来？"
　　胖丫说："当然是来，不过我得问一句，咱们是八小时工作制吧？"
　　南南说："那当然了。"
　　胖丫说："那就好，我这就来报名了。"
　　南南说："好。你今天来报名正合适，明天咱们的缝纫培训班就正式开始了，你过来听课，就算正式上班了。"
　　胖丫说："那好，从明天起，我就算是咱服装加工厂的职工了呗！"
　　南南说："一会儿你还得跟你新亮哥，去填张表，下午自己去镇卫生院体个检，把所有的手续都办齐了，才行。"
　　胖丫说："行，我这就跟我新亮哥填表去。"说完，新亮领着胖丫走进屋去。

16. 刘泥鳅家饭店内

珍珠和玉翠坐在那里吃鱼。

刘泥鳅过来说:"珍珠嫂子,你尝尝我们家喜子的手艺怎么样儿?"

珍珠说:"实事求是地说,你们家现在的鱼餐,做得比我们家的味道好,好像也更精了一些。"

刘泥鳅说:"是吗?那你们就多吃点啊!"

这时候,"小广播"叫服务员过来给他们倒茶水。说:"珍珠嫂子,你吃的鱼,就是那会儿你送来的鱼,你看这鱼一新鲜,怎么做都好吃,我们家搞这仙女湖鱼餐,招来不少客人,今后,要把这个长期办下去,那还得多靠着珍珠嫂子你呢。"

珍珠说:"你没听电视里老说嘛,一家富了不算富,大家富了才算富。在致富的道路上,大家都得互相帮着点。"

"小广播"说:"你看,珍珠嫂子我就没有你觉悟高,你说出的话来,真招人听。"

玉翠嘴里吃着鱼,说:"姐,你还别说,他家这鱼做的,真是比咱家的有味道,看来,原来到咱们家去吃鱼的那些客人,都说咱家的鱼做得好吃,说的不是真话,通过这顿饭把我给吃明白了,人家靠着老面子,说咱们这儿好,不一定是真好。可以前咱不明白,人家一说咱好,咱们就认为自己真的好了。看来,老蹲在自家的饭店里不出来看看可不行。"

珍珠说:"等我把船上的饭店开起来,有机会,咱姐俩再到县城里去走走,挑一家好的饭店,尝尝那里的鱼餐。"

玉翠说:"我看行。"

珍珠从兜里掏出来钱,说:"结账!"

"小广播"说:"哎呀,珍珠嫂子,结什么账啊!这顿饭就算我们家请你了。"

珍珠说:"那可不行,该怎么是怎么。"说着,把钱递给了一位服务员。

17. 五河家饭店内

"活济公"墩子和六河坐在了一张饭桌上。

"活济公"墩子递过菜单说:"六河,你点菜,今儿个是我请你。"

六河说:"你这不是瞎扯嘛,咱俩到这儿来了,能用你花钱吗?算我请你吧。"

"活济公"墩子说:"哎呀,可不是怎么的,怎么跟你进到这家饭店来了?我都想好了,我今天就是跟你舍心割肉了,实心实意地请你吃个饭,算我给你赔不是了,没承想还到这儿来了。那么的吧,咱们不在这儿吃了,走,到对面饭店去。"

六河摆摆手说:"不就吃顿饭嘛,谁请谁能怎么的,就在这儿吧!"

"活济公"墩子说:"你看看,这事不就整反了嘛,我本来想请你的,这又变成你请我了,那行,你把菜谱拿给我吧,既然是你请我,我也就不客气了,我点菜!"

这时候,彩霞、彩虹都走了过来。

"活济公"墩子冲着彩霞说:"彩霞呀!哎呀,喊不对了,应该叫服务员,服务员哪,我看你们家的仙女湖鱼餐做得挺好的,就给我们俩上仙女湖鱼餐吧!"

彩霞说:"行!"

彩虹对六河说:"叔,你们喝点儿什么酒?"

"活济公"墩子说:"喝什么酒还用问吗?你们家有什么酒最好,只管拿上来就是了,好像杀鸡问客似的,那不都整外道了嘛!"

彩虹说:"行!我知道了。"说完,和彩霞进了厨房。

厨房里,彩虹跟彩霞说:"你看,他们俩怎么还坐到一起去了?彩霞,你今儿个把菜

245

好好炒炒，我给他们送瓶好酒去，让他们俩在一起好好唠，话唠透了，你跟玉树的事，你爹今后就不一定挡了。"

彩霞说："我也不怕他挡，他挡也挡不住。"

彩虹说："看你说的，那他不挡不更好嘛。"

彩霞笑了，说："那倒是！"

这时候，"活济公"墩子在外面和六河说着话。

六河说："'活济公'，我瞅你今天怎么这么干净呢？衣服从里到外都换了？"

"活济公"墩子说："洗了澡了，衣服也换了，咱变干净人了。哎，以后别再叫我'活济公'了。好像我老是那副脏样子似的，咱现在也成文明人了。"

六河说："我看哪！你这身干净衣服，也干净不了几天，用不了几天，你不坚持洗澡，那还得埋汰成以前那个样儿。"

"活济公"墩子说："你看叫你说的呢，我不为我自己，还为我儿子，他都是要找媳妇的人了，将来媳妇进了门，我这个当老公公衣服没个衣服样儿，人没个干净样儿，人家媳妇怎么看咱？所以，不管洗澡怎么遭罪，我想好了，几天就得过去洗一趟，你跟你五河哥说吧，他只要能让我长期免费，这个澡我就一直洗下去了。"

六河说："我五河哥早就说了，对你这个特殊人实行特殊政策，你任何时候去洗澡，都给你免费。"

"活济公"墩子说："那用不用找你五河哥，签个协议？"

六河说："签什么协议？"

"活济公"墩子说："别等我洗习惯了，洗舒服了，他们哪天又不对我免费了，那我这个刚讲起来卫生的人，又半途而废了，又成了以前的'活济公'了。"

六河说："签什么协议？你就去洗吧，五河哥答应你的事错不了，比你签什么协议都管用。"

"活济公"墩子说："哎呀，酒来了，鱼也端上来了，咱哥俩就开吃开喝吧。六河，你不佩服我命好不行，你看，我想花钱请你，这个人情做下了，现在一个子儿不花，还照样这么好鱼好酒地吃着喝着，你说我这不是有口头福吗？"

六河说："吃你的吧！"

"活济公"墩子说："六河，咱哥俩碰一杯，这两个酒盅往块堆一碰，过去咱哥俩的恩仇就都了啦，好不好？"

六河说："好！"也端起酒杯来和'活济公'墩子的酒杯碰在了一起。

（第十九集完）

第二十集

1. 淮爷的超市内

淮爷和甜菊打点着顾客

孙顺水跟顺水妈说："妈，以后你当着甜菊的面，别老说我找媳妇，找个甜菊这样的就好了这样的话。甜菊好不好？是真好！可是咱得知道自己什么条件，我都是娶过两房媳妇的人了，可人家甜菊呢？还是个黄花大闺女家，你老这么说甜菊不得劲儿，我这心里就更不得劲儿了。"

顺水妈说："我知道你不敢往那地方想，妈也不敢往这地方想，可是你不在家，甜菊围前围后地照顾我，比儿媳妇还儿媳妇，我也就是这么说说心里的一个想法，甜菊和我不隔心，不会往心里去的。"

孙顺水说："妈，我这就走了，把船上的事情安排安排，我就回来。"说完，转身要走。

甜菊带着小石头从那边过来说："顺水哥，要走怎的？你还没吃中午饭呢。"

孙顺水说："不饿，船上的事多。"

甜菊说："顺水哥，你等一下！"说着，她回到超市，拿起两袋面包和一根香肠跑了出去，递到小石头手说："石头，快给你爸送去。"

小石头拿着面包和香肠跑向孙顺水说："爸，甜菊姑姑给你的，你就拿着路上吃吧！"

孙顺水接过面包和香肠，眼睛看向了甜菊，他的眼里有太多复杂的情感。

甜菊微微抿了一下嘴唇，低下头，眼睛却看向别处了。

孙顺水走了。

甜菊抬起头来，看着顺水的背影。

顺水妈注意到了甜菊的神情。

小石头冲着孙顺水的背影喊："爸，你早点儿回来！"

孙顺水又回过头，说："别忘了，明天早晨上学的事。"

顺水妈说："不用你惦记着，我们送他！"

2. "活济公"墩子家与六河家的中间路上

墩子和六河从那边走了过来。

"活济公"墩子显然是有些喝多了。他晃晃悠悠地扶着六河的肩膀，说："六河，再亲，还有咱们院儿挨院儿的两家人亲吗？再好，还有咱们哥俩儿好吗？所以说呀，是非不必分你我，彼此何须论短长啊。"

新堂站在院子里往这边看，"活济公"墩子冲新堂喊道："大侄子！快点儿把那两把铁锹拿来。"

新堂问："干什么呀？"

六河说："叫你拿来你就拿来，问那么多干吗？"

新堂扛着那两把铁锹，走出院来。到了"活济公"墩子和六河跟前，把铁锹递给他们。

六河和"活济公"墩子一个人在路的左边，一个人在路的右边，开始往原来的道上培土。

"活济公"墩子说："你看这活儿干得多舒畅，原来这条老道，都走熟了，土也踩实了，有点小坑小洼的，咱们给它填点土，填平了就是了。这不比修那新道，省事多了？"

六河一边往路上培着土，一边说："我拿锹往这路上培着土，心里还觉得像做梦似的，怎么昨天咱们老哥俩，心里还较着劲，看到你，我都不想多说话，怎么今儿个一顿酒，把身子喝晃悠了，脑子却喝清醒了，俩人又都跑到这儿一起给道填土来了，你这个'活济公'啊！也真是个'大活宝'！"

"活济公"墩子笑着说："哎，你叫我'大活宝'，我愿意听，比'活济公'那名强。六河，你知不知道你应该叫个啥外号？"

六河说："叫个啥？"

"活济公"墩子说："你应该叫'大犟牛'，看着没有？就是和别的牛顶上架，不把对方顶倒，不肯回头的那头犟牛。"

六河说："我是不是犟牛？也是，也不是。说是，我是真犟，说不是，我也没跟你犟到底呀！"

　　"活济公"墩子笑着说："哎，六河，借着酒劲儿，我问你一句话，行不？"

　　六河说："你说吧！"

　　"活济公"墩子说："你看，你们家彩霞跟我们家玉树处得挺好的，这俩孩子已经处出感情来了，你能不能别像那王母娘娘似的，老给年轻人的事上打'破头楔子'？"

　　六河说："'活济公'今天你把话说到这儿了，我就跟你实话实说了，我们家彩霞找你们家玉树当对象，我觉得是亏了。"

　　"活济公"墩子说："亏什么呀？哪亏了？你没看着这些砖吗？这是干什么的？这不是摆着玩的，这是给他们要盖新房的。闺女家找个小伙子人又好，家又有新房子，还怎么着？亏什么呀？"

　　六河说："实话说，你们家玉树那孩子，也真是个好孩子，可是我不喜欢你们家那个埋汰劲儿，也不喜欢你那个埋汰样儿。"

　　"活济公"墩子把锹往地下一插说："这是说什么话呢？谁家埋汰呀？你说我埋汰，你看现在我埋汰吗？多干净呀，我都跟你说了，以后我还得经常到镇子上去洗澡。你说我家里埋汰？你别干了，我现在就和你一起去家里看看，你看看我家里什么样？"说着，他拽着六河，走向自家的院子。

　　六河："看什么呀？头些天不刚去过吗？"

　　"活济公"墩子说："头些天是头些天，我让你现在去看看！你这人怎么就是不撞南墙不回头呢！"

3. 五河家饭店门前

　　珍珠在教玉翠骑摩托车。

　　珍珠说："你上来坐稳了，用两手把住把，就像骑自行车那样，一掰这个钮，摩托车就发动了，这个地方是控制速度的，一开始骑的时候，档先挂低点，慢慢地走，回到这个档位上，车就停了。"

　　玉翠说："嗯，听你说得还是挺简单的。"

　　珍珠说："你上来骑骑试试。"

　　玉翠说："我有骑自行车的底子，只是这些年不愿意骑了。"说着，她骑在摩托车上。

　　珍珠后面给她把着说："你先慢点！"

　　玉翠发动了摩托车，摩托车缓缓地走了起来。

　　珍珠说："好，就这样骑。"

4. "活济公"墩子家

　　玉树从屋里走出来，手里拎着猪食桶，走向猪圈。

　　六河和"活济公"墩子从外面走了进来。

　　玉树说："六河叔，你来了。"

　　六河也是醉麻哈眼儿的，说："玉树，你爹非得让我到家里来看看，我就来了。"

　　"活济公"墩子打开门，做着似乎是很正规的手势，说："六河先生，请进！"

　　六河进了屋，当他走进屋里，一下子愣住了，说："呀！我的妈呀，我说'活济公'，你们家什么时候，收拾得这么干净？"

　　"活济公"墩子说："还什么时候？你都多长时间没上我们家来了，自打我听说彩霞和玉树处对象了，我就天天拾掇屋，我想，屋子要是太脏了，怕未来的儿媳妇笑话，每天就是擦啊！洗啊！涮啊的。"

六河说："这些活都是你干的？"

"活济公"墩子说："不是我干的，是你来帮我干的啊？我告诉你吧，光洗这些被褥衣服，手差点都没搓肿喽。"

六河看见了地上的洗衣机说："'活济公'，你别扯，你这不有洗衣机嘛，还用着你搁手洗吗？一看你就是在跟我说假话。"

"活济公"墩子说："我不是向你学习嘛，不用洗衣机，就用手洗。"

六河说："别扯了，我什么时候用手洗过衣服？"

"活济公"墩子说："忘了？村子里刚接电的时候，家家都亮了灯，你图省钱，自己家还点着小煤油灯。后来看到别人家屋里亮亮堂堂的，有的人家还用上了电视机、洗衣机，你才着了急。又忙着找村里拉上了电，那不是你的省钱之道嘛！"

六河说："'活济公'，我过去那点儿七百年谷子，八百年糠，你能不能别老给我翻腾了？行不行？"

"活济公"墩子说："勤翻腾翻腾，晒晒太阳有什么不好的？就像你，老说我是个埋汰人一样，我翻腾你的事，你不高兴，你翻腾我的事情，我就高兴啊？我告诉你六河，你印象中的那个'活济公'死了，一个干干净净的、讲卫生的墩子活了。打今儿往后咱们俩谁也别翻老皇历了，行不行？"

六河说："'活济公'，我真没想到，你家能干净成现在这个样。"

"活济公"墩子说："行啊！这块心病给你去了，你也就别再干涉彩霞和玉树的事了，行不？"

六河说："只要你的家能老干净成这个样，你墩子老能像今天这么干净利索，彩霞和玉树怎么处我真就不管了。"

"活济公"墩子说："真的？那我就告诉你，我们家从现在起是一天比一天更干净。我墩子是一天比一天更讲卫生，不信你就看着吧！"

5. 刘泥鳅家饭店

刘泥鳅在给洋洋打电话，电话接通了，刘泥鳅说："是洋洋吗？我是你爸，旁边没别人吧？那好，那爸就跟你说了，你和魏大景的事，爸和妈都同意，我们看那小伙子也不错。可你哥对象的事，成了我和你妈的一块心病了，你啊！得抓紧给你哥找个对象，行不行？"

话筒里洋洋的声音："爸，这事早就在我心上了，你不用惦记这事，我哥对象的事，好办！"

刘泥鳅说："真的呀？"

洋洋电话里的声音："我说不让你惦记，你就别惦记了。"

刘泥鳅对着电话说："那好！哎呀，为了你哥对象的事，都把我和你妈愁死了。"

说完，放下电话，对在身边的"小广播"说："行了，洋洋满口答应了，你看吧，洋洋给他哥找的对象肯定也错不了，怎么说也比胖丫强。"

"小广播"说："现在先别说那话，等把人领到跟前来，咱看到了，再说好，说赖也不迟。"

6. 村中路上

玉翠骑着摩托车，从那边驶了过来，停在了珍珠身边。

珍珠说："你看，你还真挺灵的，这学学就会了，来，驮着我，在村里绕几圈！"说着，珍珠上了摩托车。

玉翠骑着摩托车，两个人在村里兜着圈，两个人的脸上都是快乐的笑容。
珍珠说："行了，连我这个大活人你都能驮了，到仙女湖去驮鱼没问题。"

7. 沱湖边
已经入夜了，新亮正在船上看书。
玉翠骑着摩托车驮着珍珠，停在了大堤上。
她们两个人从摩托车上拿下一个铺盖卷走上船来。
新亮见是她们来了，就说："妈，二姨！"
珍珠说："新亮，村上那个饭店我就交给你二姨了，打今儿个起，妈就上船住了，彩虹明天也过来，咱们家的水上餐厅，先从这条船上办起，将来有条件时，再买条大船。"
新堂说："有妈和彩虹上船来好，这样我在船上住，就不觉得孤单了。要不然，一天到晚地，好多时间都是一个人，也没意思。"
玉翠帮珍珠铺着铺盖。
珍珠说："玉翠，放那儿吧，一会儿我自己弄。"
玉翠说："姐，上了船，这个铺还是我给你铺好了吧，给你铺得厚厚实实的，省得晚上冷。这样我回到村里，也就不惦记你了。"
玉翠给珍珠铺好了铺盖，说："姐，没什么事我就回去了。"
新亮说："天这么黑了，我二姨怎么回去呀？"
珍珠说："你二姨骑着摩托车回去！"
新亮惊讶地说："我二姨什么时候会骑摩托车了？新鲜！"
珍珠说："新亮，别觉得新鲜事，都是你们年轻人干的，好像我们老辈儿人就不能干出什么新鲜事似的。你看你二姨，现在摇身一变就成了村里饭店的老板了，这小摩托车骑得可溜道儿了。"
玉翠说："新亮，二姨走了！"
新亮和珍珠都站在船头，目送玉翠。
玉翠走过船甲板，上到了大堤上，发动着了摩托车，骑上去，说："姐，明天早晨我过来买鱼的时候，就顺道把彩虹捎来。"
珍珠说："知道了，你回去可慢着点儿骑。"
玉翠说："没问题，你放心吧。"
夜色中，向前飞奔的是玉翠那张充满了欣喜之色的脸。

8. 村外的小路上
夜色中，玉树和彩霞挽着手，走在路上。
玉树说："彩霞，咱们俩的事，你爹终于答应了！"
彩霞说："你高兴吗？"
玉树说："当然高兴，没有什么事，让我比知道这个事更高兴的了，觉得心里是一块石头落了地了！"
彩霞说："那阵儿回家，看到我爸了，他瞅我的脸色全都变了，原来看到我老耷拉着个脸，今天看到我却笑模样儿的，还说，你们家现在可干净了，还直夸你爸，说他现在也挺讲卫生的。"
玉树说："对我爹，我看还得趁热打铁，让他把刷牙的事解决了。"
彩霞说："这些天都把我愁坏了，你说因为那点儿砖的事，这道啊，一会儿堵上，一会儿挪开。没承想这问题说解决就都解决了。两家不但不闹矛盾了，我爹和你爹，还跑到一块喝酒去了。咱俩的事,我爹也同意了,哎呀,就好像这满天的云彩都散了似的。"

玉树看看夜空说:"你看,今儿个天上就真的没有云彩,只有个月亮。"

彩霞往天上看看,说:"是个月牙儿,很美!冲着咱俩咧嘴笑呢!"

玉树说:"彩霞,我听说你大姨把那个饭店交给你妈了,你大姨到沱湖船上去开饭店了,你还得跟你妈说个事?"

彩霞说:"什么事儿?"

玉树说:"饭店换了老板,我去那儿挑泔水,不能不说一声啊!"

彩霞说:"哎呀,我当什么事呢?这个事不用跟我妈说,我就做主了,你就接着去挑吧!"

玉树又说:"现在市场上红心鸭蛋很走俏,价钱也贵,我想我家养了这么多鸭子,要是能给他们喂上仙女湖的虾米,那就能下出红心鸭蛋来。"

彩霞说:"以后我妈天天骑着摩托跑仙女湖,不行让她给带回点虾米来。"

玉树说:"不行,我们家养了这么多只鸭子,那一天到晚地,得玩意儿吃了,我看还是跟我爹商量商量,买个摩托车,一方面驮饲料,一方面去仙女湖那边往回驮虾米。"

9. 孙顺水家

顺水妈正在灯下给小石头在装着书包。

甜菊走了进来。

顺水妈说:"呀!甜菊你来了。"

甜菊说:"大婶,淮爷打发我来,说是小石头明天就上学了,让我过来,帮着忙活忙活。"

顺水妈说:"也没什么忙的,书包我都给他装好了,一会儿再烧点热水给他洗个澡,就没事了。"

甜菊说:"我来烧水吧!"说着,走到了外屋,她一边点着了灶坑里的火,一边往锅里添着水。水添好了,她盖上了锅盖,在灶前添着柴火。

小石头,一直跟在甜菊的身边!

水热了,甜菊用舀子把它舀到一个大盆里,她用手试试水温,端起那个大盆,对小石头说:"跟姑进屋洗澡!"

甜菊给小石头洗着澡,顺水妈笑呵呵地看着他们。

甜菊一边往小石头身上打着香皂,一边说:"石头,让姑姑洗澡,羞不羞?"

小石头笑呵呵地说:"不羞!甜菊姑姑就跟我的妈一样!"

10. 五河家饭店门前

天还未亮,玉翠骑着摩托车来到饭店门前,彩虹从里边走了出来,上了摩托车。

摩托车的灯光闪耀在夜幕之中。

玉翠那张生动而对未来充满向往神情的脸。

彩虹说:"二姨!这么几天,你就把摩托车学会了,比我都强!"

玉翠说:"学会了你就知道了!这玩意儿不难。"

11. 村中

雄鸡啼鸣,早晨的村庄,如诗如画。

顺水妈领着小石头去上学。

甜菊从那边走了过来,她扯起了小石头的另外一只手。

三个人一起走在村中的路上。

有两个挎着筐的女人和他们对面走过，见她们走过去了，就停住脚。

一个女人说："扯着小石头手的那不是朱五河的妹妹甜菊吗？怎么武二秀跟孙顺水刚离了婚，这甜菊怎么就冲上来了，她的岁数也不小了，是不是要给小石头当后妈呀？"

另外一个女人说："我看像！不然，哪有这么牵着手走道的！"

12. 镇子五河家浴池门前

武二秀和胖丫走了进来，她们进了浴池的门。

浴池门口五河、南南还有一些人都在。

南南对陆陆续续进来的人说："到服装加工厂参加学习班的人上二楼！"有人向二楼走去。

五河看见了武二秀说："二秀，你来了？"

武二秀说："五河哥，我想好了，来学按脚！"

五河说："是吗？我还真没想到，你能来按脚，那就进去吧。"

13. 镇子的街道上

玉翠骑着摩托车驮着鱼，来到了胖丫原先摆摊的地方，四顾无人。就向路边的一位摊贩问着什么？当得到了回答后，她点点头，骑着摩托车走了。

玉翠的摩托车，停在了五河家浴池门前。

她拎着一袋鱼，上了楼。

二楼的一间大屋子里，坐着很多女青年，一位老师正在前面讲着服装缝纫课。

南南和南南妈坐在最前面。

胖丫也坐在人群的中间。

玉翠隔着窗子，往屋里望。

胖丫看到了她。

玉翠冲她招着手。

胖丫从里面走出来，说："呀！这不是玉翠婶子嘛，你找我？"

玉翠说："打今儿起，就是我骑着摩托车到仙女湖那边驮鱼了，我姐珍珠说，天天都要给你送份鱼。可是，到了你那摆摊床的地方，没找见你，一打听，才知道你在这儿呢，这鱼你还要不要了？"

胖丫说："哎呀妈呀！从新亮哥那时候给我送鱼，中间又换了珍珠婶子，现在又是你，都这么关照我，这鱼我还得要，以后您就天天给我送到这儿来吧，不过不用再往二楼跑了，我妈在一楼呢，到浴池里你就能找到她。"

玉翠说："她在这儿干什么呢？那洗澡也不能一天挨一天地洗呀！"

胖丫说："玉翠婶子，你是不知道啊！我妈到浴池打工来了，学按脚来了。"

玉翠说："是吗？按脚？你妈还能干那活呢？行，以后我再来送鱼，就把鱼送到她那儿。"

胖丫拎着鱼说："玉翠婶子，我这就得进屋去了，正听课呢，这一袋子鱼，就麻烦你下楼先放到我妈那儿吧。"

玉翠说："好，你快进屋听课吧！"

14. 沱湖边

新亮的船边上，新立了一块牌子，上面写着："珍珠水上餐厅"。

珍珠和彩虹在船舱里忙着。

新亮驾着一条小船，在湖中的网箱旁干着什么。

船舱里，珍珠对彩虹说："彩虹，今儿个是咱们水上小餐厅开业的日子，咱们把鱼餐和各种菜都做得精致些，让上咱们船上来就餐的人，将来都成咱们的回头客！"

彩虹说："妈，你就放心吧，今儿个的鱼餐我上灶！"

这时候，魏大景骑着摩托车驮着李水泉在大堤上停了下来。他们走上船来。

魏大景对珍珠说："阿姨，听说你们家的水上餐厅，今天开业，我和水泉都来了，不是来吃饭的，是想过来问问，用不用我们帮着干点活儿？"

水泉对彩虹说："彩虹，有什么需要我们做的，你就说，大景把洋洋的摩托车都骑来了。"

珍珠说："水泉，别的都不缺什么了，我想再买点新盘子、新碗、新筷子，你们要有时间，就帮着我到镇子上跑一趟。"

李水泉说："行，这点事就包在我们两个人身上了。阿姨，还要不要买点别的？"

珍珠说："不用了！来，我给你们拿点儿钱！"

李水泉说："先不用，回来再说吧！那我们两个就去了啊。"说完，他们走出船舱，骑着摩托车走了。

15. "活济公"墩子家

"活济公"墩子正在洗脸。

玉树给他递过一个盛着水的缸子，还有挤好牙膏的牙刷说："爹，我看讲卫生你就讲到底吧，把牙也刷刷吧！"

"活济公"墩子说："你今天让我刷牙，明天让我刷牙，好像这刷牙有什么好处似的，比吃饺子，喝酒滋味还好受似的。"

玉树说："刷牙的好处是很多的。可以清洁牙缝和口腔，杀死里面的细菌。"

"活济公"墩子说："非得让我刷呀？"

玉树说："爹，你刷一回试试，就像你洗澡似的，一开始不想洗，洗了就知道浑身爽快了，刷牙也是一样，你要刷完这一回，保证还想刷。"

"活济公"墩子挠挠身上说："你别跟我提洗澡的事，你一提洗澡这俩字，我就敏感，你看我这身上就有点刺痒了，不行，我今天还真得到镇子上去洗个澡！"

他拿起牙刷说："这玩意儿怎么刷呀？"

玉树说："你看，像我这样刷就行！"说着，给他做着示范。

"活济公"墩子照着玉树的样子，刷起牙来。

刷着刷着，"活济公"墩子突然拿出牙刷来说："呀！这怎么还给我的牙，刷出血来了呢？"

玉树说："你老也不刷，时间长了就好了，爹，一会儿你去镇子，我也去镇上。"

"活济公"墩子说："哦，去拉饲料啊？那我又有三轮车坐了。"

玉树说："爹，这回要去，咱们俩都走着去，不骑三轮车。"

"活济公"墩子说："为什么？"

玉树说："我不去拉饲料，我要去买个东西，一会儿你得多带点钱。"

"活济公"墩子说："买什么呀？带多少钱？"

玉树说："怎么说也得照个三四千块钱带吧！"

"活济公"墩子吐出嘴里的牙膏沫子，匆匆漱了漱嘴，说："三四千块钱！我说你小子，是不是又惦记上村里赔咱家那五千块钱了？我告诉你，那个钱轻易是不能动的，是我留给你结婚用的。说,你小子要买什么?"

玉树说:"爹,现在市场上,红心鸭蛋很值钱,可鸭子得吃虾米啥什么的,才能下出红心鸭蛋来。我琢磨着,要是到仙女湖那边去驮虾米,能便宜,可骑三轮车,仙女湖太远了,就想买辆摩托车。"

"活济公"墩子一听说买摩托车,就说:"买摩托车?那玩意儿骑着嗖嗖的,哪有骑三轮车稳当啊?"

玉树说:"可光求稳当不行,咱还得求速度,从速度里要时间,要金钱!"

"活济公"墩子说:"不是你爹我不同意你买摩托车,我看骑那玩意儿太危险。"

玉树说:"危险什么呀?你看彩虹她妈、彩霞她妈那么大岁数了,不都在骑嘛。"

"活济公"墩子说:"什么,彩霞她妈也骑上摩托了?"

玉树说:"那可不!"

"活济公"墩子说:"我不信,我怎么没看着她骑过呢?"

正说话的时候,玉翠骑着摩托车,驮着鱼,从他们门前的村路上经过。

玉树说:"爹,没见过,你就见见吧!你看看,那是谁骑着摩托车呢!"

"活济公"墩子伸着脖看看,说:"哎呀妈呀!真是彩霞她妈呀。这村里的老娘儿们,都是怎么的了,怎么岁数越大了,还都越来了浪儿劲儿了呢?不愧是彩霞的妈,骑摩托车的时候,都知道帮着未来的姑爷子说话。行了,你小子要买摩托车,就买吧!可是,买摩托车的时候,我得跟着去,好好挑挑,我看不中的可不行!"

玉树说:"爹,牙也刷完了,你觉得怎样?"

"活济公"墩子说:"没觉出怎样儿,就觉得嘴里空得落的,没感觉出得劲儿来。"

玉树说:"习惯成自然,你慢慢地就好了。"

"活济公"墩子说:"我寻思,你把这玩意儿都买回来了,我不使,就都白浪费了,与其放坏了,就不如把它使了。"

16. 刘泥鳅家饭店

玉翠把摩托车停在了刘泥鳅家饭店的门口。

她拎着一袋鱼走了进去。

刘泥鳅和"小广播"见是玉翠,就说:"哟!今天怎么是你给我们送鱼来了?"

玉翠说:"我姐把对门的饭店交给我了,她到仙女湖去办水上餐厅了,以后就是我天天给你们送鱼了。"

刘泥鳅打开那个袋子看着鱼说:"这个鱼好,跟你姐给我们家送的一样。"

"小广播"说:"哎呀,真不好意思,以前是你姐给我们送鱼,现在你又来送。这么麻烦你们,真是不好意思,什么时候学会的骑摩托车呢?"

玉翠说:"骑骑就会了。我姐跟我说了,咱们两家对门办饭店,她不希望非得是一家输了,一家赢了,她希望两家都赢,两家的饭店都办下去,都赚钱,都发展。"

刘泥鳅听了这话,若有所思。

玉翠说:"这鱼的斤两你们都称称,看够不够秤。"

刘泥鳅说:"不用不用了!你们办的事错不了!"

17. 仙女湖边

李水泉和魏大景拎着两摞子碗、盘子走上船来,走进船舱。他们把盘子和碗从捆着的草绳子里,一件一件地拿出来,在盆子里刷着。

这时候,有客人走上船来,问:"老板,现在开餐吗?"

珍珠说:"开餐!你们要吃饭,就座吧!"
彩虹问:"你们想点什么菜?"
那位客人说:"当然是要吃仙女湖鱼餐了!"
彩虹说:"菜谱在这儿呢,你要吃什么就点!我们都能做。"
那些客人走进了船舱,坐在了饭桌旁。

18. 淮爷的超市里
顺水妈对甜菊说:"甜菊啊!顺水回来的时候,我说了句冒失话,顺水把我埋怨得够呛!"
甜菊说:"什么话?"
顺水妈说:"我说'我要是有你这样的儿媳妇,就是死了也闭上眼睛了,不再惦记顺水和小石头了',顺水跟我都不愿意了。"
甜菊说:"大婶,你说这话,没什么呀,这不都是挺正常嘛。顺水大哥怎么不愿意了?"
顺水妈说:"甜菊呀,你顺水哥他是想,他是娶过两房媳妇的人了,又上有老人,下有孩子的了。你是个黄花大闺女家,把他和你拉在一起说事,他觉得不好意思,让我以后别再说这话。"
甜菊说:"大婶,顺水哥做事想事总是为别人想得多,他是个好人。"
顺水妈说:"甜菊,大婶就是打个比方,我也知道,你不可能愿意跟顺水过日子,这句话我是说冒失了。你可千万别往心里去啊!"
甜菊说:"大婶,咱们也不是外人,一句话深了浅了说的能怎的?您就别再说了!"

19. 镇上的某商场
"活济公"墩子在那里看摩托车。
玉树对"活济公"墩子说:"爹,我看就买这款吧!"
"活济公"墩子说:"哎呀!这款这价格可不便宜呀!老贵了,儿子啊!这玩意儿左溜儿都是一样的骑,你再看看,有没有稍微再便宜点儿的?"
玉树说:"爹,咱都看了好几圈了,我就相中这款了,你把钱给我,我交钱去。"
"活济公"墩子说:"不是爹不给你拿钱,是爹压根就没带这么多钱,你再看看,换个别的款的吧!"
玉树说:"爹,一分钱一分货,买摩托车不能嫌贵,我看就这个款好!"
"活济公"墩子说:"不能再看看别的款了?就盯上这个了?"
玉树没再吭声。
"活济公"墩子看看玉树说:"那行,你实在要买这款,就买这款吧!可是我得看看,我兜里带的钱够不够?"说着,从兜里拿出一沓钱,一张一张地数着。数完了说:"哎呀,儿子,钱没带够啊!还差八百多块钱哪!"
玉树说:"行了,爹,你别跟我演戏了,你的兜里还有钱呢!"
"活济公"墩子说:"我兜里还有钱,你怎么知道呢?"
玉树说:"你再掏掏。"
"活济公"墩子把手里的钱递给玉树说:"掏什么呀?没钱了!"
玉树说:"你要不掏,我替你掏了!"
"活济公"墩子说:"没钱了就是没钱了,谁掏也是没钱了。"
玉树拿着钱说:"你再不往外掏钱,这些钱不够,这摩托车能买成吗?你要不掏我掏。"说着，就要上去掏爹兜里的钱。"

"活济公"墩子生气地拨开玉树的手，说："行了，别掏了！钱是有，可我想也不能都花了呀！爹不是还得给你再留点后手嘛，哎呀！没等结婚，把这钱快全花净了，爹真心疼！"

说着，又从兜里掏出一沓钱，数出八百多块钱说："行了，给你吧！要不是你爹我跟村上因为打井占咱家塘地，要出这点钱，你买什么摩托车？你那猪啊羊啊鸡啊鸭啊！满圈满院子，可到现在还没换出来钱呢。"

玉树从爹的手里拿过钱来说："爹，有的人是先富了，可有的人是后富。你没听人家说呀！'先胖的人不算胖，后胖的人压塌炕'，你瞧好吧，你儿子将来也是有钱的人。"

"活济公"墩子说："行，冲你这句话，我花点钱，给你买这个摩托车，还值！"

20. 沱湖边

李水泉和魏大景已经走了。

船舱里彩虹在灶前炒着菜，珍珠给客人们端着菜。

客人们说："哎呀，老板娘，在仙女湖这一带，我们没少吃鱼餐，可你家的鱼餐，做得还真有个特殊味，以后我们有时间就经常到你们这儿来了。"

珍珠说："欢迎，欢迎常来！"

21. 镇子商场外面

玉树推着一辆崭新的摩托车，走了出来。

他发动着摩托，对"活济公"墩子说："爹，你先上来吧，我把你驮到浴池去，之后还得给摩托车加点油。"

"活济公"墩子说："咋的，这就要骑上了！你小子骑过摩托车吗？让我上去，我对你可有点儿信不实。你骑着加油去吧，我自己走着去浴池。"

玉翠说："爹，我加完油，就到浴池找你，一会儿驮着你一起回村。"

"活济公"墩子说："再说吧！"说完，他朝浴池那边走去！

22. 五河家饭店内

六河、彩霞、玉翠在这里。

有客人在吃着饭。

彩霞在忙着打点客人。

玉翠在厨房里炒着菜。

六河在厨房里对玉翠说："原来你姐，天天给刘泥鳅家送鱼，我也不好说什么，现在这个饭店，归咱家管了，我得说话了，打明天起送鱼的事就停吧！刘泥鳅家本来就是只老虎，咱们再给老虎插上翅膀，那不等于和咱们自己过不去吗？"

玉翠说："六河，我得跟你说，这个饭店是我管，你就管好地里的事，我怎么做事，你别多插嘴。"

六河说："怎么着，我不是家里的一把手吗？这个饭店交给咱家，就你说的算了？我说句话都不行了？"

玉翠说："那得看你说什么话了，要是对两家饭店发展有好处的话，你说我听。要是不利于两家饭店关系和共同发展的话，你最好少说。"

六河说："玉翠，你说我怎么说你呢？真是个傻老娘儿们！连里外都分不出来，我说不让你给他们送鱼，那不是为咱们家的饭店好嘛？"

玉翠说："你说我傻，我就傻了，珍珠姐天天给他们送鱼，这事是她开的头，要说傻，她比我更傻，可是我也没看着，珍珠姐哪儿不好，饭店生意办得也挺红火。"

六河说："不是我小瞧你，你没有你姐那两下子，不信你就走着瞧！你老帮着对门刘泥鳅家送鱼，慢慢地，把他们家的生意送火了，就把咱们家饭店送黄了，你等着瞧吧！那鱼你就送吧！好好送啊！"

玉翠说："等着瞧就等着瞧，不把这个饭店办好，我不但对不起我姐，也对不起我自己，如果这个饭店在我手里黄了，我就不叫玉翠！"

六河说："那你叫什么？真是有什么样的老公，就有什么样的媳妇，我看你比我还犟。你就犟吧，看你能犟出个啥名堂。"说完，背着手要走。

玉翠说："你上哪儿去？一会儿吃饭了。"

六河说："吃什么饭哪？我叫你气都气饱了，我出去转两圈去。"

玉翠说："你出去转两圈干吗？转八圈也得回来吃饭。别出去了！"

六河说："哎呀呀！你这一当了饭店老板，怎么说话比以前硬气多了呢，怎么连我这家里的一把手都管上了呢？"

玉翠说："我管你什么了？叫你别出去了，吃饭不对呀？"

六河说："行行行！算你说得对，在这些小事上，我不跟你犟，我不出去了，叫彩霞给我端饭，我吃饭！"说着，走出厨房去了。

23. 刘泥鳅家饭店内

厨房里，"小广播"对正炒着菜的刘喜子说："儿子，刚才你爸给你妹妹洋洋打电话，说你对象的事了。"

刘喜子愣了一下，说："洋洋怎么说的？"

"小广播"说："洋洋说了，帮着你找对象。"

刘喜子说："净胡扯！妈，你别听洋洋瞎扯，我和那胖丫的事差不多就定下来了，她又帮我找什么对象呀？这不都是闲的嘛！"

"小广播"说："你和胖丫的事，不是没定下来吗？我和你爸是寻思，找对象这事，是人一辈子的大事，不能剜到筐里的都是菜，那要是有比胖丫好的，咱们也不能错过机会不是？"

刘喜子用手中的铲子磕着大勺，说："妈，我正在这炒菜呢，我不愿意听，别在这儿干扰我了！你快别在这儿了，看油点子崩着你！"

"小广播"说："要是你妹妹给你找着了合适的，妈的意思是你该见面还得见个面。"

刘喜子颠着马勺，说："见什么面呀？我谁也不见，我就看中胖丫了！"

24. 镇子上五河家浴池

"活济公"墩子走了进来。

吧台前，有一位女服务员问他："洗澡吗？"

"活济公"墩子说："这话问的，不洗澡我上这儿来干什么？"

服务员说："买张门票吧。"

"活济公"墩子问："什么？买张门票？你不知我到这儿洗澡是免费的吗？"

那位女服务员说："你是谁呀？"

"活济公"墩子说："我是墩子呀！"

女服务员说："墩子？没听说。我们老板没交代过，说你洗澡免费呀！"

"活济公"墩子一听急了，说："你们老板朱五河呢？你给我找他来，我跟他说话。"

女服务员说："他有事出去了，得等一会儿才能回来。"

"活济公"墩子说："我先进去洗行不行？一会儿等他回来，你一问，就啥都明白了。"

那位女服务员说："这位大叔，我是新来乍到的，老板没留下话，我怎么好私自往里放人呢？你还是稍微等一会儿吧！"

"活济公"墩子不耐烦地说："等？等到什么时候是个头啊？我这洗澡都是他朱五河请我来的。这来洗个澡，怎么还这么费劲呢？"

女服务员看看他，给他倒了杯水，说："大叔，你别生气，在这儿坐会儿。"

25. 田野里

稻田里，一台插秧机正在插秧。

田野上有很多淡黄色的油菜花，那是一片花的海洋。

王晓梅和新堂在这里，王晓梅对新堂说："你看，这个间距正合适，按照这个间距，你家这块地，能合理密植下不少趟稻子。"

新堂说："用了新稻种，又合理密植了，这块地今年有希望。"

王晓梅说："到秋天要是收成好了，别忘了好好请请我。"

新堂说："行，请你喝个酒。"

王晓梅说："喝酒不行，我不会喝酒。"

新堂说："可有一种酒你不能不喝。"

王晓梅说："什么酒？"

新堂指指地来说："就是用这新稻种丰收的稻子，酿的酒！"

王晓梅说："我还没听说，有用稻子酿的酒呢！那我就更不敢喝了！"

新堂说："别以为我说的是纯粮食酒，那是咱们两个亲手酿造的，爱情的琼浆玉液，喜酒！"

王晓梅笑了，使劲地打了朱新堂一拳说："你怎么那么坏呢？不过，这杯酒，不到时候，我是不会喝的，到了时候，我也不会比你少喝！"

新堂幸福地看着晓梅，笑了！

晓梅看着新堂，笑得很灿烂。

插秧机，在继续插秧。

26. 刘泥鳅家饭店里

"小广播"对正在扒着葱和蒜的刘泥鳅，说："刚才你给洋洋打了电话，我听说洋洋要给她哥介绍对象，还真挺高兴的。可刚才我进了厨房，跟喜子说了两句话，这个高兴劲又没了。"

刘泥鳅说："喜子这小子，又说什么了？"

"小广播"说："喜子说了，除了胖丫他谁也不找。"

刘泥鳅一听，睁大了眼睛问："啊！他真是这么说的？"

"小广播"说："你儿子亲口跟我说的！"

刘泥鳅把手里的葱往地上一扔，说："完，这小子魂儿就是让胖丫给勾去了。行了，你也别来跟我说这些事了，我也不能再想这些事了，一想这些事儿，这脑袋瓜子都快要爆炸了，啥也别说了！我就是摊上这个多情的好儿子了。"

（第二十集完）

第二十一集

1. 沱湖边

一些客人，从新亮家水上餐厅的船上往岸上走。

珍珠、彩虹她们都出来送。

又有一些客人走上船来。

往岸上走的一位客人，对往船上走的客人说："你们到这家来吃吧！我们刚吃完，他们家的鱼啊菜呀的！做得又干净，又有味道！"

往船上走的人说："是吗？知道他家今天是新开业，想过来尝尝菜怎么样，看来还真的是来对了。"

2. 镇子五河家浴池

"活济公"墩子还等在那里，他很不耐烦，对着女服务员嚷着："我说你这个闺女怎么这么死心眼儿呢？要不就把我放进去，要不就给你们老板打个电话，让我在这干等，你不知道我的时间珍贵吗？"

正说着，南南、胖丫他们从二楼走了下来！

胖丫和许多工人都换上了整齐的工装。

"活济公"墩子看到了南南，就打着招呼说："南南，你快来！"

南南忙走来说："哟，叔，是你啊！来洗澡了？"

胖丫也走了过来。

"活济公"墩子看见了胖丫说："哟！这是谁呀？换了身衣服，我都差点没认出你来，这不是胖丫吗？穿上这身衣服了？嗨呀，乌鸡也变成了彩凤凰了！"

胖丫说："哎呀，看来还是因为那瓶酒的事儿记我的仇呢！见了面就骂我！"

"活济公"墩子说："那骂你什么？说你是乌鸡是指以前，现在不是说你是凤凰了吗？"

南南说："叔，要洗澡怎么没进去呢？"

"活济公"墩子说："你赶快跟她说说，这小服务员啊，可把我卡苦了，像只把门虎似的，说什么也不让我进去，她不知道我到这儿洗澡是免费的。"

南南笑了，对那女服务员说："你快点让他进去吧！"

小服务员点点头，递给"活济公"墩子一套备品，说："对不起，请进！"

"活济公"墩子接过备品说："小姑娘，打今儿往后，你就得认识我，我这张脸就是门票，知道不？"说完，进去了。

女服务员问南南说："南南姐，他是谁呀？"

胖丫抢着话说："你不认识他，这是我们村里出名的'活宝'人物，"活济公"墩子啊！"

女服务员拍着后脑勺说："哎呀，他来了，他就说他是墩子，没说他是'活济公'呀？老板确实是交代过的，'活济公'来洗澡，确实是免票的。我没想到墩子和'活济公'是一个人呀！"

胖丫说："墩子就是'活济公'！"

女服务员说："啊，这回我可知道了，他再来洗澡，我把他放进去了。"

南南、胖丫一行人走出楼门口。

许多穿着整齐工装的女青年，从楼门口走出来，成了小镇街道一道亮丽的风景。

玉树从那边骑着崭新的摩托车，驶了过来，看见南南和胖丫就停下了。

胖丫用手摸着玉树崭新的摩托车说："呀！玉树哥，你也鸟枪换炮了？看来，我要再回村的时候，可以搭你的方便车，不用坐三轮了，这车可比三轮强多了。"

玉树笑着说："不是强多了，而是强得没有可比性了！胖丫，你看你穿上这身工装，多精神！好看。"

胖丫说："这都是托南南姐的福哇。我们要到那边的饭店去吃饭，你去吗？"

玉树说："不行，我爹来这儿洗澡了，我得在这儿等我爹。"

3. 洋洋的理发店内

洋洋正给客人理着发。

魏大景骑着摩托车，驮着李水泉来到了门前。

魏大景一脚门里一脚门外地说："洋洋，你什么时候能忙完？一会儿能不能在一起吃个饭？"

洋洋说："中午我是出不去了，要出去吃饭，只能晚上出去了。"

魏大景说："你的摩托车，我就和水泉哥骑回工程队了。晚上我来接你，咱们一起去珍珠婶子的水上餐厅吃鱼去。"

洋洋说："那好！"

魏大景骑着摩托车，驮着魏大景走了。

4. 镇子五河家浴池内

"活济公"墩子洗完了澡，穿着睡服走进大厅。

他忽然看见了武二秀，说："呀！你怎么在这儿呢？"

武二秀说："是叔公啊，我来这儿上班了！"

"活济公"墩子说："是啊，你不跟我说过嘛，你要到这儿来打工，那朱五河给你分配个什么活呀？轻巧不？"

武二秀说："浴池里没什么轻巧活！"

"活济公"墩子说："那朱五河也不够意思呀，都一个村的人，说什么也得高抬贵手，给安排个轻巧点的活，我看，前边把门那个小闺女干的活，就挺轻巧。"

武二秀说："前面吧台那个女孩，是咱们浴池的门面，得要个年轻一点的，长得也差不多。像我这样的，往那儿一站，还不把客人给吓跑了呀！"

"活济公"墩子说："那吓跑什么呀？我侄媳妇长得可不差，别人怎么看我不知道，在我叔公眼里，你永远是一朵美丽的鲜花。"

武二秀笑了，她把一张床位上的床单铺铺平说："叔公，你就躺这儿吧！"

"活济公"墩子躺下了。

武二秀坐在了他对面的床上。

"活济公"墩子拍拍自己的床边说："二秀，你过来坐！"

武二秀说："我还是坐这儿吧！"

"活济公"墩子说："我叫你坐过来，你就坐过来，坐过来说话不是方便嘛！这大厅里亮亮堂堂的，怕什么？坐过来。"

武二秀坐到了他的床边上，说："叔公，有什么话你就说吧！"

"活济公"墩子说："你在这儿到底干的是什么活啊？"

武二秀说："我学着按脚呢。"

260

"活济公"墩子一听，惊讶地坐了起来，说："就是给那些洗澡的人按臭脚丫子？"

武二秀说："我刚练着按，还没按呢。"

"活济公"墩子说："哦！还一个没按呢？"

武二秀说："按脚是一个技术活，真有些不敢给别人按，怕按不好，客人该不高兴了。"

"活济公"墩子说："按一个脚你挣多少钱呢？"

武二秀说："我挣十块，老板挣十块。"

"活济公"墩子说："如果叔公我的脚，舍出去让你拿着练，行不行？"

武二秀说："那敢情好啊！"

"活济公"墩子说："不过，你可不能朝我要钱，我没钱给你。能用我这双脚让你拿着练，就算对你做贡献了。"

武二秀说："那好啊，那我现在就开始按了。"说完，拎过一个小凳，坐在床头，给"活济公"墩子按起脚来。

"活济公"墩子说："还说自己不会按呢，这不按得挺好的嘛。"

武二秀说："我就试着给你按，哪儿轻了重了，你就说话。"

"活济公"墩子说："你就按吧！我是第一回按脚，你想怎么按就怎么按。"

武二秀说："虽然是拿你的脚练手，要是按在哪儿不舒服了，你还是得说话，我就知道以后给别人按怎么按了。"

浴池门外，玉树等在那里，他看了看手表。走到门前，对那女服务员说："你进到里面去看看，有个叫墩子的人，还在不在？他在里面洗了可有时候了。"

女服务员说："你说的那个人，我知道，他澡洗完了，正在大厅里按脚呢。"

玉树一听，有些惊讶："啊！我爹也按上脚了？！"

5. 五河家镇上浴池

门口，"活济公"墩子从里面走了出来，武二秀出来送他。

"活济公"墩子边走边说："哎呀！你还真别说，今天这脚叫你按的还真挺轻快的。二秀，不是叔公夸你，这心灵手巧的人哪，干什么都能干好！"

武二秀："叔公，五河大哥家办起了个浴池，我看你洗了两回澡，这人就像换了一个人似的，你看看你现在的样儿，多精神！衣服也干净多了，真看不出你能变成现在这个样，瞅着你比以前年轻多了。"

"活济公"墩子说："我变年轻了吗？其实本来也不算太老，只不过是以前自己把自己造得挺显老的了。"说完，笑了，说："二秀，你回去吧，叔公走了！有时间我还过来，让你拿着我的脚练手！"

武二秀说："叔公，你这一笑，我才看到，你的牙怎么还变白了呢？怎么说来干净劲儿，哪儿都干净起来了呢？"

"活济公"墩子说："你是不知道呀！我这成天哪，早晨一遍晚上一遍呀，刷牙呀！看着我牙变白了吧？不这么收拾能变白吗？"

武二秀说："做梦也没想到，叔公也能把卫生讲到今天这个份上啊。"

"活济公"墩子："我都是快有儿媳妇的人了，不弄得干净利索的，将来让我家儿媳妇怎么看我？人家还不得寻思啊，这个老公公怎么这么不讲卫生呢？为了让未来的儿媳妇看得起咱，你叔公也得活出个新鲜样来！我走了啊。"说完走了。

这时候，胖丫从楼上走了下来了。

胖丫喊武二秀，说："妈，我放在你那儿的鱼呢？"

武二秀说："在这儿呢。"

胖丫说:"给我拎出来。"

武二秀进了吧台里面,把那袋鱼拎出来,递到胖丫手上说:"你要拎哪儿去?"

胖丫说:"刚才去饭店吃饭,跟饭店的老板说好了,每天都把鱼送到他们那儿去,倒省着我上街去卖了。"

武二秀说:"胖丫,人家玉翠婶子打老远把鱼给你送过来,你转手就卖给饭店了,这不是挣二手钱嘛,这不好吧?!"

胖丫说:"妈,我新亮哥开始给我送鱼的时候,其实就是想照顾咱们,想让咱们多赚点钱,咱们只要赚到钱了,他们就肯定高兴,这些事,我办,妈,你不用多想。"说完,拎着鱼走了出去。

浴池门外,"活济公"墩子上了玉树的新摩托车,说:"儿子,你可慢着点儿骑,你爹我还是第一回坐这玩意儿呢。"

玉树驮着"活济公"墩子走了。

6. 镇子到村里的路上

路两旁盛开着油菜花,长着油绿的冬小麦,还有新插上秧的稻田。

玉树驮着"活济公"墩子,在路上走。

"活济公"墩子说:"这坐摩托车和坐三轮的感觉是不一样啊!就觉着道两边的树呀什么的直往后闪,大地都像直转圈似的,坐这玩意儿感觉好。儿子,看来这个摩托车是买对了。"

玉树笑着没吭声。

"活济公"墩子又说:"不过这玩意儿也挺费油吧,除了驮虾什么的,没什么事的时候,可别骑,省得浪费油。"

摩托车向前走着,突然"活济公"墩子用手拍着玉树的肩膀说:"停下停下。"

玉树停下了摩托车,说:"爹,什么事啊?"

"活济公"墩子说:"你看,咱们家的地里,怎么好像有人似的呢,那是谁呀?在咱们家地里干吗呢?我得过去看看。"他下了车,一边穿过油菜花田,一边对玉树说:"这儿离村子也不远了,你自己骑着摩托车回去吧!"

玉树骑着摩托车走了。

"活济公"墩子来到了自家地边,见是五河和王晓梅在这里。

"活济公"墩子说:"哎呀,五河,我的大村主任,我到你那浴池免费洗澡去了,可是,怎么也找不见你,小服务员把我给拦了半天,我才进去。你怎么跑这儿来了?这是我家的麦田。"

五河说:"春耕开始了,镇上的农业技术推广站来人了,要搞粮食作物种植情况普查,我陪王晓梅来了,各家各户的地都得转转。"

"活济公"墩子说:"哦!你就是王晓梅呀,听说过,看我家地里的冬小麦长得怎么样?"

王晓梅说:"不错,你家这麦子种的是新麦种,再过一段时间,就得注意浇水、施肥了。"

"活济公"墩子说:"那是,这些活儿,我心里都有数!"

五河说:"我家挨着你家的这片地,准备种春小麦,这两天就开始播种了。"

7. 仙女湖边

新亮的渔船上。

彩虹在炒着菜。

珍珠在给客人端着菜。

新亮把小船停在了船边，走进了船舱，洗了一把手，对珍珠说："妈，你歇会儿吧，上菜的事我来吧！"

珍珠说："你就管好你自己的网箱养殖吧，这水上餐厅的生意不用你上手。"

新亮说："妈，水上餐厅办到了这船上，我就得多干点，虽说不会炒菜，扒个葱蒜，给蔬菜改个刀什么的，也能干个差不多，你再帮我看着点，餐厅和养殖的事都是家里的事，不能分得那么清，打今儿起，餐厅里的事，我也得上手干点儿了。"说着，他就蹲在地上开始扒葱。

珍珠说："行，你学着干点这活，也行。"

8. 五河家饭店门前

玉树骑着辆崭新的摩托车，停在了五河家饭店门前，鸣了两下笛。

彩霞听见了从里面走了出来说："哟，这摩托车说买就真买了，不错，这个样子就挺好。"

玉树说："上来，我驮你在村子里绕两圈。"

彩霞笑呵呵地看着玉树的摩托车，说："屋里正忙着，我就不坐了。"

玉树说："你看，车新买回来的，怎么说也得坐个新鲜劲儿啊！上来吧！"

彩霞说："怎么？还非得坐不可啊？你可慢点骑，骑快了我头晕。"

玉树说："把住我，摩托车围着村子绕几圈。"玉树越骑越快。

彩霞说："慢点慢点。"由于有些害怕，她把玉树搂得紧紧的，脸贴在了玉树的背上。

玉树骑了一会儿停下，说："真想一直骑下去，让你在我的背上多趴一会儿。这个感觉真好！"

彩霞红着脸说："我可不坐了，我下去了。"

玉树说："有时间我再来驮你。"

这时候，"活济公"墩子从那边走了过来，说："玉树，别有了一个新玩意儿，就开始骑着玩上了，我离老远就看见你了，驮着彩霞在村里绕圈呢！快骑回去。这摩托车是要派上正用才买的，我给你买了它，可不是让你骑着玩的，多浪费油啊！"

彩霞说："玉树，你看你，我说不想坐，你非得让我坐。叔不高兴了吧！"

玉树说："爹，你别大声吵吵，这摩托车买回来了，不也是让彩霞坐个新鲜嘛！"

"活济公"墩子说："坐什么新鲜呢？别扯了，以后不该浪费油的地方，就是不能浪费，回家去！"说完，背着手走了。

玉树说："爹，我驮你回去吧？"

"活济公"墩子说："玩什么谱儿呀？我坐上去那不也费油嘛！我要是你，这么两步道，我就干脆不骑了，推着回去。"

玉树听完笑着说："爹呀！我可真佩服你，咱买的摩托车，是为了骑的，可不是为了推的。"

9. 刘泥鳅家饭店

刘泥鳅在和"小广播"说着话。

刘泥鳅说："本来这些日子我的心里挺高兴的，对门的饭店眼瞅着是干不过咱家了，以前珍珠那么能干，都叫咱们给挤跑了，她上船去办餐厅了，留下这个玉翠不如她姐，我没把她放在眼里，她更干不过咱家，这样咱们的饭店，只能是一天比一天火，他们家的饭店呢？办到最后，就得黄摊。这些事，本来让我挺乐呵的，可是让喜子对象这个事，给我闹的，怎么高兴也高兴不起来。"

"小广播"说："玉翠来不是说了嘛，咱们两家饭店，不一定是谁把谁干灭了，才是最好的结果，不是可以实现双赢嘛！"

刘泥鳅说："她家是眼瞅着干不过咱们了，瞅那几个人吧，谁有咱们家喜子的手艺好，她家不这么说怎么说？"

"小广播"说："人家珍珠和玉翠给咱们代买鱼，也是实心实意地帮咱们，咱们也没帮人家做过什么，所以我想在办饭店这个事上，也不能把事情做得过了火，得让人家也能生存下去。"

刘泥鳅说："别在我面前唱山歌了，山歌好不好听？好听！可那是唱给别人听的，两家饭店竞争就是你死我活，没有什么双赢的那条路，她说双赢，咱也就跟着她说可以双赢，咱也是给他们唱山歌，可实质上咱们心里得有数，就是得把他们的饭店挤垮了，整黄了，咱们的饭店才能真正地火起来。"

"小广播"说："人都得有点人情味，人家这么对咱，咱这么对人家，总觉得心里有点过意不去似的。"

刘泥鳅说："女人上不了生意场，到了关键时候，心肠硬不下来，婆婆妈妈的劲儿又来了，像你这个样的，不该办饭店，应该到村子上去当妇女主任，去协调各家女人之间的关系。"

"小广播"说："行了，你可别老损我了。你总以为你什么事做得都对，我看也不一定。"

刘泥鳅说："一定不一定的，走着看，等把对门的饭店挤垮了，咱家饭店整火那天，看你还跟不跟我说这句话。"

10. 六河家

六河在往一辆手扶拖拉机上装粪肥，粪肥装满了。他冲屋里喊道："新堂，你出来！"

新堂走了出来，问："干什么呀！"

六河说："帮我开着这拖拉机，把粪肥给送到地里去。"

新堂说："爹，你这粪肥我不用了，我用超市里的有机肥了，要开拖拉机，你还是自己开吧。"

六河说："不用我这粪肥了，就不帮着我开拖拉机了，我要会开拖拉机，我用着你呀？"

新堂说："爹，你是种田的老把式了，你那么能耐个人，开拖拉机这点小事，还用着我吗？"

六河说："新堂，你别和你爹叫板，行不行？帮爹送粪肥去。"

新堂一边坐到手扶拖拉机上，发动了手扶拖拉机，一边说："爹，你知道你也有不如我的地方就行。"

六河一边把一把铁锹插在粪肥上，一边上到手扶拖拉机上说："你小子，这是跟我怎么说话呢？"

新堂说："不是我跟你怎么说话，是你跟自己说话呢！"

六河说："你说什么？"

新堂说："没什么，我就是把你在道上在我后边说的话，再给你重复一遍。"

六河说:"这小子,爹就说了那么一句话,你耳朵可倒尖,还搁心里记上了,心眼儿怎么那么小呢?!"
　　新堂说:"我可不心眼小怎么的,儿子要用点肥料,还得摆摆老庄稼把式的谱儿!"
　　六河说:"新堂,你这又是拿话磕打我呢!我告诉你,我要是会开这拖拉机,我说什么都不会用你!"
　　新堂没再吭声,开着拖拉机,走在"活济公"墩子家和六河家中间的那条道上儿。
　　新堂转了个话题说:"爹,别生气,儿子还得表扬你,这条路你和'活济公'墩子修得还真不错,你看,开着拖拉机,一点都不颠。"
　　六河说:"开你的吧!别那么多废话了。"

11. 淮爷超市前
　　小石头背着个书包,哭着走了过来。
　　甜菊一见,忙过来说:"呀,石头,你怎么哭了?跟甜菊姑姑说,是谁欺负你了?"
　　这时候,顺水妈也走了过来。
　　小石头哭着说:"我和同学打仗了。"
　　顺水妈说:"同学在一起有什么话好好说,为什么要和人打仗啊?"
　　小石头哭着说:"奶奶,你不知道,他们骂我也骂你。"
　　顺水妈说:"骂我,骂我什么?"
　　小石头哭着说:"奶奶,他们骂我是瓢虫的孙子,说你是个老花大姐!"
　　顺水妈一听:"石头,他们跟你骂了这话?"
　　小石头说:"嗯!"
　　顺水妈想了想,眼里汪了泪,颤着声对甜菊说:"甜菊呀!你都听到了,这是村里人又在说我的闲话呢,看来大婶是不能在这个超市干了,也没法干下去了。"说完,她揩了揩眼泪又说:"我就是不为了我自己,为了淮爷的名声,我也不能在这儿干了。小石头,走,跟奶奶回家吧。"说着,顺水妈拉着小石头的手,走了。
　　淮爷从超市里走了出来,向顺水妈和小石头的背影看了看,问甜菊:"顺水妈是怎么了?好像是哭着走的。"
　　甜菊说:"淮爷,顺水妈不在咱这儿干了。"
　　淮爷一愣,说:"什么?她不在咱这儿干了?"
　　甜菊说:"刚才小石头在学校跟同学打了架,是村里有人又在传你和顺水妈的闲话。"
　　淮爷脸色沉重地说:"甜菊,你别说了,我都知道了,我活了这么大岁数了,现在才感觉到,活得真累,累心!"

12. 淮河边
　　孙顺水的那条货船停在那里。
　　孙顺水对船上正往下卸石头的一位工人说:"以后船上的事儿,你就帮我多照看着点,有事就打电话找我。"
　　那位工人说:"顺水哥,咱们一起跑了这么多年船,也是老哥们儿了,既然你信得过我,那就没说的,兄弟保证帮着你把这船上的事照管好,你就安心上岸吧!照管好老妈和孩子。"
　　孙顺水说:"行,那我可就走了!"
　　几位工人都冲孙顺水摆着手说:"顺水大哥,你就走了?这船上冷丁缺了你,我们还真觉得没什么意思了呢！"

那位工人说："顺水哥，有时间的话，你就再回到船上来看看，住两天，要不我们可想你！"

顺水跟他们摆摆手，下船走了。

13. "活济公"墩子家

"活济公"墩子对玉树说："儿子，把刷牙缸子给爹拿过来，把牙膏也给爹挤在牙刷上，爹要刷牙！"

玉树说："爹，早晨不都刷过了嘛，这怎么又要刷？"

"活济公"墩子说："我今儿个上镇子洗澡去，都有人夸我了，说我张嘴一笑，牙都变白了，看来还是有口白牙漂亮的招人看，这刷牙既然能把牙刷白了，把人刷漂亮了，你爹我就得接着刷了！"

玉树笑了，给他端过来一杯水，把牙膏挤在牙刷上，递了过去。

墩子一边刷着牙，一边说："儿子，以前没洗过澡，老觉得不洗澡好，可这洗了两回澡，才知道洗了澡的好处，看来，以后这澡还得经常去洗洗。"

玉树说："以后再去洗澡，咱家有摩托车了，就更方便了。"

"活济公"墩子说："我可不坐摩托车，那多费油呀！玉树，你爹我今天不但洗了澡，还在里面按了脚，就觉着这走道的时候，两脚都轻快多了！"

玉树说："爹，你要觉得按脚好，以后洗澡的时候，就常按按脚，这也是花钱买健康！"

"活济公"墩子吐出嘴里的牙膏沫说："什么？花钱买健康？我按脚才不会花一分钱呢！"

玉树说："那人家也不能老免费给你按呢。"

"活济公"墩子说："免费按，他们还乐不得的呢，我这脚是什么脚，不是一般顾客的脚，我这是教练的脚！"

玉树说："爹，你说什么？"

"活济公"墩子说："教练的脚啊！就是教他们练按脚手法的脚啊！"

玉树说："爹，你是不是拿你的脚，让人家当练手的脚了？"

"活济公"墩子说："让人家练手有什么不好的？一样按，我不花钱，人家还感谢我，这不挺好嘛！"

玉树说："可人家学会了，也不一定总拿你的脚练手啊？你再去按脚，老免费可不合适。"

"活济公"墩子说："这话说的，我用我的脚，把他们的手练会了，这是多大的人情，以后再去按，他们好意思朝我要钱吗？就是要钱的话，我也不能给他们啊，顶多是脚不按了。"

玉树说："爹，你手里别抠钱抠得那么紧，咱们家现在也不差这几个钱，我看你在按脚上，要真的花两个钱，也值。"

"活济公"墩子说："别说了，我可不像你，我才不会去花钱按脚呢，像你小子似的，骑着个新摩托车，就抖擞起来了，驮着那彩霞可村子绕圈，那不浪费的是油嘛，那都是钱哪！"

14. 淮河边上

一群女人正在洗衣服，"小广播"也在。

一位女人对"小广播"说："大姐！今天怎么这么沉默呢？闷头一个劲儿地洗衣服，老也不说话呀，你得说话呀，你不说话我们觉得可没意思了。"

"小广播"说："有用的话我说，没用的话我说什么呀？！"

那位女人说："姐妹们在一起洗洗衣服，不就是在一起唠闲嗑嘛！"

"小广播"说："要说什么，你们说吧！我今天只出双耳朵，听你们说。"

那位女人说："哟！大姐什么时候说话变得这么谨慎了呢？"

"小广播"说："跟着你们这帮人学的，知道了乱传瞎话不好，没有影儿的话就不想说了。"

那位女人说："大姐，女人在一起不扯点儿闲嗑，那还是女人吗？"

这时候，另外一位女人说："大姐不给咱们广播新闻了，我给你们广播新闻，说是武二秀和孙顺水离了婚，找不着正经活干，到浴池里按脚去了。"

一位女人说："还有那事吗？就凭武二秀那人，又会扭，又会唱的，浪不溜丢的，能去干那活，给别人按臭脚丫子？"

另外一位女人说："真事啊！要不怎么说落配的凤凰不如鸡呢，和孙顺水离了婚，生活上没啥来源了，不想法干点什么活，怎么办？"

"小广播"说："我看哪，你广播的这条消息，真也好，假也好，都没什么。要是真的，武二秀真干了按脚这活，那也不是什么丢人的事，要是假的，没有这事，那就更不关武二秀什么事了。"

那位女人有些不高兴地看着"小广播"。

另一位女人对"小广播"说："大姐，你儿子刘喜子那对象的事怎么样了？"

"小广播"说："这是我家的秘密，不能轻易告诉你们。"

那女人说："哎呀，都是同村的姐妹儿，有什么保密的，大姐你的嘴，什么时候变得这么严了呢？"

"小广播"说："跟着你们这帮人，该说的说，不该说的就是不能说。"

那位女人说："哟！你看，大姐还把咱们都当外人了。"

"小广播"说："话不能那么说，不是外人就什么话都说呀？你要是拿我们不当外人，就把你和你家老爷们炕头上那点事，都给我们说说。"

众人都哄笑起来。

那位女人红着脸说："说别的事行，这些事怎么好意思说？"

"小广播"说："你看，这不还是嘛，家里有的秘密，不该往外边说的，就是不能说。"

15. 孙顺水家

孙顺水走进屋来，见顺水妈在那儿揩眼泪，说："妈！我回来了，你这是怎么了？"

顺水妈说："妈本来在超市里干得挺顺心的，可是，村里老有人扯我跟淮爷的闲话，我在超市确实是不能再干了。村里有的人这张嘴啊！望风捕影儿的，把没有的事都能给你说成真的。"

孙顺水说："妈，我回来了，马上要开个建材小商店，超市那边你要不想去，就别去了，在我这边帮助照顾小商店里的事也是一样。"

16. 工程队工地

洋洋正把洗好的床单被罩往晾衣绳上晾。

魏大景从工地那边走过来说："洋洋，今天你来我们这儿，活儿可没少干，不但给大伙儿把头洗了，还洗了这么多衣服什么的，快歇会儿吧！"

洋洋说："我不累！"

这时候，李水泉也过来了，拉起洋洋洗的床单、被罩说："大景，你看洋洋洗的这被罩床单多干净，你找洋洋这么个人当对象，也真是有福了。"

洋洋笑着说："他是有福了，可是我挨累！"说着，叫着大景说："大景，过来，帮着我把这个床罩一起拧拧。"

魏大景过来说："洗洗涮涮的我不行，拧这玩意儿我行。"说着，他和洋洋就拧起那被罩来。

洋洋问李水泉："水泉哥，彩虹到仙女湖船上去了，你们这儿谁给代送青菜、鱼肉什么的呀？"

这时候，彩霞推着自行车，自行车上挂着青菜、鱼肉从那边走了过来。

水泉指指彩霞说："你看，那不是彩霞嘛，她来了。"

17. 新亮的渔船上

船舱里，客人已经走净了，珍珠、彩虹、新亮三个人在吃着饭。

珍珠说："新亮、彩虹，咱们的水上餐厅是开业了，现在看生意还不错，可咱们不能满足啊，妈是想着咱们家这个餐饮业将来还得有大发展，老这么小打小闹的也不行，我打算，抽时间和你二姨一起，上县城去一趟，看看人家开得好的饭店，饭菜都是怎么做的。刘泥鳅家的饭店有刘喜子在那儿主灶，人家的饭菜做得比咱们好吃，那刘喜子是去过县里厨师培训班的人，咱们这些业余厨师，没经过专业培训，靠着自学，那就得从书本到实干，都得多学点，我和你二姨，去县里不学回点真本事来，我们就不能回来。妈要是走了，这个水上餐厅，就由你们两个先照管着。现在彩虹也在上灶，我也能脱开身了。"

新亮说："妈，我看你这些想法都挺好。你就放心去吧，现在网箱养殖上的事，除了给鱼和闸蟹撒点食外，也没什么大事，餐厅里的事，我帮着彩虹忙活，你就放心吧。"

彩虹说："妈，其实我也想去，你去了，我就不能再去了，等你回来，你把看到的学到的，得都讲给我听听。"

珍珠说："那还用说嘛，那是一定的。"

18. 刘泥鳅家饭店内

洋洋走了进来，"小广播"见是洋洋，就迎了上去说："洋洋，你回来了？关于你哥的事，有什么喜信儿没有？"

洋洋说："有，等一会儿我跟你和我爸一起说吧！"

"小广播"一听，马上喜形于色，过去拽过刘泥鳅说："哎，快过来，洋洋说了有喜信儿告诉咱们。"

刘泥鳅说："真的？那就别在这儿说了，到后屋去吧！"说完，刘泥鳅往后屋走去。

"小广播"招呼着洋洋说："洋洋，上后屋吧！"

后屋里，"小广播"和洋洋走了进来。

"小广播"说："洋洋，有什么喜信儿？快跟爸和妈说说，你爸这两天都愁坏了。"

刘泥鳅说："洋洋，快说说，你要给你哥介绍那个人，是怎么样一个人？"

洋洋说："南南家在镇子上不是新办个服装厂嘛，新招收了不少女工，我看那里就有我哥能相中的。"

刘泥鳅一听乐了，说："镇子服装加工厂女工？这肯定行，不管咋说这有个正经工作呀，比那胖丫站在太阳底下摆摊卖货的活儿可强太多了。"

"小广播"说："洋洋啊！你是不知道啊，你哥呀，跟你爸和我呀，说了，就看中那胖丫了，你爸因为这事都上老火了！"

洋洋说："怎么的，你们都不同意胖丫呀？"

刘泥鳅说："这话说的，有你说的那个服装加工厂的女工，谁能同意她呀？就不知道这个服装厂的女工，你哥看着能不能相中。"

洋洋说："爸，妈，这个服装厂的女工长得和胖丫差不多，你们同意？"

刘泥鳅说："要是真长得跟胖丫差不多，那这事不还就好了嘛，你哥能同意，我们就没什么意见了，人家有工作呀！"

洋洋说："爸，你这话我听明白了，你不同意胖丫主要是因为她原来的工作不好？"

"小广播"说："谁说不是呢，谁家孩子找对象，不愿意找个有正经工作的。"

洋洋笑了，说："爸，妈，你们也别着急，有时间，我叫这女孩来家见个面。"

刘泥鳅说："现在相对象，都是男方得主动先到女方去，人家那女孩能主动到咱们家来吗？"

洋洋说："哪来的这么多说道，谁先上谁家去能怎么的？不都是看对象吗？放心，这个事包在我身上了，你们两个能不能相中这个女工，我不敢保证，我哥肯定能相中。"

刘泥鳅一拍大腿说："哎呀妈呀！这可太好了，洋洋啊！你一回来呀，都赶上给爹吃一片去火药了，这心里的火呀，呼啦一下子全消了。"

19. 南南家服装加工厂

车间里，已经摆放了许多缝纫机，年轻的女工们，坐在缝纫机旁，都在做着活。

南南给她妈抱过来一摞书说："妈，这都是我给你买的，有关服装设计方面的书。有时间你就多看看，看不懂的地方你都折上页，有时间我一字一句地念给你听。"

南南妈接过这些书，翻翻说："这两天，妈也正犯愁呢，眼瞅着这么大的事业就干起来了，老觉得自己会的那点手艺不够用，有了这些书，就太好了。"

这时候，胖丫走了过来，说："南南姐，关于服装设计的事，我有个主意，不知行不行？"

南南说："什么主意？"

胖丫笑着说："不是什么好主意，就是把看好的服装买回来一些，咱们给它拆吧了，看看人家的每个部件都是怎么设计，怎么做的，这样，不管多名牌的服装，咱们照葫芦画瓢，都能给它做了。"

南南说："这个主意，也就你胖丫能想得出来。胖丫，你说的这个是不是个办法？就学习别人的长处方面来说，倒是个办法。可是，咱们不能偷学别人的，咱们得自己创造自己的品牌。有了自己的品牌服装，咱们才能赢得市场，咱们的工厂才能有大的发展。"

胖丫说："南南姐，我准备把家里的几件好看的衣服，都拆了，你说我还拆不拆了？"

南南说："有必要的，拆开看看也行，但是，别忘了，拆完了，你还得把它给我恢复成原样，别耽误了自己穿才行！"

胖丫说："好，我就拿着我自己那几件衣服先学手艺了！"

20. 孙顺水家

夜晚，顺水妈正在做饭，在锅台上忙这忙那。

顺水呢？在灶台前烧着火。

这时候，淮爷和甜菊走了进来。

小石头听见声音，从里屋跑了出来，说："甜菊姑姑来了，今儿晚上你还帮着我洗澡。"

甜菊点着小石头的鼻子说："行！"

孙顺水对淮爷说："淮爷，你们来了！都屋里坐吧。"

顺水妈说："还都没吃饭呢吧？先进屋吧，一会儿我做好了，就随便在这儿吃口吧！"

甜菊对孙顺水说："顺水哥，你跟淮爷进屋吧，我在这儿烧火。"

孙顺水就和淮爷进屋了。

小石头一直围在甜菊的身边，帮着拿着柴火。甜菊说："石头，这儿不用你，快回屋写作业去吧。"

小石头说："今天的作业早写完了！"

里屋，淮爷和孙顺水坐在了一张放好的小饭桌前。

孙顺水给淮爷倒着茶水，说："淮爷，我经常在外边跑船，带回来的好茶叶，给你沏一杯。"

淮爷把茶把在手里说："一看这就是好绿茶！"他喝了一口说："顺水，你妈在我们那儿本来干得好好的，可是村里有人扯我和你妈的闲话。顺水你知道，你叔我是什么样的人，这么多年，我从来对你妈都是当亲妹妹待，把你当成亲侄子，压根就没动过别的心思。"

孙顺水说："大叔，这话你不用多说，咱们一个村子住了这么多年了，你是什么样的人？我还不知道吗？"

淮爷说："可是今天淮爷来，有句话想跟大侄你说。"

孙顺水说："大叔，你我都不是外人，有话就直说。"

淮爷说："明人不作暗事，你和你妈商量商量，我打算娶你妈做我的老伴！"

孙顺水一听淮爷说了这话，一下子愣住了，说："大叔，你怎么想到那儿去了？"

淮爷说："不是我想到那儿了，是有人逼着我做到这儿了。我们老年人怎么了？老年人的日子就不值钱了？就不该好好过了？快落山的太阳就不是太阳了！兴年轻人谈恋爱，就不兴我们老年人之间也有个爱啊？我想好了，就是想找你妈当我的老伴，这样互相间好有个照应，这样也就没人在中间扯老婆舌了。"

孙顺水说："大叔，这事五河哥、六河哥，还有珍珠和玉翠嫂子他们都知道吗？"

淮爷说："我的事就我自己做主，我谁也没告诉，甜菊都不知道，顺水，我就是跟你说了，等你妈和你的一句话。"

孙顺水说："大叔，你的意思我知道了，这是个大事，我真得跟我妈好好商量商量。"

这时候，甜菊、顺水妈端着饭菜上来。

甜菊说："吃饭了！"

小石头乐得直蹦高，爬到了桌子旁，坐到了顺水和淮爷中间。

顺水妈和甜菊也坐上桌来。

顺水妈说："大哥，甜菊，那些日子我在你们那边没少麻烦，可你们两个摸我们家的饭碗，那可是有数的几回，不管饭菜做得怎么样，你们就吃我个心思吧，实实在在多吃点。"说着，顺水妈把饭递给淮爷，并给甜菊和淮爷各夹了一筷子菜。

淮爷说："不用夹不用夹，我自己来！"

小石头吃了口菜，笑着说："奶奶，我爸回来了，爷爷和姑姑也来了，咱们这些人坐在一个饭桌上吃饭，真香！"

21. 镇子洋洋理发店

胖丫穿着那身工装躺在那里。

洋洋给胖丫做完美容，说："行了，你起来吧！"

胖丫坐起来说："洋洋，你爸和你妈知不知道我一会儿过去？"

洋洋拿起一副眼镜给胖丫戴上说："我告诉你，我根本就没说你去，你穿上这身工装，再戴上这副眼镜，头发我又给你弄了弄，你过去，他们都不一定能看出来是你，要是看出来了，也吓他们一跳。"

这时候，刘喜子骑着摩托车，来到了门前，冲屋里喊，说："洋洋，给胖丫弄好没呢？"

胖丫从美容床上站到地上，对着镜子看看自己，一边扶着眼镜一边说："哎呀，你别说，这一戴上眼镜我都变洋气了，连我自己都认不出自己了。"

洋洋说："喜子哥来接你了，到家吃饭，别忘了给我带回一盒锅包肉来啊！"

胖丫说："你不正减肥呢嘛，怎么又吃上锅包肉了？"

洋洋说："不是我吃，一会儿魏大景来，他得意那口。"

胖丫说："你们晚上不是要到新亮哥他们家的水上餐厅去吗？"

洋洋说："你看，让你带你就带，说那么多干什么？那吃了晚饭回到工地就不能再吃了，大景他们都是大小伙子，饿得快！"

胖丫说："我知道了，肯定忘不了。"说着，走出屋门去。

刘喜子一见胖丫，打量了半天说："呀！这家伙捯饬的，真整大扯了，整个一个靓女啊，连我认出你来都费劲了，快上车吧！"

胖丫坐上摩托车说："见到你爸你妈先别介绍我是谁啊！到该说的时候，我自己说。"

刘喜子说："这还打什么哑谜呢？就明告诉他们，这就是胖丫。我相中的人。我还真没看见，这十里八村的有哪个闺女长得有你好呢！"

胖丫说："我告诉你先别说，你就先别说。怎么来不来的，就不服管了呢？"

刘喜子说："怎么的，结了婚以后，你还想让我得'气管炎'哪？"

胖丫说："不会，我不会让你得"气管炎"的，不过我让你得的病可能比'气管炎'还严重。"

刘喜子说："那是什么病？"

胖丫说："怕媳妇的'肺气肿'！"

刘喜子说："胖丫，我真没看出来，你还这么凶啊？"

胖丫嘿嘿乐着，说："嘿嘿，真傻，吓唬你都听不出来。"

（第二十一集完）

第二十二集

1. 六河家

明朗的月光下，六河在那里倒腾着粪肥。

五河走了过来，说："六河！还鼓捣你这点粪肥哪？"

六河说："粪肥这玩意儿，不怕勤鼓捣，鼓捣得越熟，上到地里越养地。"

五河说："六河，我看你家和'活济公'墩子家的事儿解决得挺好。你看，道还是那条道儿，砖垛还是那些砖垛，道通了，你们两个人心里的疙瘩也解开了，和和气气的这多好！听了你们的事，我可高兴了。将来，我在村民大会上，得把你们两家的事说说！你和'活济公'墩子也都给大家介绍介绍经验，乡亲邻里处着，关系就得这么处。"

六河说："我这笨嘴笨舌的上去说什么呀？没什么说的。'活济公'愿意说，让他去说吧。"

五河说："六河，我还得来跟你说那加入合作医疗的事，我跟你说了好几回了，我怎么老也不见你有个动静？。"

六河说："哎呀，五河哥，入什么合作医疗啊？你看，我们一家四口人，两个在饭店里，两个都是大男子汉，一个个身体棒棒的，入那合作医疗，不是白花钱吗？你要是等我回话，我就给你回话，我正式跟你说，那份合作医疗我们家不参加了，加入合作医疗再说不都是自愿的嘛！"

五河说："六河，你有这个态度，我知道了！村里头把其他几户补报了，明天就报到镇子上去了，可就不等你家了？"

六河说："你们该报报吧，不用等我家了。"

这时候，刘泥鳅走了过来，说："哟，本来我想到六河家问点儿事，怎么五河也在这儿啊？"

五河说："有事你们说吧，我还有事呢！"

刘泥鳅说："哎，既然碰上了，就一起说吧，没有什么背着你的事，我找六河也就是问问种地的事。"

六河一边倒腾着粪肥，一边说："有什么事你说吧！"

刘泥鳅说："我们家的稻田地和你们家的地挨着，那天我看你们家插秧的时候，镇上农业技术推广站的人也来了，想问问，你们家的地里，上的那种灰色的肥料是什么肥？"

六河说："那都是新堂那小子鼓捣的，那是什么肥我也不知道，听说是成袋从淮爷的超市里买来的，我不管他用什么肥，我就是要用这农家肥。"

刘泥鳅说："农家肥好，可有机化肥也好啊，新堂呢？"

六河说："在屋里看电视呢。"

刘泥鳅说："那我就进去问问他，我们家这地，就得上和你们家一样的化肥了。"说完，他走进屋去。

2. 孙顺水家

淮爷和甜菊已经走了。

孙顺水坐在炕头上，对顺水妈说："你知不知道淮爷今天来说了什么事？"

顺水妈说："什么事？"

孙顺水说："他来跟我说了一件大事，妈，咱们得在一起好好商量商量。"

顺水妈说："是不是说你和甜菊的事？那还商量什么？甜菊那人，妈早就看好了，她给你当媳妇行！"

孙顺水说："妈，不是这事。"

顺水妈说："那是什么事？"

孙顺水说："是淮爷和你的事。"

顺水妈说："我们俩的事，我们俩之间能有什么事？淮爷跟你说什么了？"

孙顺水说："妈，淮爷说如果你同意，他想娶你做老伴。"

顺水妈惊讶地睁大了眼睛，说："什么？你说什么？是你淮爷亲口说的？"

孙顺水说："嗯！"

顺水妈沉吟了半天才说："我知道，淮爷是个好人，这是看着妈听了那些闲言碎语，不在超市干了，他难心了。顺水，你爹没得早，妈一直一个人拉帮着你，从来没想再找过什么人家，我都这么大岁数了，哪能再找男人呢？就是淮爷这个人再好，也不太合适。你还没再找媳妇呢，我要真跟了淮爷，那村里的人，都得用唾沫星子把你妈淹死。"

孙顺水说："妈，你把我从小拉帮大，一个人顶门过日子，过了这么些年，也是真不容易，儿子对你好不好？我平心说：我对妈是真好，可是，人家有人说了，满堂儿女团团转，也不一定有半路夫妻遮冷寒哪！妈，虽然你老了，可是，老了也是人啊！不但得活着，还得好好活着。所以，你跟淮爷的事想怎么办，你自己定。妈，我知道，对老人让他们顺耳顺心地才是真正地尽孝道，妈，你怎么定，儿子都顺着你，你不用考虑我和小石头。"

顺水妈说："你给淮爷回个话吧，说我们的事就撂在那儿吧，他要是真想成全咱们这个家，就让他跟甜菊说说，把甜菊嫁给你当媳妇吧。"

孙顺水说："妈，这话我不是早说过了嘛，我和甜菊不行，那不是把人耽误了嘛。"

顺水妈说："顺水啊！妈不是无缘无故这么说的，在甜菊那个眼里心里，她对你是怎么想的，妈早看出了个八成，不然，妈不会讲这句话的，如果淮爷真能跟甜菊说这句话，我看你和甜菊的事，肯定能成。"

孙顺水说："妈，你看说着说着你和淮爷的事，怎么又扯到我和甜菊的事上来了。"

顺水妈说："妈没那么没正事，我这么大岁数了，你的事不比妈的分量重多了？！"

孙顺水说："妈，你看我怎么说你才能明白呢？"

小石头躺在被窝里说："奶奶，快睡觉吧！我甜菊姑姑刚才给我洗的澡，洗得真舒服。"

顺水妈应着声说："石头，你快睡吧！奶奶马上就睡啊！"

3. 仙女湖边上

新亮家渔船的船舱里。

珍珠、新亮、南南、彩虹都在。

有的客人还没有走。

珍珠、彩虹在打点客人。

新亮和南南一个在扒着葱，一个在给菜改着刀。

这时候，李水泉、魏大景和洋洋走上船来。

珍珠一见，忙说："哟，是你们几个来了？快屋里坐！"

洋洋说："这两人都说你们这儿的鱼餐好吃，我就跟他们来了！"

珍珠说："来得好！今儿晚上婶子请你们！"

魏大景说："婶子，那可不行！我们来吃鱼餐，是来消费来了，要不然到别的地方吃饭不也是一样花钱吗？"

珍珠："大景啊，你可把话说远了！都是这种关系，不是外人，可不能提钱不钱的！做生意是为了赚钱，可不能只为了钱！人情要是都没了，那钱挣得再多有什么意思！"

这时候，新亮说："彩虹得做菜，水泉你就别去了，大景和洋洋，还有南南，咱哥几个上小船，我带你们看看仙女湖的夜色风光！"

珍珠说："湖上风挺大的，可别走太远！"

新亮说："不能，一会儿就回来！"

四个人上了小船。

小船，荡在美丽的夜的湖面上。

几个年轻人的欢声笑语，在湖光上回荡！

4. 刘泥鳅家饭店

刘喜子骑着摩托车，驮着胖丫来到了门前。

这时候，正赶上刘泥鳅从那边走了过来，他看见刘喜子驮着一个穿工装的女孩，就上前说："喜子，你回来了，这人是谁啊？"

刘喜子指着胖丫说："爸，这就是洋洋跟你们说的我那个女朋友。"

刘泥鳅在月色下，看了看胖丫，一时没有看出来，显出很高兴的样子，说："那就快进屋吧！"

刘喜子和胖丫走进了屋。

刘泥鳅进了屋，"小广播"迎上前去，说："哟！喜子回来了！"又打量着胖丫说："这位闺女家是谁呀？"

胖丫伸出手抓住"小广播"的手说："阿姨，我叫李春英。"

"小广播"说："李春英！你听听这名，一听就好听，快坐下！"

刘泥鳅从吧台那边向"小广播"勾勾手，"小广播"过去了。

刘泥鳅说："你看个头儿、长相都跟那胖丫差不多，可是看着，就比那胖丫洋气多了，你看这小闺女，这身工装穿的，多精神！那小眼镜戴得多雅气！一看就招人喜欢。"

"小广播"说："她刚进来的时候，我就瞅着她有点像谁？可是就没想起来，你别说，她不知长得哪块，还真有点像胖丫。"

刘喜子说："妈，你先给春英倒点水！我就进厨房了。"

"小广播"对刘泥鳅说："人家那个女孩子刚到咱家，你别老嘚嘚瑟瑟地往前凑合，你在这边该扒葱扒葱，该扒蒜扒蒜，那边有我呢。"

刘泥鳅说："行，只要喜子能找这么个对象，和这女孩成了，这葱啊蒜啊，不管扒到什么时候，我都认了！要不，自打这女孩一进屋，我心里那根葱，好像扒了一层皮似的，那心里的这个憋屈劲儿，也就像葱皮似的，扒完了就给它扔一边了！不管怎么说，这是没跟胖丫成，要是真像他小子说的，除了相中胖丫就不相中别人了，让我憋憋屈屈的，我什么葱皮子也扒不下去了。"

"小广播"说："你那儿子，我看呢？也是个朝三暮四不定性儿的主儿，那前脚还说呢，除了胖丫谁也没相中，这八成是看上人家这个女孩好了，这不是嘛，用摩托车把人从镇子里驮回来了，乐得屁颠屁颠地，到厨房里炒菜去了。"

刘泥鳅乐呵呵地扒着葱说："是这么个结果，我高兴。"

"小广播"走到了胖丫的饭桌前，坐下来，把水杯往胖丫跟前推推，说："你喝水！"

胖丫文文静静地说："阿姨，不用客气，来的时候喝过了。"

"小广播"问："家在镇子上住啊？"

胖丫说："嗯！"

"小广播"说："你看，镇子上的人，就是和我们村上的人不一样，说话都文文静静的。"

这时候，刘喜子端着菜，从厨房里走了出来，把菜直接端到了桌子上。

"小广播"说："喜子，这怎么还用着你上菜呢，那边不是有服务员吗？"

刘喜子说："哎呀，她也不是客人，别履行那么多程序了，厨房里还有炒好的两个菜呢，叫他们端过来。"说完，他也坐下了。

刘喜子招呼着刘泥鳅说："爸，你也过来吃点呗！"

刘泥鳅说："都什么时候了，我早吃完了，你们吃吧！"

刘喜子对"小广播"说："妈，那你再吃点吧！"

"小广播"说:"我也不吃了,就是陪你们在这儿坐会儿,说会儿话。"

刘喜子说:"妈,你要是不吃,就别坐在这儿陪我们了,挺难受的。你就跟我爸合计合计,看我跟她这事行不行!"

"小广播"说:"合计什么呀?你没看你爸在那儿一边扒葱,还一边乐呢嘛!我就跟春英说吧,春英,你和喜子这事,就看你们那边的意见了,我和他爹都同意。"

胖丫说:"哎呀,到你们家来吃顿饭,筷子还没等拿起来呢,你们家就同意了?"

刘喜子问胖丫:"感到有点突然,是吧?"

胖丫说:"嗯!觉着稍微快了点。"

"小广播"说:"春英,你别嫌快,那什么,我们家刘喜子吧,岁数也不小了,从来也没找过对象,这十里八村的,给介绍的也不少,咱都没相中,也没看上。你这一进门,我和喜子他爹看着你们俩就合适啊!那合适的事,那还有什么说的呀,你们就先处处呗!"

刘喜子说:"咳!我爸和我妈为我这事,也真是没少着急呀!"说着,他给胖丫往盘子里夹着菜,说:"胖丫,你多吃点!"

"小广播"一听,说:"你管春英叫什么呢?"立马对胖丫说:"我这孩子,就是心眼实在,有时候说话嘴上没把门的,顺嘴就溜达出来了,他刚才管你叫胖丫,你别在意啊!那胖丫是谁呀?是我们饭店里的一个女顾客,老来我们这儿吃饭,我们大伙儿都胖丫胖丫地叫,这喜子叫顺嘴了,你看,管你还叫上胖丫了?!"

胖丫说:"阿姨,你们村子一共有几个胖丫啊?"

"小广播"说:"就一个。"

胖丫说:"就一个?阿姨,你细看看。"说完,她摘下眼镜,说:"这胖丫不就是我嘛!"

"小广播"愣住了,盯住胖丫笑了,说:"孩子,你别开玩笑了,你怎么是胖丫呢,胖丫长得可没有你这么俊!"

胖丫站起来说:"阿姨你再好好看,我就是胖丫,武二秀家的胖丫。"

听了这话,"小广播"惊讶地站了起来,刘泥鳅在那边也惊讶地站了起来。

5. 村中

玉树和彩霞两个人走在村中路上。

彩霞对玉树说:"玉树哥,我妈和我大姨就要到县里去学习烹饪技术了,得好些天才能回来。"

玉树说:"哎!那你们家到仙女湖驮鱼的事怎么办,要不要我从仙女湖那边驮虾米的时候,一起捎回来?"

彩霞说:"不用,我们这边都安排好了,让新亮哥从那边往这边驮鱼,你忙你的吧。"

玉树说:"彩霞,你妈年纪也不小了,你应该多心疼点儿你妈。我要是你,就趁她去县里学习这工夫,把摩托车学会了。以后,等她回来就不用她再天天往仙女湖跑了。"

彩霞说:"这是个好主意,我要是学会了骑摩托车,咱们两个就可以一起骑着去仙女湖了,有时间你教教我吧!"

玉树说:"行!"

6. 村子至镇子的路上

夜色中,刘喜子驮着胖丫,往镇子走。

胖丫坐在后边哈哈大笑，说："喜子哥，一开始我真把你爸和你妈给蒙住了，他们真没看出来是我。看来，他们还是不希望你跟我好，希望另外再给你找个他们认为满意的。"

刘喜子说："那都白扯！胖丫，你喜子哥我就是看中你了，他们什么意见你不用多想。哎，今天喜子哥给你炒的菜，味道怎么样？"

胖丫说："妈呀！光顾着乐这事了，那菜吃到肚子里都没品出滋味来呀。"

刘喜子说："哎呀！你看你这人，我今天是特意上心给你做的，各种调料我都给你放得全全的，结果你看？你还没吃出什么滋味来，真白瞎我那份心思了。"

胖丫说："菜虽然是没吃出什么滋味来，可今天这个事，是太有滋味了，越品越有味道，都乐死我了。"

刘喜子说："你这个家伙，可是真能装相，一装起来，连我认出你都费劲儿。"

胖丫哈哈乐着，说："女人嘛，老给男人点新感觉，也没什么不好！"

刘喜子说："你别光顾着笑了，别把给我姐带的锅包肉给弄洒了！"

胖丫说："不能，我在怀里抱着呢！"

刘喜子说："我说我的脊梁骨怎么感觉有点儿热的乎的呢！"

他们的摩托车消失在夜幕中。

7. 刘泥鳅家饭店后屋内

刘泥鳅对"小广播"说："没想到，打了一辈子雁，倒叫雁啄着了眼睛。咱们老两口子是叫喜子和洋洋这两个小兔崽子给耍了。你说我这么个精明的人，怎么上了他们这个套呢？我纯粹是脑袋瓜子进水了，或者是脑袋瓜子叫门弓子抽了。"

"小广播"劝慰道："我看哪，喜子和胖丫的事，已经不是一锅生米了，是就快煮成熟饭了，才揭锅给咱们两个看。"

刘泥鳅说："不行，我得给洋洋打电话。"他拨着电话，电话通了，却没有人接听。

刘泥鳅气得放下电话说："这闺女一大就跟爹妈分心眼儿了，你看吧，洋洋连我的电话都不接了，真是气死我了。行了，我也不给她打了。"

"小广播"说："我看哪，你就别生那个闷气了，喜子愿意找胖丫，洋洋也支持，咱们就别管了，我看那胖丫今天来了，也真是变了个样，人家也是镇服装加工厂的工人了，配咱喜子也配得上，咱那喜子虽说是有厨师这门手艺，可是想事情办事情脑袋里就一根筋儿，要真找个像南南那样的女孩，人家还看不上他。"

刘泥鳅说："我生气是生气，可事在这眼前摆着，我不认怎么办，我只得认，只是这口气难往下咽，我早晚得找那洋洋算账，弄不好他哥哥跟胖丫这事就是她在中间牵的线，给鼓捣成的。哪天我还真得去镇子上服装加工厂看看去，看那胖丫是不是真的是那儿的工人。别叫这俩小兔崽子，把咱俩再给涮了。"

8. 淮爷原小卖部内

灯下，淮爷坐在那里，一声不吭地想着心事。

甜菊给她端来了洗脚水，帮他脱下袜子说："淮爷，洗洗脚吧！"

淮爷把两只脚插在水盆里说："甜菊呀，淮爷想跟你说个事。"

甜菊说："什么事？"

淮爷说："你掏心窝子跟我说，你看你顺水哥这个人，到底怎么样？"

甜菊说："顺水哥是个实实在在的好人哪，是个孝顺儿子，这是全村子人都知道的。"

淮爷说:"甜菊呀!你应该明白,我问你这句话的意思。淮爷我这一辈子,没给谁拉过纤儿,保过媒,你要是真心愿意,我就给你和顺水说和说和。"

甜菊想了想说:"淮爷,我也这么大年龄了,过去高的不成,低的不就,一直就把婚姻这档子事,给耽搁下来了,我心里想不想找个人?说不想找是假话。顺水哥虽然说找了两房妻子,可那不算是他的毛病,我这辈子要是跟了他,也不算吃亏,只是我考虑他刚跟武二秀离了婚,你就给我们介绍这事,有点儿不太好。"

淮爷说:"有什么不好的,好人早晚要走到一起,晚走早走到一起,都一样,没那么多说头,你要是同意了。你淮爷我这个红媒就算是当定了。另外,我也跟你说,我今儿个找顺水了。"

甜菊说:"我们的事,你早跟他说了?"

淮爷说:"不是,是说我跟顺水妈的事,你说我娶顺水妈给我当老伴行不行?"

甜菊听了一愣,问:"淮爷,你真是那么想的?"

淮爷说:"像我这把年纪了,找个人在身边,也就是找个伴,人这一辈子,活着都不容易,老了有个伴儿互相依靠,少给儿女添些累赘,我看也没什么不好的。"

甜菊说:"淮爷,你认准的事,你就定吧!我看顺水妈那个人,也是个好人,你刚才说了,好人早晚是要走到一起的。"

淮爷说:"如果咱们的事都能定下来,那就赶到一天到镇子里边登个记,同一天把事都办了,咱们原来是像一家人,那时候可就真成了一家人了。"

甜菊说:"咱们是这么说,还不知道顺水哥怎么想的呢?"

淮爷说:"他怎么想的,我心里有数。"

9. 镇子上胖丫的出租房里

屋里的墙上,新挂了一张足疗图,武二秀在灯下,仔细地看着那张图,手指头往桌面上一下一下地摁着。

这时候,胖丫走进来,说:"妈,你还没睡呢?"

武二秀说:"胖丫呀!这不按脚的时候不知道,这按上了脚才知道,脚对人的健康太重要了,人家说脚是人的第二心脏。俗话说:树从根上老,人从脚上老。我都按上瘾了,这玩意儿越琢磨,里边的道道儿越深。"

胖丫说:"是吗?我妈这是干上了按脚这一行,就爱上了按脚这一行了。"她说着从大衣柜里拿出几件衣服,坐在那儿拆了起来。

武二秀见了,说:"胖丫,你这是干什么呢?这么好的衣服,你怎么能拆了呢?"

胖丫说:"我知道这是好衣服,不是好衣服我还不拆呢。"

武二秀说:"你这孩子是怎么了,不会是犯傻吧?"

胖丫说:"妈,你就看你的足疗图吧!别管我的事,人家这是要把这些衣服拆了,看看他们是怎么搞的裁剪,怎么做上的,之后我再把这些衣服重新做好,这叫什么?这叫'采别人之长,补咱们自己的短处'知道了吧?!"

武二秀一听这话,笑着说:"你可别说,我姑娘这才刚到服装加工厂上班,瞅着就见长进了。"

10. 仙女湖边

天已大亮了。

大堤上,玉树骑着摩托车,驶了过来。

他来到了新亮家的船边,在附近的堤岸上,放着新亮的那辆摩托车,玉翠的那辆摩托车，玉树也把自己的摩托车停靠在了它们的边上。

玉树正要往船上走，珍珠和玉翠拎着两个手提包，从船舱里走了出来，新亮和彩虹都出来送。

珍珠见玉树来了，就说："玉树，你来得正好，我和你玉翠婶子要上县城，刚才我还寻思怎么往公共汽车站走呢，要不然就得让新亮驮着我们两个人走，你来了好，驮着你玉翠婶子，跑一趟吧！"

玉树说："好啊！"

新亮说："玉树，你来干什么来了？"

玉树说："新亮哥，我想找你好好唠唠，现在市场上红心鸭蛋来钱挺快的，我家养了这么多鸭子，要是都喂上仙女湖里产的虾米什么的，那就能出老多红心鸭蛋了。"

新堂说："行，我这片水面上，自然生长的虾米就不少，你需要的话，我就给你打捞点。"

玉树说："那敢情好了。"说着，珍珠上了新亮的摩托车，玉翠上了玉树的摩托车。两辆摩托车沿着大堤向前驶去。

车上，玉翠对新亮："新亮，你可千万别忘了，给我们对门那刘泥鳅家送鱼的事。"

新堂说："你都交代过了，我忘不了！"

11. 公共汽车站

珍珠和玉翠上了车，找着了个地方坐下了。

车开了，车窗的两边闪过树和广阔的田野。

玉翠望着窗外，对珍珠说："这出来看看，心情是不一样，觉得心里宽敞多了。"

珍珠说："那是，咱们老待在一个村子里，不出来走走，都快把人憋闷死了。出来了，就好像是把屋里的窗子打开了，多看看外面的风景，也透口气。"

12. 仙女湖边

新亮驾着那条小船驶到湖边。

玉树正等在那里。

新亮把两袋虾，从船上递给玉树说："你装车上吧！"

玉树把两袋虾装到了摩托车的后边，问新亮："新亮哥，我拿这虾喂鸭，是要产红心鸭蛋，是为了赚钱，你说说，这一袋虾我给你多少钱？"

新堂笑着说："这一袋虾多少钱，你别问我。"

玉树说："那问谁？"

新亮说："你问彩霞去吧！"

玉树说："你给我捞的虾，她哪知道多少钱一袋？"

新亮说："你这个玉树啊！怎么脑袋就不转个个儿呢？我让你去问彩霞，你就真去问哪？我只不过是这么说说，那彩霞是我的妹妹，你又是彩霞的对象，我帮你，就等于是帮彩霞了，我能朝你要钱吗？"

玉树说："新亮哥，这天长日久的，我老到你这儿来拉虾米，你一分钱不要，我这心里可不得劲儿。"

新亮说："有什么不得劲儿的？等你那红心鸭蛋生产出来了，别忘了给我送点儿过来就行了。"

玉树说："那是一定的。哥，你要没事我可要走了。"

新亮说："别的，我也得到镇子和村上去送鱼，咱们一条道！"

仙女湖的大堤上，新亮和玉树两个人，骑着摩托车，各驮着鱼和虾米，往前驶去。

13. 县城街头

珍珠和玉翠站在街头向四处看，她们向一家门面比较大的饭店走去。

她们进了那家饭店，饭店里有个领班模样的人，问："你们找谁？"

珍珠说："听说有个特级厨师李师傅，是你们这个饭店的吧？"

那个领班模样的人说："他还没上班呢。"

珍珠说："那我们就坐在这儿等他吧！"

珍珠见有些女服务员正在拾掇餐厅，她对玉翠说："来，咱们两个也上手帮帮忙。"说着，她们两个操起来了拖把，就开始拖地。

那位领班模样的人说："哎哎哎！你们是客人。"

珍珠对那人说："我们也不是什么客人，跟这个李师傅其实也不认识，我们就是进城打工来了。"

那位领班模样的人，看看她们说："你们两个都这把年纪了，让你们在前厅端盘子、端碗的也不合适，你们能干点什么活呀？"

珍珠说："我们两个在厨房，择菜、洗菜、给菜改个刀儿什么的，没问题。"

那位领班模样的人问："过去干过吗？"

珍珠说："干过，不信的话，我们可以干干，你看看。"

那位领班模样的人说："要说是后厨，还真缺择菜、洗菜、给菜改刀儿的人，可是，我们这员工的宿舍都住满了，没地方安排你们住。"

珍珠说："哎呀，小老妹子，你能安排我们在后厨干点活，那就不错又不错的了。住处的问题，自己解决。"

14. 淮爷的超市里

淮爷正在那里摆弄着那把老算盘。

孙顺水走了进来。

淮爷见顺水来了，就说："顺水，你来了？"

孙顺水说："淮爷，我来找你。"

淮爷说："大侄子，我跟你说的那个事，你跟你妈商量了吗？"

孙顺水叹了口气说："我妈说，非要先给我找媳妇，再说她和你的事。"

淮爷说："你妈想得对呀！这是老人对孩子的一片心，当老人的都这样，顺水，你和甜菊的事，我和甜菊已经说了，她没什么太大意见，有时间你们在一起多唠唠，你们俩这个红媒我是当定了。"

孙顺水听了淮爷这话，有些惊讶，继而又说："叔啊，我总觉得不合适，甜菊是个大好人，那样太亏着她了。"

淮爷说："你别这样想了，你就和甜菊好好处吧！去，到甜菊那边去。去看看她，连跟她说说话。"

孙顺水有些不好意思，说："淮爷，我今天来一个是找你说说话，另外我也想跟你说，靠你们超市东边那间房子还闲着呢，我就想挨着你们把那房子租下来，办个建材小商店，你看行不行？"

淮爷说："那有什么不行的？咱们都在这儿左左右右地做生意，互相之间也有个照应。不过这事，你得跟五河他们说说。"

这时候，五河从外边走了过来，往村委会的屋里走着。

淮爷就说："五河，顺水找你有事。"

五河回过头来，孙顺水走上去："五河哥，我看那还有一间房子闲着，我想把它租下来，办个建材小商店，行不？"

五河说："那怎么不行？那间房子，村上正招租呢，你要租，就租给你吧！"

孙顺水说："什么时候签协议？"

五河说："你就跟我来吧。"

五河和孙顺水往村委会的屋里走。

淮爷对孙顺水说："顺水，办完了事，你再过到这边来。"

孙顺水说："好嘞！"

15. 淮爷超市门口

新堂开着一台手扶拖拉机，拉着晓梅和刘泥鳅来到了淮爷超市门前。

新堂指着地上的化肥说："我们家地上的就是这种有机肥，这是晓梅让上的。"

刘泥鳅看着那化肥说："啊！就这个肥料呀？我家也买这个肥料。"

新堂说："你就去那边交钱吧，我和晓梅先帮着你，往我家的手扶拖拉机上抬。"

刘泥鳅说："哎呀，你们能来帮我买化肥就够意思了，再用你们帮着干活，使你们家的手扶拖拉机，那就真的不好意思了！"

新堂说："刘叔，你别那么说呀！以前你们家的饭店，是和我大姨家的饭店对门。现在你是和我们家的饭店对门了，门对门的，有个大事小情的，谁用不上谁呀？你就别客气了。你去交钱吧，我和晓梅抬化肥了。晓梅，来！咱们往车上搬化肥。"说着，新堂和晓梅就开始往车上装化肥。

刘泥鳅去甜菊那里交钱了。

这时候，孙顺水从村委会走了出来，来到了淮爷跟前。

淮爷说："协议签了？"

孙顺水手里拿着一个协议书，说："签完了，就是签个字，手续很简单。租金以后交！"

淮爷说："你过去看看甜菊吧！"

孙顺水说："淮爷，我这么去好吗？她正忙着呢。"

淮爷说："你这挺大个人，怎么还一脸抹不开的肉呢？我叫你去，你就去。"

孙顺水揣好了那张协议，向甜菊那边走去。

甜菊正在给刘泥鳅结账。

孙顺水走了过来。

刘泥鳅一见孙顺水就说："哟，顺水，我怎么能在这碰到你呢？这可是太少见了。"

孙顺水说："来村委会签个协议。把旁边这间房子租下来了，我要在这里开个建材小商店。"

刘泥鳅问："那你不跑船了？"

孙顺水说："船上有人照看，我主要是想在村子里做点小生意，也能多照看照看老妈和孩子。"

刘泥鳅说："你不在的时候，人家淮爷、甜菊可没少照顾你妈和小石头。"

孙顺水说："这我知道。"

甜菊把剩余的钱递给刘泥鳅说："账结清了！"

刘泥鳅接过钱，转身走了。

新堂和晓梅还在往手扶拖拉机上装着化肥。

那边孙顺水对甜菊说:"甜菊,淮爷非得说让我过来看看你。"

甜菊说:"顺水哥,你要在这块办建材小商店,这个主意好,你要在这儿开了建材商店,咱们离得这么近,到时候让你家大婶也过来,咱们互相之间照看起来就更方便了。"

孙顺水说:"甜菊,淮爷跟你提咱俩的事了?"

甜菊看了顺水一眼,说:"你是怎么想的?"

孙顺水说:"还问我怎么想的?我就是想你跟着我有些太亏了。"

甜菊:"人这一辈子,很难把亏不亏的事说明白。有的时候看着是亏,其实是得了,有的时候看着是得,其实是亏了!"

孙顺水说:"甜菊,你真同意跟我?"

甜菊说:"你要不同意就算了。"

孙顺水说:"这是说哪儿的话呢!你要是同意,我就是一百个同意,一千个同意了。"

甜菊笑着说:"我要那么多同意也没用,我就要你一个同意,就行了。"

孙顺水有些兴奋,搓着手说:"你甜菊这么好的人,我不同意我不是傻嘛,你顺水哥还没傻到那个份上!"

甜菊冲孙顺水笑了。

孙顺水对甜菊说:"那今天晚上,到我家去吃饭吧!"

甜菊说:"去是行,得等着我过去做饭,叫着淮爷一起过去。"

孙顺水说:"行。"

超市门前,新堂开着拖拉机,晓梅和刘泥鳅坐在车上,向院外开。

淮爷冲着晓梅说:"那不是晓梅吗?忙完了就走啊!不到这边坐会儿?"

王晓梅说:"姥爷,我有时间再来啊!得帮着刘叔家把化肥送到地头去。"

刘泥鳅本来眼睛定定地看着甜菊和孙顺水那边。忽然,他听到了晓梅冲淮爷叫姥爷,他一脸狐疑地问:"哎,你刚才管淮爷叫什么来着?我的耳朵没听错吧?"

新堂笑着说:"刘叔,你还不知道吧!晓梅是我对象,她不管淮爷叫姥爷叫什么?!"

刘泥鳅说:"我知道你们是对象,可是没承想你们关系发展得这么快。管你的姥爷都叫上姥爷了!"

16. 镇子五河家的浴池

新亮把摩托车停在门前,从摩托车的后边拿下一袋鱼,走了进来。

这时候,武二秀正好从里面走了出来,她手里拿着一张单子,递给了吧台服务员。

新亮对武二秀说:"武阿姨,我给胖丫送鱼来了!"

武二秀一见是新亮,说:"呀,这不是新亮嘛!"

新亮说:"我二姨跟我妈上县里办事去了,我来给胖丫送鱼来了。"

武二秀说:"新亮呀!我正要找你问问呢,你们把鱼给我们送来,可胖丫闺女,昨天倒手就送给饭店了,你说,我们也没费什么事,就在这中间挣了个二手钱,这合适吗?"

新亮笑着说:"武阿姨,这有什么不合适!打开始给胖丫送鱼,就是想让你们多挣几个钱。"

武二秀说:"新亮,你要这么说,我这心还真就放下了,不然,我老觉得这么做事,好像偷奸取巧似的,心里不得劲儿。"

这时候,南南从楼上走了下来。

新亮说："你怎么知道我来了？"
南南说："我听见你那摩托车响了。你那摩托车和别人的响声不一样。"南南又对新亮说："你上来看看吧！"
新亮转身对武二秀说："武阿姨，我和南南上去看看。"
武二秀把手里的那袋鱼，放在了吧台里。趿身又进到女池里去了。
二楼，服装加工厂车间，新亮和南南走了进来。
青年女工们都在忙碌着。
南南妈在那里忙着裁剪着服装，看到新亮，笑着说："新亮来了！"
新亮也对南南妈笑着说："阿姨，忙着呢？！"
南南说："那个来订货的人，要的第一批货，我马上就准备好了。后天，就能打包外运了！"
新亮说："是吗？你们的动作也真够快的呀！"
他们两个来到胖丫跟前。
南南说："在这么多女工里，胖丫进步最快！你看她干的这个活，精精细细的，一个多余的线头都没有。"
新亮说："胖丫妹子，其实是个心灵手巧的人，只是过去在街头摆摊没发挥出来。"
胖丫笑着说："这我得感谢南南姐嘛，给了我这么个工作的机会。喜欢这个工作，就得珍惜这个工作，不干好！对得起谁呀？！"

17. 县城饭店内
厨房里，玉翠在洗着菜，珍珠给菜改着刀。
那位领班模样的人在旁边看着，说："行，你们两个干的这活行，菜择的、洗的都干净，刀改得也不外行。你们就在这儿干吧！工资的事咱们再商量。"
珍珠说："哎呀！先干几天再说吧，提什么工资的事啊！"
在厨灶那边，有个上了年纪的老师傅和几个厨师正在上灶。
珍珠把切好的菜，端到那位老师傅跟前说："李师傅，这是我给菜改的刀，你看行不？"
李师傅看看说："不错，正是我炒菜需要的刀口。"
珍珠一听这话笑了，说："李师傅，我们两个都是今天新来的，干的活要是哪儿不行，你多指教。"
李师傅笑着说："看切菜这刀口，你不是外行人，没什么要说的，这么干就行。"说着，李师傅在马勺里倒油，炒菜。
珍珠在一旁看着。
李师傅回头看看她说："我炒菜有什么看的，去那边忙你们的吧！"
珍珠说："李师傅你不愧是个特级厨师，看你炒菜的样子，都把我看傻眼了。"
李师傅笑笑说："没什么，什么事都是熟能生巧，炒菜颠马勺这活，我干了大半辈子了。我自己没觉得什么，可别人看我，处处有门道！"

18. 刘泥鳅家地头
一台插秧机在插秧。
新堂、晓梅、刘泥鳅在往地头卸化肥。

19. 村中路上
玉树在教彩霞骑摩托车。

玉树把着摩托车的后座，彩霞坐在摩托车前面。
玉树说："发动车！"
彩霞就把摩托车发动着了。
玉树说："往前走！"
车刚缓缓地前行，"活济公"墩子却出现在他们面前，说："停停停！虾米驮回来了，你们又在这干什么呢？"
玉树说："我教彩霞骑骑摩托车。"
"活济公"墩子说："教彩霞骑骑摩托车？她一个女孩子家家的，骑这玩意儿嗖嗖快，把她摔了呢？别骑了！赶快把摩托车推家去。我说你小子上哪儿去了呢？把两袋虾米放到院里，骑着摩托车就跑。我一寻思你就是上这儿来了，别骑了。"
这时候，彩霞只好从摩托车上下来，对玉树说："叔不让骑了，就别骑了。你要教我练摩托车，咱们就去仙女湖把我妈骑的那台摩托车先骑回来，我再练吧！"
玉树说："爹，教彩霞骑骑摩托车有什么不好的，现在年轻人谁不骑呀！你看看，刘泥鳅家那个洋洋，还有新亮哥的对象南南姐，谁不会骑摩托车呀！"
"活济公"墩子说："人家骑人家的，我不同意彩霞骑。"说完，转身走了。
玉树看看他爹的背影，对彩霞说："摩托车还得学，等有时间咱把你大姨给你妈的那台摩托车，从仙女湖取回来。"说完，他推着摩托车，跟着"活济公"墩子往前走。
"活济公"墩子回头看看，见玉树推着摩托车，又跑了回来，问："儿子，这摩托车你怎么推上了呢？是不是骑坏了？发动不着了？"
玉树说："坏什么坏呀！你不说让推着嘛，省油嘛！"
"活济公"墩子笑笑说："嗯，这才像是我的儿子！"
可是，玉树听完这话，却骑上摩托车，一溜烟儿走了！
"活济公"墩子冲着玉树的身后骂道："省油省油，省个屁油？你小子全是逗着你爹玩呢！"
玉树也没再回头。
（第二十二集完）

第二十三集

1. 镇子到村子的路上

新亮骑着摩托车驶了过来。
正巧遇见新堂开着手扶拖拉机，拉着晓梅和刘泥鳅，从田里驶上路来。他们碰在了一起。
新堂对新亮说："新亮哥，你回来了？"
新亮说："这不是来给刘叔家和咱们家的饭店送鱼来了嘛！"
刘泥鳅一听就说："哎呀！既然在这儿碰上了，鱼就别再单独送了，把鱼给我吧！"
新亮就把一袋鱼递给了刘泥鳅。
新堂说："把给咱们饭店的鱼也放车上吧！"
新亮说："也行，仙女湖那边正忙着，我就抓紧回去了。"
刘泥鳅问："新亮啊！你家那个水上餐厅开业了？"
新亮说："开业了。"
刘泥鳅说："办得挺红火吧？"

新亮说:"还行。"
刘泥鳅说:"等哪天有空儿,刘叔过到你们那边去看看啊!也过去学习学习啊!"
新亮说:"别客气。晓梅,有时间你和新堂到我们那边去吃鱼餐,我用小船拉着你们好好逛逛仙女湖。我走了啊!"
王晓梅说:"有时间我们一定去。"
新亮骑着摩托车走了。

2. 村委会

五河正在那里看着一张朱圩村新村规划图。
六河走了进来,说:"五河哥,你忙什么呢?"
五河说:"这村里深水井已经打好了,马上要铺设自来水管道了,咱们不能想着把现在的各家各户都铺上管道,就完事了,得考虑到今后的新村建设!把自来水管道现在就直接铺过去,不然等新村的楼都盖起来了,再重新铺设自来水管道,也麻烦。"
六河说:"你有空儿没有,我跟你说几句话?"
五河放下手里的图纸,说:"什么事?你说吧!"
六河说:"五河哥,你听说没有?淮爷,咱们那个老泰山,老树要发新芽了!"
五河说:"什么意思?直说。"
六河说:"村子里都传开了,说他要娶顺水妈当老伴!"
五河想想说:"婚姻自由,老爷子要真是找孙水妈当老伴,那也是正常的,有什么值得大惊小怪的?"
六河说:"我是想,咱们这姑爷闺女、外孙子外孙女一大帮儿,个顶个的都对老爷子挺孝顺。一天到晚有他吃喝,有他用的,就行了呗!他非要找个老伴干什么?好像咱们对他照顾得不周到似的。"
五河说:"你也别那么想,老年人老有所爱,都是正常的事。"
六河想想说:"不光是对这个事我有想法,还有一个事我也有想法。"
五河说:"还有什么事?"
六河说:"你不知道吧!顺水那是娶过两房媳妇的人,你知道和谁好上了呢?"
五河说:"和谁?不会是甜菊吧?!"
六河说:"算让你猜对了,就是甜菊!"
五河说:"是吗?甜菊和顺水的事,有点出乎我的意料,甜菊没跟我说过,有时间我问问她。"
六河又说:"听说,这一对老的,还有这一对小的,要一起去镇子里办登记手续呢。"
五河说:"这可不知道!要是有这事,上镇子之前能不来我这儿开介绍信吗?六河,你多把心思往种地上用用,这些事你别乱传。"
六河说:"我就是跟你说说,跟谁传啊?!五河哥,你说,对老爷子和顺水妈的事,咱们就不管了?"
五河说:"不是不管了,而是不能管。"
六河看看五河,一脸无奈,叹口气说:"看来我是白来了,本来我是想来找你一起想个主意,别让那老爷子和顺水妈走到一起,可你却是这番话,弄得我心里,挺凉快的,算了,你不管,我也不管了,我走了。"
五河看着他的背影,没再吭声。

3. 刘泥鳅家饭店门前

新堂驾驶着手扶拖拉机，停在了那里，刘泥鳅拎着那袋鱼，下了拖拉机，说："新堂和晓梅，谢谢你们俩了！一会儿，中午过到我家这边吃鱼吧？"

新堂说："哎呀，别客气了，要吃鱼，我们这儿也有鱼，以后用着我开拖拉机帮你们干点什么，就说话。"

4. 五河家饭店屋里

六河正坐在那里抽烟，见新堂和晓梅进来了，就问新堂："我刚才隔着玻璃窗，看见那刘泥鳅从咱们家的拖拉机上跳下去了，他怎么坐到咱们家拖拉机上去了？"

新堂说："他家在淮爷的超市买了点化肥，不方便送到地里去，我和晓梅就帮他把化肥拉过去了。"

六河说："行，你小子行啊！对那刘泥鳅比对你爹都强，你爹，叫你拉趟肥料，都费了牛劲了，可你帮那刘泥鳅送粪肥，倒是挺痛快。"

新堂说："爹，你别有意见，咱们不是自己家人嘛，我就是跟你说个奚落话，你什么时候叫我去拉粪肥，我敢不去呀，你是我爹呀。"

六河说："那刘泥鳅，不是值得实交的人，以后，少帮他家。"

新堂说："你看，他家要用和咱们家一样的肥料，非拽着我和晓梅去看，咱又开着手扶拖拉机呢，能说买完肥料，给人家扔到那儿，咱们就走吗？两家饭店门对门的，不好意思啊！"

六河说："你还有不好意思的时候啊？咱们和他们门对门，可你爹我和你住的是一个屋，吃的是一锅饭，以后爹找你做事，你对爹能像对刘泥鳅那么不好意思就行了。"

王晓梅给六河倒了一杯茶水，说："叔，你别跟新堂生气，去帮着他家送化肥的事，是我说的，要怪你就怪我吧。"

六河接过茶水，说："晓梅，你别帮他解释了，要是真是你的主意，叔我也就什么也不说了。"

5. 淮爷的超市

五河走了进来，说："爹，刚才六河来了，你看见没？"

淮爷说："看见了！忙三火四地来了，又忙三火四地走了。他找你有事吧？"

五河说："他是来找我说你和顺水妈、顺水和甜菊的事。"

淮爷问："他怎么知道的？"

五河说："这隔墙有耳的，我也不知道他怎么知道的，爹，他说的事都是真的吗？"

淮爷说："嗯，真的！"

五河想想说："爹，我知道你是个有主意的人，你和顺水妈的事，虽说六河是有些意见，可我不能反对这事。"

淮爷说："六河有意见？他有什么意见呢？"

五河说："他觉着你和顺水妈的事真成了，怕村里人说我们这些人不孝顺你似的。"

淮爷说："他是这么想？你们呢，对我都孝顺，在全村子我见到的人面前，没少夸你们！我想找那顺水妈当老伴，原来只是一时动气说出了这话，可过后吧嗒吧嗒嘴儿，仔细地品着味儿，这些年哪，我和顺水妈，还真是有感情。所以说，也不完全是因为动气才这样想的。五河，爹想问问你，你对这个事是怎么看的呢？"

五河说："老有所爱，这很正常啊！"

淮爷说："别跟我说官话，说点实在的！"

五河说:"我倒没什么,就是不知道珍珠和玉翠她们姐俩对这事怎么想?"
淮爷说:"哦,你说的是她们姐俩,论说这个事也不是小事,我倒是真该听听她们的意见!至于那六河的意见,我不听。那是一个思想保守的人,比我老爷子这脑瓜筋儿还保守。"

6. 仙女湖边

夜晚,仙女湖上波光粼粼。
船舱里,彩虹在炒着菜,新亮扎着个小围裙,在给客人往桌子上端菜!
这时候,玉树和彩霞走进船舱。
新亮见是他们,就说:"哦,你们来了!吃饭没呢?"
彩霞说:"没吃呢,我们两个先帮着忙活忙活,一会儿等忙完了,咱们一起吃吧!"说完,彩霞和玉树洗了手。彩霞走到彩虹身边,说:"姐,还用不用再择点什么菜?"
彩虹说:"你们就把那捆韭菜择择吧!"
彩霞就把一捆韭菜扔在玉树跟前,说:"择吧!"
玉树打开那捆韭菜说:"怎么择呀?"
彩霞说:"这点活都不会干哪?就把底下外边那层小皮剥下去,看有黄梢的韭菜叶掐掉就行!"
玉树拿起一根韭菜,一边说:"你看,这么择对不对?"
彩霞说:"行,就这么择吧!"说着彩霞也择了起来。

7. 孙顺水家

甜菊在锅里炒着菜。
顺水妈在灶坑前烧着火,她不时地抬头看看甜菊,嘴角上漾着舒心的笑容。
小石头在屋里写着作业。
淮爷和孙顺水坐在那里,喝着茶水说话。
孙顺水说:"叔,我把我和甜菊的事,跟我妈说了,可把我妈高兴坏了。我也跟我妈说了您和他老人家的事,我妈说去给叔你当老伴,她也乐意,只是他不想让你们和我们一起办手续,想让我们的事,先办,不然的话,怕村子里的人又说闲话。"
淮爷说:"说闲话我是不怕!不过你妈说得也对,你和甜菊的事,就先办吧!我和你妈的事就往后拖拖再说。"
这时候,甜菊、顺水妈都在往饭桌上端菜。
甜菊坐在了顺水妈妈和小石头的中间。
淮爷挨着顺水妈坐下了。
顺水挨着小石头坐下了。
顺水给淮爷倒了一杯酒说:"叔,咱们先前吃的那顿饭,虽然也是这些人,但意思和今儿个不一样。咱们今儿个都喝点。"说着他给顺水妈、甜菊也倒了一点酒。
孙顺水手举酒杯说:"来,咱们碰个杯。"
淮爷、顺水妈、甜菊、孙顺水四个杯子碰在了一起。
每人都喝了酒。
小石头一见,说:"爸,你们都喝酒,我也要喝点。"
孙顺水说:"小孩子家家的,不许喝酒。"
淮爷端起自己的酒杯,对孙顺水说:"来,再倒上点儿。宁落一桌不落一人,来,小石头你也少来点儿。"

小石头把嘴伸向淮爷递过来的酒杯，舔了一下说："呀！真辣！"

孙顺水、顺水妈、甜菊都笑了。

孙顺水说："不让你喝，你偏要喝，辣着了吧！看你还喝不喝！"

小石头说："你不让我喝，我也要喝，我知道今天这酒是什么酒。"

孙顺水说："你知道什么？"

小石头笑笑，说："我不说。"

甜菊说："小石头，你到底儿知道什么了？说！"

小石头咧着嘴，笑着说："我知道，甜菊姑姑要成为我妈了！"

大伙儿哄地一下，全笑了！

淮爷说："你小子怎么知道的呀？"

小石头说："别以为我小，我什么看不出来呀！我早就盼着甜菊姑姑当我妈了。"

众人又笑了！

8. 镇子上五河家的浴池

"活济公"墩子走了进来。

那位吧台女服务员说："叔，你又来了！这回我可认识你了！"说着，递给他一个钥匙牌和一份备品，说："请进吧！"

"活济公"墩子接过钥匙牌和备品，说："武二秀在吧？"

那位吧台女服务员说："在！"

"活济公"墩子说："你告诉她，一会儿还叫她拿着我的脚练手。"说完，他走进浴池去。

9. 服装厂车间

楼上，二楼的车间里，工人们都走空了，只有胖丫还坐在缝纫机前，轧着自己拆过的衣服。

南南推门走了进来，她没有惊动胖丫，悄悄地走到她跟前，看胖丫神情专注地做着衣服。小声说："胖丫，这是你拆过的那几件衣服吧？"

胖丫说："拆好拆，再像原样一样做上就不容易了！我一边做一边想，一定要把它恢复成原样来，不然这衣服就白拆了。"

南南笑着说："胖丫，原来我真没想到，你是这么一个有心机的人，打明天起，你就在这个工班里，当工班长吧！"

胖丫说："哎呀，南南姐，你可不能提拔我，我可当不了官，你看我自己还管不好自己呢，哪能去管别人呢？"

南南说："我看你干挺合适的。"

胖丫笑了，说："如果南南姐真看我合适，那我就先干着试试也行，只是怕干不好。"

10. 浴池的大厅内

"活济公"墩子穿着浴服走了进来。

武二秀见是他进来了，忙迎过来说："叔公，你来了！"

"活济公"墩子找了一张床，躺下来说："这不忙春耕呢嘛，给地里的冬小麦浇水呢，忙了一天了，弄得浑身土豁豁的，回到家，吃了几口饭，脚像踩风火轮似的，就往这走，不知怎么回事，现在我可愿意到这儿来洗澡了，八成是也想见见你。"

武二秀说："叔公，你说起种地的事，这几天我就惦记着，我们家村里那块地，冬小麦也该浇水施肥了。"

"活济公"墩子说："我知道你们家那块地，是我那侄儿活着时留下来的，我去看过了，现在那麦子长得不错，你别惦记着，你要是信得过你叔公我，你们家麦地里这个活，那个活的，我就帮你干了，等到收麦子的时候，你回去一趟就行。"

武二秀说："那可敢情好，叔公帮我做这事，我是最相信不过了。"

"活济公"墩子指着自己的脚，说："那咱们两个也就互相承包吧，我帮你管你村里那块地，你就帮着我按脚吧！"

武二秀说："行，没问题！五河大哥说了，你到这儿来，是个特殊人，什么都可以免费！"

11. 仙女湖大堤上

玉树和彩霞各骑着一辆摩托车，在夜色中，行驶着。

彩霞笑着问玉树说："玉树哥，你看我骑得怎么样？"

玉树说："挺好的，就是别太紧张了，慢着点儿，慢慢地就好了。"

12. 县城里的某小旅馆内

房间里，珍珠和玉翠正在打开被子，她们在脱衣服，准备睡觉。

玉翠说："姐，这个招儿你是怎么想出来的？咱们在这饭店里，干了一天活，虽说挺累的，但是心里高兴，看到李师傅在炒菜，咱们学到了不少东西。"

珍珠说："我念书的时候，学过这么一个课文，凿壁偷光，说的是一个想看书的人，家里没有光亮，就把墙凿了个小窟窿，借着邻居家的亮光看书，咱们用的也就是这个方法。"

玉翠说："姐，我觉得咱这么学下去收获是有，可总觉得有点不太好似的。"

珍珠说："先这么学着，等跟那李师傅，处差不多了，再跟他挑明了说，看他能不能收下咱这两个徒弟。"

玉翠说："这倒是解决问题的一个长远办法。"她们两个躺下了。

珍珠说："反正出来一趟，不能白来！"

13. "活济公"墩子家

玉树和彩霞骑着摩托车，走进院来，他们停下摩托车，走进屋去。

玉树说："呀，我爹这是上哪儿去了呢？都这时候了，他怎么还没回来呢？这有点不正常。"

彩霞说："没事的，他那么大个大活人，就是这么个小村子，他能上哪儿去？一会儿他肯定能回来。就这个时间，我再帮你们拾掇拾掇屋子吧。"

说着，彩霞拿起了一个盆子，到水缸边舀了水，开始擦拭起家具来。她一边擦拭着洗衣机，一边说："玉树哥，听说村里马上要通自来水了，这两天就要铺通水管道了，咱们以后，用起这洗衣机，就更方便了。不用老拿盆子往里倒水，也不用非得拿个大盆子接水了。"

14. 刘泥鳅家

刘泥鳅正在给洋洋打电话。

刘泥鳅冲着话筒喊："你跟你爸你妈整的是什么事？叫你哥把那个胖丫驮回家来了，你们还和我们玩哑谜，我给你打了不少遍电话了，你也不接，可把我和你妈气死了。"

话筒里传来洋洋的声音:"哎哟,爸,人家不是有事嘛,再说我这一天,忙得够呛,哪能来个电话就接呀!我哥和胖丫的事,我看不挺合适的嘛,你们就别管了。"电话里传来忙音。

刘泥鳅放下电话说:"你听听,这闺女是怎么跟我说话呢?都赶上她是我爹了。"又问"小广播"说:"那喜子呢?"

"小广播"说:"炒完了菜就骑着摩托车出去了!"

刘泥鳅说:"得了,这又是屁颠屁颠地,给未来的老丈母娘或者是胖丫送饭送菜去了,刘喜子这个小子,真不像是我的儿子,没出息。"

"小广播"说:"他不像你的儿子,像谁的儿子,我听了这话,怎么这么扎耳朵呢?我告诉你,我可没偷过人养过汉,刘喜子就是你的种。"

刘泥鳅说:"种子再好,地不好,也长不出好庄稼来。"

"小广播"抄起一个小笤帚疙瘩,照着刘泥鳅就打,说:"你埋汰谁呢?"

刘泥鳅一边招架,一边说:"行了,行了,你别打了。你是天底下最好的地,行了吧!"

15. 镇子五河家浴池. 服装厂车间

刘喜子把摩托车停在门前,拎了一兜饭菜,走了进去。他走进二楼的车间里,见胖丫一个人还在灯下做着活,就拎着饭菜走了过去,说:"胖丫!"

胖丫抬头看看是他,就问:"你怎么来了?"

刘喜子说:"我到家去找你,你没在,我就找到这儿来了,给你和你妈送饭送菜来了。"

胖丫说:"我这正忙着,没有时间吃饭,我妈就在下边的浴池里呢,你把饭菜都给她送去吧。"

刘喜子说:"你看,我给你们带的是两份,都送给她,她也吃不了哇!留你这一份吧,再忙也得吃饭不是。"

胖丫说:"那阵儿我都吃过了。"

刘喜子说:"那阵是哪会儿了?现在都什么时候了?一会儿还得再吃点。怎么不知道心疼自己呢?"说着,把两盒饭菜放在了胖丫的缝纫机边,拎着另外两盒饭菜走下楼去。

胖丫看着刘喜子的背影,笑了,又低下头,做着自己的活。

浴池门口,女服务员领着武二秀走了出来。

刘喜子拎着饭菜站在那里,说:"阿姨,我给你送点饭菜来,还热乎着呢。"

武二秀接过饭菜,说:"哎呀,喜子这孩子,你真知道疼人,阿姨到现在,还真没吃饭呢,这饭菜送的还正是时候。"

刘喜子说:"那你就趁热乎吃吧!"说完,转身要上楼去。

武二秀说:"喜子,你什么时候回村子?"

刘喜子说:"一会儿。"

武二秀说:"一会儿,你回村子的时候,别忘了帮我带个人回去。"

刘喜子说:"好嘞!"

楼上,车间里,胖丫还在做着活计。

刘喜子打开饭盒,用小勺舀了一点菜,递到胖丫的嘴边说:"胖丫,干活吃饭两不误,哥喂你。"

胖丫笑了,把喜子递过来的勺子里的菜,吃进嘴里,嚼着说:"喜子哥,你的手艺真不错,这菜香!"

16. 镇子至村子的路上

夜色中，风儿摇摆着路两旁的油菜花，喜子骑着摩托车，驮着"活济公"墩子驶了过来。

"活济公"墩子说："喜子，刚才给武二秀送饭的人，是你吧？那菜炒得真不错。"

刘喜子说："怎么？你也尝着了！"

"活济公"墩子说："什么叫尝着了，我晚上本来就没怎么太吃好，正好武二秀把你送来的饭菜端过来了，我一闻着那香味，嘴里都往下淌哈喇子了，你送的那饭菜，叫我给吃了一大半。"

刘喜子说："叔，你这人也有点不讲究，阿姨晚上还没吃晚饭呢，你都给吃了，人家吃什么呀？"

"活济公"墩子说："你看我这人就是实在，她没说她没吃饭呢，非得叫我吃，看着我吃，她还瞅我直乐，我就寻思我吃她高兴，我多吃点儿她不就更高兴了嘛？为了她更高兴，我才多吃的。哪知道她没吃饭呢！"

刘喜子说："你看你这个人，这么大岁数了，做事情就是这样，洗脸盆里扎猛子，总是没深没浅的，我怎么说你好呢！"

"活济公"墩子说："喜子，你跟我说话，可不能没大没小的，我是你叔，你要再这么说话，你就把摩托车停下，我不坐了，我自己往回走。"

刘喜子说："你以为我驮你，是冲你啊？是阿姨让我驮你的。别好像谁愿意驮你似的。"说着，刘喜子骑着摩托车，往前驶着。

17. "活济公"墩子家

"活济公"墩子推门走了进来。

玉树一见，他那副干干净净的模样，就说："爹，你这是又去洗澡了吧？"

"活济公"墩子说："是啊！洗上瘾了，不洗不行了，就是来回走几里地，也想去洗了。"

彩霞说："叔，你看，你养成这洗澡和刷牙的习惯，多好。现在一张嘴说话，一笑牙齿白白的。"

"活济公"墩子说："是，过去我是澡不能洗，牙不能刷。现在是澡必须得常洗，牙得常刷了！我呀！真不是原先那个我了。"

彩霞说："天不早了，你也回来了，我也就回去了。"

"活济公"墩子说："行！用不用玉树送送你？"

彩霞说："不用，这院挨院的，几步道我就回去了。"临出门时，彩霞对玉树说："玉树哥，明天早晨，就按照咱们说好的，一起去仙女湖。"说完，彩霞走了。

"活济公"墩子指着彩霞出去的方向说："玉树，她明天早晨要跟你一起去仙女湖？我得跟你说，你可不能再鼓捣彩霞骑摩托，她一个闺女家，骑好了好，要是真骑出点事来，把哪块儿摔坏了，咱可负不起责任。人家不得埋怨你呀！你不教会人家骑这玩意儿，人家能摔着吗？"

玉树说："爹，你就别管了，这么多人都在骑摩托，你看谁说摔坏就摔坏了，别什么事都往那旮旯胡同的地方想。"

"活济公"墩子说："你小子不用不信我的话，有一天要是真出了事，你也知道她爹六河那人，那要是闹到咱家来，我可挡不起，到时候你吃不了，就得兜着走！"

18. 六河家门前

天还未亮。

玉树骑着摩托车，来到了这里。

彩霞从院子里，推出摩托车，两个人一起上路了。

玉树说："别骑得太快，慢一点！"

彩霞说："没事！我已经会骑了。"说着，彩霞的摩托车骑在了玉树的前边。

19. 仙女湖边

天刚蒙蒙亮。

彩虹走到了船边，拿着脸盆，从湖里舀了一点水，刚要洗脸，她望着湖面忽然叫道："哥，你看看，这是在哪里漂过来的死鱼啊？"

新亮披着衣服，从船舱里跑了出来，看到了："呀！这不是咱们家的鳜鱼嘛！不行，我得去看看。"说着，他跳上小船，解开船缆，摇着桨向网箱那边驶了过去。

20. 村路上

一辆拉水的拖拉机，驶向田野，"活济公"墩子也坐在那台拖拉机上，在一块地头，拖拉机停了下来。

"活济公"墩子下到地上，说："你看到了吧！就是这一片地，今天你把这水都给浇完，得多少钱？"

那个开拖拉机的人说："不朝你多要，一车水十块呗！"

"活济公"墩子说："你要的这价也太高了，都是一个村住着，你从淮河里拉来的水，道也不远，费不了多少柴油，怎么要那么多钱？"

那个开拖拉机的人，笑着说："你打听打听去，我给谁家拉水浇地，不是这个价？"

"活济公"墩子说："我告诉你，你给别人家浇的地和这块地可不一样。"

那个开拖拉机的人问："都是一样的麦田，哪不一样？"

"活济公"墩子说："你知道不？这是武二秀家的地，她到镇子上打工去了，我是发扬风格，帮她在家里给这块地浇水，我看你也发扬点儿风格，再让让价吧！"

那个开拖拉机的人说："价不能再让了，要浇你就浇，不浇我还给别人家浇呢。"

这时候，孙顺水从那边走了过来。

"活济公"墩子说："呀！顺水，你怎么会来这儿呢？"

孙顺水说："我也是来看看我家的那块地上的冬小麦。"

"活济公"墩子说："顺水，你跟这位师傅再说说，给讲讲情，我这是来帮武二秀家浇地来了，他一车水要十块钱，这也太贵了。"

孙顺水看了看"活济公"墩子说："一车水十块钱，不能说贵了，这样吧，这块地以前也是我侍弄，水就浇吧，钱我付。"

"活济公"墩子说："哎呀！顺水，我知道你和武二秀已经离了，这浇地的水钱再让你掏，有点儿不太合适吧？！"

孙顺水说："没什么！不管怎么说，我和武二秀夫妻一回，这点儿钱不算什么。"

"活济公"墩子说："你要这么说，那我就让他浇了。钱你付，我在这儿看着。"

孙顺水说："行！"说完，孙顺水把一百块钱递给那位师傅："有十车水肯定够了，要是多了，你就把它退给他吧！"

那位师傅接过钱说："好嘞！"

孙顺水走到了自家的那块麦田里，看着麦苗。

这时候，有两个挎着筐采野菜的女人，从武二秀的地头经过。

她们看着"活济公"墩子正在那里。

有一个女人就说："哟！这不是'活济公'嘛，你怎么在武二秀家的地里干活呀？"

"活济公"墩子说："她们家人上镇子打工了，我是她叔公，这地总得有人管，我不管让谁管呢？"

一个女人说："这么些年，一个村子里住着，也没看你'活济公'主动帮衬过谁，没想到，你对武二秀家的地，倒这么上心。"

另外一个女人说："人家'活济公'现在是男光棍，平时闲着也没事干，这回武二秀和孙顺水离了婚，也变成女光棍了，男光棍帮着女光棍干点活，这不很正常嘛，咱可别多嘴多舌的！"

"活济公"墩子指着那女人说："你们给我闭嘴，我'活济公'是谁？是武二秀的叔公，我帮她忙活忙活，不应该吗？"

一个女人说："应该，可有一天别把武二秀忙活到你的手里就行！"

"活济公"墩子说："这些死老娘儿们，成天提溜个破嘴乱说。行了，好男不跟女斗，你们瞎说去吧！我没工夫搭理你们。"

那两个女人哈哈笑着，走了。

"活济公"墩子望着她们两个的背影，骂道："真是林子大了，什么鸟都有！"

21. 仙女湖边上

新亮驾着小船，来到了网箱旁，他看到了网箱里漂着一些死鱼，他用网兜把一些鱼捞了起来，又驾着小船，向自家的大船方向驶了过来。新亮上了大船，用手机打着电话说："是镇农业技术推广站吗？哦，我是朱新亮。是晓梅呀，我网箱里的鳜鱼死了不少，不知是什么原因，你们能过来看看吗？"

电话里王晓梅的声音："好，一会儿我和我们站里的人过去。"

22. 镇上五河家浴池门前

一辆大卡车停在那里，南南正在组织人，往卡车上装着服装。

南南妈也在旁边忙这忙那的。

胖丫和工人一起往车上装着服装，她笑着对南南说："南南姐，真是人多好干活，我没想到咱们的第一批服装，这么快就做完了。"

南南说："别看咱们这儿的工人有不少都是新手，可活做得都蛮认真，这些衣服我都看了，件件做得都好，发到那边去，客商肯定高兴。"

这时候，刘泥鳅从那边推着自行车走了过来，往胖丫这边看看。

胖丫赶忙过去说："叔，是你来了？"

刘泥鳅说："我到浴池这边来看看，从打五河家的这浴池开业，我还没来过呢。"

胖丫说："你要来洗澡呀？"

刘泥鳅说："不洗，就是过来看个新鲜，你们这忙什么呢？"

胖丫说："装车呢。"

刘泥鳅看看胖丫穿的那身工装，问："我知道装车呢！胖丫，你真在这服装加工厂上班了？"

胖丫说："我不都跟你说了嘛，就这在上班。"

这时候，南南过来说："我们胖丫可不光是在这上班了，是我们的工班长了。"

刘泥鳅笑着说："工班长？那是个什么官？"

南南说："是我们工厂里的管理人员，这一个工班的人和事儿都归她管理。"

刘泥鳅说："哟！真看不出，就胖丫这样的人，也能当官。"

南南妈说:"哎呀,你可不能小看胖丫,胖丫这孩子,干活一个是不怕吃苦,另外一个是有钻研精神。她当了这工班长,下边的人都服她。"

刘泥鳅笑呵呵地说:"哟,没想到,羊群里剌棱蹿出个骆驼来。胖丫出息成这样了。"

胖丫听了这话,没吭声。

23. 仙女湖边

在船上,晓梅和其他技术人员看着新亮的那些死鱼,他们从湖里打起了一瓶水,那位穿着白大褂的技术人员,对新亮说:"你这里的鱼怎么死的,我们现在还说不明白,这水、这鱼我们都得拿回去化验。是什么问题,我们查出来以后,再告诉你。"

新亮说:"你们快点儿拿回去化验吧,不然,过几天这鱼都死光了,那我就白养了。"

王晓梅说:"新亮哥你放心,我们一定把化验结果和解决问题的办法尽快告诉你。"说完,她对那个技术员说:"咱们快走吧!"两个人匆匆忙忙地下了船,坐到一辆小面包车上走了。

24. 镇子洋洋理发店里

洋洋正在给客人理发。

刘泥鳅骑着自行车来到门前停下来了,他进了屋看着洋洋在忙着,就说:"洋洋,爸来了!"

洋洋说:"爸,我忙着呢,你先坐吧!"

刘泥鳅自己拿着暖瓶倒了一杯水,一边喝着一边说:"洋洋啊!这人哪,真是没地方看去,说不定谁能出息人,你就说胖丫那样的人,说出息一下子就出息了。她穿上那身工装,我还心里琢磨,她能成为镇服装加工厂的职工?可我刚才到服装加工厂一看,妈呀,不但是那里的职工,还当了一个小头目,是什么工班长嘞!我看这服装加工厂,里边的官也太好当了,给狗穿上胖丫那身衣服,也能当工班长。"

洋洋说:"爸呀!你说什么呢?你可不能老这么看胖丫,趴门缝看人,把人看扁了。那胖丫工作干得可好了,人也不错,你别老在我哥和胖丫之间的事上,再打什么破头楔了。"

刘泥鳅说:"行了行了,你这正忙着呢,还有人,我就不想多说了。你爸你妈都叫你和你哥这两个小崽子,把我们给蒙苦了。我这肚子里窝着的气到现在还没发出来呢。"

洋洋说:"爸,你别生气,一会儿中午我把胖丫也叫过来,咱们在一起吃顿饭,把过来过去话一起说说,你就不生气了。"

刘泥鳅说:"干你的活吧,我跟那胖丫吃什么饭呢?跟你吃还行。"

洋洋说:"一会儿再说吧!找胖丫还不知道她有没有时间呢。"

25. "活济公"墩子家门前

李水泉和魏大景等工人正在拿着铁锹,在这里挖沟。

"活济公"墩子从路上了过来,说:"哎,你们这是干什么呢?怎么跑到我家门前挖沟来了?"

李水泉说:"这是根据我们的设计方案,要在这挖沟,铺设自来水管道,将来每家每户都得用自来水,管道不铺到门口,你家能用上水吗?"

"活济公"墩子说:"慢着慢着。"

李水泉说："怎么了？"

"活济公"墩子说："你们这么在我家门前挖沟，埋管道可不行，我得回屋去拿罗盘仪看看风水，确定你们这条自来水管道从哪走，你们再挖。你们都知道你们打井的地方原来是我家的塘地，有水的地方叫什么？那都叫龙脉，你们不能随便在这儿挖沟，看伤了我家地里的风水。"

魏大景说："我说大叔，人家各家各户都是这么挖的，怎么就你家的事这么多呀？"

"活济公"墩子说："不是我家的事多，你们打井，为什么占的是我家的塘地，没去别人家的塘地里打井？这就是说我们家这块地方，肯定跟别人家的风水不一样，我跟你们说了，你们不能再挖了，先上别人家干去吧，等我把这个地方的风水看好了，你们再来挖。"

魏大景说："都什么年头了，你这人怎么还搞这套东西。"

"活济公"墩子说："哎，我说你这个魏大景，跟我这是怎么说话呢？你们挖的这地都是我家的地，别觉得你们要铺设自来水管道，给我们送水来了，你们就可以想怎么挖就怎么挖，我告诉你，别的地方我不敢说，我家这房前屋后，这一亩三分地，还是我说了算，不能挖了。"说完，"活济公"墩子背着手进了屋。

魏大景问李水泉说："水泉哥，怎么办？"

李水泉说："他这个人就这毛病，我看就先停停吧！一会儿跟村主任五河叔这事说说，让村里来摆平这事，咱们走吧！""

李水泉和魏大景他们走了。

"活济公"墩子手里拿着个罗盘仪从屋里走了出来，看着魏大景的背影说："你不就是魏大景嘛，敢在我家的门前弄斧子耍大刀？小样儿！"说着，把罗盘仪放在地上，眯着眼睛左量右看起来。

26. 五河家的饭店内

六河在接着电话，他冲着电话喊着："什么，你大点儿声，你是玉树呀？你是说彩霞骑摩托车摔伤了？在哪儿摔伤的呀？摔得重不？人在哪儿呢？哦！拉到县里医院去了？行行行，我知道了，她大姨和她妈都在县里呢，到了县里，你就想法儿和她们联系联系啊。"

六河放下电话，皱着眉、背着手在地上走来走去，嘴里自言自语地说："玉翠，这个死老婆子，怎么忽然就想起上县里了呢？她不走，彩霞也不会鼓捣摩托车，哪能出这事呢？"

他忽然好像想起了什么事，就推开饭店的门，走了。

27. "活济公"墩子家门前

"活济公"墩子还在用罗盘仪量着什么。

六河走了过来，说：" '活济公'你在这儿瞎量什么呢？"

"活济公"墩子说："我这是看风水呢，怎么是瞎量呢？"

六河说："停停停，别量了。"

"活济公"墩子说："什么事啊！这么急。"

六河说："你不知道吧，玉树来电话了，彩霞骑摩托车摔伤了。"

"活济公"墩子瞪大了眼睛说："啊！摔伤了？怎么摔的？"

六河说："那玉树在电话里说，他俩摸着黑往仙女湖那边走，彩霞骑摩托车骑得挺快的，突然从道边上上来一台小四轮子，躲闪不及，乓就撞上了，把彩霞摔出去挺老远，现在都送到县医院去了。"

"活济公"墩子说:"哎呀!你说彩霞一个挺大的闺女,我早就跟她说不要鼓捣摩托车,她就不信。六河呀!不是我说你家那闺女,那也太不听话。"

六河说:"'活济公',不是我家闺女不听话,我看出了这事与你们家玉树也有关系,我们家彩霞学摩托车,就是你们家玉树教的。另外,天还没亮呢,他就把彩霞给勾走了,不然能出这事吗?"

"活济公"墩子说:"现在别说怨谁的事了,先打电话问问,彩霞伤得怎么样了。"

六河说:"听说生命是没危险,可是伤得肯定不轻,你看吧,这医药费少不了。"

"活济公"墩子说:"你家的闺女,自己骑着摩托车,撞到人家小四轮子上的,也不是我们家玉树推着她撞上去的,你跟我说这医药费的事干什么呀?"

六河说:"我不跟你说,跟谁说?彩霞是你将来的儿媳妇,你们家玉树教她学的摩托车,你们不管谁管?"

"活济公"墩子把罗盘仪夹在胳肢窝里,说:"那是玉树教的不假,那不也是她自己愿意学的吗?啊,是我未来的儿媳妇,我们家就得管哪?六河,我把话跟你说明白,不但这个医药费不能管,要是彩霞真撞残疾了,落下个终身残疾,她能不能和我们家玉树成,还说不一定呢?"

六河一听这话,火了,上去揪住"活济公"墩子的衣领子,说:"你怎么这么不是人?"说着,打了"活济公"墩子一拳。

"活济公"墩子梗着脖子说:"哎,你怎么还打人呢?"

六河说:"你再说那话,我还揍你。"

这时候,李水泉和魏大景他们跑了过来劝架。

李水泉说:"哎呀哎呀,别打了!"

六河不依不饶地骂道:"他说的是人话吗?彩霞撞伤了,他应该多说几句安慰我的话,可他净说那些不招别人听的话,我不打他怎么的?"

"活济公"墩子在那边喊着说:"撞伤了,是你家姑娘自己撞伤了,少跟我提医药费的事。是不是我未来的儿媳妇还两说着呢!"

这时候,魏大景一边把"活济公"墩子往院里推,一边问:"大叔,你那块地量完了没有,要量完了,我们好开工了。"

"活济公"墩子说:"量什么量啊!我还没量呢,刚量上,他就找我干仗来了。"说着自己进了屋。

李水泉把六河推向六河家那边,陪着他走了一段路,说:"六河叔,彩霞撞伤了,咱该怎么处理事就怎么处理,可别和人家吵架,吵架解决不了问题。"

六河说:"本来我这心里就急得像着了一团火似的,他还跟我说这话。"说完,继续往前走!

28. 镇上某饭店内

洋洋和刘泥鳅坐在了一张桌子前。

刘泥鳅说:"点菜吧!还等什么啊?"

洋洋说:"我跟胖丫说了,她一会儿就来。"

刘泥鳅说:"咱俩在一起吃顿饭就完了,非得找她干什么?"

这时候,胖丫走了进来,说:"叔,你点菜吧,今天中午这顿饭我请。"

刘泥鳅看了看胖丫,说:"哪能让你请呢?你是一个人,我们是爷俩,我们花钱。"

洋洋说:"都快成一家人了,吃顿饭谁请谁能怎么的?分那么清楚干吗?我看,胖丫请就胖丫请。爸，你不是说，因为上回那事，对我们几个正有气呢嘛，胖丫请你吃顿饭，就算我们小辈儿的人给你赔礼道歉了，你那个气呀！以后也就消了吧。"

刘泥鳅说："洋洋，你看你是怎么说话呢？我什么时候说对你们有气了，胖丫请我吃顿饭，本来这是挺高兴的事，叫你这一句话说得，我倒不高兴了。"

胖丫笑着说："叔，你想吃什么？你就点吧，现在我胖丫的腰包里比以前鼓溜了。"

刘泥鳅拿着菜谱翻着说："你腰包再鼓溜，那钱也不是大风刮来的，咱也不能胡花，再说咱家自己就是开饭店的，平时什么没吃过呀？到外边来消费，不用摆谱！随便点两个菜吃一口就得了，我就要一个醋熘土豆丝了！别的你们要吧。"

胖丫说："别的呀！叔，你点点儿好的菜呀！"

刘泥鳅说："行行行，我吃这个就行。"

（第二十三集完）

第二十四集

1. 镇上某饭店内

胖丫把菜单递给洋洋说："洋洋姐，你点。"

洋洋接过菜单，说："那看来今天这个菜，就得是我点了，我知道我爸爱吃什么，我看来个气锅甲鱼吧！"

刘泥鳅说："那么贵的菜，要它干嘛？别要别要了。"

胖丫说："好，就点这个菜了。另外，我看再要个滑熘里脊和杭椒牛柳。"胖丫又问刘泥鳅说："叔，你喝什么酒？"

刘泥鳅说："还喝酒呀？那就整瓶低度的粮食酒就行。"

胖丫问服务员："你们有什么低度的好酒拿上来，我看看。"

服务员走了！

2. 县城里的另外一家饭店里

珍珠、玉翠和那个老李师傅，坐在一张饭桌前，一起吃着饭。

珍珠说："李师傅，能把你请出来吃个饭，是太不容易了，你的时间金贵！"

老李师傅说："从打来那天，我就看出来了，你们两个就不是一般到饭店打工的人，今儿个你们找我出来，肯定是有话要跟我说。"

珍珠笑着说："李师傅，我们姐俩这次来县城，主要是想找你拜师学手艺，怕你不肯收我们，我们才这么做的。"

老李师傅说："看你们两个都是正经做事的人，我已经好长时间不带徒弟了，不过，对你们两个我可以破个例。"

珍珠和玉翠一听这话，都高兴起来。

玉翠站起来给李师傅夹着菜说："师傅，你多吃点菜。"

珍珠端起一个酒杯说："李师傅，我和我妹妹从来都是酒不沾唇的人，今天我们也破例了，敬你一杯！"

李师傅说："好啊！收你们俩当徒弟，我高兴！"说着，也端起酒杯，三只酒杯碰在了一起。

这时候，珍珠手机响了。

珍珠接起手机，里边是新亮的声音："妈，现在不光家里养鱼出了事，彩霞骑摩托车摔伤了，现在正在县医院急诊室呢。"

珍珠一听，说："啊，我知道了！"

她放下电话，对老李师傅说："李师傅，真不好意思，第一次请你吃饭，家里就赶上了事，我妹妹家的孩子摔伤了，就是她的孩子，我和她俩得马上到县医院去，您自己在这儿吃吧！可不是俩徒弟不陪你。"

老李师傅说："那我也就不吃了，你们的心意我都领了，你们走吧，一会儿我跟他们说说，把能退的菜都退了，不能退的，我就打包走。"

珍珠说："菜就别退了，钱我都交完了，吃不了的，你就打包走吧！"

老李师傅说："那也行，你们有急事，快点去吧！"

珍珠和玉翠两个人，急急忙忙地从饭店里走出来，走在大街上。

3. 镇子上某一饭店内

刘泥鳅已经喝得醉醺醺的模样，他一边喝着酒，一边对胖丫和洋洋说："胖丫，我没想到你出息成今天这样，对你和我们家喜子的事，我和你婶不管了，你们愿意怎么处就怎么处吧，你听明白我的话了吧？"

胖丫听了这话，倒了一杯酒，说："叔，我听明白了。叔，来我敬你一杯！为了你成为我未来的老公公，我成为你未来的儿媳妇，咱爷俩干了！"

刘泥鳅抓住酒杯，说："尽管我已经喝多了，但这杯酒，我是不能不喝。"说着，拿起酒杯和胖丫碰了杯！

刘泥鳅放下酒杯，说："胖丫，你和喜子的事，我是同意了，可是有一句话我还得说，洋洋也好，你也好，你们以后都跟我少耍心眼儿，我玩心眼儿玩不过你们，我服了！"

4. 医院急诊室里

彩霞躺在那里，她的头上和腿上都缠着白色的绷带。

玉树守在那里。

珍珠和玉翠走了进来。

玉翠一下子跑到彩霞的床前。

彩霞微微地睁开了眼睛，看着她妈，眼里有泪水。

玉翠说："孩子，疼吧？！"

彩霞微微地点点头，泪水从眼里流了出来。

那边珍珠在问玉树："彩霞伤得怎么样？"

玉树说："腰和腿部刚拍过片子，有骨折！"

5. 镇子农业技术推广站

那位技术人员从一间屋子走出来，手里拿着一张化验报告单。

对王晓梅说："晓梅，朱新亮家鱼的死因，弄明白了，仙女湖的水质没有问题，是他们使用的鱼苗有问题，死的鱼肝脏里有炎症。"

王晓梅说："那是为什么呢？鱼苗有问题，鱼小的时候没死，偏赶到现在死呢？"

那位技术员说："现在天气一天天变暖，湖里的水温也一天比一天高，鱼的肝病就在这时候发作了。"

王晓梅说："有什么解决问题的办法没有？"

那位技术员说："这批鱼苗是不行了，只能把这些鱼全捞出来，消毒清洁水质，再重新投放新的鱼苗。不然，不但这些鱼不行了，还容易在水里留下这种病菌，影响以后养鱼。"

王晓梅说："我知道了！"

6. 仙女湖里

朱新亮和一些工人在撒网打渔！小船上，筐里装满了鱼。朱新亮把它们运往湖岸。见朱新亮和工人们在往大堤上搬着筐。

有人问："这鱼卖吗？"

朱新亮说："这鱼都是有病的鱼，不能卖！我们就把它们当成垃圾处理了。"

7. 镇子到仙女湖的路上

南南骑着摩托车，飞速地驶来。

8. 仙女湖边

新亮坐在船头上，呆呆地看着水面，一脸愁容。

彩虹从船舱里走出来，说："哥，你还不吃饭呀？饭早凉了。"

新亮说："我愁都愁死了，哪有心思吃饭。"

这时候，南南把摩托车停在了大堤上，走过甲板走上船来，问朱新亮："新亮，我听说鱼出事了？"

新亮说："这鱼都不行了。"

南南说："出了问题不要紧呀！解决问题不就完了嘛。一会儿我给鱼苗的厂家打电话，问问他到底是怎么回事？"

新亮说："这些鳜鱼苗的钱白扔了不说，养鱼白操了这么多心也不说。把死鱼捞净了，这片水面还得重新消毒呢，不消毒就什么鱼也养不了，也不知道我那些蟹苗怎么样？要是闸蟹也不行了，那我这片水面就白承包了。闹一个竹篮打水一场空！"

南南听了这话，没再说什么，转身进了船舱，船舱里她掏出手机在打电话："你们是鱼苗生产基地吗？"

电话里的声音说："是！"

南南说："我们是前些日子在你们那儿买了鱼苗和蟹苗的客户，现在我们养的鱼出了问题，我们想找你们问问，这到底是怎么回事？"

电话里的声音说："我们知道了，是朱新亮那家吧？！行，我们研究研究，给你们回话！"说完，把电话挂断了。

南南把手机揣在兜里，也是一脸愁容，她走上船头说："新亮，你别着急了，鱼苗、蟹苗生产基地那边正研究办法呢。"

新亮说："你说不着急，我能不着急吗？这么一大片水面，指望着它出钱呢，原来想把这鱼呀、蟹呀养成了，挣些钱明年买条大船，把水上的餐厅扩大起来，在岸边上也把自己的水产公司办起来，这下完了，想得挺美的事，都泡汤了。我朱新亮走到今天这步，得感谢一个人。"

南南说："你说这话是什么意思？"

新亮冷冷地看了南南一眼说："得感谢你呀，你帮我买了这好鱼苗。"

南南一听这话，捂着脸哭了。她跟跟跄跄地跑上甲板，跑上大堤，骑上摩托车走了。

9. 镇子五河家浴池

浴池门口里吧台旁边。

武二秀从里边走了出来，她手里拿着一个单子，交到吧台上，对那个小女服务员说："又按了一个脚！"

这时候，五河从门外走了进来，说："二秀，按脚按得怎么样？"

武二秀说："习惯了，真是给别人带来健康，给自己增加本事和能挣到钱的活儿。我觉着挺好的。"

五河说："武二秀，除了按脚，你还得干点儿别的事。"

武二秀说："还有别的事？"

五河说："我看，咱们大厅里，也有不少人在休息，你呀！得把你会演'花鼓灯'的特长，发挥出来。现在楼上是服装厂，有不少青年女工，有时间的时候，你再带带他们，新亮、南南也都会唱淮河民歌，咱们就组织一个业余演出团。就在休息厅的场子上，给大家伙演点儿节目，这个演出团的团长，就是你当了。"

武二秀："大厅里挺宽敞的，在那儿唱'花鼓灯'，是真行，来洗澡的客人肯定都愿意看看。不过，让我当这个团长，我怕干不了。"

五河说："别推三推四的，我说你行，你肯定就是行。"

武二秀说："恭敬不如从命，那我就先干着试试？！"

这时候，李水泉和魏大景从外边走了过来。

五河一见就说："水泉，你们来了？"

魏大景说："五河叔，今儿个我们到活济公家门口挖沟埋管道，他说什么也不让挖，说是怕伤了他家那块地上的风水，他非要拿着罗盘仪，重新看看风水不可。"

五河说："这个'活济公'啊，别的地方有进步，就是这个毛病他还没改！这是一个挺难做工作的人，一提他的事，我就挠头。上回因为打井的事，他不是找你们闹过吗？"

这个时候，武二秀说话了，说："五河大哥，你们说的是我叔公的事吧？你们别着急。他说了，今儿个晚上还要到这儿来按脚，这方面的工作，我帮着做做，要能做通了我告诉你们。"

10. 仙女湖边

船舱里，新亮躺在床上，两只眼睛定定地看着舱顶，在他的床头柜上，放着已经凉了的饭和菜。

彩虹走了过来说："哥，遇到事，你得冷静点。鱼苗虽然是南南姐帮你买回来的，可她也不会有意把有病的鱼苗让你买回来呀！你看你刚才说那几句话，说得太冷了，南南姐都受不了了，哭着走了。"

新亮说："我就是心里烦，我也知道她不是有意让我把有病的鱼苗买回来的，这事说实在的，也不怨她，可我正上着火呢，她就来了，我就冲她发了几句火。"

彩虹说："哥，我南南姐平时对你那么好，你们俩也好得像一个人似的。今天的事，是你不对，有时间你得给我南南姐道个歉。"

新亮说："我们的事你就别管了，我能处理好。"

11. 六河

六河家的电话响了。

六河接起了电话，说："什么？骨折了，让新堂送钱去，送多少钱呢？五千块钱？那么多呀！行行行，不管多少钱那摔伤了也得治啊！我这就叫新堂送去。"

12. 六河家到"活济公"墩子家中间的路上

新堂从自家的院门走了出来，沿着这条路往村子走。

"活济公"墩子从墙头探出头来，向这边张望。

新堂走到了"活济公"墩子家门口。

"活济公"墩子腰上扎着个围裙，把一个猪食桶，放在院门口，跑了过来，说："新堂你这是要上哪儿去呀？"

新堂站住说："我要去县城医院，给彩霞他们送钱去。"

"活济公"墩子问："你妹妹伤得怎么样？"

新堂说："挺重，骨折了。"

"活济公"墩子说："是吗？哎呀，你说这闺女非得骑那个摩托车干什么？我就是不想让她骑，怕她出事，她偏骑，结果还真骑出事了。"

新堂听了这话，说："事赶上了，再说后悔的话也没用了。"

"活济公"墩子说："哎，新堂，我们家玉树肯定在彩霞那儿呢，你要是见到他，叫他抓紧回来，就说我说的，我们家的地又要浇水又要施肥的，再说他不在家，他那些猪啊、羊啊、鸡啊、鸭呀的，我也喂不了哇，叫他抓紧回来。"

新堂一听，说："你的话，我肯定给你捎到。他能不能回来，我就不知道了。"

"活济公"墩子说："他不回来可不行，我能在家老帮他喂猪养羊的吗？"

新堂没回头，说了一句话："知道了！"就走了。

13. 镇子浴池的楼上

南南妈正在裁剪服装，见南南两眼通红地，就问："南南，你是怎么了？你哭了？"

南南掩饰地说："我没事。"

南南妈说："还没事什么，那眼睛都红了。跟妈说，怎么回事？"

南南说："新亮家养的鱼出事了，是鱼苗有问题。"

南南妈听了，一愣，说："呀！那不是你跟新亮一起去买的嘛，新亮跟你不愿意了？"

南南看着妈，眼里汪着泪，说："嗯。"

南南妈劝慰南南说："南南，你别上火，慢慢地，问题能解决。"

南南突然站了起来，拿起身边的小包就走。

南南妈说："南南，你这是要去哪儿？"

南南说："妈，我得出去一趟，也许一天，也许几天！你不用惦记我！"说完，走了！

14. 仙女湖边

新亮还是一个人坐在船头。

彩虹从船舱里看着他，一脸无奈。

这时候，洋洋骑着摩托车驮着刘泥鳅到大堤上，停下了。他们走上船来。

刘泥鳅醉麻哈眼地说："哟！新亮，在这晒太阳呢？"

新亮见是刘泥鳅就说："刘叔，你来了！"

刘泥鳅看看新亮说："孩子，你这是怎么的了？怎么看着我来，还一脸不高兴呢？你刘叔我早就惦记到你们这水上餐厅看看，听说办得挺火的，来学习学习。"

彩虹迎了出来，往里让让说："你们坐吧！"

刘泥鳅说："不坐了。彩虹，你们家水上餐厅办得这么火，你妈和你二姨，又上县去折腾什么啊？一个开饭店的，怎么开不是开，能挣着钱就是好饭店。"

彩虹说："人不是越好越想好嘛，我妈和我二姨也是想着以后再能有个发展。"

刘泥鳅说："一个开饭店的，再发展还能发展到哪儿去，不斤不厘儿地就行了，你看你刘叔我吧，现在在村上那个小饭店，规模不算大，但我还挺满足的，人不就得知足者常乐嘛！哎，新亮，你那水产养殖搞得怎么样了？"

新亮说："刘叔啊！你是哪壶不开提哪壶啊！我养的鱼出事了。"

刘泥鳅说："出事了？"

新亮说："那些鳜鱼苗有问题，白养了。"

刘泥鳅说："是吗？出什么问题了？"

新亮说："鱼都得了肝病，都死了。"

刘泥鳅说："那小鱼崽子也不少吧？要是把肚子里的五脏都给它拾掇了，能吃不？"

新亮说："不行，我都埋了。"

刘泥鳅说："白瞎了。那要是拾掇利索了，放在锅里好好搁油炸炸，什么病菌不炸死它。"

新亮说："人做事，讲的就是良心。咱不能把有病的鱼卖给别人。"

刘泥鳅说："好，说得好！有文化的人和我这没文化的人，说话觉悟就是不一样。"

15. 县医院的急诊病房里

珍珠、玉翠、玉树都在。

彩霞躺在那里，新堂走了进来。

珍珠一见说："哎呀，新堂来了。"

新堂从兜里掏出一个装钱的纸袋，递给玉翠。问："妈，彩霞伤得挺重吧？"

玉翠点点头。

新堂走到彩霞跟前，坐在一张小凳上，用手抓住彩霞的手说："彩霞，哥看你来了。"

彩霞微微睁开眼睛，看着新堂。

新堂对玉树说："玉树，你爹让我给你捎一句话，说让你赶快回去。不然，你养的那些猪啊、羊啊、鸡啊、鸭呀的，他也不会伺候。还说你们家的麦地也好浇水、施肥了。"

玉树想都没想就说："彩霞伤成这样，我能离开她吗？家里那些猪啊羊啊的，我爹都能伺候，我不回去。"

彩霞听了这话，嘴角露出一丝欣慰的笑容。

16. 五河家饭店里

五河坐在那里喝水。

六河走了进来。

五河说："都这时候了，我寻思到这儿来吃顿饭，彩霞上哪儿去了？"

六河说："别提了，彩霞骑摩托车，摔伤了，这阵子正在县医院呢。我打发新堂过去给他们送钱去了。"

五河进到厨房里端出一盘馒头，拿出几棵大葱，还有一碗酱，放在桌子上，说："会做饭的都不在家，咱哥俩就对付一口吧！"

这时候，门开了，"小广播"走了进来，她手里拎着一个塑料袋，一边打开，一边说："两位哥哥，我看见你们家今天没人在家，彩霞出去了，好像没回来。见五河哥进来，坐了半天了，想是没吃饭呢，就从我们那边给你们送过点饭菜来，快趁热乎吃吧！"

六河说："大妹子呀！原想让彩霞今天上午给你们送鱼去，可是彩霞摔伤了，鱼也没给你们送过去。不好意思了！"

"小广播"说："彩霞摔伤了？哎呀，怎么出了这事？那鱼给不给我家送能怎的，给孩子抓紧看病是大事。"

"小广播"把饭菜摆在桌子上说："玉翠嫂子和彩霞都不在家，你们两位要吃饭的话，要不到我们那边去，要不我就给你们送过来。"

六河说："怎么好这么麻烦你们呢？"

"小广播"说："你看，咱们两家是谁跟谁呀！门对门的，以前送鱼，你们也没少帮我们，你们家遇到难事了，我们伸把手，不正应该吗？"说完，"小广播"走了。

六河对五河说："五河哥，今天往外拿这五千块钱，我脑袋里嗡了一下子，你说我要是早听了你的话，这我家要是加入了合作医疗，就能省不少钱吧？"

五河说："那是，但是现在你是一分钱也少花不了。"

六河说："村里能不能给我想点办法？"

五河说："没办法，合作医疗不光是村里的事，镇上、县上都是有名单的。"

六河和五河一边吃着饭。

六河说："就说我这漏报了不行吗？我现在就把这几十块钱交上。"

五河说："你这个人哪，前几天不是说，连补报都不补报了吗？"

六河说："我现在就补报。"

五河说："在这个事上，你比别人不是慢了半拍，是慢了一拍，什么叫船到江心补漏迟？你现在补报，只能是管今天以后的事。以前的事还是不行。"

六河说："你先给我补报上，不行的话，咱们在县医院找找人，看能不能把收款的日子往后写写。"

五河说："那是根本办不到的事，彩霞什么时候进的医院，人家都有记录。再说咱们也不能干那种事，要我说啊，你这五千块钱也没白花，是花钱买个教训。以后碰到这样的事，你就知道该怎么办了！"

六河用手捶了一下自己脑袋说："我说我这个人，脑袋瓜子也是真臭，没想到天上掉下这么个事来，会和我家过不去。"

17. 镇子五河家浴池内

大厅里，"活济公"墩子走了进来。

武二秀迎了过去，说："叔公，你来了。"

"活济公"墩子躺在一张床上说："二秀，你家那些麦田你就不用惦记了，今儿个叔公帮着你把水都浇完了。可是，浇水的钱不是我掏的。"

武二秀说："不管谁掏的，这个钱都得我花。"

"活济公"墩子说："你花什么呀？你知道是谁交的吗？我说出这个人来，你肯定就不张罗往外掏钱了。"

武二秀瞪大眼睛问："谁？"

"活济公"墩子说："孙顺水！别看孙顺水和你离了婚，可是，我看他对你呀，还是挺好的！今天他在地头碰着我了，非要帮你交钱不可。本来你叔公我想掏点钱，就说什么也不让他掏，可是他硬要掏。弄得我也没办法，只好让他交了，二秀，虽然说你和孙顺水是离了婚的人，可他给你的这个人情不小，你得记着。"

武二秀听了这话，沉吟了一会儿说："这个情我记着，可这个钱，我得还他！"说完，坐在"活济公"墩子床前，开始给他按起脚来。"

"活济公"墩子说："我说侄媳妇，你的手一搭上我的脚，我就觉得浑身哪都舒服。

你看你的手啊，软软乎乎的，是个女人的手，按得我得劲儿。"

武二秀说："叔公，你来了，我正要跟你说个事儿呢。胖丫小的时候，你给胖丫算命，说胖丫有血光之灾，我当时信了你的话，把孩子放在了灶口里，差点没闷死，到现在还落下一个咳嗽病。"

"活济公"墩子说："别老提这事了，那胖丫都记我仇了，都报复过我了，这事过去了就别说了。"

武二秀接着说："可是今天我听说人家深井工程队的人，要往各家引自来水，到你家院门口挖沟，埋引水管道，你愣不让，说是怕人家伤了你家的风水。"

"活济公"墩子说："这是我家的事，你管这事干什么？"

武二秀说："你是我叔公，你要不是我叔公，我就不管这事了。你看你，现在比以前有多大变化呀，衣服、人都干净了。可人的变化，不能光在表面上，得在脑子和心里。当今，这科技都发展到什么样了？咱们国家的神舟飞船都绕着地球飞上了。你还整这套东西，多没意思呀！别人在我面前一说起你这方面事来，我都跟着你脸红。"

"活济公"墩子说："什么神舟飞船？我怎么没听说呢。"

武二秀说："神舟飞船还不知道啊！电视上都直播了，你肯定是没看电视。"

"活济公"墩子说："哎呀！没什么事，看什么电视啊，怪费电的。"

武二秀说："叔公啊！你要信你侄媳妇的话，以后你就得经常看看电视，天下大事都知道，慢慢地思想就变了。另外，人家深井工程队来你家门口埋自来水管道的事，你可别再管了。"

"活济公"墩子说："二秀，全村子人谁和你叔公最对心啊？就是你二秀。别人要说这话，我早不愿意听了，你说这话，就像给我按脚似的，虽然让我有点疼，但是，手软乎乎的，我听着心里舒服，我听你的了！他们挖沟埋管线的，愿意怎么弄怎么弄吧，我不管了，行了吧？"

武二秀说："这才像是我的叔公！"

18. 县医院的病房里

灯亮着。

彩霞躺在那里，玉树守在床边，抓着彩霞的手，说："彩霞，你别难过，你会好起来的。"

彩霞紧紧地攥着玉树的手说："玉树哥，要试试是不是真玉石，得用火烧个几天，想知道人世间是不是有真爱，得在事中考验出来。今天我是遇着难事了，你这么对我，我很感动。但是，玉树哥，你爹，叫你回去，你就先回去吧！"

玉树说："我不回去。"

彩霞说："不行，你得回去。"

玉树说："为什么呀？"

彩霞说："玉树哥，我彩霞今后要是伤好了，和好人一样，我就还是你的对象，将来会嫁给你，给你当媳妇，当个好媳妇。可是，我要是好不了，变成了拄着拐杖的瘸子，我就不再是你的对象了，我也不会再给你当媳妇了！"

玉树哭了，说："彩霞，你说这话是为什么呀？我想不明白。"

彩霞说："玉树哥，你是个好人，我要是得了终身残疾，可不能牵累了你。"

玉树眼里汪着泪说："彩霞，你别说了，你就是残疾了，走不了路了，我就是成天出门背着你，给你喂水喂饭，也不让你离开我！"

彩霞听了这话，哭了，把玉树的手攥得更紧了！

19. 县城里小旅馆内

珍珠和玉翠在说着话。

珍珠说："你说，咱们才出来这么几天，家里就出了这么些事，新亮那兔的事，不用我回去，回去也解决不了什么问题，可彩霞受这伤的事，我是真挺犯愁的。"

玉翠说："犯愁也没用，有玉树守在这儿，我看，咱们好不容易找到李师傅，人家收了咱们这两个徒弟，咱们该学还得是跟着人家学。彩霞的事是大事，可学烹饪手艺的事也是正事，两不耽误最好。"

珍珠说："我也是这么想的，白天咱们就跟着李师傅学手艺，晚上玉树老一个人在那儿盯着也不行，咱们就去轮班换换他，让玉树这孩子也能找个时间休息休息。"

玉翠递给珍珠一个日记模样的本子，说："姐，这是李师傅拿过来，让咱俩看的，你看这上面记着，什么菜，用什么样的原料，下锅的次序，写得可清楚了。"

珍珠说："这可太好了，有时间找个小复印店，总共复印两份，你一份我一份，没事时就多看看。"

20. 镇子至村子的路上

"活济公"墩子在路上走，他发现前面有一个人也在走，就喊道："哎！前边那个人是谁呀？你是朱圩村的吗？"

月光下，前边那个人停下脚，原来是新堂。

"活济公"墩子走到新堂跟前，说："哟，是新堂！你回来了？我让你给玉树捎的话，捎到了吗？"

新堂说："嗯！"

"活济公"墩子说："那傻小子怎么还没回来？"

新堂说："你问我，我问谁去呀！他不愿意回来，我有什么办法，你实在要让他回来，你就自己去找他吧！"

"活济公"墩子说："我能自己去找他去吗？这一大堆猪啊、羊啊、鸡啊、鸭呀的都扔给我了，我能离开吗？再说了，上县城一趟，那来回坐车，不得花钱吗？拿钢镚儿砸鸭脑袋玩呢啊？"

新堂说："你要实在不想去，还有办法。你就往医院病房里打电话吧！"

"活济公"墩子说："这倒是比去一趟省钱，你快告诉我，他们那个病房的电话号码。"

新堂从兜里掏出笔，说："说了你也记不住，我干脆给你写在手上吧。"

"活济公"墩子说："写手上，行！"

新堂借着月光，把一个电话号写在"活济公"墩子的手上。

21. 仙女湖边

迷蒙的月光，从舱外筛进来。

新亮从床上坐起来，用手机拨着电话。

可是听筒里传来的声音是："顾客你好，你所拨打的电话已关机！"

他叹了口气，合上电话！

他来到了船头，让湖面的风清醒自己的头脑。

可那静静的湖面上，仿佛传来南南的笑声。

22. 胖丫在镇子上的出租房里

武二秀和胖丫都在。

武二秀说:"胖丫,你五河叔找我了,说是咱们的浴池里,要成立一个'花鼓灯'艺术团,让我当团长。"

胖丫说:"哎呀!妈,你才到浴池工作不长时间,就当了团长了,可我才是一个工班长,班长级干部,和你这团长那可差老多级了。"

武二秀说:"别开玩笑,说正经的,你五河叔说,要把你们服装厂的女工也吸收进来,一起学演'花鼓灯'。"

胖丫说:"那好啊!我也得学,妈,我看你就给我当老师吧!教我唱。"

武二秀说:"你愿意学吗?"

胖丫说:"这是集体活动,我是工班长,我能不带头参加吗?!"

武二秀说:"你要愿意学,我就教你。"

胖丫说:"你现在教我唱。"

武二秀说:"我教你唱《摘棉花》怎么样?"

胖丫说:"唱这个《摘棉花》好,没有棉花哪儿来的棉布?没有棉布哪有我们用棉布做的衣裳,妈,你就教我这个吧!"

武二秀说:"你听着啊!我先给你唱一遍!我唱一句,你学一句!"

武二秀唱:"淮河两岸好风光!"

胖丫跟着唱:"淮河两岸好风光!"

武二秀唱:"棉田一片白茫茫!"

胖丫也跟着唱。

武二秀又唱:"摘棉姑娘心欢畅,手挎着篮子出了庄,姐妹们拾棉去那棉呀棉田旁!"

胖丫也跟着唱。

武二秀说:"胖丫,妈真没想到,你还挺有音乐细胞的,学得还真怪快的!"

胖丫说:"就是嗓子没有你的嗓子好,这都怨那'活济公',小时候把我弄到那灶口里熏的,把嗓子给熏坏了。"

23. 淮爷原小卖部

"活济公"墩子正在挂着电话:"喂,县医院吗?你给我找骨科病房的我儿子接个电话!"

电话里的声音:"你儿子是谁呀?"

"活济公"说:"我儿子就是16号床的,叫玉树!"

电话里的声音:"你等一下啊!"

过了一会儿,玉树的声音:"我是玉树!"

"活济公"墩子说:"哎呀,儿子,你怎么还不回来啊?!我说你小子是不是傻到家了?那彩霞要是真落了残废,还不得粘到你身上啊!你小子给我长点儿心眼儿,赶快回来!"

玉树的声音:"爹,彩霞有伤,正需要我照顾,我能走开吗?我要走了,那成什么人了?我不能回去!"说完放下了电话。

"活济公"听到电话里一片忙音,只好放下电话,一边给淮爷付钱,一边说:"养这么个傻儿子,可怎么整,叫我操死心了!都怨我每年赶他过生日的时候,没给他吃点儿小豆饭,不长心眼啊!"

24. 仙女湖边

天刚蒙蒙亮，一辆卡车，从大堤上驶来，停在了湖边，有人走了下来，朱新亮听见湖边有汽车响，就从船舱里走出来，一看，果然是上次给他送鱼苗和蟹苗的人，就说："你们咋来了？"

那两个人上到了船上来。

朱新亮从船舱里拿出几条死鱼和一份检验报告单，递给他们说："你们看吧！这是我们镇农业技术推广站检查的结果，这鱼得的是肝病。"

那位工人说："接到了你们的电话，就跟我们老总把情况报告了。我们老总说：这批我们繁殖的鳜鱼苗，确实有问题，一切经济责任，都由我们承担。我们负责把湖水净化以后，再给你拉过来这么大的鱼苗，生长期和你养的都是一样的，这回保证不会再出问题了。"

新亮说："是吗？听了你们这么说，我这心里就亮堂了，从昨天到现在我这心里都堵得没缝儿了。"

一位工人说："对不起了！一会儿我们就帮着你，给养过鱼的网箱里消毒。"

另一位工人说："哎，你们还有一个人找我们去了！"

新亮说："她人在哪儿呢？"

工人说："坐我们车一起回来的，车路过镇里的时候，她先下车了！"

新亮听了，好像明白了什么。

25. 朱圩村

早晨，雄鸡的啼鸣声，炊烟袅袅。

"活济公"墩子赶着羊群，从村头路上走过。

刘泥鳅从那边骑着自行车过来，说："哟！'活济公'怎么还当上羊倌了呢？"

"活济公"墩子说："泥鳅，你要上哪儿去？"

刘泥鳅说："以前都是玉翠他们家给我们送鱼，这回彩霞摔伤了，没人给我们送鱼了，我们家的仙女湖鱼餐还得办哪，我得自己骑着车子上镇子买鱼去。"

"活济公"墩子说："你说我那个傻儿子可怎么整？我不让他教彩霞学摩托车，他偏教，不听老人言，吃亏在眼前，结果真照着我的话去了，彩霞学会了骑摩托车，就出事了。"

刘泥鳅说："我听说了，你说六河家也真够巧的了，全村子就他家没入合作医疗，老觉着身体没病，棒棒的，可是，冷霜偏打独根草，船破又遇顶头风，就他家出事了。你说这事巧不？"

"活济公"墩子说："可不是怎的？连我这从来没闹过感冒的人，都知道合作医疗有好处，我早就入了，他家遭的这笔钱，都是六河那犟牛犟的，不犟能吗？"

刘泥鳅问"活济公"墩子："哎，彩霞伤得重不重？"

"活济公"墩子说："听说可挺重的。昨天，新堂光往县医院送钱，就送去五千来块，那要是伤得不重，能花这么多钱吗？"

刘泥鳅说："哎呀！那要真是以后瘸了，那可怎么整？玉树得找个瘸媳妇了。你们家就得老有个金砖铺地地不平的人出出进进了！"

"活济公"墩子说："话，你也别这么说，现在不是还没结婚呢嘛，只要没结婚，事情就是可以变化的。"

刘泥鳅说："我说'活济公'，你这人有点儿不地道了，这玉树处了对象，全村子人都知道，再说彩霞闺女人多好啊！人家瘸了你家玉树就不要人家了，那不缺德吗？！"

"活济公"墩子说："我看不是我们家玉树不要了彩霞缺德，是老愿意闲得没事的人，探听别人家事的人缺德。"

刘泥鳅说："'活济公'，你是说谁呢？"

"活济公"墩子挥动着手里的牧羊鞭，打了个响鞭说："我可没说你？说谁，谁知道！"他对着一只跑到地边啃青的羊打了一鞭子，说："缺德的东西，这儿是你伸嘴的地方吗？！你个王八蛋，快走吧！"

刘泥鳅冲着"活济公"墩子背影："'活济公'，我好心好意地问问你，你还指着羊骂我，真不够意思。"说完，骑着自行车往镇子那方向走了。

"活济公"墩子自言自语地："你好心好意？我可没看出来！一肚子弯弯肠子！"

26. 淮爷原小卖店里

一面大镜子前，甜菊坐在那里，顺水妈帮她梳着头，用红头绳给她缠在头上，甜菊穿上了一身喜庆的新衣服，对着镜子里的自己，仔细地看。

淮爷走了过来说："甜菊长得本来就甜甜的，这一打扮起来，就更像朵花了，是什么花呢？是菊花，虽然开得比别的花季节晚点儿，但是开得最香最好看。"

甜菊听了这话，笑了！

小石头，拿着一把梳子，走到甜菊跟前说："甜菊姑姑，你和我爸去镇子上登记回来，我就可以叫你妈了吧？"

甜菊点点头，笑着说："嗯，乐意叫，你就叫吧！现在就叫！"

小石头用梳子在自己的嘴边吐了点吐沫说，那我就先叫了吧："妈！我也给你梳梳头。"说着，拿着梳子就给甜菊梳了几下头。

甜菊的眼里盈满了泪花，她用手摸了摸小石头的头说："真是个好儿子！"

27. 村委会

五河在那里看着报纸，喝着茶水。

孙顺水和甜菊走了进来。

五河一看甜菊打扮的模样，就知道他们是来做什么的了。他一边从抽屉里掏出介绍信，一边说："你们都坐吧！甜菊，你和顺水的事，哥早听说了。顺水人不错！"

孙顺水说："五河哥，这也没外人，一直到你这儿来开介绍信，我这心还扑腾扑腾直跳呢！你妹妹甜菊跟了我，是亏着了。"

五河说："顺水，你要说这话，我这当哥的，得跟你说，你能明白甜菊对你这份情意，记住她的好，我看比什么都强。"

孙顺水说："那是一定的，我要是对甜菊不好，那天上不得咔嚓打一个响雷，把我劈死呀！"

甜菊用嗔怪的目光看了顺水一眼说："别瞎起誓！"

五河说："顺水，你是什么样儿人？哥知道，你今后就好好对甜菊吧！甜菊呢？也帮着你多照顾照顾你妈和小石头。"一边说着，一边给他们开着介绍信。

顺水和甜菊从村委会的门口走过来。

淮爷、顺水妈都站在那里，笑呵呵地看着他们。

顺水和甜菊两个人都站住了，朝淮爷和顺水妈这边看。

顺水妈呢，看着看着，眼睛里忽然滚出了泪花，她撩起衣袖，抹眼泪。

甜菊说："顺水，大婶哭了。"

孙顺水说:"甜菊,我妈是高兴的,她一高兴了就掉眼泪。咱们走吧!"他们向两位老人招招手,转身走了。

淮爷和顺水妈呢,在他们身后看着他们。

顺水妈刚刚淌过眼泪的脸上,又绽出了幸福而欢乐的笑容。

28. 县里某饭店的厨房里

李师傅在炒着菜,珍珠和玉翠都在旁边看着。

李师傅说:"炒菜不光是要练怎么放调料,先放哪些,后放哪些,放多少,更是要看好火候,火候掌握好了,菜才好吃。"

珍珠和玉翠认真地听着。

29. 南南家的服装厂内

新亮从一楼跑了上来,他推开车间的门,跑到南南面前,对着南南大声地说:"南南,谢谢你,鱼苗的问题全解决了。"

南南忧郁的脸上,绽放出一丝笑容说:"谁要你谢!"

新亮用两只胳膊,架起了南南在空中轮了几圈,放下说:"你上次去的时候,我正着急上火,对你说话态度不好,真不是冲你,你别生气啊!你怎么一个人跑江苏去了?手机也打不通,都快急死我了!"

南南偏过脸去,流了眼泪,没再吭声。

新亮亲了南南的脸颊一下说:"给你的脸上盖个章儿,算是我认错了。"

南南扭过脸,带泪的脸,看着新亮,笑了。

30. "活济公"墩子家门前

李水泉、魏大景他们正在挖沟,铺设管道。

"活济公"墩子赶着羊群,从外边回来,他对李水泉说:"你们想在哪儿挖就在哪儿挖吧,我不管了。"

李水泉说:"村主任都跟我们说了,这回你不怕伤了你们家的风水了?"

"活济公"墩子说:"你们可真能整,卤水点豆腐,一物降一物,你们绕着圈儿地找到武二秀,我那侄媳妇给做我工作,我能不给面子吗?我还能管这事吗?!"

李水泉笑着说:"你要不再把罗盘仪拿出来,看看我们埋的这管道到底风水好不好?"

"活济公"墩子说:"行了,我可不看了,我这正忙着放羊呢,你们能把自来水给我引到我家来,就是好风水!"

李水泉和魏大景一边挖着沟,一边冲着"活济公"墩子的背影乐了。

31. 镇政府门前

孙顺水和甜菊拿着结婚证书,从里面走了出来。

这时候,武二秀从家里那边往浴池的方向走。

孙顺水看见了武二秀,就和甜菊站住了。

他们站住的地方,正是当时他和武二秀离婚时说话的地方。

孙顺水冲武二秀喊:"武二秀!"

武二秀听见喊声,见是孙顺水和甜菊,就走了过来。

武二秀走到他们跟前,看到他们手里拿着结婚证书,神情有些复杂,继而面露喜色地说:"你们来领结婚证了?好,你们两个成了好。顺水大哥是个好人,甜菊也是个好人!"说着,从兜里掏出一百块钱,递给孙顺水说:"顺水大哥,这是你帮我买水浇地的钱,还给你!"

孙顺水看着武二秀递过来的钱,手颤颤地没有接。

他的神情有些激动,对武二秀说:"二秀,这钱我都拿过了,你就别还了。虽说咱们不是一家人了,可人情常在呀!"

(第二十四集完)

第二十五集

字幕:一年以后

1. 仙女湖边

傍晚,有一辆大客车停了下来,下来了很多人,其中有淮爷、顺水妈、六河、玉翠、刘泥鳅、"小广播"、刘喜子、胖丫、武二秀、"活济公"墩子、新堂、晓梅、魏大景、洋洋、孙顺水,甜菊挺着个大肚子领着小石头最后走下车来。

顺水回手扶着下车的甜菊。

武二秀朝着他们这边望着,脸上有复杂的神情。

"活济公"墩子扯扯武二秀的衣袖说:"看什么呢?"

武二秀说:"你看看人家那两口子,还真有个有疼有热的样儿!"又小着声对墩子说:"将来我要是嫁了你,你能这么对我,我就满足了!"

"活济公"墩子说:"那算个什么?不就用手扶一下吗?我也会!"

武二秀说:"那是用手扶一下的事儿吗?那证明男人心里有那女人!"

一条很大的船,泊在湖边,船的上方有一个牌匾:仙女湖水上大餐厅。船舱里,珍珠、五河、彩虹、李水泉都在忙着。

五河对李水泉说:"泉子,村里的人都过来了,你赶快把鞭炮点着,我们出去迎接迎接他们。"他又对着珍珠和彩虹说:"珍珠、彩虹,你们两个也赶快出来吧!"

珍珠和彩虹都应声跟着五河走了出去。

李水泉在船头,点燃了一挂很长的鞭炮,鞭炮噼里啪啦地作响!

乡亲们从那边向着湖边上走来。

湖岸上,与李水泉相对应的,朱新亮也在那边点燃了一挂很长的鞭炮。我们看到,他的背后是挂着"仙女湖水产品有限公司"牌匾的门市房。

刘泥鳅走在人群里,他左看看右看看,说:"呀!去年二月二是我们家饭店正式开业,和珍珠家的饭店门对门地摆场子唱戏,可今年的情况不一样了,珍珠办的水上大饭店开业、新亮办的水产品有限公司也一齐开张!两个喜事儿连一起了!看吧!新亮和李水泉对着放鞭炮呢!这是自己家跟自己家叫上板了,看看他们今儿晚上'抵灯'怎么抵吧?!咱们可有热闹瞧了。"

"小广播"抻抻刘泥鳅的衣袖说:"你说话,小声点儿!那么大嗓门干什么?生怕别人听不见哪?!"

刘泥鳅说:"这鞭炮放得乒乒的!谁能听见什么呀?我这不跟你说呢吗?谁能听见呀?少管着我!"

"活济公"墩子本来和武二秀走在前面。

这时候，"活济公"墩子回过身对刘泥鳅说："真没想到，五河家这家人，才一年来的时间，变化就这么大。你看你，还蹲在村子里那个小饭店里，跟玉翠家的饭店搞竞争呢！可人家珍珠和新亮是真干出名堂来了。别看刘泥鳅你满肚子心眼儿，像拿把木梳蘸着墨汁儿在纸上划过的一样，那么多道道儿！可是论实说，你们家干不过五河家！"

刘泥鳅笑笑说："'活济公'，你也别拿话挤对我，在致富的道上不是像比赛似的一个百米冲刺就决定胜负了，这是场马拉松竞赛，谁先跑到前边，谁落在后边，这都是正常的，你得到最后才能看出来，到底谁跑在了最前边！"

"活济公"墩子说："我现在就看明白了，不管是跑马拉松，还是牛拉松的，你都跑不过五河家的珍珠和新亮。"

刘泥鳅说："你就把我一碗凉水看到底儿了？我告诉你，我刘泥鳅这辈子就没服过谁，不信你走着瞧！"

新亮、南南、南南妈从那边走了过来，和乡亲们一起走进了大船的船舱。

五河和珍珠、彩虹、水泉、新亮、南南招呼着乡亲们往船舱的餐厅里坐。

众人都坐下了。

刘泥鳅和"小广播"，"活济公"墩子和武二秀，六河和玉翠，坐了一张桌上。

孙顺水和甜菊，淮爷和顺水妈、小石头，南南妈，坐到了一张桌子上。

淮爷说："你是南南妈吧？早听说了，就是没见过面。"

南南妈说："是淮爷吧？打老早就想见你，没想到今天，才见上面。大叔，您高寿啊？"

淮爷伸着手指头，比画着说："七十有三了。"

南南妈眼定定地看着淮爷："大叔，我怎么瞅着你有点儿像谁呢？"

淮爷笑着说："像谁？我谁也不像，就像我自己！从小在淮河边上长大的人，到老了都这个样！"

南南妈打量着淮爷，心里想着什么。

新堂和晓梅，魏大景和刘洋洋，刘喜子和胖丫，坐到了一张桌子。

六河一直没有跟"活济公"墩子说话。

玉翠从六河身边站起身，对珍珠说："姐，还有什么没弄的，我去帮把手吧。"

珍珠说："不用不用，都弄好了，你就坐那儿吧！"

这时候，新亮说："各位父老乡亲们，大家都静一静！今儿个我们把乡亲们都请到这来，一是我妈办的这仙女湖水上大餐厅开业了，二是我办的仙女湖水产品有限公司正式营业了！谢谢乡亲们的光临！现在请我爸讲话。"

众人鼓起掌来。

五河对着大伙儿说："今儿个是二月二龙抬头的日子，这什么是龙？黄河是龙，长江是龙，淮河也是龙，都是中国龙啊，咱们的每个村哪镇哪，还有咱们的每个人，是什么呀？也应该说是一条龙！咱们哪，祖祖辈辈守在这淮河边上，过去的穷日子咱们没少过！通过改革开放和勤劳致富，日子是越过越好，我们的淮河和每个人都是龙抬头了！"

大家伙儿哗哗鼓起掌来。

五河说："更多说的就没有了，今儿个我们家在船上招待各位父老乡亲，大家就吃好喝好，一会儿吃完了饭，咱们在岸上的场子已经打好了。由武二秀当团长的，咱们镇上的'花鼓灯'艺术团也过来了。咱们就热热闹闹，耍个龙灯，演个'花鼓灯'，唱个淮河民歌什么的，大家伙说好不好？"

众人齐声喊："好！"

五河说："那就开餐吧！"

大家伙各自吃喝起来。

玉翠给"活济公"墩子和武二秀，刘泥鳅和"小广播"递着大闸蟹。

玉翠说："这是新亮网箱里产的大闸蟹，大家伙都尝尝鲜！"

六河对刘泥鳅、"小广播"、武二秀说："这鳜鱼也是新亮网箱里产的鳜鱼，看看这肉又白又嫩的，肯定好吃！"

"活济公"墩子一边拿起一只大闸蟹，使劲儿吃着，一边对六河说："六河，你记我仇了？怎么光让他们不让我呢？你跟五河、珍珠得说说，对我们这桌，得多照顾点，鳜鱼只上一条哪够吃啊，几筷子不就夹没了吗？怎么说也得上两条！另外，这闸蟹，吃完了这盘子，再上一盘子！"

六河只当是没听见"活济公"的话，仍让着别人说："你们吃，你们吃！"

玉翠说："墩子大哥，你就使劲儿吃吧，别撑坏了肚皮就行，我姐说了，闸蟹、鳜鱼管着大家伙儿吃个够。这都是咱家自己产的！"

"活济公"墩子说："对呀，你们家的水面就产这玩意儿呀！哎，我就爱吃这大闸蟹！有黄儿，好吃！一会儿走的时候，别忘了，给我再带点儿啊！"

武二秀说："你是怎么说话呢？哪能这么说话呢！这边没吃完呢，又张罗走的时候要带！你能不能不这么说话？！"

活济公"墩子说："这么说话怎么了？五河家又不是外人！"

武二秀掐了他一下说："你总是不拿自己当外人！你这种人，我说你什么好呢！"

活济公"墩子被掐得一咧嘴，说："不让带就不带呗，掐我干什么呀！"他转脸对刘泥鳅说："泥鳅，原来我想在这船上办餐厅，不是扯淡吗？一条小船，在水上飘飘忽忽地，上来一踩直晃悠，没等饭吃完了，还不把人晕得全吐光了呀？这上了船一看，好家伙，这船也太大了，比咱家房子都大！坐在这儿稳稳当当的，纹丝不动啊！和岸上的餐厅没区别呀！泥鳅，去年这个时候你家饭店开业，饭菜打的还是五折，你看人家五河家出手多阔绰，这么多人来吃饭，就是请了！这大闸蟹，这鳜鱼，又新鲜又好吃，管够造！这饭吃着让我这心里真舒服！"

刘泥鳅说："'活济公'啊！我家饭店开业，给别人饭菜是打了五折，可你不是闹了个白吃白喝，临走还拿了两瓶酒嘛。"

"活济公"墩子指着刘泥鳅说："你看你，总说自己心眼大，其实还是个小心眼儿，都一年了，拿你两瓶高粱烧你还记着，你的心眼儿啊，真是比针鼻儿还小！可我在你家吃的菜，是什么菜？能和这儿的比吗？"

"小广播"小声对武二秀说："二秀，我看你现在和你叔公两个人，越走越近便，村子里的人，可有人说你们闲话了，尤其是你前夫的那些亲属，背后对这事儿可有看法，你得注点儿意。"

武二秀小声说："我知道，明人不作暗事。大姐，你既然把话说到这儿了，我也就得把话给你说明白了。我和墩子的事早晚要当全村人挑明了，我们俩已经商量好了，两个男女光棍走到一起去，成为一家人。"

"小广播"瞪大了眼睛，说："妈呀，是吗？那你前夫那些亲属能让吗？"

武二秀说："人活着，不是为别人活着，是为自己活着，我不能看着别人的脸活着。"

那边，顺水妈用筷子给淮爷夹了只闸蟹。

淮爷说："老伴儿，你自己吃吧！我自己来。"他拿了一只闸蟹，递给小石头："孙子，给！"又对顺水和甜菊说："顺水、甜菊，你们两口子也多吃点儿！"

小石头一边吃着一边说："爷爷、奶奶、爸、妈，这个水上的大船真好，比我爸那个货船可大多了，长大了，我也要买这样的船，开这样的饭店。请你们大家伙吃鱼和蟹子，喝酒！"

淮爷、顺水妈、顺水、甜菊都笑了。

新堂、晓梅、刘喜子、胖丫、魏大景、刘洋洋坐在那里，他们喝着酒，吃着菜。

这时候，新亮和南南端着酒杯走了过来。

新亮说："我过来敬你们大家一杯！重点还得谢谢晓梅，不是你们农业技术推广站，帮我化验出鳜鱼的鱼苗出了问题，人家又及时地给我送来了新鱼苗，我那片水面上，哪会有今天吃的这个鳜鱼，能有这样的大丰收。"

晓梅说："新亮哥，你太客气了，我们农业技术推广站，不就是干这些事的嘛。不光是对你，对哪家都是一个样！"说着，他们碰着杯。

新亮说："晓梅，你吃口鳜鱼，我看着你吃。"

晓梅用筷子夹了口鳜鱼放在了嘴里，笑了。

新亮问她："香不？"

晓梅笑着说："香！"

新亮也笑了："我没吃，都感觉到香了！"他对着新堂、晓梅、刘喜子、胖丫、魏大景和刘洋洋说："你们几个人儿，可真会找地方坐，这几个年轻人，成双成对的，都凑到一桌上来了。"

新堂说："你和我南南姐不也是成双成对的嘛！"

胖丫穿着一身工装，站起来说："南南姐，你是我的老总，我得敬你一杯。"

南南端着酒杯说："大家伙还不知道呢？我们的胖丫妹子荣升车间主任了！"

新堂说："哎呀！没承想和胖丫主任这么大的干部，坐块堆儿了。来，我们大家伙儿敬你！"

胖丫说："新堂哥，你别又耍我当开心，一个车间主任算个什么干部？"

新堂说："听你说话这意思，是嫌现在这官还小呗？那意思就是说将来还有发展呗！让南南姐再提拔提拔你呗？！"

大家伙都笑起来。

胖丫说："哎呀，新堂哥，你都坏死了！我的话可不是那意思！"

南南说："我说句话吧，胖丫将来肯定还有发展。来，咱们一起干一杯！"

说着，大家都站了起来，一起干杯了。

2. 六河家

彩霞坐在床上，玉树推门走了进来。

彩霞说："玉树哥，你怎么来了？我大姨和新亮哥，他们那边开业搞庆典，你没去？"

玉树说："你去不了，我能去吗？"

彩霞看看玉树说："哎呀，我这个腿是真耽误事，没承想又做了第二次手术。"

玉树说："再做一次手术也对，不然骨头没长好，以后也是麻烦事儿！这几天我心里一直惦记你！"

彩霞说："玉树哥，我知道你心里有我，可是你看我的腿现在是这个样子，我也犯愁，说不定就落下个残疾，我看，咱俩的关系，就按你爸说的那意思吧！"

玉树说："什么意思？"

彩霞说："你现在也办起了红心鸭蛋销售公司，当上了经理，我不能牵累你。你呢，该处对象就处对象，将来该结婚生孩子，就结婚生孩子，只要你好，我心里肯定就是个高兴！"

玉树说："彩霞，你瞎说什么呀？还跟我提什么当了经理什么的，那算个什么经理呀？不就是卖红心鸭蛋的吗？那卖鸭蛋挣钱挣得再多，你要不是我对象了，那比什么损失都大，钱挣得再多，我觉得也没意思了。你下地来，我扶着你走走。"

彩霞说："今天我自己下地了，不过腿还不敢太使劲儿。"

玉树说："我用胳膊架着你，一点一点练着走走。老坐在那儿，腿上的血液循环不好，对你的腿不利。"说着，彩霞下了地。

玉树扶着她，在屋子里，一点一点地来回走。

彩霞说："玉树哥，你说你傻不傻？放着那么多好的闺女家你不找，非要等我这个腿脚残疾的人。"

玉树说："谁傻？放着金光闪闪的一大块金子不捡，去捡那些不发光的土垃坷，那才是傻人哪！"

彩霞说："玉树哥，你说什么？你说谁是金子？"

玉树说："你的心是金子，对我的那份情，我看得比金子都贵重！"

彩霞一听这话，眼里有了婆娑着的泪，她猛然扑到玉树的怀里，两人紧紧地搂在一起。"

玉树说："彩霞，我求你，以后别再说要跟我分开的话了，我一听那话，心都像针扎似的难受。"

彩霞哭着点点头。

3. 仙女湖边

一块场地上，五河、珍珠、彩虹、六河、玉翠、新堂、李水泉，在耍龙灯，五河耍着龙头，众人都在围观，不时地报以掌声。

那边，新亮和南南在演唱淮河民歌。

新亮唱道："正那月里来正呀月正，我约我的二妹妹去呀看灯。看灯是假的呀，我的妹子，想你本是真，约你出来谈谈心呀，依呀依儿哟。"

南南唱道："大路上呀走路，草棵里有人，冤家哥前走妹呀后跟。想说句悄悄话呀，我的哥哥，人多眼又杂，害怕别人嚼舌根哪！"

淮爷看看，对顺水妈说："这俩孩子，唱得真挺好，这是首老歌，还提怕别人嚼舌头根儿呢！咱们两个老家伙没怕别人嚼舌头根儿，走到一起了，现在过得不挺好嘛？没人再嚼咱们的舌头根儿了！"

顺水妈说："你看你，一首老歌，多少年都这么唱下来了，让大伙儿听听，这是原汁原味的淮河民歌！词要是改了，那就没意思了！"

这时候，武二秀和胖丫她们的"花鼓灯"上场了。

她们唱的是"花鼓灯"情歌对唱，二秀唱道："三月里来桃花开，偷偷下湾挖野菜，手提竹篮四处望，妹妹等得好无奈，为何哥哥还没来？"

胖丫女扮男装地唱道："大路我怕遇熟人，绕过小桥进树林，赶集买来丝绒线，送给妹妹绣花名，绣对燕子双入云哪，哎呀哎嗨哟。"

众人一片叫好声！

4. 船舱里

珍珠、玉翠和彩虹、李水泉在收拾着桌子。

珍珠对李水泉说："泉子，你跟彩虹俩别忙活了，外边有热闹，你们出去看热闹吧！

这点儿活我跟你二姨拾掇就行。"

彩虹说："妈,那我就跟泉子哥出去了。"说完,李水泉和彩虹放下手里的东西,走出船舱外。

珍珠问玉翠："玉翠,彩霞的腿做了第二次手术以后,现在怎么样了?"

玉翠说："见好,刚能下地。"

珍珠又说："她跟玉树的事儿呢?"

玉翠说："玉树那孩子对彩霞一直挺好的。可就是'活济公'放出话来,说彩霞要真是落了残疾,他说什么也不能同意玉树找彩霞,因为这事,六河跟'活济公'心里一直犯着堵呢!"

5. 湖边的场地上

淮爷和顺水妈上场了。他们在唱着对唱。

淮爷唱道："五岁六岁拉过钩,撕块红布当盖头。"

顺水妈唱道："学着大人拜天地呀,只觉好玩不觉羞。"

淮爷唱道："十五六岁拉过钩,心儿在跳面含羞。"

顺水妈唱道："人前不敢多讲话呀,月夜相依在田头。"

淮爷拿着那个老算盘子边唱边舞,众人一片喝彩声!

南南妈看到了淮爷手里的老算盘子,一脸吃惊的神色,待淮爷舞完,她立马挤到了淮爷的身边,从淮爷的手里,抢过了那个老算盘子,翻过来调过去地细看,她看见那个算盘子上真切地刻着一个"穆"字。

淮爷用满脸诧异的神色看着南南妈。

南南妈说："淮爷,这个老算盘子是你的?"

淮爷说："啊!是我家的。"

南南妈问："那你知道,穆淮水这个人吧?"

淮爷说："那是我的亲哥哥,我怎能不知道呢?"

南南妈惊呆了,怀里搂着老算盘子,声音颤颤地说："淮爷,那你是?"

淮爷说："我从小在淮河边长大的,村子里的人都叫我淮爷,其实我的大号叫穆淮船,穆淮水的亲弟弟呀!"

南南妈一听了这话,眼里汪满了泪水,她扑到淮爷跟前说："二叔啊!你看看我是谁啊?"

淮爷一脸惊讶,说："啊?你是?你不是南南妈吗?"

南南妈说："我就是你哥的闺女娟子呀!"

淮爷愣住了,说："啊?你是娟子?"淮爷说完这话,看了南南妈一眼,长叹了一口气,一下子就抱住头蹲在了地上,久久地低着头,泪水在脸上流了下来!

南南妈也蹲在了淮爷的身边。

淮爷满眼是泪水,把胳膊搭在南南妈肩上,声音颤颤地说："娟子啊,你爹要咽气的时候,嘴里一个劲儿叨念的就是你啊,他惦记着你到死啊,也没见着你!二叔没想到今生今世还能见到你,还以为这辈子再也见不到你了。"

这时候,众人都围了上来,南南妈搀起了淮爷。

淮爷揩了把老泪,对走过来的五河和新亮说："你们把乡亲们都送回去吧,咱们的亲戚都留下,我有话说。"

众人用惊异的目光看着眼前的一切。

五河和新亮在组织乡亲们上大客车。

314

他们和乡亲们打着招呼。

新亮说:"各位乡亲!仙女湖这边,马上要开发旅游区了,欢迎大家伙儿常过来。"乡亲们上了车,也和他们打着招呼,车开走了。

6. 仙女湖岸边的大船船舱里

淮爷、顺水妈、南南妈、五河、珍珠、六河、玉翠、新亮、南南、新堂、晓梅、李水泉、彩虹、顺水、甜菊、小石头都在这里。

淮爷泪眼婆婆地说:"我万没想到人世间还有这么巧的事儿,南南的妈就是我的亲侄女娟子,娟子的爹就是我那过世的哥哥穆淮水,娟子小的时候,淮河闹水灾,她跟着她爹跑水,他们爷俩也就走散了,以后怎么找都找不到了,今生今世我又见着了娟子。这真是天上掉下来的巧事,圆了我大哥在天之灵的一个梦啊!"

南南妈也揩着眼泪,却笑着说:"都说是无巧不成书,我带南南从江苏那边过来,我也有落叶归根的意思,可做梦也没想到,淮爷就是我的亲二叔,今天这事儿都巧出花来了,我现在还觉得像做梦似的呢。"

珍珠和玉翠站起来,走到南南妈身边,珍珠说:"大姐,那天咱们在一起吃饭,就提到了咱们都姓穆,可是我们也没想到咱们还会是一家人。你就是我们的大姐!"

五河说:"我看今天这个事是喜事之上又冒出的大喜事,咱哪,得好好高兴高兴才对!来,咱们重新上点酒,重新炒点菜,一大家子人,在一起好好乐乐呵呵。"

淮爷说:"行,这个主意好!"

珍珠招呼着玉翠和彩虹说:"走,咱们几个进厨房。"又对南南妈说:"大姐,你坐着啊!"

在这群人里,脸上一直充满着惊讶神色的是新亮和南南。

新亮说:"南南,你妈要是我姥爷的亲侄女,那就是我妈和我二姨的堂姐了,那咱们两个就是表兄表妹了啊?!"

南南说:"这事来得也太突然了,到现在在我的脑子里还犯着蒙呢,新亮哥,你说这话的意思,我都听明白了,你别再往下说了,我心里有点儿难受了!"

7. 大客车上

一个女人对"小广播"说:"哎呀!那朱新亮和南南要是表兄表妹的话,他们处的对象,可就泡汤了,近亲不能结婚哪!"

另外一个女人说:"可不是怎么的,原来都瞅着新亮和南南是最合适的一对,没承想能出这岔头。"

"小广播"说:"淮爷跟南南妈是亲叔和侄女相认,这本来是个天大的喜事,没有什么喜事,能比过这个喜事大的了,咱们还是别议论人家的事了,人家有了喜事,咱们都跟着高兴才好。"

"活济公"墩子说:"喜事是喜事,可这个喜事里头真就喜出个小插曲,我看新亮和南南的事肯定得黄。"

武二秀坐在他身边,用手掐了一下他的胳膊说:"别说了,你那张乌鸦嘴,能不能闭上点儿?"

"活济公"墩子说:"你怎么老掐我呢?这不是实实在在存在的事吗?我说说还不对啊?那南南要是真跟着新亮黄了,说不定跟着我们家玉树还有戏呢。"

武二秀说:"你别瞎说了,行不行?南南就是跟新亮真黄了,也不一定能找到玉树头上。"

"活济公"墩子笑着说:"她找我们家玉树怎么了?找我们家玉树也不吃亏。我们家玉树小伙儿长得标杆溜直的,论文化也不照那新亮差多少,现在那也叫红心鸭蛋生产销售公司的经理呀!"

武二秀使劲地拧了"活济公"墩子的大腿一把,小声地说:"越不让你说,你越说!"

"活济公"墩子疼得嗷的一声,站了起来,大声叫道:"武二秀,你怎么老掐我呢?我那是大腿,腿上是肉,那不是木头儿!"

8. 仙女湖大堤上

新亮和南南在散着步,他们默默地向前走着,谁也不说话。

天上的那弯月牙呀,俯望着他们,猜想着他们的心事。

9. 客车驶到进了镇子

和武二秀坐在一起的"活济公"墩子,突然贴着武二秀的耳朵说:"你要下车了吧?"

武二秀点点头。

"活济公"墩子说:"我听说胖丫住进厂子里的新宿舍了?"

武二秀说:"是啊,刚搬走没几天!"

"活济公"墩子说:"那晚上不就剩下你自己在家了吗?"

武二秀说:"怎的?"

"活济公"墩子笑着说:"一个人在家里多寂寞呀!我今儿晚上可以不回家。玉树要是问我,我就说喝酒喝多了,在五河家的浴池里睡了!"

武二秀听了这话,说:"你别想好事了,除非是到了我们俩结了婚那一天,不然我不会把身子给了你。"

"活济公"墩子笑着说:"这怎么说得这么严肃呢?根本不像是跟过老爷们的女人,比处女还处女!"

武二秀说:"我武二秀活到今天,是真活明白了,知道了身为女人,最该珍惜的是什么?你要是心里真有我,你就得珍惜我。"

"活济公"墩子说:"行了,不跟你说了,你该下车下车吧!我知道了今儿个我几杯酒下肚,红头胀脸的,仗着胆子跟你说了这话,等于白说了,咱俩今天晚上没戏!"

武二秀说:"你别着急啊!怎么一说起这事,就急得跟个猴似的呢?咱们俩的好戏在后边呢。"

"活济公"墩子听了这话,笑笑说:"你说这话,我爱听。"

车停了,武二秀、胖丫、洋洋,还有一些演出的人往车下走

武二秀回头冲墩子打着招呼说:"大哥,我们这就下了!"

洋洋也跟刘泥鳅和"小广播"打着招呼说:"爸妈,我先下车了。"

"小广播"说:"下吧,下吧!"

"活济公"墩子从座位上站了起来,隔着车窗往车下望。

车已开动了他还没有坐下,一直等到武二秀走远了,才坐了下来。

刘泥鳅坐在"活济公"墩子的前座,这时,他回过身对"活济公"墩子说:"哎,'活济公',我是耳朵听错了还是怎么了?刚才武二秀下车的时候,怎么喊上你大哥了?你不是她叔公吗?"

"小广播"抻抻刘泥鳅衣角说:"问人家那个干什么?闲得呀,也不关你的事儿!"

"活济公"墩子欠了欠身子说："人和人的关系，不都是三十年河东，三十年河西，都是变换的吗？就像朱新亮和南南似的，昨天还是对象关系呢？现在呢？是兄妹关系了！我原来是她叔公不假，可我那侄儿都没了那么多年了，现在我们两个人走动得挺近便，我们俩岁数也就差个十多岁，她叫我一声大哥也对劲儿呀！"

刘泥鳅说："不对吧！我怎么听着这声大哥叫的，这么扎耳朵呢？是你和武二秀要有什么新的节目了吧？我刚才就听着你俩在后边，喊喊喳喳的一个劲儿喊喳。"

"活济公"墩子说："其实呀！我告诉你也没什么，我和武二秀现在这关系呢？如果要用青年人时髦的词说是谈恋爱呢？那有点儿不妥，但我这么告诉你吧！我和武二秀现在是处相好呢！"

刘泥鳅说："哎呀！这可是咱们村子里出的又一大新闻，叔公要娶侄媳妇当老婆了。"

"活济公"墩子说："你别说那么难听行不行？"

刘泥鳅说："不是我说得难听，是你们俩的事整得叫别人难以接受。你不信我的话你就瞅着，你们俩要真走到一起，你侄儿家里的人，能不能乐意，村里人会怎么说你们？！"

"活济公"墩子说："我这个人做事，有我自己的算计，我不在乎别人怎么想怎么说。"

刘泥鳅说："你要是这么想，那就好！不过，你以后要是碰上了什么事，可别怨我，好像我事先没提醒你似的。"

"活济公"墩子说："刘泥鳅，我是太知道你了，这些年你没少给我出道，可我没看出来，哪条道是好道，都是窟窿桥！你把好道都留给自己走了。你就把你那好心收起来吧，你就说得天花乱坠，我也不会领你的情。"

刘泥鳅一见，说："得得得，算我白说了，好吧？！"就转过头去，坐在了那里。

"小广播"抓住刘泥鳅的胳膊，耸了一下说："人家不愿意跟你说话，你老够够巴巴地跟人说什么呀？"

刘泥鳅说："待着你的，我们老爷们之间说话，没你什么事。"

车继续向前驶去。

10. 仙女湖岸边的船舱里

五河、淮爷、顺水妈、六河、珍珠、玉翠、彩虹、李水泉、南南妈、孙顺水、甜菊、小石头都在这里。

五河说："事也就是这么些事了，今儿个我们认下了南南妈这个大姐，这是天上掉下的大喜事，我看，这个大喜事，比什么事都重要。新亮和南南他们两个的事，我看他们不是对象关系了也没什么，还是表兄表妹的亲戚关系嘛，以后两个人再重新处对象就是了，大千世界好男好女多的是，他们肯定都能碰到合适的。现在有台小面包正在外边等着呢，你们大家该回就都回去吧，天也不早了。"

六河说："五河哥，今儿个你回不回村里去了？"

李水泉对五河说："叔，我就在邻村打井呢，我自己骑着摩托车来的，我不用坐面包车，你要是想晚点儿回去，我就等你，送你也不绕多远，就是拐个小弯的事。"

五河说："我今儿晚上不回去了，就在这船上住了，连和你珍珠婶子一起说说话，你们都走吧！"

众人走出船舱，彩虹、珍珠、五河都出来送。

11 "活济公"墩子

"活济公"墩子走进院来,见屋里黑着灯,就喊:"玉树!玉树!"见没人应声,就骂道:"玉树这个小子,又不在家,八成又是跑到彩霞哪儿去了。"说完,他没进屋,径直出了院子,朝六河家走去。

12. 六河家

屋里,玉树还在用胳膊架着彩霞练着走路。

彩霞说:"玉树哥,我有点儿累了,不想走了,我想回到床上歇一会儿了。"

玉树说:"你别动!"说着,他抱起彩霞,把她轻轻地放在了床上,给她的腿盖上被子,自己坐在了床边上。

彩霞冲玉树笑着说:"玉树哥!你刚才抱我,我感觉真好!"

玉树说:"那好,以后在地下练习走路,下地上床的,我都抱着你,一直到你腿好了为止!"

彩霞说:"你就真那么相信我的腿一定能好吗?"

玉树说:"相信!"

彩霞笑了:"玉树哥,你一说相信,我自己就更有信心了!"

这时候,"活济公"墩子来到了窗前,他趴着窗户往里看,用手笃笃地敲着玻璃窗说:"玉树!"

玉树说:"谁呀?"

"活济公"墩子说:"谁什么谁的?我是你爹!不是你爹,谁能来找你?这么晚了,怎么还在人家待着,不回家呢?回家去!"

玉树在屋里,跟彩霞说了句什么,就走了出来。

"活济公"墩子见到玉树,骂道:"八辈子没见过女的了?那彩霞的腿都那样了,将来说不定就是个瘸子,值得你老往这儿跑吗?"

"活济公"墩子的话,传到了屋里。

彩霞眼里有了泪。

玉树对爹说:"爹!你又喝了这么多酒,有什么话,回家去说吧!"

"活济公"墩子说:"快走!"说完,和玉树走了。

彩霞从床上下了地,她忍着疼痛走到了窗子前,往外看着,眼里有泪水流了下来。

13. 六河家到"活济公"墩子家的路上

"活济公"墩子说:"玉树,你别觉得你爹是喝了酒,耍酒疯。我今天是酒醉心里明,现在不管怎么说,你大小也是个经理了,爹跟你说,你不能再死心眼下去了,将来那彩霞要是瘸了吧唧的,你能找她当媳妇吗?有个公开场合露个面,你能带个瘸子在自己身边吗?"

玉树倔强地说:"爹,我跟彩霞的事是我自己的事,我自己管行不行?"

"活济公"墩子说:"你小子,不用跟我犟,你都死心眼儿透了!好像天底下,就她彩霞一个人是女人似的!今儿我告诉你,新亮和南南人们都说那是郎才女貌、天生的一对吧?!可是出事了!"

玉树停住脚说:"他们怎么了?"

"活济公"墩子拍手打掌地说:"还怎么了?我的傻儿子,也就你能问出这话来,黄了呗!"

玉树说:"黄了?新堂哥和南南姐处得那么好,你说是黄了,我不信!"

"活济公"墩子说:"你愿意信不信,这是全村子人都知道的事,他们黄了就是黄了!你看看,人家不管谁处对象,都是合适就处,不合适就不处,有几个像你这样的?死脑瓜骨,一根筋,像望山跑死马似的,一条道跑到黑!"

玉树说:"爹,你说什么呢?他们的事就是真黄了,和我有什么关系?"

"活济公"墩子说:"那要说没关系,就是没关系,那要说是有关系,也就能有关系。南南和新亮黄了,你搁眼睛撒莫撒莫,从镇子上到村子里,还有哪个好小伙子没对象?你算啊,李水泉、魏大景、刘喜子,这都处了对象了吧?新堂也就不用说了,就你和彩霞这事现在悬在半空中呢!可进可退,我看你要是从彩霞那个感情圈儿里跳出来。跟那南南都能有戏,我可以通过胖丫给你说说!"

玉树说:"爹,你可别胡说八道了!你别说了,越说我越不愿意听。"说完,就自己推院门进了院。

"活济公"墩子继续在后边骂道:"我哪句话说得又戗你肺管子了?你又不愿意听了,我这不都是为了你好吗?"

14. 刘泥鳅家饭店

刘泥鳅、喜子、"小广播"从外面走了进来。

"小广播"径直地走到后屋去了。

刘泥鳅却追住了喜子,说:"喜子,你都知道了,你以前喜欢的南南和朱新亮黄了,我说儿子,什么叫机会?这就是叫机会。别看那胖丫是当了车间主任,可比起来南南那老总的位置那还是差多了。"

刘喜子笑笑,没说话,就走开了。

刘泥鳅说:"你看你这孩子,你爹跟你说话呢?不管你怎么想的,你倒是跟我说句话呀,怎么不吱声就走了呢?"

刘喜子说:"没什么话说!我也不能没话找话说啊!"说完,走了。

刘泥鳅:"这小子,这又是拿着话儿磕打我呢!"说完,坐在大厅的一个饭桌前,想着心事。

这时候,"小广播"走了过来,说:"天也不早了,你就抓紧睡吧!"

刘泥鳅说:"你睡吧,我睡不着!"

"小广播"说:"这喝点儿酒,还喝兴奋了怎的,怎么还坐到这儿放挺儿,不进屋睡觉呢?"

刘泥鳅用手指指门外,说:"你往咱家门外边看看,再往对门看看,再把刚才咱们在仙女湖边五河家的事想想,咱能睡着觉吗?"

"小广播"趴着窗户往外边看看,说:"外边什么也没有啊?对门饭店还黑着灯呢!有什么可看的?"

刘泥鳅:"我说你这老娘儿们是怎么回事?你傻啊?你想想去年这时候,咱们干什么来着?咱们家不是饭店正式开业,正热热闹闹地在这儿拉场子唱戏,和对门珍珠开的那个饭店抵灯呢吗?可是,今天人家把饭店搞大了,又是大船上的,又是湖岸上的,母子俩开了一家大饭店,还开了个公司,可咱们呢?还在这儿像个蛤蟆似的,蹲在个小井里往天上看!你看看,咱们门外边冷冷清清的,我一回来就感觉到了!和人家那边那热闹劲儿能比吗?你再往那对面看,我原来总觉得玉翠这老娘儿们开饭店,开不过咱们。可是这一年下来,我才知道,这也是个整不倒的主儿!现在每天到她家去吃饭的人,比到咱家吃饭的人还多。想想这些事,我要能睡着觉,那心得多大?得像笸箩那么大!"

"小广播"说:"咱没有珍珠、新亮有能耐,咱就得认,不能不如人家还不服人家。"

刘泥鳅说："你说什么呢？你进屋睡觉去！我就不信我刘泥鳅，不照他们缺鼻子少眼睛的，缺胳膊少腿的！他们把事业能干多大，我就不能？"

15. 新亮水产品有限公司
灯下，新亮和南南默默地坐在那里。

南南满腹心事，对新亮说："新亮哥，我虽然每天忙着服装加工厂的事，可是无时无刻，满脑袋里都是你，你说话的样儿，笑着的样儿，走道的样儿……老像过电影似的，在我脑子里转。我原想我这辈子是不能离开你。可是我怎么也没想到，咱们两个竟是这种关系，看来咱们两个这辈子是不能做夫妻了。"说完，南南伤心地哭了。

新亮搂过了南南，眼里也盈满了泪水，他说："南南，你别哭，咱们成不了夫妻，却是最好的兄妹，你新亮哥这一辈子都忘不了你对我的情和爱，我忘不了你。"

南南说："打明儿开始，咱们就是兄妹了。新亮哥，你今天就这么陪我坐着吧！咱们就一直坐到天亮，行不？"

新亮眼睛红红地说："行！不是我陪着你坐，是你陪着我呢！南南，你们女人总以为男人是座山，高大而有力量，可我告诉你，在感情的这条河流里，男人是最脆弱的，稍微有个旋涡都会把他卷走。我的心和你一样，都十分难受，只是我是个男人，我得忍着，不能让自己轻易掉下眼泪来！"说着，他也啜泣起来。

16. 孙顺水家
里屋，淮爷和顺水妈坐在那里。

淮爷抽着烟。

甜菊挺着个大肚子，给他们端来洗脚水。

孙顺水把洗脚水从甜菊的手里接过来，分别放在淮爷和顺水妈的脚下边。他给他们脱着袜子，说："爹、妈，我给你们洗洗脚。"说着，他就给他们洗起脚来。

淮爷眯着眼睛说："什么叫人生就是一场戏呀？今儿个我感觉到了，真是一场戏，这个戏里有你，有我，也有他呀！"

顺水妈说："我坐在这儿了，也在琢磨，天底下有些事就是巧，都能巧出花来，让你想都想不明白。"

甜菊说："爹，我也没想到，认下了这门亲，是个好事，可我也犯愁了，新亮和南南的事怎么办？真是喜事后边跟了一个愁事。"

淮爷看看甜菊，低头抽着烟，没再吭声。

顺水妈说："甜菊呀！你别犯愁，顺水和你的事都成了，我就信了一句话，天下的有情人总能走到一起。"

甜菊听了顺水妈这句话，若有所思地看看淮爷，又看看顺水妈。

这时候，顺水从地上端起了一盆洗脚水。

甜菊腆着大肚子接了过去。

顺水把另外一盆洗脚水也端出去了。

屋里，顺水妈悄声对淮爷说："纸里包不住火，雪里埋不住孩子，我看哪！为了新亮和南南，珍珠和玉翠的身世你也别瞒了，早晚是瞒不住的事！"

淮爷说："先不着急，我得再好好想想，我不想伤了珍珠和玉翠两个人的心！让她们知道她们从小就是没爹没妈的人！"

17. 刘泥鳅家饭店后屋

刘泥鳅和"小广播"他们两个铺着被褥要睡觉了。

刘泥鳅说:"朱新亮和南南本来是看着板上钉钉儿成的事,可泡汤了,我看这也是好事。"

"小广播"说:"什么好事啊?别老怕邻居家的屋墙上不出个窟窿儿,人家出了这事,正闹心呢,咱们不能在旁边看笑话!"

刘泥鳅说:"你知道个屁?咱们家那刘喜子,以前是没把南南追到手,才看上胖丫的,这回朱新亮把南南给喜子腾出来了,咱们家喜子可不一定再能看上胖丫了。"

"小广播"说:"这话叫你说的,怎么那么不招人听,那人和人的感情都没有了?就像脚上穿的袜子一样,今天脱,明天换的?!"

刘泥鳅说:"刚才我已经把这个消息告诉咱家喜子了。"

"小广播"问:"喜子怎么说的?"

刘泥鳅说:"他就是笑笑。没说什么!"

"小广播"说:"他笑了,那笑笑是什么意思呢?"

刘泥鳅说:"我分析,他心里还是高兴了,不高兴他能笑吗?你瞅着吧!咱们家刘喜子对象的事有转机了,这叫什么?这叫天助我也,不然的话,好姑娘好小伙,都叫对门家占去了,咱们家找的都是二流选手,我心里不甘心呐。"

"小广播"说:"别瞎咧咧了,谁是二流选手?你指的就是魏大景和胖丫呗,这要让人知道了,不知怎么和你不愿意呢!你以为你是什么好人哪!我看你连个四流选手都赶不上,我这辈子跟了你,都冤屈死了!"

刘泥鳅说:"别老挤对我,也不搬块镜子照照自己,忘了当时咱俩年轻的时候,看对象的时候了,一见着我你脸就通红通红的,用手指头直搓你们家炕席花子,鼻子尖都冒汗了,当时你是怎么追我的?一口一个哥长哥短的,说我是天底下最好的哥哥,现在看我老了,你又来贬斥我,还把我降到四流选手了。这怎么降得这么快呢?都赶上冬天从那小秃山的冰道上,往下打滑咪溜儿了,'嗖'的一下子,就降到底儿了。"

"小广播"说:"好汉不提当年勇,你老提当年那些事干什么?好像就我追了你似的,你就没追过我呀?大冬天的,挺冷的,抱着个小膀儿,在我家门前转来转去的,等着我出来,你忘了?"

刘泥鳅说:"行了行了,跟你这老娘儿们我扯不清这事,睡觉吧!"

"小广播"哼了一声,一边铺着被,一边说:"是分开睡?还是睡在一起?"

刘泥鳅扯过被说:"都老夫老妻的了,就一床被盖着睡呗!不过,我告诉你,我都成了四流选手了,和我一个被窝睡觉可以,可别往跟前凑合!"

"小广播"钻进了被窝,把脊背冲向了刘泥鳅,说:"哼!我才不会往你跟前凑合呢,好像谁喜欢你似的!"

(第二十五集完)

第二十六集

1. 仙女湖边

珍珠水上大饭店的船舱里。

五河抽着闷烟,珍珠一声不吭。

彩虹走过来说:"爹、妈,你们别这么干坐着了,快睡觉吧!明天还得忙事情呢!"

珍珠站起身说:"彩虹,你打点水,让你爹洗个脸,让他先躺下吧!我过去看看你哥去!"

彩虹应了一声:"嗯!"

珍珠走出船舱去。

彩虹给五河打来洗脸水。

五河洗了几把脸,摇晃着头,用毛巾擦了擦脸,也没有脱衣裳,躺在了船舱里的一张小床上。

彩虹说:"爹,要睡你就脱了衣裳好好睡,看感冒了。"

五河说:"彩虹,你睡吧,我睡不着,我在这儿等你妈回来。"

2. 镇子五河家浴池的二楼

南南妈和南南,显然是住的一间新宿舍内。

在南南邻屋的宿舍里,胖丫正刷着牙。她听见走廊里,有动静,就嘴里含着牙刷,开门出来,见是南南妈回来了,就说:"阿姨!南南姐回来没呢?"

南南妈说:"还没有,你还没睡?"

胖丫说:"不想睡,想等着南南姐回来,跟她说会儿话呢!"

南南妈说:"胖丫,你要是不想睡,就过来,跟阿姨坐会儿吧!阿姨,也正想找个人在一起说说话。"

胖丫说:"好,我马上就过来!"说完,回屋去了。

胖丫转身又出来,进了南南妈的屋子。

3. 新亮的水产品有限公司

南南泪眼婆娑地依偎在新亮怀里说:"哥!不管你以后和谁处对象,都得经过妹妹我给你看看,我这儿通不过,你就别考虑了!"

新亮说:"你这个当妹妹的,管得可真够宽的!"

南南说:"不是管你,而是怕你找不到合适的,我心里放不下。"

这时候,珍珠走了进来。

新亮和南南忙起身站了起来,他们都有些不好意思。

新亮说:"妈!你来了?"

南南说:"阿姨,对了!从今天起我就不能再叫你阿姨了,我得管你叫二姨了。二姨!"南南说出了这句话,稍微停了一下说:"二姨,你坐吧!"

珍珠说:"新亮,南南,你们俩得听我说句话,以前你们在一起亲亲密密的,是处对象的关系,我没说过什么。可是现在不行了,你们不能再在一起黏黏糊糊的,你们是兄妹关系了,当哥哥的得有个当哥哥的样儿,当妹妹也得有个当妹妹的样儿。人,在世间走,遇到事情,就得拿得起放得下。什么事儿都能拿起来,可是放不下事来的人,不是能做成大事的人;能放下事拿不起事的人,是做不了事的人。新亮、南南,你们一个管我叫妈,一个管我叫二姨,我是你们的长辈,我说的话,你们不能不听,你们都是能做事,有发展的人,今后人生的路长着呢,你们处对象的事从现在开始,就给我画句号!"

新亮说:"妈,你说的话,理儿都是这么个理儿,可是人心都是肉长的,我和南南处了有一年了,感情这事,不像是切西瓜似的,咔嚓一刀,说分开就分开了。"

珍珠说:"我知道,快刀难断藕丝情,可是,该断也得断。"

南南看看珍珠,又看看新亮,站起身说:"新亮哥,你送我回去吧!"

4. 服装加工厂宿舍南南家宿舍里

南南妈跟胖丫在这里。

胖丫说："阿姨，你能认下自己的亲人，真是件大好事，我们大家伙都跟着你高兴。"

南南妈说："这回是把亲人找到了，才知道，那新亮也是跟我有血缘关系的孩子，不然的话，新亮和南南真要走到了一起，结了婚，那也是近亲结婚哪，还真就麻烦了。"

胖丫说："所以说，我新亮哥和我南南姐的事，现在亮开了，是个好事，不然的话，一直捂着盖着，等到明白那天，什么都晚了。"

这时候，南南从屋外走了进来。

朱新亮也跟了进来。朱新亮对南南妈说："大姨，胖丫，你们怎么还没睡呢？"

胖丫说："阿姨睡不着，我过来陪她说说话，连等着南南姐。"

南南妈说："新亮，你坐吧！"

新亮说："大姨，时候不早了，我就回去了，不然我妈我爸在那边也惦记着我。"

南南妈说："那你就抓紧回去吧！"

新亮看了南南一眼。

南南叫了一声："哥！"眼圈有些红了。

新亮低下头，没敢再看南南，转身走了。

南南妈走到门口，目送着新亮，回到屋里，对南南说："南南哪，你别哭，现在把你和新亮表兄表妹的关系弄明白了，这不是最好的事吗？不然，咱们都蒙在鼓里，等你们结了婚，再生了孩子，那可能就出了大麻烦了。"

南南抹了一把眼泪说："妈，你不用说了，这些事我都明白，就是觉得这事来得太突然，感情上有些接受不了。"

胖丫递给南南一块毛巾，让她擦眼泪。

南南妈说："南南，听妈一句话，在心里就把你新亮哥放下吧！"

南南呢？却哭得更厉害了，她一边哭着一边说："妈，我不能不放下新亮哥，我一定得放下新亮哥。可是，就是想哭！"说着，她哭出了声。

5. 仙女湖边

珍珠水上饭店的船舱里。

珍珠和五河躺在那里，他们都没有睡，谁也不说话，就那么沉默着。

珍珠沉吟良久才说："五河，咱们认下了这个大姐，我看就是咱们一大家子人最高兴的事，别的事先都别想了，睡吧！"

6. 刘泥鳅家饭店门口

天刚蒙蒙亮，刘喜子推着摩托车，从饭店门口出来，他发动着了摩托车，骑了上去，走了。

7. 服装厂的车间里

阳光从窗户照了进来，南南妈在那儿裁剪服装。

南南和胖丫在一起说着话。

胖丫说："这是刚刚收到的几份服装订单，有国外的，也有国内的，要货的日期都挺紧。"

南南看看那些订单，说："马上给对方发传真，就说我们一定按期发货。"

8. 新亮水产品有限公司

新亮和一些员工在那里忙碌着,他们在给闸蟹装篓子。

一位工人说:"新亮,你昨天晚上没睡好觉吧?看你的眼泡儿全是肿的。"

新亮一边干着活一边说:"是吗?我还真没觉得!"

9. "活济公"墩子家

"活济公"墩子在窗下坐着一个小板凳,在编着蟹篓子。

玉树往地下撒着虾米皮,在喂着一大群鸭。他对一位工人模样的人说:"你把红心鸭蛋给我搬出两箱来,装到摩托车的后边,一会儿我要用。"

那位工人说:"好!"就回身去仓房里,搬出了两箱包装好的红心鸭蛋,放在了玉树摩托车后边的筐子里。

"活济公"墩子说:"玉树,你往外拿红心鸭蛋干什么?是要送人啊?"

玉树说:"我要带到仙女湖那边去,送给新亮哥。"

"活济公"墩子说:"我知道那朱新亮白给了你不少虾米,可是,你给他送鸭蛋,送一箱不就行了吗?也用不着送两箱啊!"

玉树说:"新亮哥对我的情分不薄,送两箱鸭蛋我都觉得有些拿不出手,再说,一箱鸭蛋怎么驮呀?放到摩托车哪边都不合适,偏坠!"

"活济公"墩子撂下手中的活,说:"你要怕偏坠,就倒出一箱来,我把一箱鸭蛋,给你匀成两箱。"

玉树说:"行了,爹,别老属犁碗子的,净往一面翻土。"说完,他解下围裙,骑着摩托车,走了。

"活济公"墩子望着他的背影,对刚才搬鸭蛋的那位工人,说:"这不是败家子吗?我一天费劲巴力地,手磨生疼,勾着个老腰,编这装蟹的篓子,编一个才五块钱,那一箱红心鸭蛋不少钱呢,说送人就送人了,我真心疼!"说完,又蹲在那里去编蟹篓子了。

那位工人对"活济公"墩子说:"大叔,你一天能编几个?"

"活济公"墩子说:"连上趟厕所,来回都跑着去,才编五六个。"

那位工人说:"这挣得也不少了,一天好几十块钱呢!"

"活济公"墩子说:"一天挣几十块钱还算多呀?现在咱们农民有的一天就挣好几百块,我跟人家能比吗?!"

10. 镇子的服装加工厂车间

刘喜子推门探进头来,冲胖丫招招手。

胖丫走了出来。

刘喜子把手里拎着的一袋鱼,递给胖丫说:"这是你要给饭店送的鱼。"

胖丫没有接那袋鱼,说:"你拎到楼上来干啥?你直接给那家饭店,替我送去不就得了?!"

刘喜子说:"我寻思拎上来,让你看看,这鱼可新鲜了!是在新亮哥那水产品公司买的。"

胖丫说:"你看到新亮哥了?"

刘喜子说:"那能看不着吗?这鱼就是他给我过的秤,秤高高的。"

胖丫说:"喜子哥,我琢磨着,新亮哥和南南姐都没少帮咱,一会儿你把鱼送回村子去,看看能不能把他们两个请出去,一起吃顿饭。他们俩正处在特殊时期,这个时候,哥们儿朋友得往上冲！"

刘喜子说："我知道，新亮哥和南南姐都是好人，他们今天帮这个，明天帮那个的，我也挺受感动的。这不，我也给对门的玉翠婶子他们饭店，代着送鱼呢！人到难时知远近，现在他们俩遇到事了，咱们帮不了别的，得从感情方面，跟他们热乎热乎，让他们心都乐乐呵呵的。"

胖丫说："以前真没看出来，我喜子哥哥对朋友也是很讲感情的人，你就抓紧回去吧，一会儿就过来。"

刘喜子说："好嘞！就抓紧跟他们联系吧！这顿饭我请啊。"说完，走了。

11. 新亮水产品公司

玉树的摩托车，在门前停了下来，他从摩托车的后边，拎下两箱红心鸭蛋，走进屋去。

新亮正和工人们忙着。

玉树把两箱鸭蛋放在地上，对新亮说："新亮哥！"

新亮站起身，见是玉树，就说："哦！来取虾米来了吧？！早给你准备好了，在那儿呢。"他望着地上的两个箱子说："你这拿的是什么呀？"

玉树说："这是我给你送来的红心鸭蛋。"

新亮看看玉树笑着说："听你说的红心鸭蛋，市场销路很好，都供不应求呢，怎么还给我拿来了？"

玉树说："这话说的，你是谁？你是我的新亮哥！没有你帮我捞虾米，我上哪儿去办这红心鸭蛋的销售公司？我走到今天，你没少帮我！我哪能忘了你呢？"

新亮说："这个红心鸭蛋，我得收下，好好地吃一吃。"

玉树说："你吃吧，这鸭蛋的味道，就是与别的鸭蛋的味道不一样。不光吃鸭蛋，也是吃我送给你的一份心情。哎，别忘了，也给我南南姐一箱啊！"

新亮说："我俩的事儿，你都知道了？"

玉树看看新亮说："我都听说了，新亮哥，你别难过啊！"

新亮说："我没难过，你没看我这大清早起就一直忙着呢嘛，人一忙上，什么事就都不想那么多了。"

玉树看着新亮那张带着疲惫神情的脸，有些心疼地说："你昨天晚上肯定没休息好，可别太累着了！"

12. 淮爷家超市

五河从院外门走来，往村委会屋里走。

淮爷看见他了，就对他摆摆手，叫他过来。

五河过来说："爹，什么事？"

顺水妈在那边一边打点着顾客，一边朝这边望。

淮爷说："我想找新亮说点儿事，你能不能让他抽时间来一趟？"

五河看见淮爷神神秘秘的样儿，有些诧异说："行啊！你找他什么事？"

淮爷掩饰地说："没什么大事，我跟新亮说吧，你叫他来吧！"

五河看看淮爷，说："那好吧！"就进到村委会了。

13. 村委会屋里

正在开村委会。五河说："正月也过去了，进城的农民工也都走了，咱们还得把新的一年村子里的建设再商量商量，去年这一年，各家在致富的路上，迈出的步子都不小。六河家呢？稻子大丰收，香葱和甜叶菊也增加了不少收入。泥鳅家呢？不仅粮食丰收了，饭店办得也蛮红火，孙顺水家呢？跑着船，又开了建材小商店。还有其他各家各户的，都有许多新起色。自来水也通到各家各户了，一打开水龙头，水哗哗地就来了。不用像过去，肩挑车拉的了，再说那也不是深井水！那口老井呢？原本想填上，可是有人说，女人们还想留着洗个衣裳，那就没填！大家伙儿说说吧！新的一年，咱们还得怎么干？"

刘泥鳅说："新村建设，咱们已经盖起了几排楼了，还得接着往下盖，村民们，都愿意掏这笔钱，买个新楼住。等把新楼都盖起来，咱们全村老老少少的，就都搬到小区里住了，也就基本城镇化了。"

五河笑着说："六河，今年你们家用什么稻种？香葱和甜叶菊还种不种？"

六河说："种地的事，你就别再问我了，就去问新堂吧！我现在是真不管了，放手让他干了，人家干得也真是比我强。"

五河笑着说："这叫什么？原来自己是红花，别人是绿叶，现在别人是红花了，咱就得当绿叶了。"

六河说："你别说，你说的理儿还真就是这么个理儿。"

14. 新村建筑工地

有几排楼房已经建起来了，在工地的一侧，有一个建材小商店，孙顺水和甜菊在这里忙着。

孙顺水对甜菊说："甜菊，建材这些东西，没有轻巧玩意儿，你现在是双身板儿，什么重的东西你也不能拿，你要拿什么东西，用手指一下，我就拿了。"

甜菊手抚在隆起的肚子上，说："用不了多长时间，这就快要生了，还不知道是男孩女孩？"

孙顺水说："男孩女孩都是咱的孩子，我都喜欢！"

15. 村里五河家的饭店

玉翠正在洗菜。

刘喜子拎了一袋鱼走了进来。

玉翠说："呀！喜子，又给我家来送鱼了。"

刘喜子说："玉翠婶子，咱们两家对门住着，你年龄大了，彩霞呢，腿伤还没好，这点儿小事我不是应该应分的嘛。"

玉翠说："喜子这孩子是真见出息了，越来越懂人情了！"

刘喜子从五河家的饭店门口出来，往自家的门口走，进了自家的饭店。

16. 刘泥鳅家饭店内

刘泥鳅说："喜子，给对门送鱼，你象征性地送几回不就得了，这怎么还天天送上了呢？他们家搞仙女湖鱼餐，咱们家也搞仙女湖鱼餐，他们家没人忙不开，进不上鱼，那也怨不着咱们，我说你这小子，怎么傻心眼呢，不分里外呢？"

刘喜子说："爸，你别那样，是不是看着人家摊上事了，就认为是机会来了，想把人家的饭店挤垮？那不好，过去人家没少帮咱们，咱们得记着人家的情，该帮人家，也得帮人家。"

刘泥鳅说："我不和你说了，说也说不到一起去！你就送吧，天天送啊！把对门饭店的仙女湖鱼餐送得越火越好！你要嫌他们家的饭店办得不火，咱家的鱼你也不用买了，都送到对门去吧！"

刘喜子说："爸，你怎么说这话呢？我哪块儿办得不对了？两家对门住着，人情是把锯，有来也有去，不对吗？"

刘泥鳅说："对，你做得都对，你和他家拉人情锯去吧，我不拉！"

17. 六河家的塑料大棚里

王晓梅和新堂在这里。

晓梅手里拿着一个蘑菇的菌棒，对新堂说："新堂哥，你看，这一个菌棒才三块钱，可它能出多少蘑菇呢？至少能出七八斤蘑菇！把这个菌棒买回来，再在塑料大棚里，一层一层地码上，放一万来个儿没问题。现在市场的蘑菇价，一斤鲜蘑，都是两块多钱，你算算这笔账，一万个蘑菇棒，一年下来，能挣多少钱？"

新堂说："哎哟，那挣的可就不少了，只是不知道这东西管理起来费不费事？"

王晓梅说："很简单，把大棚里的温度湿度控制好，两天浇一遍水，就行了。"

新堂说："晓梅，你给我出的这个主意好。咱们就买它一万个菌棒回来，咱这大棚，今年就不种菜了，就养蘑菇了。"

18. 村子里的老井边

有几个女人，在井台边上洗着衣服，她们用锤板捶打着衣服。

在老井的那一边，是建好的新井房子和院子。

新与旧，在这里形成鲜明的影像对比。

"小广播"拎着几袋洗衣粉，从那边走来。

一位女人喊她："哎，大姐！你这是干什么去了？"

"小广播"说："到超市去了，买几袋洗衣粉。"

那位女人说："大姐，新井房子修好了，自来水通到各家了，这口老井早就没人用了，这水人喝了不好，洗衣服还行，我们姐妹就把洗衣服的地方，从河边挪到这儿来了。"

另外一位女人说："大姐，怎么老也不见你过来呀？！"

"小广播"说："以前，用洗衣机，又往里用盆子倒水，又用大盆子接水的，我有点嫌麻烦，也就常到河边去洗衣服。现在呀，自来水早给咱们通到各家了，把衣服扔进洗衣机，什么玩意儿都是自动的，也费不了多少电，我就不怎么出来洗衣服了。"

一位女人说："我们家也都有洗衣机，出来洗洗衣服主要是姐妹们在一起说说话。大姐，以后你还是得多来哩，人多了热闹。"

"小广播"说："大妹子，不是当大姐的说你们，洗衣服在一起热闹热闹，是好事，可别一聚到一起，就东家长西家短的，没什么意思。"

一位女人说："哎呀大姐呀！你都多长时间不和我们在一起洗衣服了，你是不知道啊！我们现在从来都不说那些鸡毛蒜皮的事了。我们现在每天议论的都是电视里头播出的事。"

另一位女人又说："这位大妹子说的是，什么新闻哪！健康与生活、电视剧呀！我们都说这个了。"

"小广播"说："哟！要真是有了这变化，有时间我还来，跟你们一起凑个热闹。"

一位女人说："哎呀，那可太好了，我们都盼着你来呢。"

"小广播"望着她们，笑了。

19. 镇子的一家饭店里

胖丫、刘喜子、新亮、南南在一起吃着火锅。

胖丫一边把火锅里的菜夹给新亮和南南，一边说："新亮哥，南南姐，谁是我的恩人？你们两个就是我的恩人！我一直惦记想请你们两个吃顿饭，老找不到适当的时机，今儿个总算有机会了，喜子哥和我一起请你们。"

新亮看着南南。

南南也看着新亮。

新亮夹了一筷子菜给南南说："妹子！你吃。"

南南也夹了一筷子菜给新堂说："哥！你吃。"

他们互相看看，都笑了，各自吃了起来。

胖丫端起一杯酒，说："别看我胖丫是个女人，可对哥们儿朋友，讲义气，重感情。来，咱们哥四个喝点！"

刘喜子端起酒杯子，说："新亮哥，南南姐，你们就记住我刘喜子这句话，我一辈子都当你们的好弟弟，有事，就吱喝一声，我就到。"说着，四个人把酒喝了下去。

这时候，新亮对南南说："妹子，自打这些朋友们，听说了咱们的事，都打心眼儿里关心咱俩，玉树给我送来了红心鸭蛋，我给你家也带来了一箱，这胖丫和喜子又请咱俩吃饭，我心里明白，他们这都是在关心咱们。"

南南点点头说："新亮哥，我明白！在这个人世间，有一把钥匙，什么难事的锈锁都打得开，这把钥匙就是人情的钥匙！"

这时候，新亮的手机响了。新亮接起了手机，说："爸，是我，哦，好，我知道了。"说完就放下了电话。

胖丫问新亮："新亮哥，你爸来电话了？"

新亮说："不着急，还有时间，我姥爷让我回到村里去一趟。"

20. 邻村深井工程队工地

那顶帐篷已支在了这里，在帐篷外的晾衣绳上，晾着不少床单和衣服。屋里，洋洋在给李水泉洗着头。

魏大景坐在旁边看，说着奚落话："我看在洋洋的心目中，对水泉哥比对我还好，每次来洗衣服，都不落下他，这今天洗头，又给他先洗上了。"

洋洋一边洗着头，一边笑着说："你吃醋了？你过来。"

魏大景走到跟前说："干什么？"

洋洋说："你不是也要着急洗头嘛。"说着，把两手的泡沫往他的头上和脸上一顿抹！

魏大景脸和头发被抹了不少泡沫，一边对着镜子，往下揩着泡沫，一边说："这个洋洋，一肚子坏心眼儿，将来我娶了你当老婆，可要受罪了。"

洋洋一脸嗔怪的神情，笑着说："不愿意让我给你当老婆，那就不当，好像谁愿意给你当似的。"

李水泉笑着说："我知道你们两个感情好，别演戏给我看，谈对象的人都这样，爱打情骂俏的！"

洋洋说："我看水泉哥就比大景正经，你看人家什么时候，和彩虹姐嬉皮笑脸的了？"

李水泉说："洋洋，你可别那么说，我和你彩虹姐，没嬉皮笑脸的时候，你看见了，可嬉皮笑脸的时候呢？你没看见。"

魏大景说:"就是。水泉哥说的是实话,人家早和彩虹姐接过吻了,想什么时候亲就什么时候亲。不像你,亲一下那么费劲儿!"
　　洋洋看了魏大景一眼说:"别瞎扯了,越说越离谱。"
　　魏大景说:"离谱什么啊!那都是真事。咱们两个得勤向人家学着点。"
　　洋洋用脚蹬了魏大景一脚,说:"别瞎扯了,上一边待着去!"

21. 六河家的院子里
　　玉树和彩霞从屋里走进院子,玉树搀着彩霞。
　　彩霞说:"你把手松开,让我自己走走试试!"
　　玉树说:"能行吗?"
　　彩霞说:"我想试试!"
　　玉树松开了手,可手仍然没有离开彩霞的身子。
　　彩霞说:"把手彻底拿开。"
　　玉树缩回了手,说:"彩霞,你可小心点。"
　　彩霞试着往前迈出了一步,站稳了,又迈出了第二步、第三步……
　　玉树一看乐了,蹦着高儿说:"哎呀!太好了!"他忙拉开门,欣喜地冲着屋里喊:"六河叔、新堂你们出来看,彩霞又能走路了!"
　　门开了,六河和新堂走了出来,彩霞在院子里,像平常人一样走着。虽然有些慢,但走得很平稳。
　　六河高兴地说:"哎呀,我们家的彩霞又能走路了,这可太好了。"说着,一拍大腿,蹲在了地上,居然掉起了眼泪。
　　新堂本来看着彩霞笑着,可看到六河这个样子,就问:"爹,彩霞的腿好了,你该高兴才是,怎么倒哭上了?"
　　六河用衣袖揩着眼泪说:"新堂啊!你是不知道啊,你什么时候看见爹哭过?爹的这个心里呀,一直惦记着彩霞的这个腿啊!就是生怕她落下个残疾,这回好了,她又能走路了,爹是高兴啊,我们家的彩霞又是原来的彩霞了!"
　　彩霞听了爹的这一番话,眼里也盈满了泪水,她加快了脚步,在院子里走了起来。
　　玉树笑着说:"你慢着点儿走!"

22. "活济公"墩子家
　　"活济公"墩子还在窗子下面编蟹篓。
　　玉树的那台摩托车,停在院子里。
　　玉树兴冲冲地进到院子里:"爹,彩霞的腿好了,又能走路了。"
　　"活济公"墩子说:"又能走路了?那和好人一样吗?瘸没瘸?"
　　玉树说:"没有,和正常人一样。"
　　"活济公"墩子听了这话,停下手里的活计,说:"玉树,你说你大小也是个经理了,怎么有点事这么不稳当呢?不就是彩霞的腿能走路了嘛,至于把你乐成这样吗?她那腿就是能走道了,和好人一样一样的,可是你得知道,那不是一条好腿,那是一条伤腿!"
　　这时候,彩霞推开院门,进到院里来,说:"叔,我这条腿是受过伤,可是现在好了,家里的什么活计,我也都能干了。"说着,她拿起舀子就往一个猪食桶里,添猪食,待那猪食桶要满了,她想拎走。
　　"活济公"墩子慌忙从那边跑过来说:"慢着,慢着,彩霞你这是干吗呢?你这是帮着我家干活呢吗？你这不是给你叔家找事吗？"

彩霞说："我怎么是给你们家找事呢？"

"活济公"墩子说："你这条腿吧，是伤腿。虽然说是好了，能走道了，可是吃不上劲儿，你拎这么沉的猪食桶，咔嚓一下，要是把你这条伤腿再累坏了，就像你第一次手术回来，忙着干活，骨头没长好，你就又做了第二次手术似的，这要是在我家干活累犯了，那不麻烦了吗？行了行了，我家的活，你先别伸手了。"

彩霞说："叔，我这腿都好了，就这么点猪食，算个什么啊？"说着，又要拎。

"活济公"墩子用手抢下那猪食桶，拎在自己手里，说："玉树，快把猪食桶拎过去。"

玉树说："那么点猪食，让彩霞拎拎嘛，不能有事，她也得锻炼锻炼啊。"

"活济公"墩子一听这话，自己拎着猪食桶，走到猪圈旁，把猪食哗啦一声倒在猪食槽子里，咣当扔下猪食桶，说："彩霞要锻炼，我不反对，可她得回家锻炼去，先别在我这儿锻炼，要锻炼出事了，我可担待不了。"

玉树背过脸去，跟爹生着气。

彩霞看了看，对玉树说："行，那我就回家去锻炼。"说完，偃偃地走了。

玉树喊了一声："彩霞！"

彩霞没有回头。

玉树叹了一口气，蹲在了那里。

"活济公"墩子说一边编着蟹篓子，一边说："叹什么气呀？什么了不起的人物怎的，拖着个伤腿到咱家来了，舞舞扎扎地就想拎沉东西，我知道她安的什么心？"

玉树说："人家彩霞是好心，就是想帮咱家干点活儿。"

"活济公"墩子说："收起她那份好心吧，她要是在咱们家累犯了病，那就得赖上咱们，你不想娶她都不行了。哼，我'活济公'能吃她那亏！"

23. 淮爷超市

朱新亮骑着摩托车，从院外驶来。

淮爷见是新亮来了，就冲顺水妈那边，招招手说："老伴！你也过来。"

新亮进了超市门口。

淮爷努努下巴颏，说："你坐吧！"

顺水妈也过来了。

他们都坐了。

淮爷说："新亮，姥爷找你来，要跟你说句话，我说的话，句句是实话，你这个姥姥，也就是顺水的妈，她做见证！这些事，在你家的船上我心里来回折了多少个子，想了想还是不能决定说不说。姥爷只能对你说，新亮你和南南的事，有些担心了是吧？"

新亮点点头说："嗯！"

淮爷说："别担心，姥爷告诉你，你和她该怎么处还怎么处，没事儿的！"

新亮一脸疑问，说："姥爷，我们已经是表兄表妹了，怎能还在一起处对象呢？我也想通了，那不合适啊！"

淮爷说："新亮，姥爷让你处，你就和她处下去，错不了！"

新亮问："你这话真我真听糊涂了，到底是怎么回事啊？"

顺水妈说："新亮，这么多年，你姥爷一直不愿意说这句话，怕伤了你妈和你二姨的心，她们两个从小就是在你姥爷身边长大的不假，可是，她们不是你姥爷的亲闺女。"

新亮听了这话，一脸惊讶，说："不会吧，怎么能有这事呢？"

淮爷指着顺水妈说:"她说的是真的,那年我大哥家的孩子,也就是南南妈娟子丢了,我就和我哥哥到处找,没找见娟子,却在一个河汊子里找见了一个大木盆,里边坐着一大一小的两个孩子,这两个孩子,就是你妈和你二姨,这些年来,我一直瞒着她们,不想让她们知道,我不是她们的亲爹,她们是没爹没妈的孩子!"

新亮听了这话,眼里也噙了泪水。

淮爷说:"新亮,姥爷找你来说这事,是不想让她们知道。你知道这事就行了,先别跟她们说,行不?这也是姥爷求你了。"

新亮站起身来说:"姥爷,我知道了,你是个好姥爷!"

24. 井边上

那几个女人还在洗衣裳。

"小广播"端着个盆子,里面放着衣服、洗衣粉,走了过来。

一位女人说:"你看看,大姐说来就来了。"

另外一个女人说:"太欢迎了!"

"小广播"一边放下盆子,一边从井里往外打着水,说:"我怎么也没想到,生活变化这么大,这口咱们村多少代人吃了多少年的老井,也只能用来洗衣服了。"

一位女人说:"那可不是,你说说咱们中国吧,往月球发的嫦娥吧,那多远的路啊,说送过去就送过去了,还围着那月亮,咔嚓咔嚓直照相,照片都传回来了。你说现在,这科学太先进了。"

另外一位女人说:"咱们上辈子老人年轻的时候,过的是什么日子?哪有电灯?点的都是煤油灯,哪有电视机?连个广播也听不着,哪有洗衣机?洗衣服都是用手洗。"

"小广播"说:"大妹子,你说得真对,咱们这辈子人,赶上了好时候,有福气呀!"

25. 南南家的服装加工厂

新亮从外面走了进来,他在车间门口,向正在车间里忙着的南南招招手。

南南就出来了,说:"哥,你找妹妹有事?"

新亮说:"别老妹妹妹妹的了,你过来,我告诉你个话。"说着他俯在南南耳朵旁,说着什么。

南南一听,有些惊异地说:"是真的吗?"

新亮说:"我还能逗你?!"

南南听了这话,笑了。一下子扑到了新亮的怀里,眼里盈着泪花说:"新亮哥,以前这一天我都当好几年过,想你想的心都老了,这回好了,你还是我的新亮哥,我还是你的南南,我再也不让你离开我了。"说着,喜极而泣。

这时候,胖丫和南南妈,推开车间的门,走了出来。

新亮忙拍拍南南的背说:"南南,快松开手,这让人看见,多不好!"

南南不但没有松开新亮,反而把他抱得更紧了,哭着说:"新亮哥,那次哭,我是伤心地哭。今天的哭,我是高兴地哭,你就让我哭个够吧!"

南南妈过来说:"南南,快把你新亮哥放开,这大白天的,人来人往的,你们兄妹之间怎么兴这样呢?"

26. 仙女湖边

珍珠家水上饭店的船舱里,很多客人都在这里吃着饭。

珍珠在上着灶，彩虹在给客人们往饭桌上端着菜。
一位客人说："去年你家那个小船上的餐厅，开业那天，我就到你家吃过鱼，当时就觉着你们家的鱼做得太有味道了，可是今天又来到你们这儿，吃这儿的鱼。这个鱼做的，比以前的鱼更有味道了，这鱼餐都叫你们家做绝了，太好吃了！"
彩虹说："是我妈上的灶，你知道县里那个特级厨师李师傅嘛，我妈和我二姨都是他的徒弟。"
那位客人说："我说的嘛，要不这鱼怎么能做得这么好吃呢！"

27．镇子五河家浴池

大厅里，武二秀、南南、胖丫和一些年轻的女演员正在排演"花鼓灯"。她们唱道："二月二啊龙抬头来，哎嗨哟，哎嗨哟，龙呀嘛龙抬头，金龙哎摆尾啊乐呀嘛乐悠悠，哎嗨哟，哎嗨哟，家家户户日子过得好哎，哎嗨哟，哎嗨哟，好日子更上一呀么一层楼，哎嗨哟，哎嗨哟。"
"活济公"墩子和一些顾客，都在下边看着，不时地报以热烈的掌声。

28．淮河的大堤上

月光如水，玉树和彩霞面对面低着头，默默地站在这里，谁也不说话，只有风儿摇晃着大堤下干枯的芦荻，发出沙沙的响声。
玉树说："彩霞，你别怪我爹，我爹那人就那样，别的毛病改了不少了，可是，自私鬼儿的毛病，到现在还没改多少。你就看我是怎么对你的，就行了，别再想不开了。"
彩霞说："反正我觉得你爹说得也对，我这腿是好了，能走道了，可是怎么说也是受过伤的腿。"
玉树说："彩霞，从你受了伤以来，我怎么对你的，你心里明白，你别再和我爹较劲了，行不行？"
彩霞看了一眼玉树，看向了别处，眼里有了泪，风继续摇晃着河堤下的芦荻。

29．新亮水产品有限公司

屋里亮着灯，新亮和南南一起有说有笑的，正在电脑旁上网。
南南说："新亮哥，马上又要订鱼苗和蟹苗了，这回咱们在网上，好好查一查，这么多厂家，你想用谁家的都行。"
新亮说："这网上，我都查了好几遍了，我看，去年给咱们送鱼苗、蟹苗的这个厂家，真不错，出了问题，人家也很负责任。今年，咱们就还到他家去买吧！"
南南说："不用我去了吧？！省着出了问题，又冲着我发火。"
新堂说："不行，你得去。"
南南偏着头："为什么？"
新亮说："我不想离开你这个拐棍。"
南南说："想让我当拐棍啊？没那么容易。我告诉你，我今年就是不去了。"
新亮看看南南，笑着说："我不信你不去。"
南南说："要让我去，那得是有条件的。"
新亮说："什么条件？"
南南扬着脸说："什么条件，你自己琢磨琢磨呗！"
新亮忽然明白了，他站起身使劲地亲着南南说："我冲你发火发错了，行了吧？"
南南高兴地挓挲着手说："行了，行了，你的胡子这么扎人，我答应去了，还不行吗？"

这时候，屋门开了，珍珠走了进来，她被眼前的情景惊呆了。

新亮和南南也觉得有些尴尬。

珍珠说："你们两个干什么呢？我早跟你们说过了，人遇到事情就得拿得起，放得下，怎么我说过的话，你们全忘了？"

新亮说："妈，你别生气，是这么回事。"

珍珠站了起来，生气地说："我不管你怎么回事，别跟我解释，我不听。"说完，珍珠转身出去了。

新亮追了出去。

30. 湖堤上

夜色下。珍珠，在前边走。

新亮在后边跟着。

珍珠突然站住，厉声说："新亮，你给我站那儿，你要再和南南黏黏糊糊的，你就不是我的儿子！"说完，珍珠就走了。

新亮呢？一脸无奈，站在那里，看着她妈的背影，湖风吹了过来，弄乱了他的头发，像他复杂的心绪。

31. 镇上五河家浴池

大厅里，"活济公"墩子躺在一张床上在和武二秀说着话："哎呀，二秀啊，你们这个节目呀，是越演越好看哪，你没看我在下边怎么给你们鼓掌呢，这手拍得到现在还疼呢。"

武二秀说："别说闲话了，说说咱俩的事吧，咱俩的事，你到底想怎么办？"

"活济公"墩子说："那还怎么办？现在都不兴大操大办了，你相中我了，我相中你了，俩人到镇上登个记，把被褥往块堆一搬，就算是一家人呗！"

武二秀说："你别扯了，事是你说得那么些个事，可是，并不像你说的这么简单。"

"活济公"墩子说："那还有什么复杂的？"

武二秀说："我看，咱们真要走到一起了，就得把有些话好好说说，你让我嫁给你，我也是有条件的。"

"活济公"墩子说："哎呀，没想到，生米都快煮成熟饭了，怎么还又出条件了呢？行，你说吧！"

武二秀说："现在你也有一个讲卫生的习惯了，这方面的事我就不要求你了，可是，还有两件事，我得跟你说，你得改。"

"活济公"墩子说："哪两件事？"

武二秀说："原来你动不动，就愿意给这个掐算，给那个掐算的，你那么会掐算，怎么也没把自己掐算明白，这些年一直打光棍来着？"

"活济公"墩子说："哎呀，不就是这个事嘛，那以后我不干不就完了嘛，这算个事么，还有什么？"

武二秀又说："除了这，还有你那些毛病，吃饭的时候，喝酒的时候，你瞅瞅你那个狼虎样儿，没个文明劲儿不说，到哪儿还都想占个小便宜，你这个自私鬼的形象，在村子里也得改改。"

"活济公"墩子说："你说这话，我不服，人不都是为自己活着呢吗？那不为自己活着，那活着干什么呀？"

（第二十六集完）

第二十七集

1. 镇上五河家浴池

武二秀说:"我问你,人都要为自己活着,一会儿洗完澡,你就别穿着衣服回家了。"

"活济公"墩子说:"那为什么呢?"

武二秀说:"你穿的那衣服的布是你织的呀?衣服是你做的呀?另外,以后也别上这浴池来洗澡了,我们也不演'花鼓灯'给你看了。"

"活济公"墩子说:"哎,你别说,你要这么说,我还真觉得你说得有点儿道理,你说我这要是不穿衣服,大冷的天,光着身子往村子里走,那不闹出大笑话了嘛。再说,上这儿洗澡,看节目,也都有瘾了,不洗不看都不行了。"

武二秀说:"所以说,人活着不能光为着自己活着,心里都得有别人,有大家伙儿,明白吗?"

"活济公"墩子说:"行,这也算一条,我要不同意的话,那还和你结什么婚了,我就同意吧!不过,你对我提条件,你别以为我比你低下多少似的,我也有条件呢。"

武二秀说:"说吧,你有条件也可以对我提。"

"活济公"墩子用手指头,勾勾武二秀,说:"你再往跟前来来。"

武二秀又往他跟前凑了凑。

"活济公"墩子小声问:"二秀,我问你一句话,你跟我说实的。"

武二秀说:"说呀,什么事?"

"活济公"墩子看着武二秀,抿着嘴唇没吭声。

武二秀又问:"什么事?你说话!"

"活济公"墩子沉默了半天,忽然拍了一下自己的脑袋说:"哎呀,都是我小心眼儿!不该说的事!你说,咱俩关系都发展都到今天了,我怎么还能想起来提这事呢?!得,你别问了,是我小心眼儿!"说着,又使劲儿打了自己脑袋一下。

武二秀看看他,笑了,说:"得,我知道你说的是什么事了!你不问了?信着我了?"

"活济公"墩子说:"通过这一年来的接触,我信你了,真信!"

武二秀说:"那我再扔给你句托底的话!我嫁了你,就生是你墩子家的人,死是你墩子家的鬼!"

"活济公"墩子说:"别瞎说了,哪有什么鬼啊神啊的,都是人们瞎造出来的,自己吓唬自己的!"

武二秀笑了,感动地说:"大哥,从你嘴里能说出这话来,我真高兴!"说着,眼里竟有了泪光。

"活济公"墩子说:"嗨嗨,人嘛,都得像女大十八变似的,越变越好看哪!"

武二秀说:"打今往后,咱们就快是一家人了,两个人好好地在一起和和美美地过日子,好好对玉树和他未来的媳妇,将来要不了多久,咱们就兴许能当爷爷奶奶了,一想到这些,我这心里可高兴了,兴奋得都睡不着觉!"

"活济公"墩子说:"不过,我还得跟你坦白一件事。那些年,我年轻的时候,确实跟后村的寡妇王翠花好过几天,后来叫她家里人发现了,把我一顿暴打!打那以后,我也就死了心了!"

武二秀拭了拭眼泪，说："行了，别折腾这些七百年谷子八百年糠了，都过去了！不过，我还是喜欢听你说的这话，你心眼实惠，对我是真心好！我知道！我这下半辈子找了你，也算值了！"

"活济公"墩子坐起来说："二秀，我听出来了，你是用心跟我说的实话，冲着你这句话，我墩子，非你不娶！"

武二秀对"活济公"墩子笑着，逗他说："哼，你说娶我了，我就同意你娶我了？你得说说，和我结了婚，能不能再有和王翠花那样的事了！"

"活济公"墩子说："你看这话叫你问的！我要是还想有这些事，这话我能当你说呀！"

武二秀笑眉展眼地说："行了，逗你几句，怎么那么不抗逗呢？！哎，说正经的，这几天，你那堂侄他们家里的人，也摸着点儿咱们的信儿了，二愣子就来找过我，说不能让我嫁给你。"

"活济公"墩子脸上掠过一丝愁云，说："我知道这事，就是因为我原来是你死去男人的堂叔，咱们两个差着辈儿呢！"

武二秀说："这就是新社会啊，没有血缘关系的男女婚姻自由，要在旧社会，不是一个辈分又沾亲带故的人，肯定不能结婚，这是村子里过去的老例儿了。我看你还得找二愣子他们解释解释！"

"活济公"墩子说："咱们俩符合结婚条件！对二愣子他们，我不怕他们，法律在咱们手里，怕他们什么？你看着吧！对付他们我有办法！"

2. 珍珠家水上大饭店的船舱里

月光从窗外筛了进来，珍珠和五河躺床上，他们没有睡，在说着话。

珍珠坐起来说："新亮这孩子，真是让我太操心了，我掰皮说馅地跟他说，他还是不明白，这南南都是他的表妹了，他还放不下，和人家黏黏糊糊，又搂又抱的。你说这么下去的话，这叫什么事儿呀？！真是看着着急！"

五河听了这话，呼地从床上坐起来说："珍珠，咱们家的新亮是什么样的人，我知道你也知道，你说到这，我倒是想起一件事来，咱爹叫我找过新亮，新亮也见过他姥爷了，他们好像在一起说什么事来着，我怎么问你爹，你爹都没跟我说。"

珍珠满脸狐疑地，急切地说："嗯？有这事？！他们在一起说事？他们在一起能说什么事呢？！我看这老爷子八成是有事瞒着咱们！不行，我得问问新亮去！"说着，就披衣服下床穿鞋。

五河一扬手："得得，这都什么时候了，跟你说会儿话，这么大岁数了，遇事儿一点儿稳当劲儿也没有！什么事明天一早问不行啊！不说了，我睡了！"说完，躺下了！

珍珠一听，叹了口气，又脱掉鞋子和外衣说："行了行了，我不去了！我这人就是这火暴脾气，有的事，不弄明白，心里堵得慌！"说完，她也躺下了。

窗外的月光，照着她那张没有睡意的脸！

3. "活济公"墩子家

玉树在屋里，看着电视。

"活济公"墩子嘴里哼着什么小曲，乐颠颠地走进屋来。"活济公"墩子看看玉树也没吭声，打开了一只箱子，拿出了两张红纸，还有毛笔和墨汁，他把这些东西，放在家里的饭桌上，搓着手说："玉树，你能不能等会儿看电视，帮爹做个事。"

玉树说："干什么？"

"活济公"墩子说:"帮爹在这红纸上写几个字。"
玉翠说:"行。"
玉树走到饭桌前,把墨汁倒在一个小盘子里,把毛笔在墨汁里润了润,把红纸铺好,说:"爹,你说吧,写什么?"
"活济公"墩子说:"安民告示。"
玉树按照他说的,写下了这四个字。
"活济公"墩子说:"本村村民墩子要和武二秀结婚了,望周知。"
玉树停下笔问:"爹,你什么时候要和武二秀结婚了,我怎么不知道呢?"
"活济公"墩子说:"你管那么多我的事干吗?你看你爹从小把你拉扯大,这么多年,光棍还没打够是怎么的,你爹要找个媳妇,你还干涉啊。"
玉树放下毛笔说:"你找个媳妇,不是不行,我支持。可是,你找武二秀,这合适吗?"
"活济公"墩子说:"小兔崽子,你还反了呢,我什么事都不用你,你爹的对象也是自己找的,我用着你什么了,就用你写这么几个字,你写不写吧?你能写你就写,不写我找别人写去。"
玉树说:"爹,你知道,过去,武二秀在村子里名声不大好。"
"活济公"墩子说:"这用不着你说,我早了解完了,也决定完了。她过去名声不好,那是过去,人不都在变吗?你过去一个喂猪的、养羊的,现在不也是变成红心鸭蛋公司的经理了嘛,别人还老说你是个养猪养羊的,你愿意听呀?"
玉树说:"爹,我知道,这么多年来,你一个人带着我,又当爹又当妈的,实在不容易,可你和武二秀的事,你从来没跟我说过,我也一点摸不着头绪,你得把有些事详细给我说说。"
"活济公"墩子说:"说那么详细干吗呀?你和彩霞的事,拉着手贴过脸的,那也向我说过吗?"
玉树说:"爹,那是两回事,人家彩霞是正经人。"
"活济公"墩子说:"玉树,你要是我儿子,你就信我一句话,那武二秀现在也是正经人。"
玉树说:"我还是不想给你写这个告示,总觉得,你们两个的关系,还有点儿不对劲儿似的。"
"活济公"墩子说:"你知道什么,我和她光处相好的就处了一年了,你以为你爹到镇子上洗澡按脚白洗白按呢,你爹有心眼儿,什么时候该解决什么问题,你爹不糊涂!该出手时就出手!"
玉树一听这话,笑了,说:"爹,你现在知道被别人管的滋味不好受了吧?"
"活济公"墩子说:"行了行了,我看彩霞那腿,也好差不多了,你俩的事怎么办,我不管了行不行?可是,你爹我跟武二秀的事,你也不能管。咱们父子俩今天也就算达成个协议,这都是咱们个人的自由,谁也别干涉谁就得了。"
玉树说:"爹,我再问你一句,你现在马上把这大红纸贴出去,说你们要结婚了,是真结假结呀?"
"活济公"墩子说:"这说的是什么屁话?结婚还有假结的吗?"

4. 刘泥鳅家饭店

后屋里,亮着灯光。
刘泥鳅坐在那里,想着心事。

"小广播"走进来说："怎么还不睡觉？在这儿发什么愣呢？"

刘泥鳅说："喜子呢？"

"小广播"说："在厨房里收拾东西呢！"

刘泥鳅说："你把他给我喊过来！"

"小广播"推开门，冲外边喊："喜子！你爸叫你！"

刘喜子在外边应了一声。

"小广播"对刘泥鳅说："你找他有事儿啊，是不是说他和南南的事儿？"

刘泥鳅说："那个事儿我不是和他说过了？以后要再说这个事儿，让洋洋跟他说，我今儿个要跟他说别的事儿！你也在这儿！一起说说！把纸啊笔啊，都找出来！"

"小广播"说："都这时候了，找笔啊纸啊的干什么呀？"

刘泥鳅说："让你找，你就找得了，啰唆什么？"

"小广播"把纸笔拿了过来。

这时候，刘喜子走了进来："爸！"

刘泥鳅说："你坐那儿！拿笔给写个申请报告，就写咱们家也要承包仙女湖的水面，搞水产养殖！"

刘喜子说："要承包多少亩水面啊？"

刘泥鳅："照着三百亩申请！"

刘喜子："要把水面养殖搞得这么大啊？！人家朱五河家也没有这么大的水面啊，咱家这两个半人，能照顾过来吗？"

刘泥鳅说："不大点儿能行吗？想和朱五河家在致富的道上搞竞争，想后来居上，那就得下这个大决心！没人怕什么？咱可以雇工！"

刘喜子写着。

刘泥鳅又说："喜子，随着家里事业的发展，你老当厨师也不行了，你马上得当水上餐厅的经理！"

刘喜子说："那谁上灶炒菜啊？"

刘泥鳅说："我早想好了！花钱雇厨师！这么一大片水面，搞起养殖来，成败可不是闹着玩的，你得两头兼顾着，多忙活忙活。马上就得抓紧时间到仙女湖去，找人先买下一条船，咱们也得先把水上餐厅办起来！"

"小广播"说："哟，你们爷俩都走了，那咱们家这个饭店还办不办？"

刘泥鳅说："这话问的，怎么能不办呢？不办，那不是输给对门了么！不但办，还得往好了办！我思谋着，水上餐厅和水面养殖的事儿主要是我和喜子办，村里这个小饭店就留给你了！你不是一直什么事儿都想说了算吗？这回让你当个名副其实的经理！不然老像有一身劲使不出来，伸不开腰似的！"

"小广播"说："这么个饭店，就扔给我一个人管了？"

刘泥鳅说："谁家不是一个人管？对门不也是玉翠一个人在管么？！没事儿，你能管好！你那么有章程，能连个饭店都管不好么？！"

"小广播"："我知道你这是赶鸭子上架呢！我怕竞争不过玉翠他们！"

刘泥鳅："看看，管我们，管得一身本事，真的让你匹马单枪的干点事，没等怎么着呢，就打退堂鼓了！没劲！"

"小广播"看看刘泥鳅说："哼，话我是这么说，你也不用趴门缝儿看人，把我看扁了，你听着，我还真要干出个样儿来给你看看！"

刘泥鳅说："好好好，我相信我媳妇有这个能耐！那玉翠不是对手！"

"小广播"："你也不用激我，有没有能耐，到时候再说！哼！"

刘泥鳅冲"小广播"说:"好,这也叫八仙过海,各显其能啊!"

5. 村委会门前

大清早起,"活济公"墩子拿着一张大红纸,往村委会门口贴那张红纸,不少人都过来围着看。

"活济公"墩子贴完那张红纸说:"你们看吧,你们看吧!我们结婚也不大操大办,这么大岁数了,也不请大伙儿吃饭了,但是,到时候给你们大伙儿发喜糖吃。"

刘泥鳅和"活济公"墩子走了个碰头,问"活济公"墩子:"哟,谁在这墙上边贴了张红纸呢?"

"活济公"墩子笑着说:"我贴的,你过去看看吧,喜事!"

一些村民围着看那张红纸告示。

6. 淮爷超市里

五河对淮爷说:"爹,新亮来找过你没呢?"

淮爷点着头说:"嗯,来过了!"

五河说:"爹,他和南南的事儿,可怎么办?眼瞅着挺好的事,又不行了!"

淮爷看看五河说:"我看有的事啊,你也别太操那么多的心,顺其自然吧!"

五河看看淮爷说:"他和南南是表兄妹关系,有血亲关系,这是不能结婚的!因为这事,这几天都把我和珍珠愁坏了!"

淮爷慢悠悠地说:"那有什么愁的?车到山前必有路!"

五河说:"爹,你说这话是什么意思?让我们猜闷儿呀!"

淮爷掩饰地说:"猜闷儿?猜什么闷儿?"

五河说:"眼瞅着新亮和南南在感情上分不开,我和珍珠能不着急吗?"

淮爷说:"要我说啊,儿孙自有儿孙福,当长辈的少操那些闲心!"

五河说:"爹,我怎么听你这话里老像有话似的!你是不是有什么事瞒着我们?"

淮爷说:""没有哇,没有!"

五河又说:"那您找新亮说什么事儿?您不会无缘无故地找新亮说话吧?"

淮爷问:"新亮跟你们说什么了?"

五河说:"我和他也没见着面呀!"

淮爷:"唔!没事了,没事了,我那边正忙着呢!来人买东西来了!"说完,就走了。

五河看着淮爷的背影,一脸狐疑。

这时候,刘泥鳅从外边走进来说:"哎哟,毛蛋!我到处找你哩!"

五河:"泥鳅,有事儿?"

刘泥鳅说:"送个承包水面的报告来!你看行了,还得快点儿送到镇上去!"

五河接过那张纸,看着说:"没问题,村里以最快的速度给你往上报!"

7. 新亮水产品公司

珍珠从门外走了进来,转了两圈,喊了两声:"新亮!新亮!"没有见到人,就走了出来。

一位青年职工,对珍珠说:"阿姨,我们经理今天老早就出去了,说是去江苏那边买蟹苗、鱼苗了。"

珍珠说:"他怎么说走就走了?没给我言语一声。"说着,珍珠掏出了手机,给新亮挂电话。

8. 公共汽车上
朱新亮和南南坐在那里，两个人说说笑笑的，一副很亲密的样子。
这时候，新亮的手机响了，新亮掏出手机看了看说："是我妈来的。"他接起了电话："妈，我是新亮，我在公共汽车上呢，信号不太好，对，我要去江苏，嗯？是，南南和我在一起呢！知道，信号不太好，有的事以后再说吧。啊？！"说完，就摁了手机。

9. 新亮水产品有限公司
珍珠放下手机自言自语地说："这孩子，这是跟我藏的什么猫猫呢？奇怪！"

10. 公共汽车上
新亮说："南南，咱们俩现在是跑出来了，可我想，这也就是没办法的办法。我妈早晚得找我刨根问底，可这姥爷不让说，我妈又想知道，这个事将来得怎么办呢？"
南南说："我看也是，你啊，是躲了初一，躲不了十五，跑了和尚也跑不了庙！阿姨不弄明白这件事，能同意咱们的事吗？"
新亮说："那是，我知道我妈那个急脾气，我估计啊，她等不到咱俩回来，就得找咱姥爷问去，那就看姥爷怎么跟她说了，但愿等咱们回来，这些事都解决完了，满天的云彩全散喽！"
南南说："新亮，没想到哇，你还挺会耍心眼儿的。"
新亮说："哎，这可不是耍心眼儿，这是替姥爷保守个秘密。"
车，继续地往前开去。
南南望着车窗外说："去年也是这个时候，我跟你坐在这趟车上，一起去订鱼苗、蟹苗，一晃就一年了，不过这回来，我不再去订服装了，就是陪着你去订鱼苗、蟹苗，感觉真好！"
新亮拉紧南南的手，也望着车窗外的田野，说："是啊，一晃一年了，时间过得太快了，一年前的事，就好像昨天一样！"
南南呢，紧紧攥着新亮的手，亲昵地笑！

11. "活济公"墩子家
玉树正和工人们往一辆轻型卡车上装红心鸭蛋。
"活济公"墩子从外边走了进来。
玉树说："爹，你回来了？那告示这么快就贴出去了？"
"活济公"墩子说："不快点行吗？你爹我的事，总得办在你们这些年轻人前面。我不把我的事抓紧办完了，你们将来什么时候办事？我能让你们等着我吗？你看，外边这么些人呢，别在这院子里说话了，有话跟我进屋说去。"
说完，两个人就进了屋。
"活济公"墩子说："那告示一贴上，就围了老多人看了。这叫什么？叫明人不作暗事，我做的事也是光明正大的，没什么可怕的！"
玉树说："爹，你这告示往外一贴，你和武二秀的事就成了全村子人议论的中心话题了，你们的事什么时候办呢？"
"活济公"墩子说："办什么呀？告示贴出去，大伙儿都知道了，我和武二秀两个人，到镇子上登个记，被褥往一块堆儿一搬，不就完事了嘛。"

玉树说："爹呀，从我很小的时候，你就一直打光棍打到现在，现在你看好了武二秀，要结婚了，这也是一个大事，村子里老邻旧居的，该请也得请请呀。"

"活济公"墩子说："不用吧？现在都不兴大操大办了，再说，我哪能花钱请这客呢？家里这些钱，不都得给你留着将来结婚用吗？我花光了，将来你花什么？你爹能跟你比吗？我这婚礼办不办能怎的！"

玉树说："那可不好，不大操大办，也得有一个人情往来，小范围地请要好的几家人，在一起吃个饭，也是人之常情啊！"

"活济公"墩子说："我真没想这事，看武二秀想怎么办吧！她要掏钱那咱就请。"

玉树说："爹，你别老打自家的算盘，这是件大事，你是男方，你就大大方方地请几家人家在一起聚一聚，钱我掏。"

"活济公"墩子说："照你这么说，那这顿饭还非得请不可呗？"

玉树说："我看不请不好。"

"活济公"墩子说："如果实在要请，钱也不用你掏，你的钱不也是咱家的钱吗？别觉着当了经理，腰包鼓溜点了，什么钱都想花，你爹编蟹篓子挣了些钱，再说，这些年，我手里能说一点积蓄没有吗？如果武二秀不拿钱，我就拿，就在玉翠家的饭店里请，你跟彩霞说说，叫她妈给咱们的饭菜打打折，那钱就少花多了。"

玉树说："爹，你可别总干这丢人现眼的事了，咱们请得起客，就花得起钱，我可不找彩霞说这事。"

"活济公"墩子说："行了，你这是有钱了，腰粗了，出手也大方了，是不是？行了，你不愿去说，有时间我找彩霞说去。"

玉树说："你可别找她说，彩霞对你那天说的话，还有一大堆想法呢！"

"活济公"墩子说："还有想法？我都同意你们的事了，那就行了呗！一个未来的儿媳妇，不能因为那一句话两句话的，总跟我这未来老公公过不去吧！"

玉树："爹，任何时候你都不能因为这点儿事求人，一个是显得太低下了，另外也不值得！"

"活济公"墩子说："我听明白了，你是怕你那未来的老丈人家少收入钱是吧？行，我白养活你这么大，胳膊肘子又往外拐上了，是不？！"

玉树："爹，我怎么说你才能明白呢？你真的不能跟彩霞说这个事！"

"活济公"墩子说："行了，你别跟我犟了，我不找她说了，不就完了吗？！没见着你这样的！这媳妇还没等娶到家呢，就跟爹分上心眼儿了！"

12. 六河家

院子里，六河正在用铁锹倒腾着那堆粪肥。

彩霞，在院子里跑着步。

新堂走过来，对六河说："爹，晓梅过来跟我商量，咱们家今年在大棚里要养蘑菇了。买蘑菇菌棒，得用三万块钱。"

六河一边倒腾着粪肥，一边说："是晓梅让你搞的？"

新堂说："嗯，我们俩商量的。"

六河放下手里的活计说："如果晓梅要做这事，我同意，钱可以给你！晓梅那孩子有准主意！其实，你去年在种田的事上，赢了你爹，也不是你赢的，是赢在那科技种田上了，王晓梅不帮你，你也没有那么大能耐。"

新堂说："晓梅帮是帮了我呀，可具体事不还都是我干的吗？"

六河说："是，具体事都是你干的，可我去年这堆农家肥，不都是上到你那香葱和甜叶菊的地里去了吗？！"

新堂笑了笑，说："爹，你怎么又翻腾起这事来了？"

六河说："这说明你中有我，我中有你，你那个成功里，至少有我的一半！"

新堂说："说有你的功劳，我承认，说有一半功劳，有点说太大了吧！"

六河说："大？大什么？说你那个成功里，至少有晓梅的一半功劳对不？"

新堂说："那么说还在理！"

六河说："那不就得了嘛，那我的功劳就比一半还多！"

新堂笑着说："爹，你说的这话是什么话？"

六河说："什么话？你别以为晓梅这个对象是你自己处的，我今天实打实地告诉你，晓梅，就是你爹我原来要给你介绍的那个副镇长家的闺女！"

新堂说："是啊，我没说不是啊！"

六河说："可你小子当着我面，今儿个不去，明儿个不去的，可在背后呢？你绕开我，还是和王晓梅处上了，你和她处成了对象，不还是你爹我给你牵的线吗？"

新堂笑着说："哎呀，爹，你说的这都是哪对哪儿啊？"

六河说："新堂，别以为就你小子聪明，你爹我也不傻！我看，你和晓梅张罗的这个养殖蘑菇的事啊，收益错不了。"

新堂："那是，收益差了，咱也不能干哪！"

六河说："你爹我也这么大岁数了，也不想和你再搞什么家庭内部竞争了。今年农田里的活，你们种什么养什么，就都把我带了吧！"

新堂说："爹，那咱就合到一起干，再和别人家搞致富比赛去。"

六河说："我告诉你，我这才不是举白旗！是给王晓梅面子，我才不会投降给你个小兔崽子呢！"

新堂说："爹，你骂谁呢啊？骂错了吧？"

六河笑着说："骂你呢，怎么了？"

新堂说："爹，那我要是小兔崽子，你不是也跟着沾上兔子味儿了？你骂我两句都没什么，你不能骂自己呀！"

六河被新堂的话逗乐了："小兔崽子！走！进屋拿钱去。爹跟你们一起去买菌棒去。"

彩霞继续在院子里跑着步，听着他们的谈话，乐了。

13. 村委会门前

一些人还在围观着"活济公"的那个告示。

一位女人说："妈呀，原来以为是个谎信儿，东传西传的，我是无论如何也不相信，现在是眼见为实了，还真有这事。"

另一位女人说："论说这事，也不是见不得人的事，人家两个辈分和岁数虽然差了点，可那也是合理合法的。"

这时候，一位中年人冲进人群，伸手把那张告示从墙上撕了下来。说："大家都别在这儿看了，这张告示是胡扯的，根本没有这回事，大家都散了吧。"

众人面面相觑。

淮爷走到那个撕告示的中年人面前说："二愣子，你怎么把那告示给撕下来了？"

二愣子说："淮爷，你说，那武二秀第一个嫁的男人是我哥，那墩子是我的堂叔，我怎么能同意他们干这种伤风败俗的事呢？"

淮爷笑着说："我看哪，你小子干的这事，有点冒失，你说人家伤风败俗，可是你干的这事呢？我看是触犯法律了。"

二愣子把手中的那张告示揉成一团，使劲摔在地下，又狠狠踩了一脚说："我就是宁可犯法了，我也不能让他们这事成了，太有辱我们的家风门面了。"说完，愤愤地走了。

14. 镇子上洋洋理发店

刘泥鳅推着自行车，来到理发店门前。

理发店，已经扩大了许多。

洋洋说："爸，你来了？"

刘泥鳅说："哎呀，正好你手里没活，我找你有事。"

里屋，洋洋给他倒了一杯水。

刘泥鳅坐下了，说："洋洋，爸问你，我听说那新亮和南南的事出岔头了，你说咱们就不再努力努力了，就这么对你哥和胖丫的事认了？"

洋洋说："爸，我看你赶快死了这条心吧，我喜子哥，肯定跟胖丫黄不了，就是黄了，人家南南姐，也不一定能看上我哥。"

刘泥鳅说："你哥这小子啊，就是缺心眼儿呀，我怎么养了这么个傻儿子，一点不随我，那个遗传基因呀，绝对随你妈！"

洋洋说："爸，我妈没在跟前，这话你别当我说，你应该当我妈面说去。"

刘泥鳅说："你看你，爸是跟你说几句体己话，人家都说闺女跟爸好，可你还跟爸这态度！"

洋洋说："你看你进屋里来净说没用的，人家正忙着呢，谁有时间听你说这些闲话？"

刘泥鳅说："那都说什么呀？住家过日子，不就这些事吗？行了，不跟你说了！我走了！"

洋洋说："爸，你看，你别走哇！说这么两句话，你怎么还生气了呢？快坐下！爸，你来找我有事吧？"

刘泥鳅："有事是有事，可现在不想找你了！"

洋洋笑着说："爸，真生气了？别生气，人家都说闺女是爸妈的小棉袄！有事说事啊，别生气！"

刘泥鳅看看洋洋，闷了一会儿才说："一会儿你抽出点儿时间来，送爸上仙女湖去一趟。"

洋洋说："去哪儿干什么？"

刘泥鳅说："干什么？干大事！"

洋洋说："什么大事啊？"

刘泥鳅说："咱们家也要承包水面，搞鱼蟹养殖了，我和你哥也准备在沱湖办水上餐厅了，我得先到那边去撒莫撒莫，先买条小船。"

洋洋说："这事是不小，那我再怎么忙，手里的事也得放下呀，什么时候去呀？"

刘泥鳅说："有空儿，现在就走呗。"

洋洋说："行，走吧。"

父女俩，一前一后走出了理发店。

15. 淮爷超市里

顺水妈坐在门口，手里织着毛衣。

淮爷说："给甜菊织的毛衣，织的日子可不短了，还没织完呢？"

顺水妈说："在这一边照看着超市，有空儿的时候就织点，没空儿的时候就不织。另外，眼神不如以前了，不想织得粗针大线的，得织得密实点，让我那儿媳妇甜菊穿在身上暖暖和和的，也是我这当妈的一点心思。"

淮爷说："甜菊，大概得几月份生产？"

顺水妈说："好像是五月份。"

淮爷说："那个时候，天暖和了，生的小孩，名叫暖暖吧！"

顺水妈说："孩子没生出来，名儿你就给起出来了，还不知道是男孩女孩呢？"

淮爷说："男孩女孩怎的？男孩就叫孙暖，女孩就叫孙暖暖，都挺好！"

顺水妈笑着说："别说，你还真会起名，那珍珠、玉翠你起得就挺好。"

淮爷说："我捡这俩闺女时，那时是穷，盼着有个好日子过，穷孩子给他们起了个富贵名，没想到今天就真富贵了。可今天起这个名，跟给她们俩起的名儿可不一样，你看，现在咱们这日子过的，每天都阳光灿烂的，人心里暖暖和和的，多好！"

这时候，一个青年职工骑着摩托车驮着南南妈来到了超市门前。

南南妈从摩托车上下来，说："叔，婶。"

顺水妈放下手里的活计说："呀！是娟子来了。"

淮爷说："娟子，你怎么来了？"

南南妈："今儿个正好有空，我们就过来了，寻思给叔和婶量量身材，各做几套衣服，叔和婶走到了一起，我这个当侄女的，也没说给你们送点什么，服装加工厂是咱自家开的，做个衣服，方便！"

顺水妈说："哎呀，做什么衣服呀？现在都有老多穿的了。"

南南说："我知道你们不缺这，但这不是我的一份心意嘛。"

淮爷对顺水妈说："娟子要做，就让她做吧！不是外人，客气什么！"说着，自己抬起两只胳膊说："娟子，先给你叔我量量。"

南南妈拿起了皮尺，就给淮爷量起了衣服。量完了，又给顺水妈量，旁边那位青年职工拿笔往纸上记着。

16. 仙女湖大堤上

洋洋骑着摩托车，驮着刘泥鳅在大堤上停了下来。

他们走上朱新亮原来住过的，珍珠开过水上餐厅的那只小船上，刘泥鳅问正在做着活计的人说："这只船要卖吗？"

那人说："听说是要卖。"

刘泥鳅说："这是朱新亮家的船吧？"

那人回答说："没错，你想买这船吗？"

刘泥鳅说："买是想买，不过，得先到这船上看看，有什么毛病没有？"

那人说："这船有什么毛病啊？别看旧点，这可是好船。"

刘泥鳅在船上，东看看，西看看。对洋洋说："我看这个船呢？还真行！"

洋洋说："你看行，人家卖不卖你呀！"

刘泥鳅说："给他钱，有什么不卖的？"

洋洋说："有钱就行了，我看事情未必那么简单！"

刘泥鳅说："他们家卖船，咱们家要买船，这事儿有什么复杂的？"

洋洋说："你买船干什么？不还是要和人家竞争吗？我要是老朱家，这船就是闲那放着，也不卖！"

刘泥鳅说："谁像你，心眼儿那么小，珍珠不是那样的人！咱们现在就找珍珠说说说完，他对那人打着招呼说："走了啊。"

17. 淮爷家超市里
淮爷对南南妈说："娟子，你给叔和婶来做衣服，叔没什么可送你的，我也送你件东西。"说着，拿出了那个老算盘，说："这个老算盘，是咱家从祖上传下来的，你爹和我都用它跳过'算盘子舞'，你爹没的时候，你们父子俩没见上面。现在，你见着这个老算盘，也就算见着你爹了，这个老算盘，就传给你了。"

南南妈用手接过了那个老算盘，深情地抚摸着，眼里有了泪。

淮爷说："现在电子计算器多的是，没谁再用这老算盘了，你把它拿回家里，挂在墙上，就算是一个传家的宝贝吧！"

南南妈说："叔，这个老算盘，也不是完全没用了，你还得教南南跳这个'老算盘子舞'，让她跟着你学，我喜欢看。"

淮爷说："哎，你说得对！我肯定能教好她。"

18. 村子去往镇子的路上
新堂开着手扶拖拉机，六河坐在车上，路两边盛开着美丽的油菜花。

新堂大声地问六河："爹，看道两边的油菜花开的，像画似的！心情怎样？"

六河喊着说："心情好哇！看这道两边的风景多好，这油菜花开的，太好看了。"

新堂大声说："爹，别光看油菜花，可把你兜里那几万块钱揣好了。"

六河大声说："放心开你的拖拉机吧！那些钱我早用报纸包好了，揣在紧贴身里边的衬衣兜里呢，都用针线缝死了，你爹干这事，把握。"

19. 村子新楼建设工地
孙顺水和甜菊正在建材小商店里忙着，有人到这里来买东西，五河和一些村民走了过来。

五河指着已经盖起的几排楼说："你们都看到了吧，这就是咱们村里头拿钱做补贴，给村民们盖的新小区一期工程。现在村里头的人，务农的也好，外出打工的也好，兜里头都有钱了，都想住得比过去好，咱们就把这楼盖起来了，你们都进楼里参观参观，拿个十万来块钱，就能住上三百多平方米的楼房，你看咱们农民的日子，这么过下去，也不照城里人差了。"

一位农民说："那是照城里差呀？是比有的城里人住得都强了！"三三两两的农民，走进楼房去参观。

20. "活济公"墩子家
"活济公"墩子正在窗户下面编蟹篓子。

二愣子冲进院来，说："叔，我来问你！"

"活济公"墩子站起身来说："什么事？"

二愣子说："你别装糊涂！村委会那个告示是不是你贴的？"

"活济公"墩子说："是啊，怎么了？"

二愣子说："我先问你一句话，论辈分你是我的叔叔，我是你的堂侄……"

"活济公"墩子说："我是你的堂叔，你是我的堂侄啊！这还用问吗？"

二愣子又说："我是你的堂侄，我那没了的哥，也是你的堂侄吧？"

"活济公"墩子说："这不都是一回事嘛，这还用得着问吗？你就说吧，什么事吧？别绕弯子了。"

二愣子说："你要认我们是你侄子，武二秀就是你的侄媳妇，你能跟你的侄媳妇结婚吗？"

"活济公"墩子说："你哥和你都是我的堂侄不假，武二秀也是我原先的侄媳妇。可是，我和武二秀现在的关系变了，我们首先是一个男人和一个女人的关系，我们之间虽然有亲戚关系，但是没有血缘关系。我和她结婚怎么了？没听俗话说吗？一山是容不下二虎，可除非是一公一母！我们不是一公一母吗？！"

二愣子说："有我二愣子这口气在，我就不能看着你们做这种有辱家风门面的事，为了我死去的哥，我也要争这口气，我今天，是来给你过个话儿，如果你真要这样下去，你看，我怎么对付你们？如果，你们的婚结成了，我二愣子就拿着大顶，从这村子里爬出去。"

"活济公"墩子说："二愣子，眼下是新时代了！你年纪也不算大，怎么还这么守旧呢？"

二愣子说："什么守旧？村里有人跟我说了你们的事，我的脸上能挂得住吗？我不站出来说句话，对得起我死去的哥吗？！"

"活济公"墩子说："有国家的法律保护我，我什么也不怕，现在不是我对你的事，你实在要干违法的事，我管不了你，可有人管你。"

二愣子说："别拿大话吓唬我！我不在乎！我说的话，你不听，那咱们就骑毛驴看唱本，走着瞧吧。"

21. 仙女湖边

珍珠家水上饭店的船舱里，有很多客人。

珍珠和服务员们正在忙着。

刘泥鳅和洋洋走了进来。

珍珠见了，忙说："哟，是哪阵风又把你们刮来了？"

刘泥鳅说："哎呀，珍珠嫂子，只要一上到你船上来，我就觉得哪儿都眼亮，你看你家现在这饭店做的，是越做越大了。可我家还在做原来那个小饭店。"

珍珠说："我听玉翠说你们家这个饭店，现在开得也挺火的。"

刘泥鳅说："哎呀，别说了，火什么呀？跟你这可没法比，珍珠嫂子，你知道我今天干什么来了？"

珍珠问他："干什么来了？找我有事？"

刘泥鳅说："我就是找你想辙来了，你们看你们家，到仙女湖这边，搞了水产养殖，又搞了水上餐厅，一下子就富的直流油了，你得想办法帮帮我呀！"

珍珠说："五河那阵子通电话时说了，你们家也要承包水面，养殖鱼蟹，这不挺好的嘛，咱们两家都在这湖面上搞养殖。原来门对门，现在船对船的。"

刘泥鳅说："你说原来门对门是对，说现在船对船还早了点，你家的船都这么大了，我家的船在哪儿呢？还没个影儿呢。"

珍珠说："要搞水面养殖，没条船可不行，你们家的船还没买吗？"

刘泥鳅说："这不来问你来了嘛，你们家原来那条船，不是要卖吗？我就想问问你，卖给我行不行？你要多少钱？"

珍珠说："原先是打算着要卖来着，可没打算卖给你们啊！"

刘泥鳅说："一个买一个卖，卖谁不是卖呢？"

珍珠说："这么大的事，我一个人可做不了主，得跟五河商量商量！"
刘泥鳅说："哎呀，珍珠嫂子，你可别跟我说这话，你们家的事我还不知道么，这些事都是你说了算，你就说句痛快话，到底卖不卖吧？"
珍珠说："你真要买的话，打算出多少钱？"
刘泥鳅说："珍珠嫂子，我知道你们家不光有了只大船，新亮还办了水产公司，你们家也不差这点儿钱，再说了远亲不如近邻，近邻不如对门！咱们对门住着，你肯定得给我让让啊，你们家去年买这条船的钱数我都知道，就在你们买这条船的基础上，给我抹掉两万吧！"
珍珠说："抹这么多呀？"
刘泥鳅说："那你们家不是又使了一年了吗？"
珍珠说："这船卖给你们家不像卖给别人家，都是老邻旧居的，又是门对门地住着。别等把船买到了手，今儿个这不合适了，明天那不合适了。我可操不起那么多的心！"
刘泥鳅说："珍珠嫂子，你放心！咱们两家就是一手钱一手船！船到了我们手，肯定不再找你们麻烦！"
珍珠说："话是这么说，可事情不好那么做，要是船卖到你们手里真出了问题，我们背着手看热闹，不也不好不是？所以呀，卖你们家船的事，我还得再想想！"
刘泥鳅说："行，珍珠嫂子，你可以再想想，我等你的回话！哎，别看今儿个我和洋洋来找你家买船，使劲儿压价，我们上了这船，进了餐厅，就得好好消费消费，一会儿给我们上点儿闸蟹、鳜鱼、青虾什么的，我们爷俩花钱买个大单。"
珍珠说："两万块钱，你一句话就要给抹了，一顿饭能吃多少，你这个泥鳅呀，谁也鬼不过你！你们点菜吧，今儿个我请客！"说完，转身进厨房去了。
刘泥鳅和洋洋，找了一个座位坐下，说："洋洋，你看这事儿能怎么样？能成不？"
洋洋笑笑说："爸，我看你压价压得也有点太狠了，我看能比原来压下来一万块钱就行了。"
刘泥鳅有些不高兴地看着刘洋洋说："我原来以为你挺精明的呢，遗传基因有点随我，现在看来，你比你哥还傻，都是你妈的儿女，傻透腔了。"他冲服务员说："来，点菜！"
洋洋说："人家请咱们，别点太贵的。"
刘泥鳅说："你懂什么？要点就挑贵的点，这叫给他们面子！"

22. 村子里新楼建设工地

一些村民从楼里走出来，对五河说："村主任，我们都进去看了，这楼盖得太好了，屋子里又宽敞又亮堂，连地面上的瓷砖地板都给铺好了，顶也给吊好了，真不错，能住上这样的房子，我们这辈子都心满意足了！"
五河跟他们说着什么。

23. 顺水建材商店门前

孙顺水正在门前干活。
"活济公"墩子从那边走了过来："顺水，你看见五河没有？"
孙顺水对"活济公"墩子说："哦，在新楼那边呢！哎呀，这人的关系一变化，我一时还真不知道该管你叫什么好了？原来你是我叔叔辈儿的，这你要真跟武二秀成了，我就得管你叫大哥了。"
"活济公"墩子说："那还叫什么叔了，现在就改口吧，叫大哥！叫大哥不正对么！"

　　孙顺水说："墩子大哥，没想到，你和武二秀走到了一起，我和武二秀也是夫妻过一场，你和她结婚，我也不知道该送你们点什么好？"

　　"活济公"墩子说："这事还问我干什么啊？你实心实意地要送，我说啊，就挑那金镏子、金耳环什么的，送给武二秀不就得了吗！我没意见啊，你们也是一日夫妻百日恩哪！只不过，是不是就别让……"小声地："别让甜菊知道了更好啊！"

　　孙顺水笑笑说："不用背着甜菊，这事儿都是她张罗的！不过，我觉得给她买那些东西不合适！"

　　"活济公"墩子说："你看你，买什么东西又来问我，我告诉你，你又不买，那你说你这还问我干什么？！"

　　孙顺水说："你看，我和甜菊是这么商量的，我和武二秀离婚的时候，那时候我手头也没多少钱，现在我又跑船，又开了这建材商店，手里也宽绰了不少，你们结婚请村里人吃饭的时候，总共花多少钱，我们就给出一半，这行不？"

　　"活济公"墩子说："哎呀，还出一半干什么呀，要拿就全拿了呗！"

　　孙顺水说："出一半也得不少钱呢，也不照买金镏子、金耳环钱少啊！我和武二秀走了一半，都拿了也不合适！"

　　"活济公"墩子说："行，你们既然有这说法，拿一半也行吧，我都同意啊，没意见，不然白瞎了你们这份心思可不好，也好像我这个当大哥的不懂人情似的。"

　　孙顺水说："那就这么说定了，结账的时候，我们给结一半。"

　　"活济公"墩子说："我告诉你，我们请的人也不多，都是老邻旧居，范围很小！就在你玉翠嫂子那个小饭店里请了，她打完折以后，有多少钱，我和武二秀买一半单，剩下的钱你跟她愿意怎么算就怎么算吧！"

　　这时候，甜菊挺着个大肚子，从建材小商店里走出来。

　　"活济公"墩子说："哎呀，甜菊这是快生了吧。甜菊呀！你和顺水两个人的心思，顺水都跟我说了，我这当大哥的，就在这儿先谢谢你们了。"说完，"活济公"墩子走了。

　　甜菊对孙顺水说："咱们俩商量的，你都跟他说了？"

　　孙顺水说："都说了。"

　　甜菊说："我知道，他肯定愿意，这是我们故意让他占的便宜。"

　　孙顺水说："甜菊，这都是按照你的意思办的，就凭你办这事，我这心里，就记着你的情儿，你是个真懂事理有人情味儿的人。"

　　甜菊说："人生在世，不能把钱看太重了，人情比钱重要，没了人情光有钱，钱再多，有什么用？"

24. 新楼建筑工地

　　五河和一些村民从那边走过来。

　　"活济公"墩子跑了过来，气喘吁吁地说："哎呀，五河！我到处找你，你在这儿呢！"一边说着，一边揩着脑门上的汗说："这一着急，就出汗，你看这汗出的。"

　　五河笑着说："这一年来啊，你免费洗澡，把身上的汗腺都洗开了，能不出汗嘛，我跟你说呀，镇子上的浴池，对你也免费一年了，不能老对你免费开放了。"

　　"活济公"墩子说："那为什么呀？你不说我不是个特殊人嘛？"

　　五河说："现在都提倡节约能源，你没看见这新楼上面，都装了太阳能热水器了嘛，你们家也得马上安装，装上这太阳能热水器，你洗澡就不用老往镇子上跑了。"

"活济公"墩子说："是不用跑了，可那装太阳能热水器，不得自家花钱吗？"

五河说："村子里从办的企业盈利里，给各家拿这笔钱！"

"活济公"墩子又抹了一把汗说："哎呀，那要不花钱的话，就装呗！给我家装一个两个都行。"

五河说："谁家能用两个太阳能热水器呀，你可真贪心，有一个就够了。"

"活济公"墩子说："那就装吧，赶快装。五河！我找你不是说这事，是说个别的事。"

五河说："行，咱们村委会说去吧！"

25. 村委会

五河办公室内。

五河给"活济公"墩子倒杯水，说："是不是你和武二秀的事？"

"活济公"墩子说："你看你，都赶上神仙了，我还没说呢，你就知道什么事了。"

五河说："二愣子撕了你那红纸告示，我都听说了！"

"活济公"墩子说："不光撕了告示，二愣子还来我家闹了，说了，不能让我和武二秀的事成喽，你说我这合理合法的，他就这么闹，你们这村委会，不能看着不管吧。"

五河说："能不管吗？肯定得管！二愣子这小子也是太愣势了，他本身对这个事有点火，再有人在中间给他浇点油，得，他就闹起来了！你先别着急，我们先做工作试试。"

"活济公"墩子说："五河，二愣子那小子，可是死犟死犟的，你找他做工作，怕也不那么简单。"

五河说："你怕什么呀？咱这不有政府呢嘛，如果咱们劝他不听，他还闹，那他就是违法了，不还有公安机关呢嘛。"

"活济公"墩子又抹了把汗水，笑呵呵地说："五河，你不愧是村主任，到了关键时刻，真给我这平头百姓撑腰杆子。能不能做通那二愣子的工作，就看你了。"

（第二十七集完）

第二十八集

1. 六河家塑料大棚前

新堂开着手扶拖拉机，车上拉满了蘑菇菌棒，停在了大棚前。

新堂和晓梅从拖拉机上下来。

新堂撩开了大棚的门，进去了。

六河看新堂进到了里边，就一边从车上给晓梅递菌棒，一边对晓梅说："晓梅，叔问你个事，原先你和新堂没处对象之前，有人就找过我，给你们两个保过媒，这事你知道不知道？"

王晓梅笑笑说："就算知道吧，那时候，我爸和我妈老着急我对象的事，今儿个要帮我介绍这个，明儿要帮我介绍那个，我就说不着急，他们就问我，是不是心里有了谁了？当时在学校的时候，我就喜欢我新堂哥，那篮球打的，投球投得太准了，抬手就有，不是二分就是三分，我就佩服我新堂哥。我觉着，我们现在这样，比找人介绍更好。"

新堂出来了，从晓梅手工艺里接过菌棒说："爹，这回你听明白了吧！我们是自由恋爱！"

六河说："可你小子，别忘了，我是你爹，你是我的儿子，没有我能有你吗？你的一切功劳，都有你爹的份儿！"

晓梅和新亮都笑了。

这时候，迎面走来两个采野菜的村中女人，她们见新堂他们正往大棚里搬菌棒，离老远地就问："六河大哥，从车上往下卸什么呢啊？"

六河，拍拍车上的东西，说："你问卸的是什么啊？告诉你，这都是新科技产品。"

那个女人对旁边的女人说："哟，自打这新堂处上了晓梅这个对象，对六河这个老保守影响可不小，过去干事儿都比别人'慢半拍'的人，现在也变了，这又认上科技新产品了。"

另外一个女人说："这回啊！六河大哥这个'慢半拍'的外号，慢慢就得叫人给忘了。他现在是干什么事，都想着往前头走了。"

另一个女人说："那咱们就另外给他起一个外号，叫'快一步'，怎么样？"

另外一个女人说："我看这个名也挺好。"

一个女人说："六河大哥，我们不管你叫'慢半拍'了，管你叫'快一步'了！"

六河笑眯眯地说："你们就瞧好吧，叫'快一步'还是叫'快几步'还不好说呢！"

2. 村委会

五河在和二愣子谈话。

二愣子痛哭流涕地说："我哥没了，我那嫂子武二秀改嫁跟了孙顺水，我也认了，她一个人带着胖丫过日子，也不容易。可是，她跟着墩子实在是叫人看不下去眼了，这堂叔跟了侄媳妇了，这都成了什么事了？好说不好听啊，我哥是没了，可我还在，我得对得起我死去的哥哥，说什么也不能让他们这事成了。"

五河说："人家结婚合理合法，我看你这么闹下去，既不合理也不合法，二愣子，论辈分我是你叔叔辈儿的，有一句话，我不能不说给你，你要听我的劝，这事就算了，你要不听我的劝，有一天要是触犯了法律，那个苦果子，可得你自己吃。"

二愣子哭着说："除了墩子，武二秀找谁我都不反对，可这是她堂叔，我就是想不明白，为什么非得是这样。"

五河说："想不明白的事应该好好想想，别把这小事弄大了。"

二愣子哭着站起来说："我就得闹他们，我不闹他们大扯点，他们就真的走到一起了。让我们全家人的脸往哪儿搁，我们在这个村子里还能待下去吗？"

五河说："你别急，坐下听我慢慢给你说。"

二愣子挥挥手说："我也不听了，这个事我就是跟他们干到底了。愿意怎的就怎的。"说完，出门走了。

五河，一脸沉重地坐在那里。

3. "活济公"墩子家

墩子在窗前编着蟹篓子。

五河走了进来。

"活济公"墩子一看五河进来了，就站起身来，说："五河，你找那二愣子说了，谈得怎么样？"

五河晃晃脑袋说："谈得不好，这个事我看你和武二秀也得有个思想准备，看来他还得闹下去。"

"活济公"墩子说："那就那么着吧，事不宜迟，快刀斩乱麻，一会儿，你就把介绍信给我们俩开了，明天一早，我和武二秀就到镇政府去办登记手续，等登记手续办了，我们就是合法夫妻了，他再闹，我们就不怕他了。"

五河说："我看也行！这么的，你就别到村委会去了，一会儿我叫人把介绍信给你们送过来。"

"活济公"墩子说："那好。"

4. 六河家的塑料大棚里

新堂、晓梅、六河在大棚里摆放蘑菇菌棒。

菌棒摆得很高！

玉翠走了进来，冲六河说："哎，老头子，光干活，不吃饭了，都什么时候了？快吃饭吧！"

六河说："活没干完，吃什么饭哪？"

新堂说："妈，就快搬完了啊！"

彩霞骑着摩托车，在大棚前停下，进了大棚。

玉翠说："彩霞，是你骑摩托车啊，腿能行了？"

彩霞："嗯，那还能老不好哇！"

六河："别腿刚好，又骑那玩意儿！"

彩霞倔倔地说："哎呀，不就骑个摩托车嘛，有什么了不起的，我说能骑，就是能骑了！"

5. 村中

天还没亮，彩霞骑着摩托车，来到了"活济公"墩子家门口。

玉树推着摩托车，从院子里走出来。

这时候，"活济公"墩子披着衣服，推门出来，看见彩霞也推着摩托车，就对玉树说："玉树，彩霞的腿刚好，你怎么还让她骑摩托车呢？"

玉树说："她腿好了才能骑摩托车呢，不好了能骑吗？"

"活济公"墩子说："这怎么就没记性呢，以前骑摩托车把腿摔成那样，这怎么还骑呢？彩霞，你既然是我未来的儿媳妇，我就得对你负责任，这摩托车你可不能再骑了。"

彩霞笑笑说："吃一堑，长一智，以前摔过了，以后就不会再摔了。遇到路口什么的，我就知道加小心了，不会像以前骑得那么快了。"

玉树说："爹，你别一年遭蛇咬，十年怕井绳。彩霞的腿好了，骑骑摩托车有啥，这摩托车不就是人骑的吗？"

"活济公"墩子说："我真是不想让彩霞再骑了。你们这些年轻人啊，真让我跟着你们操心！"

玉树和彩霞上了摩托车，两个人没再说什么，骑着走了。

"活济公"墩子对着他们的背影自言自语地说："你要是再把腿摔折了，我要是再能同意让你当我儿媳妇，你就是我爹！不，是我妈！"

6. 镇上五河家浴池

楼上，胖丫的宿舍里，胖丫正在和武二秀说话。

胖丫说："妈，我听村子里有人过来说，我那墩子叔在村委会门口，贴了红纸告示叫我二叔给撕了，村里人把你们要结婚的事都传开了。妈，你和他的事，真定下来了？"

武二秀说："就算是定下来了，我看他对你妈还真不错，妈是走过两家的人了，又是这把岁数了，心气儿不能太高了，处理这事，也得实际点儿。"

胖丫说："听说我二叔，在村子里闹得挺凶，这事怎么办？用不用我出面，跟我二叔谈谈。"

武二秀说:"你二叔那脾气,你也不是不知道,谁能说动他?你去说也没用,他不会把你的话当回事。"

胖丫说:"妈,那你们应该怎么办?"

武二秀说:"我看,只能走一步看一步。"

这时候,有人敲门,胖丫拉开门一看,原来是"活济公"墩子。

胖丫说:"叔,你又来洗澡来了。"

"活济公"墩子抹着头上的汗,说:"洗什么澡啊?你没看我一溜小跑来的嘛,我是找你妈有事儿商量!"

7. 镇政府门前

"活济公"墩子和武二秀拿着结婚证书,走了出来。

他们刚走到门外。二愣子就冲了过来,他上前揪住"活济公"墩子的衣服领子,打了两记响亮的耳光,继而把"活济公"墩子手里的结婚证书抢了过去,使劲儿地撕着,把碎片扬了一地,说:"你敢领结婚证书,我就敢给你撕了,既然你这个当叔的不要脸,我做侄儿的就什么事都能干出来。"

"活济公"墩子说:"你还想不想打,如果没打够,你还可以打我。"

二愣子嘭嘭又打了他两拳。

"活济公"墩子说:"你打够了吧,你把地下给我撕碎的结婚证书给我捡起来,你捡不捡?"

二愣子说:"我敢撕,就肯定不捡。"

"活济公"墩子放缓了语气,说:"二愣子,念你是我的堂侄,我不能不给你机会,你给我捡起来,你打我两下子就打了,我也不再计较你了,咱叔侄俩的事,可以回村去慢慢说,可是你要不给我捡起来,你就别怪我对你不客气了,你到底捡不捡?"

二愣子看了看"活济公"墩子,从地下捡起来一张纸片,说:"我给你捡起来了,你要吗?"

"活济公"墩子接那张纸片,说:"行,你捡起这一点儿也就算你捡了!"

二愣子却呸地向纸片上吐了一口唾沫,又把那纸片扔在了地下,用脚使劲踩了踩说:"打今儿往后,你不是我的堂叔,我也不是你的堂侄,咱们就算是谁也不认识谁!"说完,走了。

"活济公"墩子对着他的背影,说:"好小子,算你有能耐,你等着吧!我去告你。"说着,弯腰捡起地上的纸片来。

武二秀呢?默默地看着眼前的一切,她的眼里有泪水。

8. 村中

一辆警车,停在村路边。

二愣子被几个民警带上车,车闪着灯走了。

车里,二愣子一脸沮丧的神色。

9. 玉翠家的饭店里

傍晚,淮爷、顺水妈、五河、六河、新堂、晓梅、孙顺水、甜菊、小石头、刘泥鳅、"小广播"、刘喜子、胖丫、武二秀、"活济公"墩子、玉树、李水泉、魏大景、洋洋都坐在这里。

珍珠、玉翠、彩虹、彩霞里里外外地忙着。

大厅里，朱五河在讲话："今天，是我们朱圩村的村民墩子和武二秀结婚的大喜日子。按照惯例我就算是证婚人了，得给大伙儿读读结婚证书。"

这时候，"活济公"墩子站了起来，说："哎呀，不用念了不用念了。"

五河说："给大伙儿念念听听呗！"

"活济公"墩子说："别看是一对新夫妻，可又是两个老机器，别念那玩意儿了，让乡亲们抓紧吃喝吧！"

说完，他把手里的两包喜糖，拿到各桌去撒，嘴里连声说着："吃糖，吃糖啊！"

最后，他又把用红纸包好的喜糖，递给玉翠和"小广播"说："你们两家饭店，平时来人最多了，这两包喜糖就放到你们这儿吧，客人来了就给他们撒点，大家都图一个喜庆。"

五河走到"活济公"墩子跟前，从怀里掏出一个红皮的结婚证书说："我要念你不让念，你看这都给你补回来了。"

"活济公"墩子拿过结婚证书，说："哎哟，真的呀，我要知道你拿回来了，哪能不让你念吗？"

五河说："就是这个没补回来，武二秀那不还有一份呢嘛。"

"活济公"墩子说："那能一样嘛，你要念她那份，她的名不在前边吗？那成什么事了。"

五河说："那这还念不？"

"活济公"墩子说："都吃上了，喝上了，还念什么呀，就这么着吧！"

这时候，刘泥鳅站起来，走到了前边说："今儿个是咱们的乡亲墩子和武二秀大喜的日子，我们这几家都是老邻旧居的了，没外人，既然没外人，我就得毛遂自荐，上来演个节目。"

胖丫对武二秀说："妈，你上去跟他唱'花鼓灯'去。"

"活济公"墩子说："胖丫，你说什么呢？那能行吗？你妈从今天起可就是我的人了。"

武二秀对胖丫说："让他自己唱吧！"

新堂说："刘叔，你演个什么节目呀？"

刘泥鳅清清嗓子说："我那点儿绝活儿和'花鼓灯'节目，大家都太熟悉了，今儿个我给大家来段新的，别寻思我就会唱'花鼓灯'，不会唱别的似的。"

李水泉站起来说："好，就听刘叔来段新的！"

众人鼓起掌来。

刘泥鳅说："我原来准备了两首歌，一首是《心雨》，一首是《两只蝴蝶》，刚才上来以前，我就琢磨，这个《心雨》不能唱，你听这词，什么'我的心是六月的情，沥沥下着心雨，想你想你，因为我明天将成为别人的新娘，让我最后一次想你'。我要唱这词大伙儿不得寻思武二秀要成为墩子的新娘了，好像我想她似的，所以这首歌就免了，那干脆就唱《两只蝴蝶》吧！祝他们夫妻俩鸾凤和鸣，白头偕老。"

众人鼓起掌来。

刘泥鳅唱起了《两只蝴蝶》："亲爱的，你慢慢飞，小心前面有带刺的玫瑰……"

众人不断地叫好鼓掌。

刘泥鳅在唱到最后的时候，还露了一个绝活。

众人鼓掌。

刘泥鳅笑着说："献丑了献丑了！"就回到了自己的座位上。

"小广播"一脸不高兴。

刘泥鳅小声说:"你怎么了?大家都挺高兴的,你却拉着个脸。"

"小广播"嘀咕着说:"你刚才说的那些都是什么话啊?我越听越生气。又想起你那天上街买菜拎回那条背心的事来了,我告诉你,我今儿个心里更明白了,你过去肯定是跟那个武二秀不清不白的。"

刘泥鳅小声说:"这是哪有影儿的话呢?你可别瞎说,这么老多人,你说话可注意点儿啊!"说着,他冲别人说道:"来,喝酒,吃菜。"说着,他笑呵呵地和众人喝起酒来。

"活济公"墩子和武二秀走到孙顺水和甜菊身边。

孙顺水和甜菊都站了起来,他们四个人在一起碰了一杯酒。

淮爷和顺水妈在一旁看着。

武二秀端着一杯酒走到了顺水妈和淮爷的跟前,说:"你们两位老人家,就别站起来了,这杯酒我敬你们了,我先喝了。"

淮爷和孙顺水妈看看武二秀,都没有端酒杯。

武二秀说:"两位老人家,过去那个武二秀你们就当她死了,现在这个武二秀不是过去那个武二秀了。"说着,眼里有了泪。

淮爷和孙顺水妈没有站起来,他们缓缓地端起杯来和武二秀碰了一下杯,淮爷喝了那一杯酒,说:"那就好!那就好!我这辈子喝过不少人的喜酒,可你这杯喜酒有味道!"

10. 镇子浴池门前

一位青年女工骑着摩托车驮着南南妈,南南妈手里抱着新衣服,她们往村里的方向走了。

11. 玉翠家饭店里

酒席还在进行着,孙顺水在吧台前和玉翠说着什么,并且从兜里掏出了一沓钱。

武二秀从那边看见了,就走了过去,说:"顺水大哥,你要掏钱干什么?"

这时候,"活济公"墩子也跟了过来。

孙顺水说:"二秀,我和甜菊的一点心意,给你们花钱买半个单,那天我们都跟墩子大哥说了。"

"活济公"墩子忙说:"对对!我知道这个事,他们要买半个单,就买吧!这个人情不收下也不好!"

武二秀说:"不行,绝对不行,今天这个单必须我买。顺水大哥,在这个时候,你能和甜菊拿出这个钱来,我都不知道感动得怎么好了,你快把钱收起来吧。"

武二秀对玉翠说:"玉翠嫂子,多少钱我现在就把单买了。"

玉翠说:"二秀啊!就这么几家人,都是老邻旧居的,你也知道我们家彩霞又正跟玉树处着对象,你们结婚,我们也没什么表示的,一顿饭的事,我们能收钱吗?你们谁也别拿钱了,这顿饭就我们请了。"

"活济公"墩子说:"那不太好吧,原来我寻思,给我们打个折就行了,这么整你们家也太吃亏了。"

玉翠说:"话可别那么说,咱们这种关系,说什么吃亏不吃亏。"

"活济公"墩子说:"那行那行,玉翠,我知道你不收钱是给我面子的,行了行了,这个情我领了。"他推着武二秀和顺水说:"玉翠说不收了,就不收了,走吧走吧!"

武二秀对玉翠说:"嫂子,这钱你不收,我也不强交了,但是你记住,我武二秀记着你这个情儿。"

12. 孙顺水家

院门口，淮爷、顺水妈、顺水、甜菊、小石头正在往院子里进，那位青年女工骑着摩托车驮着南南妈到了。

淮爷说："娟子，这么晚了，你怎么来了？"

南南妈说："衣服刚熨好，我寻思路也不远，给你们送来穿穿试试。"

顺水妈说："娟子，快进屋吧！"

13. 玉翠家饭店里

人们都已经散尽了。

只有五河和刘泥鳅还在大厅里，刘泥鳅喝得酩酊大醉，他一边用手扶着墙，一边说："我告诉你朱五河，我刘泥鳅这辈子没服过谁，别看你在致富的道儿上，走到前边了，我不服你，我谁也不服。"

朱五河说："是啊，你谁也不用服，可是你还扶着墙呢，你喝多了，你还是扶着我吧，我送你回家。"

刘泥鳅摇摇晃晃地说："我不扶你，我就是扶了墙，我也要自己走回去。我要买你家的船，抹两万，你家珍珠嫂子，到现在不给我回信，不够意思！"说着，摇摇晃晃出了饭店门！奔自己的家门去了。

朱五河呢？在后边跟着他，怕他摔倒了。

刘泥鳅回身又说："朱五河，我不用你送，你赶快回去，你们家不是承包水面养殖鱼蟹挣了大钱了吗？明年你看我家的，也不会落在你后头，你记住，我不服你。船，你们家不卖我，我就买别人家的船去！"说着，摇摇晃晃地进了自家饭店门。

14. 玉翠家饭店

厨房里，珍珠、玉翠正在刷盘子洗碗。

珍珠对玉翠说："玉翠啊，人哪，真是越忙越来事儿！"

玉翠说："姐，什么事啊？"

珍珠说："头几天咱们不是认下南南妈是咱们大姐了吗？"

玉翠说："对啊！"

珍珠说："那就是说，新亮和南南是表兄表妹的关系了，不能再处对象了，我也跟新亮他们谈了，他们也都接受了。可是，咱爹背后又找了新亮，不知说了什么事。新亮呢，就又和南南黏糊上了，这不俩人又一起上江苏出差了。"

玉翠说："啊？怎么会有这种事呢？爹真要这么做，那这事儿可就大了！哎哟！除非新亮和南南不是亲表兄妹！"

珍珠说："别猜了，我脑袋瓜子都想疼了，也没想明白，一会儿咱们拾掇完了，就找爹去，不把这事给咱们说明白哪行，不能让咱们老猜闷儿啊？

15. 村中路上

"活济公"墩子和武二秀一起向前走着。

"活济公"墩子喝得晃晃荡荡的，对武二秀说："二秀，怎么走道呢？"

武二秀："这不这么走呢嘛。"

"活济公"墩子说："把胳膊拿过来，给我拐上，咱们在这村子里头，也得大摇大摆地走走，怕什么？咱兜里有证！"

武二秀把手拐在了"活济公"墩子的胳膊上，两个人向前走。

"活济公"墩子打着酒嗝儿说:"咱们围着村子走两圈,也正好醒醒酒。"

16. 刘泥鳅家饭店
后屋,刘泥鳅摇摇晃晃地走进后屋。

"小广播"坐在那里,看着刘泥鳅的样子,有点儿气不打一处来,刘泥鳅说:"去,给我倒杯茶水去!"

"小广播"站起身,一边给刘泥鳅倒着水,一边说:"你看,人家结婚,把你喝成了这样,是不是你那个'花鼓灯'一副架儿嫁了人了,你心里有失落感了?"

刘泥鳅说:"没,没有失落感,她也不是我的什么人。我现在就有旋转感,迷糊!"说着,躺在床上。

待"小广播"回身看他,他已经打起了呼噜。

17. 孙顺水家
南南妈正给两位老人试新衣服。淮爷和顺水妈对着镜子,仔细地看。

淮爷说:"这衣服做得真合身。"

顺水妈说:"哎呀,穿上这身衣服,把我们两个都显年轻了。"

小石头说:"爷爷和奶奶穿上这身新衣服真好看。好像新郎新娘!"这句话把淮爷和顺水妈都逗笑了。

这时候,珍珠和玉翠走了进来。

珍珠说:"哟,大姐,你也在这儿呢?"

18. "活济公"墩子家
床上,"活济公"墩子和武二秀正准备睡觉。

"活济公"墩子脱光了衣服,拉灭了电灯,说:"二秀,你过来。"

武二秀小声说:"玉树在那屋呢。"

"活济公"墩子小声说:"行了,你不用再怕这怕那的了,咱们有证了,什么也不用怕了。"说着,他把武二秀搂了过来,说:"我真是越看你越好看。"

武二秀呢?笑了笑,眼睛里却汪了泪。

"活济公"墩子说:"这大喜的日子,你怎么还哭上了?"

武二秀把头深埋在墩子的臂弯里说:"人家是高兴的。"

19. 六河家
五河和六河坐在床上,在一个小饭桌前喝着茶水。

五河说:"我看新堂和晓梅,玉树和彩霞这几个孩子的对象也都处妥了,准备什么时候结婚呢?"

六河说:"我问过新堂多少回了,说是他们都在一起合计好了,要举行什么集体婚礼,具体是哪天,还没定下来呢。"

五河说:"这个事我也听说了,新亮和南南的事又出了岔头。大概这些人也在等他们呢。"

六河说:"五河哥,把他们年轻人这些事,都操办完了,看着他们成双成对的,咱们老哥俩,就等着抱着孙子了。"

五河从自己的头上,拔下一根白头发说:"六河,你看看,我头上这白头发可不少了。时间过也得太快了,一晃咱们哥俩都老了,心还是那个心,人还是那个人,可岁月不饶人哪。"

六河说:"不服老也不行,将来咱们村子,就是他们年轻人的天下了,咱们得服老。"

五河说:"服老是得服老,可是就是真到了老的那一天,也能像咱爹那样,老有所为,这样人活一辈子,才有意思。"

六河说:"原来我对咱爹的那套活法,还真有些想不开,现在细想想,也真对。"

20. 孙顺水家

外屋,淮爷、顺水妈、南南妈、珍珠、玉翠、甜菊,还有那位年轻女工,他们都坐在那里。

孙顺水在里屋给小石头脱衣服,安排他睡觉。

顺水妈对珍珠说:"珍珠,玉翠,新亮和南南的事,你们就别老追问了,你爹不愿意再提这些伤心的往事。"

南南妈说:"叔,珍珠和玉翠两个妹妹来了,我看你把这些事都跟她们实说了也好,大家心里也都有个明白,不然,老让我这俩妹妹心里猜闷儿,那得猜到什么时候是头啊!"

珍珠说:"爹,我大姐说得对,到底是怎么回事啊?你得跟我和玉翠说说呀!"

淮爷手里一直摆弄着个电子计算器,眼睛红红的,汪了许多老泪,他指着顺水妈说:"过去的事,我不想提,让她说吧!"

顺水妈看看淮爷,想了想,对珍珠和玉翠说:"珍珠、玉翠,你们两个是从小你爹带大的孩子,可他不是你们的亲爹。他一个走村串户的卖货郎,担子前边挑着珍珠,后面挑着玉翠,除了卖货赚两个钱,有的时候,还摆地摊,给别人跳'算盘子舞',他把挣来的钱都用来抚养你们,那个年月,哪个女人愿意跟带着两个孩子的光棍汉呢,你爹呀,就这么熬过来了,把你们带大了。他呢?如果不是我老年和他走到了一起,他就是终身未娶!"

珍珠和玉翠还有南南妈听了这话,都在揩眼泪。

甜菊的眼睛也红红的。

珍珠和玉翠一个人抓起淮爷的一只手,摸着他的手说:"爹,你就是我们的亲爹,就是我们的亲爹。"

淮爷用两只手摸着珍珠和玉翠的头,颤着声说:"你们不管多大了,都是我的孩子。"眼里淌下了两行泪。

珍珠和玉翠用手给他揩眼泪,珍珠脸上挂着泪水,却笑着说:"爹呀,今天把话都说明白了,我们心里也都透亮了,新亮和南南的事也能处下去了,咱们还是亲爹亲闺女,这都是喜事,您就别哭了。"

淮爷抬眼看看珍珠、玉翠说:"你看看你们自己,都哭得红眼叭嚓的。"

珍珠用袖子抹了把眼泪,笑着说:"爹,你看,我现在还哭着吗?我在笑呢。"

淮爷看看珍珠和玉翠,嘴角上露出一丝微笑。

21. 村子至镇子的路上

那位年轻女工驮着南南妈。

珍珠骑着摩托车驮着五河。

他们一起往镇子的方向走。

22. 湖边的大船船舱里

五河坐在那里，说："我就知道这里头有事儿，没想到真是这么回事！"

珍珠说："爹可太不容易了，把我们两个拉帮大，他呢，大半辈子没娶女人啊！"

五河说："好人哪，我佩服爹！"

沉默了一会儿，珍珠说："也是好事，新亮和南南的事，就不用再折腾了！"

23. 孙顺水家

淮爷在和顺水妈说着话。

顺水妈说："早不说明，晚不说明，早晚得说明，现在说明了也好！"

淮爷眼睛红红地说："我是真不想让两个孩子知道她们是没爹没妈的孩子啊！"

甜菊腆着大肚子走过来，关切地说："爹，妈，你们早点儿睡吧！"

顺水妈说："你先睡吧，我们这就睡！"

24. 湖边大船船舱里

五河说："刚才，我送刘泥鳅回家，他闹闹吵吵地跟我说什么要买咱们家船的事，是怎么回事？"

珍珠说："啊，他想买咱家那条小船开水上餐厅！"

五河："那就卖给他吧，反正那船咱家也想卖！"

珍珠说："他一下子就照咱买船的价格给抹了两万，我有点儿心疼了，咱才使一年，他就想抹两万，我真不想卖他家了！"

五河说："哎呀，对门住着，别算计那两万块钱了，卖他吧！"

珍珠说："你说他红口白牙地说了，咱们不给他这个面子也不好，那你明天就告诉他吧，就按那个价，卖他们家吧！这个刘泥鳅哇，太愿意占别人便宜啦！"

五河："人哪，没有占别人便宜占富的，想大富，还得靠自己的本事！我看他家也承包水面了，估计他们能干个差不多！眼瞅着村里人都往富裕的道上奔，我这心里头真乐！"

珍珠："我也是考虑你是村主任，才同意把那船卖给刘泥鳅的。"

五河："你不说，我心里也明白，你支持我的工作，这个情，我领。"

25. 六河家的塑料大棚里

这里已经堆满了蘑菇菌棒。

六河正在那里，提着个喷壶，在给菌棒浇水。

新堂和晓梅从塑料大棚外走了进来。

新堂说："爹，你怎么还给这菌棒浇水啊？"

六河说："这菌棒不和庄稼一样吗？勤着浇点，蘑菇长出来不也快吗？"

晓梅过来说："叔，栽培蘑菇，水分大了还真不行，得控制湿度，两天浇一遍水就行了。"

六河放下水里的喷壶说："我哪知道这个呀，新堂这小子，他也没告诉我呀！"

新堂说："我寻思，你是老庄稼把式了，还能不懂这？"

六河说："你别当着晓梅，又奚落你爸了，你爸是老庄稼把式不假，可是鼓捣这些新玩意儿，你爸还真是个新把式，得跟着你们学。"

新堂笑了，说："我长这么大，第一回听见我爹说这话。"

六河对晓梅说："你们年轻啊，比我有知识啊，不服你们不行啊。"

晓梅笑着说："叔，你种田的那些经验，也没都过时，我们也得多请教你呢。"

六河说:"话可别这么说了,我可不敢给你们当老师,你们是我老师。"

新堂笑着说:"爹,你说这话,不是真心说的吧!"

六河说:"就你小子,把你爹老是一碗凉水看到底,你没听村里人又给你爹起了新外号了吗?过去管我叫'慢半拍',如今都管我叫'快一步'了。"

新堂和晓梅听了这话,都笑了。

26. 仙女湖边

刘泥鳅和刘喜子,从堤上的摩托车下来。他们走上原来新亮住过的那条船,他们进了船舱。

刘泥鳅说:"喜子,镇上把咱们家承包水面的事,都批下来了,你往外看看,网箱那边的那片宽阔水面,就是咱家承包的了,从现在开始,咱们既得去买网箱,也得赶快操办这个水上餐厅。"

刘喜子说:"将来餐厅就在这开呀?地方也不大呀。"

刘泥鳅说:"这话是什么话呢?人家珍珠家去年不就是在这条船上开的水上餐厅吗?什么事不都是由小到大的嘛,一点点干起来的嘛。"

刘喜子说:"你别冲我瞪眼呀,我看这饭店,这水上餐厅是小点儿,可我也没说,不在这儿干下去呀,我这不都跟你上船来了嘛。"

刘泥鳅说:"你听说过越王勾践卧薪尝胆的故事了吧,咱们爷俩就睡这个船上了,这船是木头做的,也就是他们说的那个薪了,我看也不用吊个猪胆在这儿尝了,咱们别怕冷别怕累了,咱能吃苦就行,咱爷俩就在这干下去,我不信咱就干不过他们。"

这时候,魏大景和李水泉骑着摩托,他们走上船来。

李水泉说:"刘叔,我和大景俩到仙女湖这边来办事,听说你们也要在这儿办水上餐厅了,就过来看看。"

刘泥鳅说:"对,有这事,等开业的时候,你们都过来吃饭啊!"

李水泉说:"吃不吃饭那倒没什么,我们是寻思过来看看你们有什么需要我们帮忙的。"

魏大景说:"叔,我知道你这又办饭店,又要架设网箱养鱼养蟹的,有好多事要办呢,用我们帮忙干点什么,你就说话。我们有空的时候,就多帮着你跑跑。"

刘泥鳅说:"行,大景,有时间的话,你就先帮着我跑跑网箱的事吧,水上餐厅的事,我就和喜子先忙着了。"

魏大景说:"行,一会儿我和水泉哥回去路过镇子,就给你们去说网箱的事,联系好了,一米多少钱,用多少,你们再跟他们说吧!"

刘泥鳅说:"干这个事,新亮有经验,用多少,怎么支网箱,到时候我得问问他。"

27. 公共汽车站

新亮和南南走下车来,他们手里拎着小提包,在镇子的路上走。

28. 仙女湖边

天刚蒙蒙亮,珍珠家水上饭店的大船旁,一辆送蟹苗和鱼苗的卡车驶了过来。

朱新亮迎了上去。

卡车上下来的师傅说:"朱新亮,我们又来了!"

朱新亮说:"你们把车开到那边去吧!"说着,朱新亮也上了车,车顺着大堤向南开去。

29. 镇子五河家浴池

二楼，南南家的新宿舍里，墙上挂着那个老算盘子，南南妈拿下那个老算盘，对南南说："南南，你没见过你的姥爷，这是你姥爷和你二姥爷用这跳过舞的老算盘，你二姥爷说，要教你跳'老算盘子舞'呢，我看有时间，你真该去和他学学。"

南南用手抚摸着那个老算盘说："妈，我看这个'老算盘子舞'是个家传下来的好东西，我早就想学了！"

南南妈："对于咱们家来说，这也是一个文化遗产哪！"

30. 仙女湖边

上午，新亮驾着那条小木船，从刘泥鳅家支好的网箱边上经过，他对刘泥鳅说："刘叔，你家支的这网箱，是养鱼还是养蟹呀？"

刘泥鳅说："这边养闸蟹，那边养鱼。"

新亮说："你要是养鱼的话，这样就行了，可是你要是养蟹的话，网箱的边上，这样可不行了。"

刘泥鳅急忙摇着小船，过来说："这样怎么不行啊？"

新亮说："螃蟹，是会叠罗汉的，你这网箱上面，不回过个弯来，那螃蟹还不都爬出去跑了。"

刘泥鳅说："你看看，你这一句话，可就值了大钱了，你要不告诉我，螃蟹都从这网箱上爬出去跑了，那还养个屁闸蟹了。"

新亮用手扣着网箱的上面说："把网箱上面都折成这样就行了。"

刘泥鳅说："行，现在鱼苗和蟹苗都没买呢，放蟹苗之前，我们就把它折好了。哎，新亮，我看你们家又放蟹苗、鱼苗了，你们那蟹苗鱼苗是从哪儿买的？"

新亮说："江苏的一个厂家。"

刘泥鳅说："你给叔一个电话，你们在哪儿买的，我们就也在哪儿买，我看你们家去年的鱼和蟹长得太好了。"

新亮说："行，一会儿我就把电话给你们。刘叔，你买不买这个厂家的鱼苗和蟹苗你们自己说了算，我也就是给你们个参考，现在到网上一查，卖蟹苗鱼苗的厂家可多了，你们还可以广泛选选！"

刘泥鳅说："我知道，卖这玩意儿的厂家多，可那也容易挑花了眼，我就认准你们这家了。"

31. "活济公"墩子家

武二秀在收拾着屋子。

"活济公"墩子说："虽然咱们是两台老机器，可也是新结婚啊，新婚得有个新鲜样，你那脚也先别按了，好好歇几天。"

武二秀说："是，我请了假的，帮着你们把这边好好拾掇拾掇，我看今儿个中午能不能把彩霞也叫过来，咱们四口人，一起在家里吃个饭？"

"活济公"墩子眨眨眼说："我跟玉树说说，叫他去找彩霞，看能不能来？"说着，走到屋外去了。

他对正在和工人们给鸭蛋装箱的玉树说："儿子，你姨说了，中午想找彩霞来家吃个饭，你去把她找来吧！"

玉树说："叫我去找，我可找不来，要找还是你去找吧。"

"活济公"墩子说："你看这小子，你爹结婚了，这在咱家来说也是一件大喜事嘛，你把彩霞找来，在家里吃顿饭，也算是一顿团圆饭，要不然咱们仨坐那儿吃，彩霞不来，不好像缺点什么似的吗？"

玉树说："我这正忙着呢，没工夫找她。"

"活济公"墩子说："你这小子，这又是跟我较劲呢，你不去找她谁去找她，让我这当爹的去找她。"

玉树说："人是你说话得罪的，人家有意见，是对你有意见。你不去找，人家能来吗？你没看见，人家彩霞都不太愿意搭理你。"

"活济公"墩子说："那搭理还想怎么搭理？我和你姨结婚，他们家把餐费全免了，我看表面上是玉翠给咱免的单。其实主要是彩霞的原因在里头。"

玉树说："你还知道这个呀！那更得是你去请彩霞了。"

"活济公"墩子说："我看还是你去，你说我去了怎么说？不管怎么说我是个长辈，还有点儿抹不开面子，你去请她，就说你爹和你姨两人请她来家不就得了。"

玉树说："我不去请，我可请不来！"

"活济公"墩子无奈地说："行，你不去，我去！"

32. 六河家

院墙外边。

"活济公"墩子趴着墙头往里望。

门开了，彩霞推门走了出来。她在往晾衣绳上搭衣服。

"活济公"墩子伸伸头，使劲儿地咳嗽了一声。

彩霞看见了他，梗着脖子仍未说话。

"活济公"墩子背着手，走进院子，对彩霞说："彩霞，晾衣服呢啊！"

彩霞看看"活济公"，仍未吱声，埋头晾着衣服。

"活济公"墩子说："彩霞，别跟叔劲儿劲儿的了，叔今天找你，是有好事儿！"

彩霞说："什么事儿？"

"活济公"墩子："你看我和武二秀这不结婚了吗？你武姨想让你到我们家去，咱们一起吃个团圆饭！你看这事，行不？"

彩霞说："我是你们家什么人哪？吃团圆饭叫我干吗？"

"活济公"墩子说："这话说的，你不是我未来的儿媳妇吗？说句痛快话，你去不？"

彩霞说："现在承认我是你未来的儿媳妇了？"

"活济公"墩子说："承认啊！不承认我来找你干什么？"

彩霞一边往晾衣绳上晾衣服，一边笑了。

这时候，玉树走到彩霞跟前，一边帮她晾衣服，一边说："彩霞，你同意去了？"

彩霞没说话，只是笑了。

"活济公"墩子对玉树，笑笑说："我说儿子，你看怎么样？我说彩霞能去，就是肯定能去。"

玉树说："这说明什么？说明彩霞比爹懂事。"

"活济公"墩子笑嘻嘻地啐了口唾沫，说："呸！媳妇还没娶到家呢，就夸媳妇，又挤对上你爹了。我这个儿子，傻都傻死了！"说完，背着手乐颠颠地走了。

33. 淮河

岸边，岸上鞭炮齐鸣，聚满了看热闹的人群。

淮爷和顺水妈、南南妈，五河和珍珠，六河和玉翠，刘泥鳅和"小广播"、"活济公"墩子和武二秀，孙顺水和甜菊、小石头都在这里。

两只龙船披红挂彩，在河面上行驶。

这条船上站着新亮、新堂、刘喜子、玉树、李水泉、魏大景，他们的胸前扎着喜带，佩戴着红花。

另外的那条船上站着南南、晓梅、胖丫、彩霞、彩虹、洋洋，她们一个个扎着红色的发结，穿着新娘子的服装，胸前也佩戴着红花。

两只船，在进行"花鼓灯"对歌，锣鼓乐队声音响亮。

新亮他们在那只船上唱道："淮河九曲十八弯，一道流水一道滩。上七下八嘴套嘴，花鼓灯锣鼓震云天。"

南南她们在这只船上唱道："鼓打中心锣打边，鸟儿落在树尖尖。燕子不离屋檐下，妹妹不离哥跟前。"

两只船上的人，又同时唱道："燕子穿梭柳枝长，布谷声里种田忙，哥开机械田中走，妹在田边望情郎，哥妹爱情万里长。"

南南在船头，手里拿着算盘，在跳'算盘子舞'，她跳得十分优美，岸上的人和船上的人，都对她报以热烈的喝彩声和掌声。

南南妈对淮爷说："二叔，你看，南南这闺女，叫你教得好。这舞跳得还真不错。"

淮爷说："还是这姑娘灵气，一教就会了，跳得真不错！我都赶不上她了。"

34．孙顺水家

晚上，甜菊躺在那里，额头上渗出了汗珠。

顺水妈用手攥着甜菊的手，一副焦急的神色。

甜菊觉得腹中一阵疼过一阵，她忍不住地叫着。

淮爷走了过来，问："甜菊怎么样？"

顺水妈对淮爷说："甜菊年龄不小了，又是头胎生，这肯定是难产，我已经叫顺水叫救护车了。"

淮爷问："顺水呢？"

顺水妈说："在院外面等车呢。"

这时候，一辆救护车停在了院门外，一些医务人员拿着担架，匆匆走进屋来，甜菊被抬上担架，送到院外上了救护车。

孙顺水也上了车。

救护车开走了。

淮爷、顺水妈、小石头都站在那里看着，他们的脸上都是焦急的神色。

35．镇卫生院

产房门外，孙顺水焦急地等在那里，坐立不安。

突然，一声响亮的啼哭，从产房里传了出来。

一位护士从产房里走了出来，说："谁是产妇的家属？"

孙顺水说："我是。"

那位护士说："生了，剖宫产。母女平安！"

孙顺水说："那看来是个女孩了？"

那位护士说："我说了，母女平安嘛！"

孙顺水高兴地说："太好了，我们家的孙暖暖出生了！"

36. 仙女湖上

夜晚。

孩子响亮的啼哭声，仿佛还在人们的耳边萦绕。

魏大景挑起一挂鞭炮点燃了，在噼啪作响。

一辆大卡车，停在那边，从车的上面走下来朱圩村的村民们，其中有淮爷、六河、玉翠、玉树、彩霞、新堂、晓梅、李水泉、"活济公"墩子、武二秀等人。

船舱里，刘泥鳅、"小广播"、刘喜子、胖丫、洋洋都在忙着。

刘泥鳅见村民们走了过来，忙迎了出来，说："岁数大点的都上船，年轻的就在这岸上，我们也摆了桌子了，随便坐！"

"活济公"墩子说："泥鳅，今儿个你们家水上餐厅开业，饭菜打几折啊？"

刘泥鳅说："什么打几折啊？没折。"

"活济公"墩子说："没折，是几折？开业了，怎么连个折都不打？"

刘泥鳅说："我免费请大家吃喝，怎么打折？"

"活济公"墩子说："对你老哥我还有没有其他的特殊照顾？"

刘泥鳅："你要我照顾什么吧？"

"活济公"墩子说："比如说，一会儿走的时候，给带两瓶好酒什么的。"

刘泥鳅说："哎呀，你是雁过拔毛啊，行吧！"

"活济公"墩子说："看你说的，我听着挺勉强的。不过，我今儿个可说不行了！刚才我是跟你说笑话呢。你给我，我也不带了！你大哥我已经向老找人要酒喝的那个时代告别了！现在，我们家玉树也是经理了，我媳妇二秀不管大小那也是艺术团团长嘞，家里有钱，不愁没酒喝了。泥鳅，有时间你到哥家去，让你嫂子给咱俩炒几个小菜，我拿好酒请你。"

刘泥鳅说："真的怎的？你真要请我喝酒了？"

"活济公"墩子说："你看看，君子无戏言！我家有好酒，你想喝什么喝什么。这事儿就这么说定了！"

船舱外的大堤上，五河、珍珠和彩虹走了过来。

新亮和南南点燃了一挂鞭炮，对着刘泥鳅家的船放着。

刘泥鳅说："哎，鞭炮不是放完了吗？怎么又响了？"他对正放鞭炮的新亮高声喊道："新亮，怎么你也放上鞭炮了？"

新亮说："刘叔家的水上餐厅开业，是咱们共同的喜事，我们来庆贺庆贺！"

五河、珍珠和彩虹走上船来。

刘泥鳅、"小广播"迎了上来。

五河和刘泥鳅，珍珠和"小广播"他们的手，紧紧地握在了一起。

湖岸上，是色彩缤纷的礼花世界！

湖水，被礼花映得五颜六色！